中国百年工业文学大系

丛书主编　贾玉民　樊洛平

影视文学卷·电影

刘福泉◎主编

中国工人出版社

本卷主编简介

- 刘福泉，文学硕士，现为河北大学艺术学院教授，硕士生导师。长期从事现当代文学及影视理论研究，近年来关注工业题材影视作品的创作与研究。完成省级课题两项，出版《巴金创作艺术探究》等专著 4 部，发表学术论文 60 余篇，参与策划拍摄院线电影《李保国》等。

顾　问

（按姓氏笔画排序）

何向阳　张　炯　谈　歌

梁晓声　董学文　蒋子龙

出版说明

一、缘起

为庆祝中华全国总工会成立100周年，中国工人出版社特组织编纂《中国百年工业文学大系》丛书。文学作品是社会现实的形象反映。本丛书的编纂，全面整理百年来工业文学作品及相关资料，精选优秀作品，按体裁分类，编成20卷的丛书，生动、形象地呈现百年来中国工业化的历程，呈现中国工人阶级的命运和奋斗历史，呈现中华全国总工会在中国共产党领导下，与工人运动一同发展壮大的图景，有助于讲好中国工人阶级故事、中国工业故事和中国工会故事，为更好继承弘扬革命传统，创造未来提供历史借鉴。

二、编纂团队

本丛书编纂团队由《20世纪中国工业文学史》和《中国工人文学史》的作者为基础，邀请郑州大学、河北师范大学、河北大学、河南师范大学、河南理工大学、中原工学院等院校为合作单位，以研究中国工业文学的专家、学者共同组成编辑团队，分工合作，在中国工人出版社的指导下共同完成编纂工作。

三、选录作品范围

重点选录反映工业生活、描写工业人物、揭示工业领域社会问题的优秀作品，根据中国具体情况，适度收录有关传统手工业、商业、人力车夫、纤夫等生活的作品。兼顾各历史阶段、各阶级、各阶层、各个地域、各种产业、各种体裁作品；兼顾专业作家、工人作家、业余作者。

四、编纂原则

真：选录的作品，基本以初发或初版为准，个别作品使用与初版接近“最佳”版本，使其成为中国工业文学发展史的可靠文献。其中繁体字须改为规范简化字；标点符号改为规范格式；错别字给予纠正，加注说明。原作署名为非通用笔名的，注明其真名或通用笔名。

专：各卷按文学体裁编列，分别为史论卷、报告文学卷、短篇小说卷、中篇小说卷、长篇小说卷、诗歌卷、散文卷、剧本卷、电影文学卷、电视文学卷、资料卷。各卷均有独立性，组合又具统一性、逻辑性。

精：各卷首的“导读”，长篇作品的“提要”、节选作品的“简介”，各篇所加注释，务求内容准确、文字简明。

鸦片战争后，中国近代工业开始萌芽，至今已近200年；从中国工人阶级队伍略具规模，至今也已百年以上。这期间出现的各类工业题材文学创作，虽然赶不上“乡土文学”等传统题材作品数量之多，但也可称数量巨大。我们的编纂工作肯定存在不少缺陷，切望有关作家、专家、学者，广大读者批评。

2025年4月

《中国百年工业文学大系》在编纂过程中，有幸收录了众多作家描绘工业岁月的珍贵作品，这些文字是中国工业发展的重要记忆载体。由于时间跨度长、信息更迭等客观因素，书稿付梓之时仍有部分作者未能取得联系，对此我们深感歉意与遗憾。恳请尚未联系上的作者或家属看到成书后，及时与我们取得联系，以完善作品收录的后续事宜。

总序

深刻反映时代巨变，描绘时代精神图谱
——新时代呼唤工业文学的繁荣

“文化是民族的精神命脉，文艺是时代的号角。”习近平总书记的这一重要论断，深刻揭示了文艺与时代的紧密联系。文艺作为社会生活的镜像与人类精神的诗性表达，始终与时代同频共振、血脉相连。它不仅是时代变迁的见证者，更是时代精神的塑造者和引领者，在为我们展现历史巨变的同时，也将中华民族伟大复兴的壮阔征程熔铸成一幅可触可感的精神图谱。

100 多年前，我国近代工业刚刚产生，就陷入帝国主义列强的围堵和封建专制的压迫之下，在其筚路蓝缕的艰辛跋涉中，20 世纪上半叶就有茅盾、夏衍等作家描写民族资产阶级“工业救国”梦的破产，描写工人阶级的悲惨处境和觉醒斗争，创作了《子夜》《包身工》等优秀作品。新中国成立后，在大规模经济建设中，更多作家长期深入工矿生活，创作了许多新作，如草明的《乘风破浪》、雷加的《潜力》三部曲、艾芜的《百炼成钢》、艾明之的《火种》等长篇小说以及李季赞颂玉门石油基地的诗歌等，出现了工业文学的初次繁荣。而工人

作家胡万春、万国儒等的崛起，则开了工人写工人的先河。到了改革开放大潮中，反映工业战线生活的作品更如雨后春笋，蒋子龙的《乔厂长上任记》等系列，张洁荣获茅盾文学奖的《沉重的翅膀》、程树臻的报告文学《励精图治》，以及众多作家反映工人生活的中短篇小说、诗歌和剧本等，势如乘风破浪，冲上改革文学的前沿。伴随着改革深化和经济转型，在“新写实”和“现实主义回归”文学潮中，又涌现出一批沉甸甸的作品，如张宏森、肖克凡、谈歌等作家真实反映国企工人经历的转型期阵痛的佳作。而“打工文学”在珠江三角洲等沿海经济特区异军突起，更成为新时期工人写工业文学的一道新风景。

从党的十八大开始，中国特色社会主义进入新时代，进一步强化了工人阶级是国家的领导阶级和主人翁地位。在《关于繁荣发展社会主义文艺的意见》指引下，文艺界克服价值扭曲、娱乐至上、唯市场化等倾向，用现实主义精神和浪漫主义情怀观照生活，歌颂光明、抒发理想，鞭挞丑恶、抵制低俗，给人民以信心和力量，在工业文学方面产生了一批讴歌大国重器、“中国制造”的响当当的作品。同时以“知青文学”而闻名的梁晓声，创作了长篇小说《人世间》，描写知青回城前后几个工人家庭两代人的生活变迁，以其动人肺腑的笔力而荣获茅盾文学奖。一向书写矿山工人生活的刘庆邦，以现实主义笔触展示了不同类型的煤矿工人的人生。不少剧作家也创作或改编了描写工业和工人生活的剧本，搬上屏幕，受到广大观众的欢迎。

百余年来，中国工业文学由小到大，由弱到强，形象地记录了中国工人阶级的发展历程。从百年前郁达夫笔下的女工陈二妹，到蒋光慈小说中的工人形象，从《百炼成钢》的秦德贵到报告文学中真实的英雄孟泰、王崇伦、王进喜、赵梦桃等等，构成了中国工业领域的英雄人物画廊，构成了工人阶级光辉的斗争史和成长史。感谢中国工人出版社和主编本丛书的贾玉民、樊洛平诸位教授学者，经过多年努力，辛勤劳作，为广大读者编成此套规模宏大、内容丰富的选本，自是一项盛举！

如今，中国工业文学作家面前仍然任重而道远。

首先，和我国工业迅速崛起的势头相比，工业文学的反映还远远不够。工业文化，尤其是21世纪以来，极速变化，迅速飞腾，节奏之快，前所未有。这就要求我们身在工业战线、对这种伟大变化有深切感受的工业作家，肩负起历史使命，拿出更多新的好作品来。

其次，和经典作品相比，相当一部分工业文学作品对现实的剖析和人物心理世界的开掘还不够深刻，还少有触及这方面深层次的观念冲突、心理变化和复杂的矛盾斗争的新作。随着城市化的加速，新工人、新市民成亿增加，对工业文学的期待必将日益强烈。

中国实现工业化、现代化，是多少代人的理想和立国之本。新时代呼唤工业文学的繁荣。这既是挑战，更是机遇。工业文学作家和工业战线的文学业余作者，自应把握这个历史机遇，全身心地投入这场新的工业革命，投入由农业文明向工业文明的深刻变革之中，在实践中观察，体验，对工业基础以及高端装备等建设成果努力深切了解，对这场变革中的各种人物表现有更生动把握，从而掌握扎实的生活素材，奠定工业文学更生动更深厚的基础。我们深信，广大读者都会殷切期待作家、艺术家的进一步努力，充分认识所承担的历史重任，开出灿烂的文艺之花。希望广大工业战线的文艺工作者不辜负时代召唤、不辜负人民期待，描绘出中华文明古国在21世纪工业腾飞的足迹，绘出民族的精神图谱，奏出时代的最强音。

张　炯

2025年春于苏州

导言

中国工业题材电影作品的创作是与中国工业发展的进程密切相关的。20世纪初中国的工业产业极不发达，许多工业产品都冠以“洋”字，城市、农村点灯用的煤油叫“洋油”，做衣服用的布叫“洋布”，缝衣服用的线叫“洋线”，城市人力车夫拉人的车叫“洋车”，当货币用的银圆叫“大洋”或“洋钱”，甚至钉子都叫“洋钉”……中国工业产业的不发达自然导致工业题材电影的创作数量是极少的。在1949年中华人民共和国成立之前，目前能够找到的工业题材的电影只有1935年孙瑜编剧并导演的《大路》、史东山编剧并导演的《人之初》。从能够找到的电影资料中，虽然有以工人为题材的电影作品，如《工人之妻》《劳工之爱情》，但其内容却与工业产业无关，并不是真正工业题材的电影。《大路》是抗日题材的电影，其将抗日的主题与工人阶级的使命紧密联系起来，将工人阶级塑造成抗日的主力，它“在一定程度上体现了工人阶级大公无私、友爱团结、坚强勇敢、豪迈乐观的品质，反映了他们抗日爱国的热情以及为此坚决斗争乃至不惜牺牲的无畏精神。《大路》是一部歌颂工人阶级爱国主义的诗篇”[①]。《人之初》“通过作为工人的张荣根和作为资本家的黄子敬这两个家族的经历与命运，从一个侧面反映了由第一次世界大战前后到一·二八

① 程季华主编:《中国电影发展史》，北京，中国电影出版社1963年2月版，第343页。

战争 20 多年来的历史……写出了中国民族资产阶级在帝国主义侵略下的兴衰，也写出了民族资产阶级如何把帝国主义的压迫转嫁于中国工人阶级，加重了中国工人阶级的苦难的历史真实”①。这两部电影在工业题材的电影史上占有重要的地位。

中华人民共和国的成立，为中国工业题材电影创作的腾飞提供了有力的政治、经济保障，特别是《中华人民共和国宪法》规定了中华人民共和国的性质是“工人阶级领导的，以工农联盟为基础的人民民主专政的社会主义国家”，工人阶级领导地位的确定，为工业题材电影的创作提供了明确的政治方向。1946 年 10 月 1 日，接收了“满映”先进设备，成立了东北电影制片厂，该厂在创作实践中除记录战争进程外，因东北工业基础雄厚，工业题材的纪录片也纳入了电影工作者的视野，在以新闻纪录片为主的电影特辑《民主东北》中就有《哈尔滨工人五一造炮劳军》《接收后的鞍山钢厂》《安东造纸厂》《东北毛织厂》《林业生产》《灯泡厂》等内容，热情歌颂了东北解放区热火朝天的工业迅速恢复和工人阶级为支援前线而忘我劳动的精神，为新中国第一部工业题材电影《桥》诞生打下了良好的基础。《桥》于 1948 年 10 月 15 日筹备，1949 年 5 月 1 日在东北首映。“《桥》被视为中国第一部以工人为主人公反映解放战争的故事片”，当时评论其为“不仅有着进步的政治内容，而且具有相当高度的艺术水平”②。陈荒煤、蔡楚生等人发表文章，认为“从《桥》开始工人阶级以主人翁的姿态在银幕上出现了”③，因此《桥》被称为新中国工业题材电影的开山之作。“从其内容及作为共和国电影的萌发和整体呈现看，不妨视之为中华人民共和国特别是革命宣传电影的发轫之作。”④

---

① 程季华主编：《中国电影发展史》，北京，中国电影出版社 1963 年 2 月版，第 367 页。

② 《桥》，《青春电影》1949 年第 17 卷第 15 期。

③ 朱安平：《〈桥〉：新中国电影开山之作》，《大众电影》2009 年第 10 期。

④ 丁亚平：《中国电影通史 1》，北京，中国电影出版社 2016 年 10 月版，第 380 页。

纵观中国工业题材的电影创作，呈现出其独有的一些特征：

一、反映工业领域的广阔性。

随着社会主义建设事业的发展，工业题材的电影创作进入快速发展的阶段。创作内容触及工业战线多个领域，几乎每一部在反映工业生产领域方面都是具有拓展性的：《桥》描写了桥梁工程行业、《女司机》《英雄司机》描写了运输行业、《六号门》描写了码头工人、《纺花曲》描写了纺织行业、《三年》反映了工人当家做主、《罗小林的决心》反映对工人教育的问题等。此阶段的工业题材电影，虽然在数量上并不算太多，艺术水平也参差不齐，但总体上体现出工人阶级当家做主人的精神面貌，再也不是在资本家的压榨下苦苦挣扎，生活在死亡线上的被压迫者的形象。在1958年“大跃进”、1959年为国庆十周年献礼中，工业题材的电影创作一度呈现井喷现象。全民大炼钢铁的热潮促进了反映冶金行业电影的繁荣，共出现了6部，《春满人间》是其中的佼佼者，体现出鲜明的时代特点：钢厂的工人在炼钢时被钢水烫伤，在抢救与康复的过程中，专家、教授、医生在党组织的引导、工人阶级的鼓励下打破常规，创造了医学奇迹。治病救人的医生成为被抢救者教育的对象，医生挽救了工人的生命，工人挽救了医生的灵魂。此外，反映中国第一汽车制造厂建设故事的《东风》、第一部反映工农联盟的电影《心连心》、反映煤矿工人现实生活的《矿灯》《换了人间》、表现工人阶级热爱工厂的《爱厂如家》《不老松》、反映陶瓷工业的《第三次试验》《一日千里》、反映化肥生产的《一天一夜》、反映造船工业的《巨浪》《油船火焰》《试航》《船厂追踪》、表现水利工程建设的《新安江上》《十三陵畅想曲》《风从东方来》、展现钢笔生产的《英雄赶派克》、表现打破美国封锁的合金产业的《重要的一课》、表现火车机车生产的《社会主义第一列车》等，都真实地反映了工人阶级当家做主、为国家建设无私奉献的时代精神。

不得不说，此时期工业题材电影创作在数量上是较多的，所涉及的工业生产领域也是前所未有的广阔，但大多跟“大跃进”的时代背景密不可分。因此大部分创作是急就章，故不可避免地在艺术水准上呈现出粗糙性、故事情节牵强、人物形象平面的问题。反映青年知识分子与工人阶级相结合的电影有两部，其中《上海姑娘》是这一阶段工业题材电影中的优秀作品。青年技术员陆野对以上海姑娘为代表的技术员由抗拒到接受，甚至爱上上海姑娘的巨大转变，在当时知识分子被当作改造对象的时代，打破了概念化的创作模式，让工人在劳动实践中认识到专业知识的重要性，从心里认可知识，尊重知识分子，显示出知识的力量。工厂建设中的技术人员的爱情故事，在当时的创作环境中，更彰显了生活真实本身的艺术魅力。王丹凤饰演的上海姑娘白玫成为当时银幕女性形象中的典型代表，也因此这部电影成为工业题材电影创作中的经典之作。

20 世纪 60 年代的电影创作中涉及的行业仍在不断扩大。《大李、老李和小李》是反映肉联厂工人在全民健身的背景下有关锻炼身体与不愿意锻炼身体的观念上的矛盾与冲突，是那个时代少有的以喜剧形式反映现实生活的电影。大李教大家做广播体操时甩辫子、老李为逃避锻炼被关在冷库里不得不跑步取暖的桥段，让观众印象深刻。这个阶段出现的有影响的影片有：建筑工人题材的《青年鲁班》、林业生产题材的《万木春》《青山恋》、三轮车工人助人为乐题材的《这是我应该做的》、地质工作题材的《年青的一代》、煤矿工人抗日题材的《节振国》、运输工人题材的《路考》、邮政题材的《红色邮路》、电力行业题材的《他们在成长》等。此外，电影剧本《无产者》，弥补了此时期反映旧中国海外劳工悲惨遭遇题材电影的空白。

在“文化大革命”时期，工业题材的电影创作仍然有出现，其中《创业》是表现石油工业题材的一部优秀电影，“它以（20 世纪）50 年代初期到（20 世纪）60 年代‘大庆会战’为背景，以‘铁人’王进喜为故事的原型，‘石油工人一声吼，地球也要抖三抖’的豪迈气概，和‘有条件要上，没有条件创造条件也要上’的精神，很富有感染力。影片场面宏大，贯注激情，让银幕焕发出罕见的历史诗情”[①]。虽然影片仍带有那个时代的痕迹，但也真实地反映了石油工人在油田开发中的艰苦奋斗精神和自我牺牲精神。

新时期以来，工业题材电影创作在多个领域不断有突破，铁路工程建设、水利工程建设、化学工业、海港工程建设、农村改革题材、环卫题材等，都进入了创作者的视野。反映归国华侨题材的《海外赤子》，是其中的优秀代表。国家建设需要电力支撑，水力发电成为国家重点建设的行业，反映三峡等重点水利工程的电影《峥嵘岁月》《木屋》《大江东去》等应运而生。工业题材电影中喜剧电影比较少见，通过雨伞生产质量问题而引发一系列笑料的喜剧电影《好事多磨》，填补了这一空白。第一部反映工业改革的《钟声》，吹响了城市工业改革的号角，紧随其后的《当代人》反映的是运输行业的改革问题。“改革”成为20世纪80年代工业题材电影的主旋律，邓小平“科学技术是第一生产力”观念的提出，使科技生产题材与改革开放相结合的电影大量出现。《血总是热的》《T省的八四八五年》《人生没有单行道》等电影反映了重型机械工业、机床行业的改革者们与落后保守、反对改革、墨守成规的阻碍势力坚决斗争并取得改革胜利的故事，塑造出一批有血有肉的具有现代化意识的改革者形象。《好汉不回头》则反映的是曾经为中国纺织行业作出重要贡献的纺织工人们面临改革时所处的困境以及勇敢迎接命运挑战的故事。《欲望三角洲》《冲上九重天》《横空出世》反映的是电子计算机、航天工程、国防工业题材等高科技行业的突破，在一定程度上揭开了高科技工业生产的神秘面纱。这些影片表现了知识分子是作为工人阶级的一部分而不再是被改造的对象，他们同样为社会主义现代化建设作出了杰出

① 丁亚平：《中国电影通史1》，北京，中国电影出版社2016年10月版，第42—43页。

贡献。随着中国工业化、城市化进程的提速，“农民工”这一新的名词、新的阶层的出现也引起了创作者的关注，《冒冒风险》《请多多关照》等影片反映了农民工在建筑行业的生存状况。《安源儿童团》《少年林祥谦》则在一定程度上弥补了工业题材电影中缺乏少年儿童形象的空白，其反映的是旧社会童工在党的引领下，进行斗争并成长为革命战士的历程。在工业题材的电影中，反映电影行业本身的电影并不多见，《纪录黎明》反映的是新中国第一个电影制片厂——东北电影制片厂接收当时“满映”的经过及当时拍摄东北解放的纪录片创作过程。《金山》是正面反映中国海外劳工在加拿大修建铁路的故事，同样具有开拓性意义。

二、叙事模式的相对程式化。

虽然工业题材电影创作在不同历史时期反映的领域有所不同，但同一历史时期在叙事模式上还是有规律可循的。在新中国成立初期，第一部工业题材的电影《桥》创立了一种叙事规律：革命事业需要某种物资，但由于某种困难不能及时完成，工人阶级干劲冲天，工程师（知识分子）不相信工人的力量与智慧，认为不可能实现，阶级敌人趁机破坏，但工人阶级在党的领导下，克服一切困难，工程师在党的教育下、在工人阶级的鼓励下，与工人阶级合作，克服困难，粉碎敌人阴谋，胜利完成任务。《春满人间》《英雄赶派克》等便是这样的作品。反映工人阶级觉醒题材的电影剧本在创作中也形成了相对固定的模式：工人阶级在资本家的压迫下，过着牛马不如的生活，残酷的生活激发了工人阶级自发的反抗意识，但少数人的反抗，最终被残酷镇压。在共产党的领导下，工人阶级的反抗从自发走向自觉，组织起工会、夜校，启发工人阶级的觉悟，最终在党的领导下取得了初步斗争的胜利，赢得解放成为国家的主人。《风暴》《燎原》《六号门》《三年》等便是这样的作品。

“文化大革命”时期工业题材作品不多，但也形成了相对固定的叙事模式：革命事业蓬勃发展，阶级敌人不甘心失败，青年工人缺乏阶级斗争意识，被阶级敌人利用，给革命造成了一定损失，在党的教育下、在老工人的启发下，青年工人最终觉醒，粉碎了敌人的阴谋。《海港》《火红的年代》《沸腾的群山》便是如此。

进入新时期以后，“改革”成为工业题材电影的主流题材，也形成了相对固定的叙事模式：在“文化大革命”中受到迫害的厂长（领导）回来了，但工厂已经人心涣散，效率低下，亟待改革，厂长在改革过程中得到红颜知己（知识分子）的全力支持，但党委书记或其他上级领导出于个人私利，反对改革，混日子的落后工人（领导）也反对改革，改革者勇往直前，在上级领导的支持下，最终取得了改革的成功。这一模式始于由蒋子龙的小说《乔厂长上任记》改编的电影《钟声》，其后诸多电影剧本的故事模式基本如此，《血，总是热的》《代理市长》《好汉不回头》《首席执行官》等是此类的代表。

三、具有时代特色鲜活而丰满的人物形象。

1. 新中国成立初期的觉醒的工人形象。在旧社会受尽资本家剥削的普通工人，整天拼命做工却不能养活一家人，在新社会当家做主人，焕发出崇高的革命生产热情。如电影《桥》中的老梁师傅，在旧社会受尽盘剥，新中国成立后积极学习文化，带病坚持学习和工作，同工人中的落后思想进行斗争，将革命工作看得高于一切，成为工厂的领导者。《不夜城》中的沈银弟，在旧社会是受资本家欺侮只能忍耐的青年女工，新社会里成为生产骨干，入了党，成为国家新政策的引领者。《六号门》中的胡二从反抗中接受党的领导，在斗争中成为工人的领头人，领导工人同码头的把头与资本家斗争，新中国成立后他又拒绝资本家的收买。这些都是从旧社会走向新社会工人形象的典型代表。

2. 从自发走向自觉反抗的工人形象。《风暴》中的林祥谦，是一个真实的历史人物，他是一个拥有强烈反抗意识的铁路工人，在反抗斗争中他意识到没有组织是很难取得斗争胜利的，便自觉地接受党的领导，在工人运动中成为领导者。罢工被镇压时，林祥谦被捕，敌人强迫他下达复工命令，他严词拒绝，“我头可断，决不复工！”最终英勇牺牲，为工人运动献出了自己的生命，他的革命精神激励着后来人。《自有后来人》中的李玉和是在这一时期少见的工人地下党员形象，他在工人运动中成为共产党员，在完成上级交给的重要任务时，被叛徒出卖，被捕后顽强不屈，被日寇杀害，但仍然激励着女儿走上革命道路，完成了任务。《燎原》中的易猛子，是一个身体强壮略通武术的青年工人，开始对党的领导并不信任，也不积极参加工人夜校和俱乐部的活动。在失去了自己爱人的打击下，他才意识到单打独斗力量的薄弱，在共产党员雷焕觉的启发下成为工人运动的参加者、倡导者，最终取得了罢工斗争的胜利。《节振国》中的节振国从一个受压迫的普通工人，在党的引导下走上革命道路，领导工人罢工取得胜利，组织起一支抗日队伍并成为这支革命队伍的领导者，最终牺牲在抗日战场上。《无产者》中的大胜，空有一身的力量却连自己的父亲也不能保护，后来到俄罗斯修筑铁路时，在俄罗斯布尔什维克的启发下逐步觉醒，成为带领海外华工与反动势力斗争的领导者。

3. 新时期真正当家做主的主人翁工人形象。工业生产战线上各个行业曾经出现过诸多全国闻名的劳动模范，他们的形象也出现在了工业题材电影当中，不再局限于传统工业领域，而是拓展到高科技行业与服务业。他们具有勤劳奉献、坚韧创新、不断学习的精神，受到党和政府的肯定与人民群众的尊重。《铁人》中石油行业的王进喜、《开国劳模马恒昌》中军工机床厂生产行业的马恒昌、《时传祥》中环卫行业的时传祥等，正是这种时代精神的代表。

4. 知识分子形象的两极化。知识分子在工业题材电影中常常被表现为工人运动领导者或被改造者的形象。早期工业题材电影中的工人运动领导者，都是具有先进思想与领导能力的知识分子共产党员形象。《风暴》中的施洋大律师，也是一位真实的历史人物，是早期工人运动的杰出领导人、首位“劳工律师”，他利用自己的律师身份，尽最大努力保护工人阶级利益，是工运史上著名的“二七大罢工”（京汉铁路工人大罢工）的主要领导人。罢工遭到残酷镇压，施洋被捕后英勇不屈，牺牲前他慷慨激昂地疾呼：“你们杀了一个施洋，还有千万个施洋！”并高呼“劳工万岁”，表现出一个共产党人视死如归的英雄气概！《燎原》中的雷焕觉带着党的指示到煤矿工人中开展工人运动，他利用自己的合法身份，机智地成立了工人俱乐部，并深入工人中间进行启蒙教育，引导工人对资本家进行反抗，最终在党的领导下、在广大工人阶级的支持下取得了罢工的胜利。而在反映新中国工业题材的电影中，知识分子基本上都是被改造的形象。《桥》中的总工程师是技术权威，在接到恢复生产的任务时，他认为机械地按照技术标准不可能成功，最后在党的教育下、在工人阶级的感召下，改变了观点，支持工人的变革，胜利地完成了任务。《春满人间》中的医生、主任等知识分子面对从来没有见过的严重烧伤的工人，他们思想上有顾虑，缺乏信心，在党委的指导下、在受伤工人精神的感召鼓励下，大胆尝试，最终创造了医学奇迹。《上海姑娘》中的陆野与白玫都是成长中的青年知识分子，在工地上白玫因坚持技术标准与陆野产生了矛盾，表现了知识分子坚持真理勇于负责的科学精神，事实证明她是正确的，陆野也积极地改正了错误。他们在劳动实践中成长，成为优秀的科技工作者，是那个时代文学作品中罕见的正面知识分子形象。影片《创业》中的章易之是从旧社会走过来的总地质师，他学养深厚，但思想保守，被西方“中国贫油论”所束缚。苏联的背信弃义、敌特的破坏，警醒了他的爱国心。在上级党组织的领导下、在工人阶级的支持下，章易之在建设大油田中做出了自己的贡献，成为那个时期知识分子形象的典型代表。新时期以来，知识分子被正式承认是工人阶级的重要组成部分，知识分子形象越来越丰满，在许多工业题材电影中都出现了知识分子的形象。他们大多以工程师、专家的身份出现，无论个人境遇和命运如何坎坷，始终坚守家国情怀和奉献精神，成为工业改革事业强有力的支持者。《黑炮事件》中的赵书信，虽然是主角，但没有得到单位真正的信任，仍然受到怀疑，属于控制使用的对象。《横空出世》中的陆光达，是从美国归来的著名核物理学家，为了中国的原子弹研究自愿隐姓埋名，但在那个特殊年代仍然受到冲击；他不计个人得失，在上级的保护下得以继续研究试验，在他的带领下，经过多年艰苦卓绝的奋斗，终于成功爆炸了中国第一颗原子弹。进入21世纪后拍摄的《首席执行官》中的凌敏，可以说是工业题材电影中知识分子形象的一大突破，知识分子从配角上升为主角，从改革的参与者上升为领导者，成为工业改革的领军人物。《钱学森》《吴大观》的主人公形象，是军工高科技领域取得重大突破的知识分子爱国精神的代表。

新时代为工业题材电影创作带来了新的创作机遇。2010年中国成为GDP排名世界第二的国家，同年中国电影票房突破百亿元也成为世界第二，2019年更是飙升到了642亿元，显示出中国电影强劲的发展势头。中国工业体系的工作重点转型升级由“中国制造”转向“中国智造”，在这个过程中中国电影工业的制作水平与技术水平也同样在突飞猛进，这必然会带来电影创作的变化。电影创作者敏锐地感觉到中国的工业正处于传统与现代的交汇点上，无论制造也好，智造也罢，都需要“人”来完成，在广阔的时代背景下，无论是对辉煌历史场域的再现，还是对纷繁现实情景的映射，将人物从工业建设具体项目的单调繁复中凸显出来后，他们不再是某种时代的符号，而是具有鲜明时代特征的鲜活的“这一个”。中国工业题材电影展现了中国工业发展的进程，完成了工业史诗的恢宏与时代氛围的完美结合。

新时代的工业题材电影创作在反映工业题材领域有所突破，《打工老板》利用国际视角大胆揭示了中国制造的窘迫现状，透过民营工厂老板拖欠工人工资的现象，看到中国制造业尤其是民营小型代加工企业处于工业生产下游的真实境况，完全受制于国外订单，利润单薄，随时可能破产的严峻现实，折射出这是所有代加工行业必须直接面对并急需克服的难题，只有转型升级、创立自主品牌、从中国制造转向中国智造，才能在激烈的市场竞争中处于不败之地，回应了时代给当代工业提出的严峻的命题。《钢铁意志》通过对鞍钢冶炼出第一炉钢的过程的艺术再现，演绎出什么是鞍钢精神、钢铁意志，可以说在新时代填补了近年来中国工业题材新主流大片的空白。中国人民在国家建设中展现的精神力量，是历史记忆中应该有的，我们把这种历史记忆再现，传承这些历史记忆，这本身就有重要的意义。

如何在现代化进程中弘扬民族精神，工业题材的电影也做了有益的尝试。在英模形象的塑造上也有所丰富，把视角投向了历史上曾经创造过时代辉煌的英模身上，通过他们的形象弘扬民族精神，《大地赤子史来贺》《吴仁宝》将代表一个时代的农民企业家真实的经历搬上银幕，他们的共性是从全国著名劳动模范成长为时代楷模的企业家，这既是他们的个人心灵史，又是中国农民奋斗史。他们始终牢记党为人民服务的宗旨，不忘共产党人的初心与使命，权为民所用，情为民所系，利为民所谋，是新时代共产党人的典型代表。《青春雷锋》将故事的重点放在展现时代楷模雷锋在不同的工作岗位爱岗敬业、感恩社会、热爱生活、自强不息、艰苦奋斗、助人为乐、服务人民的精神，以他成长的故事彰显了雷锋精神的实质。《青海湖畔》以青藏铁路重点工程建设为背景，赞颂了气象工作者在国家工业建设中的重要贡献。

为了繁荣工业题材电影创作，从 2023 年开始工业和信息化部开展工业题材电影故事征集活动，同时进行学术研讨，表示要一直进行下去，从政策和艺术层面为工业题材电影的创作打下了更加坚实的基础，工业题材电影创作腾飞可期。

本卷所选的电影剧本，由于年代跨度较大，剧本的形式先后变化很大，为了保持历史原貌，基本上保存了当时剧本的形态格式，如原来的分章节或段落，后来流行的分场景式。还有人物对话的语言，有的加有引号，有的没有，一律按原来的格式收录。

本卷所选的电影剧本，集中在20世纪80年代之前，主要是因为在此之前的诸多电影文学剧本都曾发表于文学期刊，或者单独出版过，或者被选入过各种选本，剧本资源相对容易得到。而到了20世纪90年代之后，受市场经济大潮的影响，发表电影文学剧本的期刊越来越少，电影剧本的出版难度更大了，这样导致诸多电影拍摄完成后，剧本就被束之高阁，普通读者难以见到其文学剧本。笔者虽然尽了很大努力去搜寻剧本，到电影资料馆、国家图书馆，甚至拍摄单位去搜寻，但还是难尽如人意：电影资料馆说，他们只收藏了电影的完成台本，不是我们所要找的文学剧本；国家图书馆也说没有专门的电影剧本收藏，只有以前的电影文学期刊和出版过的资料，笔者甚至通过各种途径包括通过中国电影家协会找到剧作家本人，也因为时间太长，找不到手稿了，有的剧本的电子文档也找不到了，只能徒唤奈何！许多质量很好的剧本，只好留待以后有机会再弥补吧！

另外需说明，本卷收集的是电影剧本，考虑到涉及海外劳工的电影较少，就将多年前没有拍摄成电影的剧本《无产者》收进来，也将新时代反映石油工业还没有拍摄的最新电影剧本《血脉》收录进来。

在收集剧本的过程中，得到过诸多朋友的帮助，在这里特表示感谢：首先感谢本丛书的总主编贾玉民老师，他负责整套丛书的统稿工作，仍然百忙中抽出时间给我下载了多个电影剧本，减轻了我的负担。感谢河北影视集团的信文静女士，在寻找剧本的过程中，给我介绍了她认识的编剧朋友，将剧本直接发给我，可谓是帮了大忙！感谢我的研究生余蝶蝶、贾静、赵凯、杨若冰、齐彩君、何霄汉、康志鹏，他们在整理剧本方面做了许多有益的工作。尤其是余蝶蝶同学，在剧本校对中也付出了诸多辛苦。在此一并致谢！

刘福泉

目录

存目

《人之初》 史东山
1935

《六号门》 陈明
1952

《万木春》 潘青　胡苏
1961

《青年鲁班》 史大千
1964

《海港》 上海京剧团《海港》剧组
1973

《钟声》 张瑶均　蒋子龙
1981
（根据蒋子龙小说《乔厂长上任记》改编）

《共和国不会忘记》 田军利　翟俊杰
1988

《大城市1990》 肖尹宪
1990
（根据孙力、余小惠小说《都市风流》改编）

《好汉不回头》 编剧：孙毅安
1996
（根据谈歌小说《大厂》改编）

《世纪之梦》 张笑天
1998

《横空出世》 陈怀国　彭继超
1999
（根据陈怀国、彭继超夏衍电影文学奖获奖剧本《马兰草改编》）

《时传祥》 杜　民　赵玉衡
2003

《钢铁脊梁》
郭向荣　戴　辛　马振复　赵剑华
2004

《青藏线》 冯小宁　张冀平　金思宇
2007

《铁人》 刘　恒
2009

《少年林祥谦》 林友华　李　文　陈　静
2012

《钢城故事》 张　靓　王元学　顾林曜
2013

《打工老板》
王　兵　张　鹏　陈　阳　孙海帆等
2014

《钢铁意志》 萧　森　孙　浩　宁海强
2022

大　路

导演：孙瑜

编剧：孙瑜

主演：金焰、黎莉莉、陈燕燕、罗朋、郑君里、章志直等

出品方：联华影业公司第二制片厂

一

序歌：

《开路先锋》（孙师毅词）

轰！轰！轰！

哈哈哈哈……轰！

我们是开路的先锋！

（渐显）序歌字幕叠印在山崖边一群开山筑路的青年工人的壮丽画面上。以黑小子金哥为首的六位年轻好汉正拿着铁锤在打炮眼：年轻的小罗双手扶稳了钢钎，有着雄狮般身躯的老张在旁边力劈大石，俊脸秀发的郑君、灵巧的小六子、粗莽的章大和漫山遍野的筑路工人跟着金哥高唱，洪亮的歌声回响在山谷间。

轰！轰！轰！

哈哈哈哈……轰！

我们是开路的先锋！

金哥高亢洪亮地在领唱，矫健的双臂和黑油油的皮肤在烈日下闪着亮光。他的铁锤有力而有节奏地猛敲着坚硬的崖石。

不怕你关山千万重。

不怕你关山千万重。

金哥和筑路好汉们斗志昂扬，眺望着周围的山岭，眼里露出了藐视困难的英雄气概。

几千年的化石，

积成了地面的山峰。

几千年的化石，

积成了地面的山峰。

前途没有路，

人类不相通。

歌词叠印崇山峻岭、绝壁危崖，象征着几千年来沉重地压在人民头上的大山。

是谁障碍了我们的进路，

障碍重重？

是谁障碍了我们的进路，

障碍重重？

金哥和筑路工人们淌着热汗，闪烁着褐色光光的粗壮臂膀猛烈地捶打着崖石。他们的威武愤怒的声音，向一切压迫者提出英勇的挑战。

大家莫叹行路难，

叹息，无用！

无用！

我们，我们要……

要引发地下埋藏的炸药，

对准了它轰！

金哥振臂一挥，鼓励着周围的伙伴们。中国的劳动人民不是没有骨头的懦夫和懒汉；到了忍无可忍的时刻，人们会揭竿而起，向暴君和万恶的压迫者狠狠地反击过去。

轰！轰！轰！

看岭塌山崩！

天翻地动！

炸倒了山峰，

大路好开工。

挺起了心胸，

团结不要松！

歌词字幕叠印炸药在山间爆炸的壮丽画面。轰声雷动，山崖崩裂，巨石横飞，浓烟和尘土滚滚成云，群山在回响震荡着……

我们，我们是开路的先锋！

我们，我们是开路的先锋！

轰！轰！轰！

哈哈哈哈……轰！

歌词叠印在金哥和漫山遍野欢呼胜利的筑路工人群众的画面上。（渐隐）

二

（渐显）秋风萧索，残阳如血，荒漠上一片凄凉寂寞。在阴暗的天边，一个中年男子怀抱幼儿，手扶病妻，拖着沉重无力的脚步走着。

荒漠上寸草不生，风扫干土，显示出了旱灾的恐怖景象。疲惫饿弱的脚步在沙土中拖不动了，越来越慢，最后病妻软扑在地。

一岁多的婴儿掉在地上呱呱啼哭。

中年男子俯身扶着奄奄一息的妻子，悲声唤着她。她有一张眉目清秀的脸庞，双眼因为几个月的饥饿而深陷了。她渐渐从昏迷中苏醒过来，微睁着两只大眼睛，忧愁地但也温柔地望着她的丈夫。

中年男子浓眉大眼，躯体魁梧，但已经被饥饿折磨成了一头带病的巨豹。他用臂膀扶着他的亲人，把掉在沙土上的幼儿交给了妻子。举目眺望着那荒无人烟、死气沉沉、永无尽头的广漠。他们从淮北的灾区逃荒出来，在枯骨和废墟间挣扎，但仍然难逃脱死神的追逐。他绝望地、悲愤地狂喊：

（字幕 1）“这样难走的路！……早知道出来也是死，不如饿死在家乡还更安逸！……”

病妻听见丈夫绝望的哀号，慢慢地又睁开了眼睛，吃惊地、带着哀恳喘息地说：

（字幕 2）“金哥的爸爸……你们向前走！……回去，只有死！……”

中年男子望着妻子，妻子望望丈夫，又低头望着怀里的孩子。

孩子天真可爱的小脸。

病妻温柔地望着孩子和躯体魁梧的丈夫，她已经没有力气再说话了。但她在临死前一点也不示弱，她伸手指向荒漠远方的道路，苍白

的双唇无声地颤动着。勇敢地指着那唯一挣扎求生的道路，直到她最后的一息。（化）

荒漠上新堆成了一个土坟。中年男子肩背包袱，怀抱幼儿，呆呆地站在新坟前不动。

热泪涌上了中年男子的双眼。

西方的晚霞，残留着一线血红的颜色；大地死样的沉寂。只有不甘于向死亡屈服、不甘于向命运屈服的人才能鼓足勇气，挺起胸膛，走向生活的道路。

中年男子怀抱幼儿，向着亡妻指点的前方大踏步走去……（渐隐）

三

（渐显）大都会的马路。

压路的大铁磙拉动着，压在铺满碎石的筑路地面上。

中年男子背着幼儿，肩拉粗绳。

拉着沉重的大铁磙的筑路工人和中年男子的足部……（化）

（字幕 3）“三年”。（叠印大铁磙）

筑路工人的足部，他们正拉着大铁磙向前走着……（化）

（字幕 4）“十年”。（叠印筑路工人足部）

中年男子和十岁的金哥并肩持绳，拉着身后的大铁磙。黑黑的、结实的金哥在拉绳微笑地望着他相依为命的爸爸；但是两鬓苍苍的爸爸在经过了几十年痛苦的生活历程之后，疲惫的双足已走近了他的终点。他走着，走着，挣扎着鼓起了仅存的生命力，终于倒下去了。

筑路工地上掀起一阵小小的骚乱。金哥悲哀唤爸爸的声音。

在大都会的马路上，死去一两个“苦力”算得了什么？不久之后，筑路工人又拉着身后的大铁磙，在人生的大路上沉重地迈着步前行了……（化）

（字幕 5）二十年。（叠印筑路工人足部）

二十一岁的金哥头戴破旧的草帽，赤着膊在拉着压路的铁磙。黑黑的、带着微笑的脸；结实、闪着汗光的美丽的筋肉。他拉着沉重的铁磙，轻松而有力，好像从来不知道这世界上有什么叫作困难似的。他左右地笑望他身旁并肩拉绳的伙伴们。

在金哥右肩拉绳的是小罗。他是一个十八九岁、小小个子、略带羞怯、有着一双梦幻似的眼睛的大孩子。这时他正转着头望着马路的另一边。

马路的另一边，有人驾驶着一辆柴油内燃机器铁磙压路车。

小罗拉着绳，转头带着无比羡慕的语气告诉金哥：

（字幕 6）“金哥，我要是有一天能够驾上那一辆机器压路车，我真是死亦无恨！”

金哥笑望着小罗。他很喜欢小罗这一个乐观天真、富于幻想的年轻人。他笑着拍了一下小罗的头说：

（字幕 7）“小罗，你总是这样高兴！”

金哥这一句话也许一半是为了说给他左边的老张听的。在金哥的左肩，我们看见一个沉默、皱眉、紧握粗绳、好像被锁链捆紧了的雄狮般的大汉。

金哥微笑地用臂膀碰了他一下说：

（字幕 8）“老张，高兴一点吧！”

老张望了金哥一眼。他怎么能够高兴呢？地主逼死了他的老婆，抢走了他的两亩地，孩子病死了……他带着一把尖刀要刺杀他的仇人，但结果被县里抓去，赶出了家乡……

老张拉绳走着，望着前方恨恨地说：

（字幕 9）“我高兴不起来！”

是的，老张就是这样一个不容易忘记痛苦和仇恨的人。金哥了解他、同情他，但金哥不同意他整天愁眉不展：人不是为忧愁而生的，人不应向忧愁低头；人要勇敢地想法解除忧愁，压平人生道路上的艰难崎岖，就像他们拉着的大铁磙一样！

在另一条宽阔的柏油马路上，一辆运砂石的大卡车飞驰着。大风吹拂着几个坐在车上吃着大饼的筑路工人和粗莽的章大，也吹拂着郑君的秀发。

章大个子笑嚼着大饼，看见身旁的人拿着大饼在打盹，就偷偷地把那人的大饼咬了一大口，惹得大家笑了。

郑君望了章大一眼，觉得章大太无聊了。

章大忽然望见马路前边远处有两个少女在走路的后影。他又想开玩笑了，从车上竹篓里捡了几块小碎石子，向越驰越靠近的少女瞄准。

郑君回头看见章大要投掷石子，连忙阻止他。章大笑着不理，投出小石子。

人行道上两个少女的背后被小石子投中，吃了一惊。其中一个羞怯无语，另一个少女却指着卡车的后影骂了起来。

郑君在卡车上被章大的恶劣行为气坏了，转身斥责他。

（字幕 10）“章大，你这样胡闹，老不改你的坏习惯，大家见了工人都要头痛了！”

章大受到了郑君的严肃斥责，不服气地向车上的几个工人冷笑说：

（字幕 11）“啊哟，谁不知道你这位郑君先生从前是东北大学的学生，动不动就要管人！”

郑君是在东北沦陷后流亡到南方的大都会里来的。章大提起东北，更激动了郑君的悲愤。他厉声斥责章大：

（字幕 12）“我并不是要管你！这样胡闹下去，我只怕大家都要做亡国奴！”

章大也气了，还嘴说：

（字幕 13）“你才是亡国奴！大爷没有洋钱，丢一两块碎石子寻寻开心，有什么要紧？”

郑君见章大蛮不讲理，气得说不出话来。章大也嘟囔着怪郑君欺负他。他觉得他不过是和女人开开玩笑，并无什么恶意，是小事情，用不着说一篇大道理……（化）

运砂石的大卡车渐渐驶近金哥等筑路的工地。金哥和小罗向卡车上的伙伴们挥手。路边有一个黑胖的工头在指挥着。

章大、郑君等六七个人抬着一篓篓砂石下卡车，忙碌了一阵。

这时是午饭休息的时间。郑君和章大抬完砂石，郑君就向在路旁休息的金哥和老张走去。章大想阻止郑君，已经来不及了。

郑君指着章大告诉金哥说：

（字幕 14）“金哥，章大这家伙又在车上调戏女人！”

金哥听了，转头望着章大。

章大在远处又窘又怕，避开金哥的注视。

金哥慢慢地走到章大身旁，章大还假装在看别处。金哥扳过章大的肩，厉声责问他。章大窘怯中支吾其词，想抵赖过去。

郑君跟了过来作证，章大把郑君推开。金哥发怒，手起一拳，把章大打得连连倒退，沉重的躯体轰然作声地坐倒在地。

一些筑路工人走拢来围看。

章大挣了起来，忽然出其不意地一拳击中金哥的左颚。金哥被打得后退，正好倒在老张魁梧的身上。很久以来，章大都没有敢这样对付金哥了；金哥竟没有想到。

章大得意了。他以为今天他已经占了上风，从此可重振威名，称霸一世了。他装着英雄的样子，挺胸凸肚地当众告诉金哥说：

（字幕 15）“哼！从前你打倒我，都是我让着你，没有还手！”

金哥用手抚摸着右颚，望着身边的小罗和身后的老张，不觉笑了起来。

要讲臂膀上的力量，谁也比不过力能搏斗水牛的老张，但老张不轻易发怒，也不肯出手打人。章大却是一个码头上出身的莽汉，仗着一些蛮力气，既不甘受封建把头们的压榨，在血的教训下懂得依赖金哥、老张等朋友们团结一气，得到庇护；但又时常改不好他的恶习和忘记不了他个人某一时期里的威风。金哥常常说，要改好章大这个粗莽的戆大。

金哥上前了。章大握拳戒备，如临大敌。没有想到金哥猛踏横翘在地上的一块木板，木板飞了起来直趋章，章急忙躲闪，却不料躲闪不了金哥跟着飞来的拳头。在两三秒钟里章大的颚上、肚子受到了金哥左右手的连环冲击。章大像大木柱似的向后倒下了。

在众人的哄笑声中，章大才明白他又失败了。

黑脸微麻的魏工头出现在众人的面前。大家立刻静了下来。

这样的工头是大都会里特别是在租界里常常看到的典型人物：一身香云纱短衫裤；粗绳般的镀镍大表链；嘴里叼着一支雪茄烟；两眼会向洋大人挤弄谄笑，也会向穷人凶神恶煞似的瞪起又白又大的眼珠。

工头脸色铁青地环顾金哥、老张和仍然坐在地上的章大，他冷笑地说：

（字幕 16）“这地方是可以随便你们几个人胡闹的吗？金四，章大，你们两个人明天用不着再来了！”

魏工头身旁的把兄弟苟二望着魏工头会意地奸笑着。他们很早就打算找个理由把金哥这几个人赶走了。

金哥、老张和小罗望着魏工没有说话。郑君仍然想挽回局势，他向魏工头解释说：

（字幕 17）“但是，魏大爷，金哥是在管教章大学好；他们又没有妨碍工作……”

工头望了这个一度是大学生的郑君一眼，三角眼又横扫了老张、小罗、金哥等人一眼，用命令的口气宣布：

（字幕 18）“你们五个人是一道的，明天都走！”

工头和小狗腿子转身离去，章大从地上跳了起来想追上去找工头，金哥伸手把他拦住。

金哥等五人默默地走到路边，靠着压路车或坐或立。郑君和小罗打开带来的冷饭盒和油条、大饼，没精打采地吃着。

金哥无意中摸着尚有余痛的左颚，章大连忙伸手代他抚摸。金哥一笑推开了章大的手。

老张攥拳击腿，恨恨地说：

（字幕 19）“又失业了！”

大家听了，都没有作声。郑君带着怒意转头望着章大。

章大赧然，无地自容。

金哥环顾大家，觉得这种低沉的气氛不合适，便笑着安慰大家：

（字幕 20）“失业是极平常的事！我们何必这么容易就灰心呢？”

金哥等一群人已经不止一次地在大都会中尝到失业的味道了。共同的患难使他们亲密地团结起来，在密密的团结中也多次产生了鼓舞的力量。金哥就是这股力量中最活跃、最光辉的青春的火花。他笑着拍一下褐色的胸脯说：

（字幕 21）“金哥的朋友没有失望灰心的人！”

金哥环顾大家，两眼里闪着一种充满了蓬勃朝气和乐观勇敢的光芒。他出生以来，就是一直在艰难困苦中倔强地挣扎长大的；不仅没有向困难低头，反而从艰苦的环境中锻炼出勇往直前的胆量和信心，他好像永远不能和忧愁、叹息共处似的。他用臂膀撞了一下身旁的老张，望着他满脸的阴暗和仇恨，不由得伸手顽皮带笑地把老张的脸从头顶向下一抹，然后又轻轻地用拳头把他的下巴向上一敲，好像这样就可以把他脸上的愁容抹掉，抬起头来勇敢向上了。

老张的脸上，像从乌云里透出了一缕阳光，慢慢地露出了微笑。

小罗一向把金哥崇拜为英雄偶像。这时模仿地用手也把章大的肥脸向下一抹，用拳向上一敲。不料用力重了一些，把章大敲得叫了一声。

大家笑了起来。一声动员，飞快地吃起饭来……（渐隐）

四

（渐显）工人棚户住宅区的夜晚。

闷热的天气把棚户区鸽笼般的房子里的住户逼了出来，他们有的在坐着挥扇，有的在竹床、门板上躺着。下班的工人，拖着疲劳的脚步回到家里。

小罗、章大和郑君一同坐在井旁的空地上乘凉。郑君吹着口琴，他的思想已经飞到很远很远的家乡去了。

金哥和老张也回到棚户区来了。他们走过一个大谈神怪武侠的说书茶座，不由得摇头互望，走过馄饨担、打铁店和推石磨的老妇身边……回到了井边。

小罗远远地望见金哥、老张回来，高兴地迎了上去，急切地问着：

（字幕22）“金哥，找着了工作没有？”

金哥微笑着没有说话，老张摇摇头，慢慢地在井边坐了下来。郑君和章大失望地面面相觑。

小罗挺着胸膛把手臂一扬说：

（字幕23）“一时找不着工作，有什么要紧？”

金哥微笑着告诉大家：

（字幕24）“大家听了，小罗的精神是对的！”

众人看着金哥，明白了他的意思。

在棚户区有几家店铺的小街上，那时正有一个饥饿的小人物，蹲在一个卖卤牛肉的摊子旁边，两只眼睛里射出贪馋的光焰。他衣衫破烂，神貌畏缩，是大都会里所谓“小瘪三”的一类人物。

一只瘦弱的手偷偷地伸到牛肉摊边，摸到了一块卤牛肉，正要缩回，一只巨大的手掌突然把他擒住了。

卖卤牛肉的捉住了瘦小的人，正要打他；不料这人灵活得像猴子似的，低头躲闪过了，他挣脱出来，飞也似的顺着小街逃去。

卖卤牛肉的一面追着，一面狂喊捉贼。

瘦小的人逃到前面，被人们挡住了，急得又掉头逃命。

金哥等听见小街呼噪声，吃惊地张望。

瘦小的人拼命逃了回来，撞在高个子刘长的身上，立脚不住，被刘长一把擒着，吓得他连连讨饶。

金哥、章大、老张等人来到了瘦小的人面前，刘长看见金哥来，笑着松了手。瘦小的人又吓得转向金哥、章大讨饶。金哥扶他起来。

卖卤牛肉的人和几个起哄的好事者还在喊打。金哥举着手叫他们静下来，冷冷地望着他们说：

（字幕 25）“你们看得出吗？这个人至少三天没有吃饭啦！”

金哥一只手抬起瘦小的人饥饿的脸。他又脏又瘦，两只乌黑的小眼珠滴溜溜地乱转着，好像在奇怪地问：“你们为什么不打我呢？”

金哥微笑地望着章大。章大伸出了一只巨大的手去扶那瘦小的人，吓得他连连躲闪。章大笑着说：“小瘪三，跟着我走呀！”大家都笑了起来。

瘦小的人像小鸡似的跟着章大、金哥等人走了。

章大领瘦小的人进了金哥等六七个人合住的简陋的小屋，让他坐在一张旧竹椅子上。小罗连忙去拿了馒头和粥来。

瘦小的人不住地把馒头和稀粥往嘴里送，狼吞虎咽着。

金哥和大家默默地望着瘦小的人。金哥微笑地说：

（字幕 26）“真是怪有趣的一个小瘪三！……你叫什么名字？”

瘦小的人饥火渐熄，转过一口气来，回答说：

（字幕 27）“人家都叫我小六子。——其实我只是一个人，也没有家。我找不到工作……”

小六子做出他习惯做的一副可怜相。他在多次被人打骂的时候总是说的这些话。——这些话当然也是事实。

金哥止住他，接着他的话说：

（字幕 28）“后来……偷东西偷惯了，就不去找工做了。对不对？”

郑君、小罗等人含笑望着。小六子起初连连摇头否认；后来，禁不起金哥向他注视着的目光，才畏缩地点头默认。大家大笑了起来。

金哥拍拍小六子的肩膀说：

（字幕 29）“以后你就和我们一块儿住吧。要吃饭，就得要做工！”

小六子惊喜而感激地连连点头。

老张从窗口走近金哥，问着：

（字幕 30）“可是我们的工作呢？……我们到哪里去？”

金哥看着老张，又环顾大家，胸有成竹地说：

（字幕 31）“我们筑公路去！”

金哥从小就干着筑路的活，他的双肩从小就拉着锁链般的巨绳，脚下走过无数崎岖不平的泥泞和乱石路。为了生活，他和许多筑路工人伙伴们就这样艰苦地挣扎着。但他们究竟做了些什么有价值的工作呢？没有。他们在外国租界里为“高贵”的人们筑着路，好让华丽的汽车和吓唬人的装甲车飞快地驰过。他们早就越来越对大都会憎恨了。

金哥的话立刻得到屋内众人热烈响应。小罗高兴地拍手说：

（字幕 32）“好极了！我多么喜欢乡下啊！”

郑君沉思地说：

（字幕 33）“替农村群众做建设工作，不在帝国主义统治下的租界里偷生。——我赞成！”

老张点头说：

（字幕 34）“那才是真正的工作！”

章大脱口而出地问：

（字幕 35）“乡下没有女人吧？……”

章大话还没有说完，看见大家望着他，急忙用手掩了口。

众人又笑了起来。金哥兴奋地扬臂说：

（字幕 36）“明天！”

屋子里的人齐声喊好，包括那一个几个月来都没吃过一次饱饭的小六子。

这时，从屋外连续进来了高个子刘长等八九个人。他们在窗外听了一会儿，热忱地跑进来向金哥等人表示：

（字幕 37）“金哥，你们要去筑公路吗？我们一齐去！”

金哥更兴奋了。他望着刘长和窗外越聚越多的乘凉工人们挥臂大喊：

（字幕 38）“走啊！大家筑公路去！谁和我们一道走？”

人越聚越多了……（渐隐）

五

（渐显）大都会郊区的路上。

金哥、老张、小罗、郑君、章大、小六子六个人走在五六十个筑路工人行列的前面。郑君吹着活泼的进行曲；金哥和小罗含笑望着前方的美丽远景；老张坚定而沉着地踏着大步；章大的肥脸上淌着大汗，旁边的小六子连忙替他擦去。众人的身后是越抛越远的烟雾沉沉的大都会。

金哥等率领着的这一支工人队伍的背影向原野走去。前方朝阳初升，云霞灿烂……（化）

乡路上，筑路工人的足部和向前滚动的大铁碾……

雄壮洪亮的《大路歌》[1]唱了起来：

《大路歌》（孙瑜词）

哼哟嗨嗬嗨！（嗨嗬嗨！）

哼哟嗬嗨哼！（嗬嗨哼！）

哼哟嗨嗬嗨！（嗨嗬嗨！）

哼哟嗬嗨哼！（嗬嗨哼！）

穿云的山峰，海样的湖水；千百个筑路工人正在筑造环湖的公路。

大家一齐流血汗（嗬嗬嗨！）

为了活命，哪管日晒筋骨酸！（嗬嗬嗨！）

（歌词迭印）金哥带头和众路工拉着大铁碾高唱，唱出了筑路工人们沉重的心情和在艰苦面前的不屈意志。

合力拉绳莫偷懒！（嗬嗬嗨！）

团结一心，不怕铁碾重如山！（嗬嗬嗨！）

（歌词迭印）金哥和众伙伴们紧紧拉着的四根巨绳。团结起来的力量带动了身后的大铁碾。

大家努力！

一齐向前！

大家努力！

---

① 《大路歌》孙瑜词，聂耳曲。

一齐向前!

（歌词迭印）金哥等众人齐力拉绳前进。

压平路上的崎岖!

碾碎前面的艰难!

我们好比上火线!

没有退后只向前!

（歌词迭印）大铁磙在崎岖不平的道路上压过。泥沙、碎石、高山、大河和一切阻挡大铁磙前进的障碍在沉重的、坚实的历史巨轮前一一被压碎碾平，而时代的巨轮是永远指向前方的。

大家努力!

一齐作战!

大家努力!

一齐作战!

（歌词迭印）千百个筑路工人生龙活虎般地在努力向前开辟道路。

背起重担朝前走，

自由大路快筑完!

（歌词迭印）金哥等筑路工人拉着沉重的大铁磙，浴血流汗、披荆斩棘，藐视艰难、信心百倍地为自由的大路踏着沉重而坚定的步伐，勇猛前进……

哼哟嗨嗬嗨！（嗨嗬嗨！）

哼哟嗬嗨哼！（嗬嗨哼！）

哼哟嗨嗬嗨！（嗨嗬海！）

哼哟嗬嗨哼！（嗬嗨哼！）

筑路工人们向前拉着压路的铁磙，翻山越岭，山谷间回响着豪迈英勇的战歌……（化）

六

丁福记饭铺的厨房里，从窗外远远地传来了筑路工人们的歌声。丁香的双手正在用擀面杖压着面。她出神地听着，双手不自觉地随着歌声的节拍，来回地压起面来。

丁香是饭铺老板丁老头的女儿，十六岁，有着温柔的性格和甜蜜的声音。金哥等工人筑路到翠湖边，坚硬的花岗石崖岭挡住了进路，不得不在湖边停留下来，炸山劈石，顺着湖边开辟路基。一个多月来，金哥等一部分路工常在丁家饭铺吃饭。他们的歌声早已被丁香听熟了。少女的听觉是那么敏锐：丁香的双耳，不！她的充满了青春怡悦和梦幻的心，却能从众路工多人合唱的歌声中听出是某一个人的声音。

在灶前煎鱼的茉莉望着出神的丁香失笑了。她用煎鱼的小铁铲轻轻地敲着锅沿，带笑喊道：

（字幕 39）“我的小丁香妹妹，不要听小罗唱歌听出了神！快把大葱递给我吧！”

丁香的秘密被茉莉一语道破，小脸蛋儿唰地一下就红了。这一个腼腆的少女常常遭受到那一个天不怕地不怕的名叫茉莉的女孩子的大胆取笑，但她到现在还习惯不过来，总要脸红心跳。丁香常常原谅了茉莉善意的嘲弄；但她有时也向茉莉反攻：

（字幕 40）“茉莉，你真坏！我告诉爸爸，把你送回广东去，仍旧做你的卖解女打花鼓！”

茉莉在丁香的所谓“反攻”前哑然失笑了。是的，这一位皮肤略黑、性格泼辣的南国女儿从前随着广东的一个流动杂技班子到处卖过艺。杂技班子因为无法维持开销而在异乡解散了；茉莉也因为在翠湖镇认识了丁香而被丁老头收留了下来。她性情开朗，爱开玩笑。她是一朵经得起风霜雨雪、倔强带刺的山花，见过不少世面，遭遇过无数的坎坷和风险而没有向命运屈服。丁老头的慈爱和丁香的友谊，使得饱经忧患的茉莉在丁家的两年多时间里感到莫大的幸福。她更爱说爱笑了。她接过了丁香抛给她的一把大葱，像变戏法似的举起它给观众看清，忽然背转身去从案侧抓了一把玉米的红须，装在唇上，转过身来变成了一个老公公，连连做着怪样。

走进来的丁老头见状笑坏了。两个女孩子也吃了一惊。丁老头笑着移动了他那胖胖的身体到饭铺门口去等待筑路工人们下班吃饭了。

五十多岁、鼻子短短的脸胖胖的丁老头是一个乐天派；能吃，自然也很能睡；除了勤恳地做好他的一部分饭铺工作之外，不问他事。事实上，他也问不了。他的老伴儿在五年前去世了；在她去世之前，她一手主持了家中的事务；而此后丁老头又对她聪明的丁香和泼辣的茉莉言听计从。这时，丁老头在饭铺门外抬头望了一下点缀着朵朵白云的蔚蓝色的天，舒畅地吸着湖上吹过来的醉人的五月熏风，感到了一种“得过且过”的暂时的满意。但是老天好像是在故意跟他开玩笑似的，他的眼光不久就望见了远处山崖边路基工地上，正聚集了一小堆人在争吵些什么，——无疑地，那个蛮横的监工朱大又激发起路工们的不满了。

在远远的崖边，朱大正用粗黑的巨掌抓着一个名叫小傅的路工大骂。瘦弱的小傅正在苦苦哀求着。

金哥在远处望见了，心头升起一阵怒火，他和老张、小罗等五人首先奔了过去。

金哥等问起情由，朱大怒目横视。小傅看见金哥来了，转头淌着眼泪告诉金哥说：

（字幕 41）“我的老爸爸有三亩地，并不靠近路线……胡处长圈了去，一钱不给，说是要筑路。……我爸爸病倒在床上，我又给派在这里做工……没有钱买药……”

金哥转头望着朱大，朱大气势汹汹地说：

（字幕 42）“金四，你少管闲事！这人不好好地做工，只想溜走。我带他去见胡处长！”

老张、小罗等怒目而视。金哥冷笑地望着朱大，好像在说：“带他去？没有这么便当吧！”

筑路工人们从崖上、从湖边向闹事地点聚拢过来，手里都拿着筑路的锤斧和铲耙……

在远处的凉亭下，高个子短髭的胡处长和鼠眼鹰鼻的洪管事冷静地在眺望着。

路工们越聚越多了……

朱大怒斥金哥等人走开，金哥等人屹立不动，朱大转头望望四面。

四面是震天的怒喊和高举乱摇的锤斧铲耙……

朱大的威风消逝了，松了抓小傅的巨掌，像一个被打败了的恶狗，夹着尾巴离开了。

小傅感谢着众路工，金哥挥臂叫大家散去。丁香和茉莉这时也赶来了。大家笑着朱大的那一副色厉内荏的丑相。

站在远处凉亭观测了很久的胡处长问身边的洪管事——洪警：

（字幕 43）“那个黑小子是谁？为什么有那许多人跟着他起哄？”

洪管事转头去望着远处正在谈笑的金哥和茉莉等人，把金哥的名字告诉了处长。

胡处长冷冷地点头嘱咐洪警说：

（字幕 44）“好小子！记着他！以后或许有用……”

洪警用鼠目斜觑着他的主子，竭力想猜测他主子的心意；忽然他看见他主子的两眼发亮了，问他：

（字幕 45）“还有那两个雌儿呢？是谁？”

洪警转头望着远处的两个姑娘，又回头望望他的主子，耸肩谄笑地附耳说：

（字幕 46）“大的叫茉莉，从前是卖解的。小的是开饭铺丁老头的女儿，叫丁香；烧得好鲫鱼。——过一天我叫她们亲自送一盘鱼给您尝一尝。”

胡处长没有搭腔，也没有回头看洪管事，但是洪管事已经知道他的主子现在有点高兴起来了。（化）

金哥等十几个路工带着胜利的喜悦一路说说笑笑，到了丁福记饭铺，后面还有一二十个陆续进来的年轻顾客。丁香和茉莉忙着去准备饭菜。丁老头笑容满面地招呼着大家入座。

金哥、小罗等六个人坐到中间的一张方桌边，连连喊热。这时，丁香早已在灶侧的木盆里拧好了滚热的手巾，像一般戏园子里一样把十几条手巾裹成一长条，远远地从灶侧向方桌前的茉莉抛去。茉莉施展出她卖解的绝技，熟练的一只手轻轻地接住飞来的手巾，打开来一一向金哥、老张、小罗等人掷去。

茉莉赤足套着广东带来的精致木屐，引起了章大的注视。茉莉回头觉察了，笑着把一条滚热的手巾掷到章大的胖脸上，烫得章大“哎哟”叫了起来。

大家笑了，一齐把热手巾向章大的脸上、身上抛来，急得章大哇哇乱叫。

小罗在桌边向远远的丁香示意索茶喝。

丁香含笑去倒茶，倒了一大杯茶向小罗走来。这一来又引起了金哥等人的注意，大家一齐争着要茶吃。这一个喊：“给我！”另一个又叫：“我喝！”小罗也不让步；六只手一齐伸向微惊带窘的丁香。

丁香红着脸笑责众人：

（字幕 47）“你们真坏！这茶里又没有糖，你们抢些什么？”

茉莉在旁边听见了，走过来接过丁香手里的茶杯，尝了一尝后摇头说：“是没糖。”又叫丁香尝尝，丁香就茉莉手尝了一下。茉莉然后再尝，点头笑着向大家说：

（字幕 48）“现在可真是甜蜜蜜哪！”

茉莉说完，笑着把茶杯放到小罗面前。丁香恨得指着茉莉骂，急着要抢回小罗面前的杯子，可她哪里来得及！六个路工一齐伸出大手去抢桌上的茶杯。一时臂膀飞舞，笑声满屋，六个年轻路工在小小的茶杯上堆成了一座人山……

丁老头在柜台后写账，吓得取下了老花眼镜，向那个翻腾的人堆探望。他微笑着摇头告诉身旁的一个中年顾客说：

（字幕 49）“咳，年轻人嘛！辛苦了一天，总爱开开玩笑。”

金哥从众人的头上脱身出来，手里只抢到了茶杯的一小块碎片。人堆散开了。六个人的手里各抢到了一小块茶杯的碎片。全饭铺的人都狂笑了起来。

跑堂小二和一位帮忙的杜大嫂这时用木盘端了饭菜来。众路工又哄然笑着入座，忙着吃起饭来……（化）

七

在工地凉亭里，胡处长、朱大和洪管事在谈些什么。朱大像一个斗败了的公鸡似的垂头丧气地蹲着不动；洪管事刁滑多了，他觉得朱大太笨，不会对付路工们。

胡处长带着几个随从回府去了。洪管事还缩肩谄笑地向他的主子耳朵边咬了几句话。

一对打花鼓的十岁左右的男孩和女孩在饭铺里正唱得起劲。三根尺把长、响着青铜钱的小木棒从女孩子的手里接连抛向空中翻舞着跟头。章大、小六子等乐得不住地喊好，笑着拍他们的头，给他们一些铜子。

小六子看见丁香在小罗旁边坐着，就悄悄地走近章大，告诉他说：

（字幕 50）“昨天晚上我听见丁香在溪边唱歌给小罗听。我们大家叫她唱一个！”

章大惊喜地把小六子探听来的重要消息附耳传达给郑君，郑君又附耳转传给老张和金哥。金哥望了望丁香和当时都已吃完了午饭的众路工，含笑地站起来要求：

（字幕 51）“丁香，大家要你唱个歌。不要客气吧。来一个！”

饭铺里的众路工发出一片掌声。

丁香红着脸羞窘地推辞说，不会唱。小六子站起来作证说，他昨晚还亲耳听见过。丁香急得去按小六子坐下，小六子又不肯。大家笑闹着。

茉莉走来援助受窘的丁香，一手把小六子按了下去，一手庇护着丁香说：

（字幕 52）“谁欺负我们的小丁香？谁敢，我跟他拼命！”

泼辣的茉莉像一个英雄似的用双眼威慑着大家。

金哥用臂膀轻轻地撞了老张一下。两个大汉不声不响地来到茉莉身旁，各人伸出一只健壮的臂膀轻轻地举起她，很有礼貌地把她安置在当中的一张桌子上坐下，笑着对她说：

（字幕 53）“你是见义勇为的英雄好汉！那么你唱吧！”

大家热烈地鼓掌欢迎。

茉莉没有被金哥等提出的难题难倒，她回答：

（字幕 54）“好！你们奏起乐来，我就唱。”

这个难题很快就被金哥等人解决了。大家拿着筷子轻敲碗碟；刚才打花鼓的孩子们的锣鼓是现成的；小六子还凑趣地把打花鼓的三根小木棒借给了茉莉。

茉莉是“会者不难”。她两手抛起了三根响着铜钱的花鼓小棒，在大家的恳求下，她说：“就唱《凤阳歌》[①] 吧！”

《凤阳歌》（安娥改词）

说凤阳，道凤阳，

凤阳本是好地方，

自从出了朱皇帝，

十年倒有九年荒！

（歌词迭印）茉莉坐在桌沿，开始唱了起来。金哥等路工在郑君指挥下“咚咚咚咚锵”地伴奏着。

大户人家改行业，

小户人家卖儿郎；

奴家没有儿郎卖，

身背着花鼓走他乡。

（歌词迭印）灾荒地区景象：田地龟裂；饿殍载道；草根树皮被掘食剥啮着；有些灾民扶老携幼地逃奔他乡……

说凤阳，道凤阳，

凤阳年年遭灾殃。

堤坝不修河水涨，

田园万里变汪洋！

---

① 安娥根据民歌改词，任光曲。

（歌词迭印）茉莉在沉痛的回忆里唱着。天灾加上人祸，使得善良无辜的老百姓们在深重的灾难中流离失所……

多少人家葬鱼腹！
多少人家没衣裳！
奴家为了三餐饭，
身背着花鼓走四方。

（歌词迭印）一片汪洋的灾区，大水淹没了村庄田舍，有些老幼妇孺逃到摇摇欲塌的屋顶上待救，有些人家妻离子散，在冷风里索索地颤抖……

说凤阳，道凤阳，
凤阳百姓苦难当！
从前军阀争田地，
如今矮鬼子动刀枪！

（歌词迭印）茉莉带着愤恨的声调唱着。残暴昏聩的军阀和阴险狠毒的帝国主义者，特别是几年前出兵侵占我东北的日本帝国主义者是我国人民的多年死敌！

沙场死去男儿汉，
村庄留下女和娘。
奴家走遍千万里，
到处饥寒到处荒！

（歌词迭印）军阀混战、掳掠人民的场景和敌军侵略我国、焚烧惨杀的暴行……

茉莉唱完了《凤阳歌》。人民历年来水深火热的惨痛血泪史，激起了饭铺里一群青年筑路工人的无比愤恨。金哥望着饭铺里的一群粗犷但又善良淳朴的年轻伙伴们，从他们激动、愤怒的眼睛里看出了人民的无穷力量；这伟大的力量，必将有一天推翻压迫着他们的暴君和敌人！

一阵寂静和沉默笼罩着小小的饭铺；但这不是消沉，不是颓丧，这是暴风雨前的一种可怕的沉寂……

忽然一声像枭鸟般的怪笑在饭铺的门口发出。洪管事洪警和监工朱大夹杂在门外的十几个过路乡民中听到了茉莉歌唱。洪警不觉得意忘形，喊起了“好”来，又走了近茉莉。

（字幕 55）“唱得好！好极了！……过一天我带你到胡处长家里去玩儿玩儿。”

茉莉冷冷地望着那一个发言狂妄、不识进退失去了警惕的洪警，忽然意识到这正是一个适当的好机会教训他。她对洪警冷笑而带讽刺地说：

（字幕 56）“多承洪管事看得起！过一天一定跟您去拜望胡老爷。”

洪警微微地受宠若惊了。这还是这位艳如桃李、冷若冰霜的女孩第一次向他表示“好感”呢。毕竟他是当地大地主兼筑路副处长的胡老爷手下第一红人，哪个小妞儿敢对他不敬呢？他得意地转头望着旁边的丁香，嬉皮笑脸地关照她：

（字幕 57）“丁香，胡处长听说你烧得一手好醋熘鱼。——过一天我带你送一盘去，怎么样？”

洪警笑拍丁香的肩，丁香羞避，洪警哑声哑气地笑着，忽然小罗上前把丁香和洪警隔开。洪警望着那含怒的小罗，又望望众人，好像不太明白那是什么意思似的。

金哥向老张以目示意，老张、郑君、章大和小六子等人都会意地望着金哥，等待令下。

金哥含笑上前，走到洪管事身旁，先代他拂去衣襟上的尘土，又认真地整理洪警的微敞开的衣领。洪警莫名其妙地望着金哥。

金哥笑问洪警：

（字幕 58）“洪管事，您坐过飞机没有？”

洪警茫然不知所对，摇了摇头，说：“没有坐过。”一面又环顾饭铺里那许多含笑的脸。

金哥点点头说：“那么，就请你坐坐飞机吧。”一语未了，顺手把洪警的手臂一拉，一下就把洪警的整个身体腾空顶起，举上了肩头，飞快地旋转了起来，就像飞机的螺旋桨一样。

洪警在天旋地转中哇哇地大喊救命。全饭铺的人沸腾起来，狂笑助威。

朱大在饭铺门口夹杂在人丛中惊望。

金哥把洪警在头上旋转了十几转之后，忽然敏捷地把他传给了老张，老张又把洪警顶着在头上飞旋起来……

监工朱大见状连忙溜走。

老张把洪警旋转了二十多下之后，又把他传递给章大。洪警在昏眩中连救命也喊不出来了。这位靠鸦片烟生活的大管事尝够了“坐飞机”的味道。他禁不起三个大汉的恶作剧。当章大怕把他弄死了而放他下地时，洪警的两足已经保持不住身体的平衡了。他昏昏晕晕地倒入郑君的怀里；郑君把他一推，他又昏昏地倒向小罗的胸上；小罗也把他一送，他又昏昏地倒向小六子的身上；可是瘦小的小六子支持不住，和他一同坐倒在地上。

小六子恨极了，看见洪警右脸的一粒黑痣上蓄得有五六根长毛，就伸手把长毛拔去，痛得洪警喊了起来。

金哥、老张各伸一臂，在众人哄笑声中，轻松地把洪警提送到饭铺门外，让他一个人昏头昏脑地坐在地上去细数他眼前的无数金星去了……（渐隐）

八

（渐显）翠湖边的初夏，熏风吹拂着湖边和崖上的筑路工人。《大路歌》声和湖上的微波有节奏地交响着……

金哥、小罗、老张等人和伙伴们拉着大铁磙，高歌前进……

这歌声回响在山谷间，也透过了丁家饭铺后院敞开的木格方窗，传到饭后小憩斜躺在旧竹躺椅上的茉莉耳里。她含笑神往地听着那远远的雄浑有力的歌声，想到那些身负重担、淌着热汗在筑造大路的英雄好汉们。他们要哪一天才能筑好“自由大路”呢……

丁香对着方桌上的一面镜子，用烤热了的铁夹子烫着头发。她细心地烫着，但仍然烫痛了耳朵，一声尖叫，丢了铁夹，抚摸着耳朵喊痛。

茉莉被丁香的叫声吓了一跳，急忙过来看她，才知道这个娇气的小姑娘不过烫了一下耳朵。茉莉望着丁香笑了。这个娇气的小姑娘也是在八九岁就失去了娘，她常常在茉莉面前撒娇。

茉莉笑拧着丁香的脸说：

（字幕 59）“又叫人怜，又惹人爱！难怪小罗那孩子爱得连饭都不想吃啦！”

丁香望了茉莉一眼，仍然噘着小嘴。茉莉笑着一把抱起了丁香，像哄骗小孩子似的在屋内轻步走动。丁香咯咯地笑了起来，用一个指头点着茉莉。茉莉笑着抱着她一齐坐到大竹椅上去，让她坐在膝上。

丁香望着茉莉微微发红的脸，想到了什么，附耳轻轻地问她：

（字幕 60）“茉莉，悄悄地告诉我：你爱谁？”

茉莉听见丁香这样问她，转头望着丁香那一种又羞又怕的女儿态度，不由得大笑起来。向后一倒，躺在竹椅上，一面喊着：

（字幕 61）“悄悄地！干吗要悄悄地呀？……我偏要大声说：我都爱！”

丁香不懂了，吃惊地望着那个大胆豪放的卖解姑娘。那么些路工，像金哥、老张、郑君他们，怎么能“都爱”呢？

丁香也躺下，靠近茉莉去问她。茉莉一只臂膀轻护着丁香。

窗外传来了远远的筑路歌声。湖水的涟漪的反光像银蛇似的在天花板上，五月的暖风轻轻地吹送着野花的芳香。茉莉神往地、有节奏地吐露着诗句般的语言：

（字幕 62）我爱金哥的勇敢。

他总在微笑，

他永远向前；

从来没说过：

这事难办。

（字幕迭印，渐显）金哥微笑着挥臂高呼：“伙计们，上呀！”

身后是大群路工。（化）

茉莉徐徐说着：

（字幕63）我爱老张的铁拳。

他不大说话，

他埋头苦干，

掏人手一下，

要痛三天。

（字幕叠印，渐显）老张淌着汗拿着大铁锤用力劈巨石。（化）

茉莉徐徐告诉丁香：

（字幕64）我爱郑君的聪明。

世上的事，

他知道那么清；

编出的歌儿真动听。

（字幕迭印，渐显）郑君教几个路工认字，又吹起他的口琴来……（化）

丁香微笑地静听着茉莉笑着诉说：

（字幕65）我爱章大的粗笨

说了就干，

干了又悔；

鲁莽赛过鲁智深。

（字幕迭印，渐显）章大持烧鸡大嚼，大言不惭，忽然急急掩口，不敢再说了……（化）

茉莉转望丁香一眼，含笑徐说：

（字幕66）我爱小罗的志气。

多么年轻！

多么美丽！

他做梦也在开机器。

（字幕迭印，渐显）小罗像一个好奇的孩子用手轻抚着机器压路车，向机车司机学习……（化）

丁香神往地听着茉莉谈到小罗，满怀着少女纯洁的爱，幸福地用脸靠拢了茉莉。茉莉笑了一下，又说：

（字幕67）还有那小六子的千灵百怪。

这猴儿好事不会做，

歹事都是别人

逼他做出来。

（字幕迭印，渐显）小六子飞快地吃着大梨，向人笑着做怪样……（化）

茉莉结束了对六条筑路好汉的颂诗般的叙述，她和丁香起初还是微笑，后来竟忍不住狂笑了起来，好像乱摇着的一串金铃……

金铃般的笑声惊醒了柜台里坐着打盹的丁老头。他还戴着他入睡前看弹词的老花眼镜。这时他望了望天色，——正午的炎热已过了。

丁老头来到了内屋。丁香和茉莉齐声叫着爸爸。丁老头笑着催两个姑娘：

（字幕68）“天不早了，驴子已经吃饱，你们快到镇上去办货吧。”

丁香和茉莉笑应着，一面急急地找头巾包头，准备出门……（渐隐）

九

（渐显）翠湖边一片美丽如梦的晚霞……从蔚蓝、翠绿、橙黄到绯红，好像画家笔下的一幅水彩画，像九天仙女新织成的五色绣幕，像诗人奔驰在长空的幻想……

丁香和茉莉牵着小驴远远地出现在湖边的崖上，就像满天绯红色的绣幕上印染出来的几点美丽生动的银灰色剪影。她们哼着小曲，牵着小驴，驴背的竹篓里满载大米、面粉、粉丝、干菜、肉、笋和几个大西瓜。她们望着崖下那一片反映着绯红彩霞的湖水。地上的路工们已经下班了。她们从崖上向下细细地寻找金哥几个人。丁香问：

（字幕69）“金哥他们下了工，都跑到哪里去了？”

茉莉笑着回答说，她也不知道。

两个姑娘牵着小驴顺崖边小路向回家的路上走去……

一处竹树清幽、苍翠掩映的山溪里响起了金哥、小罗六个青年的欢笑声。他们的衣服丢在溪边鹅卵石上，正在那喷着雪白泡从谷里流来的小溪中游泳。金哥和小罗等仗着力气大，把健壮的身体横挡着那大石缝中疾冲下来的溪水作乐；老张在清澈可以看见水底五色鹅卵石的丈把深的水里游泳；章大和郑君懒洋洋地躺在浅水里休憩。

小六子是六人中不会游泳的一个。他在浅水里乱打了一阵算是学习游泳，之后，爬到一块大石头上去休息。金哥和小罗游到小六子跟前，爬上了大石。金哥笑着对大家说：

（字幕 70）“今天非叫小六子跳进深水不可！快！不跳，我们就推！”

小六子听见，死抱着大石头惊喊：

（字幕 71）“杀头可以，跳深水不能！……”

金哥和小罗推着小六子，笑他是胆小鬼；小六子死抱着石头不松手。大家笑嚷着。

峰回路转，茉莉和丁香牵着小驴到了小溪山坡上。她们远远地望见了金哥等六人在小溪里游泳，丁香吓得满脸通红，连连后退。

茉莉微笑着用两只手做个大喇叭，向着山坡下游泳的路工们“啊啊啊——”地喊起来。

溪水里的金哥等人远远地听见山坡松林边茉莉顽皮的叫声，大吃一惊。大家像一群受惊的鸭子纷纷地跳进水中，包括那个胆小的小六子。

山顶上的茉莉微笑着。

金哥等人探头出水，望着远远的山坡，挥臂叫茉莉走开。

茉莉微笑地靠着松树站着。

章大、小六子躲在水里威胁地高喊：

（字幕 72）“快点走开！不走，我们就起来了！”

茉莉反而微笑地坐在山石上了。

小六子、章大等搔头无计，知道他们的威胁失败了。章大在水里探头高喊：

（字幕 73）“得了，算我们输了！有什么话，请吩咐吧。”

茉莉笑望丁香，让丁香向躲在水里的众路工高喊：

（字幕 74）“今天晚上，我爸爸请你们吃好菜！”

丁香喊完，笑指驴背上的竹篓；篓面上有几个大西瓜在闪着光。

金哥得了一计，以目向大家示意之后，忽然高声大喊：

（字幕 75）“好大西瓜！弟兄们，冲锋呀！”

金哥像先锋似的在前开路，带着五个弟兄抢出水面，奔向浅滩。

丁香死命地把微惊的茉莉拉开。

金哥等人就在这个时候抢得了沙滩上的短裤，穿好了向山坡上冲来。章大体胖，小六子力弱，落在众人后面。小六子脚滑，爬不上山坡，章大回身一把揪着他的头发，把小六子带上山坡。

金哥和小罗首先跑到了小驴旁。丁香笑请他们吃西瓜。金哥抓起一个大西瓜，飞掷与老张接了，自己另拣了一个大西瓜，一拳打开，散给郑君、小罗和两位姑娘。

老张两手把西瓜轻轻一挤，西瓜裂成了三四块，分给章大和小六子。

大家笑着吃西瓜……（化）

饭铺里的夜晚。桌上杯盘狼藉，残骨成堆……（化）

金哥等人酒足饭饱，离桌散坐。夏夜凉风从窗间阵阵吹来。

郑君、老张和茉莉闲语；金哥找丁老头谈着家常；章大和小六子躺在竹椅上，连连摸着他们吃得太饱的肚子。忽然小六子发觉了一件事，睁着他的灵活的小眼睛四面张望。他叫了起来：

（字幕 76）“喂，小罗和丁香偷跑了！”

大家四望，果然不见小罗、丁香两人。茉莉要大家轻步出屋。

丁老头摇头微笑，慢慢地装烟管。……

月明的夏夜。

丁香坐在屋侧竹林小坡的水井边唱着《燕燕歌》[①]。小罗含笑听着……

《燕燕歌》（安娥词）

花儿红又鲜，
开放在小河边。
对对小燕儿，
飞到那柳树尖。
燕儿燕儿真会飞，
燕儿真会穿。
脚儿踏着黄皮鞋，
身披黑布衫。
燕燕，唧唧唧，穿穿，
唧唧唧，飞飞飞，
飞上青天。
燕燕，唧唧唧，穿穿，
唧唧唧，飞飞飞，
飞回梁间。
燕儿晚安！
飞飞飞，唧唧唧，
燕儿晚安！
飞飞飞飞！
穿穿穿穿！
飞飞穿穿！
飞飞飞呀！
穿穿穿呀！
飞飞飞呀！
穿穿穿呀！

① 安蛾词，任光曲。

飞飞飞呀！

穿穿穿呀！

飞回梁间。

喂，小燕！

唧唧唧，

燕儿晚安！

去晚餐！

喂，小燕！

唧唧！唧唧！

唧唧唧唧唧唧！

小燕晚安！

小罗听着丁香唱歌。浅草和瓜藤里的虫儿，唧唧地响起了迷人的伴奏。明月在远处湖面上闪烁着一条碎玉流琼般的银色道路。

丁香的婉转歌声停了，但在这两个年轻人的心里还继续着另一种婉妙的歌声，——这歌声曾在千百年来的年轻恋人心里像琴弦般温柔地轻轻地震颤过……

茉莉、小六子的笑声首先从树后发出，接着是金哥等大伙的笑声。他们从井后、树旁、草中转了出来。丁香在惊定之后笑指着小六子说："坏！顶坏的就是你！"

小罗却羞得像小孩子般忸怩不安地笑着。

在寂静的夜晚里高响着这一群年轻人金铃般的笑声。但这金铃般的笑声能在这平静的湖边响到几时呢？

一〇

忽然间，婉妙的小夜曲被几声沉重的巨鼓突然惊断，山坡下响起了四五匹怒马的奔驰和喘气声。

金哥等人从井栏边吃惊地向半筑成的坡下公路探望。

青年军官带着四个骑者，手持火把跑到筑路工地和在山坡上许多临时路工的草棚前，勒住了马，好像在寻找道路。草棚里的路工们闻声纷纷出来观看。

金哥等六人和两个姑娘走下山坡。

军官把监工朱大和洪警唤到马前问话。金哥等人也挤进围观的路工中间。军官告诉大家：

（字幕 77）“敌国[①]的兵已经在福港上岸，向我们进攻了！……从这里到县里怎么走？还有多远？”

朱大和洪警连忙回答。路工们纷纷惊谈敌兵上岸的事。有些路工向年轻的军官指点路途。

军官带着四个骑者向县里飞驰而去，遗留在蹄声尘影后面的不再是幽静和平的翠湖，而是敌人的侵袭、焚烧、杀戮的可怕阴影。

金哥、郑君等人冷静地面对着这一惊人的现实。小罗连连安慰震惊着的丁香。章大望了望小六子，茫然不解地自语：

（字幕 78）“真奇怪！敌国才抢走了那一大片地[②]，为什么现在又到这里[③]来打我们？……”

小六子也搔头莫名其妙。日本不是去年刚刚侵占了东北吗？

郑君点着头说：

（字幕 79）“一点也不奇怪。我已预料到，那些贪得无厌的敌人在半年前就要进攻这里了！”

众路工对万恶的帝国主义的侵略感到无比的愤怒和痛恨。

远处有一队工兵疾步奔过。高个子刘长和几个路工淌着汗跑来，指着后方告诉大家：

（字幕 80）“我才从虎岭关来，那边已经听得见大炮响啦！”

大家一阵紧张和沉默。丁香紧紧地抓着小罗的臂膀；好像有了小罗，她就不怕了似的。

接着，在众路工纷纷议论的时候，洪警和朱大鬼头鬼脑地跟两三个路工模样、名叫魏三和冯狗儿的人在交头接耳地说着。不一会儿，

① “敌国”指日本。——作者

② “一大片地”暗指沦陷的东北。——作者

③ “这里”指“一·二八”战役毗连地区。——作者

魏三就走到几个聚谈着的路工中间说：

（字幕81）“敌人厉害得很！我们在这里筑路有什么好处？——不如大家逃命散了吧！”

金哥听见了，猛地回头去望魏三。

冯狗儿也在人群当中大声喊着：

（字幕82）“走啊！大家逃命吧！我们的工钱又给人扣了！大家散啊！”

魏三也大声附和起来，影响了不少的路工们。大家纷纷骚动着，许多人都在说：“走吧！逃命要紧！……走吧……”

金哥和郑君惊望。金哥跳到路边的一个大铁磙上面，挥臂大喊：

（字幕83）“大家不要乱！……敌人还没有来哩！大家乱了起来，只有死！”

众路工静了下来，听着金哥说话：

（字幕84）“现在逃命，——太晚了！让你先逃十天，敌人的飞机也可以很快地追上来轰炸你们！”

大家觉得金哥说得对。残暴的敌人有飞机等杀人武器，逃命并不是最好的办法。

金哥向大家高声大喊：

（字幕85）“我们现在逃命，——也太早了！因为我们是筑路工人，我们也就是打仗的兵！”

金哥慷慨激昂的一番话激动了众路工。都是年轻人，都是有热血、有骨气的汉子，——谁能够在敌人向我们的和平家乡进攻的时候抛弃了后方的工作做逃兵呢？

让胆小的人逃命去吧！众路工高喊着：“我们不逃！”

金哥站在大铁磙上兴奋地望着那一群年轻的路工伙伴们，他眼里发出胜利的光芒，他为这许多爱国的筑路工们感到无比的骄傲！（渐隐）

（渐显）大铁磙从路面上滚压过去……

金哥、小罗拉着铁磙，身旁有几个年轻兵士一道拉着。《大路歌》

声在湖边崖旁震荡着……

老张和另一个青年士兵捶着大石。

章大和小六子坐在路旁捶着碎石。小六子和身旁的军人笑谈着。为了这条与自卫战争有重要关系的公路，大家是不怕出力和流汗的……（化）

夜里，几百个火把照亮了赶工筑路的人们。

金哥等人拉着大铁磙，高歌前进。

丁香、茉莉和丁老头等人忙着烧开水，送茶饭。

副处长胡天这时和青年军官周连长站在工地旁山坡上观察。朱大、洪警等人在他们身后站着。

周连长兴奋地告诉胡天：

（字幕 86）“这样日夜地赶筑，三天以后，就可以连接虎岭关的公路，我们运兵到前方就省时间了！”

胡天恭敬地听着，但从他的眼睛里，我们看见了他正在暗暗地盘算着不可告人的勾当……（化）

黑夜笼罩着胡处长的一间点着洋油灯但显得阴森神秘的内书房。书案上有一个虎狼相斗的小雕刻。

敌国的秘密使者身披一件黑色斗篷，威胁地背立着。迎面坐着失魂落魄的胡天，他恐怖地望着背立的穿黑斗篷的人。

穿黑斗篷的人冷冷地说了一些什么。一个留着小胡子的翻译告诉胡天说：

（字幕 87）“他说：最低的限度，通虎岭关的那条公路绝不可以在三个星期以内筑成！”

胡天听着，望着背立的使者，面有难色。使者取出一张支票，丢在书桌上。

小胡子翻译说：

（字幕 88）“他说，要么收下这一张支票，要么吃他的炸弹！”

胡天颤抖地望着穿黑斗篷的人，畏缩地望着桌上的支票，慢慢地点着头。他在炸弹和支票之间“聪明地”选择了支票。

一阵风吹得洋油灯光闪动。——穿黑斗篷的使者已经转身由翻译陪着离开了书房……（渐隐）

一一

（渐显）丁福记饭铺的灶头，鱼在锅中煎着。

丁香铲起煎好的鱼，盛在盘里。茉莉走近看她。这时已经是吃午饭的时刻了。两位姑娘向饭铺座位间探望。

吃饭的路工们都来了，独不见金哥、小罗等六人。丁香和茉莉走到众路工坐着的桌子中间去，找到了和金哥他们相熟的高个子刘长。

刘长告诉丁香、茉莉说：

（字幕 89）"金哥他们跟着洪警到胡公馆去，说不来这里吃饭了。"

丁香和茉莉感到诧异。丁香惊叫了起来：

（字幕 90）"到胡家去了！"

这真是从来未有的怪事：金哥这些人怎么会到他们所厌恶的胡家去呢?

茉莉比丁香镇静些。她送菜给刘长，一面细问详情。

刘长桌上的两碟小菜……（化）

胡公馆陈设华丽的大厅，圆桌上堆满了鸡鸭鱼肉和酒杯。

胡天端着酒杯笑劝大家喝酒。围坐在铺着白桌布的圆桌上的是小罗、郑君、金哥、老张、章大、小六子，还有斜着身子坐近他主子的洪管事。胡天的两位姨太太执着壶给路工们斟酒。从她们微微皱眉、把身子尽量躲远些斟酒的神态看来，她们好像是当时大厅里唯一感到金哥等路工的破旧衣裤和华丽大厅不相称的人。

胡天举酒告诉路工们说：

（字幕 91）"刚才我已经说过：敌人炮火飞机厉害，至迟明晚就要打到这里！大家的性命难保！"

金哥微笑地和老张饮酒。

小六子和章大吃着美味，笑嘻嘻地也好像没有听见胡天严肃的警告。

胡天义愤填膺慨叹说：

（字幕92）“那些军官们叫你们筑路，就是预备好他们坐汽车逃走！但是你们三千多路工……性命就白送了！”

金哥等人又默默含笑地饮了一口酒。

胡天望着众路工，告诉他们：

（字幕93）“你们六位是领导那些路工的人。你们忍心看着那三千多可怜的路工冤枉送命吗？”

胡天悲天悯人地恳劝说着。

金哥和左边的郑君互望一眼，几乎笑出了声。

胡天一招手，两位勉强做出笑容的姨太太拿着许多张支票来，在金哥等人面前一人摆了一张。

胡天慷慨地一笑说：

（字幕94）“这里，我帮助六位每人四百块洋钱。大家逃命去吧！今天晚上，三千人一齐逃命去！”

胡处长说这些话时是抱有相当的信心的。他好像在欣赏自己降低了“高贵”身份去迁就微贱的路工这一戏剧性的恩赐。

金哥含笑地顾盼了一下五个弟兄，拿着支票慢慢地站了起来，然后说：

（字幕95）“胡老爷给了我们几个弟兄这么多的钱，又救了三千多路工的性命，——真是天下第一好人！”

胡天微笑，颇为得意地听着。

金哥想了一想，好像在推论地说：

（字幕96）“但是……我们逃脱了性命，恐怕有几千万人反倒要送了性命！胡老爷是聪明人，不知道您想到过这个没有？”

胡天一时不太明白金哥的意思。金哥从容地说：

（字幕97）“胡老爷是太聪明了，凑巧我们几个弟兄可又太傻；这些钱我们是没有用处的！”

胡天的微笑消失了。金哥望了望手里的支票，把它轻轻地撕成两片，放在左边郑君的掌中巧妙地用右手一拍，碎支票“嘭”的一声像小气球似的飞在空中。

金哥笑问小罗他们：

（字幕 98）“弟兄们，你们都学会了这玩意儿吗？”

小罗等闻言，大家纷纷撕开支票，用两手挤拍作脆响，一时桌上空中，尽是飞舞作响的碎支票。

小六子把支票在蜡烛上点燃，演魔术似的一口吞入嘴里。博得了大家的喊好。

胡天的脸发黑了，眼里发出羞怒的火焰，骤然站了起来大喊：

（字幕 99）“蠢猪！你们敢和老爷对抗！胆子真不小！”

胡天把手里的花瓷酒杯猛向地下一摔。

广敞的大厅四周立刻跳出来十二三个恶汉，各持大刀、手枪，把六个路工团团围住，气势汹汹地拿着武器逼着金哥等人。

金哥等人冷笑蔑视着那些恶汉和胡天。

胡天怒骂：

（字幕 100）“跟你们说好话是不行的。叫你们尝一点老爷的刑法，你们就会听话了！”

金哥冷笑地斥责胡天：

（字幕 101）“汉奸！你在做梦！”

胡天气得动手想打，反被金哥冲上一把扼着脖子。老张、小罗等人一齐乘机动手，但寡不敌众。在混战中朱大乘隙用手枪柄猛击金哥的头，金哥晕了过去。众恶汉也用刀枪逼住了众路工。

洪管事扶起了胡天，怒喝众恶汉把被打晕了的金哥和众路工推出了大厅……（化）

胡公馆的地下土牢。

守土牢的络腮胡汉子开了铁栅门，让众恶汉把金哥等六人推进了阴森恐怖的甬道。

金哥失去了知觉的双足拖在土牢的甬道里，被胡天的狗腿子们挟拖着走去。

土牢的第二道铁栅门打开了，金哥的双足被拖着走下了潮湿的石阶，经过了散乱在地上的麻绳、铁链、老虎凳、烙铁、风炉等，最后，恶汉们把昏迷的金哥用粗绳紧紧地绑在土牢中央的一根柱子上。

一盆冷水猛泼在金哥的头上和胸前。金哥渐渐苏醒了，睁眼四望。

阴森霉臭的土牢墙头，柱子上分别紧紧绑着小罗、郑君、章大、小六子等人。老张被粗绳和铁链紧绑在一个大木十字架上。

胡天带着洪警和一个突睛凸肚、满脸横肉，名叫苟八的牢子进来。

胡天手拿皮鞭，狞笑着问金哥：

（字幕 102）“拿洋钱好，还是吃皮鞭好？”

金哥蔑视着胡天，不屑和他搭话，冷笑着说：

（字幕 103）“我是哑巴。”

胡天被激怒了，拿皮鞭向金哥乱抽，一面喊苟八接过皮鞭，撕去金哥的上衣，鞭如雨下。

金哥冷笑着像铁汉般屹立不动。

小六子被鞭声吓着了；章大张目望着他，连连给小六子打气。

郑君望见身旁的小罗，小罗不忍金哥受鞭打，泪水涌上两眼。郑君便对他摇头，意思是叫他不要哭。在凶恶的敌人面前，我们对同志的同情会被他们视为懦弱。

小罗慢慢地挺起胸膛，瞋目望着前面。

胡天在金哥等六条硬汉的面前无计可施了，他只好向苟八怒喝道：

（字幕 104）“每人赏他三十皮鞭！晚上再问他们！”

胡天气冲冲地和洪警走了。苟八手持皮鞭到了小罗的面前。

小罗望着金哥微笑。

金哥望着小罗微笑。

小罗在受鞭时屹立不动，望着金哥……

胡天和洪警在阴森的甬道中向远处走去，皮鞭声啪啪地响

着……（化）

在筑路工地上，刘长嚓嚓地铲着碎石子……

筑路工人们淌着大汗拉绳，大铁磙压过不平的路面，嚓嚓作响……远处有一个路工晕倒了……筑造自由的大路是劳动人民艰巨的重担，需要流汗，需要流血，甚至需要光荣的牺牲……

日近黄昏，丁香和茉莉气喘吁吁地跑到筑路工地上来，已经是日落西山的时候了。她们找着了刘长，跑过来告诉他：

（字幕 105）"刚才我们去胡家门房探问过，说金哥他们早就走了！"

丁香惊慌地喘着，说着。茉莉扶着她，让她镇静些。

刘长皱眉四望，疑虑地问：

（字幕 106）"那么，他们现在在哪里呢？……"

茉莉肯定地说：

（字幕 107）"只有一个地方！"

茉莉的推测是正确的：金哥等人一定还在胡家；大概是出了什么乱子，中了胡天的阴谋诡计了。她叫丁香和她同走，抓紧时机；又回身在刘长的耳朵边嘱咐了几句话。

刘长望着她们走了，皱眉沉思着……（渐隐）

一二

（渐显）茉莉手拿薄竹片轻打着扬琴。

胡处长的阔气的书房里高挂着一盏洋油大吊灯，浅黄色的灯光照着书房中间小圆桌上一桌精致的酒菜。胡天这时已经喝得有八分醉意，一边望着坐在右肩持杯劝酒的丁香，一边听着茉莉在扬琴上轻敲出来的醉人曲调；在他身后还有两个年轻的姨太太打着扇、拧着毛巾服侍着。他满脸笑容地忘了一切。

茉莉打完扬琴，胡天怪声叫好。丁香端起银杯又劝胡天喝。胡天笑着拧丁香的脸，茉莉忙转过身从桌上拿起了小银酒壶，让胡天仰头张开嘴，像自来水似的把酒向胡天那镶着半数金牙的嘴里倒了下去，直到她笑得把酒错倒在他的鼻孔里时才停手。

胡天哈哈大笑说：

（字幕108）“好呀，亏得老洪把你们这两个好宝贝找来，不然，我会给那六个大混蛋气坏哪！”

茉莉和丁香微笑着。茉莉笑告丁香说：

（字幕109）“丁香，快给胡老爷做醋熘鱼去，好让胡老爷再喝几杯。”

丁香向茉莉会意，笑着点头说：“怕做不好！”胡天想起洪警从前提过的话，笑着央求丁香去做她的“拿手好菜”，好让他享享口福。

丁香推辞了一番之后才笑着答应了，由一个叫春梅的丫头带了去。

春梅带着丁香快走出书房门的时候，忽然茉莉把她叫住了。

（字幕110）“我也去！我要看看你府上的大厨房！”

茉莉带着十分羡慕的神色笑着向胡天说。胡天高兴了，叫她早点回来。茉莉点头笑允。起身和丁香、春梅出书房去了。

丁香和茉莉随着春梅走进宽大阔气的大厅。厅里尽是紫檀木桌几和胡天多年拽刮来的精巧古玩。大厅中央挂着一盏白铜吊灯。阴暗的灯光隐约地映照在挂在大厅正中镶有“礼义堂”三个金字的巨匾上。

丁香和茉莉一面向春梅指点着大厅里的陈设，一面称赞着。她们走过了宽敞无人的大厅。

丁香和茉莉跟着春梅走进甬道，向厨房的方向走去。茉莉看见四面无人，就悄悄地问春梅：

（字幕111）“好姐姐，听说你们老爷把几个犯罪的小工关起来了。——我们去看看好吗？”

春梅听了，连连摇头说：

（字幕112）“不行！谁敢带一个生人到地牢去看？老爷知道了怎么办？”

丁香哀求春梅说：

（字幕113）“好姐姐，我的哥哥也在里面……你可怜我，带我们去看一看吧！”

春梅还是不敢答应。茉莉看见四面没有人，就伸手到自己衣袋里。茉莉抓着一把锋利的大剪刀。

茉莉飞快地把张开了大口的剪刀对准了春梅的咽喉，春梅吓得“啊”了一声。茉莉急急用另一只手掩住了她的嘴，厉声说：

（字幕 114）“你要喊救，我先戳死你！然后大家一齐死！”

春梅被茉莉吓住了，不敢声张。茉莉逼着她带路。

忽然听到大厅里有甬道走来的脚步声，丁香大惊。茉莉急急把剪刀换到春梅的背后。

从大厅门里走过来一个挺肚子、三角眼的男当差褚三和一个头发梳得溜光、身体胖胖的宋妈。褚三望着丁香、茉莉等，问春梅说：

（字幕 115）“刚才你们在嚷些什么？”

茉莉笑着抢先回答说：

（字幕 116）“一个小老鼠从我们的脚面上跑过去啦！”

丁香也装着受吓而窘笑的样子，可是春梅笑不出来。

褚三和宋妈感到有些奇怪。

茉莉用剪刀轻刺春梅的背。

春梅也不自然地笑了。

茉莉一面挽着春梅，一面假装在地上寻觅小老鼠的去向。

褚三还在望着丁香和茉莉，宋妈把他一拉，说：“走吧。还看些什么？”两个人笑着走了。

茉莉和丁香在甬道里找了一阵那根本没有出现过的小老鼠之后，继续逼着春梅带路。

丁香和茉莉跟着春梅顺着曲折的长廊，走过了一个紫竹簌簌作响的小院，在长廊的尽头推开了一个小门，走进了一间储存旧家具的僻室。月光从小窗透进僻室，但里面仍漆黑一团。过了一会儿，春梅指着僻室地下的一块木板，轻轻揭开，让丁香去看。

丁香从小方洞向下望去，下面正是阴森怕人的地牢。老张、金哥、小罗等六人被分别地锁绑在木架和石墙上。

丁香吓呆了，茉莉急俯身下望。

满脸横肉的守牢人苟八靠着石墙坐着瞌睡，手里还拿了一根染血的皮鞭。

茉莉注视着地牢里的苟八，把手里的剪刀轻轻地向金哥面前掷去。

剪刀轻轻地在金哥足前的泥地上响了一声。

金哥望着地上的剪刀，抬头向上探望。

茉莉急从洞口向下面的金哥示意。

苟八醒了，起身持鞭走过来巡视。

金哥急用脚踏在剪刀上面。

苟八走到金哥面前，检查了金哥胸前和脚上的绳子，望着金哥冷笑了几声，又去检查木架上的老张等人。

茉莉急附耳告诉丁香说：

（字幕117）“你快去告诉刘长他们去！周连长也许会来帮忙的！”

丁香点头，准备动身。茉莉望着春梅，从袋里取出手帕来，一面对春梅说：

（字幕118）“对不起，绑你一会儿。半点钟以后再放你。”

茉莉抱歉似的说完，在春梅还来不及有所反应的时候，就迅速把手帕塞进了她的嘴里，一面接过丁香递过来的一根绳子，合力把春梅的手脚扎了起来，让她安安静静地坐在僻室的地上。

茉莉看见僻室里还有一个小门，门里有六七尺见方的堆东西的小橱，就同丁香一起把春梅抬到小门里，把门关了起来。

丁香和茉莉匆匆走到长廊里，茉莉嘱咐丁香赶快从走廊的另一端向胡家的大门走去。

茉莉望着丁香走后，听见各处都没有什么异样的声音，才转身向原路走去。

茉莉走过甬道，进入了刚才经过的大客厅，正巧远远望见胡天差来催她们的另一个婢女秋儿从对面走来。茉莉装着笑脸迎了上去。秋儿说，胡老爷正在催她去。茉莉笑挽着秋儿，向书房走去。

胡家的大门。

丁香向看门的老王讨了一个小纸灯笼，和老王笑语告别，慢慢离开。

丁香回头望见胡家大门关上之后，拔脚向湖边的筑路工地狂奔而去。

茉莉在书房里笑着跑近胡天的圆台旁，指手画脚地称赞说：

（字幕 119）“好宽大的厨房！又漂亮，又干净！”

胡天得意地笑望着茉莉说：

（字幕 120）“你还没有看过我内书房里的卧房哩！”

茉莉听了，故意四面张望，笑着悄声提醒胡天：

（字幕 121）“太太听见不得了！”

胡天听了，果然吃了一惊，看见没有什么人来，才又哑然失笑。

地牢里，金哥用脚把剪刀撑开，剪断了绑在脚上的绳子。

苟八靠墙坐着打盹。

金哥赤着脚，用脚趾夹起剪刀，向背后弯升，接到手里，开始用剪刀去剪绑在两腕上的麻绳……

一三

丁香狂奔到湖边筑路工地，在帐篷前找到了刘长和几个路工。丁香喘着气告诉他胡天骗囚金哥等人的事：

（字幕 122）“……刘长，快去救金哥他们吧！……胡处长锁着他们……就要杀死了！”

刘长大惊，高声四面喊人；路工们听见喊声，都聚拢了上来，争着问什么事。一部分开夜工筑路的路工和士兵也围拢来。

刘长跳上了大铁磙，向众人大喊：

（字幕 123）“胡处长把金四哥、老张他们六个人关在地牢里，就要害死他们了！”

众路工闻言，惊躁起来。

刘长愤怒地高喊：

（字幕 124）“胡天是汉奸！他卖了国！……我们都要被他出卖了！”

众路工怒喊：

（字幕 125）“我们找他去！……我们去救金四哥他们！”

众路工高喊：“走呀！找汉奸去……快去救金四哥！……”大家争着抢了筑路的锤斧铲耙等工具，从路边的火堆上点燃了火把，准备出发。

山坡上，一个排长在军帐前向青年军官周连长报告。周连长向坡下一望。

山坡下一片火海和几百个路工愤怒的吼声……

周连长惊向排长问了几句话，知道了胡天的卖国阴谋。他说：

（字幕 126）“已经激起了公愤。我们只好派兵一齐去一趟！”

山坡下，刘长一声高呼：“走呀！……”众路工立刻向胡家冲去，形成了一条铁与火的激流。

茉莉在书房和胡天鬼混着，还在劝他喝酒……

地牢里，金哥已经剪断绑着他手腕上的粗绳，望了望还在打盹的苟八，轻轻地向附近的老张走去，急着解开绑他在十字木架上的那根粗绳。

苟八的眼睛慢慢地睁开了，忽然又机警地闭上。

金哥急急解去老张腕上的麻绳。

苟八的手偷偷地伸向他身旁的一把尖刀。

金哥已经解开了老张的一只右手，正急于去解开左手的绳子时，苟八突然站起把尖刀飞掷过来，正插在老张的胸上。

苟八一声狞笑。

金哥愤怒地望着苟八,一面扶着老张。

苟八顺手抓起身旁的大刀，正要持刀冲前，金哥已经隔着大石案飞身一跃，头朝前，脚往后，飞过了石案，双手把苟八的两腿一抱，把他冲倒在地，手上的大刀也跌在一边。

苟八在混乱里挣扎着跳起来，一脚猛把金哥一蹬，金哥未提防，坐倒在地。苟八从地上抢得大刀，高举着向地上的金哥猛砍过来。

老张已经把胸上的尖刀忍痛拔出，在苟八持刀猛砍的紧要关头，把尖刀对准苟八掷去，正中苟八的左胸。

苟八手里的大刀松了，连人带刀沉重地跌倒在血泊里。

金哥急急跑过去扶着老张，老张一手紧按淌着鲜血的胸口，辗转坐在木十字架下。

金哥转身用大刀割断小罗的绳子。小罗脱了身，又转身持刀去割断郑君、章大和小六子的绳子。大家又跑来扶着老张。

在昏暗的野外，刘长、丁香等两三百人持着火把和铁器，向胡家疾冲而来……

地牢外的甬道里，洪警和两个恶汉拿着手枪和大刀向地牢赶去。

小罗、郑君、小六子听见甬道外的脚步奔跑声，急忙跑上石阶，到木栅门前看守。洪警恶狠狠地向牢里放枪。小罗三人避在木门旁边，用力阻止洪警和恶汉们进来。

胡家大门外，众路工冲到门前，拿着斧锤等武器猛砸包着铁皮的大门。

守门的恶汉们死命在门里抵着。

众路工合力扛来了一根巨木，齐力撞门。

胡家大厅里的男女惊慌乱窜。

洪警连连向地牢木栅门放枪，想冲进来。小罗等奋勇抵御着。

胡家大门被巨木撞开了。刘长拿着火把一声高喊，众路工拥进大门。

地牢木栅门外，洪警听见众路工的怒吼，惊逃而去。

金哥和小罗追出甬道。章大、郑君、小六子扶着重伤的老张走出了地牢。

众路工和后面赶来的一些兵士拥进了大厅。胡家男女众人惊慌求饶。

刘长大喊道：

（字幕 127）“把胡汉奸捉出来！”

众路工环顾厅内，有些人喝问胡家男女。金哥和小罗也进入大厅。

在众人纷纷喝问胡天所在的时候，书房门轻轻开了，茉莉一个人从门内走了出来。大家正在奇怪，茉莉走到书房的窗口，向里边笑指。

卧房里罗帐半垂。几个路工和军士跑过去揭开一看。

胡天醉醺醺地被捆在帐子里。众路工愤怒地把他擒了出来，推赴大厅。

周连长和金哥望着茉莉。茉莉微笑着从袋里取出一张支票，对周连长说：

（字幕 128）“这是胡处长卖国的证据！”

周连长和金哥等看见了日本特务头子签发给胡天的支票。周连长接过了支票。

大厅里的众路工怒骂：“汉奸！汉奸！毙了他！……”

周连长止住众路工说：

（字幕 129）“大家不要乱！这汉奸……我们就把他送去严办！”

众路工愤怒地指着胡天痛骂，想上前打他。吓得胡天酒也醒了，脸色惨白，不敢抬头。

在众人的唾骂声中，众士兵把胡天押了出去。

这时，众路工才注意到受了重伤的老张，他被送到一张紫檀木太师椅里坐着。章大、郑君、小六子在旁扶着他。

金哥、茉莉、丁香等急忙走到老张面前。金哥扶着老张，望着他血淋淋的创口和苍白的脸，金哥不由得一阵心酸。

丁香不敢看，靠着小罗在流泪。

大厅里一片寂静。

老张望着大厅里的伙伴们，又看见金哥脸上的悲苦神色，他露出笑容，慢慢地伸出手把金哥的脸从头顶向下一抹，随着又轻轻地用拳头把金哥的下巴向上一敲。——像金哥从前那样顽皮地叫他“抹掉愁容”勇敢地“抬头向上”一样！

在农村中长大、有着坚强不屈的意志、有着巨狮般躯体和威严的老张，在和汉奸恶霸的斗争中付出了他的最后一滴热血……（渐隐）

一四

（渐显）筑路工人在晨曦中拉着大铁磙前进。《大路歌》雄壮宏伟的歌声亮响在湖边和崖旁。

金哥、章大、小六子和郑君兴奋地拉着铁磙前进。一些青年士兵也热烈地参加赶筑。

茉莉穿着工装，也参加在拉铁磙的队伍里。

路工们热情地唱着：

压平路上的崎岖，

碾碎前面的艰难。

我们好比上火线，

没有退后只向前！

小罗的梦想实现了：他今天第一次驾驶着机器压路车，为祖国贡献着更多的力量；年轻的脸蛋儿兴奋得像酒醉了似的通红。

小罗欣喜地望了路旁一眼。在那里，丁老头临时搭了一个小灶烧着开水。丁香在旁边装水，送给筑路的工人们喝。

周连长和新来的青年军官指着工地上千百个热情赶筑军用公路、支援前线抗日的筑路工人们说：

（字幕 130）“四天四夜，公路完工了。我们的兵车马上就要通过此地，开赴前线了！”

金哥等兴奋地唱歌前进……

忽然天空中由远而近，响起了飞机马达的嗡嗡声。

周连长用望远镜向空中探望。

嘴上有小胡子的日本空军驾驶着一架战斗机沿着公路飞来，一面向下望着筑路的工人们。

周连长惊向工地上大喊：

（字幕 131）“敌人的飞机！大家预备！”

众兵士一齐端着步枪准备着。众路工看见飞机，有些人好奇地望着，有些人仍然筑着路，不知道死亡已经接近了他们的头上。

敌机转了一个圈子，顺着公路向筑路工密集的地方突然疯狂地扫射起来。

震耳的机枪声……地上扑起的黄尘……被击中的人辗转倒入血泊里……未被击中的人也一时呆立不动，随后，惊醒过来，明白了是敌人在残暴地屠杀。

茉莉被击中倒地；金哥腿部受了重伤，他挣扎到郑君身旁；郑君中弹倒在乱石堆里。

小罗从机器压路车上跳了下来，飞也似的跑到丁老头灶旁，把几片芦席拖了去，着急去掩盖他心爱的压路车。

两个士兵仰卧地上用步枪向低飞的飞机开枪，但没有击中，两人中一死一伤。

敌驾驶望下面狞笑，又扳回飞机。

敌机转回，又顺着公路低飞过来。

路工们纷纷逃避。

金哥恨恨地望着飞来的敌机，取过身旁死去的士兵的步枪，向上瞄准。

敌机第二次的无情扫射。小罗中弹倒在压路车上，手里还牢牢地抓着芦席。

金哥向上开枪。这时，他的胸上也中了敌弹，步枪落地。

八九个士兵向敌机开枪。

敌机油箱中弹，机尾拖出了火焰和浓烟。

金哥力睁双目，望着冒烟火的敌机。

敌机坠地炸毁。

丁香和丁老头跑到机器压路车旁，小罗向他们最后地微笑着。他终于亲手驾驶过了他梦想多时的机器压路车了！丁香悲愤痛哭。

金哥挣扎着起来，看见章大和小六子死在一处；他继续挣扎着爬到了茉莉的身旁，握着茉莉的手。茉莉的眼微微睁开，看见了金哥。他们微笑地互望着，鲜红的热血在无声地流淌……

金哥紧握茉莉的手慢慢地松开了。

丁香和丁老头望着金哥和茉莉，泪落如雨，滴在他们身上。

周连长看见士兵抢救伤者并把公路上的壮士遗体移开。他愤慨地说：

（字幕 132）“我们的路筑完了！”

年轻的周连长低头悲悼。

丁香听见远处汽车声。

运输我军赴前线抗敌的军车一一飞驰而过。

丁老头叹息四望，沉痛地向丁香说：

（字幕 133）“他们都死了！”

丁香远望着驰赴前线捍卫祖国的军车：阵阵被车卷起的黄尘像云烟似的翻腾……轰轰的车轮像狂风疾雷般发出巨响……残忍的封建暴君和疯狂的帝国主义勾结起来的血腥统治吓不倒坚强的人民！像金哥、老张、小罗等生龙活虎般的路工们，难道会向命运低头、会向困难屈服吗？他们的英勇挺进的步伐，他们顽强地谋生存、求自由的坚强意志，难道会镇压得了吗？

从深沉的悲痛中，丁香渐渐地挺起了她的胸膛。她坚定地说：

（字幕 134）“不！他们没有死！……”

车尘像云烟似的飞卷腾空……《大路歌》的雄壮歌声隐隐升起……从牺牲的烈士遗体上，精神永远不死的英雄们的身影一个一个地站了起来。金哥、老张、小罗、郑君、章大、小六子和茉莉这一群年轻人又并肩热情地、兴奋乐观地挽着巨绳，拉着铁磙，笑着，唱着，以无比的英雄气概和胜利信心齐步前进，高唱着：

大家努力，

一齐作战！
大家努力，
一齐作战！
背起重担朝前走，
自由大路快筑完！（渐隐）

（《大路》分镜头剧本连载于《联华画报》1935 年 5 卷 5 期—6 卷 2 期。
作者据以改为电影文学剧本，载《孙瑜电影剧本选集》，
中国电影出版社，1981 年 5 月第 1 版）

桥

导演：王滨

编剧：于敏

主要演员：王家乙、吕班、江浩、陈强、梁音

出品方：东北电影制片厂

一

1947 年初春。

严寒的夜晚。一座断桥横跨在冰封的大江上。

在断桥附近，野战大军向江南挺进。

风雪呼啸。骑马的指挥员，步兵和骑兵的行列，都奋勇地向前。

照明弹闪耀在远处的天空。

炮车的轮子碾在积雪上，留下很深的辙印。

猛烈的炮火在轰击。一阵阵的烟柱冲天而起。

红旗招展，部队冲锋了。炸毁的碉堡上插上了满是弹痕的红旗。

俘虏一个个举起双手，从残破的碉堡里钻出来。战士们执枪监视着。

周围烟雾弥漫。战士背着伤号，担架抬着伤号，从没膝的深雪里走出来。

二

白茫茫的旷野。两匹快马穿过飞雪和冷雾，从远处驰来。马上是年轻的参谋和小通讯员。

在断了的大铁桥旁边，一长串大车拥塞在一起，不能前进。这都是向前方运送弹药给养的。车夫狂怒地呼喝着，挥舞起鞭子。鞭响，马嘶，夹着风雪声，响成一片。担架队正往后方赶路，从拥挤的大车跟前走过去。参谋骑马驰来，下了马，走向担架队。听见伤员在担架上叫道：

“老乡，老乡！”

“同志，什么事？”老乡赶紧放下担架。

“老乡，什么时候上火车呀？”

“啊？”

“我冷呀，伤口冻得痛呀！”

老乡赶紧脱下棉衣，给伤员盖上。

“这里江桥没有修起来，两头火车接不上，同志，忍着点吧。”

拥塞了的大车还是不能前进。满身霜雪的马呼哧呼哧地磕着蹄子。后边的车夫跑上前来，没好气地骂道：

“你倒是快走呀，死啦！”

“谁不想快走？你把江桥修好，坐火车走！”另一个车夫也没好气地说。

这时参谋拉马走到跟前，问车夫道：

“老乡，这儿到江北岸车站还有多远？”

“还有十几里。”

三

江北岸车站。小房子埋在积雪里。远处火光闪闪。

火车隆隆地进了站，停住。战士纷纷从车上跳下来。重载的火车又向前驶去。

风雪吹得眼睛也睁不开。参谋和通讯员骑马跑来。参谋把缰绳交给通讯员，自己向军事代表室走来。

军事代表正给一群战士围在核心。都是来交涉运输物资和伤员的。他应接不暇，一面又向电话听筒里叫道：

“好，啊，快到啦？二十节车皮？……”

参谋走进来，听见战士们嚷成一片：

“哎，同志，第六号车皮……”

“你怎么搞的呀，车皮不够啊，二十节车皮呀！”

“同志，我等两个钟头啦！你怎么啦？”

“哎，怎么办哪！二十节车皮能够么？”

“军事代表，第六号煤渣所的车皮，停在几号道上？”

“在四号。”

“同志，二十节车皮不够。一共八十多个伤号呢，同志！”

电话铃响了。军事代表接电话：

“喂……慢？同志，江桥修不起来，两头火车接不上，当然慢啦……好吧，这就对了嘛。”

参谋早挤进人群，这时才找到空隙，赶紧向军事代表打招呼：

“同志，我是从前方司令部来的，到这边了解运输情况。”

军事代表放下耳机，对参谋说：

“同志，你先坐下歇歇。”

电话铃又响，他又接电话：

“喂，怎么？误点啦？哎呀！”

战士们又焦急地吵嚷起来：

“我要求你给我二十节车皮，另外再给二十个爬犁。”

“哎，同志，重伤号实在挺不住啊，现在还在雪地里冻着呢！”

后边的又挤上来。

“哎，同志，不要挤嘛，我等一天啦。”

军事代表忙安慰大家：“同志们，不要急呀，都要解决的。（转向参谋）你看见了吧？后方的弹药给养，不能很快送到前方去，前方的伤号又不能很快后运！”

参谋记在小本子上，听军事代表继续说：

“仗越打越大，光靠大车怎么能行？关键就在江桥。江桥要能早修起来，什么都好办了。”

大家都赞成，齐声叫道：

“对嘛。江桥修好，什么问题都解决啦！”

“快修江桥吧。”

参谋收起小本子，站起来说：

“好，我马上回前总去汇报，立刻建议总部，赶快修江桥。”

电报机嗒嗒地响着。电报员在忙着发报。

四

工程部长从铁路总局大门走出来，手里拿着一卷图纸，走下台阶，上了汽车。他是一个四十多岁、神态沉着的人。

汽车驶过街道。

汽车来到铁路工厂大门前。门警做个手势，要汽车停住。

“同志，哪部分的？”他走到汽车跟前。

“铁路总局工程部。”

“哦，工程部长啊。”

工程部长微笑地向他点头。汽车开进了铁栅门。

五

工程部长推开厂长室的门。厂长离开座位，迎上前来。他有三十多岁，体格健壮，剪的短发，一脸朝气。

“哦，郑部长啊！”

“前方来了急电，要修江桥。”

工程部长展开图纸，又向厂长说：

“总局的意思，要你们完成这四孔桥的桥座子，还有全部钢板的铆钉。这座桥的全部工期是一个月，给你们的时间是十五天。今天是三月十六日。”

厂长走到写字台前，在日历上画了一个记号。

工程部长走到厂长跟前说：“时间是最要紧的，四月中旬一化冰，江面上搭不住架子，桥就修不成了。”

“我看请我们总工程师来商量一下吧。”

“好嘛，大家商量一下好。有什么困难，我也了解一下。”

工程部长说着走到窗前，向外一望，外面是白茫茫的积雪，远处是一座座厂房的轮廓。

厂长拿着耳机说：“喂，总工程师么？请你和技术科张科长、作业科卢科长来我这儿一下吧。”

一张大桌子。上面展开图纸。厂长、工程部长、总工程师、技术科长、作业科长围在桌前，审视图纸。

“趁部长在这儿，咱们大家谈谈吧。”厂长说。

“这么大的工程，就给十五天的期限，我生平还没有这样的经验。”总工程师微微摇头，沉吟地说。他大约有四十岁，高高的身量，还保留着知识分子的矜持。

“你看得几天？”厂长问。

“就是材料都齐全了，也得四个月。”

工程部长走到总工程师跟前，恳切地问道：

“那么主要的困难是什么呢？”

“别的先不讲，目前材料就是个大难题。钢板有么？氧气有么？还有，倒桥座子，先得化钢，化钢得用电炉。可是炉呢，电呢，钢呢？在哪儿？”

“钢板和电的问题倒还好办，我负责向路局交涉。”工程部长说。

技术科长看着墙上的电炉图样说：“这个电炉一年多没用了。现在正动手修理，不过，能不能修好，修好能不能使用……”

“是啊，”总工程师接上说，“就是炉修好了，钢呢？目前连废钢也没有啊。这么一大堆难题，十五天期限，这我是没有办法的。”

他垂头丧气，显得完全没有信心。厂长站起来说：

“仗是越打越大，桥是非修不可。困难自然不少，全靠大家想办法就是了。”

总工程师却伸出两手来：“叫我两手空空地想办法？厂长，你问问技术科长、作业科长，日本在的时候，是什么样子？”

“日本在的时候，要啥有啥，如今可不能比了。”

厂长一听这话，纵声笑了：

“提起日本，我倒有话说了。我们在山东跟日本整整打了八年。一把钳子搞起个兵工厂，还不是空手起家的。靠什么？主要是靠工人和技术干部的共同努力，大家动手动脑子来创造。如今咱们厂里，工人有三四千，又有你们各位。只要都发动起来，共同创造，什么困难都会克服的。”

“技术上我倒可以负责做出计划，至于发动群众，我可是从来没有这个经验。”总工程师冷笑说。

工程部长想很快打开这个僵局，就婉转地向总工程师说：

“这样吧：钢板由路局发。电呢，我跟发电厂交涉，其余的问题，你们尽力想想办法。”

厂长卷起图纸，交给总工程师：

“一切困难都由我负责好啦，请你先把设计搞出来。”

“好吧。”总工程师接了图纸。

“你们二位也多辛苦一下，帮助多想些办法。”厂长又对两位科长说。

工程部长和厂长送出总工程师和两个科长。

“我很同意你的意见，”工程部长说，“是应当发动全体职工来想办法。工期可是无论如何也不能拖的。”

他谆谆地叮嘱着，拿起大衣，又说：

“困难是一定不少的，工厂的党组织一定要撑起来才行。我先回去开会，还有什么困难，随时告诉我好啦。”

“好，我打算跟工会谈谈。你放心好啦，我一定尽力完成任务。”

厂长送工程部长走出门去，回转身来，看着墙上的电炉图样，沉思地说：

“必须先解决电炉问题。”

六

席卜祥蹲在电炉前，悠闲地吸烟。他最多有三十岁，一副瘦格棱棱的骨相，一脸懒洋洋的神情。一个精壮的小伙在炉盖上大声叫：

“席卜祥，你还干不干呀！”

他名叫吴一竹，显得浑身有用不完的劲儿。

席卜祥尖着嗓子说：“你就会穷咋呼，瞎忙呼！”

一个老工人提着灯走到席卜祥跟前。

“你还在这里歇着呀，你可真是个宝贝！”

他斜了席卜祥一眼，提着灯走过去。席卜祥无动于衷，仍然在吸烟。

大家都在紧张地干活。厂长走进来，来到席卜祥跟前。席卜祥连忙站起来。

“席卜祥，你们……”厂长亲切地和他打招呼。

“我抽了袋烟，歇了一会儿。”席卜祥掩饰地说，紧忙把小烟袋挂在腰上，往炉上爬。

厂长站在炉旁，叫那个小伙：“吴一竹！”

吴一竹停下手里的活，笑着应了一声。

“吴一竹，你们组长老梁的病好点了么？”

“好是好点了，还得养几天。”

厂长走到炉口。老工人提着灯，正在探视炉内。

“老程，这炉修得怎么样了？”

“这炉盖呀，我们能拾掇，炉里头呀……”

他提灯向炉里照，指点着说：

“厂长你瞧，这炉一年多没使了。咱们没有白云石，拿什么修呀？我看非得老梁来不行。”

“好，你先忙着，我去看看老梁去。”厂长说。

七

梁日升家。

梁妻从炉子上拿下药壶，把药倒在碗里，端到老梁面前说：

“吃药吧。”

老梁靠墙坐在炕上，身上披一件破棉衣。他一脸病容，但是还在用功，正拿一本共产党员课本看着，一面在小本子上练习生字。

“不忙。”他漫不经心地说。

门外传来厂长的声音：“老梁在家么？”

“厂长来啦。”

梁妻赶紧放下药碗，迎上前来。厂长推门进来，笑着向梁妻点点头，走到炕跟前。

“老梁，病好点了吧？”

“好啦。”老梁说着。想下炕站起来。

厂长忙阻止他，就势坐在炕沿上。梁妻端来一碗开水。

“厂长，喝水吧。”（又转向老梁）“你看着孩子，我去挑担水。”

厂长看梁妻走出去，对老梁说：

“前方下来急电，要咱们修江桥。”

孩子哇哇地哭了。两人连忙笨手笨脚地去拍孩子。

“要咱们造桥座子，还有铆钉，可是电炉一年多没修了，怎么完成这个任务？”厂长盯住老梁那黄蜡蜡的脸。

老梁低头想了一下，抬头看看厂长焦急的神色。

“电炉倒好修，就是没有白云石，得想个什么办法才行。……”

这时总工程师正在画图样，身子俯在架子上。

技术科长走进来。总工程师转身对他说。

“我看，这简直是所谓‘主观主义’。又没有材料，又不给时间，看他们怎么修吧。我真不懂。”

“我也不摸底。不过他们敢订这样的计划，也许还有些道理吧。”技术科长不敢肯定地说。

总工程师咯咯地笑了。

“道理？我看是巧妇难为无米之炊！”

他还是没有信心。

梁日升家。

老梁听完厂长的话，果断地说：“好，就这样吧。”

厂长怀里抱着老梁的孩子，轻轻地晃着，小孩子睡熟了。

“可是光咱们党员使劲还不够，还得把全厂发动起来才行。目前很多人没有信心，咱们要把他们带起来干。化钢是第一关。只要你电炉搞好，准能大炮一响，四面开花！”厂长特别加重语气地说。

“好，干吧，想办法。”老梁简单但是蛮有决心地说。

厂长把孩子放在炕上，两人轻轻地给他拉上被子。

“好，我们打算开积极分子会。我看你不必去啦。我再去找别人谈谈去。”

他向门外走。梁妻迎面走进来。

“怎么，厂长你走啊？”

老梁见厂长走了，心里一阵发热，坐不住了，下了炕，拿起棉衣要走。老婆连忙挡住他。

“你怎么了？药也不吃，又起来干啥？”

“来了活，我躺不住啦。”

“哎，你忙也不在这一会儿呀，你吃了药再去不行？你看药都凉了，我给你热热去。”

“你怎么老记住我吃药呢？日本在的时候，又怎么样？咱们吃的什么？住的什么？我有病又怎么着了？现在前方活要得紧，不把前方支援好，能保住这个家呀？”

他穿好棉衣，头也不回地走了出去。老婆呆呆地站在当地，一时不知怎样才好。小孩忽然哭起来，她紧忙转身去抱小孩。

老梁走在工厂外边的雪地上。大北风吹得人站不住脚。他弯着身子向前挣扎。

八

风锤嗒嗒地响。老侯头和工人们在铆钉。他快六十岁了，一头稀疏的花白头发，但是精神旺盛，干活像小伙子一样利落。厂长走到他身边。

“老侯！”

“啊，厂长”

“又有活要干啦。”

“干呗，工人不干活干啥呀。”

“这活可不比平常，光铆钉就五万多！”

“五万就干他五万！我这把老骨头卖给他好啦。”他拍拍手里的风锤说。

“钻眼床子不够，真愁人哪！”在一片嗒嗒的铆钉声中，厂长凑近老侯的耳朵。

“唔，想办法好啦。”老侯头豪爽地说。

“你有把握么？”

“厂长，你是有意逗人是吧？我老头子是那嘴上没毛的人哪？”他不服气了。

“好，有你老英雄一马当先，我还用愁！”

老侯头天真地笑了，厂长又进一步向他说：

“可是光你一个人不行啊。你得想办法带起一批人来，回头到厂长室，我们一起开个会吧。”

“好，对。”

他看着厂长的背影，眯着眼睛想了一会儿，又动起他的风锤来。

厂长出现在电灯厂，在忙碌的工友中间走着，亲切地和他们打招呼。

他出现在汽锤厂。

他在一排车床中间走过去。

〔字幕〕：为了支援战争，为了胜利，工人们起来啊！

机枪扫射。我军冒着炮火前进。

汽笛声划破冬天宁静的早晨。

一列喷出浓烟的火车驶过去。工人蜂拥地跨过铁路。

九

正是下班的时候，电炉组的工友们收拾好家什，三三五五地走了，老梁却还在电炉跟前，上下查看它。吴一竹从炉盖上跳下来，走近老梁。

“组长，炉盖我们能拾掇，炉里边可怎么办？”

老工人和席卜祥也正穿好棉衣，提起饭盒子要走。

“没有白云石拿什么修啊。”老工人说。

“叫上级去买呗。”席卜祥满不在乎地说。

“现在你买也没处买！”老工人很生气地自己走了。

“那咋办？”席卜祥抡起饭盒子也走了。

吴一竹怒目盯着席卜祥的后影，气呼呼地说：

“净他妈的说废话！”

老梁不理会他们，一个人呆看了半天，忽然看见一堆耐火砖，走过来拿起一块，翻弄着研究了一会儿，好像悟出了什么。老工人正好回来，老梁拉住他。

“老程，咱们没有白云石，我想拿耐火砖来代替，你看行不行？”

“从前没有使唤过，怕不保准吧。”

老梁想了想，还是决心试验一下。

“你把瓦斯给我拿来。”

老工人拿来瓦斯枪。老梁戴上蓝玻璃镜，拿瓦斯枪触在火绒上，炽烈的火焰喷射出来。老梁开始烧耐火砖。

“回去吃饭吧。”老工人叫他。

“啊。”

“回去吃饭吧！”

“你先走吧。”老梁说，又低头烧耐火砖。

老工人走出去。吴一竹穿好棉大衣走来。

“组长，厂长不是说要开会么？”

“你先去吧，我待会儿就去。”

他仍然一心一意地在烧耐火砖。

一〇

厂长召开的积极分子会开始了。厂长室里黑压压地挤满了人，团团地坐在沙发上、椅子上。饭盒子放在溜光的大桌子上。厂长站在大家当中讲着：

“我们天天喊支援战争，支援战争，如今，前方下来紧急任务，有些人可叫困难吓倒了。我们工人怎么办，也跟着躺下去么？”

吴一竹开门进来，悄悄找个位子坐下。

一个工人拍拍自己的胸脯，对旁边的伙伴说：

“要脊梁骨是干啥的呀？”

“对，咱们有脊梁骨，就挺起来干；这技术活儿，谁还不知道，你两天干的，我一天也能干出来。”

“可不是，”吴一竹坐在老侯头身边，接着说，“那就看你怎么个干法。日本人在的时候，我一天给他上两个螺丝，下班的时候，我又给他拧下来。那不也是一种干法。”

老侯头大笑：“对嘛，对嘛，是这样嘛。”

大伙也大笑。

老侯头站起来，大骨节的手指头插在花白头发里，看看大家说：

“我也说两句，你们可别嫌乎啊。”

他走到写字台前，倒了一杯水喝下去。

“老侯头又打开话匣子啦。听着吧，说起来就没个完。”一个工人对旁边的伙伴低声说。

老侯头喝完水，抹了一下满是胡茬子的嘴。

“我说，咱们从前为啥磨洋工？那是因为人家不拿咱当人嘛。人家有钱人和日本的一条狗，你见了不得让路啊？咱们工人连人家一条狗都不如！我是怎么进的这厂子？是拿了一床被，换了十五个鸡蛋和一瓶子酒，人家翻译官才给说了句好话。……”

“你又翻腾这些陈谷子烂芝麻干啥？”有人不耐烦地说。

“你别打岔嘛！”吴一竹向那人说。

“我为啥不说？”老侯头看看那个打岔的人，激昂地说，“你想想看嘛，（走到沙发跟前，用手摸着）从前你能坐这软椅子啊？（又走到大桌子跟前，提起饭盒，摸摸溜滑的桌面）你这要饭罐罐敢放在这桌子上吗？再说，今年过年的时候，局长亲自给咱们工人拜年，那是铁路总局的局长啊。你祖祖辈辈见过？我这土埋了大半截的人，大家选我当了组长，我就一下子年轻了十岁。我……”

“你这话什么时候是头啊？”一个工人焦急地说。

“别打搅他，让他把话说完。”厂长说。

“对嘛，还是咱厂长顶民主。我就是一句话，咱干！桥不是急等着修么？厂长，你一声号令，咱全厂三千多号人，拿肩膀头扛也把它扛起来。我老头子要是一发狠，那生铁我也啃它几口！”

大伙都笑了。

“叫你来想办法，你光发狠还行啊！”那个打岔的工人说。

电话铃突然响了，厂长拿起听筒。众人注意听着。

“喂，总局么？……我就是……啊，电业局已经答应给八百千瓦的电力……拉煤去换？好嘛！”

他放下听筒，对大伙说：

“现在就剩两个问题了：一个是没有钢，一个是修电炉。……”

天黑了。车间里静悄悄的，瓦斯还在炽烈地燃烧，老梁一个人还在试耐火砖。老工人提饭盒走进来。

“组长，组长。”

老梁没听见。

“天这么晚了，你还不回去。我把饭给你带来啦。”

老梁却还是一心一意烧砖。

“老程，我看用耐火砖代替白云石能行。”他满有信心地说。

“你先吃点饭吧！”老工人劝他。

“能顶得住。我去问问总工程师去。”

他说着，拿起另外一块耐火砖就走。

“你先吃了饭再去就不行？”老工人向他的后影叫。

总工程师穿好大衣，戴上帽子，正要走出办公室。老梁拿着耐火砖，神情急切地走进来。

“总工程师，咱们没有白云石，我想用耐火砖来代替，你看行不行？”

总工程师看看老梁手里的耐火砖，怀疑地摇摇头。

“白云石能抗五千多度，这东西只能抗两千多度，用它来修炉，这简直是瞎胡闹。”

他说完就向门外走去。老梁跟上他。

“咱们用白云石，好几炉一换；用这耐火砖，我一炉一换，行不行？”

“烧坏了炉怎么办？光凭热情不行的！”

总工程师不想再谈下去，径自走了。

老梁愣愣地站在原地，很难受地看着手里的耐火砖，但是立刻振作起来。

积极分子会还没有散。厂长还站在大家中间讲着：

“我们工人阶级要相信自己的力量，更要相信自己的创造力……”

听见老梁在门外叫：“厂长！”大家回头看，见老梁开门进来，把一块破耐火砖交给厂长。

“厂长，我想用耐火砖代替白云石，行不行？你给我拿个主意吧。”

“你自己觉得怎么样？”厂长接了砖，反问一句。

“我说，这个虽然顶不上白云石，可是咱们的活得赶啊！前方要得紧呐！我看用这个能行，咱们一炉换一次嘛。勤快着修，能行吧？”

厂长沉思了一会儿，把砖还给老梁。

“我看可以，可以。”

老梁高兴极了，感动得像要掉下泪来。

“我记得从前在兵工厂的时候，化钢只用两千度就够了。回头我再跟总工程师商量一下，你先准备着吧。（看看钟）好，时间也不早啦，大家还没吃晚饭呢，今天的会开得很好，可是光咱们这些人一条心还不够，一定要把全厂发动起来才行。最近工会不是要开小组会么？大家要起积极作用，把会开好，来完成这个支援战争的紧急任务。大家有把握么？”

“有把握！”

“有！”众口一声地说。

“好，党信任你们！”厂长愉快地说。

一一

电灯厂的工人在开小组会。

“我说句不好听的。现在修江桥那不是扯淡？这么大的工程，那是用气吹的呀！”

“那就看你肯干不肯干啦。”

铆工工人也在开会。主席是老侯头。

“反正我不信。要啥没啥，就想修起个大铁桥来？我看这戏法怎么变吧。”

“你小子是不是存心破坏大家的情绪。”另一个工人指着他的鼻子，气势汹汹地说。

“不怕，不怕，有话就说。”老侯头忙给他们排解。

“我说！”另一个工人说。

“对，你说，你说。”老侯头说。

电炉组的工人围着坐在电炉旁边，听老梁讲着。

“咱们小组就是两件大事，第一件，就是把电炉修好。用耐火砖代替白云石，厂长也同意啦。再一件，就是眼前没有钢。没有钢，就开不了炉。大家出出主意好吧。”

吴一竹一面听着，一面在小本子上记下来。

席卜祥懒洋洋地靠在炉子上，没好气地说：

“没有钢，叫运输科去运呗。别老开会空嚼舌头好吧？我看多加点工钱比啥都好。”

“你他妈的就知道吃饱了睡！”吴一竹忍不住骂起来。

老梁赶紧站起来。

“吴一竹别着急，有问题大家出主意嘛。”

老工人忽然想起了什么，站起来说：

“哎，我说伪满的时候，咱们不是在厂子后边扔了好多废钢烂铁呀？”

“对啦！”吴一竹兴奋地跳起来，“一年多没有扔，倒把它忘啦。”

大家都想起来了，一片声嚷起来：

“咱们把它扒出来不就得了么？”

“要用三十多吨钢呀！扒开那么厚的雪，那是玩的！”席卜祥仍然吧嗒吧嗒地抽烟，不紧不慢地说。

老梁看见大家热情昂扬，自己也激动起来：

“那么我说，咱们没有桥座子，怎么能把桥梁立上？没有桥，弹药给养运不到前方去，能打胜仗？说老实话，什么东西还不是咱们两只手弄出来的？我就去试试看！”

他站起来就要走。吴一竹连忙阻止他。

“你还有病，你不能去。让我先去瞅瞅！”

“要去大伙都去！”老工人热情地说。

“咱们的人也不够呀。”有人说。

“那还不好办！让工会号召一下，有的是人。”吴一竹蛮有把握地说。

“对嘛！”老梁精神焕发地说。

一二

在工厂后边的空场里，有一个大雪堆。工人们拿镐头、拿钉齿耙从深厚的积雪里扒出废钢。冷风卷起雪粉，扑在他们脸上身上。

老梁一马当先，在向这个废铁堆进攻。

吴一竹和另一个工人推轱辘马（一种铁斗车），沿小铁道飞跑过去。席卜祥嘴上叼着小烟袋，只应景儿跟着人家跑。

老梁和老工人合力掀起一大块。他的病身子似乎很难支持，侧过脸去咳嗽。

吊车把钢块吊到大钢堆上。

黑板报上写着：

日本时期工友们乱扔的钢铁翻身了。电炉组得到工友们全力协助，扒出废钢铁三十五吨多。

铁路工厂工会宣传部

3月21日

一三

工人拿着铁具，把炉盖掀起来。

老梁一面做手势，一面喊着："抬，抬，抬！"

炉盖上拴好的钢绳挂在吊车的钩子上。吊车响着铃，隆隆开走了。

吴一竹在炉膛里砌砖。老工人拿一铁锹耐火泥来，送进炉口。

"小吴，炉修得怎么样啦？"

"快啦，就等老席拿砖来。"

席卜祥从梯子上下来，给吴一竹送砖。

"哎呀，我的大爷呀，三块砖你拿了这半天！你是不是又在半道上睡了一觉？"吴一竹又急又气地说。

"人家跑了半天，在仓库里摸了三块砖，半路上还摔了一跤。"

吴一竹无可奈何地接了砖，端详了好久。

"这是啥玩意儿呀？怎么不一样呀？黑人拉的一脸麻子！"

“是耐火砖嘛，我亲手从仓库拿出来的。”席卜祥赶紧为自己辩护。

“我还是去问问组长吧。”吴一竹还是不相信他。

席卜祥急了，一把拉住他：“哎，我的腿都快跑断啦。你问他就没个完，算了吧。”

“那不能烧坏了炉拉稀呀？”

“拉不了稀。”席卜祥肯定地说。

“好吧。”

吴一竹相信了他的话，把这砖砌上，抹上耐火泥，席卜祥又拿出小烟袋吸烟。老梁走到炉跟前，头探进炉口里张望了一下。

“好了没有？”

“好啦。”

“好了就上来歇歇吧。”

席卜祥装好烟袋，爬上梯子。吴一竹也收拾好工具，跟着爬上来。老梁拿灯向炉膛里照看。

席卜祥走到炉外，靠炉坐下。吴一竹也就地坐下。席卜祥拿烟袋敲着炉皮钢板，忽然开起玩笑来。

“大肚子鬼呀，你吃也有啦，穿也有啦，你可别拉稀呀。”

“他敢拉稀！我写几个字镇住他。”

吴一竹拾起一支粉笔，在炉皮上写了四个大字：“你敢拉稀。”

两个人看着，轻松地笑了。

这时老梁已经爬到炉膛里边，拿灯在仔细地检查。灯光照在新修补的地方，看得出来明显的痕迹。

几个工人挤在炉口外面，争着向里探头，关切地问道：

“保险不保险呀？”

“能行么？”

“能保准么？”

“行，你们放心吧。出了毛病，我负责好啦。上炉盖吧。”老梁很有信心地说。

吊车吊着炉盖，由远处开过来。

炉盖被吊到炉顶上。吴一竹等人在旁边用铁棍支着炉盖。

老梁站在炉旁，做着手势叫：“落，落，落……”

吴一竹、老工人等手持铁锹，紧张地把废钢装在炉内。

炉料装好了。巨大的电极棒通好电流了，发出蓝莹莹的火苗。

老梁站在电炉附近的操作室里，手把着电闸，聚精会神，目光一刻也不离开信号灯。

吴一竹拉开炉门。炉内钢铁的溶液闪射出强烈的光，照得人身上一片红，刺得人眼睛也睁不开。

一四

老侯头午饭也没吃，在专心试验风钻。这里是铆工分厂，风锤的嗒嗒声像机枪一样地响着。

“把紧点啊！”老侯头对旁边一个工人说。

“来吧！”

他们把风钻的钻头放在钢板上。

附近有两个铆工在吃中饭，一面嘁嘁喳喳地说闲话。

“这老家伙饭也不吃啦？就一心在这耍猴戏啊！”

“可不是。就这么几个破风钻，几天工夫就想钻五万多眼？斜门！”

老侯头擦一把额上的汗，继续在钻眼。

两个铆工还在嘁嘁喳喳：

“共产党来了不到一年，新鲜事儿越来越多！”

“别看他一把子年纪呀，说不定能钻出个道来。”

“我看是擀面杖子吹火，不通。”

老侯头微微听到了，转身对他俩说：

“俺就是长虫钻竹竿，钻不通就是个不回头！（向另一工友）来，压紧点！”

“好！”

钻头飞快地旋转，霎时钻出一个洞。

老侯头试验成功了，直起腰来，擦擦头上的汗，一脸兴奋的神色。

“怎么样？行了吧，啊？我做这玩意儿就是来得快。（向说闲话的工人）来，小伙子，来试试！”

这人走过来，接了风钻。

“把住啦？压紧点！”老侯头指点他。

风钻头疾速地穿入钢板。他也干成了。

“怎么样，小伙子？”老侯头拍拍他说。

那人这才服了，连连点头说：“服啦！”

老侯头畅快地笑起来。

“我为啥卖这大力气？过去，咱受小日本十四年巴嘎巴嘎的气，国民党二满洲也来压了些日子，咱工人就跟那没娘孩子一样。我这老脸上谁愿刮打两下就刮打两下。如今咱有了娘啦，是咱们自己的党，是无产阶级的、工人的党嘛。”

众工人给他说得动心了，鸦雀无声地听他讲下去。

“前方打仗流血流汗，为了谁呀？是为了咱们。咱不是那没良心的人。咱们要赶快为前方！咱们风钻不是不够用么？大伙就照我这法子，三个人使一把，找出那巧劲儿来。大家一起干，这叫什么来？……这……这就叫组织起来嘛。”

大家都笑了，兴奋地叫道：“干！”

老侯头用力压着风钻，钻头飞快地穿入钢板。

另有三个工人也在使着风钻。

传来汽笛的尖叫。

老侯头擦擦头上的汗，转身对众人说："怎么样？这半天干了多少？"

"可不得了！照这样干法，有三天就干出来啦。"

"这都是老侯组长的功劳啊！"

大家一阵欢呼，向老侯头鼓起掌来。

"我提议赶快打电话给厂长。我们的任务保证提前完成！"

"上黑板报吧！"

"对！"

"我说咱们向电炉组挑战！"

"同意！我说把咱们老侯组长用广播机广播出去！"

"对，广播出去！"

大家兴高采烈，鼓掌欢笑。老侯头慌了，连连摇手说：

"哎呀，可别，可别……"

一五

老梁仍然在电炉的操作室里，神情专注地把着电闸。信号铃不断地响着。他身体更加虚弱，眼睛里满是红丝，但是竭力撑持着。厂长走到他跟前。

"老梁，老侯发明个好办法，把铆工分厂都组织起来啦，要向你们挑战。"

"好吧！"老梁笑着说。

吃饭的时候，众工人围在电炉附近，吴一竹也拿饭盒走过来。

在炉皮钢板写了"你敢拉稀"的地方，忽然烧红了；一道蓝色的火舌吐出来，跟着是可怕的炽红的钢水。

大家都吓呆了，但是马上清醒过来，拼出吃奶的力气叫道："火呀，火呀，火呀！"

"火呀，火呀，火呀！"

恐怖的呼喊声登时响成一片。

老梁一个箭步从操作室跳出来。厂长拉住他。老梁挣扎地喊道：

“关电门，关电门！”

席卜祥吓得失了神，跳着大叫：“失火啦，失火啦！”

老梁丢开厂长，向烟火里扑去。工人们拿铁锹的、拿沙袋的，急忙跑来救火，老梁冒着浓烟烈火，拉开电闸，差一点昏倒，但是又挣扎着从烟火里跳出来，抢起一把铁锹，把沙子扬在火里。他的破棉衣已经烧着了，他也不顾。厂长急忙替他扑打身上的火。

炽热的钢水摊在地上，冒出腾腾的火苗。

火终于被扑灭了。厂长、老梁和众工人盯着一大摊钢水。钢水发黑了，凝结了。大家痛心得一句话也说不出来。老梁眼睛里噙着泪水。

一六

老梁坐在家里的炕沿上，心里压得很重，皱起眉头在苦苦想着。老婆端来热气腾腾的饭菜。

“快吃饭吧。”

老梁愁闷地走开。老婆跟上一步，婉转地劝他：

“出了岔子，就慢慢想法子吧。你光着急能顶啥用啊！”

孩子又哇哇地哭了。她连忙去哄孩子。

老梁简直无法排遣心里的重压，抬头盯着墙上的年画。画上是冰天雪地，战士们向敌人的工事冲去。在密集的炮火中，有担架队在抢救伤号。他更加难受了，两手捂着脸，低下头来。

厂长和老侯头推门进来。

“老梁！”厂长扑打着身上的雪粉。

老梁怔怔地看着厂长，一时说不出话来。

“这到底是怎么弄的呀？”老侯头说。

厂长看老梁失神的样子，走到他跟前。

“老梁，干工作嘛，怎么能一点差错不出。”

“厂长，偏偏在这时候出了岔子！我是个党员，可是没把党员的任务担起来。”老梁懊恨地说。

“不要紧嘛。做错了，咱们再重来。只要能找出毛病来，还是可以想办法的。”厂长尽力用乐观精神安慰他。

“对，对！”老侯头连连点头。

“我头都想痛啦！”老梁沉痛地说。

这时吴一竹推门进来，手里拿着那块带麻点的砖。

“组长你瞧，这是什么砖呀？”

“是耐火砖嘛。”老侯头插嘴说。

“你拿这个来干啥？”老梁奇怪地问。

“我和席卜祥把这种砖砌在炉子里啦，就在这个地方出了娄子啦！”吴一竹揪着自己的胸口，好像要哭出来。

老梁失声叫道：“啊呀！”

厂长接了砖，看了一下。

“哎呀，这种砖只能化铁，不能化钢呀！”

吴一竹抽抽搭搭地哭了。

老侯头忽然发了肝火，指着小吴骂道：

“你真操蛋！现在是啥时候？前方急着要活，你倒弄出这大的毛病！你这小子，你真是……”

他气得控制不住自己，举起拳头要打。厂长赶紧拉住他。

老梁也忙劝解：“侯大哥！”他转向小吴：“小吴，你别哭。也怪我检查不够。”又向厂长和老侯头：“伪满的时候，国民党的时候，没人教给他们，他们不懂啊。只能怪我检查不仔细。厂长，毛病已经找出来啦。你看能行啊？咱们接着干吧。”

“好，问题搞清楚了，我们可以接着干。老梁你先歇歇，我回去了。小吴别哭啦。”

厂长匆匆向外走去。老梁也兴奋起来，坐不住了。

“小吴，接着干吧。你快去把电炉组的人都找到厂里去！”

小吴应了一声，擦擦眼泪。

老梁拿起棉大衣，想往外走，老婆冲上来拉住他。

“你，你不要命啦！”

“你怎么啦？咱们过去干是给人家大掌柜干的，现在是给自己干的，能不实心干呀？”

老梁气哼哼地说着，撂下大衣走出去。老侯头忙抓起大衣，交给小吴。

“小吴，你快去给他穿上。（转身向梁妻）老梁干得对。你听我说，这年头咱工人和从前不一样啦！……”

一七

老梁走出家门。这时天早黑了，外边是大风大雪。他顶着风向前走。小吴跑上来，把大衣披在老梁肩上。

“小吴，你可别去怪老席呀。”

他咳嗽了几声，在大风里似乎站立不稳，小吴帮他拉上袖子。风卷起来的雪粉扑在他们身上，霎时都白了。

“小吴你赶快去找人！”

小吴跑去。老梁一个人冒着风雪向工厂走，影子消失在茫茫的一片白色里。

一八

老梁在焊接电炉烧漏的钢板，并把焊接方法教给一个工人。

席卜祥用铁钩子清除炉里的废物。这人现在更加消沉，打不起精神。老梁走来，四处检查了一番。

两个工人用力摇动转轮，倾斜的炉子渐渐直立起来。

老梁摇电炉的操纵轮，几个工人走来问道：

“组长，这回能保准吧？会不会再出毛病？”

“要是再出毛病，可怎么办哪？”

“可得加点小心啊。”

老梁挺起腰，擦擦额上的汗，安慰大伙说：

“放心吧，出一次漏子，得一次经验。现在毛病也找到了，再不会出错啦。”

这时吴一竹和席卜祥吵起来。他抓住老席的铁钩子，气呼呼地说：

“席卜祥，你别他妈的在这里磨洋工啦！你那三块砖，差点没要了人的命。要是在伪满的时候，摸摸你小子脑袋还在不在了！”

“吴一竹啊，不是这样，我……”

“那时候我要去问问组长，你为啥不叫我去？你是安的什么心思？”

“我，我也是不懂，我，我就是懒点……”席卜祥惶恐地说。

“你懒？”吴一竹忍不住举拳要打。

老梁闻声跑过来，拉住吴一竹。

“小吴，你别怪老席好啦，怪我检查不够。”对老席：“以后你可不要再马虎啦。好吧，好好干活吧。”

吴一竹还是不消气，夺下老席手里的钢钩子，推开他说：

“你歇着去吧！”

席卜祥没话可说，低头走开了。

一九

积雪的旷野和冰封的大江。断桥的钢梁耸立在江面上。工人群集在高大的桥墩上，顶着寒风在紧忙，在用千斤顶把断梁顶起来。大家不住地呼喊着：

“往上啊，往上啊……”

工程部长站在桥梁的道木上，视察着工程进行的情况。技术员走过来。

“部长，你看怎么样？”

“你们估计还得多少时间？”

“我估计顶多不过十天，现在就等着桥座子啦。”

“那赶快打电报去催桥座子。”

二〇

在厂长办公室里，墙上的钟针指着子夜三点三十五分。

厂长早已疲惫不堪，但还是支撑着在翻阅文件。电话铃响，他拿起耳机。

“喂，我就是。……翻砂分厂厂长么？你说吧！……电炉继续开，工人还有些担心？问题不是搞清楚了么？你告诉大家放心好啦，出了错由我完全负责。”

打字员走进来，把一封电报交给厂长。

总工程师也走进来，把图纸放在桌子上。

“设计是搞出来啦，至于这工程能不能兑现，还要请你多加考虑。电炉烧穿之前，我一直是非常担心。你们的实验精神固然很好，可是这精密的计算是不能用侥幸来代替的。电炉这次要是再弄坏了，可就连根拔啦，那以后又怎么办呢？”

“你的意思是好的，是为工作着想的。”厂长拿电报给总工程师看，“这是江桥来的电报，你看看。我们要想想冰天雪地里的战士们。战争要求我们突破一切困难。我们又研究了一下，觉得还有些把握。这也许是狭隘经验，可是我们不妨再试试。还希望你能多多帮助。”

“你们的毅力，我很佩服，不过我总是不大放心。”

“科学的精神注重在实验，我们还是再试试看。”

总工程师觉得话不投机，无法再谈下去了，就站起来要走。厂长送他到门口，一面亲切地说：

“天快亮啦，你该回去休息一下。我还要瞅瞅电炉去。”

“好吧。”

二一

老梁在电炉的操作室里，专心地把着电闸。看得出来，他眼神发蒙，一脸病态，是在用意志支撑着自己。老工人悄悄走来。

“组长，组长！”

"啊？"

"你三天三夜没合眼啦。我来替替你，你去歇一会儿。"

"不用，我人躺下心也躺不下。等开了炉，打个盹，就行啦，你歇着去吧。"

突然听见吴一竹的叫骂声："席卜祥，你怎又在这里挺尸啦！"

老梁赶紧离开位子，跑出来。老工人替他掌起了电闸。

老梁跑到吴一竹跟前："小吴，你怎么老跟席卜祥吵嘴？我们谁都有缺点，什么事都要慢慢来，不要一来就动态度嘛。"

老工人在操作室里，听见老梁的话，点头表示同意，听老梁又说：

"工作要靠大家团结起来干，一个人逞英雄是不行的。"

几个电工也点头同意，听他又说：

"席卜祥啊，他也是个老实人。他家两辈子都是工人，就是他现在还没想通啊。他要是明白过来，也是一把好手。"

席卜祥早给吴一竹闹醒了，一直瞪眼听着，感动极了，甩开大衣站起来，回过头去擦擦眼睛。

"能干的多干点吧！"

老梁说完，咳嗽了几声，走到水桶旁边，用水拍拍发晕的脑门。

小吴也很感动，看着他向操作室走去。

老梁走进操作室。老工人让开。老梁又专心地掌着电闸。席卜祥心事重重地走来。

"组长。"

"啊，老席？"

"组长，我，我……"老席一肚子话不知怎样说才好。

厂长匆匆地走来，径直走到操作室门前。

"怎么样啦？"

"不大离啦。"

"江桥来电报催桥座子啦。"

“行啊。”老梁满有信心地说。

工人向电炉内添料。

席卜祥拿了大铁钩子，从大开的炉门往外扒渣子。

一块铁板被敲得当当响，这是出钢的信号。

老梁扭动转轮，电炉倾斜了，红光闪射的钢水流出来。

钢水流在大罐里，一时火花飞溅。

厂长和老梁注视着汹涌的钢水。红光映照在他们脸上。

工人们兴高采烈，紧张地忙碌着。

吊车隆隆地开过来，吊起钢水罐。

钢水流进砂型，金星飞迸。厂长和老梁看着，经过这些日子的劳累和担心，现在第一次愉快地笑了。

二二

广播员站在麦克风前。

“各分厂工友们注意。现在工会宣传部报告一项重要消息，今天电炉化出第一炉钢水，电炉安全无损……”

机械分厂的工人听着广播，脸上是惊奇交织着喜悦。

广播的声音继续说：“电炉组在全厂工人的协助下，扒出废钢三十五吨多，并且用耐火砖试验修炉成功。”

铆工分厂的工人停下风钻听着。

电灯分厂的工人也在听广播。

“现在他们就要动手化第二炉钢了。他们有信心一直干下去，完成全部任务，不叫电炉出一点毛病……”

总工程师和技术科长也在听广播。总工程师吃惊地张开嘴，简直很难相信自己的耳朵。

“听见了吧？工人到底捣腾出玩意儿来啦。”技术科长说。

“侥幸的事儿，偶然的事儿，世界上常常有的。不管怎么说，我们还是把图样赶出来，别让他们说我们是落后分子，那就无地自容啦。”

广播仍然响着：

“我们全厂的工人，为了支援伟大的解放战争，在极端困难的条件下，表现出非凡的创造精神。钻床不够，老侯组长为了完成任务，想出了用风钻的办法，保证了五万个铆钉眼的提前完工……”

电炉的工人也群集在一起，无限兴奋地听广播。

“同志们，胜利一开始，胜利就要继续下去。为了战争的胜利，为了我们祖国的建设，努力前进吧！”

大家热烈鼓掌欢呼。

二三

电炉组的工人脱下棉衣，一铁锹一铁锹地向炉内加料。

汽锤厂的工人一动拉杆，汽锤轰的一声打在红铁上，整个厂房都震动了。

老侯头用力压风钻，钻头飞快地旋转。

厂长和老梁站在砂型旁。厂长满心欢喜地说：

“老梁呀，好啦，你成功啦。你已经三天三夜没睡啦，该回家去休息一会儿。”

“这是大伙的功劳。前方活要得紧，接着干吧。”

他说着，从砂型旁边走过来，忽然支持不住，眼前一阵发黑，腿弯一软，差一点栽倒。厂长忙抢上一步，抱住老梁。

“老梁，我看你还是回家歇歇吧！”

“不要紧。”

他向前走。厂长担心地看着他的背影。

老梁蹒跚地走到电炉跟前，仍然用一切力量撑持着自己。

“好了吧？”他问。

“好啦。”

“开炉吧。”

他又一阵头晕，眼前冒出金星，只觉天旋地转，还是竭力向前走了几步，扶着操作室的门框，倒了下去。厂长和工人跑来，慌忙扶他，一面连声叫着：

“老梁，老梁！”

席卜祥也挤进人群，叫：“老梁，老梁！”

老梁醒过来，昏昏沉沉地叫：“开炉呀，快开炉嘛！”

席卜祥急忙跑进操作室，推上电闸。

“谁，谁在里边？”老梁声嘶力竭地问。

“我，组长，是我呀！”

“老席呀，还是我来吧。”

“你放心吧。我行呀，不会出岔子。”

一个青工也叫道：“组长，你太辛苦啦。我们也学会啦，你该歇歇啦。”

“你们也辛苦。”老梁说，“仗还没打完，我能下火线么？真不争气啊！”

厂长扶起老梁，亲切地劝他：

“老梁你真是个好同志，你已经把大家带起来啦。我扶你回去歇歇吧。”

二四

席卜祥现在变了，正在操作室里掌着电闸。

老工人靠在墙上，感慨很深地说：

“小日本的时候，从来不许老梁靠近这炉，他是偷空子学会这玩意儿的。共产党来了，这炉就成了他亲人一样。他天天叫别人歇歇，可是自己几天几夜不合眼，加上又是个病身子，要不也不会昏倒啊。你们年轻轻的，要是早来倒把手儿不就好啦？”

席卜祥一声不响地听着，感动地微微点头。

席卜祥当当地敲铁板：“开炉啦！”

吴一竹跑过来："老席，我早先对你态度不对。现在你打头干啦，我听你的。"

"干吧！"席卜祥用力敲铁板。

吴一竹、席卜祥等人站在炉门前，用力扒渣子。

电炉倾动了，钢水流出来，红光四射。

两个吊车吊起两个巨大的桥座子，隆隆地驶过去。

众工人欢呼："欢送我们的桥座子上前线！"

江桥工地。铸钢的座子落在桥墩上。工人们赶紧扭动大螺丝。

二五

黎明。一线光亮射进梁日升家的窗子。老梁穿上棉衣，从炕上下来，作势要出门去。

"天刚放亮，你又起来干啥？"老婆走过来说。

"好几天没到厂啦，去看看钢化完了没有。"

"吃了早饭再去吧。"

老梁走到窗前，向外探望。一线阳光照在他焦急的脸上。

听见席卜祥在门外叫：

"组长，组长！"

"老席啊！"

席卜祥大步走进来，不像从前那种懒散样子了，欢天喜地地大声说：

"我给你报喜信来啦。我们没给你丢人呐。十天的活，七天就完成啦。八个桥座子全倒好啦。"

"老席你们辛苦啦。活还没完，眼前就是四月半啦。一化了冰，桥就修不成啦。桥还得抢修才行。你瞧，春暖啦！"

两人都趴在窗台上，向外探望。

太阳晒在积雪的树枝上，麻雀上下飞跳，叽叽喳喳地叫。

小河、积雪和厚冰消融了，溪流在冰下哗哗流着。

二六

在江桥工地，一节办公车厢停在轨道上。玻璃窗上的霜花融化了，暖水滴下来。窗外原野的积雪也在融化，这里那里露出黝黑的土地。江桥的工程正紧张地进行。桥墩周围搭了很高的木架子。

工程部长坐在办公桌旁，手里拿着耳机。

“铁路总局么？啊，是呀，开始化冰啦，上游的暖流水就要冲下来啦。……需要马上增加人力抢修，对，要增加工人……怎么？要我们自己解决？嗯，好吧，好吧。”

技术员走来说：

“部长，铆钉工人不够。好多铆钉都是割了去重铆的，你看怎么办？”

“还是发个急电给铁路工厂吧，要他们赶快派人来支援。拟个电稿吧。”

技术员拿起笔来。工程部长想了想，念道：

“天气渐暖，江桥急需加工抢修……（向技术员）你看得多少人？”

“得二百多人。”

“好，就拨二百五十人吧。即派可靠同志率领前来，火急，勿误！”

二七

“梁日升这个同志，因为他有病，不叫他去，他偏要去。”

厂长在他的办公室里，指着报名单子说。

“现在工人可都发动起来啦。”作业科长说。

“号召二百五十人，报名的就有五百多。”技术科长说。

总工程师看大家这么积极踊跃，很受感染，也兴奋地说：

“要是一个月以前，恐怕请也请不来这么多。”

“好，”厂长叮嘱着，“我现在要走啦。厂里的事情，你们三位多辛苦吧。”

“一切按厂务会议的决定来执行就是了。”总工程师说。

“厂长，你放心。”两个科长同时说。

厂长笑着点头，拿起棉大衣。

一列火车生火待发，停在厂内的轨道上。人群拥挤在火车旁边，欢送厂长和工人们到江桥去。

“再见，再见！”群众喊声一片。

“欢送厂长到江桥去！”

大家见厂长走来，给他让开一条路，同时鼓掌欢呼，乱成一片。

去江桥的工人忙着上火车。行李一个个从门窗递上去。老梁从人丛里挤过来。厂长见了，忙阻止他。

“哎，老梁，不叫你去，你就别去啦。”

“多一个人多一份力量！”他还是要上车。

总工程师也劝：“你身体不好，就不要去啦。”

“别去啦，算了吧，别去啦。”厂长又恳切地劝他。

老梁无可奈何，向后退了一步。

汽笛尖叫一声，车轮转动了。大家挤在窗口和门口，和欢送的工人互相招手。

“再见，再见！”

厂长站在车门口，向总工程师和科长们挥手。

老梁盯着徐徐前进的火车，就势抓住车门的把手，纵身跳了上去。他的身影在众人面前一闪而过。

总工程师忽然看见老梁也在车上，不禁吃惊地叫道：

“哎，老梁，老梁！”

二八

工程部长和工人们候在桥头的车站上。远处的天空飘起青烟。火车疾速地驶来了。

“来啦，来啦，火车进来啦。”工程部长愉快地说。

工人们也欢呼：“来啦，来啦。”

火车驶进车站，停在月台前边了。车厢的门口和窗口上，挤满了工人。厂长出现在车门口，笑着向工程部长打招呼。

“郑部长！”

“啊，宋厂长！”

厂长、老侯头、工人们都纷纷跳下火车。

“哎呀，你亲自来啦？”工程部长和厂长等人握手。

鼓风机咚咚响着。

人们来到江面上，脚底下的厚冰已经化开薄薄一层水。脚手架耸立在桥墩的旁边。在那高高的桥墩上，桥梁钢板已经架起来了。工人拿着风锤，开始往架子上爬。

“组长，你能上架子么？”吴一竹关切地说。

“行啊！”老梁往架子上爬着。

“他是梁日升么？”工程部长走来，问吴一竹。

“啊，他就是我们的梁组长。”

“梁日升同志，你病好啦？”

“好啦。”

“干点轻活吧。”

“能行啊。”

老梁爬上架子，站在钢梁上。一个烧得通红的铆钉扔过来。助手接住，用钳子夹着捅在钻好的眼里。老梁用力使风锤。一个铆钉很快铆好了。

周围响起风锤声，机轮似的嗒嗒响着。

老侯头来到工地，更是精神百倍。这时他正往脚手架上爬。

技术员走来。

“老同志啊，你上年纪啦，别上架子啦，上边滑。”

“啊？”老侯头却没有听清楚。

“你跌下来，可不是玩的。还是在下边烧钉子吧。”

“哎，你真是，你真门缝里瞅人。俺是个正正经经三十多年的铆工匠啦。你叫俺烧钉子？你真，哎，你……”老侯头不服地唠叨着，故意飞快地向上爬。

寒冷的春夜。投光灯照在大铁桥上。桥上桥下都在紧张地劳动：吊钢板的，铺轨道的，扛枕木的，铆钉的。烧红的铆钉一个个从下边飞上来，铆工灵巧地一接，很快地放在眼孔里。风锤发出震耳的嗒嗒声。

旷野的积雪消融了。大片的黑土裸露在晴朗碧蓝的天空下。

桥架子下面，有水哗啦哗啦地流着。这种不祥的声音很叫人担心。一个工人用尺一探，看看水已经升高半尺了，他慌张地向架子上叫：

“往上传哪，上游的暖水下来啦。”

上边的工人也抬头向上叫：“往上传呀，暖水下来啦。”

“暖水下来啦！”

“暖水下来啦，往上传呀！”

人们惊慌地传送着这个消息。

积雪已经化成水流。野外到处是小溪和小水坑，在阳光下闪闪放亮。

老梁在桥上铆钉，听下边探水的工人叫：

“暖水涨到一尺半啦，往上传呐！”

老梁大叫：“往上传啊，涨到一尺半啦。快抢活呀！”

席卜祥也大声喊：“涨到一尺半啦。快抢活吧！”

工程部长和厂长来到江边，见江水汹涌地流下来。

“要赶快抢修！”工程部长说。

江岸上升起了火堆。老侯头和工人们围着火吃饭。大家心情焦急，都在狼吞虎咽。有工人推着轱辘马走来。

“吃饭了吧？你们吃得可真早啊。”老侯头和来人打招呼。

厂长急忙走来，一脸焦急的神色。

“老侯，你们这班今晚上能完工么？暖水下来啦，桥架子搭不住啦，难道说最后一天晚上还会出岔子么？”

“咱六十四拜都拜过啦，还差这一抖擞呀。就是干到天亮，咱们也把他干完。”老侯头果断地说。

“咱们今天都约好啦，不完工不下架子！”另一个工人说。

“对，对，不完工不下架子！”大伙说。

厂长看见大家这么热情奋发，深深吐了一口气。

二九

上游的江面已经裂开了。大冰块互相碰撞着，顺流而下。

江桥下的工人用木棍探水。向木架上叫。

“往上传呀，暖水涨到两尺啦！”

桥上是一片风锤的震响。

老侯头紧张地铆钉，在这春天的寒风中竟然累得满头大汗。风锤突然不响了，周围的嗒嗒声忽然一齐没有了，静了。他急得拍着风锤大叫：

“风啊，风怎么停啦？给风啊！怎么把风给停啦？”

老梁也发急地叫道：“风啊，怎么没风啊？”

“风啊！”

“风啊！”

工人纷纷往架子下爬，向着鼓风机的棚子跑去。

技术员和另一个工人正跑进棚子，焦急地问管鼓风机的工人：“怎么啦？”

几个人马上扑到鼓风机跟前，打开它的铁盖子。这时许多工人都跑来了，围在棚子的里里外外。

技术员正在检查机器，忙得满头大汗。

大冰块滚滚地顺流而下。

一列火车正向江桥急驶。总工程师坐在窗前向外探望。

工人们仍然围着鼓风机的棚子，焦急地嘁嘁喳喳。总工程师走在人群里。大家一面给他让路，一面呼喝着。

“总工程师来啦，总工程师来啦！”

“是怎么回事？”

“鼓风机坏啦！”

总工程师走到鼓风机跟前，脱下大衣和手套，卷起袖子，动手修理机器。工程部长和厂长也急急跑来。工人给他们让路。厂长走近鼓风机，问总工程师：

“是哪里的毛病？”

“是滤尘器的毛病！”

厂长帮着工程师，霎时修好了机器。

“把电门推上吧！”总工程师说。

鼓风机的轮子突然转动起来，又发出振奋人心的咚咚声。工人们高兴了，纷纷向江桥跑去。

厂长这才顾得上和总工程师握手。

老侯头高踞在桥架上，正等得心焦，突然来了风。

“风来啦，风来啦，快干吧。”

“风来啦，快抢活吧！”老梁也高兴地大叫。

江桥上又是紧张的劳动景象。

流冰汹涌，滚滚而下。厂长和工程部长担心地向下探视。

“只要桥架再支持一个钟头，就差不多啦。”工程部长说。

厂长心神不宁地一面向桥下注视，一面盯着自己的表。

吴一竹和工人铆钉。钢梁下边的架子吱吱地响，发出破裂的声音，接着就倒下去了，激起吓人的浪花。滚滚的江水卷着木架的碎片流去。桥上的老侯头老梁等人惊慌地向下一望，更紧张地铆钉。

桥下大浪滚滚，继续冲击着桥架。桥架完全垮了，木板和柱子眼看给江水裹走了，但是铆钉终于突击完了。

“好，完啦！”老梁长长地吐了口气。

“完啦，架子也垮啦，活也抢完啦。”老侯头浑身轻松地叫。

工程部长和厂长走到桥梁上。工人们一齐呼啦围住他们，欢笑地叫道：“可完工啦！”

在这高大的桥梁上响起一阵欢呼声。

三〇

江桥完工了，远望宛如一条长虹，飞跨在大江上。江水好像从天边流来，咆哮地冲击着桥墩。

在那巨大的桥梁上，总工程师领着一群愉快的工人走来。他手里拿一个小榔头，叮叮当当地敲着铆钉，在检查工程的质量。

厂长走进车厢办公室，向工程部长说：

“总算好啦。通车典礼快要开始啦！（用手摸摸下巴，跑去照照镜子，不禁失声笑了）哈哈，一个月没刮脸，倒变成个张飞胡子啦。”

一句话引得工程部长也笑了。

总工程师提着小榔头进来。他那矜持的神态似乎没有了。

“桥，我看了一下。时间这么短，困难又这么多，质量就算不错啦。不容易，真是不容易！”

听得出来他话音里有一种钦佩的调子。他第一次真正地笑了。

“先休息一下吧。”工程部长让他坐。

“说句老实话，这还是我生平第一次看见工人这样卖力气。”

“是啊，工人一发动起来，这种力量就不是用平常方法可以计算的。”厂长刮着胡子说，“老实说，没有工程师们的设计，也是不行的。总工程师，你也该好好歇歇啦。”

“没有什么，没有什么。”总工程师说。

厂长刮好胡子，摸着自己溜光的下巴。这些日子以来他是第一次感到浑身轻松。他探头望望窗外，转脸对工程部长说：

“通车典礼就要开始啦，咱们去吧。”

“好，我们去吧。”

三一

鲜红的旗帜在春风里飘动。头上是晴朗碧蓝的天空。

观礼的人群拥挤在桥头上。

一列生火待发的火车。车头披红挂彩。好多工人爬上了护板，簇拥在毛主席像下边，手里摇着小旗子。工程部长、厂长和总工程师走来，挤在人群里。工程部长向大家招手致意。总工程师和老梁、老侯头握手。

“老梁，老侯，你们都辛苦啦。”

火车响起了汽笛。工程部长剪彩。

列车在人群面前徐徐开过去。

全副武装的战士持枪敬礼。

群众欢呼：“欢送列车到前方去！”排山倒海一般的声浪滚到远方，引起轰轰烈烈的回声。

战士们挤满窗口，兴奋地探出半个身子，向工人们用力挥手。雄壮的军歌声震荡在空中。

老侯头站在人群前，看着这种热烈的场面，感动极了，拉起厂长的手说：

“厂长，我有句心里话要告诉你。我这个年纪啦，我要求厂长一件事儿。我，我能不能参加咱们的党呀？”

“能！”厂长紧紧握住他的手，亲切地说，“我可以做你的介绍人。”

老侯头满心激动，说不出话来，突然举手高喊：

“毛主席万岁！”

“毛主席万岁！”人群也跟着呼喊起来。

火车驶上大桥，速度加快了。一个个车厢从人们面前开过去。车轮轰轰隆隆地滚过新铺的铁轨。人群又欢呼起来。

总工程师侧身对老梁说："老梁，这回你该休息休息了吧？"

"仗还没打完，不能休息啊。就是打完仗，全国胜利了，我们工人阶级也不能休息。"老梁果断地说。

红旗在空中飞扬。

在红旗的影子里，显出老梁在掌着电闸，老侯头在压着风钻，席卜祥在敲铁板，吴一竹在扒渣子。电炉倾动，倒出火光四射的钢水。

火车飞速地驶过江桥，上面满载战士和弹药、给养。

战士们向敌人的工事冲去。

雄壮的战歌响彻云霄。

（《桥》1949年摄制，当时只有手抄本，未保存。
之后作者据影片重写，中国电影出版社，1959年6月出版）

三　年

（节选）

导演：赵明

编剧：葛琴

主演：张瑞芳、项堃、舒适、柏李

出品方：上海电影制片厂

一

一九五〇年二月，上海。

早晨，天色朦胧，北风呼吼，黄浦江上，急浪汹涌。

一群白色小鸟，迎风逐浪起飞。

江海关大厦尖顶上，红旗飘扬。

海关大钟，针指六点，时钟鸣响。

钟声随着远去而模糊的外滩，消失在滚腾澎湃的急浪声中。

浦东江边路上，在行进着的一对男女工人中，一个十六岁的年轻女工小九子，她望着一个爆裂的浪花，呆了一下，回头望后面路上，走着，望着，突然围巾吹落，她急追，猛笑。

有人叫：“好哇，小九子！”

小九子捉住围巾，压着一口大北风，望着来方的路上，叫：“喂，高金妹，快呀！”

前面，树枝狂舞，沙土飞卷。三个孩子围着女工高金妹。高金妹蹲在地上，心里焦急，在跟最小的一个孩子缚鞋带。她回头望小九子，高声答应：“你先走吧！”

小九子没有动，还是呆呆地望着前面，显然在替高金妹担心。

高金妹压着心里的焦急，慈爱地牵拉着孩子们说：“快回去，妈领了工钱就回来！”

大孩子，懂事地望望妈，指小弟说：“妈，是他要追你！”

小弟指大哥，不服说：“不，是你！”

高金妹破颜一笑，亲亲小弟的脸说：“好了，大家快回去，妈领了工资就回来！”

二

私营大明纱厂的门口，高金妹喘着气刚要进去，可忽然呆住了。

里面一群群的人在喧嚷着，突然一个爆烈的大声说：“什么，不开工，谁说的！”

混乱的人声中另一个大声说：“啊——没有原棉？呸！”

这下刚移动脚步的高金妹，又木然地呆住了。后面有人推她一下，那是听到消息赶来的女工李凤珍，她气呼呼地说：“进去！跟资本家说话去！”

高金妹焦心说：“过年前，不是讲好今天开工的吗？”

李凤珍拉着她就走：“讲好的事情多着呢！两个半月啦，不发一个钱，要饿死大家吗？”

骚动的人群中，突然跳出车间工头——资方亲戚杨阿七，他拍着胸脯说：“要饿死大家吗？做不到！包围事务所，老子去问他！”

老年女工张妈妈，打人群中挤过去，冷冷地望望他：“喔，是你呀！”杨阿七愣了一下说：“怎么，做工不拿钱，老子讲错了吗？”

旁边的小九子，推他一下说：“嘿，是资本家叫你来的吗？”

杨阿七晃一下胳膊：“笑话，你破坏团结！”他一溜烟冲入人群，大声地喊着：“包围事务所！打倒事务所！”

保全工人陈才明，打侧面的门里冲出来一把抓住他说：“你想搞什么鬼？”

张妈妈也追了过来，向左右人大声说：“别理他！咱们有工会！赵秀妹跟厂长在谈呢！”杨阿七烟头一摔：“嘿，好！瞧她的！”

三

事务所厂长室里，才二十二岁的赵秀妹，显然还不太熟练这种交涉，同时也显然由于厂长那不得要领的谈话，使她耐不住心里的焦急。她坐在靠窗的沙发上，旁边还烧着一只火炉。她又闷又热，急急地透一口气，擦一擦头上的汗，终于打断厂长的话说：“厂长，我们谈开工的事情！”

五十二岁的老厂长，为难地望她一眼说：“正是嘛，我讲过啦，开工没有问题！”

赵秀妹心想，他的话怎么老是一半出一半进，谈到什么时候去？她耐不住地说："什么时候？"

厂长摇摇头，指着一只破烂的保险柜说："厂里实在穷啊！解放前，老板把所有的资金都带到了香港，如今八个多月下来，欠的债可不少啦——"

哪，又来了！赵秀妹望他一眼，拉开着一盆挡在他们中间的什么万年青之类的盆景说："厂长，全厂工人在等着开工拿工钱！"

厂长叹一口气说："是呀，严重的债务啊！细算一下，要值到三千五百件棉纱啦！难啊！唔，也难怪，年轻人想不到这些啊！"

赵秀妹只差没有站起来，她推起着脸上的短发说："你说我们不了解厂里的情况吗？厂长，我问你，一个厂养得起两个厂吗？你们香港的厂，打哪里来的？"继而她用天真的口气说，"你为什么不讲，'叫香港厂拖死了！拖死了！'"

厂长苦笑一下说："香港开厂，是老板的意思！总之千句并一句，赵秀妹同志，上海银根紧，兜不转，原棉也买不起，拿什么来开工啊！"

窗外突然拥着一群人，女工李凤珍大声地说："什么，叫他把香港的三万担美国原棉拿来！"

小九子爬上窗台，在窗框上捶了两下说："听见没有，三万担美国原棉拿来！"

赵秀妹一下站起，准备拉开窗子。

厂长着急说："不不，赵秀妹同志，我们谈，我们谈！"

赵秀妹转过身来，望了望手里的小本本，背后玻璃窗上，小九子的两只大眼睛在望着她，她并没有注意，只透一口气说："厂长，我们的意见很简单：马上开工，欠我们的工钱，从今天起，分期发放！再一点，凡是本厂的资金，全部归还本厂，包括本厂前年的订货，最近在香港交清的三万担美国原棉！"

窗外扑通一声，小九子跳到地上说："好！统统都讲了，讲了！"

李凤珍急躁地说：“本来嘛，换着是我，才不跟他牵丝绊藤呢！赵秀妹也真是——”

室内的赵秀妹又擦一下头上的汗，焦急地望着厂长补了一句话：“听清楚了吧？”

厂长点点头，叹一口气说：“唔，谈何容易啊！那三万担美棉，要能够运来，什么问题都解决啦！可是敌人封锁海口，飞不进来啊！”

“飞不进来？”赵秀妹一下站起来说，“厂长！我们中国的海口是封锁不了的！你要不相信，问一问罗经理，他自己的五百担美棉，怎么运到天津的，还卖上那么大的价钱？”

“啊？”厂长简直不能相信自己的耳朵，也一下站了起来，继而摇一摇头说，“不会吧？能有这样的事情吗？”

赵秀妹几乎想笑，她闪亮着眼睛说：“怎么，你还不知道？”

厂长显然蒙在鼓里，他拿不定主意说：“唔，能有这样的事情吗？”

四

漂亮的罗公馆，一间精致舒适的起坐间里，吴厂长显然和他谈开了美棉的事情。

这四十多岁的罗经理，穿着拖鞋睡衣，泰然自得地靠在沙发上说：“唔，共产党的消息，倒确乎灵通！可是我那五百担美棉，还不是落在国家的市场上？”

厂长内心烦乱，低沉的声音说：“可是西城哥，自己厂里火烧眉毛，一千多工人，坐吃山空，倒把现成的原棉落在别人手里，你什么打算啊？”

经理冷冷地吸了一口烟说：“打算？一范哥，没底的棺材，死人也困不了！”

厂长吃惊说：“难道关厂吗？”

经理胸有成竹地说：“还拖得下去吗？”

厂长急得站起来说：“关厂可不简单，如今工人有政府撑腰！”

经理冷笑说："求之不得！哼，政府撑腰，强着老黄牛耕田，把所有资本家拖垮！"

好心的厂长，极力想挽回他关厂的念头，十分委屈地说："政府也才几个月的江山，敌人这样封锁轰炸，旁的我不清楚，单说原棉来路，还能供应大家到如今，就不容易啦！停工关厂，得好好考虑！"

经理横他一眼说："考虑得太多了，天天年三十，人家大福纱厂华经理，真有一手，快刀斩乱麻——"

厂长不以为意地打断他说："华茂堃天大的本领，也不过是关厂吧！西城哥，你连襟李少陵，那才是个办厂的人才！"

经理漠然一笑："天字第一号的大傻瓜！三个月来，一口气在芜湖卖掉了三片小厂，唔，他瑞士的法郎存款，我看也差不多了！凭他的气候，哪里站不住？香港、澳门，动动脑筋，几个厂也出来了！办厂的人才，不通气的大傻瓜！"

厂长强作笑脸，讷讷说："可是他到底顶住了大光厂！十二万锭子的大厂，市场上一天也少不了它！当然喽，政府为什么不要帮他的忙？三次贷款，就超过他全部的法郎存款！可是没有他自己的苦撑，一百个大光纱厂也早已关门啦！"

经理不耐烦地望他一眼："哼，市面穷成这样，我的话说在这里，要不了三个月，走投无路的日子在等着他！"于是霍地起身，从写字桌上，拿来一张和工会谈判的五项备忘录说："你看一下，已经给工会送去了！"

厂长看了一看说："五项谈判，怎么，那你还打算开工吗？"

经理漠然一笑，正要说话，空袭警报响。

室外过道上一阵急促的高跟鞋声，经理夫人，三十岁上下，所谓大家闺秀的派头，穿着黑色的丝绒旗袍，见吴厂长略一点头，于是转向她丈夫说："你看，叫你走早车，又非要走夜车！"

说话间，枪声充彻天宇，夫人着急地说："你看，你看，你一会儿一个主意，要走，又不快走！"

吴厂长注意地望他们一眼。

突然，他们五岁的孩子，在外面露台上，大声而又兴奋地叫：“妈妈，来看！来看！咱们的飞机好多啊！”

空中传来激烈的机关枪的追击声。

顽皮的孩子，一下闯了进来：“我的冲锋枪呢？”他很快发现，自己的冲锋枪被一只重重的行李袋压着，他拖了一下，拖不动，扑向母亲说：“妈妈，上海好，上海好，我不去香港！”

母亲搂着他，烦恼地说：“你问他！”

孩子望父亲，愣了一下说：“爸爸，香港不好，上海好！”

父亲瞪他一眼。母亲拿着枪，让着孩子说：“走吧，妈陪你去！”

外面枪声和战斗声，虽不断作响，但这起坐间里，却显得格外沉寂。

厂长耐不住地透口气，指手里的备忘录说：“你要走，那还用得着谈判吗？”

经理较为和缓地说：“这是免不了的一步！你放心，我罗西城做事，决不连累朋友，所欠工资——”

杨阿七急气直喘地奔进来，报告他三舅罗经理说：“三舅，纺织工会的一个女将，带着工作队下场来了！”

经理烦恼地说：“她姓什么？”

杨阿七愣着答不上。

经理暴怒，追问：“张金生不在厂里吗？他为什么事前不来报告？”

杨阿七两手一翻：“他知道个屁！我们讲好了要打事务所，临上阵，他溜了！狗日的，连他自己的老娘也架不住！老奶娘这老不死，真可恶！”

厂长一切蒙在鼓里，他责问杨阿七说：“怎么，你们想打事务所来解决问题吗？谁叫你打的？你说！”

杨阿七望向三舅，趁势为他划火点烟，他想了一想说：“对啦，报告厂长，日夜班工人都在厂里，等着您去答话！”于是退出门去。

厂长默然许久，收起备忘录，准备走，可又迟疑不决。

沉思中的罗经理忽然望他一眼说：“等一等，再有半小时，原棉进厂，一同去！”

厂长大吃一惊说：“怎么，你还有原棉进厂？”

经理十分平静地说：“是的，很少！”

厂长叹一口气，不住地说：“西城哥，你既说要停工，又说要谈判，再说还有原棉进厂，可是你又很快要去香港！西城哥，这究竟是个什么吗？”

罗经理一变刚才的态度，摇摇头，拉下吴厂长轻声说：“事到临头，不能没有一个结束！人家大福厂多干脆！我们已经迟了！”

好心的吴厂长，捉摸着他的意思说：“那是说，一边开工，一边就准备停工啰！”

罗经理接口说：“恐怕还要简单一些吧，我们不能太被动！一范哥，家里还留下一点钱，万不得已的时候，你拿去应付一下工资。往后，局面能有好转的话，再做打算！眼前来说，只有停下工来，才是万全的上策！”

厂长紧张，沉默，旋又不胜重负地说：“这，这……”

经理把半截烟卷熄灭在烟灰缸里，鼓励而又安慰地拍他一下说：“天下没有解决不了的事情！看在三十年的交情上，偏劳你啦！”

五

经理翩翩风度，在工会办公室里，由赵秀妹介绍，和纺织工会副主席陈英同志见面，他响亮的声音说：“想不到陈副主席亲自出马！本厂情况，领导上一定清楚，但个人相信，困难是暂时的，如今有政府撑腰，应该没有不能解决的问题！”说着爽朗地笑了起来。

陈英，四十岁左右，温厚，干练，有着一副亲切可爱的面孔。她平静地望了下对方，以柔和缓慢的声音说：“对！政府是想了许多办法，不过解决问题，还得靠各厂自己的努力！”

经理说：“那当然！拿兄弟个人来说，头寸尽管兜不转，也不能不想法使原棉进厂，只要做得到，这时候，谁还计较个人的利害！”

说着哄哄地笑了起来。

赵秀妹不能相信地瞥了他一眼。

陈英却显然望到他心里，但还是亲切地说："我想也只有这样，才顶得住这个厂！眼前苦一点，罗经理，要不了半年，情况就会好转！"

经理故作兴奋说："那当然，谁都清楚，困难是暂时的！"

陈英宁静地笑笑说："可是我也应该告诉你，眼前还很有一部分资本家看不到这一点，不相信自己的国家的力量，却千方百计想往帝国主义的市场上跑！如果是那样，事实会告诉他们，碰得头破血流！"

经理连连点头，且振起精神说："这就是太没有政治远见！拿本厂来说，我怎么也得坚持下去，最近我也想跑趟香港，抽点资金回来！"

赵秀妹忍不住打断他说："几时？"

经理狡猾地笑笑说："还没有决定！赵秀妹同志，我上午送来的五项意见，很不成熟，希望本厂工会和上级领导多多指导！"

赵秀妹压不住心里的反感说："你讲起来真客气！我问你，我们一千多人的意见，你怎么一个字也不提呀！"

经理笑笑说："对对，这是我的疏忽！其实本厂资金，包括三万担美棉，用在本厂应该不成问题。"

赵秀妹想了一想说："那还有什么困难？有钱，有原棉，你拿出来就是啦！"

经理望一眼她说："是呀，远水救不得近火！眼前照本厂的情况，如果不是缩小规模，恐怕一切都很难谈下去！"

陈英严厉地望他一眼。

赵秀妹又生气，又着急，脸都红了，她耐不住地说："只要不停工关厂，没有谈不下去的事情！其实全厂工人，为了克服困难，一次一次降低工资，降到三个人的饭五个人吃！工人在吃什么，你知道吗？现在，你还要裁减三分之一的职工，好吧，请你先把生产计划拿出来！"

经理冷笑一声说：“生产计划？眼下情况，还能有什么计划吗？”

赵秀妹：“那你裁减职工，根据什么？”

陈英保持原有的平静说：“罗经理，大明纱厂的问题，我希望你好好地考虑一下！”

罗经理狡猾地一笑：“对，对，我的意见太不成熟！好吧，我再考虑考虑，改日再谈！”于是夹着皮包，有礼貌地走了出去。

陈英望着他的背影说：“好狡猾的家伙！”于是转向赵秀妹说：“支部赶快要布置工作！这家伙可能很快就要走！”

赵秀妹吃惊地望着她说：“怎么，他这算谈好了吗？”

陈英点点头：“决心停工关厂，这是他最后的底牌！”

赵秀妹跳起来说：“那做不到！”

厂长突然满头大汗地闯进来说：“开不了工了，发电机破坏了，罗经理走了吗？”

陈英向他走过去。

赵秀妹愤愤地说：“走了！怪不得要紧逃走呢！”她一下冲出门去。

六

北风呼吼，密云低压，一条寒冷的走廊上。

赵秀妹在来到电机间的路上，不断被一群群的人围住。这时一个工人拉住她说：“完蛋了，这烂厂还拖得下去吗？”

赵秀妹匆匆地望着他说：“怎么也得拖下去！”

一个中年女工黄金凤指指她说：“哼！拖下去？资本家怎么说？”

赵秀妹压着一口气说：“没有资本家，咱们就不干活了吗？”

黄金凤很不满意地挺上一步说：“嘿，你倒说得轻巧！”

在乱糟糟的人群中，赵秀妹望她一眼。

忽然女工李凤珍急急奔来拉住她说：“秀妹，断命厂完蛋了！厨房里开不了锅，事务所没有一个钱，人也跑光了。”

赵秀妹附在她耳朵边说：“我知道了！”于是三脚两步地向电机间走去，来到门口她急急地望着里面说：“能修理吗？”

满身油污的陈才明恼火地冲出来说：“能修理，人家还破坏吗？你瞧！”

完整的发电机上，单独缺少一只直流电机“代那摩”。

陈才明说：“咱们全都是死人，发电机上的‘代那摩’叫资本家拿走了三天还不知道！”

张妈妈也赶来了，她着急地说：“我去叫许工程师来！”

陈才明拉住她说：“他病了，别惊动他！人家拿走了‘代那摩’，他来也没有用！”

杨阿七手里拿着一封信，晃晃荡荡地来到近旁，他故意愣了一下，大声地说：“怎么，‘代那摩’没有了？那还得了？这不就完蛋了吗？”

赵秀妹冷冷地望着他说：“你高兴吗？”

杨阿七两手一翻：“哼，我又不是资本家！”于是把手里的信交给她说，“经理的信，刚派人送来的！”

陈才明看表，说：“嘿，前后不到半小时，是送来的吗？”

杨阿七：“你去问号房吧，是不是送来的。”

陈才明望着走开去的杨阿七说：“要注意他！”

赵秀妹望在信上说：“他跑不了，有人在布置了！”

这时中年工人徐根宝匆匆地赶来，压小着声音说：“秀妹，有人说，罗西城已经跑了！”

赵秀妹生气地拍一下手里的信说：“他信上也讲了，这些人真是活见鬼吗？”

陈才明火气地望望她：“还见鬼呢！你太便宜了他！”

赵秀妹压抑不住地望他一眼，她正要说话，忽然廊道外，一阵愤怒的人声吼了起来。

七

愤怒喧嚷的人群中。

小九子打露天的黑板牌上，撕下了一张大字布告，从人群中愤愤地挤出来说："我撕了它，撕了它，他罗西城什么东西嘛？"

她一边说，一边撕，望着已经来到她面前的赵秀妹摔下手里最后的一把碎片说："秀妹你瞧，他罗西城好大的胆，出布告关厂啦！"

"嘿，他做梦！"一阵猛烈的飓风中，赵秀妹愤怒地说。

突然后面廊道上，哗的一声拥出了一股人，有人大声吼着："叫赵秀妹开饭！她要饿死大家吗？"

赵秀妹猛地回过头去，只见杨阿七在人群中，张牙舞爪地晃了一下，于是就有更大的声音在叫喊："叫她把资本家交出来！"

赵秀妹急望左右，什么也来不及想，走上几节石阶，就大声地说："同志们，大明纱厂的问题，要解决！"

杂乱的人群中，带着各种不同的情绪，越发扰动起来。

黄金凤扑到她面前说："解决？你叫大家喝西北风吗？"

骚动的人群，一下把赵秀妹挤到了一堵墙上。她跑不出来，窒息地望着前面的黄金凤说："黄金凤阿姨，你等着吧！都像你这样，大明纱厂就完蛋啦！"

说话间，张妈妈狠命地往前面挤过去，挤过去，一下挤到赵秀妹面前，她望望她，很生气地回过头来，可是她激动得太厉害，说了半晌，没有说出一句话。

赵秀妹拉住她说："你别管我，没有什么！叫陈才明打电话去催一下！"

"什么事情？"

"他知道。"

张妈妈附在她耳朵上说："借米的事情吗？"

赵秀妹点点头。

张妈妈还是不放心地望她一眼，转身就走。

忽然一阵嘈杂的人声中，只见六七个厨房员工，正满头大汗地抬着一袋袋的米走进来。一个员工奔在头里，大声地喊着："赵秀妹！赵秀妹！"他来到赵秀妹面前说："先拿十担，不够再拿！这是他们工会主席给你的信。"

赵秀妹接信望着他说："好吧，归你们厨房小组保管！"

小九子打地上拾起一条围巾，拍了拍灰，拿给赵秀妹说："你的围巾，快围上吧！"

赵秀妹围上围巾。一个孩子声音叫："阿姨！"

赵秀妹猛地回头，她说："怎么——你也来啦？"把孩子一把拖住在身边。

孩子的母亲高金妹，背后还跟着两个孩子，急忙赶上来说："秀妹，你瞧，等着我不回去，都摸来啦！"

赵秀妹亲一亲孩子的脸，下意识地摸着口袋对高金妹说："你带他们在这里暂时住几天，以后的事情，大伙儿商量。"

高金妹望着她的孩子们，略感不安说："住得下吗？"

赵秀妹："大家挤一挤，小虎陪我睡！"

被拉着的孩子小虎，兴奋地说："我陪阿姨睡！"继而他望着赵秀妹的手说，"阿姨——你摸什么呀！"

赵秀妹不好意思地松出手来说："什么也没有，待会儿买饼给你们吃！"

孩子把脸闷在赵秀妹身上说："那你说，几时？"

赵秀妹摸摸他的头，匆忙地喘一口气说："跟着你妈，我还有事情呢！"

后面中年工人徐根宝，兄长般地拍她一下说："秀妹，你来！"

通向球场的拐角上，只见满场落叶，狂飞乱舞。

徐根宝低沉的声音说："要赶快请示区委，我看这烂厂，唔，弄不下去！"

挺立在大风中的赵秀妹，听左右人声，焦急说："怎么？"

徐根宝忧虑说："陈才明挨打啦！他在支部办公室等你！"

赵秀妹心里一跳，脑子里乱得很，她微微摇一摇头，转身就走。

徐根宝又拉住她说："陈才明也毛躁了一点。其实群众的意见，应该考虑——"

"考虑？"陈才明气呼呼地赶来，身上的棉袄显然被人撕破了，他冲着徐根宝说："考虑！考虑！你当心做群众的尾巴！"继而他推下赵秀妹说，"你说，这还像什么工人阶级？都受不住了，就只想往现成的国营厂跑，哼，这个厂就不要了吗？"

赵秀妹望着自己的同志挨了打，心里很激动，痛苦地望着他说："你好好地跟人说，怎么会打起来呢？"

陈才明爆烈地说："什么，是我要打架吗？告诉你。大伙儿要你把罗西城交出来！"

赵秀妹："那你怎么说？"

陈才明气愤说："怎么说都一样，简直是胡闹！"

徐根宝兄长般地指指他说："你这样，问题就解决了吗？"继而他制止着正要说话的陈才明，转向赵秀妹说："我们不能再空叫白喊！秀妹，群众的意见有道理！"

赵秀妹吃惊地说："有道理？关厂吗？老阿哥，区委怎么指示我们的？"

徐根宝深沉地说："那是资本家还没有走！眼前情况，要不散伙，只有咱们国家来投资！"

陈才明耐不住地说："哼，半斤八两，我还当是什么好办法呢！"

赵秀妹陷入痛苦的沉思中，最后她说："眼前做不到，上海这么多的私营厂，情况都差不多，区委不早就批评过这样的想法吗？"

徐根宝持重地说："那你说怎么办？"

赵秀妹窒息地望着他，一时她也拿不出办法，她逼了一阵，忽然说："你不是党员吗？为什么问我一个人？"

焦躁的陈才明摇摇头："唔，推车撞壁啦！"旋又望着赵秀妹说："本来嘛，你就是太便宜了罗西城！"

赵秀妹压抑不住地望他一眼。

陈才明还补了一句说："难道不是吗？没有一个长短，就能让他跑吗？"

赵秀妹内心震动不作声，望着风声呼啸中的满场飞卷的落叶。她闪动着眼里的泪花，压抑不住地喘一口气，往前走。

八

风雨深夜。

一片晃动的烛光中，陈英在赵秀妹、陈才明、徐根宝、曹宝珍等四位支委同志的前面，把深切同情的带着支持力量的眼光，停落在赵秀妹脸上，她缓慢清楚的声音说："一切埋怨，责怪，干脆，痛快，这样，那样的想法，都不是我们的办法！为了全厂工人的工作问题，为了国家人民的长期需要，我们不能丢开这个厂——"

年轻的曹宝珍打断她说："资本家的厂，又不是我们自己的！"

陈英耐心地望她一眼说："可是国家人民需要它！两万纱锭的工厂，一天至少要出产七千六百斤纱吧，同志，算一算，一天的产量，要供给多少人的穿衣问题？"于是她望了大家一眼说："所以对待这样的厂，我们只有一个态度，以厂养厂，咬紧牙齿，把它顶下去！"

赵秀妹激动地望着她。

持重的徐根宝专注地望着她。

性急的陈才明，可耐不住地说："大姐，群众思想，可混乱得很！"

陈英点一点头："那是一定的！包括党员同志在内，要赶快闹清思想，统一步骤，这是克服关厂危机的先决条件。"

沉思中的赵秀妹，佩服陈大姐的英明果断，她用力地喘一口气，一边从口袋里摸出小本本来。

陈英深思熟虑地又望了大家一眼说："要顶住这个厂，是很不容易，根据区委的紧急指示，首先是全厂工人的生活问题；其次要防止破坏，建立秩序；最后才谈得上维持生产的问题。这三点，跟群众去商量商量，多听听他们的意见！"

赵秀妹想了一下，就在小本本上用心地记着。

陈才明可性急地说："大姐，一时不开工，生活就成问题！白天，赵秀妹差点就挨打啦！"

赵秀妹抬头望他一眼说："也没有这样严重！"

曹宝珍悄悄地拉拉他说："你自己！"

陈才明急躁说："你问徐根宝，要不是咱们同志布置得快，你不挨打我就不相信！"

徐根宝持重地望着陈英说："当时情况，是很严重，其实资本家害人，也只有极少数的人才闹不清！"

陈才明恨恨地说："这样的资本家，本来早就应该——"

陈英望他一眼说："应该怎么样？把他押起来吗？不能这样想，同志，对待资本家的工作，是很复杂！但是不要忘记，国家还需要他们！在发展生产的前提下面，还不能没有他们！"

陈才明压小着声音说："可是人也跑掉了！"

陈英笑笑说："不要只看在眼前的事情上，资本家能不能回来，能不能在今后的生产上发挥作用，这，就看我们的力量！"

徐根宝持重地点一下头。

陈才明睁大眼睛，手在脸上不安地擦着。

陈英注意地望着他说："你有什么意见吗？"

陈才明急忙摇摇头，透一口气说："没，没有！"继而压小着声音说，"我脑子还没有转过来呢！"

赵秀妹忍不住地笑了起来。

陈英也笑了一笑说，"不要紧，你会转过来的！"她打开抽斗，拿出一沓材料说："根据厂内物资初步的调查情况，要解决目前的生活问题，还不能有什么把握！工作组同志，还在继续帮助你们，做进一步的调查工作。你们各车间的会议上，有什么意见吗？"她望向赵秀妹。

赵秀妹正听着风雨声中，打厂内托儿所里传来的一阵婴儿们的啼哭声，她怔了一下说："群众情绪很坏，一部分的车间会议没有开得成！"接着她想了一想，还是拿不定主意说，"大姐，厂里还有三十件纱。你说能动它吗？"

陈才明霍地跳起来说："对啦！这三十件纱！"

陈英望他一眼说："三十件纱，是本厂的吗？"

赵秀妹说："是一个山东私商的代纺纱。刚才车间会议上，一部分老年工人的意见，打算卖掉它，你说行吗？"

陈才明急躁地说："为什么不行？太行了！谁出的主意？"

陈英说："别性急，私商的代纺纱，为什么不拿去？"

陈才明说："在打官司呢！"

赵秀妹说："去年十一月，工厂接受私商的代纺，讲好一百件纱，限期三个月交清，可是这第一批三十件纱出来以后，私商的原棉就发生了问题，厂里停工等料，损失很大，问题到现在，还没有最后解决！"

曹宝珍说："管它解决不解决！"

陈英望她一眼说："唔，可以考虑，卖掉可不行！工会应该有权冻结它，必要的时候，可以向银行申请押款！"她望着赵秀妹笑一笑说，"瞧你们，多老实！两个半月都拿不到工钱，为什么早不提出来？"

赵秀妹红着脸，一时答不上话。

陈才明大声说："我们太没有经验！"

一个声音在门口说："那就学呗！"原来是张妈妈，她冒着风雨端来一桶热粥，她望了大家一眼说："三点钟啦，大家快喝点热粥吧，别冻出毛病来！"

陈英、赵秀妹上去帮她，她指指赵秀妹说："你晚饭也没有吃，我带给你的烧饼吃了吗？"

赵秀妹望着她说："吃啦！"

张妈妈说："都吃了吗？"

赵秀妹不安地说："一个！"

张妈妈责备地指指她说："高金妹的孩子，都吃得饱饱的，你就非要给他们，是吗？"于是转向陈英说："陈大姐呀，你别瞧她是咱们的工会主席，我说呀，唔，还是个道地的娃儿呢。"

赵秀妹着急，脸红，认真说："为什么？"

张妈妈笑笑说："肚子饿不饿还闹不清，不是娃儿又是什么？"

陈英一笑说："张妈妈，你太辛苦了，怎么不回家去睡？"

张妈妈指指秀妹的背影说："忙啊！我也闲不住！"

曹宝珍稚气地指张妈妈的背影说："比亲生的儿子还宝贝啊！"

张妈妈一下回过头去，合不拢嘴地说："你吃醋吗？小时候我也抱过你！可是你有爹有娘啊，比得秀妹吗？她从小跟着我。唔，我不是当面夸她，你们小姐妹里，谁也比不上她！"

赵秀妹着急地拉她一下说："得啦，你快去歇歇吧！"

张妈妈压小着声音说："歇不住啊！资本家害人哪！"

忽然穿着白衣服的托儿所阿姨，一无主意地闯进来说："赵秀妹同志，孩子们饿慌啦，糖水也不行！"

张妈妈拦在前面说："糖水不行吗？跟我走，厨房里有粥汤！"两人出。

冷雨敲窗，孩子们饥饿的啼哭声，一阵急似一阵地透进来。

赵秀妹放下粥碗不安地四望。

忽然侧面门里，走出睡眼蒙眬的孩子小虎。赵秀妹抓着一件大衣跑过去，披在孩子的身上，把他抱起来。孩子叫："阿姨，睡觉啦！"

赵秀妹贴着他那热乎乎的小脸说："傻孩子，一个人不会睡吗？阿姨有事情呢！"

美丽慈爱的高金妹，匆匆追来："你瞧这孩子，一觉醒来，就不声不响地下来啦！"

赵秀妹催她说："别冻着他，快抱他上去吧！"

孩子还是叫她："阿姨，你呢？"

突然外面一阵急促的脚步声，两个带着短枪的纠察队员飞速地奔过去，叫了一声："捉贼！"

九

风雨中，赵秀妹等一大群人追到围墙下，地上几麻袋纱，墙上搭着一根梯子，偷贼显然已经翻墙逃走。

陈才明用手电照亮袋口里的纱卷说："糟糕！这三十件纱，完蛋啦！”

这时爬在梯子上的小九子，忽然大声地望着墙外喊：“有人，在跑！”

但几乎同时，一个石子飞来，擦过小九子的耳旁，小九子晃了一下，指外面说：“秀妹，老工房楼上，打手电呢！”

风雨黑暗中，赵秀妹拉下陈才明说：“你管这边，我到老工房去！”

一〇

老工房某一寝室里，铺上坐满了人，赵秀妹显然跟大家谈过了偷窃的事情，要大家注意，想法破案。但空气却十分低沉。

赵秀妹望一下大家，只好又补了一句说：“几个月来，厂里的一些坏分子，都还没有来得及清除，尤其是咱们这儿的老工房，一向事情最多，我希望大家——”

一老年女工望着她摇摇头说：“大家吃不饱，睡不醒，秀妹，谁管这些啊！”

赵秀妹望她一眼说：“厂里出了这样的事情，咱们能不管吗？”

一年轻女工说：“好，咱们来搜查！”

但赵秀妹背后，一个更大的声音说：“叫管的人去管嘛！”那是黄金凤，她一下从被子里坐起来说，“我们只知道做工拿钱，我们的工钱拿来，你没有钱，别来开会！”

赵秀妹窒息地望着她说：“黄金凤阿姨，你说，谁不付工钱？是工会吗？”

黄金凤愤愤地说：“哼，工会！工会！你工会干些什么？为什么不开工？你把资本家交出来！”

有人拉住黄金凤说：“好啦，金凤，你也别顶住她一个人！”

黄金凤更气愤说：“笑话，我不问她，问谁？”

赵秀妹痛苦地说：“黄金凤阿姨，克服困难，是大伙儿的事情，我希望你好好地想一想！”

黄金凤冷冷地说：“想一想？哼，我要不想一想，早就退出工会啦！”

一一

黑暗的风雨中，赵秀妹在回到工厂的路上，走得很慢很慢，她在解放后的工会工作，还从没有碰到这样的情况，她走着走着，不时在黑暗的风雨中呆呆地停下脚步，睁大着眼睛吃惊地想着什么。

突然，在一个水没脚背的拐角上，一个声音喊住了她："谁？"

赵秀妹呆呆地站着，对自己小声说："走错了吗？"

徐根宝一手拿着匣子枪，一手打亮着手电照在她脸上，突然吃惊地奔过来："是你呀，怎么走上这儿来啦？陈才明到处找你！"

满身透湿的赵秀妹擦了一下脸上的雨水说："我在老工房，他不是知道的吗？"

徐根宝一笑说："去找过了，快回去吧，公安同志在等着你，小白天这家伙抓走了！"

一二

工会办公室里，拥着许多人，陈才明大声地回过头来说："小白天这混蛋，趁火打劫，再偷几天，这三十件纱就完蛋啦！"

一个声音在问："偷了多少？"

陈才明睁大着眼睛说："十来件吧！好家伙，贼胆倒不小！"

说话间赵秀妹满身湿透地走进去，陈才明一下冲过来说："嗨，你跑哪里去啦？"

赵秀妹痛苦地望着他说："公安同志呢？"

陈才明挥一下手说："已经走了，陈大姐在等着你！"这时候才看清赵秀妹的样，大声说："怎么，你怎么的啦！"

一三

赵秀妹在陈英面前，流着痛苦的眼泪说："大姐，我们真该死，几个月的工作，不知道干了些什么，哪里都失败！大姐，我对不起党！"她一下伏在桌上，压抑不住地哭了起来。

黎明的窗前，一片嫩红的阳光在透进来。

陈英低柔和缓的声音在说："别把工作看得太简单，在我们前进的路上，什么时候也不免会碰到各种各样的困难、阻碍，所以这才需要我们的工作！"

赵秀妹抬起头来，擦一下脸上的眼泪说："可是工人中间，就不应该——"

陈英轻轻地抚着她的头发说："不应该还有落后思想吗？甚至反对自己的工会是吗？"

赵秀妹望着她点了点头。

陈英笑笑说："就算是这样，那又有什么不应该呢？群众起码的生活，还没有得到解决，为什么就不应该说话？同志，如果我们的工作做好了，这些情况，就不会存在，你说是吗？"

一只飞鸣的小鸟，忽然轻快地掠过明亮的窗前。

赵秀妹闪亮着眼睛追它一眼，她透一口气说："大姐——"

门外一阵笑声，张妈妈兴奋地走进来，望着窗下的陈英和赵秀妹，忽然一种力量吸住了她，她深深地笑一笑说："唔，好一对亲姐妹！"

陈英笑笑说："那你就是我们的亲妈妈！"

张妈妈大声地说："嗨，别折福我吧！秀妹这么说，那还差不多！"说着爽朗地笑了起来。

陈才明奔进屋子，四下里望了一下说："怎么，款子贷到了吗？"

陈英笑笑说："你交涉的棉纱，不还在公安局里吗？"

张妈妈指指他说："你呀，说着风，就是雨！"于是，打开柜门，拿出一大卷彩纸和一把裁纸刀来，急急地准备要走。

陈才明望她一眼，忽然拦住她说："好，你倒准备贴标语啦！雨还没下点，就撑伞了吗？"

张妈妈一阵笑，急急地走了出去。

陈才明望着她的背影说："其实，她比我还性急！"

沉默中的赵秀妹，也笑了一笑。

陈英却叫住陈才明说："你找张金生谈了吗？"

陈才明点一下头，特意又望一下门外说："别让张妈妈知道！我看'代那摩'的事情，准有他一份！"

赵秀妹望着他说："他怎么说？"

陈才明说："还叫他说什么嘛？问他就吓得说不出话啦！这怕死鬼！简直不像是张妈妈生的。"

一四

厂后，郊野。

杨阿七对着张金生脸上狠狠地啐了一口气，说："呸！你敢说出来！'代那摩'是老子拿的，在你家里放一放也不行吗？"

软弱的张金生，焦灼不安地说："要是查出来呢？"

杨阿七大声说："怎么，你要告密吗？你拿良心说话！我三舅待错了你吗？你十一岁进大明纱厂，我三舅看在老奶娘的份上，收你当了艺徒，如今还升你当了事务员，凭你这根豆芽菜，两百个单位一个月，天上掉下来吗？"

张金生痛苦害怕地说："陈才明查问我呢！"

杨阿七一把胸脯地抓住他说："你怎么说，我谅你也不敢说！东西在你家里！你敢，你敢说吗？"直到张金生额头冒汗，这才松手说："你他妈的！喝水别忘了掘井的人，我三舅为来为去，还不是为了这个厂？"

张金生失魂落魄地说："我老娘要知道了，我没有脸见她的面！"突然他恐怖地望着河那边的路上，发抖的声音说："你瞧，追来啦！"

对河路上，几个女孩子在急奔而来，小九子的声音，分明在叫："张金生！张金生！"

杨阿七望着前面，不慌不忙地摔掉手里的烟头说："唔，跟我走，赶快去把东西拿出来！"

张金生死死地望着他，可没有动。

杨阿七暴怒地一把拉住他说："跟老子走啊！把钥匙交给我！"

一五

在一间低矮的平房门口，张妈妈心慌意乱地在打开着门上的铁锁，开着，开着，她终于哗哒一声，推开门冲了进去。在这斗大的屋子里，她到处慌乱地找着、翻着，翻着、找着。最后连床板也翻了开来，还是什么也没有找到。她十分吃力地满头大汗地抬起头来，望着风声呼啸的门外，她发抖的声音说："该死！该死！你这小死人！能这样害人吗？"

一六

张金生十分狼狈，衣服被撕破，额头上一块青肿的伤痕，他痛哭流涕地站在赵秀妹面前说："我害人！秀妹，我对不起工会，对不起老娘！我不该放走杨阿七，让他拿走发电机上的'代那摩'！"

他们虽不是亲兄妹，但从小就在一起，特别是年幼的赵秀妹，总把他当作自己的亲阿哥一样。

赵秀妹望着张金生这副样子，心里又气，又恨，又难过，她激动而又严厉地说："他跑不了，连'代那摩'一起，都叫我们抓回来了！电机间同志在审问他！金生，我问你，资本家对你怎么样？是他养活了你吗？你好好地想一想，告诉我！"接着又补了一句说，"你好好地写一个报告来！"

张妈妈一下打门里冲进来，愤怒地望着张金生说："好，你回来了，你还没有给杨阿七打死，你活该！你活该！"她一下扑过来，拉着他说，"你说，你说，你老子怎么死的？不是就在这个厂里吗？叫资本家的纱包活活地压死的！你这没有骨头的东西，你哪一点上要巴结资本家？"

张金生叫了一声："娘！"伏在窗台上痛心地哭了起来。

赵秀妹痛苦地拉住着张妈妈说："娘，你别怪他一个人！是我，麻痹大意，没有注意他！娘，我对不起你！"

张妈妈愤怒的脸上，不住地流着眼泪说："狠心的资本家，想毁了他吗？"

突然大群的人涌了进来，杨阿七垂头丧气地夹在中间，有人把他向赵秀妹一把推了过去说："你向工会保证，不再破坏工厂，不然就赶你出去！"

杨阿七垂头丧气地望一下赵秀妹，乖乖地走了过去。

一七

在三十几人的支部大会上。

陈大姐低柔缓慢的声音在说："通过这次事情，要在群众中间，广泛地进行阶级教育，提高阶级觉悟！这是巩固我们领导权的重要的一环！"屋子里很静，谁都注意着陈大姐。一只台钟，在桌子上嚓嗒嚓嗒地响着。陈大姐望一下赵秀妹和全体同志，然后又说："开工以前，必须把全厂的生产委员会组织起来，我们同志，不能包办代替，必须争取吴厂长参加！"

全场一阵骚动，陈才明站起来说："这个人不甜不咸，要他来插一手，这就自找麻烦！"

赵秀妹同情地望他一眼。

陈大姐望在眼里对她说："你看怎么样？"

赵秀妹想了一想说："他——"

陈大姐微微一笑，接着说下去："他有经验，有技术，三十年的老厂长，资方唯一的代理人，在哪方面说，都应该争取他！"

曹宝珍严肃地站起来说："大姐，我们束紧了裤带，想尽了办法熬到了今天，为的是什么？"

陈大姐宁静地说："是呀，我们连这样的一个厂，也不能不想法利用它，同志们，为的是什么？"

全体同志，包括赵秀妹在内，一下都投入严肃的思想中。

陈才明耐不住地摇摇头说："伤脑筋，这样的厂还不能不让资本家来赚钱呢！"

陈英笑笑说："不赚钱，那就不叫资本家啦，应该有他一份！同志，理想的社会，不可能一天就送到我们的面前！正是为了这个美好的前途，所以什么时候也不能忘记我们的责任，要领导全体的人民向着这个前途，一步一步地跟我们走。"

陈才明大声地说："资本家也跟我们走呀？"

陈英望望他说："不跟我们，跟谁？这个比较长期的改造斗争，是很复杂。一般情况好转以后，这方面的斗争势必会更尖锐。但是不要紧，我们并不害怕斗争，只有在不断的斗争中，才能更好地团结他们，推进他们，一步一步地改造他们！"

赵秀妹和全体同志沉入严肃的思想中。

阳光从窗子里透进来，照亮每个同志的脸。

一八

阳光充满着大明纱厂的每一个角落，鲜明的标语，到处在涌现出来："全厂职工团结起来""坚持生产发展经济""努力建设祖国！"……

兴奋的人们带着各种各样的声音，热潮一般地奔涌过来。

黑板报前，小九子站在长凳上，正在贴着一大张生产委员会的布告，后面黑压压的人头上，突然震响着工厂广播的声音："请各位职工同志注意——"

小九子吓了一跳说："哟，我还没有贴好呢！"于是加快速度，转过身来，学着广播台上的声音说："各位职工同志注意——"大声地笑着，跳了下来。

人们挤着拥着，广播台上的声音几乎成为多余，然而还是在大声地念着这布告上的内容说："今天下午一点半开始，发放资方积欠工资第一、二、三期，请到工会办公室领取！"

人群中忽然钻出高金妹的大孩子，他向着还在不断涌来的人群中喊着："妈妈！妈妈！"

上来答应孩子的，是跑得更急更快的黄金凤，她说："叫什么，你妈就来啦！”

小九子一眼看见黄金凤，她有意思地闪亮着眼睛叫一声望望她，并且大声地说：“黄金凤阿姨！你跑得真快呀！”

黄金凤不好意思地狠狠打她一下说：“小鬼，赵秀妹也不放在心上了，你倒还没有忘记啊！”

小九子点点头：“没有忘记啊，你比人家的太婆还凶呢！”

黄金凤一手蒙住她的嘴：“得了，小鬼！谁知道咱们还有这大的办法！”

小九子推开她的手：“当然啦，咱们工人是干吗的？你现在知道了吧？”

黄金凤挺上一步说：“我现在还不知道啊？要你来教训我！”

高金妹的大孩子，黑亮亮的眼睛望望她们，转向奔来的人群中叫着：“妈妈！妈妈！”

美丽慈爱的高金妹，一下出现在孩子的面前，她附在孩子的耳朵上，说：“明天开学，给你买新书！”

孩子一跳说：“对啦，我就是跟你讲这个事情嘛！妈，小虎呢？”

一九

宁静的寝室里。

赵秀妹抱着小虎坐在她床上，这时她正在向小虎那张大的嘴里，悄悄地放进一颗糖去。于是紧紧地搂着他说：“好了吧，这下总过瘾了吧！”

孩子一下跳到地板上，望望桌上那金鱼缸里，一条小金鱼也在煽动着小嘴，打嫩绿的水草里钻出来。他用力地咂了咂嘴，忽然说：“阿姨——酸的！”

赵秀妹始终在甜蜜地望着她，这时她笑了一笑说：“待会儿就甜啦！”

高金妹悄悄地打门里进来，望着他们深深地笑了一笑。

小虎先看见她，兴奋得跳起来说：“妈，你瞧——我的金鱼！”

赵秀妹也像孩子似的叫着："小虎，别告诉妈啊！"

高金妹喜悦地俯在金鱼缸上说："秀妹，你出去过啦？"

小虎来不及地说："那个，那个，那个叔叔买来的！"

高金妹热烈地拉着赵秀妹，差点把她抱起来，然后轻声地说："怎么，阿方来过了吗？你也不陪他坐坐！"

赵秀妹一下红着脸说："他没有时间！"

高金妹挽着赵秀妹的脖子说："秀妹啊，我说，阿方这个人，恐怕比你还难为情，没工夫多坐坐，也陪他下去走一走啊，让大伙儿见见他！"

小虎抢着夹进来说："叔叔走啦！叔叔说——"

赵秀妹拉住孩子的手说："傻孩子！别啰唆，知道吗？"

小虎莫名其妙地点点头。

高金妹忍不住地笑了出来，忽然她深切地说："秀妹呀，你们也都太忙啦！"

赵秀妹望她一眼，不好意思地小声说："那有什么，我们还早呢！"

李凤珍匆匆地闯进来说："还早吗？上班啦！"

赵秀妹霍地转身："厂长来了没有？"

李凤珍："来啦，他在细纱间等着你！"望着赵秀妹那红红的脸，她问了一句："你们在谈什么？"

赵秀妹一笑说："没有什么，咱们走吧！"

小虎可忽然紧张地拉住赵秀妹说："阿姨，金鱼吃什么呀？"

赵秀妹一下被难住了："真的，金鱼吃什么呀？嗯，待会儿再说！我们——要上班啦！"

二〇

轰隆一声，全厂马达开动。

从清花间到细纱间，每条皮带拉得紧紧的，每一只轮子在转动。全场两万只纱锭，在疾速转动。

打一片转动的纱锭上望过去，赵秀妹、陈英二人，身上头上都飘满着白花，她们正打细纱间的门里走出来。后面一个声音叫住她们："诶，大姐，秀妹！"

正在当车的小九子，胸脯挺挺望着她们，伸伸左面的胳膊，兴奋地大声说："你们瞧，我这只手的劲头也上来啦！"

赵秀妹激动地笑了一笑，拉一拉陈英说："大姐，我们到底开了车啦！"

陈英也高兴地笑了一笑说："不容易啊！可是我们的困难还很大！"

赵秀妹接口说："是啊，厂里什么都空了，连锭子油也得买起来！不过不要紧，群众情绪很高，都说只要保证不停车，哪怕只吃一顿饭、一顿粥，也都愿意把生产支持下去！"

陈英深切地望着她说："更重要的是增加产量！

赵秀妹沉重地喘一口气说："我们大明纱厂的问题，也格外复杂！人多纱锭少，解放前，资本家要不卖掉那十七台细纱车，问题也不会这样严重！"

陈英点点头："那当然是最大的困难，这种不合理的现象，应该解决！不过，也只能一步步来！"

张金生兴奋地走来说："秀妹，厂长请你去！"

满身油污的陈才明，正好经过旁边，他睁大着眼睛插了一句说："好大的架子！他自己不会跑来吗？"

陈英望着他说："去跑一趟有什么不可以呢？应该尊重他！好好地帮助他！"继而问张金生说，"他接洽的原棉怎么样啦？"

二一

在厂长室里。

吴厂长激动地放下电话对赵秀妹说："妥了！真想不到，政府做事，唔，漂亮！"

赵秀妹望着他说："第一批多少？"

厂长："一千担！"

赵秀妹："第二批呢？"

厂长："看我们的成绩！"

赵秀妹恳切地望着他说："厂长，咱们的产量实在落后，你说有办法提高吗？"

厂长想了一下，吞吞吐吐地说："唔，很难说，我不好说！"

赵秀妹爽朗的声音说："厂长，你有意见，尽管说，咱们商量着办！"

厂长深切地望着她，一种力量在感动他，在改变着他的情绪，他终于笑了一笑说："这，这我知道！秀妹同志，今天的原棉，恐怕还接不上手呢！"

赵秀妹稳重地说："接得上，我们自己去搬运！"

二二

黄浦江上，朝阳碧浪，一阵兴奋愉快的歌声中，三条满载原棉的大轮船，鼓着饱满的帆篷，一字儿地飞速地行进着。

坐在船头上的赵秀妹，沉浸在兴奋的歌声中，她出神地望着阳光的来方，江风吹着她乌亮的短发，一个微笑，从她脸上慢慢地漾开。

突然那原棉堆上，一个声音在叫："喂，赵秀妹，你独唱一支！"

许多的声音附和着："好！唱一个！唱一个！"

旁边的徐根宝拉拉她，小声说："群众意见！"

陈才明性急地说："唱呀，别扭扭捏捏！"

赵秀妹望他一眼，笑笑说："我怕你吗！"一会儿她唱了起来："江水滚滚浪滔滔，阳光来自深山坳——"

突然一个急浪打上船头，溅得赵秀妹满头满脸是水，赵秀妹抓着徐根宝，擦擦脸额上的水，大声地笑了起来。

一阵满船震响的爆裂般的笑声。

二三

厂里震响着热烈的马达的吼声，无数洁白的纱锭在转动，在疾速转动。

细纱间门口，小九子睁大着眼睛，拍拍手，大声叫："哎，咱们的代纺棉来啦！"

二四

工厂门口，大群的工人，掮着抬杠之类在涌出去。

张妈妈被挤在铁门上，扑开着手，在叫："哎，哎，别挤呀，干吗这么性急呀？"

李凤珍一把拉出她说："不性急，你怎么挤在这儿呀？"

张妈妈大声笑着，指指自己，小声说："呃，如今还好多啦！"

二五

江边。开阔的海蓝色的天空里，几朵白云，在金色的阳光中轻快飞跑。

下面，一片劳动的呼声中，几十只抬杠，此起彼落地压在人们的肩上，在抬起着一包包的原棉，开始行动。

张妈妈挤在人堆里，揩着赵秀妹那湿淋淋的头发说："瞧你，倒像是洗过头啦！"

赵秀妹低着头，在替张妈妈扣着散开的纽扣说："差点儿洗澡呢！"接着她催促说："好了，都叫你揩干了！"强着抬起头来。

前面瘦弱的张金生，正满头是汗地和另一个男工抬着一包沉重的原棉，晃动着脚步走过来。

赵秀妹似乎也很吃力地担心地望着他。

张妈妈也深切地望他一眼说："不要紧，练练就行啦！"

接着陈才明和徐根宝也抬着一包原棉过来，走在头里的陈才明，望他们一眼，故意大声说："哎嗨，娘儿们，站开一点！"

赵秀妹打他一下说："你说我抬不动吗？哇啦哇啦！"

后面的徐根宝，吃重地抹一下额头上的汗说："对！这我就太相信了！"有人笑了起来。

徐根宝却望着赵秀妹甩一下头，意思是叫她看后面的吴厂长。吴厂长正俯在一个裂口的原棉包上，察看着原棉的成色，而且还摘下一片棉花，仔细地拉着拉着，显然在试验原棉的丝毛长度和细度。

这面的徐根宝说："难道还不相信咱们的货色吗？"

张妈妈也望一望厂长说："这碗饭，他牙齿也吃蛀啦！是棉花，好丑总逃不过他的眼睛！"

左近，忽然一个中年男人的声音说："不然怎么叫'原棉通'啊？"他就是许工程师。

赵秀妹猛地回头，只见许工程师和陈大姐，正在望着她走过来，赵秀妹大声地叫着说："许工程师，你也来啦！你好了吗？"

许工程师高兴地扬扬手，正要过来，只见小九子在胸前挂着一面铜鼓，打他面前直奔过去，而且大声地嚷着："来啦，我来啦！"

许工程师激动地向她追望一眼，然后望着已经来到面前的赵秀妹说："你瞧，这还叫人躺得住吗？"停了一下，他微微地笑一笑说："秀妹同志，我可要向你提个意见，今天这么大的事情，你们也不告诉我！要不是陈英同志到我家里去，好，我就叫你们瞒过啦！"

赵秀妹笑笑说："可是许师母，她什么都知道！告诉你吧，我们是商量着对付你的！"大家笑了起来。

许工程师却忽然沉默了一会儿说："嗯，也总算难过来了。"接着他又沉默一会儿，望望陈英和赵秀妹说："眼前最大困难，是配备问题。三万锭子的配备，却只有二万支锭子在转动，唔，罗西城做事，太不留个后路！"

陈英恳切地望着他点点头说："许工程师，同志们都很年轻，没有经验，这方面的问题，你要多费一点心思呢！"

许工程师也恳切地说："不用客气。配备上的问题，我想了一些办法，等我跟厂长交换一下意见再说吧！"

二六

全厂马达日夜不停地开动着。

这天早晨，日夜班工人交班不久，在一块儿挂在墙上的被震得颤抖的生产记录牌前面，吴厂长呆了似的正望着上面那许多条红线中的那最短的一条，但显然是有了进展的红线，他屏着呼吸，不能相信地又深深地望它一眼。

他背后，正要下楼的杨阿七，也赶上来向记录牌上瞧了一眼，大声地说："乖乖！零点六八啦，这下可要抖起来了！"

厂长猛地回头，生气地望着他说："你说谁？"

杨阿七不敢望他，嘴里随便地"吓"了一声便冲下楼去。半道上，他碰着正在上来的赵秀妹和许工程师，他不好意思地愣了一下说："赵秀妹同志，锭扯零点六八啦！"

赵秀妹笑笑说："知道了。今天多少回花？"

杨阿七一下被考住了，手在后脑上抓了抓，含糊地说："唔，反正，反正也少多啦！"急速冲下。

许工程师笑笑说："这饭桶，罗西城还当他是宝货呢！"一抬眼望见厂长正在兴奋地望着他们，他说："怎么，你没有回去吗？"

厂长点点头，转向赵秀妹说："不容易啊，产量又增加啦！"

赵秀妹笑笑说："咱们就是设备上的漏洞大，前些时候，好像还不大觉得！"

厂长接口说："是啊，那时经常在停工待料，如今可只愁咱们做不了啦！"

赵秀妹说："可是前后纺的生活，越来越配不上手。人多纱锭少，三十几件纱的出数，厂长，恐怕还开支不了吧？"

厂长连连摇摇头："呃，不能性急。不负债，就已经不容易啦！"

许工程师说："要负债还了得？罗西城恐怕做梦也没有想到呢！"接着他望了望厂长说："老吴，设备上的问题，你考虑过了吗？"

厂长为难地愣了一下说："唉，事情太大了，只能慢慢地来！"

许工程师望向赵秀妹，赵秀妹正要说话——

张妈妈从细纱间里匆忙地赶出来叫："小九子！"

赵秀妹向她说："在下面！怎么，她跟谁吵了吗？"

张妈妈笑笑说："嗯，问她嘛！凭她这点蟹脚本领，还想跟黄金凤比赛呢！"

赵秀妹一笑说："跟黄金凤比赛，小九子不是输定了吗？"

张妈妈边走边说："输了不会哭吗？还怪人呢！"她走到楼梯口，忽又回头，望着许工程师说："工程师哎，细纱间的生活，救火一样啦，赶快得想个办法啊！"她见许工程师在苦恼地想着什么，又过来拉拉他说："你说，罗经理要不卖掉那十七台细纱车，如今就用得着这样赶火吗？"说着匆匆地赶下楼去。

厂长望着下去的张妈妈，问赵秀妹说："怎么，张妈妈调细纱间来了吗？"

赵秀妹说："没有，暂时帮下忙。这次她们粗纱间里，一口气抽出七双老手，自愿帮细纱间的忙！细纱间的生活太紧张了，怎么也做不完！"

许工程师接口说："当然，缺少一万只纱锭，人又不是机器！怎么也突击不了啊！"于是转向厂长说，"老吴，事情不能拖啦！要彻底解决问题，我看只有改装洋线车！"

厂长吃惊地说："改装洋线车？"

许工程师说："唔，不妨试一下，这二十台车子，不根本搁在栈房里生锈吗？"

厂长十分着急，为难地想了一下说："老许，这二十台车子，我们不用，香港厂可等着要用呢！"

许工程师拍他一下说："那不很好吗？叫罗西城把香港厂占用的十七台新车子，马上交还本厂，一事两便，总算公平了吧？"

厂长只是摇头说："唉，老许，开什么玩笑啊。我的处境，你也知道。再说机器上的事情，瞒得过你吗？两种车子的性格，根本不同，改装得了吗？万一改装，这二十台车子的零件，老许，你想过没有？"

许工程师笑笑说：“没有想过，就来征求你的意见吗？”

赵秀妹恳切地说：“厂长，全体保全部同志，正在进行改装的设计，我想零件问题，你也帮大家考虑一下。”

这一下，真正触到了厂长的难处，他为难痛苦，连额头上的筋也都暴了起来说：“赵秀妹同志，不是我有意和大家为难！早先运来的那十七台车上的零件，罗经理昨天还有信来，要我想法儿给他运去。这是实在的情形！”

许工程师望着厂长这副紧张的样子，笑笑说：“老吴，你太苦心了！你管得了这样多吗？十七台车子扣住不发，咱们用点儿鸡毛蒜皮的零件，怎么，还对不起他吗？”

厂长愣了许久，讷讷地说：“那，那也当然！”于是转向赵秀妹说，“赵秀妹同志，生产才有一点规模，进一步的事情，我看要好好地考虑！”

赵秀妹默然地望他。

二七

夕阳西沉的阳台上。

赵秀妹默然地望着那薄暮将临的迷蒙的黄浦江上。她已经把厂长的情况告诉了陈才明。

陈才明刚打工作上下来，正在旁边痛快地洗着脸，忽然抬起头来说：“这个人就是不甜不咸，灯草放在肩上，也怕压死了他！其实，你也对他太客气！”

赵秀妹望着他说：“那照你说，就非跟他吵架啰，陈大姐的话你忘记啦！”近旁有人走过去，她顿了一下说，“其实也只要我们有把握，厂长的问题不大！”

陈才明性急地说：“不大，那你急什么？”

赵秀妹说：“急你们搞不成啊！”

陈才明好笑地说：“怎么，许工程师还没有告诉你吗？他也真是三眼一板，理论太多！告诉你吧，下面在翻砂打样啦！”

赵秀妹高兴地说："那太好啦！"

陈才明接口说："还好呢，头也叫你们闹昏了！慰劳，挑战，竞赛，保证，嗨，我的天啊！"

赵秀妹愉快地笑着说："可是就见了效果啦！"

陈才明说："得了吧，我谢谢你！"

楼下，小九子在叫："秀妹，陈大姐回来啦！"

二八

在工会办公室里。

赵秀妹刚才那愉快的情绪过去了，为了改装洋线车的事情，显然碰到了另外的难题。她困惑地望着陈英说："正在翻砂打样啦，我看，要改装，就彻底改成了细纱车不更好吗？"

沉默中的陈才明接上来说："那就容易得多啊！如果又要改装，又要保持洋线车的身骨，多别扭，恐怕许工程师也不一定有把握！"

陈英对着他们望了一望，还是坚持她刚才的意见说："区委和纺织工会的意见都一样，同意你们改装，不改装，你们眼前的问题解决不了。可是在生产的配备上，也必须照顾将来的情况，大概要不了两三年，我们就会需要大量的洋线车，道理很简单，人们的生活只要稍微好一点，就想用点结实漂亮东西啰，同样做套制服吧，就要穿穿卡叽啰、哔叽啰、华达呢啰，这样的要求也很公道啊，可是这就不是细纱车代替得了的事情啦，怎么样？再考虑一下吧！"

陈才明干脆地说："那还考虑什么？我同意区委的意见。"

赵秀妹知道自己的责任不小，她沉重地低下头去。

陈英注意地望着她说："怎么样，你有意见吗？"

赵秀妹小声说："我没有意见！"许久，她痛苦地抬起头来说，"我太没有经验，应该早就请示区委。大姐，你走了这多天，咱们的工会算白白地过去了！"

陈才明性急地说："得了吧，你赶快找许工程师去说个清楚吧！"起身要走。

陈英叫住他轻声地说："解释的时候，要照顾大伙儿的情绪，别一下把人吓跑！"

二九

黑暗中，一片红亮的火，打金工间的门里照射出来。

门外兴奋地拥着一群人，人群中，只见小九子闪亮着眼睛说："好！我去叫赵秀妹来！"

赵秀妹来到人群后面，望着前面不知不觉地退了一步。

张妈妈正好从后面赶上，拉住她说："车头模型，搞出来啦！"

赵秀妹满脸通红，心跳得厉害，愣了一阵说："我知道了。"于是她很快地打人背后走过去。

张妈妈吃惊地望她一眼，追上去抓住她说："怎么，出了什么事情吗？"

赵秀妹很难告诉她，一下子也说不明白，她逼出一个声音说："没有。"

张妈妈不能相信地望着她说："什么事，告诉我！"

赵秀妹焦急地望她一眼，抓住她的胳膊摇了几摇说："我找许工程师去。你知道没有？"

三〇

一片沙皮打擦铁锈的声音。

在一间废弃很久的，空旷宽敞的车间里，几十个男女工人，正在打擦着一台洋线车上的铁锈。

许工程师，聚精会神地正俯在车上的一张圆样上，许久，许久，他慢慢地抬起头来。站在旁边的徐根宝，轻声说："怎么样？"

许工程师的眼光没有离开那圆样，他点一点头说："可以！"继而他激动说："唔，陈才明这同志，很有希望！"

几十人一阵兴奋的扰动中，李凤珍重重地拍一下也在擦车的高金妹说："你听见没有，陈才明这性急鬼，也有点门道啦！"

高金妹望着许工程师笑一笑说："都是他教出来的！"

这时忽然有人叫："赵秀妹，你快来！"

许工程师回头望着正在走来的赵秀妹，急忙赶上去说："厂长还没有回去吧？"

赵秀妹心沉重地说："嗯，你找他吗？"

许工程师说："请他来看一看，这下他应该没有意见了吧？"

赵秀妹剧烈地晃了一下，眼前一阵黑，什么话也说不出。心想许工程师熬了这么几个通宵，现在怎么告诉他？不能，总得让他歇一歇，想到这里，她就讷讷地说："你等一等！"

许工程师说："不，老吴这个人，就得跟他敲钉转角！金工间同志也都在等着我，今晚上，打算把全部样子翻出来！"

赵秀妹忍不住地大声说："那不行！"这么大的声音，连她自己也感到不对劲，于是又愣了一下说："许工程师，咱们明天谈，你身体刚好，早点回去休息吧！"

陈才明刚从外面进来，瞥了他们一眼，大声说："还休息呢！"又是望着许工程师说，"咱们上工作室去谈！"

赵秀妹痛苦焦灼地望他们。

三一

肃静的工作室里。

窗外一弯明净的下弦月，带着隐约起伏的夜潮声，正在望着这窗子里的人。

赵秀妹呆了似的站在那只车头模型的前面。她的手不知不觉地在上面摸着摸着，眼睛可在望着那满台满地的散乱的工具和各种各样的零件，似乎每一样东西都在责备她，都在狠狠地向她脸上扑过来，扑过来，最后，她窒息地喘一口气说："真该死！我太没有经验啊！"

这时工作台的那一头，正伏在一张草样上的陈才明，吃惊地抬起头来说："怎么，你还在这里！"没等赵秀妹的回答，他急忙又捧着头伏了下去。

赵秀妹站在原来的地方没有动。她似乎怎么也不愿把沉重的负担放下来，她放不下，她也并没有想她在负担着什么。她是觉得这个时候，谁都比她吃力，比她艰苦，也比她更有用处。

那只昏暗的灯光下，捧着头的陈才明，这时轻轻地动了一下，呆着的赵秀妹，也不知不觉地动了一下。好容易地看见他在动用着尺子了，用尺子在草样上量着比着，心里还在计算着，忽然皱一下眉头，那把尺子就移到另一个角度。

赵秀妹不安地喘一口气，不知不觉地走了过去，默默地在桌子旁边的工作箱上坐了下来。

陈才明已经抓起一根红铅笔，跟着尺子在上面画了一下，拿开尺子，望了望，摇摇头，他用手指沾着口水在上面擦着。也许是性急的关系，也许是没有用惯橡皮的关系吧？

赵秀妹把桌上的一块橡皮悄悄地递了过去，放在草样上，陈才明拿起橡皮就擦，擦了两下，他才注意到旁边的赵秀妹，于是大声说："怎么，你还没有走？"

赵秀妹小声说："我看一下！"

陈才明心不在焉地说："唔，看吧！"他继续用红铅笔在草样上跟寻着一条线，慢慢地移过去，最后他在一个地方重重地打了两个红叉叉。

赵秀妹似乎也松了一口气，忽然说："对！"

陈才明吓了一跳说："怎么，你还没有走？你看得懂吗？"

赵秀妹睁大眼睛望着那上面的两个红叉叉说："总有一点影子吧，哪，洋线车就高得多！"

陈才明可笑地说："得了吧，我根本不是在计算它们的宽度。哼，高得多，当然啰，谁不知道！"

赵秀妹不好意思地望望他，于是站起来，顺手把桌上的一些乱七八糟的工具零件之类的东西，一件一件地拿开去，一件一件地放好在旁边的架子上，或者工具箱里，于是轻轻拉开草样，小心地使它平平整整地摊开在这张忽然变得十分干净的桌子上，并且她又把半空里的电灯悄悄地拉下一点，好让正在打样的人看得更清楚。

然而这时的陈才明，却忽然痛苦地跳起来说："许工程师呢？"

赵秀妹吃惊地说："我叫他回去了！"

陈才明收起桌上的草样说："唔，我找他去！"

赵秀妹说："他刚回去，该让他休息！"

陈才明着急地说："不，我找他去！"

陈英忽然披着大衣走了进来，平静地望着他们说："很困难吧？"

陈才明拍拍脑门说："这鬼东西不简单！"

赵秀妹抓着陈英的手说："总怪我，太没有经验！"

陈英笑笑说："别着急，这点困难，就挡得住你们吗？"

陈才明兴奋地说："唔，要挡住我们，倒也还没有那么容易呢！"

内心沉重不安的赵秀妹，忽然也痛苦地笑了一笑。

三二

春光明媚，一束鲜花，有的含苞，有的怒放。

满园芬芳的鲜花中，传来一阵爽朗的女孩子的笑声。

小九子和几个年轻的姑娘，正在愉快兴奋地采着花枝。

三三

小九子抱着一束鲜花，站在黑板报前的凳子上，抹一下额头上的汗，望着涌过她面前的像潮水一般的人们，大声地喊着说："哎，到咱们细纱间，细纱间！"

三四

在那间明亮的废弃很久的空旷宽敞的车间里，除二十台插着小红旗的已经全部武装了的细纱车外，其余大片的空地上，被人们挤得水泄不通，连门外楼梯上也站满了人。

在那黑压压的人头上，一幅兜空挂起的红布，上面贴着斗大的金字“庆祝二十台细纱车开车典礼！”红布像烈火一般地燃烧着。

典礼开始前一秒钟，人们在极度紧张的静寂中，只见一把白铜剪刀，慢慢地，十分慎重地落在一条拉紧着的粉黄色的绸带上。抓着剪刀的是一双老年人的手，在激动得发抖。

这位年老的五十二岁的老厂长，几乎一生以来，还没有这样的兴奋和激动过，他激动的脸上，浮着一层薄薄的热汗，他含着一个极度紧张的微笑，手就越发厉害地抖着，于是一下剪了下去。

二十台细纱车急速开动，与这同时来的是一片爆裂的像海涛一般的声音呼喊着：“毛主席万岁！”

欢欣沸腾的人们，相互拥抱着，喧嚷着。在这沸腾的人海中，有人把陈才明、许工程师等五六个人，抛到空中。

陈才明满头大汗地落到地上，他一股劲地推开着还想把他抬起来的人们说：“得了吧，许工程师才要好好地抬他几下呢！”他一下冲过来，抓着许工程师的手，做着舞蹈的姿势说，“来，咱们跳吧，咱们失败二十三次，好，跳它二十三个舞！”

于是拖着许工程师，一条腿有姿势地划了开去。

许工程师拉住他，望着他消瘦的脸，特别是那二分来长的胡子，笑笑说：“别忙，你该去理一下发啦——我的工程师哎！”

陈才明睁大着眼睛说：“你说什么？”

许工程师激动地说：“陈才明同志，我当了二十年工程师，这一次我才知道，原来世上最伟大的工程师，是你们自己！”

一阵激烈的掌声中，人们让开了一条路，五六个孩子，都跟高小虎一般大小，以高小虎为首，手抱鲜花，来到许工程师和陈才明等这几位被抛到空中的人面前。高金妹紧跟在旁边，高小虎望望她，旋又一本正经地献上花去，并望着许工程师说：“工程师伯伯，大家都谢谢你！”

许工程师热烈地抱起他，故意说：“大家，是谁啊？”

小虎想了一下说：“我妈妈，我秀妹阿姨，我小九子阿姨——”

许工程师吻着他的小脸说：“唔，还有呢？”

小虎急了，望着他母亲说："妈，还有呢？"

人们笑声欢腾。

欢腾的笑声中，一群女孩子正围着张妈妈，像一股激动奔流的美丽的浪花，一下有力地冲了过来。

张妈妈满头大汗，嘴合不拢地笑着说："好啦！好啦！这阵子，妈妈也把你们管得好苦啦！"

她指指小九子说："不是吗？你告诉我，你躲在厕所里哭过几回？"

人们大笑，小九子推下张妈妈说："你瞧着吧，我明天还跟黄金凤比赛呢！"

黄金凤从人群中挺出来，拍一下手说："好，我等着你！"

人们更大的声音笑着。

左近人群中，忽然出现张金生，他左右四望，最后推推他妈说："娘，厂长呢！"

张妈妈望他一眼，手向前面指着说："哪！瞧你的眼睛！"

厂长在另一个角上，他激动地看完了手里的生产计划书，急忙擦一下额头上的汗，他更为激动地望着他面前的这位安详宁静的赵秀妹说："太好了，这下一步的生产计划，我完全同意！"

赵秀妹笑笑说："厂长，你看有把握吗？"

厂长连连点头说："唔，说不定还要超额完成呢！"

张金生来到前面说："厂长，经理回来了！"

厂长吃惊地说："啊，他回来啦？"

三五

罗公馆漂亮的起坐间里，几幅罗纱窗帘在风中飘动。

窗外，繁华美丽的夜上海，一眼尽收。

罗经理望着窗外感慨深长地说："想不到，咱们厂还能有这个局面！当初，我是走快了一步！"他翻了一下手里那叠厂长给他的精致整齐的材料说："其实对厂来说，恐怕倒是走了这一步，还顺妥得多！”得意畅笑。

厂长说：“那倒不能这样说！唔，反正，也难过来啦！开始，我们一天三十件纱的出数，经常加班加点，还很困难，可是不到两个月，就赶上了四十五件，如今添装了二十台细纱车，七十件纱的出数，已经绝无问题！西城哥，咱们打开厂以来还没有到过这数目呢。”

罗经理激动地说：“这我有数！”接着他凑近他说，“这次，我把香港汇丰银行的存款，也抽出一部分，打算在设备上改进一步！”

厂长兴奋地说：“那太好了！要像模像样地搞厂，这是万不可少的一步！车间里哪一样东西都缺得厉害，一部分细纱车，简直像疯瘫了一样，哪一天不要修上十几遍，这样的配备，也亏工人同志们顶得啰！”

罗经理想了一下说：“好吧，请许工程师也来商量一下，必要的话，香港厂也可以先拨一部分东西回来！”

门外汽车喇叭声。

厂长说：“怎么大请客吗？”

经理说：“十几位知己同行，随便叙叙！”于是一边朝电话的地方走过去，一边说，“一范哥，你先替我招待一下，冯老说，有要紧的事情找我！”拿起电话，拨了两下。

门开处，大福厂经理华茂堃走了进来说：“怎么，你还没有去看冯老吗？老兄，你太不敏感了！”

经理吃惊地说：“什么事情？”

华茂堃兴奋地说：“唔，等着你不去，冯老要我来告诉你——”两人转向另一排窗下走去。

厂长注意地望他们一眼，向门外走了出去。

这时窗下的罗经理压小着声音说：“怎么，政府要统一收购原棉？那我们私营厂，就不能自由买卖啰！”

华茂堃感慨地说：“当然，这还用说吗？加强国营经济的领导！

武戏文唱！硬碰硬，要和清一色！像我们这号资本家，唔，等着吧，老兄，五湖归大海，恐怕一点儿也含糊不了！唔，厉害！”

罗经理默然许久说：“那你们打算怎么样？”

华茂堃睁大眼睛说：“怎么样？那又能怎么样呢？国家大计！老兄，聪明人不吃眼前亏！”

罗经理默望窗外，轻轻地弹着手指，许久，他微微地摇一摇头，于是点着一根烟卷说：“政府统一收购，什么时候开始？”

华茂堃小声地说：“冯老说，大概还有七八天吧！不过不一定靠得住，你最好问一下李少陵！”

罗经理不屑地说：“问他？”

华茂堃摇摇大拇指说：“首屈一指的红人啦！人民代表，政协委员，内幕消息，逃不过他。今晚上他来吗？”

罗经理冷冷地说：“唔，可能！”

当差阿四，身穿洁白的外衣进来说：“经理，厂长请您！”

罗经理说：“就来！”

三六

华丽宽敞的客厅里。

一阵欢笑声中，一个资本家，指指罗经理大声说：“呵，你到底回来啦！”

罗经理笑笑说：“彼此！彼此！你也不过比我早几天吧？”于是周旋于朋辈中。

这面落地长窗前的吴厂长，注意地望他一眼。

华茂堃出人不意地拍一下吴厂长说：“一范兄，久违啦！”

厂长突然回头说：“什么久违，我刚才就看见了你！”

华茂堃敷衍地说：“对对，你瞧，我这个人，多容易忘记！”

吴厂长有意思地笑笑说：“嗯，心不在此！”

华茂堃大声说：“对啦，完全正确！”继而摇出大拇指说：“佩服呢，同行中数你们的成绩好啦！听说纺织工会的大员，也下来工作过三个月，是吗？”

吴厂长望着他说：“你们大福厂也不错啊。放下精神去，茂堃兄，有前途！”

华茂堃也有意思地说：“对，一定，向你们罗经理看齐。”

隔室洋门敞开，一派洋气的餐席，正在等待着大家。

周旋于朋辈中的罗经理在说：“请吧！请吧！”继而见华茂堃和吴厂长还在谈着什么，于是赶来拍他一下说，“老华，你喜欢我的香港厨子，带来啦！”

华茂堃双肩一耸说：“那太好了！”接着又笑一笑说，“可是‘代那摩’没有带来吧？”

罗经理听楼下钢琴声，略有不安说：“别开玩笑，当心你的嘴！”

忽然当差阿四进来说：“经理，四少爷来了！”

经理说：“唔，请！”

华茂堃急望门外说：“红得发紫的人物来啦！”

厂长很不满意地望着他说：“人家十二万锭子的大厂，也难过来啦，他对得起政府。”

华茂堃刻薄一笑说：“还不是一样赚钱？——”话没有说完，第一个抢出门去，握着李少陵的手说，“哎，忙人啦，就等你啦！”

三十七八岁的李少陵，棉纺业中的后辈人物。从小温室长大，平时不太喜欢说话。他温文尔雅地拱拱手说：“对不起，来迟了！”于是转向罗经理说：“有什么事情吗？”

罗经理说：“大家好久不见，随便叙叙。”

华茂堃悄悄地拉他一把说：“你们谈吧。”

罗、李并肩走了两步，罗经理说：“怎么，政府要统一收购原棉，是吗？”

李少陵望他一眼说：“可能！你消息真灵通！”

罗经理说：“哪一天开始？”

李少陵说："这很难说！"

罗经理说："大概呢？"

李少陵说："很难说！"

罗经理不耐烦地说："有人在抢购，你知道吗？"

李少陵停步不前，他深深地望着他说："这很难免。不过国内情况变化很快。三哥，比不得从前，违法乱纪的事情，我们犯不着！"

罗经理受不住地望他一眼。

李少陵却并未觉得说："当初，我这样劝你不要走，到底怎么样？听说你香港的厂，吃亏很大，是吗？"

罗经理越发受不住地望他一眼说："唔，亏本！"继而他强作笑脸说："日子还长着呢。四弟，你瞧着吧！"

三七

罗经理心里烦恼，一个人在起坐间里来回地走着。

厂长在门外望他一眼，进来说："我们明天谈吧，许工程师今晚上不能来。"

经理生气地说："好大的架子！唔，来不来也无所谓。"

厂长关心地问："你什么事情不愉快？"

经理精神恍惚，说："没有什么，疲乏得很！"

电话铃响。

经理听电话，一变刚才的情绪说："啊，对不起，冯老，我明天准来看您！"

对方，这冯大块头，躺在摇椅上，呼哧呼哧地抓着电话筒，慢条斯理地说："这倒用不着啦。老华跟你谈的事情，怎么样？"

罗经理想了一下说："嗯，好吧，我考虑考虑。"

冯老眯上眼睛，弹一下雪茄上的烟灰说："最后的内幕消息，恐怕只有四天啦！唔，手臂要长一点才行呢！"抖动着全身的肥肉，笑了起来。

罗经理一笑说：“那好吧，您冯老既有这样的兴趣，一定奉陪。唔，我香港那一笔划款，您接头了吧？”

冯老说：“放心，我不能叫你吃亏。”他睁开眼睛说，“哎，听说，花纱布公司的张主任，是你们厂长的妹夫，是吗？”

罗经理不自觉地望一下厂长说：“我打听一下吧。好，再见。明天见。是，写字间碰头！”

沙发上的吴厂长担心地望着他说：“冯老什么事情？”

经理点着一支烟走去说：“花纱布公司的张如明，是你妹夫吗？”

厂长愣了一下说：“是呀，怎么样？”

经理说：“冯老打听他！”

厂长说：“人家多年的老干部。”

经理说：“嗯，再说吧。”向门外叫唤，“阿四把我的皮包拿来。”

阿四捧上皮包。

经理说：“我的衣服做好了吗？”

阿四说：“误不了，天亮送到。”

经理从皮包里拿出一面杏黄黑字的软缎旗帜，上面绣着“建厂建国”四个大字，上款“赵秀妹同志留念”，下款“大明纱厂公司经理敬赠”。

厂长望了望说：“用不着吧，赵秀妹个人也不会接受。”

经理怏怏地说：“有这样了不起吗？瞧她长大的，一个皮辊间的小工人。”

吴厂长恳切说：“别拿从前的眼光看她，呜，好干部！”

罗经理忍耐地望他一眼说：“好吧，你酌量着办吧，明天上午十点钟，我到厂和大家见面。”

（未完）

（原载《人民文学》1954年第2期。艺术出版社，1954年8月第1版）

不夜城

导演：汤晓丹

编剧：柯灵

主演：孙道临、李玲君、刘非、茂路、李静康、崔超明

出品方：江南电影制片厂

一

（景渐显）

五月的清晨，黄浦江静静地躺在朝阳下。岸边矗立着摩天大厦，江心鳞次栉比地停泊着外国军舰。——远远望去，显得苍茫、穹远，而又气象森严。

字幕就在这样的画面上出现：“在二十年前的上海——”

（字幕渐隐）景现英商怡和洋行的公和祥码头。

刚进口的英国邮船“兰浦拉号”正好靠岸，船尾旗杆上的英国旗在晨风中轻轻飘动。

码头上非常嘈杂和忙乱：邻近的船上正在卸货，岸边洋货堆积如山，起重机还在不断吊下来；成群的码头工人背着沉重的货包走向仓库；而“兰浦拉号”的前面，则站着一大堆接客的男女，他们多数是衣冠楚楚的西洋绅士和太太小姐们，还有穿着和服的日本人，神态举止，多少都显得有点趾高气扬。——这一切，鲜明地勾画出这个城市的殖民地色彩。

在接客的人们中间，站着大光明染织厂的经理张耀堂，一个纯粹的老式生意人：光头，穿着半新不旧的蓝布大褂，布袜布鞋，样子和周围的人群极不调和。他的一边站着他的二儿子张仲鸣，神情装束，同样显得乡气。但他的外甥凌大年却比较漂亮，穿的是流行的毛织品长衫，右臂缠一条黑纱。另一边，他的女儿张婉新和长媳梁景萱，虽然素朴，倒也打扮得楚楚动人。景萱手里抱着五岁的女儿珍珍。他们的旁边还站着厂里的老司务老瞿，他年纪将近五十，但还是显得很结实。

他们眼巴巴地向船上望着，景萱像最先看见了什么，欢跃地叫了一声，向船上指了指，大家就都顺着她所指的方向看去。

“兰浦拉号”的旅客挨挨挤挤地从甲板上沿着吊梯往下走。于是我们看见：夹在旅客中间的张伯韩，穿着一身灰色西服，提着一只手提箱，一边走着一边向岸上张望，突然他在甲板上站住了，举起一只手，向他的家人摇了两下。

当张伯韩走下吊梯的时候，老瞿首先从人丛中迎上去，双手接过手提箱。

老瞿：（浑厚地笑着）大少爷！

伯韩：（高兴地）你也来了，老瞿。

老瞿：（显着几分得意）您出洋那年，不也是我送您上的船！

耀堂他们迎着伯韩走过来。因为过分的兴奋，耀堂冒冒失失地从一个西洋绅士身边挤过，绅士厌恶地一把将他推开，用手帕拂着自己雪白的上衣；耀堂慌忙小心地鞠躬，却又碰到了一个日本绅士，他只得又回过身来向日本人道歉。

伯韩看见这情形，轻轻皱了皱眉，赶快上前接住了他。

伯韩：爹！

耀堂：（眉开眼笑）孩子，这可把你盼回来了！

仲鸣、婉新、景萱把伯韩围起来，伯韩忙不迭和大家招呼，最后温柔地对着他的妻子。

伯韩：景萱，你好。

景萱：（同样用温柔的眼色回望着丈夫，然后对她正在发呆的女儿）叫爸爸，叫呀！

伯韩接过女儿，钟爱地吻着她的小脸。

伯韩：珍珍，不认得爸爸啦？（就手掏出一个洋娃娃）看，爸爸给你带什么来了？

珍珍：谢谢你！（高兴得把洋娃娃紧紧抱在怀里）你就是张伯韩呀？

景萱：这孩子！

大家笑起来。耀堂四面看看，望着他的女儿。

耀堂：婉新，大年呢？

婉新：（不觉有点羞怯）在验关房，他带老瞿给大哥照料行李呢。

（忽然用手一指）这不是来了！

大年走过来，和伯韩热烈握手。

大年：表弟！路上辛苦啦！（向耀堂）舅舅，这就让表弟回家歇着去吧。

耀堂：对，对。仲鸣，给你大哥雇辆黄包车去！

大年：我雇好汽车了，舅舅。

耀堂：（没有想到）哦，汽车！

靠码头出口的路边停着一辆祥生汽车。他们走过去，大年打开车门，先让景萱、珍珍、伯韩上了车，接着其余的人都准备拥上去。

司机：（极不客气地）喂，你们坐多少人？（大大咧咧伸出四个指头）顶多四个！

大家怔怔地站着，不知道怎么才好。

大年：舅舅，您上吧。

耀堂：（固执地）不，我坐不惯，怕头昏！

大年：（向婉新）那你上去吧，表妹。

婉新：（微微红了脸）你坐，表哥。

大年：（轻轻地）干吗跟我客气呀！

他们相互看了一眼，从他们的眼色可以看出来，这是明显的殷勤与感激的交流。然后，大年侧过身子，搀了婉新一把。她上了车，他随手碰上车门。伯韩注意地看着他们。

大年：（向仲鸣）你坐前边吧。

仲鸣巴不得这声儿，猴急地钻进了前面的车座。

耀堂：等等！（用手伸进大襟，假意曲曲折折地向里面的衬衣口袋掏摸着）多少车钱？

大年：我已经给了，舅舅。

他挥手，汽车从乱纷纷的人群和车群中开走。

耀堂：（轻松把手抽出来，从大褂外面轻轻拍一拍口袋，因为别人代他付了钱而感到满意）唉，怎么能让你花钱呢！

二

苏州河边，混浊的河水，破烂的民船挤满河面，小火轮迟缓地开行着。祥生汽车沿着河北岸向西驶去。

伯韩坐在汽车里，一面逗着他的爱女，一面贪婪地浏览着车窗外面的景色。

婉新：（艳羡地）大哥，伦敦挺好玩儿的吧？

伯韩：嗯。可我还是喜欢上海。外国再好，到底是外国。（转脸看看妻子，怜惜地）你身体还是不大好啊！

景萱：还是病病歪歪的，也惯了。（沉重的眼色）我父亲原要来接你的，正好今天有要紧事……

伯韩：你父亲好吧？

景萱：（叹了口气）我回头告诉你。

伯韩：（停了停，转向婉新，显然刚才码头上的情形使他有点不愉快）爹还是那个老脾气？

婉新：（一笑）老脾气。

伯韩：老二，你现在在厂里干什么？

仲鸣：（笑嘻嘻地，并不回过脸来）我呀，什么都干。去年我还帮老瞿倒痰盂呢！

婉新：（帮着解释，但显然有点嘲笑的意味）这叫“吃得苦中苦，方为人上人”。爹说，别一当少老板，就沾了大少爷习气！

车转过四川路桥，向南开去。

三

电车上。

车在站上停着，耀堂和大年挤上一节拖车。车厢里挨挨挤挤的尽是一些穷苦的乘客，车一开动，耀堂几乎摔跤，大年一把扶住了他，掏钱买票。

耀堂：我有！（他又用手伸进大襟里去，掏了半天，掏出一张纸片来亮了亮）我有派司。

大年：（自己买了票）伯韩弟回国了，可好了！

耀堂：（心不在焉）嗯。伯韩的行李，你嘱咐老瞿送回家了？

大年：对。我说舅舅——

耀堂：（不放心地）老瞿不会出岔子，丢了东西吧？

大年：不会的，您放心吧。舅舅，伯韩弟成了纺织业的专家，这可不容易，我们厂该好好发展发展了。

耀堂：是啊，有个懂洋文的，往后跟外国人做买卖，就方便多了。

他眼睛望着前面，若有所思。

电车驶过外白渡桥。

四

一幢上海弄堂里常见的石库门房子。

大门上一块黑底金字、略显横阔的方形招牌："大光明染织厂"。

接着景化到房子里面，我们一眼看到：小天井里有两个工匠在将布匹装进木箱；客堂间里装着柜台，布置成店堂的样子，有几个职员和练习生，一个职员正在跟客户谈生意，仲鸣坐在一张办公桌上噼里啪啦打算盘。——当我们大致看清楚这家"工厂"的整个气氛以后，就看见老瞿提着一把铜吊从后面出来，穿过客堂，走进厢房里去。

厢房里的陈设比较整洁和讲究，看得出是经理室或账房一类的地方。伯韩、耀堂和大年都在屋里。老瞿默默地进来，给他们沏了茶，又默默地退出，带上了门。

大年：（把一叠彩印的商标纸递给伯韩）这是我们厂的商标，有两张是新牌子。

伯韩一张一张翻着看：双喜牌、三星牌、麒麟牌、彩凤牌，最后一张是爱国牌，画的是万里长城的壮丽景色，上面写着两句标语："提倡国货，挽回利权"。伯韩久久地注视着这一张。

大年：（拿着手里的铅笔指点着）最吃香的是这个：爱国牌蓝布。

现在没有人不知道的！

伯韩：我们还是连一间厂房也没有？

耀堂：没有，我们包了几家小布厂出的货，染布也是交给人家代染的。这样开销省，风险小，现在牌子做出去了，赚钱是稳的。

伯韩：（流露出不满）可这不是办厂啊，爹。

耀堂：办厂可不容易！能赚钱就行了。这两年，日本纱厂把中国厂家挤得差不多都没有路走啦。你不知道，多少办厂的还看着我们眼红呢！

景萱带着梁溥泉进来。

景萱：我爹来了。

溥泉：（一进来就连连拱手）亲家！伯韩！我没有到码头上去接，实在是没有法子。

伯韩：您太客气了，岳父。

耀堂：溥泉哥，你厂里的事怎么样了？

溥泉：完了，亲家！资产倒挂！法院和银行今天派人来了，决定停业清算，十几年的心血，竟落得这么个下场！（眼泪扑簌簌滚下来）

景萱：爹！（只叫得一声，就陪着饮泣起来）

伯韩：这怎么会的？您的厂规模不小啊？

溥泉：你这几年在外国，不明白我们这一行的难处：时势不太平，市面不景气，日本纱厂逼得凶，政府还一个劲儿地挤兑。三年前，我实在叫逼得走投无路，向中国银行做了厂基押款，可你猜怎么着？财产对折估价，背的可是一分一的利息！（老泪纵横）明知是个陷人坑，可你就不能不往下跳！

沉默，耀堂叹着气。

老瞿拿着两份请帖进来，交给大年。

大年：（看了看，满腹疑惑地）请帖！（向耀堂）姓宗的请您跟我吃饭。

耀堂：奇怪！（向伯韩）无亲无故的，忽然找一家客户介绍了过来，一个劲儿要跟我见面。

伯韩：（拿过请帖来看看）宗贻春，这个人是干什么的？

耀堂和大年互相看看，都答不上来。

溥泉：宗贻春？（谈虎色变）这个人跟日本人有关系。可要当心！他找上你们，不会有好事的。

耀堂：（急起来）那，那怎么办？

溥泉：亲家，这顿饭不好吃！

耀堂：（向大年）你，你回掉了吧。

大年踌躇了一下，走到桌边，把铅笔在耳朵上一夹，动作麻利地拿起电话听筒，拨号盘。

伯韩：（想了想，胸有成竹地）别！请他加发一份请帖，我跟你们一起去！

在伯韩的果断的神色中，景化出。

五

在一家日本餐馆的单间里，地道东洋式的装饰。晚上。穿和服的女侍恭顺地招待着客人，自动留声机放着日本歌曲。

耀堂、伯韩、大年和宗贻春坐着谈话，那光景已经在饭后。宗贻春，一身的"富贵相"，神情间有一种极不调和的傲慢和虚伪的客气。

贻春：今天请你们赏光，为的是谈一笔买卖。可是这买卖有点特别，得请你们多帮忙。

耀堂：（惴惴然）请吩咐吧，宗先生。

贻春：（不觉习惯地俯下身子，说了一个日本字）哈依！是这样，我想买你们一张商标：爱国牌的。

耀堂完全没有想到，愣了。他看看伯韩和大年，说不出话来。

伯韩：（尖锐地瞥了贻春一眼）是你要买？

贻春：别管谁买，我能出大价钱。做买卖无非为了赚钱，对不对？

大年：宗先生，我们打出一张牌子来，可不容易啊！

贻春：（又俯了俯身子）哈依！我知道。（尖刻地）抵制日货叫多少厂家和买卖人吃了大亏，可你们闯出来一张爱国牌。请放心，张老板，我出的价码够你受用一辈子的，（顺便看了伯韩一眼）连子孙也花不完。可有个条件：请你把“大光明染织厂”这块招牌收掉。

伯韩：（年少气盛，早忍不住了）您（重音）的意思是要我们关厂？

贻春：（针锋相对）是摘招牌！少老板。你当然明白，“大光明”叫名是个厂，可是锭子没有一枚，机器没有一台。（拍拍胸脯）我姓宗的担保，买卖是有得做的，我介绍你们给日本厂家做批发。

伯韩：谢谢，宗先生，你替我们想得很周到！（很有礼貌地躬了躬身，站起来）爹，我们该走了。

耀堂手足无措，大年踟蹰不前。

贻春：（赔了一脸笑）别生气，伯韩兄。我们都是中国人，谁还不愿意自己人好？张老板明白，跟日本人硬碰，可要吃亏啊！

伯韩：谢谢！

耀堂和大年只好站起来。贻春也跟着站起。

耀堂：对不起，宗先生。这事情，我们回去商量商量，再给你信儿吧。

贻春：（恭恭敬敬地俯下身子去）哈依！你看得起我，我们还有见面的日子。（拍拍他的肩膀）价钱嘛，还可以商量。

伯韩怫然，转身出去。大年怔怔地站在门边。耀堂一边打拱一边往后退。

六

当夜，伯韩夫妇的卧室里。伯韩一肚子的气愤和抑郁，在房子里走来走去。景萱坐在床边垂泪。珍珍还在一张小凳子上玩她心爱的洋娃娃。

卧室就在染织厂的二楼，一间普通的前楼。伯韩的行李堆在地上。

景萱：伯韩，你求求爹，帮我父亲一个忙吧。爹手头殷实，他能帮忙的。

伯韩：（还是来回走，使劲地抽着烟）你知道爹这个人，要从他手里掏出一个钱来可不容易，偏偏今天又遇见了这种事。

景萱：看在我的分儿上，伯韩。爹要不帮一手，我父亲眼看就破产啦！我看着他实在难受啊！

珍珍：（忽然插了嘴）外公都哭啦。那么大个人，怪可怜的！

伯韩猛抽一口烟。把大半截烟突然丢掉了，走出房去。

七

（景切入）耀堂坐在账房间里发着呆。顶灯熄掉了，只开着一盏台灯，灯光照在耀堂的脸上，一张死死板板的、充满恐惧和愁苦的脸，在几个小时里面，他似乎老了许多。

伯韩进来，开了顶灯，屋子里骤然亮了，耀堂还是坐着，一动也不动。伯韩走近，坐在他对面。

伯韩：爹，您想妥了没有？

耀堂：（半天）难啊！卖厂吧，我不甘心；不卖吧，日本人看中了，可就算掐上了咱们的脖子。

伯韩：（冷静而有决断，像一个将军正在部署战略）我有个主意，索性好好干一干！我们替岳父还了债，把他的厂买下来，这花不了多少钱，那厂设备好，是个巧宗儿。机会难得！再说也帮了亲戚的忙。

耀堂：（骇了一大跳）办厂？你岳父不就是个榜样！（痛切）孩子，我们是中国人，可不能跟外国人拼呀！

伯韩：爹，您想过没有，爱国牌为什么吃香？日本人为什么要买这牌子？（非常自信地）中国人要用国货，这就是力量！中国人应该有自己办的厂，我们能跟外国人竞争的！

耀堂为伯韩的声势所夺，发了半晌怔，站起来，背着手徘徊。

伯韩：一个人要成大事，眼光要远，气魄要大！

耀堂：（忽然收住脚，走向伯韩）给我一支烟。

镜头照着耀堂的上身：他苦闷地走过去，又走回来。他显然是第一次抽烟，不断呛着，拿烟的手势很别扭。

镜头照着耀堂的脚：他只是来回地走着，走着。

耀堂：（终于坐下来）你知道不？我到上海当学徒的时候，是光身带着个铺盖卷来的。吃辛吃苦几十年，靠着一张铁算盘，才撑起了这点家业。我当初送你出洋，也就为的让你翅膀长硬了，有朝一日好接替我。

伯韩静静地听着。

耀堂：真没想到，今天事情会逼到这一步！（重重叹一口气，下个狠心）我忖了半天，也许你的主意是对的。

伯韩：（不免有点感动）爹！

耀堂：（郑重地）可你要永远记着！这是在黑海洋里行船，随时要防着风浪啊！

伯韩：（不很理会其中的深意）我明白，爹。

耀堂：我老了，不能不替你们打算。（老谋深算地）老二人不够机灵，可在我身边打磨了这些年，管管家是靠得住的，眼前我只是想着你妹妹的婚事……

伯韩：（敏感）妹妹跟大年是不是有点意思？

耀堂：做买卖，大年是一把手，他对厂里也是赤胆忠心的。春天他刚死了老婆，身边就一个男孩子。要是把你妹妹许给了他，亲上加亲，那就更牢靠了！

伯韩：那只要他们自己愿意。您问过妹妹没有？

婉新轻轻推门进来，像是在找人；她没有防父亲和哥哥在这里。

伯韩：你找谁？

婉新没有答话，似乎有点羞怯。

伯韩：（和耀堂交换了一个眼色）过来，爹跟你说话。

婉新走过来，看着耀堂；耀堂张口结舌，不知怎么开口。

婉新：（莫名其妙）爹，您要说什么？

耀堂：（吞吞吐吐）这个……这个……

婉新圆睁双眼，看看父亲，又看看哥哥。

伯韩：爹问你，你觉得大年表哥这个人怎么样？

婉新唰一下红了脸，低头不语。

耀堂：（嗫嚅地）你要是觉得合得来——

婉新头俯得更低，手里来回揉着手帕。

伯韩：跟爹说说，怕什么！

婉新：（偷看伯韩一眼，赶快又低了头，声音低得几乎听不见）我——随便——

大年进来，大家半天不说话。

大年：你们在谈什么？

（景渐隐）

八

（景渐显）

远近参差的工厂的烟囱，黑烟一团一团地升向阴霾重重的天空，风卷着黑烟，和飞驰的乱云搅在一起。放工的汽笛尖厉地叫着。

字幕出现在烟云缭绕中："过了十二年——"

（字幕隐去）银幕上出现一座工厂铁门的拱形门楣，八个横行闪亮的金属大字："大光明纺织印染厂"。门楣后面，远远地看得见高大的厂房，颇有一派宏伟的气势。

镜头从门楣移下，看出正是日班工人放工的时候，厂门里面的大院子里，工人们排成并列的三行，在等待出厂前例行的抄身。因为工人多，队伍很长，队形依地势排成了弧线。

抄身的地方靠近厂门，筑着半人高的铁栏，隔成三条通路，出口处守着男女抄身人员—— 一看就知道，这是"包打听"和"白相人嫂嫂"一流人物，工人顺着栏杆出来，通过出口的时候，他们就挨个儿执行搜查。

工人大都是女工，男的只占少数。她（他）们全穿得破破烂烂，形容枯槁，每一个工人手里是一个不同式样的饭篮、饭格或是饭匣子，有的年轻女工怕丢人，饭匣子外面还包了一层旧报纸。秋天，正在下雨。抄身的地方是有天棚的，但稍后就是露天，工人们就排着队在雨里淋着。

工厂正面的铁栅门紧闭着，只开着边门，门边站着披油布斗篷的武装驻卫警，被抄过身的工人就从这里出厂。因为依照通例，工人不能从正门出入。

现在靠边的一个出口上，织布工沈银弟正受着搜查。她是老瞿的外甥女，身材短小，一张黑黑的瓜子脸，眼睛特别大而亮，全身湿了，头发都粘住了脸。她举起双手，让一个肥胖的抄身婆周身上下地搜摸，一脸是要爆发的仇恨。

银弟：（讽刺地）我浑身稀湿的，脏了您的手了吧？

抄身婆：（一甩手）滚你妈的！

她狠狠地白了沈银弟一眼，就去检查后面的女工。沈银弟走出边门，绕到大铁门前面，隔着铁栅向门房间叫了一声："舅舅！"接着门房里走出来老瞿——现在他已经六十岁，一头灰白的短发，神情显出衰老。他迟疑地向银弟迎上去。

银弟：（带着极大的气愤）舅舅，您知道了吗？海生哥叫这厂里开除了！

老瞿：（完全为这意外的消息所震动了）谁说的？

一辆漂亮的流线型黑色轿车在院子里出现，很快地开进大门，在老瞿的身后不住地按喇叭，而老瞿却像失了知觉似的站在那里，喃喃地重复着："那怎么会，怎么会！"

驻卫警赶过来。

驻卫警：（大声吼着）开门！老瞿，你昏了头了！

银弟：（小声而急迫地嘱咐）您晚上早点回家，大家合计合计。

驻卫警再一次吼起来，老瞿这才如梦初醒，神情麻木地开了大门。银弟似乎还要说什么，跟着打开一半的大门走进厂去。驻卫警一把拉住了她。

驻卫警：喂，你往哪儿跑？出去！

银弟一挣扎，驻卫警一使劲，她的饭格子被打落在地上，汽车正好开近，饭格子被压破了，发出很大的声音，汽车也就停了下来。

她站在汽车前面，看一看地上的破饭格子，抬起头，两只大眼睛直瞪瞪地向汽车里望去。粗大的雨点一阵阵打着她的脸，满脸是淋漓的雨水。

现在我们看出来：汽车里面坐的是张伯韩和凌大年，都穿着极讲究的西服，伯韩唇上留着两道细细的漂亮胡子，大年也已经俨然是资本家的派头。他们眼睛一直透过挡风板，望着银弟，因为意外，神情间带一点惊讶和迷惑。

驻卫警：（着急和恼怒地）闪开！他妈的，你不要命了！

她轻蔑地看一眼驻卫警，用手向后拢一拢被雨冲下来的头发，一转身，挺起胸，从正门一直向厂外走去。

接着汽车开走。

老瞿在雨中怔怔地望着他的外甥女。

九

汽车在泥泞的石子路上前进。

汽车内部：窗玻璃外面缀满水珠。纷纷地向下流泻，有如水晶璎珞。

伯韩：你说那女工是老瞿的外甥女儿？

大年：嗯。

伯韩：老瞿的儿子，瞿海生是怎么个人？

大年：你没见过？老是在背后领头儿闹事的！

伯韩：（显出一点不耐烦）我知道！开除瞿海生的事，你办了没有？

大年：今天刚通知领班的，开除了。（把声音放低些）我担心工人要闹事。

伯韩：（沉稳而自信）放心好了，眼前闹不起来的。要是原料再没有办法，我们还得下决心遣散一批工人。

大年：原料，难哪！眼看时局还要坏下去。

伯韩：不管怎样，要保存实力，不能叫我们的事业受损失！

汽车在闹市中行驶着。很多店铺关着门，很多店铺里挤满顾客，乱哄哄地抢买东西。从街景看得出这是经济萧条和恶性通货膨胀的年代。

一〇

汽车开进张公馆的大门。

这是一座相当精致的花园洋房。车子沿着花园旁边的通道一直开进去，停在大厅前面的门楼底下。男用人老陈迎出来，打开车门。

伯韩向大年点点头："回头俱乐部见。"他下了车，走进大厅。

一一

伯韩的富丽堂皇的卧室。

景萱坐在圆桌边，旁边站着大年的儿子凌家骏，他双手捧着一大堆东西；珍珍兴高采烈，把东西一样样拿下来，放在桌上：玻璃丝袜、密丝佛陀香粉、蔻丹、唇膏、大罐的冰激凌粉……各种各样的美国货。——珍珍现在已经长大了，学名是张文琤，看样子就知道，她非常聪明而任性。

伯韩走进卧室。

家骏：舅舅，快来看！

伯韩：（惊异地看着女儿）珍珍，你这是干什么？

文琤：（很得意地运用了一个新名词）抢购物资！可不容易，就跟打仗一样！（继续一样一样放，在桌上堆得像一座小山）爸爸，成绩不坏吧！

伯韩：（溺爱地）咳，你这孩子！

文琤：咳，我这孩子！（弄完了，还欣赏了一番）妈，谢谢你，给我收起来！家骏，咱们走！

景萱：快开饭了，你还去哪儿？

文琤：滑冰去！我今儿非得学会它不可！

家骏：再见，舅舅，舅妈！

他没有说完，文琤已经拉着他奔了出去。

伯韩：（不知道是爱怜还是责备）简直把她惯坏了！——给我拿身新衣服，我也要出去。

景萱：（体贴地）你还有应酬？

伯韩：七点半有个饭局，请美利洋行的美国大班。

景萱：（诧异之感）你请客？

伯韩：中华纱厂的邓经理出面请客，其实是我做的东。

景萱：这是怎么回事？怎么跟美国洋行打起交道来了？

伯韩：没有办法，厂里原料很困难，要能向美国赊一批棉花，就能对付了。

他脱下上衣，走进盥洗室去。

景萱发了一会儿怔，打开壁柜，替伯韩拿衣服。

伯韩在盥洗室里准备刮胡子，对着镜，不由得自己端详了一会儿，很快陷入沉思，似乎设想着自己怎样来打破当前的难关；但紧接着，他就决心把这种思想赶走起劲地在颊上涂起胰子来。

仲鸣的妻子茅金凤走进卧室。她打扮得花枝招展，可是看起来非常俗气。

金凤：（粗声粗气地）大哥回来了？（景萱还没有回答，她四面一看，就噔噔地直闯到盥洗室门口）大哥，老二呢？

伯韩：（只得带着满颊的胰子泡迎出来）在厂里吧。

金凤：你骗我！我刚打的电话。

伯韩：你们两口子又怎么了？

金凤：（一屁股坐下来）你们瞧老二这人！说好陪我看第二场的《出水芙蓉》，可到现在还不见人影儿。大哥，你别瞒着！老二到底在外头有女人没有？

没想到，仲鸣不知在什么时候来了，正站在房门口，中装，小平头，嘴里咬着雪茄烟，朝着金凤嘻嘻地笑。

金凤：好，你还记得回来！你还笑！（说着就要厮闹）

仲鸣：别闹，我有正经事！（走向伯韩）今儿开除瞿海生的事，工人挺不服气，说咱们刻薄。（担忧地）你看——

伯韩沉着地听着，蹙起一双剑眉，不发一言。（景化出）。

一二

老瞿的家，一间破烂的草棚子。正漏着雨，桌子上、床上、地上，到处用面盆、铅桶和盆盆罐罐一类家伙接着漏。

一盏煤油灯，四面围坐着老瞿、沈银弟、瞿海生——他颈子上络着一条旧褡裢，右手整个地缠着绷带，还有两个男工和两个女工。

哑场，只听见滴漏有节奏地响，叮——咚，叮——咚。

银弟：（沉默中的爆裂）太欺侮人了！（抓起海生的右臂，举着他受伤的手）为了替老板卖命，手指都轧断了，眼看成了残废，还来个开除出厂！

一个男工：（气愤地）这是明摆着的，为的上次罢工是海生带的头。

老瞿忽然站起来，拿着破雨伞往外走。

海生：爹，您哪儿去？

老瞿：找张经理去！（不由得眼睛有点潮润）我替张家干了这么多年，我还是他老太爷面上的人，不该这么对待我儿子的！（说了又走）

银弟：（急躁地喝止）别去，舅舅！咱们犯得着去求人家！我们跟他斗好了！

老瞿站在门口发着呆。

海生看着父亲，慢慢站起来，走到父亲身边，接过他手里的伞。

海生：（刚直地）爹，咱们不跟人计较这个！老板不会跟咱们讲交情的！

老瞿痛苦地看着儿子，眼泪直往下淌。

海生：（拍拍他的肩膀）别难受，爹。您歇着吧。

老瞿：（颓然坐在木板床上）不，他们不能这样对我的！

海生走回来，坐在原来的地方，又是一阵子窒人的沉默。

银弟：（泪水在眼睛里打着滚，深情款款地）可你这只手呢？表哥，难道就这么算了？

海生：里头带信来，要我去，我决定走。（向银弟）现在斗，不是时候。刚罢过工，斗不起来的。张伯韩的毒就毒在这上头！可这笔账总有一天要算的！

他眼睛沉着而坚定地望着银弟。

一三

景化入，一间华贵的公寓房子。

这是纺织业中几家比较接近的资本家组织的，属于私人性质的俱乐部。一组五间，有酒柜、麻将台子（当然也可以碰和、打扑克）、票房，还有自己的厨子，在正间里把家具挪开，一开留声机，还可以跳舞。资本家们经常在这里聚会，交换情报，商量买卖，应酬往来，及时行乐，自然还不免有些拈花惹草、荒淫无耻的行径。

出现在银幕上的只是俱乐部的一间房子，明灯如昼，酒席已经摆开，但是客人还没有到；主人和陪客有五六人，包括伯韩和大年，正在等待着。邻室传来打牌声，操弦吊嗓声，从开着的门里，隐约看得出邻室的活动。

和伯韩坐在一起的是中华纱厂经理邓尔康：主人之一，胖子，光秃秃的脑袋。伯韩正和他谈着话。

伯韩：老邓，怎么客人还不来？

尔康：（看看表）快了吧。我代你加请了一位客人，美利洋行新来的一位买办，姓宗的。我也是刚认识。

伯韩：姓宗？

尔康：他好像见过你。此人和宋家有关系，还在行政院救济总署担任要职，很吃得开。

伯韩竭力搜索记忆，显出迷迷惑惑的样子。

尔康：（忽然）这大局不大妙，老兄，你倒是怎么个打算？

伯韩：你听说了没有？济南靠不住了。

一个叫作老刘的年轻资本家，正在邻座和大年说话，突然反射似的直起了身子——

老刘：什么！济南丢了？快听听“美国之音”！不，听听美国的股票行情！现在纽约交易所正好开市。

伯韩：还是听听美国棉花的行情吧。

有人附和：对，对。

伯韩扭开无线电开关，无线电开始传出英文报告行情的声音。

大家静静地听着，神情非常集中，不懂英文的低声向旁人询问。

伯韩：（低抑而急促地）行情又涨了！

大家不响，继续注意地听着。

忽然传来人声：“客人来了！”大家立刻站起来，向门口迎出去。

门口进来的，不是别人，却是宗贻春。他身体已经相当发福，一张亮堂堂的脸，活现出春风得意的神气。他一进来，就摘呢帽，脱大衣，去掉白手套，一一交给侍者，派头十足。他的旁边站着一个妖媚的女人，那是他的情妇，交际花蓝茜。

贻春：对不起，我们大班因为领事馆有要紧的会，来不了啦。

尔康：（非常殷勤）您来了一样，请，请！

伯韩和大年正好落在后面，伯韩关了无线电，正要迎上去，一眼看见来的是宗贻春，愣住了。大年看了伯韩一眼，也发了呆。

贻春：（指着蓝茜）我给你们代邀了一位客人。

尔康：欢迎，我们大名鼎鼎的蓝茜小姐！

大家一阵笑，贻春笑得特别响亮。邓尔康把两位客人让进屋子。

伯韩刹那间陷入了进退维谷的境地，但他还来不及多想，客人已经迎面走近。

尔康：（赶紧介绍）这是美利洋行的买办，宗贻春先生。这是——

贻春：（不等介绍完毕）我们早认识，老朋友了。

伯韩有礼貌地躬了躬身，大年情不自禁地趋前握手：“宗先生！”

贻春：（轻嘴薄舌，不减当年）我们真投缘，又见了面。

伯韩：（含蓄的反攻）可不是！真高兴能看见你！

尔康：坐，坐！

大家坐下来，宗贻春坐在伯韩旁边。

贻春：伯韩兄，这十几年，你的事业很发达啊！

伯韩：哪儿谈得上，宗先生。抗战八年，能留下这块招牌，就算不错了。

贻春：哦，我倒忘了，大光明纺织厂是在“爱国牌”上起的家。可是近年来纺织业靠美援棉花赚的钱，不少吧？

伯韩：（淡然一笑）宗先生，没想到，你对我们纺织业还是这么关心。

贻春：自己人嘛，锅里不见碗里见。（没来由地笑了一阵）伯韩兄，什么时候用得着我兄弟的话，我一定效劳！

大家看看他们，又互相看看，觉得味道不对，可是不明白他们谈话的真实意义。

蓝茜：（撒娇地）老宗，真讨厌！你们这打的是什么哑谜呀！

贻春：（赶快赔笑）OK！蓝茜。别生气，回头我陪你打牌！

尔康：好好，请入席吧。

贻春：OK！

大家纷纷站起，入了席。侍者上菜、敬酒。

贻春：（举起酒杯）伯韩兄，老朋友开开玩笑，别在意。改天我请你吃饭！

伯韩：（有礼貌地）不，我请你！

贻春：OK！干杯！

空气活跃，满室春风。邓尔康和几个人的声音同时叫：“一起来，一起来！”

全体碰杯。景化出。

一四

伯韩家的小客厅，中西合璧的布置，看起来却相当舒服。壁上挂着张耀堂的大幅遗像，台钟指着十点五十分。

老瞿坐在一张椅子上，张家的男用人老陈站在旁边。

老陈：老瞿，我看您不用等了，张经理外面有应酬，不定什么时候回来呢。

老瞿：（固执）不，我等他！

外面汽车声。

老陈：来了！

他奔了出去。老瞿站起来，焦急地等待。接着张伯韩走进屋子。

伯韩：（在沙发上坐下来，很随便地）坐吧，老瞿。（默默地掏出打火机，点了烟）

老瞿：（依然站着）张经理，我儿子——海生他叫厂里给开除了，（抱着万一的希望）您也许——还不知道吧？

伯韩：我知道。

老瞿：哦。（像是被打闷了，眩晕似的过了半晌）不，张经理，你不能这么做！我儿子，（颤抖地伸出双手）手都被机器咬了，你叫他往后怎么办？他拿什么挣饭吃？我就这么个儿子啊！

伯韩沉静地抽着烟，轻轻皱了皱眉头。

老瞿：（满眶的眼泪）大少爷，我已经替你们干了三十年，三十年哪！（指耀堂遗像）老太爷开店的时候我就跟着他，大小粗活是我一个人包办；您开厂，我还是闷着头干。大少爷，我对张家可没有亏心啊！

伯韩：我明白你，老瞿。（气愤地）可你儿子很不讲交情，他不像你！工人闹事，总是他最起劲。

老瞿：（哀恳地）大少爷，留下他吧。给他干什么活都成。他不是那不知好歹的！

伯韩：那办不到，老瞿。

老瞿：我求您，大少爷。看在我分上吧。

伯韩：老瞿，你怎么那么不明白！我不是不给你面子，是厂里不能破这个例。我可以给你钱，三个月的遣散费，可是你不要随便对人说。

老瞿：（知道事情绝望了，神情麻木，喃喃地）我不要钱，我来这儿都是瞒着我儿子的。（伤心地）您说得对，他不像我。

伯韩：（觉得对方不识抬举）那就没有办法了！（向外面）老陈！

老陈轻轻叩门，进来。

伯韩：送老瞿出去。

老瞿望着伯韩，嘴蠕动着，似乎还要说什么，终于忍住了，揩干眼泪，慢腾腾地往门外走。

（景渐隐）

一五

（景渐显）

大光明纺织印染厂经理室外面的空场上，站满了男女工人，全体面向着经理室，一种巨大和沉重的沉默。时间是下午六点半光景，天已经黑了。朔风猛烈地吼着，一阵紧一阵的雪花在空中翻卷。

镜头慢慢向经理室的窗户推近，我们渐渐看清楚屋子里的情形——

张伯韩和凌大年坐着；另一边是六七个工人代表，有坐着的，有站着的，带头的是沈银弟。谈判似乎已经开始很久，情形显得很僵。

伯韩：我再跟你们说一遍：厂里并不是故意要拖欠工钱，银根紧，没有办法！我到处都在调头寸，明天，至晚后天上午一定发，行了吧？

银弟：张经理，现在的钱是什么钱！厂里晚发一天半天的，工人吃亏得起吗？

大年：可大家在这儿也没有用呀！我跟张经理有要紧的约会，（指着钟）早过了点了。这也是为厂里的事，懂吧？

伯韩：（频频看表，忽然烦躁起来，满屋子转着，滔滔不绝地）厂里的困难，你们知道吗？原料恐慌，电力不足，成品没有销路，有了销路也是赔老本；可是工缴电费、苛捐杂税，到时候都得拿出去！向银行借款，八九天的利息就是一倍。知道吗？

银弟：工人都饿着肚子在给你们干活，你知道吗？

伯韩不响了，困兽一样在屋子里走。

连天的风雪，工人们还坚定地站在空场上。老瞿也站在工人堆里，他的神情在风雪中特别显得苍老。

伯韩突然停下来，把大年拉到一边，低声说话。

伯韩：不能再等了，这儿我一个人来对付，你先回家，陪宗贻春吃饭吧。要好好地敷衍，可不能告诉他厂里发生的事。

大年：我知道，厂里信用要紧，再说老宗这人也难缠。

他拿起大衣和帽子，匆匆出去。

伯韩走回来，重新坐下，划起一根洋火，狠命地抽烟。窒人的沉默压着整个屋子。

一六

伯韩家的小客厅。

宗贻春、蓝茜、景萱、仲鸣、金凤、婉新，宾主相对无言。

景萱：（窘态可掬地）真对不起，伯韩准是临时有了什么要紧事儿。

贻春：（嘴头子甜）自己人，不要紧。

婉新：蓝小姐，要早知道，我们还能玩几圈呢。

蓝茜：可不！这时间白糟蹋了，怪可惜的！

门外汽车喇叭声。景萱惊喜地站起身，准备迎出去。

正在这时候，大年气喘吁吁地赶进来。

大年：贻老！蓝小姐！抱歉抱歉！（向景萱）咱们不等伯韩了，先吃吧。请！请！

用人打开通餐厅的隔扇，餐厅内灯火通明，酒席早已摆好，宾主相将走进餐厅。

一七

经理室，谈判依然僵持着。

伯韩：（抽着烟，变得非常冷静和沉着了）这是什么时势，大家都明白。反正这个厂也是今天不知明天，逼倒了，对谁也没有好处。

银弟：唬人不顶事！还是老老实实拿出办法来：工钱，怎么办？配给米、煤球，怎么办？

一个小职员出现在门口，神态慌张："警备司令部来了人！"说完这一句，就站在门口发呆，等候回话。

工人代表们互相警惕地看看。伯韩的神情有点茫然，他不知道将要发生什么事情。

接着懒洋洋地进来了伪警备司令部的经济科长，便装，但是腰部的手枪袋挂得很显眼。他一进来，不声不响，眼睛四面溜着。然后盯住了伯韩上下打量。小职员乘机溜了出去。

伪科长：你是张经理吧？

伯韩：我就是。

伪科长又一次看看大家，大大咧咧地在伯韩办公的座位上坐下来。伯韩直瞪着两眼，还是不明白伪科长在这个场面里要扮演什么角色。

伪科长：我是警备司令部经济科的。我们得到报告，你们厂做了许多犯法的事情。

伯韩：（反驳似的）什么？

伪科长：你们私套外汇，拿纱布做黑市买卖，还在市场上乱抛空纱，买空卖空，扰乱市面，（突然一板脸）你知道这是什么罪名吗？

伯韩：（镇定地）先生，那也不能单凭你一句话吧！

伪科长：（冷笑了一鼻子）你怕没有证据？笑话！（站起来，走到伯韩身边，向门外翘起大拇指）好，请你到警备司令部去一次。

伯韩：（气得眼都红了）这是怎么回事？我简直不明白，政府究竟还要不要工商业，还给不给我们一条路走！

伪科长：瞧你急的！（暗示地）都是场面上的人，你犯得上吗？我们是公事公办，没办法。（走回办公桌上）来，先查查账再说。

伯韩：（眼珠一转，沉着地，打开抽屉，拿出大叠账簿，放在伪科长面前）请查吧！会计科的账册，马上全部拿来！

伪科长翻翻白眼，抽上一根烟，拿了一本账册，身子向椅背一靠，双脚向桌上一搁，优哉游哉地查起账来。伯韩站在旁边，转动那一双发光的眼睛，在筹划对付的方法。

镜头往上移：壁上的电钟指着八点半。

十八

电钟化成精致的台钟，时针指着十一点，报时的音乐正奏着一支优美的小曲。

在伯韩家的小客厅里，对阵的四位是：蓝茜，景萱、婉新、金凤。宗贻春和大年、仲鸣在旁边观战。大年殷勤地转向贻春。

大年：贻老，到书房歇会儿吧。

贻春点点头。于是两人向书房走去。仲鸣立刻转移阵地，从金凤身后转到蓝茜身边去。

仲鸣：（笑嘻嘻地）蓝小姐，我给您当参谋。

蓝茜：行。

特写镜头显示蓝茜手里一副出色的大牌。

仲鸣：（像是情不自禁）喝！

金凤：（狠狠地横了他一眼，向景萱和婉新）当心！要出大牌。

牌局很紧张。景萱偷偷地向仲鸣做了个探询的眼色。

仲鸣用手势打暗号。

景萱和婉新偷偷地交换了一个眼色。

婉新出牌。

蓝茜：（高兴地）碰！

景萱出牌。

蓝茜：碰！（兴奋地和了牌）

金凤：（诧异地向景萱和婉新）你们这个牌怎么打的？

一九

（景切入）大年和贻春正在书房里低声说话。

大年：（一副知无不言的体己神色）厂里情形很困难，工人这会儿正在闹。其实欠薪还是小事，原棉只够用一个礼拜的了，再没有办法，眼看就得停工。

贻春：（假仁假义）这可危险呀，你老兄也得打打主意才好！

大年：（沉吟有顷）贻老，我自己做的那笔美棉，希望你多关照。

贻春：OK！咱们来个君子协定：往后你们厂里做美棉，你就搭上一股，我拿最好的价钱给你。当然，厂里得吃点亏。你是“大光明”的有功之臣，我看这也说得过去的。

大年：（感激地）随你调度好了。奇怪，伯韩怎么还不回来。

贻春：（谲秘地）他今晚不会回来了。

大年：（讶异地）怎么？

贻春：你上回说过，伯韩刚套了一笔美汇不是？

大年：是呀，怎么了？

贻春：你刚才在厂里，警备司令部没有人来？

大年：（吃惊地）警备司令部？

贻春：对。现在就看伯韩的了！他要没点儿手腕，大概得进警备司令部玩玩。没关系，有我一句话，就可以出来。

大年：（不由得急起来）那不成啊，贻老！

贻春：（好整以暇）急什么！厂里还有你呢。你老兄也不能一辈子久居人下呀！

没想到伯韩终于回来了，神情非常倦怠，可是竭力撑持着，装得洒脱自然。

伯韩：请原谅，贻老。我厂里出了点小事。

贻春：（眼睛溜溜地在伯韩脸上转）坐！你脸色怪难看的。

伯韩强笑着，坐下来。

贻春：（非常殷勤）先告诉你个好消息，你厂里做的那五千包，今天了结，大概赚了五万美金。

伯韩：那好！我刚破了点财。

贻春：哦，破了财。（念头一转）老弟，这年头办工厂，办个什么劲儿！吃力不讨好！

伯韩默然，觉得这个话很有点打动他的心。

贻春：（低声）时局很坏，万一共产党来了，资本家，你还想活？！（用肘一碰伯韩）自己人的话，保身家要紧。

伯韩：这才叫"黑海洋里行船"！（慨然不语了半晌，忽然振作地）贻老，你对美棉的行情，看涨还是看跌？

贻春：当然要涨！

伯韩：我有个打算，在美棉上试一下运气，数目搞大点。时局好转，不用说了；要不然，也算是一笔逃难的本钱。

贻春：OK！这主意英明！

蓝茜兴高采烈地扭着身子走进来，景萱和婉新在后面陪着。

蓝茜：你们还在谈呀，哪来那么多废话！

贻春：啊，蓝茜！我看得出来，今天你是大赢家。

两位太太痴痴地笑着，蓝茜的神情显得特别得意。

二〇

（景切入）金凤气恼烘烘地走进她的卧室，脚步噔噔作响；仲鸣小心翼翼地在后面跟着。

金凤：（一边走，一边大声申斥）你跟蓝茜捣的什么鬼？你当我不知道！

仲鸣：（赶快掩上门）小点声！（走近）这还不明白，我们不能让人家输钱呀！

金凤：你们拍人家马屁，我凭嘛陪着输钱？

她愤愤地坐下来，脱掉高跟鞋，换了拖鞋；又走到屏风后面，脱了旗袍，换上睡衣，她把脱下的衣服鞋子到处乱摔，一面嘴里不断叨咕。

金凤：你们这厂，早晚玩儿完！记着，明儿把你的头寸都提出来，交给我爹做米生意去！

她一跃上床，坐在被窝里。仲鸣一直跟着她，这时正要走到床边跟她说话，她随手抓起一个鸭绒枕，向仲鸣劈面抛去。

金凤：别挨着我！趁早睡沙发上去！

仲鸣抱着枕头，十分尴尬。

（景渐隐）

二一

（景渐显）

初夏的晚上。整个城市在黑暗的笼罩底下，只显出朦胧的轮廓。飞机声不断地在死寂的空气中震响着，探照灯纵横交叉，扫射着漆黑的天空。

张家小客厅里坐着伯韩、景萱和金凤，脸上充满恐怖，一副大祸临头的样子。

伯韩：（焦急地）珍珍到底哪儿去了？

景萱满脸的忧急，可是显然回答不上来。

伯韩：这是什么时候了，还满处瞎跑！

一阵刺耳的飞机声。他不耐烦地站起，跑到窗口，望着天空中的探照灯。

仲鸣慌慌张张地进来，只穿一套格子纺短衫裤，不住地用手帕在额上和颈子上擦汗。

仲鸣：（逼紧嗓门，气喘吁吁）外面情形不对，路上一卡车一卡车的，尽是国民党的伤兵。看样子上海早晚就要完！

伯韩沉重地坐下来。仲鸣跟着坐在伯韩身边。

仲鸣：大哥，怎么办？该打主意了！

伯韩：（一肚子矛盾）飞机票才弄了四张。再说，人走了，厂怎么办？

仲鸣：老共来了，还不是连人带厂一起完！

伯韩：可也有人说，共产党保护工商业。

他重重地叹一口气，点了根香烟，使劲地抽。又是一阵飞机低飞的声音。

两位太太面面相觑，一言不发。

伯韩：再说前天跟美利洋行做的那笔期货，你知道，厂里能活动的头寸，都拼上去了。

仲鸣：（一手抓住了伯韩）大哥，你还蒙在鼓里！老邓刚让我告诉你，说宗老头子和大年表哥连了裆在坑你！

伯韩：（几乎不相信自己的耳朵）什么？大年！

仲鸣：还有，听说纽约的市场起了大跌风。

伯韩猛然丢了香烟，站起来，满屋子乱跑。

景萱：（怜惜，混合着恐惧）伯韩！

金凤不满地冷笑了一鼻子。

伯韩：（猛然刹住脚）开无线电！听一听纽约的行情！

景萱扭开了收音机开关。

二二

跑冰场，显示两双正在滑冰的脚。

（镜头移上）看出滑冰的是文琤和家骏。

爵士音乐，滑冰的噪声。跑冰场上还是相当热闹，完全看不出革命战争已经临近这个城市。

家骏：我爹决定去香港，舅舅到底去不去？

文琤：我不知道。

她和家骏牵着手，痛快淋漓地滑着。

一对年轻男女从他们身边滑过，说着话。那年轻的声音：“听说今天跑冰场提早关门，要戒严。”

他们好像没有听见，一直滑过去，像龙飞凤舞一般。

二三

小客厅，景萱坐在收音机旁边，伯韩、仲鸣、金凤环坐着，集中注意收听广播，神情紧张。无线电放送着英语的行情报告，声音严冷而急促。

景萱：（轻声向仲鸣做着翻译）近期，美金三角二分四十八磅音；——新花远期，二角三分六十三磅音，——米特林现货，三角三分六十六磅音。——还是往下跌。

仲鸣一边听，一边用铅笔在记着。

伯韩皱紧眉头，一个劲儿抽烟。

金凤不时偷看一下伯韩的表情。

仲鸣：苗头不对，要美利洋行给纽约总行打个电报，了结了吧！

伯韩：不，等等！

他蓦然站起，丢下半截烟，闯进餐室，在食物橱里拿出一瓶威士忌，起了瓶塞，往杯子里倒。——他用极大的意志力控制着自己。

二四

街上。戒严后的街道，显出异常的空阔。飞机声，探照灯在空中扫来扫去。

文琤和家骏就在这空空洞洞的死街上走着。文琤走路还不时带着滑冰的姿势。

家骏：珍珍，共产党来了，你怕不怕？

文琤：我不知道。也许怕。（忽然）可我有个同班同学，叫林琰，给抓走了，人说她是共产党，我看她挺好的！

他们依旧向前走，文琤嘴里哼着曲子。

在街口，戒严的兵警拦住了去路。

宪兵：（拿枪对着他们，大喝一声）站住！口令！

随着一个警察拿着手枪走过来。

文琤：（轻轻拍着胸脯）吓我一跳！

家骏：有通行证。

他摸出一块银圆，放在警察手里。于是他们大摇大摆地过了警戒线。

二五

小客厅。英语的行情报告在收音机里继续放送着，伯韩他们紧张地在听，一张张全神贯注的脸。

景萱：近期，三角一分八十四磅音；——新花远期，二角五分六十五磅音！——米特林现货，三角三分四十八磅音。

仲鸣：（查着记录）期货涨了两个磅音。

景萱和伯韩的脸上都出现了希望。

收音机的报告暂时中断。

景萱：等等，也许还会涨。

台钟的特写。秒针的单调的声音。——长针走了整一圈。

人们枯坐着，秒针的声音非常响，时间显得特别沉闷和冗长。

收音机的报告又响起来。

景萱：（吃惊地）跌得厉害！

伯韩：快给美利洋行打电话，马上通知纽约，了结！

仲鸣三脚两步抢到电话机边，抓起听筒就打，可是打不通。伯韩接过来，自己打，同样打不通；打通了，可是没有人接。他搁下来，再拨号码，满头涔涔的大汗。

景萱：（几乎是绝叫）不用打了，跌停了板！

伯韩绝望地搁下听筒，收音机关上了，霎时间万籁俱寂。人们发着呆。伯韩走回原位，沉重地坐下去。

金凤：（轻轻地用手臂碰一碰仲鸣）十几万美金，都完了？

仲鸣呆呆地点了点头。

伯韩倒了满满一杯的威士忌，一仰脖子喝下去。

文琤若无其事地进来，嘴里还轻轻哼着曲子。

伯韩：（爆发地）你还回来干什么！

文琤：（完全不懂是怎么回事，撒娇地）爸爸，您干吗这样对我呀！

景萱：孩子！

她奔过去，搂着女儿，抑制不住地哭起来。

金凤拉拉仲鸣的手，拼命使眼色，两个人悄悄往外走。

伯韩又倒酒，痛苦地、迟钝地拿起酒杯。

景萱：（从伯韩手里抢下杯子）不，不！不——

二六

（景切入）金凤和仲鸣正在卧室里忙乱地理东西。三四只箱子打开了放在地上，金凤从衣橱和五斗柜里拿出衣服，往下乱摔；仲鸣趴在地上，接住了就往箱子里塞。

金凤：快归理！回头把孩子叫醒，天一亮，就上飞机场！

仲鸣：飞机票呢？

金凤：早到我手里了！（得意地）从大嫂那儿要过来的，我说我收着。都像你，傻瓜！

她打开首饰箱，乱七八糟地理着首饰。他只顾慌乱地理箱子，拼命地按箱子盖，东西太多了，怎么也按不上。

仲鸣：（忽然从箱子边抬起头）咱们真就撇下了大哥他们，顾自己走？

金凤：这是逃难！你还有大哥？他完了！

二七

小客厅里，伯韩夫妇坐着发呆。文琤靠在沙发上，已经睡着了，景萱爱怜地抚摸着她的脸，默默地垂泪。

寂静中突然响起了炮声。

夫妇俩吃惊的脸色。文琤惊醒过来，同样的惊惶。他们奔到窗口向外望——

炮弹的火焰划过天空，一声巨响，远天隐隐地升起一堆火焰。

伯韩奔回来，扭开收音机。在炮声中，收音机里发出清晰的声音：“现在是‘美国之音’的华语新闻报告，据合众社消息：上海方面的国民党守军，在昨天的反攻中又获得大胜，共军后退五十华里……”

伯韩激愤地伸出手，猛然一掌，把收音机打在地上。

炮声暂时沉默了，一切寂然。不知从什么地方，远远传来一声鸡唱。

窗外的天色开始破晓，有细碎的鸟声在院子里噪着。——在经过一夜的骚乱和大炮的轰鸣之后，这突然的宁静在刹那间构成了一种奇妙的境界。

大年匆匆地赶进来。伯韩用奇怪的眼色看他，像不认得他一样。

大年：伯韩，这局面，坏了！你主意到底打定了没有？

伯韩看着他，一点表情也没有。

大年：知道吗？宗贻春两天前就飞了！

伯韩看着他，一声不响。

大年：（忽然觉出来不对）你怎么啦？

伯韩站起来，迎上去；大年不觉跟着往后退，退到了门边。

伯韩：（打开门，用手指着外面，冰冷的无表情的声音）去你的！

大年：（羞恼地）你怎么翻脸不认人了？

伯韩：（低沉而急促，像是从牙缝里迸出来的）滚！

大年返身就走，几乎撞着了迎面赶来的仲鸣夫妇。——仲鸣依然是格子纺短衫裤，但臂弯里搭着一件派力司长衫，金凤提着一只小皮箱。

仲鸣：（结结巴巴地）大哥，我……我想……

金凤：不中用的！（一手把仲鸣拉到自己身后）大哥，大嫂，我跟仲鸣是来向你们辞行的。

景萱：（完全没有想到）什么？你们要走？

金凤：嗯。这就去香港。这也是“大难临头各自飞”，没有法子。你们也快点来吧。

景萱：二婶，你们这不是——（忧急气愤，再也说不下去）

伯韩：别说了！（竭力隐忍）这样吧，你们把珍珍带走，万一将来……

他只说了半句，就感伤地低下了头。仲鸣和金凤为难地互相看看。

景萱突然抱住文琤哭起来。

伯韩：景萱，放开手，让珍珍走！

景萱仍然依依不舍地紧抱着文琤哭。金凤和仲鸣着急地看着她们。

伯韩：景萱，让珍珍走！

景萱突然放开珍珍，背过身子，双手掩着脸。

仲鸣：（勉强地拉了文琤一把）那就走吧。

文琤满脸泪痕，一步一回头，跟着仲鸣夫妇走去。到了门口，她突然站住了，向伯韩夫妇奔回来。

文琤：不，我不去！我跟你们在一起！

她倚在父亲身上，孩子一样哭着。

金凤：（赶快）我们走！（回过身，推着仲鸣）快，别误了事！

他们很快地就走了出去。伯韩望着他们，一直痴痴地站着。文琤体贴地依在父亲身边。

外面传来汽车开走的声音。

二八

上海南郊，汽车一直向前驶着。车子里坐着仲鸣夫妇和他们的老大、老二、老三—— 一个女儿和两个儿子。车厢里还塞了许多箱笼行李。

在前面，还有几辆汽车急驶前进。最前面的一辆，载的是大年、婉新、家骏和他的两个异母的弟妹。

一路上迎面而来的，是一队一队前线撤下来的国民党的败兵和伤兵，形状非常狼狈。在充满朝霞的天空，不断响着隆隆的炮声。

一颗炮弹突然在前面爆炸。国民党的匪军纷纷卧倒，仲鸣他们的汽车蓦地停下来。

接着又是一颗开花的炮弹。

仲鸣：（害怕地）怎么办？

金凤：开！

汽车继续向前开去。

二九

汽车开进龙华机场。炮声更紧了，这显然是一个解放军炮击的目标！

仲鸣夫妇下了车，提着箱子向机场赶去，司机拿了好几件行李在后面跟着，中间是三个孩子。

机场的情形非常混乱。飞机的螺旋桨已经发动，逃难的阔人们争着往上挤，其中就有大年、家骏、婉新和她的两个儿女。

仲鸣夫妇拼命地赶。但当他们赶到的时候，飞机恰好起飞。他们追赶、招手、狂呼，可是毫无用处。

他们一齐仰起头，瞪着眼向天空呆望。

（景渐隐）

三〇

（景渐显）

远近参差的工厂的烟囱，黑烟袅袅地升向天空。冬天过去了，春意已经萌动。湛蓝的天，有一朵轻巧的白云缓缓移过。放工的汽笛有力地响着。一切显得明朗和生气蓬勃。

字幕随着汽笛声出现：“解放三年以后——”

字幕隐去，银幕上出现“大光明纺织印染厂”的横形门楣，门楣后面，矗立着高大的厂房。

镜头移下，看得出这个工厂已经经历了天翻地覆的变化，情景和以前大不相同：正门大开着，铁栏拆掉了，野蛮的抄身制成了历史的陈迹；院子里竖立着光荣榜，上面贴满劳动模范和先进生产者的相片（第一张大相片就是沈银弟）；播音器正在播送着《我们工人有力量》。

这是日班工人放工的时候。我们首先看见的是几辆载满原棉的大卡车开进厂里，几辆满载成品的大卡车从厂里开出；接着是大批下了班的男女工人散出来，他们笑着，哼着歌曲，说着话，一片欢乐的声音。从外表看，她（他）们身上有一个跟从前显著不同的特征：女工手里几乎都提着手提包，里面放着课本，男女工襟上都别了钢笔，拿饭盒子的一个也没有了。有的女工抱着从托儿室里领回来的孩子，不少青年男工有了脚踏车。

不久，当下班的工人走得比较疏落的时候，厂里缓缓开出一辆小轿车，穿过人丛以后，才较快地向前驶去。

汽车里坐着的是张伯韩和张仲鸣。伯韩风度依旧，只是眉宇间多了一点开朗，同时增加了一点深沉；这是三年来出乎意外的环境变化给他的影响。仲鸣还是老样子：小平头，横咬着雪茄烟，可是身上换了人民装，他神态怡然自得，看起来情绪很好。

三一

汽车在一条宽阔的大道上滑行。仲鸣悠然抽着雪茄，伯韩随手拿一份《人民日报》翻看着。

仲鸣：大哥，你看了车间的统计材料没有？这个月厂里的生产量，我看可能再创个新纪录。

伯韩：我算过了，准成！

仲鸣：（得意扬扬）看工人的干劲，产量还能往上提。没想到，共产党领导生产还真有一套！

伯韩不响，把报纸翻过一面来看：

仲鸣：可惜，今天细纱间出了点岔子。

伯韩：（立即放下报纸）什么？

仲鸣：小事儿！一个挡车工，大着肚子干活，晕过去了。医生说，是因为太累了，没什么。

伯韩：（神情严肃）这可得小心！以后有这类事，立刻告诉我。现在不比从前，出了工伤事故，我们要检讨的！

仲鸣傻傻地看着伯韩。

三二

伯韩的卧室。

景萱正在看一封信，文琤在一边专心一致地看茅盾的《子夜》。——她的神情间虽然依旧有很多稚气，看起来却已经成熟得多：她已经不是一个茫然无知的孩子，而是一个怀有美丽的梦想的少女了。

景萱：（看完了信，放在信封里）珍珍。

文琤：（随口答应，依然出神地看书）嗯。

景萱：家骏给你来信了没有？

文琤：嗯。（觉得不对，从书本上抬起头）您说什么？

景萱：瞧你！我说，家骏去了香港以后，是不是常给你写信？

文琤：去年还通过信，后来我没再理他，就不来信了。

景萱：为什么又不理他了？

文琤：这个人的思想，莫名其妙！还让我到香港去。我真奇怪，我从前怎么跟他玩儿得这么好！

伯韩进来，手里提了个漂亮的纹皮公事包。

文琤：爸爸！

景萱：（习惯地迎上去，帮伯韩脱了大衣）累了吧，快歇歇。

伯韩：谢谢你。（在文琤身旁坐下来）怎么今天回家这么早？学校没活动？

文琤：回头还出去。

女用人端上咖啡，景萱接过来，亲手给加了糖和奶油，放在伯韩面前。

景萱：妹妹忽然从香港来信了，你看看。

伯韩：（接过信，看了看信封，就丢在一边，端起咖啡来喝）说些什么？

景萱：说你跟大年中间有误会，看在妹妹分上，别介意。还说大年在香港开了个什么金号，看样子搞得并不好。

伯韩：哼，看他搞出什么名堂来吧。我总算没叫人整垮，现在可好，再也用不着受宗贻春那帮混账东西的气了！（得意地打开皮包，拿出一份计划来）告诉你，景萱，去年一年，厂里弥补了过去的亏损不算，还大有盈余。我有个大计划，准备把事业好好发展一下。让大年他们看看我怎么办厂吧！

景萱高兴地翻阅着满是数字的伯韩的计划。

三三

老瞿的新居：一幢工人新村一类的宿舍的底层，屋子的特色是简单和洁净。一些极普通的家具，壁上正中是毛主席像，旁边挂着瞿海生和沈银弟的并肩合影，再过去些，是银弟当选为劳动模范的锦旗。旁边一间小房，是老瞿的卧室。

晚间，银弟摊着工人课本在学文化。老瞿已经满头白发，抱着他一岁多的孙子来回走着，不住地哼哼。

老瞿：嗯，嗯，嗯……我的小孙孙，又乖又聪明，……嗯，嗯……爸也疼，妈也疼，爷爷带他爬到天上摘星星。……

银弟：（感到被打扰了）爹，您别哄他了！托儿所的阿姨都说这孩子脾气坏，尽要人抱。

老瞿：海生怎么还不回来？

银弟：今天区委有要紧的会，他说好了要晚回家的。

老瞿：我说还是做工好，当个什么区委的工业部长，忙得家里也不见人了。

海生正好这时候进来，他虽然当了区委的工业部长，样子也还跟工人差不多。

海生：爹。

老瞿：你回来了，我正叨咕呢。

海生和老瞿都坐下来。老瞿怀里还是抱着孙子，海生亲了亲孩子，用左手从口袋里掏出一包烟，接着银弟给他点了火。这时候可以看出他的右手是残废了的：五个指头齐齐地断了半截。

海生：银弟，我问你一件事：你们厂里，不管是在生产上，还是在经营管理上，你觉不觉得有不老实的地方？

银弟：怎么？我不明白。

海生：我们发现，张伯韩有严重的违法行为。

银弟：（瞪起了眼）有这种事？！

老瞿：这是怎么回事？（赶快把小孙子放下来，拍了他一下屁股）乖，自己玩儿去吧。

海生：不光是你们厂，工商界多数有问题。资产阶级的老毛病：唯利是图，投机倒把，盗窃国家资财。这对我们国家的建设很不利，现在政府下决心要整一整这股歪风。

银弟：好，整吧！我解放前憋的这口气还没出呢。干脆把资本家的厂没收了算了！

海生：（责备地）银弟，你想到哪儿去了？不是这么回事啊！

银弟：那是怎么回事？（愤懑地）海生，你难道连一点记性也没有？（一把抓起海生的右手）这笔账，还没算呢！

海生：这种账是算不完的。党的政策是要改造资本家，把他们改造成自食其力的人。他们多数是爱国的，是可以改造的。银弟，你记着！你是工人，胸襟不能这么窄。不然你就要犯错误！

（景渐隐）

三四

（景渐显）

拉着的手风琴，歌声。镜头移后，看见一群青年男女正在唱着《歌唱祖国》。再移后，看出是大学的校园：大片的草地，到处是树荫花圃。课后，同学们散在各处，读书、散步、闲谈、打羽毛球。歌声一直继续着。

在僻静的一角，文琤一个人在徘徊，内心显然非常激动和不安。

林琰走来。这是像大姐姐一样的一个女学生，年纪很轻，温柔，但是有主见，而且坚定。

林琰：你怎么躲到这儿来了？找得我好苦！

文琤站定了，不安地看着她。

林琰：走，团支部的会就要开了。

她牵了文琤的手，走向一座大楼。但是文琤突然停了步。

文琤：等一等，林琰！

林琰：（敏锐地）你怎么了？

文琤：（像孩子一般）我害怕！要是同志们不同意我入团，怎么办？

林琰：你心里平静点，文琤！

文琤：我觉得像在做梦。要是我成了一个青年团员！可是，我成吗？你知道，刚解放的时候，我什么都不懂！（近乎痛苦地）你知道，我的家庭！我是在资产阶级的家庭里长大的！

林琰：不管什么出身，谁都有进步的权利。胆大点，让同志们来决定好了！

她挽起文琤的手臂，就像护着她一样，向大楼走去。

三五

她们走进团支部办公室。

团支部会议就要开始了，屋子里坐着不少的青年男女们。当林琰和文琤进来的时候，他们亲切地招呼着。

林琰带文琤在一边坐下来，自己就准备去忙开会的事。文琤坐着，神情依然显得激动和不安。

一个男同学带着沈银弟出现在门口。那男同学找到了林琰，细声说了几句话，把沈银弟介绍给了她。接着林琰和银弟一起出了屋子。

文琤一直望着林琰。她显然并不认识银弟是什么人，她只看见林琰和银弟在窗外谈着话。她不安地等待着。

林琰走回屋里，向文琤招手，文琤站起来，跟林琰出去，银弟正在屋外的游廊上等着她们。

林琰：你大概不认识吧？这是你们厂的工会主席，沈银弟同志。

文琤望着银弟点点头，她不知道将会发生什么事情。

银弟：（热情地笑笑）听说现在正要讨论你入团的问题，恭喜你！（停顿了一下）也许我来得不巧，会叫你心里不痛快。

文琤深深地望着她，有点紧张。

银弟：事情是这样：这两三年，你父亲干了很多违法乱纪的事。现在查出来了，问题很严重。

文琤吃惊地听着，满眶泪水，终于突然双手掩面，痛苦地哭泣起来。

银弟：别难受！你是他的女儿，你一定得帮助他！他走的是一条绝路，我们要想办法把他救出来！

文琤哭得更加伤心。

三六

张家的小客厅。

伯韩凝然不动地坐着，使劲地抽烟。旁边是仲鸣，一副猥琐的样子。银弟和老瞿坐在一边，对面坐着景萱、文琤和金凤。

银弟：（向伯韩和仲鸣）请你们想一想，今天厂里这个局面是怎么来的？厂里最困难的时候，人民政府千方百计支持你们；工人为了增产节约，白天黑夜卖力气，哪怕地上的一根纱、一团棉花都不忘记拾起来。你们赚够了钱，可干了些什么对得起人的事？

伯韩：（在烟灰缸里慢慢地熄灭了一个烟蒂，竭力沉住了气）沈银弟同志，我不是不知道，政府照顾我们，工人支持我们，都算到了家；我也不是不知道，我们厂里老一套的资本主义经营方法，跟新社会有抵触，我们可能让国家的利益受了损失。可是我拥护共产党，拥护人民政府，这是你们也知道的，我从来不做非法的事情！.

银弟：那我请问一件事，政府宣布棉纱统购的时候，你一会儿大量抢棉花，一会儿大量抛棉纱，这是跟谁捣乱？

伯韩：（没有想到）我承认这是投机行为。那是因为刚解放不久，不懂政策。

银弟：不光是投机！厂里代政府加工，你的成本是怎么算的？厂里长期有计划地偷工减料，又是怎么回事？

伯韩：这里面也许有些弊病，可这是有账可查的！

银弟：早查过了，张经理。这两年里面，光是厂里该缴的税款，就逃漏了五亿一千多万！

伯韩站起来，来回走了几步，又坐下去。文琤焦灼而痛苦地看着他。仲鸣低头不语，景萱一脸愁苦，金凤也发着呆。

老瞿：做事要凭良心，张经理。我们跑到这儿来劝您，是为您好。告诉您说吧，我一进这屋子，就想起五年前为我儿子到这儿来求您的事，那时候我怎么哀求您也没有动心。可我现在还是要劝劝您，您不能干这些对不起国家的事！

半晌没有人说话，空气像冻结了一样。

银弟：话已经谈到这儿，请你们再仔细想想吧。

她站起来，老瞿跟着站起，向门口走去，景萱要送，她拦住了。

银弟：什么时候想过来了，什么时候交代问题。政府是宽大的，就看你有没有诚意了！

他们在门边消失以后，伯韩蓦然站起，脸涨得通红，显然觉得尊严受尽了伤害。

伯韩：真叫人受不了！

景萱：（走近他）可怎么办呢？伯韩。错了，就认错吧。

伯韩：（粗鲁地）你懂什么！整垮了，咱们往后还在不在这个社会上站脚？这些个工人，往后更要爬到我们头上来了！

文琤：真丢人，爸爸！你连承认错误的勇气都没有！

伯韩：（猛然回过头，恼怒地看着女儿）你说什么？

文琤：（伤心地）解放了，人人有了自己的理想，看见了国家的前途，可你们只认得钱，为了钱什么都干！

伯韩：你怎么也说这种话？想想是谁把你养大的！

金凤：可别那么说，珍珍。父母攒钱，还不是为了儿女！

文琤：我不要钱，你们不要把坏名声留给儿女就够了！

伯韩：（气得声音都发了抖）你再说一遍！

文琤：（满眶的泪水）爸爸，不管您怎么恼我，我要说。您的行为不名誉，您连一个守法的公民都不够格！

伯韩冲动地伸出手，狠狠打了文琤一个耳光。

景萱：（失声地）伯韩！

文琤一手护住挨了打的脸颊，睁大眼，霎时像失去了知觉。伯韩也像神经突然麻木了似的看着她。

文琤：（喃喃地）您会后悔的，爸爸！

她要哭出来，可是忍住了，用手捂住嘴，回过身，很快地奔出屋子。

景萱：文琤！

她追过去，追到门边，突然靠着门框哭起来。

伯韩颓然坐下去，双手捧了头。

三七

晚上，在伯韩夫妇的卧室里。

景萱一手支颊，痴痴地坐在沙发上。伯韩在屋子中间苦恼地走动。

伯韩忽然停住，似乎要拿什么，走到五斗柜前面，拧亮柜上的台灯，无意间发现了文琤留着的信。他慌急地抽出信来看，脸色立刻变了。

伯韩：珍珍跑了！

景萱一跃而起，抢过信来看。

景萱：快，一定得把她找回来！

伯韩想了想，立刻抓起电话听筒。

从伯韩焦急地打着电话的脸部，叠印出景萱双手慌乱地翻着电话簿，伯韩的手频频举着电话机，迅速地拨着号盘。

三八

景化为街上急驶的汽车，车上坐着伯韩和景萱。伯韩和景萱在旅客拥挤的轮船埠头上穿行着，找着人。

伯韩和景萱在火车站上找着人。他们在候车室里找着，在大厅里找着。又是急驶的汽车，车里坐着伯韩和景萱。

三九

一列火车向前疾驶，似乎要在一片茫茫的黑暗中冲出去。

车厢里响着单调的车轮声，夜深了，很多旅客打着盹。文琤端坐在车座上，眼睛茫然地向前望着，颊上还留有泪痕。

四〇

（景化入）已经是清晨，天边透出一片绚烂的朝霞。

汽车用缓慢的速度开行着。突然，车子发生了故障，停住了。司机下车检查了一阵，摇摇头，表示没有办法。

满脸是失望和疲倦的伯韩和景萱下了车，在车旁站着。

这恰好是一个工地的前面，一座大厦的骨架已经竖立起来。早起的建筑工人开始上工，年轻人哼着歌爬上脚手架，几辆搬运材料的老虎车在汽车前面走过，工人们谈笑着，有一辆老虎车上插了一大束桃花。

伯韩和景萱出神地望着这情景，木然向前走去。

景萱：（眼睛并不看他）怎么办呢？

伯韩不响。

景萱：（慢慢把脸转向他）这不成啊！伯韩。一定得想办法！

伯韩：（沉郁而辛酸）算了，我们只当没生这个孩子。

景萱：（站住了，眼泪几乎要流出来）不，不光是为了珍珍。你知道我看着你这样，心里多么难受吗？

伯韩又陷入沉默。

景萱：光是钱多，并不能叫人快活，你难道还没有看透？以前为了这点钱，一家骨肉都闹得头破血流，伤透了感情；现在好容易才过上了安逸日子，大家体体面面像个人了，你何苦再在这钱上头坏名誉呢！（情意恳挚）伯韩，听我的话，为了我，为了珍珍，把问题交代了，好好办你的厂吧！

伯韩感愧地看着妻子，紧紧地握住了她伸出的双手。

（景渐隐）

四一

（景渐显）

香港：一片碧绿的海水，苍翠的山，依山傍水的繁华的城市。往来香港和九龙之间的轮渡缓缓地行驶着。

景很快地化入：被称为“鳄鱼潭”的香港大酒店，一片喧嚣和嘈杂。咖啡、酒、冷饮、广东点心、华侨、西洋绅士、妖媚的女人、穿着颜色鲜艳的夏威夷装的摩登青年，还有神色憔悴而硬撑着架子的“白华”们。

凌大年穿着整洁的白西服，坐在一张桌子上，正在等人。看神气，等的时间不短了。

凌家骏从人丛中走过来，也是夏威夷衫，小裤管，飞机头。

家骏：（并不坐下来）爹，给一点。

大年：你又要干什么？

家骏：今天是星期六。

大年掏出一叠港币，家骏接过，吹着口哨，走开。接着来了个年轻人，在大年旁边坐下来。他是大年在香港所开的益成金号的账房小黎，说着一口广东官话。

小黎：（四面看看，细声地）店里情形不好，银行存款提空了，剩了八块港纸。后天又是月底——

大年沉着脸，一声不响。

小黎：还有，大兴银行的借款，拿那批狮马牌颜料做抵押的，后天也到期啦。

大年：（蛮有把握地）那不要紧，可以转期。

小黎：可要注意，香港的规矩，借款到期不还，就要没收抵押品。到时候这批颜料就三钱不值两，等于送掉啦。

隔座忽然过来一个“白华”——一看就认得，那就是伪警备司令部的经济科长。他一屁股坐下来，万分亲热地伸出了手。

伪科长：（抑扬顿挫，有腔有调地）哎呀，老兄，你好！

大年看着他，迟疑地把手伸出去，他却握着它大起大落地摇了一气，接着毫不客气地拿了大年的香烟，就点火抽起来。

伪科长：（看着大年迷惑的神气）怎么，不记得啦？在上海我们常见，那时候我在警备司令部。

大年：（随口应和）哦哦。

伪科长：（细声）商量件事儿，出了点意外，钱不够了，匀给我十块行不行？不，五块就够了，明天就送还。

大年：对不起，你贵姓？

小黎：（看那伪科长还要装腔作势说下去，赶快制止）先生，我们正在谈公事。

伪科长：没关系，没关系。（讪讪地）瞧你！都是场面上的人，犯得上吗！

他站起来，随手又拿走了一根烟。

小黎：白华！无聊！

大年：店里的事我想办法。（拿出两张十元票交给小黎）今儿星期六，你带同事们逛逛浅水湾去吧，我请客。

宗贻春从外面大摇大摆地进来。

大年：叫同事们换上新西装，打上领带，打扮漂亮点，得让人看看我们益成金号的人都是有面的，懂不懂？快走，大兴银行的经理来了。

宗贻春走近，大年赶快起立相迎，殷勤让座。

贻春：（闲闲地打开话匣）好些天没见了吧？你那位大舅子，张伯韩怎么样，有信儿吗？

大年：（不免有点感慨）早断绝往来了。听说“五反”以后，还挺起劲儿。

贻春：什么“五反”“六反”，现在又是什么“五年计划”了。瞧着吧，有他吃的苦头！

大年不语，不知怎么隐约地苦笑了一下。

贻春：至亲好友的，闹什么意气！劝他来香港算了。怎么样？

大年：（停了停）贻老，上回托您的，大兴银行借款转期的事，能办到？

贻春：（很爽脆地）没问题。

大年：（放了心）谢谢你！星期一，要是我缺点头寸，我想再请您调一点，行吧？

贻春：OK，OK，OK！

大年快活地缓过一口气。

四二

大年寓所，一间香港式的起居室，前面有骑楼。

大年穿一件丝质的晨衣，靠在骑楼中间一把柳条躺椅上面，旁边开着电风扇，颇有心宽意适、稳渡难关的样子。

婉新一脸怨气走出来，用毛巾擦着一手的肥皂沫。

婉新：又没水了！你洗完了澡，也不知道放点水！回头孩子们就冲凉，怎么办？

大年：算了吧，太太。让我歇会儿！

婉新：你这个人呀，看着像精明，就是没眼光。你看我大哥他们，多好！咱们早晚流落在香港，当白华！

大年白她一眼，似乎懒得再开口。

一个七八岁的女孩子，拿着一封信，走进起居室。

女孩：妈妈，信！盖图章！

婉新在书桌上打了图章，把回单交给女儿，一边拆信，一边走到了骑楼上。

婉新：律师信！

大年：（一跃而起）什么？

他一手抢过信来看：那是一封莫无奇大律师代表当事人大兴银行催还欠款的信，信上写着"到期不还，即将抵押品拍卖抵偿"一类的话。

大年：（疑疑惑惑地）弄错了？宗贻春刚答应转期的，就在一个钟头以前。（决然地）一定弄错了！（再想想）我问问去！

他一面脱晨衣，一面飞快地向屋子里走。

四三

宗贻春的寓所，一间建筑在半山上的漂亮的公寓房子。陈设华丽而恶俗，窗口挂着一只鹩哥。

宗贻春穿一身大方格子的绸小衫裤，短袖，茄瓢领，漫不经心地看着那封律师信。大年站在旁边，整整齐齐的西装，不断用手帕在脖子上擦汗。一边坐着一个少妇，几乎是半裸式的睡衣，胸脯大部分袒露着，嘴唇擦得猩红，一直用一把小锉刀锉着她尖尖的涂着蔻丹的指甲，但她不是蓝茜。

大年：贻老，这，这是怎么回事？

贻春：（用很随便的姿势交还了信）律师信，不是吗？

大年：可您刚才还答应——

贻春：是呀，我答应了，看样子银行不答应。

大年：（真急了）不答应为什么不早点通知？猛不防来这么一手，这不是成心坑人吗！

贻春狠狠地横了他一眼，这寒光闪闪的眼色使大年立刻软了下来。

大年：贻老，您帮帮忙！您知道我在炒金子上头伤了元气。我再也赔不起本了。您一定得帮忙！

笼子里的鹩哥忽然用清脆而怪异的声音学着人语："帮帮忙！帮帮忙！"

少妇：（娇声娇气地）去你妈的！

她向鸟笼子啐了一口，立刻回过头睨着大年。大年瘫痪似的在一张椅子上坐下来。

少妇暂时停止了锉指甲，拿一根烟卷点上火，吸了几口，然后递给贻春，贻春自在地抽着烟。

大年：（半天才缓过气，哀恳地）您拉我一把吧，看着我们这几年的交情。

贻春：（喷出一口烟）交情？你问问你大舅子去！

大年：（呆了半晌，终于咬了咬牙）宗贻春，我总算认识你了！

他鼓足勇气站起来，一步一摇地向门外走。

鹩哥在笼子里跳跃着"OK！再见！"

（景渐隐）

四四

（景渐显）

绵延起伏的山峦，兼有着无比的秀丽和雄伟。

一片陡峭的崖壁，底下是奔腾的河水。崖边的窄径上，一群年轻的勘探队员正在工作：他们用倾斜仪量走向，用铁锤打岩石，有人做着记录。

有一个认真地捶着岩石的女队员，是文琤。

山顶吹哨子，一个银铃似的女声吆唤着："休——息——啦——"声音在山谷中引起清晰的回响。

勘探队员们爬向山顶。

文琤听见后边有人叫她的名字，接着林琰追上来，两人一起走。

从山顶向下望，一片无限广阔的境界，盛开的山花点缀着浓艳的春色。队员们开始休息，准备吃东西。林琰拉文琤走到一边，坐在一块岩石上，从背包里拿出一张报纸，递给文琤。

林琰：你看看，刚才队长给我的。

她指着报上的一个小广告："张文琤鉴：你离家三年，杳无消息，父母日夜苦念……"

文琤放下报纸，望着远天。

林琰：我劝过你多少回了，你这种做法，不对！

文琤：你不知道思想包袱压在人心上有多沉，剥削阶级这类字眼，对我是多么刺心！你不会明白的！

林琰：根本不对！你不知道我的家世。我是共产党员，可我父亲当年是国民党的大官，反动派。人没法挑自己的出身，可完全有权决定自己的道路！

文琤睁大眼睛看着她，表情显出惊讶和折服。

林琰：文琤，你还不了解我们这个社会是什么样的社会！就像勘探队能找出地下宝贝，我们党能把所有人心里的宝贝都挖出来。资本家，有什么！我们能把他们改造过来，带进社会主义社会！

文琤深思地望着山下。林琰解下龟壳式水壶，交给文琤。文琤喝着水，还是不言语。

林琰：（一手搂着文琤，笑着）成了哑巴啦！给家里写信吧，你帮助父亲，不是为的爱他？

文琤喝一口水，重又把视线投向远处。

四五

大光明纺织印染厂经理室。

会议桌边坐着五六个人：仲鸣、银弟——她穿着工作服，还有三四位，看样子是工程师、工会干部和工厂行政负责人。伯韩沉思着，绕着桌子走，没绕完半圈，又回过来。

伯韩：请大家再研究一下，这个问题一定要解决：这一回政府的订货，我们再也不能脱期了。

没有人搭腔。空气非常沉闷，谈话显然已经触礁。

伯韩：（着重地加上一句）还得保证质量！要不然，还是白搭。

他坐下来，向大家一个一个看去，多数是眼观鼻、鼻观心，只有银弟抡起一对发光的大眼睛看着他。

银弟：问题的节骨眼究竟在哪儿？得先找出来！要说工人的积极性不够，可从解放到现在，厂里每年的生产量都在往上涨，这靠的是谁？

伯韩：可最近这几个月，情形不同啦。质量差，浪费多，产量不稳定，（似乎是微讽，又像是真的不解）是不是我们这就算生产到顶了？

银弟：肯定说，没到顶。张经理，你得明白工人的心！生产提不高，工人比谁都着急。他们尽管觉着现在还在受剥削，可谁都心甘情愿地拼命干活，他们是有劲儿使不出来。

伯韩又一次挨个儿看着那些不开口的人。

伯韩：汪工程师，你看呢？

工程师：我总觉得管理制度有毛病，就像一个病人，四肢无力，各方面配合不起来。

空气重又落入深长的静寂。银弟看了看钟，站起身来。

银弟：我得去接班了。我那小组，反正是保证完成任务。（走了几步，又走回来，向伯韩兄弟）车间的安全设备，还是得早点解决。活儿紧，常闹工伤事故，这太不好了。

工会干部：（一直望到银弟的背影在门口消失）你们看看银弟就知道，工人是怎么干活的！上级工会招待先进工人去西湖休养，她本来该去的，也放弃啦。

伯韩：（有点过意不去）那可怎么好！

工会干部：有什么办法！好了，我们工会研究研究去，看怎么帮助解开眼前这个结。可问题还是得从根本解决，请行政多琢磨琢磨吧。

工会干部首先站起来，其余的人像松了口气，接着一窝蜂似的散了，屋子里只剩下伯韩和仲鸣。

仲鸣：走着瞧吧。（慢条斯理地点起雪茄）大嫂不舒服，你先回家，我还跟汪工程师谈谈。

伯韩默默地玩儿了一会桌上的火柴梗，然后懒洋洋地站直了身子。

四六

伯韩夫妇的卧室。

景萱病恹恹地拥着被倚在床上，金凤坐在床边陪伴着她。靠床头的小柜子上，就放着文琤的相架。

金凤：大嫂，你也别尽想着珍珍啦。儿女都是假的，疼他们也是白疼！我那三个畜生，连老三那么个不丁点儿小东西，现在也是一套一套地教训我！

伯韩回来了，不声不响走到床边，金凤让开了，他轻轻抚摸了一下景萱的手，试试有没有热度。

伯韩：你好点了？

景萱：好多了。珍珍还是没有信儿？

伯韩：别担心，她早晚会回来的。

景萱：（体贴地）对，会回来的，你也别急。你累了，歇会儿吧——坐呀，二婶。

金凤还是坐在床边，伯韩心绪不宁地坐在靠床的安乐椅上。景萱的脸上显出一种宁静和深思的样子。

景萱：也不知怎么，这两天躺在床上，尽胡思乱想的，想着爹，想着我父亲那愁眉苦脸的样儿，还想着妹妹跟大年他们，不知道他们在香港怎么样了？

伯韩：（心绪烦恶，不愿提起）景萱，你应该好好休息。

景萱：（看着伯韩的神情，担心地）你怎么了？

伯韩：（轻轻叹了口气）厂里问题多，生产不稳定，简直叫人头疼。同业中有几家厂，规模比我们小，设备比我们差，可是公私合营以后，全都赶上了我们。

仲鸣满头大汗地跑进屋子，一直奔向伯韩。

仲鸣：出了大事啦！（说了一句，半天喘不过气）

伯韩：怎么了？

仲鸣：沈银弟叫皮带盘卷上去了，重伤，要出人命！劳动局来了人，糟透了！

伯韩也撑不住一脸的惊慌，一言不发，急骤地站起身，奔出屋子。

四七

（景很快地化入）两扇标明“急诊间”的大门对着镜头豁然开启，医生和护士簇拥着一辆推车出来，沈银弟躺在上面，闭着眼，她的黧黑的脸色在灯光下变得非常苍白，全身罩着白被单。推车后面跟着瞿海生，他的神色又严肃又悲痛。

车子一直沿着穿廊推过去，静静地推进预备间。

预备间里坐着伯韩和四五个男女工人，外科主任正在做手术前的准备工作。推车进来，停在屋子中间，海生默然站在推车旁边，看着银弟，工人们和伯韩沉静地围上去。

银弟慢慢睁开她那两只黑亮的大眼睛，正好看见了伯韩；伯韩惶愧地走近一步，轻轻叫了声：“银弟同志。”她把目光转向海生，海生微微俯下身子，温柔而细声地：“别害怕，就会好的。”银弟深情地看着他，极吃力地微笑了一下。

护士把推车推进手术室，外科主任和医生随后进去，门接着无声地关上。

工人们围着海生，用无限关切和同情的眼色，长久地、默默地看着他。他用茫然的眼色看着大家。

一个女工：（用极小的声音）不要紧吧？

海生：要动了手术才能知道。

海生茫然的眼色转向伯韩，他许久地看着他，凝重的眼神变得非常深邃。

伯韩的视线和海生相接触了，他也看着他，但他显然并不认识海生。

女工：（看出了这情形）你不认识？——他就是银弟的爱人，区委工业部的瞿部长。

伯韩带着明显的不安，向海生伸出手去，但海生却迟缓地伸出了他的左手。他的动作使伯韩感到奇怪，但伯韩立刻发现了他右手的残疾：五个指头齐齐地断了半截。

伯韩：太不幸了，瞿部长，真是想不到的事！

海生：（沉痛地）早应该想到的，张经理！我知道那个车间，这车间里有多少工人流过血，可直到现在，防护设备还是很差。

伯韩惶恐得说不出话来。

海生：现在你们打算怎么办？

伯韩：（鼓起勇气）我要检讨的。万一……（心境沉重地）我一定负责！

海生：（诚朴地）这不是办法！你没有懂我的意思。

忽然，一个护士陪着老瞿进来了。由于过分的刺激和惊慌，他全身战栗着，步履踉跄。

老瞿：（一进门就叫着）银弟，银弟怎么了？

护士：安静点，老伯伯。

老瞿用昏花的老眼四处看着，当他一看见伯韩的时候，他的眼睛发光了，他颤巍巍地走近伯韩。

老瞿：你也在这儿，张经理！（几乎要哭出来）你得给我一句话！我给你们干了一辈子活，还有我的全家。我的儿媳妇要有个三长两短，你得赔我！

伯韩：（内疚于心）老瞿，我对不起你！

老瞿：（情绪激动，几不成声）你看看我这一头白发，这是为了谁白的？我的儿媳妇是为谁流的血！张经理，你得赔银弟的命！不，不，你还得赔我儿子的手！

他突然用力抓起海生的右手，把那残断的手一直举到伯韩面前。

伯韩不由得后退一步，目瞪口呆地看着那只手，然后把惊疑不定的视线移到海生脸上——

伯韩：你是——

海生：（静静地）瞿海生，从前你们厂里的磨车工，工作的时候轧掉了指头，叫你们开除了的。

伯韩额上冒出黄豆大的汗珠，深沉的悔恨和痛苦完全征服了他，他抢前一步，双手捧着海生的右手，紧紧地贴在自己的胸口。

伯韩：我——我该死！

海生：（缓缓地抽回手）别这样，张经理。不爱惜工人是天大的罪过！工人阶级不愿意记私仇，可你们应该永远记着这教训。再也不要让工人流血了！（肝胆照人地）后悔是没有用的，别把眼睛老向着后头，我们向前看吧！

伯韩泪水流满了脸，我们第一次看见他流了泪。如果在解放前，这类事是根本不能打动他的。现在情况不同了。接着我们看见他怀着极度的感动和羞悔，突然把头低了下去。

（景渐隐）

四八

（景渐显）

张伯韩家的花园里，下午四点光景。季候正当浓春，天气极好。景萱病体初愈，坐在一张靠椅上休息，伯韩在一边陪着她。

景萱：沈银弟的伤势怎么样了？

伯韩：（低沉地）危险过去了！

景萱轻轻吐出一口气，表示庆幸。

伯韩：景萱，我已经整整想了几天：我们往后怎么办？你知道我是好强的人，二十年来，我一直都在跟命运斗，我相信自己会胜利，可我现在觉得，我的路越走越窄了。

景萱：（满怀同情）伯韩！

伯韩：我知道，我们早晚得坐上社会主义这条船，这是唯一的出路。可是我舍不得我的厂，这是爹一辈子的辛苦，我半生的心血，并且这厂还是从你父亲手里买过来的。我们为这点事业，尝够了酸甜苦辣的滋味！

两人相对无言，陷入深深的矛盾。

男用人老陈匆匆跑来。

老陈：张经理，姑太太一家从香港回来了，在小客厅里等着呢。

伯韩和景萱同时表现出一种完全出乎意料的神情。

四九

小客厅里坐着大年、婉新和她的两个孩子，他们的神情和服饰都显得灰暗无光，有一堆行李箱笼杂乱地放在旁边。

伯韩和景萱进了屋子，大年和婉新赶快一齐站起来。

大年：（勉勉强强地堆上笑容）表弟，弟妹。

婉新：（同时）大哥，大嫂。

伯韩：请坐吧。

大家坐下，接着来了一种困人的缄默，似乎谁都不知道怎么来打破这个僵局。

景萱：这些年你们都好？

大年：（趁势下了台阶）不用提了！都怪我糊涂，当初走错了一步，说真的，我简直都不好意思来求表弟原谅。

伯韩：（干巴巴地）不提这个吧。

大年：对，对。不是别的，伯韩，不瞒你说，我是摔了个大跤，算是玩儿完了。厂里现在一天比一天发展，我想求求你，还是让我回来吧。

伯韩：（半晌）我不知道怎么回答你，大年，现在跟过去不一样啦。

大年：（抢过来）我知道，我知道，祖国现在是——讲究的是社会主义，大公无私。我的脑筋也改过来了，伯韩，大小事儿我都干，我决不教你为难！

伯韩：我倒没什么，就怕厂里工人不同意。

大年：（情急地站起来）表弟，我可替厂里出过力卖过命！你要点个头儿，那工人——工人同志也不能对我这么无情呀！

婉新从腋间扯下手帕，低下头偷偷拭泪；两个孩子可怜巴巴地望着母亲。

伯韩：（一直抑制着，现在禁不住有点感情冲动起来）大年，咱们趁早别碰这层旧疮疤！要不是解放，这厂还不知道是什么样儿呢！

大年：（愣了愣，也不由得激动起来）要不解放？还不是你当你的老板，我给你当一辈子牛马！你是天生当老板的，我就是天生当伙计的命？（越说越气）可就在那个时候，你的老板也当不长，到了儿大鱼吃小鱼，宗贻春会啃了你！国民党的豪门资本会吞了你！我算什么？顶多是给人跑个腿儿，垫个背儿，自己剪个边儿！

婉新：（恳求地）大年！

大年：咱们今天索性把话说开了，你的厂有我凌大年一份！舅舅在世的时候，还不是买空卖空，白手起家，靠占人家小厂小户的便宜办的这个厂？别看你出过洋留过学，有什么本事，你不也还是靠众人辛苦，剥削了大家的！你等着吧，工人总有一天会跟你算这笔账！

伯韩：住口，你也配讲这个！

大年：为什么不配？少说我也是这个厂开天辟地的老人！再说我——

婉新：大年，你就少说一句吧！

叩门声，老陈送进来一封信。

老陈：（一脸高兴）大小姐来信啦！

景萱赶快迎上去，兴奋地接过信来拆看。

特写镜头显示出信的内容，这是一封非常简单的信，只有寥寥数语："父母亲：我一直在勘探队工作，作为一个自食其力的劳动者，能够在祖国的社会主义建设中贡献出自己的力量，我感到骄傲和幸福，请不要惦记！女文琤。"

景萱看完信，颓丧地把信递给伯韩。

婉新：（为了缓和空气）是珍珍的信？她去了哪儿？

景萱：慢慢告诉你吧，家骏怎么没有来？

婉新：别提了，这可怜的孩子！到了香港就花天酒地的，尽交些坏朋友，去年喝醉酒兜风翻了车，就这么糊里糊涂送的命。

伯韩一边听着一边看信，看完了，把信揉成一团，紧紧地捏在手心里。

大年：（走近伯韩，口气软下来）伯韩，你怎么不说话？我这是走到了末路才来求你的！你比我有见识，现在家业是家业，名誉是名誉，地位是地位。我知道人民政府厚道，欢迎浪子回头，既往不咎。你难道就不能帮我一个忙？

婉新：大哥！你要不看在我的分上，就看在爹的分上吧！

伯韩：（陷在极度的杌陧和痛苦中）对不起，婉新。（向景萱）请你带他们上楼歇歇去吧，我要一个人安静一会儿。（向大年）请原谅！

大家都出去了，屋子里剩了伯韩一个人，他出着神，把文琤的信弄平了，再次看信，文琤信里的话在他耳边响起来："作为一个自食其力的劳动者，能够在祖国的社会主义建设中贡献出自己的力量，我感到骄傲和幸福。"

他抬起头，怔怔地看着张耀堂的遗像。

他站起来，踱步。

他突然站定，眼神显出明朗与坚定。

他大踏步走出屋子。

五〇

伯韩飞快地奔过大厅，奔上楼梯，奔过走道，猛然推开卧室门。

卧室里坐着景萱、仲鸣、金凤、婉新和大年，还有一堆在旁边凑热闹的仲鸣和大年的孩子，大家不约而同，把视线投向伯韩。

伯韩站在门边，目光灼灼地看着大家。

伯韩：好，你们都在这儿。除了珍珍，我们一家子都齐了。我们现在就来谈一谈！

静寂。所有的人都在等待下文。

伯韩：大家想想，我们这个厂怎么办？（顿了顿）我们现在办厂是为了什么？为国家？为事业？为儿孙？还是为个人？（他望望大家，没有一个人答话）我心里憋了许久，这个疙瘩今天才算打开。国家强了，社会富了，这惊天动地的事业有我们一份，一个小小的厂算得了什么！我们自己有能耐，为什么不能自食其力，（指一群孩子）叫我们的儿女都抬不起头，看不起自己的出身？

全体望着他，但是带着不同的表情：景萱是向往和欣慰，婉新表现出钦佩，而又多少带点茫然，仲鸣和金凤的内心还有矛盾，而大年却显然颇受感动。只有一群孩子，一律眼睁睁地，似懂非懂。

伯韩：（心潮澎湃）想想我们上一辈的命运，想想我们自己经受过的这些事！资本主义，这是教人犯罪的制度！几千年剥削阶级的历史都要结束了，我们还留恋什么？堂堂的大路就在前面，我们为什么不走？

他热忱地向大家伸出双手，做着有力的、表示期待的动作，他的声音一句比一句响亮。

（景渐隐）

五一

（景渐显）

大光明纺织印染厂的拱形门楣，上面加了“公私合营”四个闪亮的金字。当门搭着彩牌楼，显得花团锦簇，富丽堂皇，一整排的彩旗迎风飘舞。

（镜头移下）是一个电灯扎成的大喜字；再移下就看见成群的男女工人，穿着节日的新装，纷纷向厂内走去，人和环境都透着一派洋溢的喜气。时间是冬天的下午，离上一场已经九个多月，暖堂堂的阳光照临着整个院子。

在拥挤的人群中，来了两个人：一个是老瞿，崭新的皮领子蓝布列宁装，一手抱着刚满周岁的小孙女，一手还搀了四岁的小孙孙；一个是瞿海生。他们的神情都非常快乐。

传达室门口站着个中年人，一副嬉皮笑脸爱逗乐的样子，一见老瞿，就故意夸张地左右打量——

传达：喝，这是谁呀？

老瞿：（笑得合不拢嘴）个小子，连我也不认得啦！

传达：真是阖第光临，啊？可瞿老爹，你不是早退休了吗？

老瞿：退休了我也是这个厂的工人哪！个坏小子！好好当你的传达吧，我不会回来抢你的饭碗！

四围爆发出一阵大笑，老瞿父子一边笑着一边往里走。

五二

经理室里挤满了人：伯韩、仲鸣、银弟、景萱、金凤、婉新，还有不少男女工人和来宾。在屋子的一角，大年埋着头忙于整理什么材料。太太们今天都是盛装华饰，打扮得特别漂亮：除了来宾，所有的人胸前都别着一朵大红花，太太们也不例外，伯韩、银弟、景萱还别着主席团的绸徽。

伯韩兴高采烈，拿一张爱国牌商标，对银弟和周围的工人来宾展览着——

伯韩：这是我们厂靠它起家的牌子，可后来到底还是行不通。（无限感慨地）爱国，我现在才算知道怎么叫爱国！

大年核对好了材料，把铅笔随手夹在耳朵上，喜滋滋地走到伯韩和银弟跟前，动作之间，依稀还有二十年前的麻利劲儿。

大年：材料核对啦，没错儿！我们厂从政府批准公私合营的这半年里面，产量质量提高很多，成本降低不少。（背得滚瓜烂熟，历历如数家珍）拿第一个月说，次布率降低到百分之一点〇四，色布质量指标超额完成，用棉量降低到三百九十斤以内，用电量降低到二百二十九度……

伯韩：（笑着打断）行了，留着会上报告去吧。

老瞿和海生进了屋子，满屋子的人鼓掌欢迎。

伯韩：（高兴地）老瞿，你来了！

老瞿：（还是抱着他的小孙女）给你道喜来啦！张经理。

大年殷勤地把一枚绸徽和一朵红花分给老瞿，另给了海生一朵红花。

老瞿：（接在手里）什么玩意儿？！

大年：主席团，回头请你坐台上。

老瞿：（不好意思地）我坐台上？算了！我虽然是个老工人，可我已经退休了呀！

这时候邓尔康急匆匆地赶来了，一进屋子，脱下八角帽，露出光秃秃的头顶，直奔伯韩和银弟。

尔康：（拱手过顶，环绕半周）诸位，恭喜恭喜！

银弟：也恭喜你，邓先生。

尔康：真叫形势比人强！谁想得到？社会主义改造的高潮来得这么快，个把月的工夫，全国工商业全部公私合营！（得意地）这回我们纺织业够光荣，先走了一步！

窗外点燃起一串爆竹，锣鼓声同时响起来。

大年：开会了，请！

大家纷纷走出经理室，邓尔康一边走，一边向伯韩咬耳朵。

尔康：今晚全市性的庆祝大会，你早点去！（用手圈着嘴）秘密消息：邓尔康同志今晚登台表演精彩节目。

五三

鞭炮声和锣鼓声一直继续着，交织成一种热烈和欢乐的节奏。

上海从开埠以来从来没有过的热闹场面出现了。各种美丽的焰火不断地在空中开花，到处是红旗，到处是金光闪闪的喜字，灯彩、鲜花，五色的电炬装饰着街道，装饰着高楼大厦，黄浦江里映照出奇丽的光影。

在灯火灿烂的上海车站门口，文琤夹在旅客中走出来。她终于回来了。

她带着极度的惊喜在鼎沸的街道上走着。人行道上挤满了人，街道中间表演着秧歌、腰鼓、高跷、舞龙灯、采茶扑蝶，还有资本家和家属们所扮演的、表演着他们自己的命运的活报剧……

她一直向前走着，东张西望，像孩子走进了奇异的童话世界。

五四

中苏友好大厦，今晚这里是全市庆祝活动的中心。

圆顶的工业大厅里，人挤得水泄不通。空中一幅通红的横幅，写着“上海市各界庆祝社会主义改造胜利联欢晚会”。舞台上正表演着狮子舞，观众席中，就有伯韩、仲鸣、大年三对夫妇。也有老瞿他们一家子。

狮子舞跳得非常热烈，但是可以看出来，表演者不是真正的内行，每一个动作都特别夸张，滑稽可笑。欢乐使人陶醉了，观众就像疯魔了一样，台上的每一个动作都逗起一阵狂热的哄笑。

狮子舞终于跳完了。狮子皮一掀开，首先就露出一个贼亮的秃头，原来是邓尔康；另一个表演者却是年轻的老刘。于是台下立刻掀起了风暴般的笑声和掌声。伯韩他们也笑得前仰后合。

邓尔康和老刘用各种逗笑的姿势谢幕，于是又引起一阵笑声和掌声。这时候伯韩他们站起来，离开了座位。

接着文琤出现在观众席旁边，向人丛中不断张望着，找寻她的父亲和母亲。

伯韩他们挤到了大厦前面的广场上。这儿也是满坑满谷联欢的人群。大厦上灯火通明，有如珠围翠绕，喷水池里的喷泉，映着灯光，恍惚喷射着艳异的琉璃花雨。

文琤也到了广场上，在人丛里寻找着父母。

突然间，景萱发现了女儿，她欢跃地举起手，叫了声“珍珍”，就迎着人潮挤过去。伯韩他们也跟着向前挤。

文琤同时发现了母亲，也狂喜地叫着“妈”，从对面挤过来。

她们终于碰上了，景萱和文琤首先紧紧地拥抱起来。景萱几次放开了她又抱紧，脸贴着脸，舍不得分开。最后她才离开母亲的怀抱，在几个长辈的包围中间，欢蹦乱跳，一个个和他们搂着、勾着、拉着手，一面起劲地高叫着。

文琤：二叔！二婶！姑妈！姑爹！你们都好！

伯韩：（紧紧地捉着文琤的双手）孩子，我到底把你盼回来了！

文琤：我怎么能不回来？爸爸，这是什么日子呀！

伯韩：（兴奋地）对，皇历上从来没有过的日子！

镜头缓缓摇过，银幕上出现一片浩瀚的人海和灯海，欢声如潮。

（景渐隐）

剧终

一九五六年三月十一日至七月二十五日初稿

一九五七年三月二十五日至五月五日二稿

（原载《收获》创刊号 1957 年第 1 期）

上海姑娘

导演：成荫

编剧：张弦

主演：陶白莉、赵联、安然等

出品方：北京电影制片厂

序幕

画面：

上海鸟瞰，美丽的城市，繁华的世界。

本片男主角陆野的声音——年轻的、富有活力的声音：

上海，这个在东方享有盛名的都市，在这里，度过了我的少年时代。

画面：

黄浦江沿岸的高楼大厦，车水马龙。

声音：

上海，它是个闪闪发光的城市；它以它所特有的魅力，绮丽的光彩，吸引着人们：青年人或者成年人。

画面：

热闹的南京西路，熙熙攘攘的行人；上海姑娘们在街上走。她们服饰新颖，谈笑活泼。三三两两走进商店，走进电影院，走过一亮一亮的霓虹灯广告前，走过静静的栽着法国梧桐的人行道上。

声音：

然而，我对上海，对上海人，都存在着一种不好的偏见，特别是对那些上海姑娘们。

画面：

上海姑娘们在橱窗前，她们指指点点，不停地谈笑着，评论着什么。……

声音：

她们爱打扮，爱漂亮，爱叽叽喳喳地说笑，爱玩爱乐。

画面：

在衣料的橱窗前，在时装的橱窗前，在化妆品的橱窗前……我们可以看到她们的近景，她们捻着说些俏皮话和微笑时的面部表情。在理发馆里，许许多多烫发的女人。

声音：

对于她们，似乎除掉衣料的花色、头发的样式，生活里找不到什么更重要、更严肃的东西了。

画面：

公园，嫩绿色的草坪。她们两三个一起洒脱地走过。她们和男朋友在一起显得有些做作地走过。她们时髦而且漂亮。

声音：

她们一个个都很时髦而且漂亮，不过，我不喜欢她们，甚至可以说，我讨厌她们。

画面：

公园里的镜子一样平静的湖，倒映出湖边的风景，倒映出湖边石椅上坐着的和沿着湖边散步的游人……

声音：

但是，偏偏这样的一个上海姑娘，出现在我的生活里。

画面：

一颗石子投入湖里，打破了平静的水面。

陆野的旁白：打破了我的平静。

画面：

湖水的涟漪，隐隐约约的几个字在水里荡漾，渐渐清晰起来：

“上海姑娘”

（下面一连串是影片前的字幕）

涟漪还在一圈一圈，不断地扩大……

一

新的城市，建设着的工业城市。一排排工厂的烟囱，宽敞的新铺设的街道，沿街稀落的但是整齐的房屋和商店。

陆野的旁白：“五四年我从大学毕业，被分配到这偏远的北方，来建设这座新的工业城市。”

小道，两旁栽着密密的冬青，小道的尽头，一片宿舍。

“第二年的冬天，我们搬到了这幢新盖好的单身宿舍里。宿舍三楼的一间屋子，四张床，七零八碎的东西，比较凌乱。”

“这是个和平常没有什么两样的星期天——老张在那里看他的古典小说；小李搞他的无线电；小赵今天没有人找他打球，正在望着外面发愁；我呢，照例在写着一周一封的平安家信。”

随着声音，我们一一认识了这屋子的几位主人：屋角的一个，年纪较大，戴着眼镜的老张，正躺在床上看《聊斋志异》；他对面的床上，被子没有叠，上面放着一副垒球手套；第三张床靠窗放着，床上站着的是个子不高但很结实的小伙子小李，他在把一只收音机里的小喇叭，高高地挂到墙角，而收音机里的灯泡、变压器等都放在床上；小赵穿着运动衣，手里拧着一双刚刷好的球鞋，站在窗旁向外望——外面刮着大风，阴天，要下雪的样子；靠窗的这张桌子上，堆着一些书籍，《民间歌曲选集》《大众电影》《中国青年》……

陆野坐在桌边，正在信封上写着“陆老太太安启”几个字。

小赵打开窗户，把鞋放在窗台上。窗外传来一阵汽车声和姑娘们的声音：“到了，到了！”

“喂，快来看，陆野！”小赵喊起来。

陆野往外看去，楼下大门口停着一辆带篷的卡车，跳出来两个姑娘。接着，她们搬出一件件行李来。

“慢慢来，先去看看房间再讲……”飘来一句上海话。

小李、老张都挤到窗户旁。

两个姑娘进了门。随后，汽车里又出来第三个姑娘。

她就是我们的主角——白玫。

小赵一不小心把鞋碰掉了。

鞋落到地上，她一惊，抬头望他们。

小伙子们赶紧把脑袋缩进去。

“哪儿来的？”小赵问。

“谁知道？”老张关上了窗。

小李刚把收音机接上线，那高挂的喇叭此刻突然响了起来，正在报告新闻：“据当地的报纸说，这几位客人是从大西洋彼岸来的。”

小伙子们哄然大笑。

门外也是一阵笑，一个老管理员领着她们走上楼来，她们不停地说笑，纯粹的上海口音。

白玫：“喂哟，是三层楼上！”

她左边的女伴惠娟：“离市区真远啊！好勿好走了半个钟头啦！——阿是哦？淑芬！”

淑芬：“啥人讲——四十分钟还不止！……”

陆野他们的屋子对着楼梯，这时小赵打开了门，正好迎着她们。

“303……这一间。”管理员拿钥匙打开了他们斜对面这一间的门，姑娘们一拥而入。

“怎么？女同志也搬到这儿来？”小赵问管理员。

“住不开了，没法子……”

小李：“那——多别扭！”

陆野：“尽是些个上海人！”

小赵：“哼，真有趣儿！”

汽车司机和两个姑娘抬着箱子上楼来，陆野在屋里喊：“小赵，糨糊搁哪儿啦？”

小赵站在楼梯边，想帮忙，但插不上手，于是就一面走下楼去，一面说：“等会儿，我捡鞋……”

等陆野拿着信封出来时，小赵提着一个大皮箱走上楼来，箱子的锁环上系着那只球鞋。

“帮帮她们忙吧！”小赵说。

“得了，我才没那个劲儿呢！”陆野径自走下楼去。

走到二楼，只见白玫一手提着一个网线袋——里面是三个脸盆，两面镜子，梳妆盒，等等，另一手提着一个不大的皮箱，以及两根丁字尺和其他零碎东西上来，他们在楼梯上错过。陆野甚至没有看白玫一眼，只顾往前走。忽然背后“哎哟”一声，一只皮箱顺着楼梯滚下来，箱盖开了，里面的东西一股脑儿摊在陆野的脚前：华丽的缎子的花围脖，各色各样的花手绢，带着丝绒套子的热水袋，绣花毛线衣，彩色辫结，照相册，美术日记……还有一个漂亮的洋娃娃，它“哇”地叫了一声，眨了眨那奇大的眼珠。

陆野望着那些东西，脸上浮起一丝嘲笑。

二

第二天的黎明。

陆野屋里，大家都还睡着，可是门外已经传来几个姑娘端着脸盆走过的声音，说笑的声音，不一会儿，索性唱起来了。

小赵探起头，听了听，爬到床的一端把门拉开一点。

歌声传进来，温柔而活泼：

“姑娘出嫁啰，
从南方嫁到北方。
新居在哪儿？
在风天雪地里，
那儿偏僻又荒凉！”

老张翻了个身，嘟哝道：

“唉，大清老早就唱歌，咱们算是倒了霉了！”

小赵却坐起来披上衣服，静听。

“姑娘出嫁啰，
从南方嫁到北方。
新郎是谁哟？
不是多情的青年人，

那是正在建设的厂房！”

陆野翻身起来，关上了门，对小赵：“每天你都得人家喊，今天是怎么啦？”说着，拉起被子蒙到他头上。

盥洗室。这是一般单身宿舍常见的那种洗脸台，两边两条水磨石平台，上面一排自来水管龙头。

小赵走进盥洗室，姑娘们正在洗东西，和他点头打招呼。

老张、陆野进来，姑娘们若无其事地用上海话在谈着：

“噢哟，此地天气倷能加冷格啦？”

“……地方是龌龊得来，侬看灰尘多少！”

“格搭自来水也弗灵，衣裳也汏勿干净！”

小赵碰碰陆野，示意问她们说什么。

“说咱们这儿不好呢！”陆野没好气地说。

小赵就热情地向她们解释：

“咱们这儿，现在可好多了！三年以前这儿是什么？一片高粱地！我们去年来的时候，四十个人睡一条大炕……现在你们看——”他指着窗外的一片雪景，“这一片宿舍、食堂都盖起来了，咱们也住上这个有暖气的大楼了……”

姑娘们很认真地听着。白玫走到窗前，随手把暖水瓶放在台上。

陆野不满意地皱皱眉头，冷冷地打断了小赵：“哼，可总比不上人家上海舒服啊！”

说着生气地把水一泼就往外走。

“嘭”的一声巨响，这只暖瓶胆接触了冷水，爆了。弄得他十分尴尬。

宿舍的门口。姑娘们站在那里商量着什么，隐约可闻的是“参观去坐啥格车子啦？”“倷能弗来接啦？”“弗来接，阿拉自家坐公共汽车去！”

陆野下楼来，淑芬迎上去问他：

“同志，我们上工地参观去，哪儿有汽车站？”

陆野瞥她一眼："往东拐，路北边……"

她立刻又嘀咕开了："往东？""格面是朝啥格啦？""喏，东面是暖面，侬只要看太阳好勒喏！"

一阵风带着干粉似的雪，吹进门来。陆野忽然发现她们正在打开的一个手巾包里，包着五六只口罩。

"要那么多口罩干吗？"他奇怪地问。

她们不大自在地互相望了望，惠娟说："我们在上海听说，这里走在路上，口罩会结冰，要随时换……"

"啊——哈哈！"

陆野失声笑了，想跟她们解释，又一摆手，决定不理会这些，拉低了帽檐，大踏步地走出门去。

他的脚，踏进深深的积雪里。她们一个一个跟随着他，鱼贯而行，踏在他的足印上。

他走在很前面了，回头望着她们在风雪中狼狈地走着，他又笑了。陆野上了公共汽车，汽车向前驶去。

三

工地，这是陆野所在的工地。一座正在建筑的厂房。附近是混凝土搅拌厂和浇灌的场地。一切杂乱无章，忙忙碌碌。

一群人在参观，其中包括这些上海姑娘。

载着混凝土的汽车驶过，溅起一片带雪的泥浆，她们赶紧闪在一旁。……

吊着一根混凝土钢梁的履带式起重机在她们面前走过，它喷出一片雾气。……

领她们参观的那个男同志，高高的个子，他指点着说："这些是混凝土的养生坑……"

白玫问："徐同志，这里用蒸气预热吗？"

"用，预热的蒸气从那边接过来……"

陆野和两个工友在高高的管道支架上面工作，一个工友望着这些参观者道："瞧那花围脖……"

陆野望过去，只见她们正在往地沟边走，宽宽的地沟上架着一条木板，上海姑娘们跟着带领她们的徐同志，在上面艰难地、提心吊胆地走过。……

"这些人干什么的？"另一个工友搭讪地问。

"谁知道，那几个女的是我们的邻居，新来的……"陆野说。

"陆技术员，那不坏呀。"

"哼！娇里娇气的！没什么意思。走，干活去！"

四

陆野的旁白：

"从此之后，这几位上海来的女邻居，就常常在我们的眼前闪来闪去……"

下面就是一连串的画面：

陆野、小赵和她们上楼下楼在楼梯上错过，相互点点头，小赵热情地和她们打招呼。……

陆野打开门出去，白玫正端着一盆水从他面前走过。她的头发上夹着几十支卷发的夹子。他略略皱了皱眉头。……

夜晚。陆野画着草图，桌上摊着好几本书和技术资料。小李认真地思索着，说：

"据我看，这种管道边上用软电缆不合适——太潮湿！"

陆野自信地说："可是我们还是那么干了！我有根据，你看……"

他翻开另一本俄文书。

门外，姑娘们活泼的谈笑声传来。

小李："叽哩哇啦，叽哩哇啦，像吵架似的，真……"

小赵连忙辩护道："什么吵架，人家来了客人……"

敲门声。

"进来！"

门开了一条缝，外面站着的是淑芬。

小赵赶紧打开了门：“哦——！请进来吧，有事吗？”

她一只手拿着只杯子，客气地微笑说：

“你们有开水吗？”

没有人答。只有小赵热情地一面答应“有，有！”一面递给她一个暖水瓶。

“……楼下的锅炉又坏了，这儿真……”

“你拿去用吧，刚从后楼打来的……”

“谢谢你……”

小赵关上门，对屋里的人说：“她们来了好几个男朋友，还带了电唱机来……”

“你什么都知道！”小李讥笑道。

“知道又怎么样？”

又有人敲门。小赵应声把门拉开，一面说：“请进来坐……”

门外站着的是洗衣服的老大娘：“你们有脏衣服要洗吗？”

小李和陆野都失声笑了。

五

春天，星期天的早晨，远处扩音器响着歌声。

桃花盛开，花枝招展。

一只垒球，穿过桃树的花枝，向道旁滚去，那是小赵没有接着陆野扔过来的球。

陆野远远望去，只见他追了两步，球已被捡起，是那些刚从宿舍里出来的上海姑娘。

她们个个是节日的盛装，风姿绰约，白玫娇声笑着，把球扔给了小赵。

陆野偏着脑袋看看她们，不耐烦地叫：“小赵，快点……”

小赵望着她们轻盈的背影，心不在焉地说：“陆野，别扔了，咱们也上街遛遛去吧！”

“喂，上街吗？等我一会儿！”是小李在喊，他正趴在窗外搞天线。

“哎！快别搞那个破天线了，多危险……”

大街，新铺的街。

这一带还很荒凉，沿街有几个小摊，远处甚至还有些菜地，再往前去，就是热闹的地段。

陆野、小赵和小李，一面在这里走，一面说笑着。

十字路口，车辆来来往往，汽车并不多，红绿灯却不时地闪亮着。

红绿灯是新建的，柱子上黏着一张“油漆未干”的纸条。

红灯。一个懂事的红领巾小姑娘，拉住她的奶奶：

“红灯就是不让走，您瞧，车来了不是？”

陆野走到她俩旁边。绿灯，一起过街，走进路口的百货公司大楼里。

小李在“无线电器材”柜台前挑选真空管。小赵拿着一包糖食递给陆野，一面碰了碰他，叫他看那边。

“化妆品”柜台前，站着那几位女邻居。随着她们的指点，那些香水、粉、雪花膏——被摆到柜台上来。

几个梳着辫子的朴素的本地姑娘走过，有的在这柜台上买了些什么。上海姑娘们和她们相比，实在引人注目得多。

她们在不满意地评论着，淑芬拿起一瓶香水，闻了闻，做了个不满意的表情，其余的都笑了。

顾客们来来往往在他和她之间，很多人注意她们。

她们旁若无人，说笑着向楼上走去。

陆野皱着眉，耸耸肩扭过头去。

小赵欣赏地：“她们跟本地姑娘就是不一样！”

小李摇摇头：“真看不惯！走吧！”

小赵："上楼？"

陆野："下楼！"

六

陆野的旁白：

"尽管小赵对她们很感兴趣，但是我的一切仍然照旧。每天到工地上班，月底月中上公司去汇报一次工作。……"

陆野在街上走。

他走近一座办公楼，走进了大门，和传达室里的一个人打了个招呼，走在甬道上、楼梯上。

在一间挂着"技术科"牌子的门口，站着惠娟，她正和一个人讲话，见陆野过来就向他点了点头。

他走进一间办公室。

这里放着两三张写字台，其中一张前面坐着一个四十多岁，略微有点秃顶的矮胖子——王技师，他正在打电话，见了陆野立即说：

"正是为你那个事，你坐一会儿。"

电话里有了回声，他说："找陈科长！"

陆野就在旁边一张椅子上坐下，望着他。他表情十足地对电话讲着："啊——陈科长，我姓王啊！哎——对了！对了！正是为了汽车的事……是嘛，拉的东西不多，又是顺路，再说，任务实在是太紧了！……那——决不会、决不会，我负责、我负责！……"

陆野的旁白："咱们这位王技师，是个挺有天才的演员，他说话、办事都很像演戏似的，你瞧，打电话还做手势！……"

他继续讲："哎——对对对……正确正确！……嗯？……看在我的分上？给解决？嗳呀呀！那——嘿嘿嘿嘿！真太……嘿嘿！"

王技师放下电话，微笑着搓搓手，向陆野说：

"所以啊，咱们家乡的那句老话是千真万确——'人熟为宝'。——熟人，就是好办事！你看，昨天你还火上了，跟他讲什么周转率，那管什么？还不是按制度办事？可我一个电话，你瞧瞧，怎么样？……”

他点燃了一支烟，深深地吸一口：

“小伙子啊！火气别太大，动不动就抬杠，关系闹僵了，自己吃苦啊！”

一个青年职员推门而入，气冲冲地：

“下水道管子谁负责运输的？”

王技师皱了皱眉头，随即展开双眉，脸上充满笑容：

“噢！——老张同志，怎么回事？怎么回事？慢慢说，慢慢说，请坐请坐……哎！——很忙吧？”

“都让你们闹的忙得要死！你们领取材料总不能不遵守制度啊！一会儿这个说要一米零五的五十根，一会儿那个说要一米二十的，一会儿又说，干脆都不要了！……”

“哎——你先别急，咱们这个乱哪，乱哪，真严重！相当严重！基本上这是一种无组织无纪律的现象！老张同志，这么办好不好……呃——你贵姓？”

陆野奇怪地望着王技师的表演。

“我姓王。”他已经安静多了。

“哈哈，巧极了，巧极了，我们是本家，”他却很自然，“我也姓王，王炼——千锤百炼的炼！……嗯，你不是在仓库工作吗？”

“不，我在调度室……”

“啊——对了对了，两个月前，我上你们那儿去还……”

“那时我还没去，我是上半月刚调去的。”他笑了笑，越发心平气和了。

“哦，刚调去……你谈的这个问题，我看这么办，既然你老王同志亲自来嘛，我虽然不管这个事，那也得帮你解决啊，走，咱们找主任去。”

“你真好，麻烦你……”他跟着王技师出去感激地说。

陆野目送他们的背影，自言自语地说：

"'人熟为宝'……"

七

锅炉房，开水从龙头流进暖水瓶。钟声"当当……"十响。

两个人打完水出去了，这里只剩下陆野一个人。

暖水瓶满了，他换了一只。

进来一个人。

"哦，你在这儿！"女孩子的声音。回头一看，是她！

陆野没有说话，眼睛避开她，没等水满，就把水龙头关了，提起暖水瓶就走。

"哎！你等等。"她说。

他站住，回过头来，疑惑地望着她。

"你好像在工地工作，对吗？"

"嗯！怎么？"

"想问问你，你们跟工人怎么相处的呢？……能打成一片吗？"

"嗯——那当然，打成一片，这是最起码的……跟工人们在一块儿，就得不怕脏不怕累，房顶上地沟里都得去……旁的没什么，就是艰苦点……不过每个人条件不一样，像我们，风里雨里的无所谓……"他笑了笑，得意地说，"要是你们几位上海来的女同志，（摇了摇头）那恐怕……"

白玫沉下脸，生气地瞟了他一眼，走了。

陆野望着她的背影，自言自语地说："还生气了呢！我说的可是实在话……"

八

炎热的夏天，炽热的太阳光射在马路上，一部洒水车驶过，喷水四射。……

马路旁卖冰棒的小车推过。大帆布伞下卖西瓜的在叫唤，一个穿着背心的人抱了两个西瓜走过。……

陆野骑在自行车上，不时地擦着汗。

他走进经理室。林经理——一个穿着短袖衬衫的中年人，正站在摇头电扇前面喝水。

“林经理！”

“哦，老陆，怎么样？ 1058 工地结束了？”

“结尾工作还得十来天。”

“我们准备把你调到 1107 工地去。”

“不是王技师在那儿吗？”

“是啊。想把王炼抽出来，安排别的工作。他和甲方的关系搞得不大好。……”

“怎么？”陆野奇怪地问。

“你明天就先去了解一下情况吧，交接工作越快越好……”

电话铃响。

林经理一面向电话机走去，一面向陆野说：“你去了，首先得注意的，是甲乙双方的关系，要搞好协作……”

陆野的旁白：

“这倒是件奇怪的事情，像王技师这种‘人熟为宝’的人，怎么会和甲方关系搞不好呢？”

九

1107 工地。

到处忙忙碌碌。中心的厂房正在铺设房顶。各种各样的起重机，运输混凝土的汽车驶过。装满了木材的马拉大车走来。四面的厂房，有的还只竖起金属构架，到处闪烁着焊接的火花。

土路，坑洼不平，汽车走过，扬起很大的灰尘。

陆野在这里走着，他毫不在乎地吸着这充满尘土的空气，熟练地走过架在地沟上的跳板。他兴奋地望着一切。

远处传来嘹亮的歌声：

“啊——工地！

哦心爱的工地！

田野上的荒凉，

已被你抹去，

少女们的幸福，

种在你这里！”

陆野绕过一堆石子，和一个过路的工人打招呼。

“啊——工地！

我心爱的工地！

我从千里之外，

为了你而来，

我遇到一个人，

他在你这里！”

他停下来，侧耳倾听，向那边望去，隐隐约约地看见一个少女，微侧着身子，走上脚手架。

“啊——工地！

我心爱的工地！

我把我的爱情，

全部给了他，

我用我的劳动，

把你建设起！”

陆野怅惘地望着那片脚手架，那里已经没有人了。

他走进一个大木板房子，门口挂着牌子“1107 工地临时办公室”。

看了看，往里走去。

里面的房子是简陋地隔成一间一间的，第一间敞着窗户，八九个人正在一团糟地围着桌子争吵。

第二间的门虚掩着，推开门，里面空空如也，却又发现一个大胖子，靠在屋角的椅子上，敞着衣服，腿架在桌边，脸上覆着一把摇扇，大声地打着鼾。和他的鼾声相呼应的，是他脚旁的电话铃声。

陆野不以为意，带上了门，走到第三间，门上写着蹩脚的粉笔字：

“乙方办公室。”

他推开门。

里间坐着十来个人，但异样的安静。有的闷着头抽烟，有的一个劲儿地剪指甲，有一个用拉长了的钢卷尺和另一个开玩笑，其余的人紧张地望着王技师。

王技师坐在屋子中间，眼睛失神地盯着板壁。

他突然一跃而起，向门口走来。

陆野受宠若惊，赶紧迎上一步，伸出手去：

“王技……”

王技师又忽然回头，抓起桌子上的帽子，看都没看陆野一眼，就直奔门外而去。嘴里骂道：“他妈的，简直叫我下不了台。”

陆野让过他，莫名其妙地坐下。

大家议论纷纷。

“这个家伙，真够呛！”

“依我说，她做得对！”那个剪指甲的发表意见，“要不啊，安装质量就更糟了。人家有原则！”

“嗐，原则，也不能那么个原法呀！”

“老田，怎么回事？”陆野问旁边的那个熟人。

“老白嘛！”

“什么？谁？”

“噢，你还不知道她呀？姓白，甲方代表……干活特别利索，检查得可真紧，动不动不验收，不签字。刚才呀，就为压缩空气管道的问题，差是差点，关系也不太大，可人家甲方，就是不干！……”

“是嘛，”一旁抽烟的工人凑过来说，“正确是正确，可也得有个分寸嘛——年轻，不懂事。……”

他递一支烟给陆野。

“谢谢，不会。”他下意识地看了看四周，谈论的人们都比他年纪大得多。

窗外，在起重机的声音里夹着一片争吵，陆野站到窗边向外望。

“不成，这是我们乙方施工的地方。”

“暂时放一下嘛，明天……”

“不行，不行，就是老白亲自来也不行！”

“咱们走，上那边去……”

坦克式的起重机吊着一台旧有的设备，刚放下，又被吊起，开走了。……

两个职工走过。

“下午一定得送到！”

“恐怕来不及。”

“不行，老白说了的。”

“老白说过？……那我自己去催一下！”

其中一人看见陆野。

“喂，陆技术员，怎么你也来啦？”

“把我调这儿来啦，你们好啊！”

“还不是那样！”

“人家快升工长啦，陆技术员！”另一个笑着说。

远处的钟声响起。

远处的人群渐渐放下工作，向食堂走去。

“吃饭吧，下午再谈……”屋里的人都往门口走去，有的人打开饭盒。

正好这时，王技师进来了。

他面带含蓄的胜利的笑容，向大家把头一点，低低地说：“答应，先验收，不过，她说问题要反映上去……”

“还是王技师有办法。”有人笑了。

“反映上去……话总是那么说的，给自己台阶下嘛……”老田对陆野说。

王技师走到他跟前。

“哦！——是你啊！怎么我没看见呢？……”

“我刚才……”

“哎呀，真乱啦！乱啦！……简直是无组织无纪律。……好了、好了，吃饭去吧！……”

乱而挤的食堂。

陆野端着两碗饭，找王技师，前面走过两个人：“下午团委有个会，有老白参加，你通知她一下吧！”

“好，我吃完饭就去！”

王技师和陆野边吃边谈。

“……五号、六号、七号，三天，我准能交代完毕；八号星期天，痛痛快快地睡一天觉……哎呀，真太……”

“听说，甲方代表……”

“噢，别提了！碰见了她呀！我算是不干了！得了，吃饭，……明天一早我给你介绍，——够你受的。……”

一〇

工地的早晨。陆野走进了工地办公室。

王技师和一个青年人一面讲话一面向工地办公室走，他们不时地停下步来争执，那人刚嚷完一阵，王技师就慷慨激昂地接下去：

“正确！材料供应不足，停工待料严重，焊接管工能代替高压的无缝钢管……这是不是事实？是事实！你的话哪句错了？一个字也没错！”

但马上他变了调子：

“唉，但是啊，老兄，过渡时期嘛，缺点总是有的，逐步改进……目前，就先按我这么办，好不好？”

打发那人走了，他走进办公室，陆野已经在那里翻阅报纸。

隔壁房间里争吵起来。

王技师和陆野点点头，说："哎呀，一上班就那么乱，真……"

外面紧跟着吵吵嚷嚷地进来两个人。

"混凝土支架有裂缝，老白说找了你们好几次了……"

"已经安好了，加固有困难，这情况老白知道……"王技师又是表情十足地说。

"那好吧，去找她来。"其中一人说着就走出门去。

陆野望望他们，无聊地扔掉报纸，拿起茶壶往杯子里倒水，只听见那人在门外说：

"正好，老白来了！——老白，不加固行不行，你说吧！"

接着一个姑娘的声音："我早说过了，不行！"

陆野猛然回头看去，门口站着的正是白玫。

"好吧，好吧！我跟你们再去看看情况去！"王技师说着和那两个人走出去。

陆野盯住白玫，奇怪得发呆了。

他似信非信地："你，你是谁？"

姑娘扬了扬眉毛，妩媚地一笑，含着点抱怨又含着点神秘："我姓白，叫白玫。"

一一

夕阳西照，工地旁的新修的公路上，公共汽车在驶着。

车上，陆野和白玫，面对面坐着。

陆野的旁白："原来这位了不起的甲方代表就是她，就是这位我们瞧不起、看不惯的上海姑娘。……"

风迎面吹来，她把帽子摘了，美丽的头发拂了下来。她又把工作服的扣子解开几个，露出里面的花衣服和丰满的胸脯。

陆野的旁白：

"……要天天检查管道和基础，要天天跟王技师他们打交道，是啊，她哪点像呢？……可是现在一提到老白，好像全工地都知道似的。……”

陆野目不转睛地盯着她，他在研究她。

“望着我干吗？”她娇羞地问。

于是陆野望着车外，看着工地的远景。

“王技师哪天走？”她说。

“星期六。你希望他早点走吗？”

她点点头，不作声。

汽车在桥上走，越过一条不宽的小河，河岸的土山遮住了工地建筑。

陆野回过头来，对着她：

“有时候，你觉得，很，很困难吧！”

声音里充满了同情。

她不答，把挂在前额上的头发向后一掠，望着窗外。

这部大型的公共汽车和一部大卡车，在窄窄的公路上费力地错过。接着，一大队满载砖石的马拉大车迎面过来，其中有一个赶大车的是个十二三岁的孩子，他全神贯注，汗珠夹着灰尘在他那黑亮亮的脸上往下淌，使劲地一声喊：“哦！”

她回过头来，坦率地望着他：“有时候，我真——害怕！”

“不，白玫，工作……总是这样的……如果是对的，就应该坚持！……以后，我们要好好合作……为了工作……我们……我们应该互相支持……我……”由于觉得自己说得很不好，他很烦躁，“哎，不知道我说清楚了没有？”陆野有点嗫嚅地说。

“我懂了！”她温和地说。

他们谈笑着走进宿舍大门，陆野指着手中拿的小说《勇敢》说：“真好极了，人物都可爱得很……你看过吗？”

迎面碰见拿着足球下楼的小赵，小赵望一望他们，向他挤挤眼睛。

陆野狠狠地瞪了他一眼。

一二

正在施工的厂房，王技师一面领着陆野走过，一面指点着："这部分合同日期是十五号交工，得特别抓紧……"陆野却注意看远处。

远处，白玫和一个工友在检查管道。

管道的接头处拐进了墙角，她认真地察看着，蹲到地上，后来索性躺了下来，把一只手臂支在碎石的地面上。

旁边的工友赶紧找了一块木块垫在她的手臂下面。

她感激地笑笑，又注意地察看了一下：

"又是一处！"

她站起来，走到另一个地方。

王技师在向陆野说："主要的是这部分。其余的马虎一点，没什么大不了的……老陆！"

"啊？——噢噢！"他心不在焉地回过头来。

办公室。王技师把卷宗、文件夹，一件件交给陆野："通知单存根，工程进度表，月报表……喏，材料结存清单……"

陆野忙碌地查看着。无意间抬头望望窗外。

白玫爬上高高的脚手架，向上面的一个工人喊："小于，系上安全带！"

"没关系，老白！我还敢在这儿倒立呢！"

白玫笑了。

"不行，快系上！"

陆野这时在办公室的窗口看她。

王技师走到他旁边："……车灯……电池是我自己买的！钥匙叫

谁给丢了一个。”然后，他环视四周，伸了个懒腰，倒在一张椅子上，两只脚往凳子上一搁，随手拿起一张报来。

“……艾德礼在国会……喂，艾德礼和艾登，是不是一个人哪？”

“艾德礼是艾德礼，艾登是艾登，两码事！”

“啊！风岭矿区超额完成国家计划，受到省工业厅的奖励！……好家伙奖金一共是三万元，可真不少哪！啧啧……”

陆野在噼里啪啦打算盘。

“……明日早场九点半，《牧鹅少年马季》……儿童半价，好呀！你去不去？我可有两个月没看电影啰……”他掏出怀表看了看，摇摇头，又看报。

陆野在一边忙碌着。

进来一个工友。

“王技师。”

“有事找他吧——陆技术员。”

“什么事？”陆野问。

“不，老白让我找王技师。”

“我交代了嘛！”

“老白说，交代了也得去。”

王技师放下报，长叹一声：

“哎！老白啊老白！最后这一个钟头，都不能让我安静啊！……”

一三

白玫刚才检查的那些地方，围着一些人。

“……小毛病嘛，总有一点的啰……”王技师敷衍塞责。

白玫冷静地打断他：“不是小毛病，是质量问题。”

陆野站在他们中间，望着她。

“喂，老白，”王技师口气很软，“那么，你说怎么办好呢？啊？”

“重来。”

“返工？”王技师一愣，气恼了，“那——办不到！”

“那我就不验收。”

陆野无法劝解，只是看着。

“好吧！不收就不收！……可我真是不懂，你这是凭什么？”

她很生气，睁大了眼睛望着王技师，充满着疑问，像探求什么似的反问道：“那你是凭什么呢？”

“我？”王技师巴不得她问这一句，他大声地挑战地嚷，“我凭什么？我凭我的脑子！我凭上级的指示！……我可不像那些屁事不懂的毛孩子，仗着上了几年大学，管这管那！……我凭什么！我凭我的经验，我凭我二十五年的工龄！”

周围很多人，用钦佩的眼光看着他，她很孤立，她的脸气得煞白，嘴唇微微颤抖。

陆野同情地望着她。但没有劝解，等着她反驳。

“我，”她忍住了委屈的眼泪，声音不高，但毫不妥协，一字一字，清楚地，“我凭我的良心！”

说完，她立刻转过身去，向车间的大门，笔直地走去。

一四

陆野的宿舍。

屋里这只喇叭响着悦耳的音乐，小李戴着耳机还在修理着收音机，因而音乐时而会突然中断。在有次中断时，可以听见走过门外的上海姑娘们的说笑声，但音乐一响就盖住了。

老张仍躺在床上看《儒林外史》。

陆野坐在桌边写信，写了两个字，他放下笔，推开了信纸，沉思着。

陆野的旁白：

“她现在在干什么呢？真应该去看看她……该死的王技师，怎么临走还要欺负人呢？……”

小赵提着一只烧鸡，推门进来，嚷道：

“味道还不坏，谁吃？”

没有人理他，只有喇叭发出一阵尖叫。

小赵一面吃，一面说：

“对门的又打扮好了，出去啦！准又是去跳舞……”

陆野注意他说的话。

小李接着说：“我真不知道，这些上海姑娘们除了嘭嚓嚓、嘭嚓嚓，还会些什么！”

“可人家也在工地……”小赵说。

“算了吧！过不了两个月，保管请调到办公室……”连老张也开口了。

“上海姑娘啊，我准知道……”

小李接着又要讲，但突然被陆野站起来喝住了：“上海姑娘怎么样？人家干活哪点儿比不上你强？”

屋里沉默。小李生气地低头搞收音机，这时音乐已换成了新闻：“……现在报告新闻：上海消息，上海钢铁厂……”小李赌气把收音机关了。

陆野也赌气往门口走去，想了想又折回来，把《勇敢》拿在手里。

他走到斜对门的门口，望一望里面射出来的淡紫色的灯光，门虚掩着，他敲了敲门。

屋里的声音（上海话）：“勿要寻开心，让我静一点好哦？”

他伸进半个身子。

屋子布置得清洁雅致。桌上，放着一只紫色灯罩的台灯。床头边的墙上挂着那只漂亮的洋娃娃。白玫背向着门，坐在桌前，在写着什么。

门外吹来的风把纸吹乱了。

“门关好！”她依然用上海话说。

陆野索性走了进来，关上了门。

突然，她的笔掉落在地下，她伏在桌上，痛哭起来。

陆野望着她耸动的双肩，很窘；趁她还没有发现，轻轻地往外溜。……

他扶着门的把手，但想了想又回过头来，望着她温柔地喊："白玫！"

白玫惊慌地抬起头来，没有转身，不自然地："哦！是你！"一面急急地擦着眼泪。

"打搅你了，真……对不起……"

"不！"她推开椅子，站起来，"……请坐。"

他望着她那被泪水洗过的、委屈而又羞涩的脸，充满了同情，几次想走到她身旁，抓住她的双手安慰她一番，但没有勇气。

"不，我回去了。……噢，我是给你送书来的。……"

"噢，这本书我看过两遍了。……噢，不，你留下吧，我也许……会看第三遍的……"

他搁下书，望望白玫，像是想说许许多多的话，但一句也没说，就走出门去。

一五

陆野的旁白：

"从这以后的一个时期，我常常对自己都奇怪起来，白玫仍旧是白玫，同以前没有什么两样，可是我为什么总好像被什么东西吸引着似的，老是想跟她在一块儿呢？"

早晨，陆野站在楼梯的拐弯处。

"她怎么还不出来？"他问先出来的惠娟。

"她是谁？"她故意逗他，接着就尖声地喊："快一点好哦？人家嘞格搭等侬半天嘞！"

陆野没有皱眉头，反倒笑了。

白玫和淑芬走来，向他打招呼，他们一齐走下楼去。

小赵拉着小李走到楼梯边，向下看，小赵推了推小李，挤了挤眼睛，小李不满意地摇了摇头。

电影院的门口，陆野陪着她和她的女伴们一起进去。

他们一起走过那坑洼不平的工地……颠簸着的汽车扬起灰尘……两个抬着一段木料的工友不约而同地站住脚望着他们走过。……

车间里，她满面春风地在陆野的“验收单”上签了字，夸奖地向他点点头，微微一笑，他得意地接了单子，叫住了她，向她伸出手，她娇憨地笑了，没有握，轻轻地扬起手打了他一下，转身跑了。

陆野有点失神地望着她的背影，傻笑。

下班了。白玫在乙方办公室的门外等待，陆野匆匆出来，他俩一块儿走了。

一六

工地的厂房完整些了。

一个青年工人和白玫在一起，慢慢地走着，他亲切地向她诉说着。她认真地、微笑地听着，不时侧着脸瞧瞧他。

“……这些想法，我一直闷在心里，我总想干出点成绩来，再申请入团……可是，昨天，想不到会出这么大的漏子……我学徒的时候，师傅拿棍子打我都不哭，昨儿晚上……”

“昨儿晚上你哭了？”

“嗯！”

“白玫！”后面传来一声喊。

他们站住了，后面追上来的是陆野。

他望了望那工人，对白玫说：“哦，你们正在谈话……”

那工人说：“你们有事吗？那我走了。”

“没……没什么事，你们谈嘛！”

“不！老白，明天我再找你……”他很老实地点点头，走开了。

“白玫。”

“嗯？……你说呀？”

“今天，你没忘记吧，又是星期六了！”

“当然。你们的第二车间果然按期交了工噢，陆野，安装的质量，我相当满意……”

他们走过架设在地沟上的跳板，地沟很深，跳板一颤一颤的，他很担心地望着她，她却很自然地走了过来，嘴里还说着：

“……不过，质量好，这是应当的，并不需要夸奖，对不对？”

“白玫。”

她望了望他，发觉他没有听进去。

“你不是……挺喜欢跳舞吗？”

她嫣然一笑。

公路上，公共汽车刚开走。

他们俩边说边走来，他推着辆自行车，走到汽车站前，看了看表：“晚了一步，走吧！”

他们在公路上走着。

“你先走吧！”

“不，陪你走走！”

“人家笑你呢！”她说，“——有车不骑。”

他回头看，工人们在笑他。

“别理他们。”

“我叫你先走……”她站着不走了，一定让他先走，“走嘛！”后面传来一阵笑声。他不得已跨上了车。

……从后面驶过一辆混凝土运输车……

白玫回头看，又来了一辆卡车。

她用手绢打招呼，车走近，停下。

“嚯！老白，是你啊！”司机探出头来喊。

“是啊，李师傅……”

“快上来，快上来，我正想跟你谈谈呢！”李师傅高兴地说，对身旁的助手说：“上后头去！”

助手爬到后边，白玫坐上了他的位置。

“……上次你替我们写的信啊，报馆来回信了，报馆说……”

车开动了。车在向前走。

车赶上了陆野。白玫伸出头喊：“哎，来赶我吧！快啊！”她招招手，高声地笑着。

陆野笑着，拼命地赶。

一七

皮鞋，搁在凳子上，被一块布来回擦着。

这是在宿舍里，陆野擦完鞋，打量一番。

屋里的另三个主人，坐在一堆，望着陆野，一律带着一半嘲讽一半羡慕的笑。

陆野发现在笑他，把擦鞋布使劲朝他们扔去。接着他穿上上衣，匆匆地从乱七八糟的抽屉里找出面镜子照了照，就走了。

“瞧他，多美！”小赵说。

“得了，你等着吧，长不了……上海姑娘……”小李蛮有把握似的。

一八

几条马路交叉处的“转盘”很大，有茂盛的树和花，草坪，椅子。

现在正是黄昏时分，一对对青年男女在这里散步，交谈。远处飘来笛子伴奏的歌声：

“……我愿变一只小羊，

跟随她身旁……”

树下的椅子上，一对青年男女。

女：“别提你那个突击队了好不好……噢，我告诉你我昨天看见杂志上有篇介绍消除雀斑的方法……”

男：“雀斑？”

女：“哼，雀斑都不懂……”

另外有一对，在花丛前走过。

男：“可以相信，绝对可以相信，我对你的爱情是永恒的……”

女：“永恒？什么是永恒？哎，你上次说的手表呢？”

陆野和白玫走过，淡淡的街灯，洒在他们身上一片黄色的光。

他：“……和你在一起工作之后，好像在生活里，多了些什么似的。”

她：“多了些什么呢？——愉快还是厌烦？”

他：“……不，都不是。”

她：“那是什么呢？”

他：“讲不出来的……一种东西。……总之，是属于感情一类的东西。……”

一九

灯火辉煌的“文化宫”，迷人的音乐。

明亮的灯光照在白玫的身上，她打扮得特别美丽。服装，色彩，她的一举一动，都自然地引起人们的注意。

陆野的脸色兴奋而且骄傲。

有人过来和陆野点头打招呼，说话，眼睛却不断地打量她。

又有两个人过来，似乎要求陆野介绍，她大方地和他们握手。(他们说话声被音乐声、嘈杂的人声、汽车的喇叭声盖住了。)他们走到舞厅里，人们正在翩翩起舞。

他们正在找位置坐下，音乐停了。跑过来两个人，其中一个就是白天跟她谈话的工人。

“老白，陆技术员！”

她见了高兴极了，使劲握他们的手。

“真没想到……就你们两个来了？”她问。

“不，你瞧！”

不远的地方，有一群工人，望着她笑，打招呼。

她拉着那工人的手向那边跑去，并回头向陆野说了一声：“你待一会儿。”

陆野望着她和工人们热烈地谈着，不时放纵地笑起来。他不大乐意地找了个座位。

音乐又响了，陆野站起来，只见她拉着工人们跳，一会儿，又教另一个……

陆野和白玫跳着舞，她兴奋地说：

“……就是刚才那个小伙子，人家管他叫‘愣小子’，有一次下大雨，水淹了管道，他怕漏进水去，愣跳进水里去检查……昨天，我们讨论了他的入团问题……”

他漫不经心地听着。

音乐停了，她拉着他上那边去。

“一块儿玩吧，我给你介绍一下，他们都挺好的……”

“不，我，我想回去了！”他故意地。

她望望他，坦率地笑着说：

“那——也好，说真的，跟你在一块儿，像是比他们拘束些似的。……”

陆野微微地点点头，似乎说：“再见吧！”

人们都回到自己的座位上，白玫也向那边走去。只有陆野一个人，难堪地站在舞池中间。

他又窘又生气地回转头，向门口走去。

二〇

会场，鼓掌声，经理在报告：“……摆在我们面前的，本月份的中心问题，首先，是进度问题。大家知道，我们这个地区，下月份就必须开始做冬季施工的准备，因此在结冻期前，尽量提前完工的日期，就成为非常必要的工作……”

会场很不安静，在靠中间几排中，我们看见了王技师，在他后面一排的位置上，坐着陆野，他们两个正在谈话。

"……同那个甲方代表老白的关系，怎么样？"

陆野还没回答，他旁边的那个田师傅就插上嘴了：

"嘿，他和那个老白啊，真叫有求必应。别说扯皮、吵嘴，连脸色都没不好看过……所以嘛，那一位也就……"他的表情传达出他没说完的话。

王技师完全体会了他的意思，哈哈地笑起来。陆野十分难堪。

经理讲完，大家鼓掌。主席宣布："现在，我们发锦旗、发奖！"

全场活跃。王技师胸有成竹地瞪着主席台。

"一等奖一个，王技师王炼所领导的1588工地工程队……"

掌声。王技师得意地离了座位。……

"……他们在上月份，超额完成了计划百分之一百五十二点六，提前七天完成国家任务！……"

王技师上台，领锦旗和一包奖金，他退一步，谦虚地恭敬地握握主席的手，老练地把锦旗向着大家托在胸前，微笑着迎着掌声，走下台来。

陆野羡慕的并有点不服气的脸色。

"……二等奖一个，张工程师所领导的……"

散会。陆野和经理一起走到门口，经理跨上小汽车，对站在汽车旁的陆野说：

"……计划完不成，得想办法嘛……动员群众，提合理化建议，搞起来嘛。你是我们的老干部啰，动不起来那就显得……啊？……"

带上汽车的门，车走了。留下满面愁容的陆野站在冷清的台阶上。一阵秋风吹落了阶前的树叶。

二一

乙方办公室的门，被风吹得一开一关，发出讨厌的单调的声音。

可是没人管它，这间屋里的一个沉闷的会正在进行。

沉默。每一个人都一筹莫展，坐在中间的陆野，更紧锁双眉，十分烦躁。

“柳师傅，你说呢？”他问一个正在拼命抽烟的老工人。

“没啥可说的，甲方检查得那么严，一句话——够呛！”

沉默。

“这个月要再完不成计划，大伙儿也有意见了！”

二二

在国营食堂里，一间宽敞的静静的餐厅。

陆野和白玫坐在一处。陆野沉思着，白玫在娓娓地向他讲：

“……妈来信说，今年过年一定要回家。说，还没出嫁就不想回来了，到将来，更要把妈妈给忘了！……她老人家可不替做女儿的想想，工程那么紧张……”她瞥了他一眼，发现他似乎不在听，“——你在想什么？”

“噢！没什么……”

“不，你得告诉我。”她有点撒娇地说。

“我是在计算，要是把平面基础的第二道抹灰工序省掉，我们一次就铺平，那能节省多少工？……”

“这么搞？那不合乎设计档的规定，沥青会站不住的。……”

“那没问题，你放心好了！……”

服务员送上一碟菜。

“我不同意这么搞。”白玫认真地说。

“好了好了，同意不同意，那是在工地的事，在这儿，我们唯一的任务是——”他开玩笑地拿起筷子向热气腾腾的菜一指。

二三

工地办公室，陆野在打电话：

“喂，我找小赵啊！……小赵吗？电影票买到了吗？……”

他在说话的空隙，随手翻翻日历。（掀起今天的日子，下面就是红色的。）

小赵在他的铸工车间办公室里：

“票是买到了，可是，只有一张……”他故意逗着陆野。

他在讲话的时候，我们可以透过门上的玻璃，看见起重机正吊着满满的铁水罐，随着指挥他的工友走过。

“哟……瞧你急的……”

这时小李走进来，他把手上的两只烧坏了的继电器零件往桌上一放，问：

“谁？”

“……那，只好把我的票让给你啰，”他向小李挤了挤眼，“……为了你那朵白玫瑰，牺牲这点算什么……”

小李忍不住扑哧一声笑了。

二四

工地。大片大片的厂房平面基础和防水层工程正在紧张地施工。

白玫正和几个老工人商量着，看见小于走过来，问道：“你们陆技术员呢？小于！”

“在那边！”他继续操作他的“震动器”。

陆野和柳师傅正要向门口走去，白玫赶上来：“陆野，你们当真把第二道抹灰的工序取消了？”

“不是取消，是合并！”

“这根本不行，一定会产生气泡……”

“你要知道，这至少可以提前一个星期交工，而且水泥也可以节省五分之二……”他和气地说。

“先等等施工！”白玫严肃地说，“陆野，质量问题……”

“到底怎么干？”小于大声问，旁边的两个工友也都停止操作，望着他们。

“照旧！”他挥挥手，向门口走去，白玫紧紧地跟着他，“陆野，你听我说！……”

一个工友望着他们的背影说：“你瞧，老白跟陆技术员多好，从来不吵架。……”

“那是他们俩有了感情。……”另一个说。

“不对。”小于说，“不是感情，是爱情！”

大家都乐了。

白玫和陆野走在路旁，他们在继续争执。

“现在图快，将来返工可就更慢了！”

“返工的那是王技师。”他仍然满不在乎。

“你严肃点好不好！”她站住，着急了。

他也站住，望了望她。

“你是怎么啦？”他也生气了，“……要求严格不等于死抱住那些规程嘛……办法是人想出来的嘛！难道你喜欢那些墨守成规的人吗？”

“不管怎么说，我坚持我的意见。”

“那你坚持吧！……工人可是听我的指挥。”

“我警告你：出了事故你负责！”

“真奇怪——谁说我不负责啊！”

他们都满脸不高兴，各自走去。

二五

晚上，小李和老张两个在屋里：老张用糨糊在粘《镜花缘》的一页，小李在剥橘子。

“唉，有人盼望着礼拜六，可我呀，就怕过礼拜六……”老张伤感地说。

“哎，你怎么不把家接出来呢？”

“我们俩没有生活在一起的需要……没有感情……”

沉默。老张粘好书，发现桌上一封给陆野的信。

“陆野母亲又来信了，他准有三个星期没写信回家了……”

“哼，爱情冲昏头脑……”

老张拿着书，脱鞋上床，小李一口吃完橘子，打开收音机，收音机里唱着：

十五的月亮，

升上了天空哪……

陆野沮丧地进来。

“咦？你怎么没有看电影？”

陆野不答，脱了外衣。

收音机：

……我等待着美丽的姑娘哟，

你为什么还不……

他听得心烦，过去关了收音机，倒在床上。

陆野的旁白：“这是我们第一次争执。可我有什么不对的呢？感情上，我可以让步，但这是工作。……干什么都听她的，那我还算不算是个乙方的负责人呢？……再说，她好像也越来越骄傲了。”

这时，白玫正在屋里。她半倚在床上，淑芬一面打毛线，一面低低地和她说些什么，惠娟匆匆地拢了拢头发，说了声：“你们不去，我可去了……”就和一边坐着等她的男朋友，一块儿出去了。

淑芬（这时声音才大起来）：“……叫我就不生这种气，为什么不直截了当地找他谈呢？”

白玫：“我干吗？……”生气地把头发一甩。

淑芬：“你呀……你就是这样，太任性……唉，也许人家就因为这个才看不惯我们……”

白玫：“看不惯……我总算到哪儿都是特别注意这一点。”

“可是，你跟王技师还不是也闹翻了？”

“那是我……厌恶这种人！”

“那，陆野呢？你不总说他是个好同志？你不还挺喜欢他的？”

“瞧你，说到哪儿来了？”白玫白了她一眼，赌气背转身去。

“说老实话，你以为你真的什么都比他懂？”

“哪儿呀？我从来都没有那么想过。……他提出的这个办法，我本来也不清楚，问过好些人，都说靠不住，今天下班，我找刘工程师问了半天，他把行不通的理由给我解释得清清楚楚的。”

“那你再去找他谈谈吧。……去嘛！”

白玫心烦意乱地走向门口，但，又站住了。

小赵推门而入，他一面脱大衣，一面冲着陆野嚷：

“叫我买了票，又不去看，让我在门口老等，三张票都废了。……”

老张：“你小声点行不行？他不舒服。……唉，恋爱这玩意儿，有幸福也有痛苦啊！……”

小赵：“他们怎么啦？吵嘴了？”

小李：“我看哪，要吹就趁早！”

白玫慢慢地折回来坐到桌旁，拿起笔来，准备写什么又自言自语道：“算了，要说的我都跟你说过了！……”

淑芬过来坐在床沿上望着她写的：“怎么？你这是何苦呢？唉，我真不懂你！”

白玫痛苦地盯着面前的白纸……

老张坐在陆野的床边，温和地：

“上海姑娘啊，就是这样——跳舞、看电影、逛公园……那都没什么。可你一提爱情，得，对不起！”

小李、小赵都笑了，小李说：

“她跟你怎么说来着？”

老张突然把眼镜一摘，笑眯眯地，学着七分上海腔：“阿拉还是做个朋友吧！”

三个人一齐哈哈大笑起来。弄得陆野啼笑皆非地陪着他们笑了。笑着笑着，他振作起来，猛然推开了老张，“啪”地打开了无线电，在那过于强烈而杂乱的音乐声中，他把一件棉衣给老张披上，把钩子上的帽子卡在小李头上。

“走！”他喊。又把一件大衣扔给了小赵。

“干吗去？”三个人惊奇地望着他。他不答，披上自己的外衣，大声喊道：

“咱们，痛痛快快地玩儿去！”

一把拉着这三个人旋转起来。

旋转，旋转……这时他已经在舞池里，带着一个梳小辫的年轻姑娘跳着舞。

他疯狂地抽杀着乒乓球。

二六

工地。“震动器”突突地响；搅拌机旋转着，一停下，就倒出大量的灰浆；一车车的灰浆来来往往地运送着；起重机、运输机隆隆地响着；工人们兴奋地喊着……

陆野在工地上跑来跑去，紧张地指挥着。……

嘈杂的人声中，传来一片愉快的笑声。就在这笑声中，我们看到生产进度的指示图表上的红线，在一个统计员的笔下，陡然上升。

笑声继续响着，那是陆野和工人们正在谈笑。

柳师傅过来：“陆技术员，就怕压不平……”

“那问题不大……”陆野说着就转向大伙儿，“你们说，照这么干能提前多少天？”

“少说也能提前十来天！”一个正在劳动着的工人说。

“照这么干，月度奖准没问题。”

“这一回，许能给咱们陆技术员评上个先进工作者呢！”说这话的是小于，他兴奋地挥着汗珠。

陆野愉快地笑了。

大字报正在张贴着。报头上两个显赫的大红字：“表扬”。

陆野向大字报走过来，看了看，笑着说：

“监督岗同志，你们快成表扬岗了！”

贴报的小伙子俏皮地回答：

“好事要向大家讲，意见只给个人提！”

大家笑了。陆野得意地走去。

二七

林经理在打电话：

“工会吗？找你们主席呀！……老魏啊？我说呀！陆野他们最近搞得大有起色啊！十四天完成了二十九天的工作，推行了什么……先进操作法，是呀！……可不是正在发愁……嗯！你下去一趟那就太好啰！我说啊，奖金怎么样？有结余就发嘛！……现在需要鼓励嘛！对对，好吧！”

放下电话。秘书走过来递上一页公文：

“林经理，1107 工地的通报拟好了。”

林经理看通报，签字。王技师走进来。

秘书：“还有一封信。”

展开信纸，他先看了看信后的署名：“甲方代表——白玫。”

王技师一听就侧身过来，插嘴道：“哦？是她啊，又是来告状了不是？”

林经理大致看了看信：“嗯……她不同意陆野的方法……”

“嗐，这个小姑娘，最难搞！成天就是吵呀闹呀，这个不同意，那个不验收！再不就告你一状。……上一次把我整得够呛，这一会儿该轮到老陆了……老陆可是个老实人啊！”

“工程这么紧，没有闹关系的时间。……”林经理皱着眉头，拿起笔来在上面批了一行字，交给秘书说：

“转到甲方基建处去……”

二八

在甲方办公室大楼的甬道上，淑芬焦急不安地来回走着，看来她已经等了好久了。现在，她看了看表，走到一间办公室门口，想听听里面谈话的情况。

门里出来一个人，她马上拉住他问道：

“喂，小陈，白玫和董科长怎么还没谈完？”

“哼，谈崩了！”小陈做了个无可奈何的表情，走开了。

淑芬只得又靠着门倾听，里面传出白玫的声音：“没什么说的了，我走了！”

门被拉开，白玫刚踏出门口，又突然侧转身去：“总而言之，科里的决定，我服从。可你的意见，我不能同意！”

她气冲冲地走出门外。淑芬追上去。

“白玫，白玫……你怎么啦？”

她不理会，迅速地跑下楼梯。淑芬赶上了她，拉住她的胳膊：

“到底是怎么回事？白玫，你说话呀！”

“你等等……”

她走到门口的传达室，拿起电话：

“喂，请接党委办公室！……哦，等等。”

“董科长把你怎么了？快告诉我呀！”

“训了一顿。说我常常和乙方关系搞不好，意气用事，给工作造成了损失……”

“这是什么话！——还有呢？”

“还有？说我主观、片面、不虚心，个人英雄主义……反正毛病多着呢！”

“真那么说的？真岂有此理，你该问问他，说这些话的根据在哪里！”

“批评我，那尽管批评！——可是你知道他最后怎么说来着：嗯——乙方施工有问题，犯不上跟他们闹，反正交工时质量不好，他们自己得包赔，到期交不上工，他们得罚款——倒好像跟我们甲方没关系了似的！这像什么话！我当时气得话都说不上……”

淑芬也帮她生气，咕哝着骂董科长，白玫又拿起电话：

“党委……我找李书记……怎么？上北京去了？……那好吧！”

二九

刚盖好的厂房的“生活间”——多半是日后的车间附设的浴室之类——现在是甲方的工人临时休息室。白玫和工人们，在这里吃午饭。工人们围着火炉，坐在草垫上，白玫敞着工作服坐在他们中间，她手里拿着一个饭盒，慢慢地、若有所思地嚼着饭粒，空气很沉重。工人们你一句我一句地：

“咱们不同意老白走！”

“你不同意有啥用？人家董科长决定了……”

“董科长，什么玩意儿，也不下来了解了解……”

一个比较老成的工人：

“我听说前两天哪，上级来检查工作，临走，说甲乙双方要协作，不要闹意见，好，这一下董科长就马上把老白调走……咳！准是那么回事！”

白玫望着饭盒里的高粱米饭，向旁边一个青年工人说：“我又吃不了！”没等对方反应，就把饭拨了些给他。

这个工人说：“哼！反正说什么我也有意见！”

白玫控制着自己的感情，望望大家，说：“好了，别说了，领导的决定还是有道理的……我走了，准能来一个比我好的技术员，大家要好好地帮助他，可别瞧不起人家，像我刚来的那时候那样！——你们还记得不？”

大家惭愧地笑了。火炉上的水开了，一个工人站起来，往白玫的饭盒里倒了点水，然后倒了些自己喝。进来两个工人，他们笑呵呵地说："哎，告诉你们个事儿，乙方那个工会主席又来了……"

"嘿，矮胖矮胖的，跟那个水坛子似的……"

"有什么可乐的，"那个老成的工人打断了他们，"老白都要走了！"

这两个工人都一愣，向旁边的问：

"怎么回事？"

"老白要走？上哪儿？"

白玫故意若无其事地、亲切地问他们："你们说什么？什么事那么好笑？"

"没什么好笑的，就是乙方的工会主席来了……"

"他来干吗？"白玫急忙问道。

"大概是来表扬陆技术员他们的！"

"还带了奖品……"

白玫考虑了一下，站起来，向外走去。

三〇

红旗："荣誉归于你们。"

陆野拿着红旗，不知往哪儿放好：比了比墙上，墙上太脏；想卷起来，又看不见了；终于摊在写字台上，把桌上的一个红纸包——一看便知里面包着奖金——挪了挪位置。

他得意地欣赏一下红旗，后退了两步，差点儿碰翻了一只凳子。

这时进来了几个工人，嘻嘻哈哈地说：

"……我早就说过，不是吗，得奖没问题。"

"……要不是监督岗的表扬，还不能那么快！……"

"魏主席前天说，还指望推广咱们的经验哪！"

"慢点慢点，小伙子们——呃，柳师傅呢？小于，你去把他找来，咱们开个小会！"陆野说。

小于刚拉开门，白玫出现在门口。

陆野感到有些意外，望着她严肃的脸色："你……"

“陆野同志……我还是要最后再警告你一次，你们这样做是不行的。”她气喘吁吁的。

她冷冷的口气使陆野也冷冷地回答说：“白玫同志，用不着你的关心了！”

他用下巴向桌上一指。

她看见桌上放着红旗和奖金，看了看陆野神采飞扬的脸色，气得脸色刷白，嘴唇微微颤抖：

“真想不到，你追求的，就是这个……”

很多人望着陆野，他十分难堪，一时冲动，脱口而出：“你们呢？你们上海小姐们追求的玩意儿呢？哼！还比不上这个呢！”

白玫气极，痛苦地咬着嘴唇，转身就走，还未出门，就忍不住用手捂着脸，飞快地跑了。

望着她耸动双肩的背影，陆野感到自己伤害了她，十分后悔。

三一

两根大钢柱子的基础，柱子上还亮着焊接的火花。

陆野正和几个工人在检查。他无精打采地转过身来：“甲方的人呢？”

“在这儿！”从后边走来徐同志，他就是曾经领白玫参观过工地的那个技术员。

“怎么？老白呢？”

“她暂时调回公司去了！现在我代替她的工作。”

陆野望着他，愣住了。

三二

陆野匆匆地跑进宿舍，跑上楼梯，跑到白玫的门口，急促地敲了敲门。

门打开，屋里很乱。淑芬正在扫地，惠娟走到门口，故意地问：“找谁？”

"白玫呢？"

"还找呢！……"惠娟说。

淑芬冷冷地说："她搬走了，在第五宿舍……"

陆野失望地望着白玫的空床，床头边的墙上还挂着那个有趣的洋娃娃。……

三三

以前施工的那块地方，现在，大部分工程已经结束，架子都拆除了。柳师傅、徐同志和小于他们这一批工人正走过来准备验收这一片基础地平。工人们说笑着。陆野把一张验收单交给徐同志。

几个工人兴奋地揭开草席，一片防水层的表面出现一摊摊的黑印子！……

人们向这片黑印子走去，大家都吃惊地望着，一个工人捡起根棍子打了一下，空空的声音。……

陆野大吃一惊，推开人群，抢过棍子使劲地捅这地平上的黑印，出现了一个窟窿。……

他还不信，到另一处去捅，又是一个窟窿。……

等他垂头丧气地站起来，徐同志把那张验收单还给了他，摇了摇头：

"陆野同志……"

围过来的人纷纷嘀咕开了：

"真没想到……"

"糟了，这下得大返工……"

"还是老白说对了……"

陆野痛苦地走出人群。

三四

夕阳西下，云彩由橘色变成绛红，天气阴暗起来。

街上，刮着初冬的凉风，在稀落的行人中，我们看见了陆野，他沉思着，痛苦着。

陆野的旁白："多少痛苦和悔恨，交集在我的心里，我造成了多少过错，白白浪费了这么多材料、时间和精力，而且，还狠狠地伤害了一个少女的心——"

他走着走着，身旁出现一幢宿舍，门口的牌子上写着："第五宿舍"。

他停住了脚，抬头望着那宿舍的一片窗户。

陆野的旁白：

"这时候，我真想立刻跑到她的面前，向她表白，向她道歉，向她检讨，让她批评我，抱怨我，骂我……不管怎样都好，只要她能谅解，我就得到了最大的愉快和安慰……"

他在门口又踌躇起来，徘徊了一阵，终于没有进门，却决然向远处走去——

"可是，我终究没有勇气去见她。"

三五

工地上，这里重新搭上架子，陆野在暴躁地嚷："一点也不要可惜，翻！"

工人们把油毛毡、沥青翻掉，灰尘滚滚扬起，陆野痛苦地咬着嘴唇。

电话机旁，陆野听着电话，那边的震耳的林经理的声音："陆野吗？进行得怎么样？"

"明天可以灌灰了！"

"什么，这几天干什么？合同上的日期你忘了吗？……得抓紧点嘛，啊？"

"是，我们尽量地赶！"他有气无力地放下电话。

灯下，他苦恼地写了一会儿，放下笔，低声念他的检讨书。

"……这是主观主义、经验主义造成的错误，充分说明我对百年大计第一的方针，缺乏根本的认识……"

他一筹莫展地站在窗口，呆呆地望着窗外。

一只手落在他的肩上，他回头，是柳师傅。

“怎么办？……柳师傅！”

“这事也不能全怨你……我刚才想，要是我们重新分一下组——瞧，你泄气了，一个人哪能不出点岔子……来咱们合计一下！……”

陆野振作精神，和柳师傅走到桌边。……

三六

密密的架子上，基础旁，挂着一盏马灯，剩下柳师傅和陆野两个在检查。

“柳师傅你真好！这么一分组，你可辛苦多了！”

“什么话，陆技术员——瞧你自己多辛苦！”

“你叫我陆野行不行。”

“嗐，叫惯了……还不是一样。”

他们走向另一处，陆野忽然想起：“噢，听说你小女儿病了？”

“嗯。”

“怎么样，好点了么？”

“急性肺炎，四十一度！”

“什么？那你为什么不早告诉我？”陆野夺过他手上的灯，摇着他的肩膀，“快回去吧，柳师傅……”

“……那你？”

“不用你管，快回去……”

柳师傅走了，他一个人提着灯向前走。

三七

小赵和小李在宿舍的电话机旁拨号码，老张拖着拖板走过来。

“工地吗？我找陆野、陆技术员……你是谁？哦，你还在啊，我们以为你失踪了呢！……好几天了你在哪儿过夜的？什么？天天回宿舍？”

“好了好了，小赵，我天天回来时听见你在说梦话呢！”

陆野仍在这间简陋的办公室中。他显然比以前更瘦削，脸色困倦：“这会儿正忙着呢。跟你说，今天是最后关头，明天就轻松了！”

月亮升起，陆野从工地走出来，寒风刮来，他颤抖了一下，把大衣领子翻起，还是冷，用手背试了试额角，皱皱眉头。过来一个工友，陆野睁开那布满红丝的眼睛，声音有点嘶哑地说：

“老陈！明天早班的材料，现在得先送过去，一点儿也不要耽误，听见没有？”

“嗯！”

他继续往前走，走到皮带机的沟旁，沟中的积水冻了一层冰，上面一块跳板上也冻着光溜溜的冰。他走上跳板，头晕了，一挣扎，跌进水沟里。

三八

第五宿舍的白玫的房里，白玫一面在整理行李，一面听着来送行的徐同志的讲话。

“……那小伙子真能干，返工的时候，一连十来天，晚上到十一二点才离开工地，大清早五点多就又来了！……”

白玫注意听，心不在焉地把两只不同颜色的皮鞋包在一起，放进箱子里。

“……可是最后交工的那天，他病倒了。”

“病了？现在呢？”白玫急促地问。

“在医院……”他奇怪地说。

淑芬、惠娟吵吵嚷嚷地进来说。

“啊呀，我听说昨天董科长后悔得不得了，说不该把你从工地抽出来，现在上级派你去了，他有什么办法……”

“都说你到新工地要去领导一组人工作，真的吗？”惠娟说。

白玫淡淡地笑了笑。

“喂，注意时间……”徐同志说。

“车几点开？”

“四点半！”

“哦哟，那快点快点！”惠娟、淑芬帮她整理东西。

箱子盖上。白玫想了想，向她们说：“你们先把东西带到车站去吧，我还有点事。……”

“干吗？”

“你上哪儿去？”淑芬追出门口，“侬到啥地方去啦？”

她不答，围上头巾，径自走去。

三九

医院里，陆野的病床，床旁的茶几上放着一瓶鲜花，旁边放着水果。老张、小赵、小李都来看他了。

老张：“家里一共给你来了三封信……”

小李：“他给你代写了回信了。”

老张：“反正你那一套，我都会背了：工作相当紧张，生活十分愉快，身体非常健康……”

陆野笑了。

“还有什么新闻？”

小赵递给他一只削好的苹果，接着说：“哎，你知道吗？白玫要走了。”

“上哪儿？”陆野急忙地问。

老张：“算了吧，你知道不知道，还不是那么回事！别再自寻苦恼了吧！”

小赵：“她调去支援新工地，今天就走，那些姑娘们刚才还在张罗着送她呢。什么纪念品哪，照相哪！……”

小李：“哼！你什么都知道！”

小赵：“知道又怎么样！”

一股说不出的激动，涌上陆野的心头，他拿着那只吃了一口的苹果，发呆了。

白玫在公共汽车上焦急地望着窗外。

她下了车，急促地往医院走去。

她走进院子，走进大门，在查询处问话。

她匆匆地走上楼梯。

她在长长的走廊上走，看着一个个病房的号码，终于在一个门口停了下来。

她缓缓地摘掉头巾，按着自己胸口，喘息稍定，推开了门。

病房中，陆野床上的被子掀着，茶几上放着那只吃了一口的苹果……另一个病人抬头望了望她。

陆野匆匆地在公路上走，后面来了一辆公共汽车，他飞奔向车站赶去，但晚了一步。

他拦住了一辆卡车，坐进了驾驶室。……

他下了车，直往“第五宿舍”走去。卡车的司机喊住了他，扔给他那忘在车上的帽子。

他跑进宿舍，一个老大娘在门口扫地。

“劳驾，有一个叫白玫的，住在哪儿？你知道吗？”

“哦，白玫……对了，是不是那个挺漂亮的上海姑娘？她们刚走，调到别处去了！……上火车了！”

陆野没等她讲完就匆匆走了。

他挤上了公共汽车。

公共汽车被火车拦住了。他急得要命，拼命揉捏手上的帽子，火车走过了，汽车继续开了。

白玫失望地慢步走出医院。忽然她记起来，看了看表……四点零五分！她加快了脚步。

车站，火车吼了一声，驶进站来。月台上，熙熙攘攘的旅客。

公共汽车尚未停稳，陆野就跳下了车，向火车站奔去。

火车的吼声。

他走进车站，站台入口处不放他进去，他只得到一旁的窗口买了站台票。……

火车已经蠕动了，在站台上的送行的人中间，我们看到了惠娟、淑芬、徐同志和几个工友，他们向列车挥着手。

他赶上站台，看了几节车厢，车厢里男男女女，但没有白玫。

他跟着火车跑了几步，火车终于离他远去。

“来晚了！”淑芬和惠娟向他走过来说。

“是啊，晚了！”

“给你，是她留下的。”淑芬递给他一封信。

他急不可耐地把它展开，看着看着，他的脸色变了，变得那么愉快，那么开朗，那么喜出望外。

他紧捏着信，把它贴在胸口，抬起头来，挥动着手。

列车已经驶出很远很远了。

铁路线的两旁，已经屹立着雄伟的工厂。

一九五六年十二月

（《电影文学剧本·上海姑娘》中国电影出版社，1957年5月第1版）

英雄赶派克

导演：桑弧

执笔者：桑弧、王潭

主演：冯喆、杨梦昶、张雁、冯笑、铁牛

出品方：上海电影制片厂

第一章

画面：

（渐显）一只精装的金笔笔盒，盒盖渐渐掀开，盒子里放着一支英雄牌金笔。

华孚金笔厂的全貌。

叠化各式品种的笔。

成批的产品装上卡车，卡车运走驶去。

车间生产一角。

阅览室里，工人们在读报，一下子热烈地议论起来。

一个工人激动地嚷起来，身旁的工人附和着。

工人们议论着，互相推派代表去厂长室要任务。

厂长室里，厂长在召开会议。

有个老技术员翻开派克的宣传资料给厂长看，并在做介绍。

资料上的宣传画幅。

宣传品上的各式派克笔样。

老技术员继续在讲。

初期的英雄笔和派克笔并列着，两支金笔的上端标志着“英雄金笔”“派克金笔”的字样。

两支笔的储水器部件，出现于两支金笔的下面。

宣传画上，派克公司老板的相片。

旁白：

亲爱的观众们。今天我要向你们讲一个关于英雄牌金笔的故事：

它是上海公私合营华孚金笔厂的出品。

华孚厂出产的品种很多，“英雄牌”是其中之一。

解放以后，由于人民文化生活的需要，制笔工业有了很大的发展，华孚厂的业务也在飞跃地前进。

自从“大跃进”以来，全厂职工的劳动热情，越来越高涨了。

有一天。他们在报纸上看到了一个消息“大中华橡胶厂提出要在五年之内赶上英国的邓禄普车胎”，工人们感到很激动。

有人说：重工业要赶，我们轻工业也要赶。

他们认为，华孚厂不是赶英国的问题，而赶的对象应该是美国的派克金笔，大家推派代表向厂长去提赶派克的建议。

正好厂长从区委开会回来，他召集了技术人员和一部分工人。传达区委要求英雄金笔赶派克的指示。

有一个老技术员向厂长提供了有关派克金笔的一些资料。

他说：派克金笔是世界金笔业中最有威望的一张王牌。

几十年来，由于派克笔在中国市场上的大量倾销，美国老板赚了我们不少的钱。

他又谈到当英雄金笔刚出世的时候。

因为外形和派克相似，派克公司曾经向法院控告我们，说我们侵害了他们的权益，后来他们把英雄笔拆开来一看。发现英雄笔的结构，特别是笔头的出水部分，质量不能和派克相比。

因此，美国老板认为不值得和中国人打这场官司，自动地撤回了控诉。

老技术员在继续讲。

老技术员：他们还拿这个作为反宣传，嘲笑中国货永远也不能赶上派克。厂长，我是有点担心，怕赶不上派克，又要给人家讥笑一场。

青年技术员小魏不同意这种说法。

小魏：有什么可怕的，派克笔又不是神仙做的，美国人能做，我们为什么不能做?

老年工人老胡师傅发言了。

老胡：从前中国制笔工业经常受到外国货的排挤，譬如：派克公司的老板就曾经想把他在中国所赚的钱，在中国开一家分厂，那时候，我们严重地受到失业和挨饿的威胁……

老技术员听老胡在讲。

老胡：（画外音）……幸亏解放了，他们的计划才没有实现……

厂长在听老胡讲话。

老胡：（画外音）……再看看解放以后，在短短的几年内，不但金笔的产量有了很大提高……

老胡：……就是质量上，这两年也有非常显著的进步，这就是我们能够赶上派克的保证……

工人甲：厂长，不要多考虑了，我们车间全体工人要求行动起来，干就干，马上就干!

厂长：赶派克是一定要赶的，各方面要求都很迫切，困难也要提，提困难不等于害怕，是要从困难中找克服它的办法，我希望技术人员马上动手，分析赶派克的关键问题，然后，我们进一步来研究具体措施。

画面：

技术人员在解剖派克金笔。

厂长室墙上挂着的“赶派克指标牌”，老技术员用一根木棒跟着旁白声在一项项地指点着。

厂长听完了站起来向大家讲话，群众热烈鼓掌，表示拥护。

工人报喜队向办公室大楼行来。

（划）工人向党委递决心书，党委和工人握手。

（划）厂长室，厂长接收工人决心书，和工人握手。

（划）决心书送到工会办公室，工会主席和工人握手。

（划）华孚厂电话总机忙着接线，画面的四角出现市民们四面八方打电话。（叠印镜头）

广播室里，桌子上堆了一大堆信件，广播员选出一封信来，对着话筒朗读。

旁白：

他们拿了很多派克笔来进行解剖分析，分析结果：英雄金笔要赶上派克一共有十一项指标。

主要有：笔尖圆滑、漏水温差、出水流利、包金笔套以及零件精密度等。

大家明确了奋斗目标，信心更大了，根据华孚厂的条件，他们提出了在二年到四年内赶上派克的口号。

解放日报刊登了这个消息。

工人热情奔放地向领导上来报喜。

华孚厂英雄赶派克的行动，得到了社会上热烈的响应，许多市民打电话给他们，表示衷心的祝贺。

同时，华孚厂也收到很多来信，这里，广播员同志正在把信的内容介绍给全体职工。

广播员：“我叫费克俊，我是一个人民解放军的战士……”

车间里的扩音机，传出广播员的读信声，继而镜头摇向全车间，工人们一面操作，一面听广播。

广播声：……在一年前，我就已经下了决心要买一支派克金笔，（摇）因此，我就开始积钱，到目前为止，我已经积了五十四元钱……

又一车间的扩音机，再摇向全车间，工人边操作边听广播。

广播声：……正想把这些钱买派克的时候，我在报纸上看到英雄金笔要在二年内赶上派克的消息，我非常激动，我决定不买派克了……

又一车间，从扩音机摇到车间里。

广播声：……我把这笔钱全部买了公债，支援祖国的建设，也等于支援华孚厂全体工人赶派克的英雄行动。同志们，等待你们的胜利，致以革命的敬礼。

画面：

车间里工人们沸腾了起来，热烈地鼓掌，情绪很高。

（划）厂长陪同一位外国记者，出现在车间外的楼梯上。

外国记者傲慢地蔑视着周围一切，他们对镜头走近，忽然他注视着前面墙上。

旁白：

像这样的来信，大大地鼓舞了全厂的职工，他们的干劲更大了。就在这一天，有一位英国路透社的记者到华孚厂来访问。

楼梯一边墙头上贴着一幅赶派克的宣传画，上面写着：赶上美国，超过英国。

记者看了，皱皱眉头很不舒服。

记者：这里的空气似乎并不令人愉快。

厂长：我们的主张是和平的竞争，友谊的挑战。

记者：（非常傲慢）你们说要赶派克，你们凭的是什么呢？

厂长：我们凭的是共产党的领导和工人的积极性，拿我们厂来说，有一千多个工人，要是每一个工人想一个办法，那就有一千多个办法，你想，我们怎么会赶不上派克呢？！

说完，厂长引导记者走进车间去。

厂长和记者走进车间，路透社记者看看工人们在进行机器操作。

记者：这些机器是哪一国制造的？

厂长：是我们中国制造的，而且是我们本厂的出品。

记者：（不相信地）真的吗？

他怀疑地俯下身去找机器上的牌子。

机器上刻着“中国华孚厂制造”的字样。

（记者正，厂长侧。）

记者：这种机器的专利权有几年？

厂长：我们没有专利权。

记者（奇怪地）：难道不怕别人来偷你们的技术吗？

厂长：在我们中国，就是提倡交流经验，互相学习的。

记者正，厂长侧。

记者：（大为不满）唔，你们这样做法太不尊敬技术人员的发明创造了！

正说到这里，传来了锣鼓声，记者惊奇地看着。

锣鼓队送着协作书来到车间。

记者茫然地问：请问厂长，这是什么意思？

厂长：大家为了赶派克，各个车间互相提出协作上的保证。

记者听了，向锣鼓队走去。

记者走向锣鼓队，拉住了一个打鼓的工人在问。

记者：朋友，你们光是敲锣打鼓就能赶上派克了吗？真是不可理解。

工人乙：恐怕你是难以理解的。

记者耸耸肩膀，转身和厂长走去。

这位打鼓的工人忍不住了，他站在高处。

工人乙：同志们，这个外国人到现在还瞧不起我们，这是不能容忍的，我们一定要显示一下我们中国工人的力量。刚才的广播，大家听到了吧，那位解放军战士的信上的话也就是全国人民对我们的期望。我建议，我们再加把油，把赶派克的时间从二年缩短到一年，大家看行不行？

工人们纷纷热烈地响应这个建议。

车间外面大路上，厂长送记者，边走边谈。

记者：我以一个朋友的身份希望你们能慎重考虑一下，据我所知，派克公司光是工程技术人员就有几百个，我们英国人从来也不敢提出赶派克的口号，何况你们中国？（两人站在汽车前面）

厂长：希望你两年后再到我们厂来参观，看看我们能不能赶上派克！

记者：好吧，愿上帝保佑你们，喔，对了，共产党是不相信上帝的。

厂长：是的，我们相信工人阶级的双手和智慧。（淡出）

画面：

车间赶派克的工作场面之一。（划）

厂长室的赶派克指标牌上插上了四面红旗。（拉）

厂长和一些工人们在谈论着。

旁白：

各车间都充满了赶派克的昂扬斗志。

经过两个多月的努力，十一项指标已经赶上了四项，因此，他们满怀信心，要在一年之内把派克笔从王牌金笔的宝座上赶下去。

第二章

画面：

擂台大会全貌。

旁白：

就在这个时候，上海市制笔工业公司召开了比干劲比跃进，比赶国际水平的擂台大会，华孚厂厂长充满了信心地走上擂台。

华孚厂长：我们华孚厂以一年赶上派克的指标向兄弟厂展开友谊的竞赛！跃进牌上，贴上了“华孚厂英雄金笔一年赶上派克”的指标。

画面：

大陆厂代表发言。

旁白：

没有想到大陆金笔厂以更先进的指标赶过了华孚。

大陆厂代表：我们大陆厂的幸福金笔决定以八个月赶上美国犀飞利，向华孚厂应战。

跃进牌上换上了“大陆厂幸福金笔八个月赶上犀飞利”的指标。

画面：

华孚厂代表们在议论

厂长室里，一部分技术人员和工人围着收音机在收听大会情况。

旁白：

这对华孚厂是个很大的挑战，代表们紧张地商议对策。

华孚厂里大家也在收听大会实况的广播。

华孚厂长又跃上擂台：我们把赶派克的时间缩短为六个月。

跃进牌上“英雄六个月赶上派克”。

群众热烈鼓掌。

大陆厂代表又出现在擂台上：我们大陆厂也不甘落后，决定四个月赶上犀飞利！

跃进牌上“幸福四个月赶上犀飞利”。

群众热烈鼓掌。

厂里的同志紧张地收听着，纷纷议论着。

甲：我们厂怎么还不上去说话？

乙：我们好好核算核算……

老工人催厂长上擂台去应战。

华孚厂长也上台应战。

厂长：英雄三个月赶派克！

跃进牌上“英雄三个月赶派克”。

全场热烈欢腾鼓掌。

厂里听实况广播的同志非常兴奋，一齐鼓掌。

画面：

华孚厂代表满意地微笑，忽然一惊。

旁白：

没有想到又发生了意外的情况。

关勒铭厂代表：我们也要向先进的兄弟厂学习，关勒铭金笔决定在两个月内赶上美国华脱门。

跃进牌上贴上了“关勒铭金笔两个月赶上华脱门”的指标。

画面：

华孚厂代表又在商议。

旁白：

跃进牌上又换上“幸福五十天赶犀飞利”。

群众欢呼鼓掌。

华孚厂代表着急。

华孚厂代表们感到非常震动，他们还来不及提出对策。可是大陆厂又赶上了关勒铭。

厂里同志着急地交换意见，紧急地核算着。

关勒铭厂代表又在擂台上。

关勒铭厂代表：关勒铭三十五天赶华脱门！

群众热烈鼓掌。

厂里同志着急。一方面在紧张地核算，一方面去拨电话。

甲：快打电话和他们联系……

大陆厂代表：“我们三十天赶犀飞利”。

跃进牌上“幸福三十天赶犀飞利”

厂里的同志一方面紧张地核算，一方面在喊电话。

华孚厂代表紧张地议论，忽然出现一个叫华孚厂听电话的牌子，厂长让胡师傅去接电话，台上执行主席在发言。

主席：同志们，今天我们的擂台大会进行得很成功……

胡师傅在接电话。

胡：（兴奋地）好。好。

急忙挂了电话就往会场奔。

胡师傅奔入会场，从人群中走向擂台。（摇）

主席：（画外音）……要是没有更先进的指标，那么大会暂时告一段落……

（摇）胡师傅跃上擂台。

胡：英雄金笔二十五天之内赶上派克！

华孚厂代表热烈鼓掌。

全场欢腾，热烈鼓掌，锣鼓声喧天。（渐隐）

第三章

画面：

（渐显）双比展览会里“华孚厂二十五天赶上派克”的指标牌拉出。

群众纷纷热烈地询问讲解员。

厂长又召开会议，正谈着，传来了锣鼓声，（摇）一个工人扑在窗口向窗外看去。

兄弟厂的锣鼓队从厂门口进来。

办公室大楼外，厂长迎接兄弟厂的代表。

大陆厂的代表拿着一面锦旗。上面写着："打擂台互不相让，赶派克你我同心。"

厂长热烈地和兄弟厂的代表握手，工人越围越多，纷纷表示决心。

车间里召开了会议，工人们在修订规划。

电钟，3 点 30 分。

赶派克夜战之一。

车间夜战之二。

英雄金笔二十五天赶上派克的事迹在上海市工业双比展览会上展出了。

观众们非常兴奋，他们急于知道赶派克的情况，他们的关心和热情使讲解员难以应付。

厂长又召开了紧急会议，研究二十五天赶派克的紧急措施。咦，哪儿又来了锣鼓队？

车间夜战之三。

小魏和胡师傅在试制包金。

原来是兄弟厂的代表，他们表示要尽一切力量支援华孚厂赶派克的任务。

这样更鼓舞了华孚厂全体职工的信心。

工人们在车间里修订苦战二十五天的行动规划，时间的因素对他们来说太重要了，每一分钟都是宝贵的。

已经半夜了。

由于赶派克的试验，必须在不影响正常生产的情况下进行，所以他们天天都在挑灯夜战。

这个青年技术员小魏还在试验包金，两个月来已经失败了五十多次了，老工人胡师傅配合他一起搞，现在是第五十八次的试验。

（化）窗外天已渐明，小魏和胡师傅已经是疲惫不堪了，他们在轧包金。

金片和解片。二片金属裂开。

小魏和老胡失望地摇摇头，在他们的身后，车间支部书记走来。

支书：怎么，你们一夜都没睡啊？

胡：支书，现在是第五十九次失败了！

支书：包金问题，对我们来说是从无到有，的确困难很多，不过失败是成功之母，大家不要灰心。

胡：小魏的干劲倒是很足，他就是看出了那么多废品，心里很难受。

支书：搞试验一定会出废品的，可是试验成功了，价值该有多大？天已经亮了，今天又是厂礼拜，你们快回去休息吧！

支书拉起还在埋头找问题的小魏，把他们二人推出车间。

画面：

小魏和老胡坐在公共汽车里，小魏在看书，老胡靠窗口坐着，忽然他向窗外看去，（摇）汽车窗外，正驶过中苏友好大厦门前。

旁白

可是小魏和老胡并没有休息，他们利用厂礼拜到外面去找参考资料。

在小魏和老胡的前面，有两位乘客在谈话。

乘客甲：老兄，你这支派克笔可以卖掉了！

乘客乙：为什么？

乘客甲：双比展览会你没有去看过吗？

乘客乙：还没有。

乘客甲：英雄金笔二十五天之内就要赶上派克了。

乘客乙：喔，那我是应该把它卖掉了，等着买英雄金笔。

画面：

小魏和老胡听了很激动。

小魏和老胡站在一家寄售商店橱窗外，对着玻璃窗内凝视。

旁白：

他们听了又兴奋又骄傲，可是这对他们的压力也很大，因为包金问题还没有试验成功。接着，他们又到寄售商店去找包金饰物研究。

橱窗内各种包金饰物。

店员走出店来，殷勤地招待他们到里面去。

营业员：同志，请到里边来看吧。

老胡拉拉小魏，一起进去。

他们站在柜台外向营业员要东西。

小魏：要那个打火机和金表。

老胡：只要是包金的，请你都拿出来好了。

营业员：好好好……

他一面答应着，一面把不少饰物搬上了柜台。

小魏和老胡拿起来仔细地看着。

营业员对顾客注视。

他们身上的华孚金笔厂的证章。

营业员：你们两位是在华孚金笔厂工作吗？

两人一边看饰物，一边回答："唔"。

营业员：你们赶派克赶得怎么样了，二十五天能行吗？

胡：当然能行，说到就得做到。

老胡和小魏相对一看。

营业员：太好了，这几天许多人都来托我们把派克笔卖掉，可是很难卖得出去。

胡：我们就看看，不买可以吗？

老胡和小魏又相对一看。

营业员：当然可以，请看我们的服务公约，（向前一指）百看不厌，百问不烦。买与不买，一样招待。（老胡和小魏向他所指的方向回头一看，笑一笑，继续认真地看这些包金物品）（渐隐）

画面：

上海电影公司的团体车向华孚厂开来。（划）

旁白：

上海电影公司的演员，到华孚厂来做慰问演出。

演员在广场上演唱：

“旭日初升东方红，金光灿烂照长空，

英雄紧赶派克笔，东风永远压西风。……”

围观听唱的华孚厂工人，脸现喜色。

歌声：“华孚工人创奇迹，集体力量更无穷……”

画面：

榜文亭上，贴了招贤榜，

揭榜英雄揭下榜文，

兄弟厂工人走进车间，大家握手欢迎。

共同研究生产关键。

打缝夹槽操作。

青工张志峰在工作。

老年工人在打护胆管洞眼。

制成的护胆管从车床一端源源流出。

托儿所阿姨在护理孩子。

女工在操作。
托儿所阿姨在护理孩子。
机床在冲笔杆，
磨笔尖机在操作。

旁白：
歌声："困难大家来解决，
榜文亭上显神通。
兄弟厂互相来支援，
同心协力把关键攻。
解决笔尖缝夹槽，
就是青工张志峰。
老年工人陈海根，
护胆管上立了功。
更有那托儿所的保育员，
保证妈妈赶派克，
孩子的事情你心放松。
笔杆牢度数第一，
笔尖圆滑夺天工。"

广场上演员在演唱：王牌金笔失了色，派克威望落了空，英雄事迹数不尽，东风永远压西风。
群众大合唱：东风永远压西风。……

画面：
厂长室里，厂长一边和几个同志谈着，一边在指标上插红旗。
在指标牌上，三项指标上没有红旗。
小魏和上级公司、兄弟厂的同志们在一起研究包金的问题。
老胡拿着一只簪子走向小魏。

老胡手里一只包金簪子。

小魏和其他同志们拿着左看右看，似有启发。

银焊条试验操作。

一盒制成的包金笔套。

厂长室指标牌，红旗插在包金笔套上，剩下出水、漏水两个空白。

辅助车间和储水器。车间全体工人在制造精密机床并试制储水器。

仪器测定英雄笔和派克笔的漏水温差。

试写机在测定英雄笔。

厂长室指标牌上插上两面红旗（推）十一面红旗满堂红。

旁白：

二十五天已经过了十五天了，十一项指标已经赶上了八项。

就剩下包金和出水、漏水的三项最关键的指标还没有完成。

包金试验了七十几次，结果还是失败，制笔公司和兄弟厂的有关人员一起到华孚厂来研究失败的原因。

忽然老胡从家里找来了一只包金簪子。

这是他老爱人出嫁时候的首饰。

他们从中国传统的冶炼技术中，得到了一些启发，经过大家反复地研究，决定用银焊条的方法来做试验。

第一批包金笔套制造成功了。

离二十五天的期限只有三天了，可是出水、漏水的指标还没有得到很好的解决。

问题的关键是需要制造一部非常精密的机床。工人们夜以继日地在和时间赛跑。经过两天两夜的苦战，机器装配成功了，一批具有最优良性能的储水器终于制造出来了。

派克的漏水温差是33度，英雄笔的漏水温差已经达到38度，这一项关键性的指标已经超过了派克。

英雄的出水流利，笔尖圆滑度也已经超过了派克。

出水、漏水的问题解决了。

赶派克的十一项指标已经全面完成了。

第四章

画面：

一批已经赶上派克的英雄金笔，（拉）英雄金笔已经展出在双比展览会上了，群众热情地听讲解员介绍。

关勒铭赶上了华脱门的指标。

幸福赶上犀飞利的指标。

观众围着听讲解。

路透社记者也在人群中，他带着怀疑的神气挤上前来。

旁白：

现在，不仅是英雄金笔赶上了派克，关勒铭金笔和幸福金笔也都先后赶上了华脱门和犀飞利，这就是说中国的制笔工业已经全面地战胜了美国，这不但说明了我们国产金笔的优越性，更说明了我们社会主义制度的优越性。

这位路透社记者我们已经见过了，今天正巧也在这里参观。

路透社记者走向讲解员。

记者：英雄金笔只要二十五天就赶上了派克。这是真的吗？

讲解员：是真的。

记者：你们不是说要两年吗？

（记者侧，讲解员正。）

讲解员：这不是已经赶上了吗？

（记者正，讲解员侧。）

记者：糟糕，我写的那篇通讯又要重写了。

讲解员：那只好辛苦你了。

（讲解员正，记者侧。）

记者：这真是难以相信的奇迹！

讲解员：我们这个时代就是出英雄出奇迹的时代！（渐隐）

（桑弧，葛鑫等著《电影文学剧本·英雄赶派克》，
中国电影出版社，1958年10月第1版）

风　暴

根据金山编剧的话剧《红色风暴》改编

导演：金山

编剧：金山

主演：金山、李翔、田华等

出品方：北京电影制片厂

一

字幕：一九二二年夏。

一列军车急驶。无数辆敞篷车厢，装满军火、辎重和服饰杂乱的士兵。汽笛呜呜长鸣。车头烟囱里的浓烟，像乌云似的掠过一块残破的白色站牌，牌上写着“江岸车站”四个黑字。

初夏的夕阳，照着一片歪歪斜斜、破烂不堪的工人住区。泥泞的道路高矮不平，凹处有很多水坑。夕阳射不到的地方，幽暗阴湿。少数草屋顶上冒着乏力的炊烟。几条癞皮狗在曲折的巷子里寻食。住区后是一条横跨着的高堤，堤上是铁道。军车急驶而过，把天空遮尽，火车轮好像从破败的房顶上压过似的，使全区的草屋和木房震动摇晃，煤烟立即弥漫不散。

透过潮湿的破板壁，可以看到屋内墙角处，有一位褴褛不堪的少妇，怀抱病婴，烧着纸钱遥拜，口中念念有词，她是铁路工人江有才的妻子。她身旁蹲着另一位铁路工人黄得发的妻子，年龄稍长于江妻，爱莫能助地望着江妻怀中奄奄一息的病婴。

军车已远去，小屋檐仍有颤动的余波，四周寂静。江妻口中发出一串微弱的喃喃之声，她的饥渴的大眼睛仰望着破门板外的灰色天空。

黄妻从江妻怀中接过病婴：“你起来歇会儿吧。”

江妻仍然跪在地上，望着黄妻抱着的病婴：“小虎子！小虎子！……怕没指望啰！……”

黄妻摸着病婴的脑门：“许是惊风……”

江妻从黄妻怀中抱过自己的儿子，把脸贴着他的脑门，轻声祷告：“菩萨保佑！菩萨保佑！……”

远处有奔跑声。二人在屋内倾听。奔跑声由远而近，破门板陡然被推开，慌张喘息的黄得发出现在门口。这个年未三十的青年铁路工人，额头流着鲜血，嘴唇颤抖，紧身对襟的青短衫上印着猩红的血迹。

江妻、黄妻都被震慑住了。黄妻奔过去扶着丈夫："怎么啦，得发？！"

惊慌失措、喘息不停的黄得发抓着门框绝望地说："江有才完啦！……"

江妻失声："啊？！……"

黄妻追问："出啥事？！……"

黄得发断断续续地说："……我跟有才的压道车被军车撞了……有才跟魏老太爷全完了！……"

"啊！……"江妻昏厥。

黄妻过去扶着她："小虎子娘！小虎子娘！……"

屋外人声嚣张，工头胡大头带着十二个铁路警察凶恶地指着屋内吼叫："啊！凶手在这儿！……"

黄得发抗议地反问："谁是凶手？……"

胡大头用皮鞭指着黄的鼻子："你！"

黄得发非常愤怒："你们讲不讲理？！……"

胡大头一鞭抽在黄的脸上："绑上！带走！"

十二个路警一拥而上，把黄得发架走。

黄妻拉着方才苏醒过来的江妻追随叫喊："救人啊！救人啊！……"

胡大头气势汹汹地押着黄得发经过江岸小镇福建街，口中叫嚣不停："黄得发压死魏老太爷啰！……"妇女、老人、失学的工人子弟们不约而同地尾随着，不明是非地纷纷议论着。两旁屋檐下的老人和妇女们都紧张地向街心探望着。黄妻拉着江妻边喊边追赶："冤枉啊！冤枉啊！……"

沉寂的福建街立刻骚动起来。

从一间低矮的小木屋里，跑出另一位青年妇女，衣衫破旧，补丁却匀称而整洁。她是机厂工务段修理工人林祥谦的妻子陈桂贞。她惊愕地望着过路的人群，她看见凶恶的胡大头，看见前额流血的黄得发，看见挣扎喊叫的黄妻和丧魂落魄似的江妻，还有跟在后面看热闹的人群。她立即反扣着屋门，朝着人群相反的方向挤出了福建街；在街口遇见迎面急步走来的公公林瑞和，叫了声："爹！"

这位衣衫破烂，须发斑然的老锅炉工，眼盯着人群的背影问陈桂贞："胡大头嚷嚷啥？黄得发压死了谁？"

陈桂贞着急地说："魏处长的老太爷！"林瑞和吃了一惊："啊？"陈桂贞不平地说："可黄得发他家的直喊冤枉！"

林瑞和仇视着远去了的胡大头："不准谁压死谁哩……"

陈桂贞转身欲走："我告诉祥谦去……"

林瑞和拦着她："我去，你快跟着他们，看看到底是怎么回事。"

陈桂贞应声追赶远去了的人群。林瑞和向另一方向走去。

机厂工务段门前的小铁棚下，林祥谦正在安装压道车轮。他瘦长身材，高额削颊，双眼深陷，目光炯而不露。穿着青布衫裤，双梁蓝布鞋，头戴深灰色鸭舌帽。他听到林瑞和的叫声："祥谦，祥谦……"回身望去，意外地叫了声："爹！"

林瑞和奔近他说："黄得发让胡大头逮走了！"

林祥谦沉着地问："为啥？"

林瑞和："胡大头直嚷嚷黄得发压死了魏处长的老太爷，可黄得发他家里直喊冤枉，还有江有才他家里像丢了魂似的也跟着胡大头直撵……"

林祥谦："都去哪儿了？"

林瑞和："车站。"

林祥谦沉思了一下："爹，快上大厂找曾玉良，要他赶快去摸下底，马上到俱乐部找老项。"

一排榆木栏杆，栏上绕着电网，栏内铁棚下，两架机床，机轮隆隆地转动着。旋工曾玉良正打着赤膊在旋活。远处一个穿西服的监工走来走去。林瑞和奔近榆木栏杆向里招手。身材魁梧的曾玉良立刻溜近栏杆。轮带声掩盖住了他们的话声。曾玉良听完了林瑞和的话，立刻转身到机床前，抄起自己的上衣，迅速跃出栏杆，与林瑞和一同奔去。

江岸工人俱乐部的后进小屋内，放着竹榻、凉席，书报叠满在枕边。三面土墙，一面板壁靠墙，从小天窗透进的一缕阳光，射在中央破桌上。一位三十多岁的工人正在油印传单，传单上的大标题是：“工人俱乐部的前途是什么？”他中等身材，面色憔悴，但双目炯炯发光，穿着深灰色短衫裤，神情十分严肃。他是中国共产党所领导的中国劳动组合书记部长江支部的领导人之一，大家都管他叫老项。

林祥谦匆匆从屋外走了进来，气愤地坐在老项对面：“老项，又出事了。”

老项一边印刷一边说：“吴伯林刚来过，压道车出事的时候他在现场。这事有点麻（读如穆）烦，要打官司。”

林祥谦脱口而出：“找施洋。”

老项不停地印刷着：“我让吴伯林找他去了，要他马上打汉口赶来，商量办法。”

林祥谦拿帽子擦着脖子上的汗水，很不耐烦地说：“老这样下去不行啊！……”

老项停住了手中的油滚子，望着林祥谦：“别着急，先把黄得发救出来再说。”

江岸车站的办公室前，煤油路灯高悬，人群围在灯下窃窃私语。

这一堆——

工人一：“闷葫芦卖什么药，还不出来……”

工人二：“看样儿黄得发悬！……”

工人三：“黄得发本是个蛮小子……”

工人四：“唉，鸡蛋碰石头，有哪个不碎……”

工人五：“江有才才死得冤哩……”

工人八：“怎么还不出来……”

工人九：“人家魏处长刚到，听说要把黄得发送审判所……”

又是一堆——

工人十：“这不完蛋……”

工人十一："一命抵一命，江有才抵了魏老大爷不就结了，为什么还赔上个黄得发……"

工人十二："人家官家翕粗，俩抵一也许还抵不过哩……"

工人十三："依你说咱们都得赔上……"

又是一堆——

工人十四："造孽啊，丢下个年轻寡妇……"

工人十五："还有个小病鬼……"

工人十六："眼看她（指黄妻）也得着……"

一堆妇女——

黄妻挨着江妻瘫痪在地上。陈桂贞喂她们喝水。

妇女一："喝口吧，好歹喝口吧……"

妇女二："我当家的头年也是这么'过'了的……"她不禁流下眼泪。

许多人都在低声议论。

人群中的林祥谦焦急地仰望着车站的办公楼。老项低声对林说："别着急，总得下楼来……"

林祥谦向着一个戴瓜皮帽的人低声问："老施，你看呢？"

戴瓜皮帽的人转身向楼上观察，他面色苍白，浓乌的一字眉下，有一双渗透着观察与思考的眸子，黑髭跨越人中，衬托着一片宽厚的下唇。他也是中国劳动组合书记部长江支部的领导人之一，他的公开职业是律师，人们都管他叫施洋大律师。他凑近林祥谦与老项低声说："看情况他们快下楼来了。"

林祥谦回头向身后的曾玉良问："吴伯林呢？"

曾玉良警惕地说："在这儿。"他说着用肘推了一下身旁的吴伯林，"伯林，加小心！"

吴伯林是个年方二十许的青年工人。他机灵地说："误不了。"

吴伯林身后的林瑞和补充一句："我提醒着哩。"

老项又谨慎地问曾玉良："人都到了？"

曾玉良点了点头。

他们向左瞭望，一群工人沉默地站在那边；他们向右瞭望，一群工人沉默地站在那边；他们的身后，也是一群工人沉默地站在那里……

楼上办公室的落地窗开了。胡大头走出阳台大声叫道："工人们听着，处长命令你们都回去，这儿没什么好看的。"

黄妻与江妻又惊恐失措。陈桂贞急忙安慰："别害怕，别害怕……"

老项、林祥谦、施洋注视着办公室。

楼下大门霍地敞开。胡大头领着十六个路警将口塞棉布的黄得发五花大绑地推了出来。

林祥谦向曾玉良示意。曾玉良立刻从微微骚动着的人群中穿了出来，挡住胡大头的去路："你们打算把黄得发带哪儿去？"

神气十足的胡大头凶狠地说："带审判厅，枪毙！"

黄妻惊叫："啊！……"陈桂贞急忙扶她。

曾玉良忍住愤怒，压低了嘶哑的嗓音："不行，不能走。"

胡大头向楼上大叫："处长，工人要造反！……"

一个便服重孝的秃头中年人从屋内阔步而出。他一手托着腰间的盒子枪，一手指着前方威胁地问："谁敢造反？谁敢造反？啊！……"他就是京汉铁路局的警务处长魏学清。

人们有些畏惧，一时沉默不言。

人群中的老项向林祥谦使了一个眼色。林立刻走近魏学清沉着地说："请魏处长把黄得发放了。"

魏学清盛气凌人地说："你是什么人？乱管闲事！"

林祥谦严正地说："我是工人俱乐部管事的。工人的事，我们都得管。"

魏学清愣了一下，看了看四周，意外地感到形势有些不妙，外强中干地说："什么，你们工人俱乐部还包打官司？！不理，带走！……"

林祥谦展开双臂拦住他们的去路："请魏处长告诉我们，黄得发犯了什么罪！"

魏学清强词夺理地说："……你们都没耳没眼么？他（指黄得发）

把本处长的老太爷压死啦！明白么？……”

林祥谦：“有什么凭据？”

魏学清：“哦？……（向胡大头）你……你说说。”

胡大头心虚口拙：“我！……我可以担……担保！……”

群众为胡大头的语无伦次而诧异。

林祥谦忍住了愤怒：“担保个啥？担保害人么？我再问你，江有才是怎么死的？”

胡大头一时词穷，魏学清却趁机倒打一耙：“也就是这个凶手谋杀的！众位听着，本处长大公无私，今天一则替家父申冤，再则替你们工人报仇！……”

胡大头自作聪明地学着魏学清的口吻：“众位听着，黄得发谋杀江有才，也是我亲眼看见的。”

林祥谦怒不可遏：“胡说八道！……出来吧！”

林瑞和将吴伯林一推。吴伯林从人群中跳出：“胡大头，你不该说瞎话，出事的时候，你压根不在场；压道车是在大冶门西边信号机边上给撞了的，我正在那儿搬信号，我实实在在看清了魏老太爷揪住江有才不肯下压道车，才被火车撞了的，怎么能怪黄得发呢？一个人讲话得凭良心！”

群众有些骚动。

魏学清使下马威，举起盒子枪朝天放了一枪，不可一世地骂道：“良心？你们这批工人有什么良心，本处长今天治不了你们，誓不为人！要打官司到审判厅去，快带走！……”

警察们架起挣扎中的黄得发要走。林祥谦大喝一声：“站住！你不要侮辱我们工人，我们不能一辈子当牛马！你要打官司吗？好，打吧。您请出来！”

施洋和老项互相注视了一眼。群众循着林祥谦招手的方向，像分水岭似的让开一条出路，穿着长衫、灰布裤、黑单鞋的施洋经过人群，稳步走近了黄得发。

群众窃窃私语——

工人一："这是谁？"

工人二："很面熟！"

工人三："他不是到咱们俱乐部去过吗？"

工人四："我见他常跟俱乐部的老项在一块儿。"

工人五："对了，俱乐部成立那天，他不是上老君殿演说的吗？！"

工人六："……"

工人七："……"

魏学清觉得十分意外，问胡大头："他是谁？"

胡大头瞠目不知所答。

林祥谦高声对工人们说："他就是专打抱不平、专打官司的施洋大律师！"

群众振奋，纷纷议论。

魏学清毫无思想准备，急忙走向施洋拱手："施洋先生，久闻大名，失敬失敬。"

施洋鄙视地盯住他："不要客气，"

魏学清："施洋先生，今天我们铁路上发生一桩不幸的事情，不过这是我们的内部问题，请你不必过问。"

施洋："对不起，我是受人委托，不能不来尽我做律师的责任。"

魏学清忍不住要变脸："你受谁的委托？"

林祥谦冲前一步："受我们工人俱乐部的委托，我们工人委托施洋大律师来这儿讲道理。"

魏学清："啊！……"

林祥谦走近江妻："江弟妹，你有什么冤枉就喊出来吧。"

恐惧和悲哀，使江妻瞠目结舌。

施洋和蔼地对江妻说："不要害怕，你说吧，大胆地说吧。"

群众等待着江妻的申诉。江妻结舌半晌，口吐鲜血，倒在陈桂贞怀中，一句话也说不出来。

魏学清提高了嗓门叫道："瞧瞧，她根本无话可说，带走，带走！……"

施洋把长袖的胳膊向魏学清脸前一伸，用律师的身份和语气，正气凛然、一字一泪地开始了他一泻千里的雄辩和控诉：

“工人弟兄们，这位妇女，就是江岸铁路机厂的旋床工江有才的妻子，她怀里抱着的是一个未满周岁、生着重病的江有才的儿子。江有才死了，江有才怎么死的？江有才是被魏处长的父亲害死的。”

魏学清：“啊？！”

施洋：“本律师今天受江岸铁路工人俱乐部和工人的家属的委托，来把这场人命官司的原委向大家简单陈说一下。”

义愤填膺的老项在人群中高呼：“施洋大律师，快说！快说！”

群众不约而同齐声附和：“施洋大律师，快说，快说！”

施洋忽而走近江妻，忽而走近黄得发，忽而指着魏学清的脸，忽而巡视着站成弧形的人群：“据查：今天下午六时左右，江岸铁路机厂的工头胡大头，命令工人黄得发、江有才去车站替魏处长的父亲开压道车。魏处长的父亲因急于要去新市场看女伶夜明珠的上场，一路上就迫令黄、江二人加紧摇车。这时，迎面开来了一列军车，按铁路行车规章的惯例，压道车必须要让火车，所以黄、江二人准备下车让路，但是，魏处长的父亲因急于要看夜明珠上场，勒令黄、江二人继续往前开车，黄、江二人向魏处长的父亲委曲陈词，还扶他老人家下车，哪里知道这个老人蛮不讲理，破口大骂，说什么‘我的儿子魏学清乃是京汉铁路的警务处长，手里捏着好几团人，任何车辆见了我魏老太爷，一律得让路！’他一边谩骂，一边用手杖猛击黄、江二人。这时军车已经开近了压道车，黄得发不得已，跃车逃命，江有才却被魏处长的父亲一把揪住了死缠不放，军车刹不住，江有才就被魏处长的父亲拖住一同辗死在火车轮下——这就是全案的经过。工人弟兄们，这难道还不明白么？真正的杀人犯是谁呢？难道是黄得发么？当然不是。真正的杀人凶犯正是那位已经死去了的魏处长父亲！工人弟兄们，谁都有父亲，谁都有儿子，父亲被人谋杀了，做儿子的能俯首帖耳的不表示抗议么？不能！但是江有才的儿子还未满周岁，不会说话，他生在穷苦工人家里，吃不饱、穿不暖，他现在病在他母亲的怀抱里，除了干号之外，没有任何表示。（这时候江妻忍不住悲号起来，其他妇女也都啜泣）工人弟兄们，哪个丈夫没有妻子，哪个妻子没有丈夫！她（指悲啼着的江妻）没有了丈夫，她的丈夫江有才被魏处长的父亲谋杀了，她难道甘心俯首帖耳不表示抗议么？不能！但是她毕竟不敢有所表示，她从小就受尽了有钱有势人的压迫，她从小就过着牛马不如的生活，她体弱，她胆怯，她现在除了悲痛啼哭之外，作不出任何的表示。工人弟兄们，这难道是公道的么？我们难道不该替死者申冤吗？我们难道不该要求魏处长负责赔偿死难家属的一切损失么？还有，工人黄得发因为遭受魏处长父亲的纠缠，被迫跳车受伤，请看（指黄得发）他现在左额的鲜血未干，右腿右肘部有伤痕，这难道也要他自己负责么？这难道不该也由魏处长——你负责赔偿工人黄得发的一切损失么？（群众激动呼应）还有，魏处长身为国家官吏，仗势欺人，把无辜的黄得发私刑捆绑，残酷审讯，此乃全国民众所不容！本律师代表被害工人，向这知‘法’犯‘法’的魏学清提出严重的控诉！”

林祥谦跳上高坡，扬臂高呼：“我们工人不是牛马！我们要控诉！工人弟兄团结起来！……”

人群中的老项带头响应，群众狂吼，全场大骚动。林祥谦、曾玉良、吴伯林等忙替黄得发松绑。陈桂贞扶起黄妻和江妻。魏学清率队抱头鼠窜而遁。施洋、林祥谦走近老项，三人站在一起，愤怒地望着狼狈逃窜着的魏学清的背影……

二

江岸铁路机厂的汽笛长鸣。

下工的工人们从机厂的边门鱼贯而出，出门时，一个个含怒地举起双臂，任凭工头搜身。满脸煤烟、全身油腻的工人们，在厂外泥泞小道上默默地行走着。

行走着的曾玉良对左右示意：“到俱乐部去。”

行走着的林瑞和对左右示意：“到俱乐部去。”

行走着的吴伯林对黄得发说："今儿要把俱乐部改工会了。"

黄得发边走边问："老林、老项都去么？"

吴伯林骄傲地向黄得发眯了眯眼："没有他俩还行?！还有施洋大律师哩！……"

成群的工人向俱乐部走去。

老君殿——工人俱乐部——的后进小屋内，老项、林祥谦、施洋正在秘密集会。林祥谦静坐托颔聆听，施洋不断地吸着纸烟，老项站在桌旁继续说："……黄得发的事情，让大伙的腰杆都挺起来了。可是上级党要咱们还得抓紧啰，等工会的牌儿一挂，马上先把夜校搞起来，宣传阶级斗争，发展新党员；上级还让咱们跟郑州、长辛店学学，人家那儿办工会在先。"

林祥谦："咱们捎个信儿去吧，让他们派俩人来跟咱们讲讲。"

老项从口袋里掏出信来："人家先来信了，这是郑州的，这是长辛店的。这是人家办工会的窍门。人家还让咱们这儿派人去商量筹备总工会的事。"

林祥谦凑近施洋看信和附件。施洋略显兴奋地说："全线组成十六个工会了，时机快成熟了……"施又翻阅附件，轻声念，"……'公开办工会，公开设夜校，秘密宣传阶级斗争，提高工人觉悟……'好得很！"

老项的眼中闪着光芒："咱们得扯亮了嗓子嚷工会，吴佩孚不是通电'保护劳工'的吗……"

施洋眼看着手中附件，再接上一支纸烟，微微冷笑："我早把他那份装门面的通电研究透了，我们就抓住它，不放。"

老项收起信件对施洋说："你多琢磨琢磨筹备总工会的事，这得动公文的。"

施洋点头："我正在考虑。"

前屋有人声，老项走近板壁，拉开一扇小暗窗向外探望，透过小暗窗，望见老君殿正门外，许多工人，三三两两，陆陆续续向老君殿的正门走来。老项拉上暗窗，转身说："都来了，咱们出去。今儿的大会，祥谦主持吧。”

林、施、项三人出屋，绕至前室，迎接与会的工人们。

老君殿正屋。中央板壁前，一个神龛，内有木质黑漆金字神牌，上书“太上老君之神位”。神位前，有铁铸香炉烛台。神龛的上端，却横挂着一块红底黑字的大匾，上书“劳工神圣”四个大字，左右一副对联，上联是“劳动创造世界”，下联是“机器巧夺天工”，也都是红底黑字。屋里有许多杂凑的大小不等、破烂不堪的桌椅板凳之类——这就是江岸铁路工人俱乐部的会所。

工人们越来越多，都是沉默而又兴奋地走进了老君殿。渐渐听到工人们在互相轻声说话，空气渐趋活跃。

殿外的工人们仍在陆续不断地走进殿来，他们行走的速度越来越快，老君殿里几乎挤满了人。

老君殿大门的右侧，挂着一块本色的木牌，上有十一个黑字：“京汉铁路江岸工人俱乐部”。这时候只听得殿内林祥谦的声音：“大伙坐好，坐好，咱们开会了……”殿内马上响起人群移动声和相互让座声。接着又是林祥谦的话声：“今儿跟大伙合计合计，咱们这个工人俱乐部，得改个名儿，叫‘工会’，工会是干啥的？工会是专替咱们工人办事的。现在我来仔细说一说，说不全，老项跟施洋大律师得补充……”工人们鼓掌声。

与此同时，有一双工人的手取下“京汉铁路江岸工人俱乐部”的牌子，换上了另一个新制的白漆黑字木牌，上面写着八个字：“京汉铁路江岸工会”。

中国共产党的机关报《向导周报》第 × 期。林祥谦靠着窗户全神贯注地阅读着。木栏小窗外，透进一缕斜阳。在低矮的人字形的屋顶下，安排着几件破旧但又整洁的家具。这是林祥谦的家。屋内很安静，只在陈桂贞放碗筷时发出一点响声。

陈桂贞把一碗红薯叶子粥、一碟酸菜放在桌上，看见林祥谦仍在阅读，就把一个空碗扣住了冒着热气的粥碗，坐在桌旁等待。屋内寂静，扣住的粥碗从碗缝里冒出热气。

陈桂贞有些不耐烦，摇了摇头，轻声地叫了声："祥谦……"

林祥谦："唔。"仍在阅读手中的《向导周报》。

陈桂贞带了些埋怨的口气："粥快凉了。"

林祥谦："哦……"立刻把周报叠起藏在袋中，走近桌子。陈桂贞也就马上感到满意，掀开空碗，把粥碗挪近了林祥谦，歉然地说："还是红薯叶子稀饭……"

林祥谦拿起筷子坐下："好嘛，红薯养人啊。"

陈桂贞捋了捋丈夫的胳膊："都养成一把骨头啦！……"

林祥谦："有骨头就成，死不了。你吃啦？"

陈桂贞深深地望着丈夫："回头送吃的给江有才家，跟小虎娘一块儿吃。"

林祥谦边喝边问："吃啥？"

陈桂贞用下巴颏儿指了指林手中的粥碗："还不一样。"

林祥谦用筷子把碟中的酸菜拨了一半在空碗里："带点酸菜过去。"

陈桂贞不以为意地说："你留着吃吧。"

林祥谦："我哪儿吃得了。"

陈桂贞："还有爹哩。"

林祥谦："爹也吃不了。"陈桂贞不高兴："不是我小气，瞧你自个瘦成那样儿……"

林祥谦冷冷地说："半碟酸菜就吃胖了！再说，你也该吃呀，你算长胖了怎么的？"

陈桂贞心里暗暗疼爱，但仍嘴硬："别威风啦，你们男人总有理！……"

林祥谦解释："不是这么说呀，男女得平等嘛。……"

陈桂贞心里无限怜爱，伸手说："给我。"

林祥谦把喝完了粥的空碗递给她。她拿着去盛粥。

林祥谦嚼着一块酸菜："小虎的病好了？"

陈桂贞端回粥碗交给他："会叫妈啦。小虎娘直说要来给你叩头，她说要不是你给钱抓药，小虎早没了。”

林祥谦笑了：“告诉她，不是我的钱，是我们工会的钱。”

陈桂贞并不完全同意：“咱不也给了吗？”

林祥谦：“咱的钱不也像工会的钱一样……”他好像突然想起什么似的从口袋里掏出《向导周报》翻阅，不由得轻声念道：“工人与工会……”

陈桂贞明白林的善心，叹了口气：“祥谦，你在外干活开会，回家就一个劲儿念书，歇会儿不成吗？……”

林祥谦仍然翻阅着周报：“歇不得呀，这回成立工会，大伙选我当主席，更歇不得啦！”

房门咯吱一声，林瑞和提着一小捆木柴从屋外进来。他把木柴扔在墙犄角。陈桂贞立即去替公公盛粥。

林祥谦仍在阅读，只说了声：“吃饭吧，爹。”

林瑞和走近桌子坐下，看了看桌上的《向导周报》说：“又念书啦。”

林祥谦关心着父亲：“爹，你也去工会上夜校吧。”

林瑞和自我讽刺地笑了：“我？！连自个儿的名儿都认不清，还上夜校！……”

林祥谦劝说：“行啊，先去听我们讲故事，听多了，你的心里就亮堂啦。”

林瑞和想了想：“好吧，明儿试试。”

陈桂贞端来一碗红薯叶子粥：“吃吧，爹。”

简陋的机车厂内部，光线黯淡，远望黑黝黝一片，混沌不清。

工人们却像小动物一般分散着钻在机器前后蠕动。

曾玉良穿着一件破棉短袄，大步走近一辆正在检修的车头，弯着腰对吴伯林说：“今晚到工会上夜校。”接着他又到锅炉旁对林瑞和、黄得发说了同样的话。接着又到机床旁通知另一工人。

胡大头从车头后闪了出来，拦住曾玉良的去路：“上哪儿去？”

曾玉良瞪了他一眼：“便所。”

胡大头："没到时间。"

曾玉良："我憋不住。"

胡大头："憋不住也得憋，这是厂规，你不懂吗？"

曾玉良："你们这条造孽的厂规得改改良啦。"

胡大头："啊？罚一天工资。"

曾玉良："罚你的吧。"

胡大头："你反抗，罚两天。"

曾玉良气极："罚两年也不关我的事，喂，你认识老子这个吗？"曾说着把大拳头向胡大头一扬。

胡连忙退避说："报告法国厂长去！……"

曾玉良："呸！去你妈的法国厂长吧！狗！……"

工人们不禁大笑。

曾玉良冲着大家高声说："说真个的，哥儿们，咱们都得把腰杆挺直点儿，咱们有工会！……"接着他走近另一机床工人前，"今晚到工会上夜校……"

一只手捏着粉笔在不平整的桌面上画了一面党旗。

老项把粉笔放在桌旁，看了看曾玉良。站在桌前的曾玉良，双臂交叉着摆在胸前，神情坚定。老项低声严肃地问："你能为工人阶级卖力吗？"

曾玉良看着老项低声答："能。"

老项再问："你听党的话吗？"

曾玉良干脆地答："听。"

老项又问："你能把自个儿交给党吗？"

曾玉良毫不犹豫："没二话。"

老项指着桌面："你冲党旗宣誓吧。"

曾玉良问："怎么个宣法？"

老项说："把左手举起来。"曾举左手。

老项接着说："把拳头捏紧啰。不，就左边的。"曾玉良举着捏紧了的左拳。

老项说："说吧。"

这时曾玉良好像口渴似的咽了口唾沫，然后低头对着桌面上的党旗，好像对人讲话一般："我整个是你的……我听你话，跟你跑。……我为工人阶级卖命！……"说罢，松了口气，看着老项。

喜悦的老项，眼眶里好像潮润了似的，紧紧握着曾玉良的手，像对自己最亲近的人，抚着曾玉良宽厚的肩膀一同坐下："同志！打今儿起，你就是中国共产党党员啦。共产党员，是工人阶级的先锋队员！共产党员要……"——深夜里，就在这间老君殿的后进小屋内，产业工人曾玉良被吸收入党。

与此同时，也就是在这间小屋的前面，老君殿的正屋，也就是江岸工会的会场里，有几十个工人，分成两组，在屋子的两隅围绕着两盏暗淡的油灯，凝神倾听着林祥谦和施洋讲故事。

这边一堆，施洋正低声地讲着：

"……那时候，工人们常常哼着一首民歌，它的前一段是：'生活像泥河样的流，机器吃我们的肉，煤烟涂黑了我们的脸，火酒烧焦了心窝！……'"施洋说着说着，情不自禁地低声哼唱了一段。随后，他吐了口心中的闷气，继续说，"这就是他们当时的生活。后来他们明白了，工人阶级是世界上财富的创造者，工人不该是奴隶、牛马。于是他们团结起来，拿起武器跟敌人拼，一下子就推翻了沙皇的血腥统治，打倒了大官僚、大资本家，创立了一个崭新的国家。工人们都成了这个国家的主人。这个国家的名字就是苏联！"

在施洋讲故事的过程中，黄得发、吴伯林和其他二三十个青年、壮年、老年的工人，都聚精会神地聆听着与自己命运攸关的问题，当施洋讲出"苏联"的时候，工人们都无限向往，不约而同地跟着吐出了"苏联"两个字。

那边一堆，林瑞和也挤在人堆里，蹲在地上听儿子讲故事。

林祥谦低声地说着："……大伙仔细琢磨琢磨，咱这大厂的厂房、机器，都是谁造的？那大江里的轮船、铁路上的火车，都是谁造的？咱们工人！这世上吃的、穿的、使的，哪一事不是咱工人干的？可咱们自个儿是怎么活着的？（指着大家）各个儿瞧瞧吧，破破烂烂，黑不溜秋，有上顿没下顿，这是为个啥？！大军阀、大资本家压着咱们，让咱们当他一辈子牛马！这道理讲得过去吗？不行，咱们不能答应！咱们得反抗！……怎么个反抗？先团结在一块儿搞工会。瞧，自打江岸工会成立啰，别说胡大头那帮狗腿子不敢把咱们怎么的了，就连高鼻子法国厂长照了面也得假笑三分了。……可咱们还没个够，头十五，我上郑州、长辛店去了一趟，跟他们合计着，要把京汉路上十六个工会全都捏在一块堆儿，搞他个总工会。这样，咱们就有三万人啦！咱们的腰杆就更挺啦。咱们挺直了腰杆跟资本家算账，要把咱们的生活变个样！那时候他们就得寻思寻思咱们工人的力量了。……大伙说说，搞工会好是不好？"

工人们互语："这还用问吗？……"

林祥谦接着又问："那么总工会要不要搞？"

林瑞和沉不住气了："说搞就搞呗，祥谦。大伙说呢？……"

一群青年工人不约而同地说："甭二话，马上干！……"

林祥谦毅然决然地说："对啊，咱们搞他个总工会，把三万人抱成一团，跟敌人干！……"

三

吴佩孚的参谋长白坚武在汉口的公馆。内部建筑的式样效法英格兰，家具陈设除全新的清式硬木桌椅外，另有中西合璧的精工沙发椅和德国造的大火炉。紫檀的书桌上摆着文房四宝，桌旁一排放满诸子百家的檀香木书橱，最醒目的还是一套藏着曾文正公全书的雕花木柜。窗帷深垂，屋内一尘不染。

在精致的清式硬木精致的屏风后，发出吱吱的声音，白坚武正躺在烟榻上吞云吐雾。他的下方躺着一个身穿全新灰色布棉袍、黑直贡呢马褂的听差，他正替白坚武扶着烟枪。白坚武抽完一筒烟，听差立刻从烟盘里端起小茶壶送近白的嘴边，白喝了一口，随即继续翻阅手中案卷，案卷遮住了他青白的冷面。

听差小声地问："您再抽一筒？"

白坚武一边看着案卷，一边说："不用了。"听差立刻整理烟具。

白坚武继续说："怎么赵局长还不来？……"

听差轻声地："早来了，您啦。"

白坚武放下案卷："怎么不报？"

听差的赔着笑脸："等您抽完这口烟，您啦。"

白坚武看也不看他："请。"听差的应了声："是，您啦。"立刻离开烟榻退下。

一个水灵灵的小丫头，年方二八的样子，穿戴鲜艳，双耳晃着一对翠耳坠。她端着一个金色小瓷碗走近烟榻："燕窝，老爷。"

白坚武铁板着面孔坐了起来，接过小瓷碗喝了两口，递还给丫头，抬起一条眉来一本正经地问："老爷两个月没来汉口了，想了吗？"

丫头停了停，低着头勉强地说："想了。"

白坚武盯着她的耳环说："让我再看看耳坠子。"丫头顺从地挨近白坚武，白捏了捏她的耳朵："喜欢不？"

丫头垂着眼皮："喜欢。"

白坚武忽然变得温柔而猥亵地把丫头拉过去耳语了几句，丫头转身掩面快步退下。

屏风外听差的声音："赵局长到！"

白坚武立刻恢复了他青白的冷面，拿着案卷起立，走出屏风。

白坚武身材不高，光亮的背发，金丝眼镜，指戴五克拉白金钻戒，身穿蓝缎团花貂皮袍，出风黑线春对襟马甲，翡翠表链，扎脚裤，白丝袜，漆皮软底圆口皮鞋。

听差的垂着两只长袖筒，低头等候着。京汉铁路局局长赵继贤快步走进花厅。他是小个子，穿一身二十世纪初叶的英国式西服，礼帽，手杖，短分头，圆方白脸蛋，两撇八字胡。

赵继贤神色不安地说："参座，情况不太好啊，工人要成立总工会。"

白坚武指着手中案卷："你的电报接到了，大帅对你很不满意。"

赵继贤有些紧张："工人提出大帅'保护劳工'的口号，兄弟不得不批准他们成立总工会。"

白坚武冷冷地说："你不会往上推吗？上下一推，不就推过去了吗？"

赵继贤颇感委屈："推了与大帅不利呀，参座！"

白坚武有些生气："你批准他们开会，就与大帅有利啦？工会非同儿戏，搞不好就会闹罢工的！从去年夏天到现在八个多月以来，各地罢工潮泛滥，形同洪水猛兽，你难道不知道吗？……"

赵继贤忍气吞声："兄弟实在为难……"

白坚武忠告似的："京汉铁路的局长本不好当呀，老弟，动辄牵涉英美人的利益！……唉，他们刚刚答应给军火、给借款，可又出了这么件事情……"

赵继贤很有些恐慌："他们知道了！"

白坚武理所当然地说："我当然要据实以报啰。"

赵继贤非常担心："他们怎么表示？"

白坚武忍住了内心的焦急："英美两国总领事一致表示要大帅确保京汉铁路交通运输。你想想，这不就是哀的美敦书吗！糟透了！齐副官，衣裳。"

赵继贤急忙询问："参座就出去？"

白坚武一边披着斗篷一边说："到英美总领事馆去向人家请教，我们一切都差，要好好拜人为师。"

赵继贤很想跟去插一脚："兄弟陪着参座去吧。"

白坚武冷酷地说："不必啰，现在你的首要使命是先查清楚工会的首要分子，立刻电呈吴大帅。（用手杖指了指日历）今天是一月二十九啦，离他们所谓'总工会'开成立大会只有两天啦，你好自为之吧。"

赵继贤尴尬地看着日历，日历上印着阴、阳历对照的年月日，阳历的红字是"一九二三年一月二十九日"。

一幢灰色平房，门口挂着一块白底黑字木牌，上书"郑州京汉铁路总工会筹备委员会"。门内三五成群的一大片工人在活动，人们的情绪是兴奋的。

门外马路口，赶来一辆马车，车上坐着一个肥胖的警官，两旁踏脚上，各站一名身上带着盒子枪的巡官，车后扒着两名背步枪的警察。马车停在门口，警官昂首而下，直进门内，巡官和警察随护在侧。警官傲然问："你们这儿由谁负责？"

人群中，老项、林祥谦、施洋、曾玉良、黄得发、吴伯林及其他工人们都回头观看。老项首先走向警官，林、施、曾、黄、吴等也都跟着过来。老项问："有啥事？"

警官问："你姓什么？"

老项："姓项。"

警官："你能负责吗？"

老项："可以。"

警官："我黄殿辰。"左右巡官接着补充："我们郑州警察局黄局长。"

这时四周的工人都互相低语："黄狗子来了！黄狗子来了！……"工人们都自动地围拢了来。

黄殿辰厉声说："二月一日，不准你们在这儿开什么总工会成立大会。"

众工人愕然。老项沉着地问："为啥？"

黄殿辰："吴大帅有令，郑州是军事重地，不准开大会。"

老项："我们开大会是铁路局赵局长批准的。"

黄殿辰："没听说过。"

老项从袋中取出批文给黄看："这是赵局长的批文。"

黄殿辰看了半秒钟，把批文交还给项："没大帅的关防，不准开会。"

施洋挤上前来："我们有法律依据……"

黄殿辰瞟了施洋一眼："什么法律不法律，军令如山，不准开会。"

施洋厉声说："法律乃国家之大法，军人不得干预，你懂吗，局长先生！……”

黄殿辰又瞟了施洋一眼：“你是什么人？”

林祥谦抢上前：“他是我们总工会筹备委员会的法律顾问，有名的施洋大律师。”

黄殿辰不识时务地说：“有名？！没听说过。本局长是军人，只知道服从。你们要真有能耐，就到洛阳求吴大帅发道开禁令，否则，不准开会。完了。”黄说罢扭身便走，跨上马车，扬长而去。

曾玉良要冲出去，林祥谦一把拉住他。人们跟着老项、施洋、林祥谦等进里屋去了。外屋的人群都在纷纷议论着。

里屋内，十几个工会代表围着曾、施、林等人，施洋说：“……我们占着绝对的上风，不怕。……”

老项考虑已毕：“好，马上选代表到洛阳找吴佩孚讲理。”

火车厢内。老项、林祥谦、曾玉良、黄得发、吴伯林在商议。火车汽笛声、车轮声。老项说：“到了洛阳，祥谦、玉良跟我三个人进去，你们俩在衙门外面等信。要是等到晚上不出来就出事了，你们俩就马上回郑州报信。”

洛阳站牌。火车进洛阳车站。

洛阳巡署衙门内。长大无边的会客厅中，一个团级军官带着项、林、曾三人向前行走，两旁警卫森严。他们经过了一道门，再经过一道门，进入吴佩孚的书房。这是一间古色古香、雕梁画栋的大厅。除了一把宝剑高悬在案头壁上之外，满墙书画琳琅，全部家具都似清宫摆饰。

一个光头便服、浓眉锐眼、大八字胡的中年人坐案头，翻阅着卷宗。他就是实际上掌握了北洋政权的两湖巡阅使吴佩孚。

白坚武背着双手侍立一旁。

团级军官像喊口令似的高叫：“报告！客到。”

吴佩孚理也不理，仍然翻阅卷宗。白坚武向军官扬了扬手，军官向后转退下。白坚武轻步走近项等，和三人一一握手，非常和气地低声说：“稍候一下，大帅在批重要公文，请坐。”

项等坐下，相互默视。三个武装的彪形大汉端上三杯盖碗茶，随即侍立在项等三人的身后。白坚武又轻步走向吴佩孚，吴正拿起朱砂笔圈公文，朱砂笔却是落在一张黑名单上，老项、施洋、林祥谦以及其他几个名字上，都被画上了红圈。黑名单下边的签署是“卑职赵继贤”五个字，并盖有私章。吴佩孚批完“公文”，把朱砂笔搁下，身后立即溜出一个长袍马褂的大个子来，递上一方热气腾腾的湿手巾，吴佩孚抄起手巾在光头上连擦三转，然后递回手巾，继续凝视着“公文”。白坚武凑近吴佩孚低声说了两句。吴佩孚要开腔了，但他的眼睛始终凝视着“公文”。

吴佩孚语气平稳地说：“唔，你们是郑州来的吗？”

相距一丈多远的老项坐着说：“是的。”

吴佩孚抬头看着老项问：“你叫什么名字啊？”

老项：“老项。”

吴再问一句：“没有名字？”

老项再答：“老项。”

吴佩孚不动声色地看了看黑名单。问林祥谦：“你呢？”

林祥谦也坐着答：“林祥谦。”

吴佩孚又看了看黑名单，问曾玉良：“你呢？”

曾玉良也坐着答：“曾玉良。”

吴佩孚把卷宗慢慢合上：“怎么不多来几个代表啊？”

林祥谦说：“大伙都忙着准备开大会，抽不出人了。”

吴佩孚好像不知道这回事似的：“唔，开什么大会啊？”

林祥谦顶了一句：“京汉铁路总工会成立大会，大帅不是知道的吗！”

吴佩孚瞪了林祥谦一眼，仍然和气而无笑容地说：“你们的赵局长打电报给我，不准你们开会啊。”

老项不放松地说：“赵局长不守信，所以我们来请大帅批准。”

吴佩孚好像对无知的孩子说话似的：“我不能不守信啊，我已经下了命令，不能收回，懂吗？”

老项用和平的语气进攻说：“大帅不是‘保护劳工’的吗？”

吴佩孚瞪了老项一眼，目中微露凶光："唔，是的，你们都是我的属下，将来都有前途，不要自误。"说罢，起立，对白坚武好像谈着另外一件事情似的，"这件公文，你办一下。"吴转身进内室去了。

曾玉良忍不住，起身要讲话，身后的彪形大汉立刻警戒，林祥谦一把抓着曾坐下。白坚武走近他们表示"善意"："再不能跟大帅说了。这次事情，要怪你们赵局长，如果不是他请大帅禁止你们开会，大帅决不肯下禁令，现在既然下了禁令，也就决不能收回成命了。"

林祥谦忍不住激动："我们工人说的话，也不兴改口。"

白坚武含有深意地说："事在人为嘛，林祥谦先生。"

正在冷静分析中的老项试探了一句："白参谋长，三万工人的事不好办哩！"

白坚武回了一句："吴大帅是数十万精兵的统帅啊！"

林祥谦起立，怒气冲冲地说："我们走！"

白坚武有些变色："林祥谦先生，你们这样怒气冲天地走出巡署衙门，很不恰当，大帅有意请你们留下。"

曾玉良勃然跳起："什么！……"

后面三个彪形大汉立刻把着盒子枪对着曾玉良。

白坚武怒视彪形大汉："干什么？"彪形大汉退归原地。白坚武转过笑脸对项、林、曾等："当然，大帅也可以送你们出去，只看怎么送法。（向彪形大汉）退下。"

三个彪形大汉应声退下，当他们出房门的时候，老项偷眼看到房门外，立着一排军队，持枪准备作战模样。

白坚武继续说："不必如此认真，人生在世，无非为衣食奔走，兄弟诚恳奉劝三位，要为大帅出力，大帅有意请三位任他的副官，每月干薪二百四十港洋；至于工会呢，大帅的意思仍然可办，不过不必大张旗鼓地在郑州开会，随便找个酒馆吃一顿，尽欢一番不就得啦！这样一来，岂非两全其美！……"

曾玉良气得嘴唇发颤，林祥谦的额头直冒青筋，老项却正在思考脱身之计。

白坚武又威胁一句："何去何从，二者必居其一。……"

老项故作镇静地说："这事我们三个人作不了主，得跟大伙商量。"

白坚武追问："都是谁？"

老项说："十六个分工会的代表。"

白坚武自以为得计："好得很，十六位代表都可以荣任大帅的副官，干薪一律二百四十港洋。当然，三位从中斡旋，大帅另有重谢。"

老项抓住时机："那我们马上回去商量，要不时间来不及了。"

白坚武："好，老项先生，这是君子协定！哈哈哈哈！施洋先生这次为什么不来？"

老项机警地说："他是工会聘请的律师，不能当工人代表。"

白坚武："哦！替兄弟问候他，希望他多帮些忙。等你们的回信。（对屋外）送客。"屋门大开。白坚武送三人至门限，先和林、曾握手，后与老项握手，老项感到手掌中有东西，但他不动声色。白坚武最后说："三位保重。"项、林、曾三人从两排军队中快步走去。

天将黑，项、林、曾快步走出巡署衙门。黄得发、吴伯林急忙迎上，黄得发说："我们俩急坏了，怕出事。"

老项咬着牙说："差点儿。"他把手中的东西给大家看，原来是一张五千元的庄票。老项立刻把它撕得粉碎，向衙门方向丢去，骂道："去你妈的！瞎了你们的狗眼！回去，干到底！……"五个人急步离去。

老项等五人沉默地坐在行进中的火车上，神情异常愤怒。

老项等五人急步进入郑州总工会筹备委员会，门口伫候着的人群跟着拥了进去。老项等和十几个代表进入里屋，留在外屋等候消息的人群，相互猜测，议论纷纷。

里屋的代表们围着老项等人。老项坐在桌前说了最后一句：

"……他不但不答应，还要收买咱们，险些回不来。"

施洋勃然大骂，拍桌起立："岂有此理，我代表湖北省工团联合会二十万人向吴大军阀提出严重抗议！我提议立即召集全体代表和来宾开紧急会议，向大家说明情况，二月一日，必须开会，我们只有一条路——前进！”

“京汉铁路总工会”的大横匾在前进中。黄得发、吴伯林扛着大匾。老项、林祥谦率领着京汉铁路的全体代表，在街中心威严地行进着。曾玉良跟在林祥谦身后，双手握着一面大红旗，旗上五个大黄字：“工人纠察队”。整个行列里的人群，都手执五彩小三角旗，旗上都写着“打倒军阀”“打倒帝国主义”等标语。

当行列进至三岔路口，另一道街上传来了军乐队的声音，施洋带着工团联合会和其他各界代表的队伍游行而来。施洋走在军乐队的前头，军乐队的上空，飘着一面“湖北全省工团联合会”的大旗，大旗的后面，紧接而来的是“汉阳兵工厂工会”“汉冶萍总工会”“汉冶萍驳轮工会”“汉口人力车工人工会”“汉口英国香烟厂工会”“扬子铁厂工会”“粤汉铁路总工会”“武汉机器工会”“缝纫工会”“鄂直豫蛋厂总工会”“湖北蛋厂工会”“西式皮鞋工会”“洗衣工会”“武汉电话工会”“武汉建筑工会”“武汉学生联合会”等式样迥异、色彩缤纷、迎风飘舞着的旗帜。

两大行列在岔道口会合成为一团，并肩前进。这时，日已三竿，全街商店关门歇业，沿路伫立着无数市民观看，两旁街沿石前，十步一岗，站满了荷枪实弹的军警。全场除了乐队的进行曲外，听不见其他的声音。

大队进入古老的钱塘里的街口，被迎面的军警堵住。

大队前的项、林、施等伫立注视，只见对面洋灰砌成的普乐戏院双门紧闭，门上贴了封条，大门前的空场上，布满了站成弧形的武装军警，一个个端着枪，冲大队而立，中央一架美式的水机关枪，枪口也瞄准大队，机枪旁站着穿皮领黄呢军装大衣的郑州市警察局长黄殿辰。

工人大队和军警距离三丈，两阵遥遥相对，几秒钟后，林祥谦向大队举手示意，军乐声停止。项、林、施三人互语后，急步走近黄殿辰。大队的群众紧张而愤怒地看着三人的动静，只见他们一再向黄殿辰交涉，黄殿辰一味摇头不理。

大队前的曾玉良、黄得发、吴伯林等，颇感无奈。

黄殿辰傲慢而有信心地说：“绝对不准开会。”说罢，转身到机枪后高声向全体军警喊口令：“预备！……”众军警端起枪把向工人大队瞄准。

施洋突然像豹一样地蹦进机枪阵地，高声对军警吼道：“士兵、警察们！你们知道你们手里的枪是谁造的吗？是工人造的，它是打敌人的，不是打工人的！你们因为没饭吃，才出来当兵当警察，工人们也是因为没饭吃才出来卖苦力的，你们跟工人们一样，都是受压迫的穷人，天下穷人是一家！你们为什么把枪口对准你们自己的穷朋友、穷兄弟呢？！……”

众军警不知不觉地放下枪把。

老项蹿过去一把抓住水机枪，使枪身迅速转向黄殿辰，机枪手呆若木鸡，愣在一旁。黄殿辰大惊。

林祥谦挺着胸脯向普乐戏院门前的层层军警逼近，军警们不能自已地往后退缩。

大队前的曾玉良看得分明，把手中的纠察队大红旗交给了另一工人，自己急步走到一棵丈来高、直径盈尺的枯松前，使尽了平生之力一拔，把枯松连根拔起。

林祥谦已经逼近普乐戏院门口，转身向工人大队扬臂高呼：“冲进去！”

曾玉良端起连根的枯松，一马当先地冲向普乐戏院大门，将枯松根对准了大门猛撞，咔的一声，大门倒塌，工人大队泉涌似的冲进大门，许多匾牌银盾之类，掉在地上被踩踏。黄殿辰连喊带叫地也被人群挤进了普乐戏院。众军警都像看戏似的望着黄殿辰和涌着的人群。

会场内人潮沸腾，旗帜翻滚。人群中的老项向林祥谦说：“马上宣布开会……”

林祥谦从人潮中挤上舞台高叫：“我宣布京汉铁路总工会成立大会开始！”

施洋在人潮中向已经挤进来的军乐队扬手：“奏乐，奏乐……”

洋鼓和喇叭齐鸣。

黄殿辰在人潮中爬上舞台说：“工人先生们，帮帮忙，帮帮忙，你们不要开会，你们……”

老项一把拖他下台。群众怒吼：“滚出去！滚出去！……”

林祥谦在舞台上怒指黄殿辰：“我们工人讲话的地方，没你站脚的……”

黄殿辰在群众怒吼声中又被挤出了大门。

老项在舞台上大叫：“我宣布京汉铁路总工会成立了！京汉铁路总工会万岁！无产阶级万岁！……”

群众随着高呼口号，军乐吹奏不已，声震屋宇。

被挤出门外的黄殿辰立刻向街市奔跑，马弁们也都狼狈追随。

会场内，老项正在演讲：“……从今往后，咱们京汉铁路的工人有了统一的指挥部，全路三万工人都要听从总工会的命令，有组织、有计划地跟咱们的阶级敌人进行不断的斗争！……”

黄殿辰奔进自己的办公室，一边喘着气一边挂专线电话：“快，快，接洛阳巡署衙门白参谋长，快快……”

普乐戏院门前，已无军警，牌匾、银盾之类满地。只听得场内人群的吼声如雷：“京汉铁路总工会万岁！万岁！万岁！……”

巡署衙门里的白坚武正握着话筒听完对方讲话，怒斥道：“啊？！你这警察局长是干什么的？混账！……要反了，要反了，马上宣布紧急戒严令，封闭总工会会所，命令大小商店、饭店、旅店一律断绝他们的任何供应，增添武装部队，立刻把他们全体押解出境。但是不要开枪，开了枪就难以收拾，懂了吗？！再出什么意外，要你的脑袋！”白坚武放下话筒自语，“糟透了，糟透了……”

四

郑州京汉铁路总工会筹备委员会的大门已被封闭。各商店、旅店门前都有军警持枪把守。沿街沉默的市民伫立观望。街中心成群的工人代表及各地各团体代表都沉默地向车站行走。成排成排的军警持枪押送监视着。行列的后面，黄殿辰昂然高坐在马车上，左右踏板上各站武装巡官，车后扒着两个背步枪的警察。

行列中的全体代表，一个个都抑制着无比的愤怒。

行列中的老项警惕地跟施洋讲了几句，然后挨近林祥谦低声说："到了车站还得等车，通知十六个分工会代表到候车室开紧急会议。"林祥谦故意放慢脚步，等曾玉良走近时，把话传达给曾，曾立即在行进着的行列中机警而巧妙地把总工会的指示一一传达给了十六个分工会代表。

郑州车站候车室门前。工人代表的人群中布满了监视的军警岗哨。一个巡官模样的警官高声说："……本人再说一遍，局长命令，任何人不许三五成群地讲话，违者马上逮捕。……"说罢走到候车室门口向内侦察，黝黑的候车室里也站满了工人代表和各界代表，人们各自相距一两步，表示互不搭讪，曾玉良、黄得发、吴伯林等人，也都站在里面各自吸着纸烟。巡官侦察后，又到别处巡查。正是曾玉良、黄得发、吴伯林等站脚的后面墙犄角处，老项、林祥谦、施洋和其他十几个分工会代表蹲在地上进行秘密集会。施洋正低声说着："现在我们是进行着政治性的斗争了，刚才老项提的口号很重要，叫作'争人权，争自由！……'"

老项接着低声问："大伙看怎么样？"

大家低声说："行。"

老项马上归纳："好，我再把大伙的意思说一遍。一、总工会搬江岸，继续领导斗争；二、决定二月四日上午八点举行全路总同盟大罢工；三、向吴佩孚提出五个条件，不接受就罢工到底；四、全路工人都听总工会命令；五、照大伙决定的意思，由施洋律师起草文告通电全国。——我说全了吗？"

大家低声说："全了。"

老项说："大伙举手表决罢。"

大家弯着腰半举起半只胳膊表示通过。

一列火车急驶。

火车进入江岸车站，老项、施洋、林祥谦、曾玉良、黄得发、吴伯林和其他工人代表纷纷下车出站。

灯光下，施洋吸着纸烟，起草罢工文告。他围着围巾，不时呛咳。

施洋夫人端来一碗红糖姜汤说道："把姜汤喝了吧，你受风寒了。"

施洋边写边说："这就完了，等着用的。"

施洋夫人静坐一边等待。她不满三十，容颜秀丽，态度温娴，服饰朴素雅致，是位旧式的知识妇女。

敲门声。施洋夫人有些不安地站了起来："不会出什么事吧？！"

施洋安慰她："不会，约好了的，是江岸工会的人，去开门吧。"

施洋继续写完最后一行。

从施洋的屋外看，是弄堂房子，一个小石框门，旁边挂着一块小牌子，上写"施洋律师之寓"。黑暗沉寂的弄堂里，微闻嘘嘘的风声。黄得发站在门口有些发颤。门启，黄进入屋内。

黄得发走进施洋的办公室，不禁打了一个喷嚏。施洋抬头对黄微微一笑："你来得正是时候，刚写完，还替你准备了碗姜汤，冷了吧，弄堂里有穿堂风，腊月天更厉害，快喝吧。"

黄得发坐在施洋对面，好像很聪明似的："我不冷，你自个儿喝，这是你自己预备的。"

施洋停笔："不，我刚喝过，这是替你预备的……"

这时刚好施洋夫人从外屋走了进来，施洋接着扯谎道："不信问她！（施洋替他们介绍）我的内人，这是黄得发，去年压道车事件的黄得发。你快喝吧。"

施洋夫人非常聪明，连忙亲切地把姜汤端到黄得发手里，并说："你再不来，又得去热了。"

黄得发捧着汤碗，不好意思不喝，终于把姜汤喝了。施洋看了很高兴，把文件一一交给了他，边交边说："这是向吴佩孚提出的五个条件，内容没动，文字改了；这是告全国民众书；这是敬告旅客的传单；这是敬报京汉路司机的通告——都是总工会出面。告诉老项跟林祥谦，今晚我不去江岸了，我要到工团联合会开大会，研究同情罢工的问题，还得准备募捐哩。我们一同走吧。”黄得发把手中的几份文件叠好。

老君殿里，油灯下，老项、林祥谦、曾玉良看完了黄得发带回来的文件。老项说：“玉良，你趁着黑夜，到大厂去告诉大伙，明天罢工的时候怎么对付。”曾玉良应了一声，急步离去。

老项又对黄得发说：“你去车站跟司机老彭打招呼，今晚二十四点上行车开的时候，要他带东西送北京报馆。”黄得发迅速离去。

老项又对林祥谦说：“我去总工会把这几份文件刻蜡版。”

林祥谦：“我也去。”

老项阻止：“那儿有吴伯林、老陈、小金他们，行了。你三宿没合眼了，明天要办大事，今晚怎么也得睡一下。”

林祥谦：“我一点不困。……”

老项看了他一眼：“去睡吧，这算命令，行吗？！……”林祥谦低头想了想，离去。

曾玉良走近绕着电网的榆木栏杆，向里一跃，进入大厂。

机厂内灯光暗淡，有些工人用擦机油的废棉纱做成火把照明。

机器转个不停，敲打之声不歇。

曾玉良溜近正在工作的林瑞和说：“告诉接班的，明早八点，一拉汽笛，就手把活停死，别留空子。”说罢隐入黑暗之中。

林瑞和随即四处走动，通知每一个工人。在一个检修着的机车头旁，闪出了胡大头，拦住林瑞和的去路：“干夜活别乱晃荡！”

林瑞和看了胡大头一眼，好像完全没听见似的继续往前走。

胡大头追过去拦阻：“怎么，老头儿聋啦？！”

林瑞和理也不理，毫无顾忌地去和另一工人耳语，传达总工会命令。胡大头又追过去继续拦阻：“罚一天工资。”

林瑞和不动声色地说：“你有别的能耐吗？狗杂种！”

胡大头外强中干地说：“罚两天！……”

林瑞和接着学胡的语调：“告诉法国厂长去！……”

众工人大笑，林继续通知别的工人。

黑夜的江岸车站，高悬着的煤油灯在风中摇曳。机厂的机器声，远处的火车汽笛声和车轮声都响个不停。车站的后面，隔着长江对岸的远处，有些光亮，那是著名的汉阳兵工厂。

黑暗的屋子里，林祥谦靠在床头，双手托着后脑，在思索中。陈桂贞挨在他身旁睡熟了。林不安地侧过身子探望壁缝，陈睁眼仰着头问："怎么不睡？"

林祥谦："睡不着。"起床到窗前掀开木板往外看。

陈桂贞："你干吗？"

林祥谦："看看天亮了没有。"

陈桂贞："早着呢，还没拉汽笛哩。"

林祥谦沉默地走到桌前燃上油灯，低着头来回踱步。陈桂贞无奈，索性披着破棉袄坐在被窝里默默地陪伴着。经过了片刻沉寂，陈桂贞说："把亮拿过来。"

林祥谦止步问："干吗？"

陈桂贞："你的帽檐不挂了个口吗，连上几针。"

林祥谦："明儿连吧。"

陈桂贞："反正睡不着，拿过来。"

林样谦把油灯挪到床边方凳上，又来回踱步。陈桂贞安静地缝着林的破帽檐，缝完后放在枕边，想起枕下的东西，把它抽了出来，是一件尚未完工的无数碎破布拼凑而成的小衣裳，陈微感幸福地继续缝纫着。

林又到窗前掀起木板向外看，回头问桂贞："我问你，咱们厂子里谁家人口最多？"

陈随口答："张瞎子家呗，俩老的，六个小的，还带上个外甥女。"

林祥谦："你明早走走去，把人口多的都记上。"

陈桂贞停下手中的针线："干吗，我又不当地保。"

林祥谦走近桌子靠着桌面："我琢磨这次大罢工，日子短不了，工会得设法搞救济粮，人口多的得多发，明儿你领着虎子娘跟黄得发家的各处跑跑，带个头做件好事怎么样？”

陈桂贞热心起来：“这得挨家挨户地串，才能摸清，明儿去。”

林祥谦走去掀锅盖，陈桂贞关心地问：“你饿了吗？还有点红薯叶子，我给你煮。”说着霍地翻身下床，“唷”的一声，按着肚子缩在床沿上。林祥谦急忙过去扶她：“怎么啦！……”陈手中的小衣裳落地，林拾起了衣裳，连忙扶她躺在床上：“快躺下，快躺下，我不饿。……”陈边躺边说：“没啥，过会儿就好。”

林看着手中的小衣裳，沉思着：“……这小子啊……”

斜倚在床上的陈桂贞打断丈夫：“人家说不定是个丫头呢！”

林祥谦微露笑意地：“管他小子还是丫头，反正他们到不了我这岁数，就快活了……”

陈桂贞不解：“怎么个意思？”

林祥谦满怀信心地：“那时候，咱们工人当了家，军阀、资本家、地主全都完了蛋……”

陈桂贞缺乏信心地：“能吗？”

林祥谦：“怎么不能！苏联就是这样。”

陈桂贞：“苏联？苏联是谁？”

林祥谦兴奋起来：“苏联是个国家！……只怪我平时跟你扯少了，等罢完工，跟你好好扯扯，让你这妇道也开开脑筋……”

陈桂贞不以为然：“妇道怎么样！你不说要平等吗！”

林祥谦好像从来没有这样天真过：“对，平等。往里躺躺。”林上了床靠在墙上，双手托着后脑，眼睛望着黑暗的墙角。陈桂贞抬头看了看林，替他把被子盖严：“还不睡……”

林祥谦：“这就睡……”他沉入向往之中，心里充满喜悦。

黑夜的江岸车站渐渐转入黎明。机厂的机器声和远处的火车声仍然不停。远隔长江对岸的汉阳兵工厂的光亮熄灭了。

一幢灰色的平房默默地屹立在路旁。一个人从屋里推开了两扇木窗户。屋内，吴伯林打开窗户后，回到桌前吹熄了油灯——这是新迁江岸的京汉铁路总工会会所。老项正在油印文件。吴伯林和其他四五个工人在旁协助。老项把印成的一叠小表格交给吴伯林：“把这个家属登记表送分工会去。”

江岸铁路机厂全貌。许多工人在厂内活动。机器声响个不停。烟囱在冒烟。

施洋办公室内。他的夫人正帮他整理洋钱、铜板和纸币，把它们整整齐齐排列在案头，并说：“总共一百七十三块，四十五吊。太少了吧？……”

施洋把钱包扎起来：“这才开头，都是些知道内情的朋友凑的，你看这个（指案头的募捐簿子），罢工一开始，就要公开募捐，估计不会太少，可以应付。”

老君殿江岸分工会前，林祥谦、曾玉良、林瑞和、黄得发、吴伯林和其他十几个工人站在门口向前瞭望。

透过铁路机厂的大门，看到里面厂房顶上的烟囱在冒烟。厂房旁的大钟指着七点五十五分。

林祥谦说声：“走！”曾玉良跟着他向机厂走去。

机厂门前。林祥谦和曾玉良走进边门，门警要拦阻，曾玉良把手臂一扬，门警急忙退让。林、曾向厂内的锅炉房走去。门警愕然不知所措。

林、曾走近锅炉房，站停在拉汽笛处。附近的工人们都会意地等待着。

几个工头不明究竟，但不敢干涉，急忙转身奔向厂长大楼。大楼栏杆前，出现法国厂长，工头们向他指手画脚，法国厂长注视楼下。林、曾仍然站在锅炉房前。

厂房旁的大钟指着八点。林祥谦看得分明，转身直上铁梯，站在梯顶上拉汽笛。

汽笛突然长鸣不止。

就在这长鸣不止的汽笛声中：

修理火车头的工人们立即停止工作，迅速拆卸重要零件，搁置一旁。

管动力的工人关闭闸门。

机器轮带停止转动。

烧锅炉的工人压灭炉火。

烟囱里停止了冒烟。

木工匠们全把工具放下。

扛活的小工们都卸下重担离开了工地。

一堆工头、领班和高级职员，围着法国厂长目瞪口呆地望着楼下。

厂门前，向来紧闭着的两扇大门豁然启开，无数工人从大门里走了出来。

正在行进着的火车停住了。两位司机探出司机台一看，立即缩回身子去拉汽笛响应。

另一条铁路上的火车汽笛也响应。

好多家别的工厂汽笛都响应。

长江里的小火轮也都拉汽笛响应。

好几辆停在厂房外的火车头上的工人，都放水压火，跳下车头。

管信号机的工人把信号机压死。

压道车上的工人，跳下轨道，把压道车翻出道外。

四面八方的工人群，都像潮水似的涌向老君殿江岸分工会。

林祥谦、老项、施洋在广阔的人群中。林祥谦扬臂高呼："弟兄们！现在总工会的老项跟大伙讲话。"

老项站上桌子，向大家庄严地宣布："弟兄们！京汉铁路总工会为了争自由、争人权，举行总同盟大罢工！打现在起，整个京汉铁路三万工人都停止干活。压迫工人的大头子吴佩孚大军阀不接受我们的五个条件，我们决不复工！……"群众吼声如雷，经久不息……

北京《晨报》《京报》，上海《民国日报》《时事新报》，汉口《真报》，都以大标题刊载着京汉铁路总工会总同盟大罢工的新闻。

中国劳动组合书记部发出声援京汉铁路总工会总同盟大罢工的文告。

五

洛阳巡署衙门内。吴佩孚勃然大怒，把手中的文件和报纸一丢，从案旁站了起来："混账！简直要掐我的脖子！马上下令把这批工人全扫了！"

侍立一旁的白坚武谨慎地说："大帅，暂且……慢一步，不好些吗？……"

吴佩孚想了想："你马上设法飞汉口，找英美总领事去。"

白坚武："是。"

一间华丽的英国式客厅，壁上高悬英皇油画像。白坚武和两个洋人同坐茶桌前，一是年逾六旬的英国驻汉口总领事顾弗，一是不满四十的美国驻汉口总领事斯鸠特。

顾弗把手中的文件和报纸往桌上一扔，拿下了单片眼镜："您打算怎么办呢？敬爱的白先生。"

白坚武沉重地说："我正设法逮捕罢工的首要分子，使大帅不动一兵一卒，迅速解决工潮，减轻友邦国家的损失。"

顾弗问："为什么'不动一兵一卒'呢？"

白坚武说："二位总领事都不是外人，你们不要忘记，过了六月，敝国就要进行大选。吴大帅一心选举曹仲珊巡帅为大总统，如果京汉铁路的工潮引动了干戈，造成不良舆论，对大选计划非常有害。"

顾弗笑了笑："白先生，您是吴大帅的智囊人物，但并不了解吴大帅的力量。"

白坚武不解，顾弗走近窗口，掀起了窗帘："请来看。"

白坚武走近窗口向外看，只见长江上停泊着好几艘插着英国旗的兵舰。顾弗接着说："这些兵舰上的大炮都为吴大帅效劳；还有，美利坚斯鸠特总领事的一万支步枪，不也为吴大帅效劳的吗！我深信贵国这次大选，吴大帅和曹锟先生一定成功，我和斯鸠特总领事全力支持。但有一点，请您转告吴大帅，大英帝国和美利坚合众国，决不希望在贵国纯洁的土地上出现第二个苏俄。"

白坚武不解："请教这是什么意思？"

顾弗拿起中国劳动组合书记部的文告说："您知道这是什么意思吗？"

白坚武仍不解："请指教！"

顾弗有些抑制不住内心的激动："我和斯鸠特总领事一致认为'中国劳动组合书记部'就是一年半前在贵国出现了的'中国共产党'。很显然，这个什么书记部的一切言论都和中国共产党的机关报《向导周报》一模一样，作为与京汉铁路有关系的吴大帅的真诚的朋友，我和斯鸠特总领事很难容忍。当然，这是贵国的内政，我们决不愿意干预，我们只是尽一些忠告而已。我所能贡献的意见完了。（向斯鸠特）您呢？亲爱的！"

斯鸠特耸了耸肩："您已经代表了我的意见。"

顾弗向白坚武："请允许我向您说再见，问候吴大帅。"

白坚武尴尬地站了起来："感谢二位的指示，再见。"握手后退出了客厅。

顾弗和斯鸠特望着白坚武的背影消失在甬道上，顾弗笑了笑："怎么样？老弟，我看他还听话。"

斯鸠特："可是，吴佩孚这个人是出名的阴险的。"

顾弗："对得很，可是阴险的人最懂得力量。兵舰枪炮，再加上借款。"

斯鸠特："那当然，吴佩孚要选曹锟当总统，他非常需要贷款。"

顾弗抬头注视斯鸠特："哦，我明白您的意思，不过老弟，说实话，像贵国代表雷蒙特先生这次在四国银行团会议上提出的办法，我很不赞成，要知道，在这块殖民地上，大英帝国经营快八十年了！"

斯鸠特尖刻地说："经营殖民地也有先后之分吗？"

顾弗反问："您是想后来居上吗？"

斯鸠特顽强而又狡猾地说："也许。"

老练的顾弗立即现出笑容，耸了耸肩："好吧，老弟，这盘棋子，我们走着瞧吧。现在来谈谈正经的（指手中文件），我们怎样下最后的决心？”

斯鸠特毫不犹豫地说：“镇压。”

白坚武在公馆里对赵继贤、魏学清说：“必要时武力镇压。我已经指令督军公署张木楷处长派兵去协助你们。”

魏学清急躁地说：“报告参谋长，卑职的愚见，马上把全部工人抓来毙了……”

白坚武瞪他一眼：“你懂什么？要有步骤嘛！……”

赵继贤阴险地凑近白坚武：“我有一计，先把老项、施洋、林祥谦搞掉。（展开手中地图）参座请看，这是江岸车站的地形……”

江岸车站，死一般的沉寂，一个人也没有。

京汉路铁道，像一条死蛇。

江岸铁路机厂，像一个失去灵魂的躯壳。

一辆辆火车头，像凝固了的建筑物停在轨道上。

福建街两旁住屋门前，站着或坐着妇女、老人和孩子，好像都在等待什么似的。街头上三三两两的工人袖着手互相议论。曾玉良戴着“纠察”臂章，巡视街头，工人们都和他点头。

老君殿分工会门前，数十工人在领取粮食。林祥谦亲自登记，把几十袋粮食分交工人，并说：“得把来路讲清楚啰，这些粮食都是湖北省各工会团体捐给咱们的……”

陈桂贞带着黄妻和背着小虎的江妻领了两袋粮食，陈桂贞说：“小虎娘，你跟得发嫂把这袋米分给东头十五家，记清了，别算错。”

江妻、黄妻抬着米袋边走边说：“错不了。”

陈又说：“我送西头的，一会儿上我家对数啊。”

工人们各自背米袋走开。陈桂贞背着米袋往老君殿后的小道走去，偶然望见江岸车站旁边稍远处有一队武装军警弯着腰鬼鬼祟祟地向车站跑去，一个军官在指挥，行动十分诡秘。陈桂贞诧异地观察。

老君殿分工会前，来了一个穿便服马褂好似文书模样的人，递上名片求见林祥谦。林看了看名片，上面印着“京汉铁路局局长赵继贤字希文”。

来人毕恭毕敬地说：“赵局长说，工会提的五个条件，吴大帅都接受了，现在请林委员长商量一下怎么通知工人。”

林祥谦问：“哪儿去？”

来人说：“就在车站，赵局长腿病发了，不能多走，在车站等着。赵局长很着急，他老人家说，再不复工，吴大帅受不了，人也受不了……”

林冷笑了一下：“这话倒有一半真。好吧，走一趟。（对吴伯林）我就回，老项来了告诉他。”来人毕恭毕敬地引林祥谦出门去了。吴伯林和其他工人都鄙视来人，吴伯林自豪地说：“不给点厉害就不行。……”

总工会前，另一个穿便服马褂好似文书模样的人递上赵继贤的名片求见老项，并说了同样一番话。

老项看着名片问：“你们局长在哪儿？”

来人说：“不远，就在车站。”

老项问：“那他自个儿为啥不来？”

来人说：“局长腿摔坏了。”

老项说：“拿轿子抬来呗。”

来人低能地回应：“不，局长务必请您去一趟。”

老项越想越不对：“你跟局长说，我‘务必’不去，有事请到总工会来谈吧。”

陈桂贞在小道上看到军警已将车站包围，她立刻放下米袋奔到老君殿前找林祥谦：“祥谦呢？”

吴伯林得意地说：“上车站去啦。”

陈桂贞：“啊？！……快来看！”她带着吴伯林转到殿后小道，指向车站，吴伯林一看，转身便走，陈紧紧跟随。

总工会里，黄得发站在老项身旁对来人说：“别啰唆啦，快走吧。……”

吴伯林、陈桂贞奔入。吴见到那个同样打扮的来人，急与老项耳语。老项说声："追！"大家一拥而出，恰好曾玉良巡查回来。

老项边跑边叫："玉良，快救祥谦……"

项、曾、黄、吴、陈等带着几十个工人纠察队员向车站奔去。

江岸车站楼上。赵继贤、魏学清和法国厂长正在窗内向外探望，他们看到楼下远处林祥谦跟着那个来人向车站走来。

埋伏着的军警伺机而动。

赵继贤突然发现林祥谦身后远处有数十人狂奔追来。

老项等赶上林祥谦。曾玉良一把拉着林，转身狂奔。陈桂贞行动较缓，老项拉着她跑。

在车站楼上的魏学清见状，要下令追击，赵继贤急忙阻拦"不能动，决不能动。……"

项、林等奔回总工会，喘息方停，林祥谦突然想起什么："啊呀！施洋危险！……"说罢撒起腿就跑。老项布置说："玉良带人跟去。"曾玉良一声号召，十几个纠察队员蜂拥而去。

施洋在办公室内，一边咳嗽，一边起草文告。夫人在旁哀求似的："你稍稍停会儿吧……"

施洋边写边说："停不得啊，事关三万工人的命运，报馆等着来拿稿的。（敲门声）看，催稿来啦，快开门请他进来。"夫人无奈，只好从命。

一个穿便服马褂好似文书模样的人，一躬而进，递上赵继贤的名片说："赵局长刚刚接到吴大帅电报，完全接受总工会的条件。赵局长准备跟大律师商量，由路局和总工会共同发一通告，这样对路局和总工会双方的面子都能照顾。局长命我来接大律师去路局商量一下。"

施洋听了这番话，疾病好了大半："好，走一趟。"说罢起立穿大衣。夫人把施洋喊到后室低声问："能去吗？！……"施洋也压低了嗓子自信地："吴佩孚受不了啦！"

施洋随来人走到弄口，那里停着一辆高级马车，车旁站着两个不带枪的路警，见了施洋立正敬礼，请施洋上马车。施洋说："我坐不惯马车，还是走吧。"说罢径自走去，来人只好跟随。路警命马车夫赶着马车在后紧随。路上行人不绝，也有车轿来往。

一位年轻的人力车工人拖着一辆空车迎面缓步而来，见了施洋高兴地叫道：“施洋律师，天快黑了还出去！上哪儿？我拉你去。”

施洋笑着说：“小陈，该回家吃饭啦。”

人力车工人笑了：“还早着哩，见到你今晚一定交好运，上车吧。”他把车子停下了。

施洋边走边说：“不啦，说话就到，不远。……”

人力车工人拉起车跟着施洋谈起来。施洋边走边问道：“近来那个外国厂长老实点了吗？”

小陈拉着车子边走边答：“老实多了，要不是你领着我们干了他一家伙，他哪能这么老实。如今他也不提加价的事了。你这阵子怎么老也不上我们人力车工会去啊？”

施洋：“这两天特别忙，你没听说京汉铁路大罢工吗？”

小陈：“啊，对了，这回又是你出头，我们穷人要走运啦，老碰上你啊！……”

施洋凑近小陈，拍一下他肩膀说：“真要‘走运’，还得加劲儿，有钱人不肯轻易让穷人过好日子的啊！……”

林祥谦、曾玉良等十余人急如星火地在马路上狂奔，路人侧目。

小陈和施洋分手离去。马车和来人跟着施洋经过热闹的马路。

林、曾等狂奔过街道。

施洋向铁路局走去。马车和警察以及来人均紧随不舍。

林、曾等刚要转弯，发现马路对过的施洋，曾大叫一声：“施洋律师！……”十余人追了过去，林祥谦不由分说拖着施洋就跑。施洋跟林祥谦跑进了一条黑弄子。来人叫道：“施洋大律师！……”

曾玉良怒问：“你是干啥的？”

来人说：“我们局长请大律师去……”

曾玉良气极：“去你妈的局长吧！……”

马车上的路警立刻抽出暗藏的手枪，下车要追。曾玉良等十余人一字长蛇阵，拦住了警察的去路。曾玉良怒喝：“你们谁敢动！……”

林祥谦拉着施洋在黑弄子里穿来穿去，施洋边跑边问：“倒是怎么回事？……”林祥谦一语不发，拉着施洋奔出弄子往野地去了。

六

夜。

老君殿里，老项、林祥谦、施洋、曾玉良、林瑞和、黄得发、吴伯林和陈桂贞等集在一起。施洋愤怒已极：“卑鄙！……”忽闻远处敲锣声，有人在叫唤：“工人们听着……”

两个工头提着马灯，边敲锣边叫唤：“……警察局长命令大家马上去复工，不复工就枪毙！……”六个路警持枪跟在后面。这一小撮叫魂似的人，经过了福建街，向老君殿走来。福建街两旁屋子里走出一些工人来探望。

项、施、林等站在老君殿前观察。纠察队员林立。

“叫魂”的人们走近布告牌，把一张大布告贴上，继续敲锣叫喊而去。

工人们走近布告前围观，上面写着：

为布告事，顷奉湖北省督军萧手令称：今奉两湖巡阅使吴钧谕，案查京汉铁路工人破坏交通，目无法纪，似此荒谬绝伦，绝难容忍。本大帅姑念该路工人，愚昧无知，着即从宽发落，不咎既往，斥令即日复工，用赎前愆，否则格杀勿论，切切此令。遵此，着该路工人切实遵行云云。遵此，限该路总工会及江岸分工会立即奉行。

此布

汉口警察局长兼督军公署参谋处长张木楷
中华民国十二年二月五日

一个老工人说：“又在搞啥鬼啦！……”

另一工人说：“写了些啥呀！……”

人群中的林祥谦边看边说：“说咱们罢工是捣乱，叫马上复工，不复工就枪毙。伙计们，害怕吗？”

工人们说：“干不赢他，咱这辈子别做人啦！……”

林祥谦：“咱们回他一张！”

老项问大家：“怎么样？干不干？”

工人们：“干！”

大家跟着项、林、施等回到老君殿，七手八脚地拿纸墨笔砚。

林瑞和找着一张白纸，自言自语：“得跟他们的一式大，就这差不离……”

林祥谦对施洋说：“你写吧。”

施洋疾笔挥毫：

军阀背信弃义，工人被迫罢工。本总工会为了争人权、争自由，绝无妥协之道。吴佩孚不接受本总工会之五项条件，决不复工。

京汉铁路总工会启

二月五日

施洋写罢，问老项：“行吗？”

老项说：“行。”

这时林瑞和又自言自语：“得有气派，也要盖大印……”他在神龛前找到一块肥皂，问项、林：“咱们把这块胰子改个大印行吗？”

老项说：“我来。”他操起刀子划了几划，刻成关防模样，印在布告上。

林祥谦说：“把它贴在他们的布告旁边。”

林瑞和抢着布告：“我去。”

大家跟他出屋。

林祥谦对陈桂贞说：“你回去歇吧，我就回。”

老项对曾玉良说：“你去门外把纠察队布置一下，须加小心。”

陈、曾先后出屋去了。

老君殿分工会的后进小屋内，项、施、林三人在议事。

林祥谦静坐托颔聆听。施洋不停地吸着纸烟。老项站在桌前继续说："粤汉、京奉、京绥、津浦、正太五条铁路上的工人都准备响应支援……明天咱们就来个大游行，到英国领事馆门前去示威……"

施洋跃跃欲试："好极了！……"

老项："……这两天有人看见白坚武从英国领事馆出来。"

施洋："军阀跟帝国主义早就勾结好了。"

老项接着说："不过，上级又来指示了，让咱们提高警惕，敌人许会动武……"

施洋冲动地说："干革命还怕流血！……"

老项看着施洋，慎重地说："为了党的事业，咱们都得加小心。明儿示威完了，我上汉阳兵工厂去搞点武器，没枪杆不行。"

七

几面大红旗在飘扬，上书"工人阶级胜利万岁！""京汉铁路总工会""湖北全省工团联合会"。

无数彩旗在空中飘扬。

气势壮阔的万人示威大游行的队伍从江汉关循沿江大道向下游行进。曾玉良手执工人纠察队大红旗。其他纠察队员，各执"维持秩序""执行罢工纪律"等旗帜。群众除工人外，各界人士都有，其中男女学生较为突出。他们各执五彩纸旗，上书"打倒军阀""打倒帝国主义"等标语。群众沿路高呼口号："打倒军阀！打倒帝国主义！京汉铁路总工会万岁！湖北全省工团联合会万岁！工人阶级胜利万岁！全世界劳动者联合起来！……"万人大队步伐整齐，秩序井然。

万人大队停止在沿江的天津路口，向着一幢黄色楼房愤怒地高呼。有些工人甚至顿足捶胸，愤怒的人群，向着黄楼怒吼着："打倒帝国主义！……"吼声响彻云霄。

在那黄楼的客厅里，是英、美、日、法四国总领事，还有一个中国奴才白坚武。他们紧张地掀起一角窗帘向楼下马路上窥视，只见在万人群中，老项作着激烈的演讲，不时手指黄楼，群众随着他的指示不断地怒吼。林祥谦和施洋，双手叉腰，无比愤怒地盯着黄楼。

黄楼的客厅里，顾弗和斯鸠特尴尬地皱着眉头，窥视着窗外。墙上高悬着的英皇油画像（原来是微现尊严的笑容的）现在好像也变得同顾弗一样尴尬地皱着眉头。白坚武有犯罪之感地垂手立在顾弗与斯鸠特身后，局促不安。日、法两国总领事在窃窃私语。

一副蛮横相的斯鸠特凑近顾弗，解嘲似的耳语着："您兵舰上的大炮怎么样了？！……"

内心空虚的顾弗用耳语回答："您的一万支步枪呢？！……"

顾弗极力掩饰自己的惊恐，回头对白坚武，用着父亲对儿子的口吻："是时候了吧！"

白坚武鞠躬说："一切都准备停当。"

斯鸠特故作礼貌，但又是命令式地说："我们祝你成功。"

字幕：一九二三年二月七日

傍晚之前。京汉铁路江岸分工会全貌。宁静而巍然的老君殿屹立在福建街附近歪歪斜斜、破破烂烂的工人住宅区里。

老君殿内分工会门前，几百工人或坐或站地等待着分发救济粮。工人纠察队的大红旗竖在门前迎风飘扬。纠察队员们和其他工人谈着话。

老君殿内，堆着各式麻袋的粮食，还有许多成捆的杂色破旧棉衣。麻袋或成捆的棉衣上，标着许多不同团体的白布条，其中最醒目的是"汉阳兵工厂""汉阳铁厂""汉冶萍铁矿""粤汉铁路总工会""工团联合会""学生联合会"等标志。

林瑞和、吴伯林、陈桂贞、江妻、黄妻和其他四五个工人在整理、点数。林祥谦和曾玉良在桌前点捐款。

林祥谦说："工团联合会还有一笔捐款，两万元，明天上午施洋亲自送来。等老项从汉阳兵工厂回来了，再合计合计分配办法，我看不能完全平均，困难大的该多发一点……"

老君殿外远处，许多军队在急行军，他们的目标是老君殿。另有两支军队向老君殿的后面远处匍匐而进。

黄得发从北风凛冽空寂无人的福建街上狂奔而来。他奔进老君殿，神色紧张地告诉林祥谦："模样不对，他们来军队了！……"

林祥谦吃惊一下，立即镇静，带着曾玉良等出大门瞭望，只见福建街后，一支军队向老君殿快速行进。

曾玉良抓着林祥谦："你避一避，我去对付。"

林祥谦毫不犹豫地说："我怎么能离开，不要慌，跟他们讲道理。吴伯林，你马上到汉阳兵工厂去接老项，多搞枪支。爹，吹号！"

吴伯林奔去。林瑞和从龛旁操起一只破唢呐，奔至门口，大吹民间小调。冷清的福建街上，立刻从屋内出现了三三两两的工人，都迅速往老君殿聚拢。顷刻之间，工人们从各处汇集，成群地集中在老君殿前。

魏学清带领军队出现在福建街上，向老君殿逼来。

老君殿前的林祥谦，果断地对曾玉良说："带人迎上去，堵住他们，叫他们派代表来讲理。"

曾玉良操起工人纠察队大红旗，叫声"跟我来！"向福建街迎了过去。群众跟在后面。

林祥谦如同战场上的司令员，对站在老君殿前的黄得发、林瑞和与其他几十个工人说："大伙别慌，听我的命令，拿起桌椅、板凳、石头、砖块当武器……"

工人们纷纷拿起桌椅、板凳，捡起石头、砖块，挨着林祥谦严阵以待，陈桂贞揪着林祥谦的棉袄，神色非常紧张。林祥谦转头向陈一看："别怕，要'平等'，咱们跟他们拼……"

林瑞和递过一根桌子腿给陈桂贞，陈鼓起勇气抓住桌腿。林等注视着前方。

魏学清的军警在行进。

曾玉良的队伍也在前进。

两个队伍越走越近。

曾玉良高呼："你们站住！有啥事派代表来讲理！……"

魏学清继续逼向曾玉良。两阵咫尺而立。魏学清不可一世地骂道："快把你们罢工头子老项、林祥谦交出来，否则全要你们的狗命！"

曾玉良瞪着魏学清："你敢！"

魏学清说："先给你点厉害看！"说罢，拔出盒子枪要放。

曾玉良眼明手快，用旗杆一拨，盒子枪被打飞了。

魏学清叫声："杀！"

军队一齐开枪。曾玉良抡起大红旗把军警揍得七零八落……群众大乱。

老君殿前的林祥谦叫声："冲！"带队往福建街冲去。

老君殿后面钻出来的另外两支军队，一齐向林等后背放枪。工人遭此袭击，纷纷倒地。林祥谦转过身子，带着尚未倒地的工人向偷袭的敌人冲击。无奈敌众我寡，只见上百个军警一齐扑向林祥谦，把林压在地上。……

福建街上杀声震野。曾玉良身中数枪，仍像猛虎一般，把大红旗用力往泥地上一插，跳近一个士兵，揪住猛击。十几个士兵围攻曾玉良……

整个福建街打成一片……倒的倒，逃的逃……

曾玉良无畏地猛击敌人。缩在墙角的魏学清捡起盒子枪向曾玉良连发十余弹，曾玉良英勇倒地、滚入泥塘之中……

工人纠察队的大红旗在烈风中抖动！

杀声不绝于野……

老弱的工人和妇女带着孩子四处奔逃，士兵们枪杀……

大批军队拥着林祥谦、黄得发、林瑞和等向车站奔去……

魏学清叫声："烧！"

福建街上火光冲天，一片惨叫声……

被踩伤了的陈桂贞从地上挣扎起来，大叫："祥谦！祥谦！"在乱窜着的人群中追赶林祥谦……

汉阳岸边，老项和吴伯林带领几百个工人，拿着长枪、短枪和铁棍之类，登上几十只小舢板向汉口进发。

阴风惨惨的江岸车站，煤油灯高悬。林祥谦被捆绑在电杆上。林瑞和、黄得发和其他十几个工人，都被捆在榆木栏杆上。

军警密布，杀气腾腾。

陈桂贞狂奔而来，被几个士兵推倒地上，用脚踩住她的肩膀。

车站楼上办公室内，白坚武、赵继贤、魏学清、法国厂长在集会。

白坚武说："就这么办。"说罢急步下楼，众军警跟下。

魏学清提着马灯，握着鬼头刀走近林祥谦，把马灯照着林的脸。林屹然不动。魏回头看了看白坚武，白向赵继贤使一眼色，赵走近林祥谦："林祥谦，千钧一发了，你复不复工？"

林毫无所动。

赵继贤再说："本局长再说一遍，千钧一发了，你复不复工？"

林仍不理。

赵继贤向魏学清说："杀！"

魏学清走近林祥谦问："林祥谦你到底复不复工？"

林样谦毅然答道："没有总工会的命令，决不复工。"

魏学清握着鬼头刀问："好啊！今天你落在我的手里了，你到底复不复工？"

林祥谦："我头可断！决不复工！"

魏举刀砍。

林祥谦忍痛挺立。

林祥谦："我们好好的中国就断送在你们这群军阀、资本家的手里，京汉铁路上三万工人决不甘休，全国工人阶级要跟你们算血账。"

林瑞和、黄得发大叫："祥谦！……"

被踩在脚下的陈桂贞："啊！……"

林祥谦："不要哭，挺起腰板来！打倒军阀！打倒帝国主义！工人阶级万岁！"

魏学清又举刀猛砍。

老项的渡船已达汉口，数百武装工人飞奔上岸。

施洋在办公室对夫人说："啊呀！……我心里不舒服！别出什么事啦！……"

夫人担心地说："你太累了，今晚一定要睡觉……"

敲门声大作，施洋一惊，旋即镇定："去开门。"

夫人跑至窗前，从板缝往外张望，只见黑暗的弄子里军警密布。夫人大惊失色："来抓你啦！快上屋逃走！……"

猛烈的敲门声不断。

施洋愤不可抑："好，让他们进来，不要怕！……"

夫人哀求："快跑，快跑……"

施洋不允，自去开门，并说："革命的不是胆小鬼……"

撞门声大作。

夫人抓住施洋哭出声来："就不为你自己，也得为工人们想呀！……"

就在这一瞬间，施洋好像听到老项在会上的叮咛："为了党的事业，我们都得加小心……"施洋决然地说："我走！"

夫人跟着施洋急步上楼。施洋钻出天窗，上了屋顶，突又回头对夫人讲了一句："抽屉里的募捐簿藏好，明天还要去工团联合会领两万元捐款……"

军警破门而入，在屋内搜寻。夫人刚欲从楼上下来，一个团长说："在楼上！"军警拥上了楼，发现天窗半掩。团长说："上房顶了！追！"军警纷纷跃上屋顶。

施洋在屋脊上艰难地行走着。后面军警追得快，眼看就要追上，施洋至此决心不走了。在屋脊上的军警们，像饿狼似的扑向施洋，施洋仰天长啸："你们杀得了一个施洋，却杀不了几万万伟大的民众！……"

老项的队伍已冲进街市。

江岸车站电杆上的林祥谦豪迈地怒吼道："好好一个中国，就断送在你们这班军阀、资本家的手里！打倒军阀！打倒帝国主义！工人阶级万岁！……”

魏学清胆怯地咬着牙，又猛砍了最后一刀。

剧痛的林祥谦昂首屹立！

陈桂贞狂叫一声，从地上蹿了起来，奔向林祥谦，抱住了林的双腿。

突然枪声大作。老项带着数百个武装了的工人，势如破竹地冲进了车站。白坚武、赵继贤、魏学清等惊慌逃窜，生死不明。

群众怒吼……

愤怒的雄狮样的老项在追击中高叫：“把敌人消灭掉……”武装了的兵工厂工人们，像春天的海潮，卷塌了小小的江岸车站……

一面斧头镰刀的大红旗在风暴中行进。它的后面紧随着无数面大红旗，旗上印着：“中国劳动组合书记部”“中国社会主义青年团”“全国铁路总工会筹备委员会”“全国海员工会”“全国各界联合会”“全国学生总会”“远东中国支部工会”“共产国际执行委员会”……在这些行进着的大红旗下面，人山人海！老项的乱发在风暴中飞舞。他正进行着狂烈的控诉，他高举起他那只工人的拳头，无数万只工人的铁拳一齐高举在飞舞着的红旗前面。红旗呀红旗！数不尽的飞舞着的大红旗，惊涛骇浪似的在空中奔腾翻滚！国际歌声响彻云霄！……

只见在扬子江的岸头上，巍立着一座紫色三人全身铜像，两个是工人本色，一个是书生模样——这就是三十五年前，为工人阶级利益和共产主义理想而献出了自己生命的无产阶级战士林祥谦、施洋和曾玉良。他们三人栩栩如生地傲立在高空！

——全剧终

一九五八年十一月二十八日初稿于武汉

（《电影文学剧本·风暴》，中国电影出版社，1959年4月第1版）

春满人间

导演：桑弧

编剧：柯灵、谢俊峰、桑弧

主演：白杨、王丹凤、白穆、卫禹平等

出品方：天马电影制片厂

一

[景渐显：

[上海钢铁厂的转炉车间，四月下旬，下午两点多钟。冲天炉正在出铁水，炼钢炉喷着火焰，行车在空中隆隆地开动。

[今天的车间显得特别热闹：前一班的工人还在工作，后一班的工人——丁大刚班和梁世昌班的全体成员已经提前来到车间，一场热烈的友谊竞赛就要开始。

[一位年轻的广播电台记者，肩上背着小型录音机，一手拿着话筒，正在紧张地进行实况录音。

电台记者：（一面目不暇接地注意车间的活动，一面对着话筒）亲爱的听众！现在我们的话筒是在上海钢铁厂的第三转炉车间里。一场引人注目的红旗竞赛就要开始，挑战的一方是已经多次获得红旗的丁大刚青年先进炼钢班，应战的一方是著名的梁世昌青年突击炼钢班，正是棋逢敌手，将遇良才，人人准备显身手，个个争取立战功……

[丁大刚中等身材，体格壮健，神情坦率明朗。梁世昌是高个子，阔肩膀，浓眉大眼，性情有点急躁。他们从自己的班里出来，一个拿着大红纸写的挑战书，一个拿着同样是红纸的应战书，两人走近，紧紧地握了握手，然后分别把它们贴在对方控制室的墙上。

电台记者：丁大刚同志和梁世昌同志热烈地握着手！……他们把挑战书和应战书贴到了对方的炼钢炉边。

[何健生拿着一面鲜艳的缎面红旗，鹅黄流苏镶边，中间绣着“炼钢先锋”四个大字。他走到两班工人的中间，把旗杆笔直地立在地上。

电台记者：车间的党总支书记何健生同志拿着红旗来了，我们听他的讲话吧！

［电台记者赶快跑到何健生身边，把话筒凑近。

何健生：小伙子们！这面光荣的红旗，又到了我们车间。在全厂性的红旗竞赛中，我们已经两次得胜。至于我们车间里，哪个班能在英雄队里逞英雄，这就看你们自己的了！我的话很简单：竞赛要争先，可谁也别忘了共产主义协作精神！

电台记者：我们现在请两位炉长讲话！（把话筒送过去）请吧，丁大刚同志。

丁大刚：（推辞）我没什么说的，老梁，你说吧！

梁世昌：不，老丁说。

丁大刚：咱们一起说两句吧！

电台记者：太好了！

［丁大刚和梁世昌亲密地并肩而立，两人的头几乎凑在一起。

丁大刚：（对着话筒）我们坚决向梁世昌班学习，可是红旗一定要拿到手！

梁世昌：（接过话筒）我们向你们学习，红旗可是我们的！

［掌声雷动。

［正在这时候，外面走进来朱秀云。她是公共汽车公司的售票员，一个长得挺秀气的、逗人喜爱的姑娘。她笑着和几个熟识的工人点点头，走近丁大刚身边。

丁大刚：（含笑相迎）秀云！你怎么来了？

朱秀云：（打开纸包，拿出一块深蓝色棉织品衣料）妈把料子剪来了，你看看，合适不？

丁大刚：挺好。

朱秀云：那你明天早上九点到我家量尺寸去，妈已经约好了裁缝。（声音低了些）再不做，就来不及了。

丁大刚：好！

梁世昌：同志们！我宣布个秘密：老丁就要请我们吃喜酒了！

一助手：老丁结婚？哪一天？

梁世昌：再过十天，五一劳动节，最好记了！

［工人们起哄，又是掌声，又是笑闹声。

［丁大刚和朱秀云互相看看，朱秀云腼腆含羞，丁大刚也有点儿发窘。

梁世昌：秀云，今天我跟老丁竞赛，你希望谁胜利？

朱秀云：（一笑）希望你们两班都创造新纪录。

梁世昌：你说的是真心话吗？

朱秀云：谁跟你开玩笑！

［她的话刚说完，交接班的钟声响起来。

朱秀云：（向丁大刚）你们该接班了，我也得走了。（向梁世昌）再见，老梁。

［她向大家挥手，向车间外走去，丁大刚送了她一段路。一助手在后面开玩笑地吆唤，“再见吧，新娘子！”

丁大刚：同志们，准备战斗吧！

［两班的工人向炼钢炉边拥去。

电台记者：（向丁大刚，握手）祝你们胜利！（向梁世昌，握手）也祝你们胜利！（向话筒）听众们注意，现在竞赛正式开始了，正式开始了！……

［景化出。

二

［傍晚。热闹的街上充满着浓春的色彩。

［广播电台记者骑着摩托车在街上驰过。

［一所大厦的门前，挂着“上海人民广播电台”的牌子。

［记者停车，走进大厦。

三

［广播电台编辑室——一间普通的大办公室，它的特点是：人多，电话多，写字台多。

［电话铃声一直不断，从断续的接电话的只言片语中，可以听出

大跃进的时代的声音。

［电台记者走近靠窗工业组的一张写字台，他的动作永远是一种急促的“快板”。这写字台边坐着两个人，一个是组长，另一个是记者。

电台记者：组长，上海钢铁厂红旗竞赛的实况录音来了，你什么时候听？（坐下来，开始从录音机里拿出磁带盘）

组长：（停止看稿）内容怎么样？

电台记者：（兴高采烈）很丰富！丁大刚班和梁世昌班，名不虚传，今晚就可能创出个新纪录来！竞赛的结果，回头打电话去问。（抓起电话机）请告诉播音室的小胡，到工业组来一下。

组长：先把现场录音整理好，回头我就听，今晚“大跃进新闻”特别节目里，就要播出去。

［女播音员小胡走近。她小圆脸，眼睛长得挺俏皮。

播音员：组长，你找我？

电台记者：是我，小胡。我请你帮忙整理个播音稿。咱们这就到录音室去。

［他拿起录音机和磁带盘，和播音员一起走开。

四

［景化入播音室，晚间。

［镜头横向移动：我们首先看见的是播音间的侧屋，乐队和歌咏队在等待表演，乐队正在奏一小段优美的民族乐曲。镜头移到播音室的正间，播音员端坐在话筒前面，手里拿一张播音稿，准备播音。

［乐声止，电台报时的信号嘟嘟地响了几声。

播音员：刚才最后一响，是二十二点整。上海人民广播电台，波长二九四·一二公尺，一〇二〇千周。现在播送大跃进新闻特别节目，由上海歌咏队担任伴奏和歌唱。先请听，上海钢铁厂红旗竞赛的实况录音——

［她开始播送磁带录音。磁带盘转动着，发出电台记者现场录音

的声音。

播音声：亲爱的听众！现在我们的话筒是在上海钢铁厂的第三转炉车间里……

五

［温暖的小客厅，一对夫妇和两个孩子在听无线电。

播音声继续着：一场引人瞩目的红旗竞赛就要开始……

［一家五彩斑斓的绸缎店，还在夜间营业，年轻的店员们一边工作，一边在听无线电。

播音声：挑战的一方是已经多次获得红旗的丁大刚青年先进炼钢班……

［街头的小吃摊，几个夜班工人一边吃夜宵，一边听无线电。

播音声：应战的一方是著名的梁世昌青年突击炼钢班……

［一个里弄的缝纫组里，妇女们不知不觉停了工作在听。

播音声：正是棋逢敌手，将遇良才……

［一家小商店，一个老头子和小孙子、小孙女在听，他身后的小橱窗里，挂满着有趣的玩具，构成一种童话似的世界。

播音声：人人准备显身手，个个争取立战功！……

六

［播音室。

［播音员停止放送录音，磁带声戛然而止；她开了通向侧室的信号灯，同时隔着玻璃窗向侧屋做个手势，通知歌咏队开始演唱。

［乐队精神饱满地演奏起来，锣鼓铙钹配着强烈的节奏，紧接着是一个青年歌唱者高昂有力的"歌前朗诵"。

歌唱者：人人准备拼身手，个个争取立战功！为了乘风破浪大跃进，钢铁工人干劲冲天，信心百倍，要在钢铁战线上打一个漂漂亮亮的大胜仗！英勇的钢铁战士们，让我们为你们欢呼！为你们歌唱！

［歌咏队唱起了热情而充满欢乐气氛的《炼钢炉边出英雄》：

钢水出炉红又红，
炼钢炉边出英雄，
比智慧，显神通，
比干劲，气似虹，
要让钢铁元帅升宝帐，
要替祖国建设打先锋，
要使生产大跃进，
要为人民立大功，
要教东风浩荡压西风，
社会主义力量大无穷！

七

［一架无线电的特写，播送出《炼钢炉边出英雄》的歌声。

［镜头拉开，小客厅里的夫妇和儿女在收听，父亲轻轻挥舞双手，打着节拍。

［绸缎店的店员们在收听，嘴轻轻哼着，陶醉在歌声里。

［小吃摊上的工人在听，拿筷子轻轻打着节拍，轻轻挥动。

［缝纫组的妇女们一边听，一边缝，镜头摇下，她们踩着缝纫机的双脚，按着拍子，整齐地一起一落。

［小商店的老人和孩子听得入神，孙子孙女拍着小手，祖父微微点头。

八

［歌声连续不断，景回到播音室，乐队和歌咏队还在演唱。

[编辑室里，电台记者关了收音机，开始打电话，组长等在旁边。

电台记者：……是上海钢铁厂转炉车间办公室吗？……我是上海人民广播电台。请问，今天丁大刚班和梁世昌班竞赛的结果怎么样？……什么？（大声）你说清楚点儿！……发生了意外？……

组长：（大吃一惊）什么？

电台记者：（连连挥手，制止组长说话）……谁烧伤了？……丁大刚？……

组长：丁大刚烧伤了？

[同事们大吃一惊，有几个赶过来，围着听电话。

电台记者：（不断挥手）……嗯，人送到了哪里？……东华医院？……（沉重地放下电话听筒）

组长：快到医院看看去！

[电台记者冲出，组长和同事们发着呆。

九

[夜，街头。

[电台记者坐着摩托车风驰电掣而过，单调而急促的摩托声震动夜空。

[电台记者的摩托车开进东华医院大门。

一〇

[东华医院的走道，漫长而空廓。

[一个值班护士拿着一些急救用的药品，用十分急促的步子向前走。走道上寂静无声。

[电台记者迎面奔来。

电台记者：丁大刚在哪儿？炼钢工人，才受伤的！

[护士做个手势，要他跟着走。

[电台记者迅捷地回过身，跟着她向前走去。

一一

[值班护士通过手术室外间，到手术室门口，推开一条门缝，把药品递进去，随即关上门。

[电台记者急慌慌地跟在护士后面，还要往里走，护士拦住了，做个手势，叫他留在外间。

[电台记者怔怔地望着那门，磨砂玻璃上标着三个字“手术室”。

[电台记者回过身，看见梁世昌和何健生默默地坐在一边。

[电台记者想打招呼，问一问情况，可是他们严重的神情吓得他噤了声。

[电台记者也沉重地坐下来。

一二

[手术室。

[手术在进行中，无影灯开得雪亮，气氛静得令人发慌，手术器械在使用时偶尔发出的金属碰击声，显得特别刺耳。

[外科主任范纪康亲自做着急救手术。青年医生苗文蔚、林振民，护士长尹德萱，护士袁芳，都在配合工作。

[范纪康五十几岁，精神矍铄，动作纯熟，脸上没有任何表情。袁芳因为病人的情况过于严重，工作时微微显出慌乱，接过范纪康给她的剪刀时，竟失手掉在器械盘里，铿然作声。范纪康瞪她一眼，立刻回过头，照旧沉静地工作。

[做手术助理的医生，管麻醉的，看病人脉搏、呼吸和血压的医生，司器械和照应手术室的护士们，围着手术台，有秩序地活动着。

一三

[手术室外间。

[大家默不作声地坐着，空气冻结了似的。

[梁世昌耐不住了，站起来，焦急地在屋子里走动。

[范纪康和几个医生做完了急救手术出来，手术室的门随即严严地关上。

[梁世昌立即迎上去，何健生和电台记者随着跟上，大家围着范纪康。

梁世昌：医生，病人怎么样？

[范纪康默默地去掉口罩、橡皮手套和白帽子，不说话。

何健生：病人有救吗？

[范纪康望着对方，还是不说话。最后他摇了摇头，动作轻微到几乎叫人看不见。

梁世昌：（异常激动）医生，你知道病人怎么烧伤的吗？他是为了抢救一炉钢水，为了救大家才受的伤。我就是他救的，要不是他，我已经完蛋了！医生，你一定要救活他！

[手术室的门打开了，苗文蔚、林振民用推车推着丁大刚出来，尹德萱和袁芳在旁边照料着。

[梁世昌、何健生和电台记者迅即围上去看。

[推车上的丁大刚，闭着眼，昏迷不醒。头上缠着纱布，渗着不少血迹。

梁世昌：（惨叫一声）老丁！

[范纪康挥手，苗文蔚他们推着病人出去。

范纪康：（望着梁世昌他们三个）你们中间有病人的家属吗？

何健生：（摇摇头）怎么样？

范纪康：（低沉地）赶快通知他的家属，病人伤势很重……

何健生：（嘶哑地）什么？

梁世昌：（忧急交并）他在上海只有一个未婚妻，到劳动节就要结婚了，我们怎么通知她？

[他的话一完，屋子里突然变得非常沉寂。

范纪康：（半晌，叹了口气）太不幸了！可是没有办法，他等不到劳动节了！

［何健生用悲痛的眼色，深深地望着梁世昌。

一四

［清晨，安静的工人新村刚刚苏醒，几个赶早上班的男女工人已经在宽敞的弄堂里走着。

［梁世昌骑着脚踏车一直驶进弄堂，下了车，走进一家的后门。

一五

［朱秀云家，她和她母亲住的是一间小小的厢房。

［梁世昌走到房门口，站着。屋里只有一位老太太，背向着房门在扫地，她是朱秀云的母亲。

［她转过身子，意外地看见了清晨的来客。

母亲：（高兴地）老梁，是你呀！

梁世昌：秀云不在家？

母亲：该快回来了。公共汽车公司也在闹大跃进，有几路车子要开通宵，昨晚她是第一个值夜班。你尽站在门口干什么！

［她回身放下扫帚，端凳子准备欢迎客人。就在这时候，梁世昌却返身走了。

母亲：（一边端着凳子）老梁，进来坐吧！（忽然发现不见了人）咦，这孩子！

［她还以为这是年轻人冒失，禁不住独自笑了。

一六

［公共汽车公司车场的售票员休息室。

［朱秀云和几个刚下班的售票员正在结账，放在各人面前的是帆布袋、票板，大堆的钞票、硬币。

［梁世昌进来。

梁世昌：秀云！

朱秀云：（诧异）老梁！（缓缓站起，看着他的神情）有什么事吗？

梁世昌：我……（难受地）我有件事告诉你，你先别急。

朱秀云：怎么了？出了什么事？

梁世昌：（一咬牙说出来）老丁受伤了！

朱秀云：什么？

梁世昌：老丁叫钢水烧伤了，进了医院。

[朱秀云突然觉得天地都在转，两腿一软，身子摇晃，她一下子瘫在椅子上。

[售票员们惊喊，走近来照看。

梁世昌：（慌了手脚）秀云！

朱秀云：（镇定下来）他伤得重吗？

梁世昌：真叫人难受！应该是我替他，可偏偏让他替我受了伤！……

朱秀云：你倒是说呀，他伤势重吗？

梁世昌：（扶她）走吧，我们找医院领导去，怎么的也要求他们把老丁治好！

一个售票员：快去吧，我代你结账。

[朱秀云站起来，和梁世昌一起往外走。

一七

[东华医院院长室。

[屋里只有一个女秘书整理文件。她生就一张孩儿脸，却戴着宽边大眼镜。

[梁世昌带着朱秀云进来，她连售票员的工作服都来不及换掉。

梁世昌：同志，我找党委书记。

秘书：她不在。

梁世昌：（没有好气）党委会说在院长室嘛！那我见院长。

秘书：她不在。（补充）院长跟党委书记是一个人。

梁世昌：我有要紧事，一定要马上找到她！我是上海钢铁厂的工人。

秘书：噢，钢铁厂的！丁大刚同志怎么伤得那么重？医生都说没有……（发觉了朱秀云的神气，突然收住）对不起！方书记平日早来了，今天也不知怎么的，你们等一下，我找找她去。

［秘书出去。

［梁世昌和朱秀云呆呆地站在那儿，谁都怕开口说话。他看看她，看见她那阴暗的眼色，赶快把视线避开，但隔不一会儿，又忍不住回过来看她。

梁世昌：坐吧。

［朱秀云机械地坐下。

［何健生进来，后面是电台记者。

何健生：你们来了。（走到朱秀云旁边，坐下来）秀云同志，你放心！厂里决定用最大的力量抢救老丁，我们这就和医院领导商量，这儿的外科是全国有名的，一定有办法！

［秘书回来了。

秘书：方书记找到了，她就在丁大刚病房里。

一八

［方群在丁大刚病房里。

［这是一个四十多岁的女同志，在革命队伍中久经锻炼，她的脸型在慈祥中显出毅力，母亲和战士的气质和谐地结合在她身上。

［她站在病床旁边，小心翼翼地揭起白被单，看着丁大刚的伤势。

［病人仍在昏迷中发着谵语："行车开过来！……出钢了！……"

［方群把正在准备补液架的苗文蔚拉到病房的一角，低声说话。

方群：伤很重啊！

苗文蔚：差不多全身都焦了，烧伤面积是百分之八十九点三。

方群：是怎么受的伤？

苗文蔚：为了救别人，才给钢水烧伤的。（景仰之情，溢于言表）听说他当时衣服都着了火，还不肯离开炼钢炉……

方群：（回头看看病床，声音更低）肯定没有指望了吗？

苗文蔚：大家都这么看。

方群：你呢？老苗。

苗文蔚：是难！不过我觉得结论下得早了点。病人坚强极了，动手术的时候，他痛得全身哆嗦，连麻醉剂都不管用了，可是他并没有喊痛。……

［袁芳带着朱秀云、梁世昌、何健生进来。他们都已经换上了消毒衣。

［方群做手势，要他们安静。

［朱秀云首先奔到床边，叫声“大刚！”看着病人发呆；梁世昌和何健生默默地站在她身后。

［丁大刚从昏迷中醒过来。

朱秀云：（她再一次叫唤，忍不住眼圈红了）大刚！

丁大刚：秀云！（他微弱地叫了一声，深深地看着她；然后非常吃力地转向梁世昌和何健生）车间……损失怎么样？

何健生：一切照常，你只管安心养伤，什么也不要操心！

丁大刚：这样的事故……是少有的……同志们……别泄气！

［范纪康进来，后面跟着林振民和另外两个外科医生。

范纪康：请大家外边坐吧，我们要给病人检查一下。

［朱秀云、梁世昌、何健生他们出去，朱秀云频频回头望着病床。

一九

［属于烫伤病房的一间办公室，和护理室及丁大刚病房相毗连，隔着玻璃窗，看得见护理室里的活动。

［电台记者和三五个新闻记者在办公室里枯坐着。

［朱秀云、梁世昌、何健生走进办公室，记者们立即站起来，迎上去。

电台记者：丁大刚同志怎么样？

［朱秀云沉重地看了他一眼，坐下来。

［梁世昌和何健生跟着默默地坐下。

［记者们望着他们发愣。

二〇

［病房里。

［医生们准备给丁大刚翻身换药，方群在一边看着。

范纪康：我们要给你换药，翻身的时候痛一点，忍得住吗？

［丁大刚异常衰弱地点了点头。

［范纪康向大家做手势，大家动作起来。

［苗文蔚要给病人翻身，可是因为病人全身都烧伤了，无从下手，只好望着范纪康摇头。

［林振民同样地摇头。

［另外两个医生也无可奈何地望着范纪康。

［方群焦急地望着大家。

范纪康：（手势）一起来吧，轻轻的，要小心！（向丁大刚）忍着点！

［大家同时动手。

［丁大刚惨叫了一声。

［大家只好住手。

丁大刚：我自己来！（他拼着全身的力气，想试一试自己的意志力，翻一个身，但毕竟伤得太重了，只是徒然挣扎了一阵。他咬紧牙关，强打笑容）不成！你们来吧，我吃得住！

［大家鼓足勇气，替他翻身。

丁大刚：（忍着剧痛，带着笑）使劲，不要怕！

［范纪康和医生们满头大汗。

［方群看着丁大刚，满心惨恻，恨不得代他分点痛楚。

二一

［景化到办公室。

［朱秀云他们三个和记者们还是枯坐着。

梁世昌：（看了看表）两个多钟头了，还没好！

电台记者：看！

[大家隔着玻璃窗望去，范纪康和方群从病房出来，走进护理室，后面跟着苗文蔚和林振民。

[在护理室里，方群激动地和医生们谈着话。

方群：我们研究一下，有什么办法把病人治好。

范纪康：方书记，病人的情形，我非常感动；我很想救活他，可是——太难了！

方群：（恳切地）可是我们怎么忍心让这样的人死呢？范主任，尽可能地想办法，救活他！

范纪康：（沉吟有顷）我们请上海著名的外科专家来一次会诊，试试看吧。

[景化出。

二二

[办公室。

[室内放了十几张椅子，其中有一套沙发，是散兵线式的布置，略如环形。椅子沙发都空着。梁世昌、何健生和几位新闻记者坐在屋子的一角，电台记者在一溜玻璃窗边向护理室和病房那边张望，袁芳拿着用弹簧夹子夹着的“病历表”“体温表”以及“会诊书”一类的东西，放在桌子上，为即将召开的专家会诊会议做好准备。

[范纪康陪着十几位外科专家从病房通过护理室出来，方群、苗文蔚、林振民跟在后面。

[专家们一出来，纷纷去掉消毒衣帽和口罩，先后落座。老成持重的白教授被安置在占室内中心地位的长沙发上，显然他是专家中公认的权威人物。

[林振民准备记录，记者们拿出小本子来记着。

范纪康：（看看大家）请大家谈谈吧。病人伤势很重，我们经验和水平都不够，希望专家们多多帮助。

[一阵子的沉默。

范纪康：请哪位先谈？白教授？

白教授：大家谈！大家谈！

[又是一阵沉默。

范纪康：李教授？

李教授：不，还是白教授谈吧。

[视线集中到白教授，此呼彼应，“对”“对”。

白教授：（拿起“病历表”，翻阅了一会儿，略事沉吟之后）病人的烧伤面积是百分之八十九点三，其中三度烧伤百分之二十二。根据美国外伤权威伊文思的文献，烧伤面积在百分之五十以上的，死亡率百分之八十五，烧伤面积超过百分之七十，死亡率是百分之百。照这个情况看，病人恐怕是没有什么希望的，医生的责任，也只好尽力而为，死马当活马医罢了！

[梁世昌和何健生失望地对看了一眼。

[范纪康示意李教授，请他发言。

李教授：我同意白教授的意见。近年来虽然烧伤病理学有新发展，可是像这样大面积的烧伤，还是无能为力的。

苗文蔚：范主任，是不是请大家谈谈具体的医疗方案？

白教授：（指指“病历表”，向范纪康）据我看，应该做的你们都做了，也总算对得起病人了！

[专家们传阅“病历表”，有的微微颔首，表示同意；有的神情黯淡，一筹莫展。

苗文蔚：我大胆提个问题：资本主义国家的医学文献，我们是不是一定不能突破？

孙教授：这问题提得好，我们可以把思想解放一下。

白教授：（淡淡地一笑）解放思想，破除迷信，这我都赞成！不过人不是工农业产品，光凭政治热情，救不了人命！

[会议触礁，空气沉闷，专家们三三两两，低声交换意见。

[方群一直全神贯注地听着。

范纪康：白教授，病人是因公受伤的钢铁工人，我们感到责任很大，还想争取万一的希望，你看……

白教授：范主任，我们要承认，医学上是没有什么奇迹的！（大家又开始集中听他说话）病人烧伤到这个样子，人体组织的广泛破坏，是客观事实；组织破坏所引起的病理生理变化，是科学规律；规律演变的必然后果，就是死亡。……这很不幸，可是——没有办法！

［梁世昌举起一只手，他的脸色显得很激动。

梁世昌：专家同志们，我想说几句话，成吗？

［专家们都拿眼睛转到这不被注意的一角，白教授特别感到意外。

范纪康：请吧。（介绍）这是钢铁厂的梁同志。

梁世昌：（缓缓站起来）听了这位专家的话，我心里很难受。我们多么希望你们把老丁救活，可听这位专家的口气，老丁不是完蛋了吗？

［白教授轻轻地咳嗽了一声。

梁世昌：解放前一年，我当学徒的时候，也叫钢水烫伤过，比老丁轻得多。老板说我自己不小心，把我开除了，我妈把我送到医院，可是因为花不起钱，医生怎么也不肯收留我。（指着屋子）就是这个医院，那时候它是洋人办的。现在党领导我们翻了身，老丁不但在这儿住了特别病房，还请了这么多专家来替他会诊，要在从前，就是做梦，我们也不敢这么想！（十分恳切地）我们是多么高兴，多么……打心里感激你们，可要是你们也一口一声的没有办法，那我们还指望什么？专家同志们，老丁能不顾生命危险抢救车间，救了我们大家，你们为什么不能想尽办法把老丁救活呢？为什么？……咳，别见怪，我太激动了！

［他说不下去了，做了个把话切断的手势，坐下来。

［白教授气得脸上的肌肉都在颤动。

［教授们面面相觑，神情很不自在。

［范纪康虎起脸，他的地位使他感到不平和不安。

［方群心里也有点儿着急，她沉静地看着情势的演变。

白教授：（看了看表，非常客气地向方群和范纪康点了点头）对不起，我还要去参加一个会，只好先走一步。你们继续谈吧，人多智广，说不定能有办法！

［他很有涵养地站起来，向大家微微躬身。

［范纪康也站起来，他觉得留也不好，不留也不好，空气非常的僵。

方群：（从容地）范主任，我来送白教授。

白教授：不敢当，不敢当！

［方群送他走出会场。

范纪康：请哪位接着谈吧。

［空气缓和下来了，但依然非常沉闷，暂时还没有人发言。

二三

［方群送白教授从特别病房出来，一直送到汽车旁边。

方群：（亲切而随便地）白教授，刚才那位工人同志讲的话很激动，也很直率，你不在意吧？

白教授：当然！我很理解他的心情，不过科学毕竟是科学，对不对？

［他和方群握手，很礼貌地道了“再见”，上了汽车。

［方群看着汽车开走，回过身，一边走，一边沉思。——她心里正在咀嚼着刚才梁世昌所说的一番话。

二四

［景化到特别病房办公室。

［专家会诊刚结束，空空的座椅，桌子上茶烟狼藉，显出散会后的凌乱和无秩序。

［房子里只有两个人：方群和苗文蔚。他们的脸色分明反映出一件事实：会诊没有结果。

苗文蔚：这哪像是会诊，简直是开追悼会！

方群：（冷静地）也不能这么说，有几位专家还是谈了些积极的意见。

苗文蔚：我最不满意的是白教授，他是外科方面的权威，我们对他抱了很大的希望，可是他就会给人泼冷水。

[范纪康从外面进来。——他刚把参加会诊的专家们送走。

范纪康：（也是一肚子憋闷，再加上生气，脸色显得比平时更板了）方书记，我认为梁世昌的说法很不妥当！

方群：怎么呢？

范纪康：如果我们不是为了抢救丁大刚，就没有必要请那么多院外的专家来会诊。梁世昌这种粗暴的态度，恰恰打击了专家们的积极性！

苗文蔚：我觉得梁世昌的话还是对的！

范纪康：（火上加油）我不同意！难道说经过党这么多年的教育，我们这些人到今天还不愿意为工人阶级服务？

苗文蔚：愿意服务，就需要热情！像白教授那样的，我觉得——

范纪康：不管怎么说，白教授的论点是正确的。国际文献的死亡统计不是什么神秘的东西，而是纯粹的科学记录！

方群：（平心静气地）范主任，梁世昌也许莽撞一些，可是他的话很值得我们思考，他对我很有启发……

[范纪康回过头来望着方群，他觉得不能理解。

[方群走过来，坐在范纪康对面。

方群：（语气带着感情，可是理智明净，一种亲切的讨论问题的态度）从梁世昌的话里，我想到一个问题：科学技术本身虽然没有阶级性，可是在不同的社会制度底下，同样的科学，会产生不同的结果。你是不是同意这一点？

范纪康：（保留地）请说下去。

方群：在资本主义国家，这种严重烧伤的病人，只能是被剥削的工人，绝不可能是资本家，对不对？

范纪康：那对！

方群：工人受了伤，资本家能不能给他花钱治病？在那种社会里，专为资本家服务的医院、医生，能不能想尽办法来抢救一个工人？

范纪康：我不明白，方书记。这跟烧伤病理学有什么关系？

方群：（有力地）问题的关键恰恰是在这里！社会主义国家和资本主义国家是两个截然不同的世界，我们的医院是为劳动人民办的，我们有觉悟的专家学者，都把自己能够为劳动人民服务看作无上的光荣！我们可以为抢救一个普通工人的生命，动员一切力量，采取一切可能的医疗措施，这在资本主义社会，办得到吗？这个事实说明：资本主义国家的医药文献，因为社会条件的限制，不可能都是完整的科学总结！

苗文蔚：（愤然而起）太好了，这全部说明了问题！范主任，资本主义国家的医药文献，在资本主义社会是真理，在我们这里可就不对头了，我们应该丢开他们的死亡统计学！

范纪康：这我不同意！国际文献是科学界累积的财富，怎么能一笔抹杀呢！

方群：对，应该采取实事求是的态度，不可不信，也不可迷信！范主任，科学技术是在不断发展的，我们应该相信自己的力量，应该有超越资本主义科学成就的气魄！

［范纪康坐不住了，站起来，在屋子里走动。方群的话是他从来没有想到的，也是从来不敢想的。他受到了震动，也受到了鼓舞，他开始被触动。

范纪康：方书记，（他的声音有点儿发颤）我同意你的分析，这对我是个很大的启发。……可是丁大刚的伤势这么重，怎么办？我们能做的都做了。……

方群：是不是所有的力量都使上了？

范纪康：那……当然不能这么说。

方群：（热情蓬勃地）那就把我们的心掏出来，把我们所有的力气都使上吧！我们可以请求社会的协作支援，可是我们自己先要有信心，我们整个医院都应该动起来！——

［当方群说话的时候，镜头慢慢向她推近。

方群：（紧接着）丁大刚同志大公无私的精神在教育我们，成千上万钢铁工人的生产热情在督促我们，医生的责任和良心在要求我们：一定要把丁大刚同志的伤治好！

[镜头向后移，我们看出来，方群是在大礼堂里做动员报告，满脸兴奋的医生、护士、职工在听她讲话。

方群：对病人冷淡，是不可饶恕的罪过！党要求我们每一个人，都把丁大刚当作自己的亲人，只许他活，不许他死！资本主义国家权威说办不到的，我们一定要办到！

[她的语声淹没在春雷般的掌声里。

[景渐隐。

二五

[景渐显，在电台编辑室里。

[离前景一周后的清晨。

[电台记者拿着一份手稿，兴冲冲地走到工业组的办公桌边。

电台记者：组长，编辑主任看过稿了，他同意立刻播送。

组长：好。

[他在稿上签了字，交给站在旁边的播音员小胡。

[播音员有礼貌地点点头，接过稿来看。

电台记者：小胡，你看吧，太动人了！我从来也没有采访过这样的新闻！

[景化到播音室，播音员开始播音。

播音员：（语音清脆，感情充沛地）我们这时代是诗的时代，英雄的时代，每一分钟都在出现激动人心的事迹。……

二六

[田野，一群农民正在听着田头的无线电广播。

播音员的声音继续着：本市东华医院为了抢救严重烧伤的钢铁战士丁大刚，正在展开一场史无前例的战斗……

[一艘军舰的甲板上，海军战士们在听广播。

广播声：在党的号召下，整个医院都动了起来，不分内科、外科、技工、职员，每一个人都热情地参加了工作……

[大学的操场里，同学们在听广播。

广播声：医学界对资本主义国家文献的迷信进攻，医生们解放了思想，正在千方百计，创造起死回生的奇迹……

[火车站的候车室里，拥挤的旅客们在听广播。

广播声：护士同志发挥了高度的阶级友爱，她们为了看护病人，夜以继日，有的甚至忘记了自己的家和孩子……

[上海钢铁厂的转炉车间，梁世昌和工人们在听广播。

广播声：丁大刚的勇敢、坚强和共产主义精神感动了大家，为了抢救丁大刚的生命，全市医务界已经形成一种自发的运动，人人都愿意为钢铁战士尽一点儿心，出一把力……

[公共汽车公司的售票员办公室，朱秀云和售票员们在听广播。

广播声：经验丰富的医学专家用大量病例证明：像丁大刚这样严重的伤势，一般活不了三天，可是现在已经过了一星期，丁大刚的第一道难关过去了，第一个战役胜利了！……

二七

[范纪康家的客厅里，范纪康的女儿范素在听广播。

[她二十岁，是一个热情而富于幻想的女孩子，在桌子上，堆了不少她正在批改的小学生的试卷。

广播声：东华医院的全体医护人员，下定决心，要环绕在党的周围，一直战斗到最后胜利！

范素：太棒了！

[她兴奋地叫了一声，关上收音机，直奔到客厅旁边的房门口，连声打门。

范素：爸爸！

[来不及等里面答应，她猛一下就把门推开，奔了进去。

[范纪康正埋头在书堆里。

[他抬起头来望着女儿，脸色并不开朗。

范素：好爸爸，祝贺您！真了不起，连您也大跃进了！

范纪康：别胡闹了！你没看见，我正忙着吗！

范素：正经话嘛，怎么是胡闹！爸爸，我对您有意见，您自己在医院里偷偷地创造奇迹，怎么不鼓励我也创造奇迹，净给我泼冷水！

范纪康：这孩子，你胡说些什么？

范素：您怎么忘了？我在实习的小学校里，正闹提高教学质量的运动，您昨晚还打击我的积极性，说什么这在短期内不可能。

范纪康：（烦躁地挥手）好了好了，快上学校去吧，别晚到了！

范素：好！（她顽皮地笑着往外走，到了门口，又回身站住）您听着！我向您挑战！咱们来个友谊竞赛，看我们的工作谁做得好！（她出去，关上门，忽然又推门进来）我一定要战胜您！

[门又立刻关上了。

[范纪康无可奈何地摇摇头。

[范素在客厅里很快地收拾起试卷，准备出门。

[方群迎面而来。

方群：你好，范素。你父亲在吧？

范素：（指指书房，作咬嚼状）正啃书本呢。（悄声）方书记，丁大刚的伤什么时候能治好？

方群：你没有问你父亲？他比我清楚。

[范素扮个鬼脸，奔出。

[方群望着她笑笑，然后去敲书房门。

［范纪康一听敲门声，以为女儿又来了。

范纪康：（大声）你还有完没完！

［方群进来，范纪康大窘。

范纪康：我弄错了，我以为你——是我女儿。

方群：什么？

范纪康：（发觉语病）哦，对不起！坐吧。

方群：（看着书堆，拿起一本，随手翻了翻）你正在用功？

范纪康：我想挤时间查一查近十年国际有关烧伤的医药文献，也许有用处。

方群：那么多资料，一个人怎么啃得动？组织外科的医生们一起来看，不是一下子就解决了吗？

范纪康：（轻轻打自己的脑袋）这脑袋瓜，总是不习惯走群众路线！

方群：你听见电台的广播了吗？

范纪康：我不想听，反正知道内容了。这一广播，我们很被动。

方群：是被动！电台一广播，报纸一定接着来。不过也好，这叫"逼上梁山"，我们非救活老丁不可了。

范纪康：老丁能活到今天，已经是奇迹了，要没有党，一百个老丁也早送了命；不过真要救活他，困难还多得很。

方群：我知道，范主任。可是这样的事情，即使天大的困难，难道还不值得我们勇气百倍地去做吗？（站起来）穿上外衣吧，我们到市委去。

范纪康：到市委去？

方群：市委很关心这件事，决定全力支持，要你和我去汇报一下。

范纪康：（受到了鼓舞）是这样！

［他站起来，穿上外衣。

方群：走！有什么要求，回头尽量提吧！

［他们走出书房，关上门。

［景渐隐。

二八

［景渐显。

［闹市。道旁悬灯结彩，商店里挂着庆祝劳动节的标语，一片节日前夜的景象。

［一辆公共汽车向前行驶。车内乘客不太拥挤，朱秀云在售票员座位上执行工作。

朱秀云：车子要拐弯了，请拉好把手！

［两个店员模样的乘客正好站在朱秀云附近闲谈。

乘客甲：（看着窗外）明天劳动节，哪里玩儿玩儿去？

乘客乙：我值班，照常工作。我们是药房嘛！

乘客甲：倒是，抢救丁大刚的事怎样了？医院的消息，你灵通！

［他的话引起了朱秀云的注意。

乘客乙：正在全力抢救。这工作，可不简单！对了，听人家讲，丁大刚要不是受伤，明天可是他结婚的日子。（惋惜地）你说这事……

乘客甲：那真太不巧了！

［朱秀云像触了电一样。车子停了，她没有发觉。

乘客甲：同志，怎么了？开门啊？

［朱秀云如梦初醒，赶忙开了车门。

［乘客甲、乙和另外几个乘客下了车，上来的是一个农民妇女，带着个孩子，提着大包袱，朱秀云帮她抱着孩子上了车。

［随后上来的是梁世昌。

［车开动了，朱秀云向农民妇女卖了票。梁世昌给她看了看月票，就站在她旁边。

梁世昌：今天去看过老丁吗？

朱秀云：下了班就去。

梁世昌：我不能去看他了。今天车间准备创造个新纪录，迎接劳动节。

朱秀云：（出神地）对，劳动节！

梁世昌：（发觉自己无意中碰伤了对方的心）别难受，老丁就会好的。“七一”“十一”，都是好日子！

[朱秀云无言。

[车子向前行驶。

二九

[景化入朱秀云家，下午一点多。

[屋子里非常显眼地放着几样嫁妆：两床印花布面的棉被，一对朱红漆的脚盆，一对崭新的热水瓶……

[朱秀云下班回来以后，刚吃完饭，忙着脱制服，摘帽子。母亲端过一盆水来，让她梳洗。

母亲：（看看嫁妆，抚摩一下新棉被）秀云，这怎么办？这结婚的日子，按说可不能随便改啊！

[朱秀云正在洗脸，一听这话，对着镜子愣了愣，继续擦脸洗手。

[一位和气的老裁缝，双手托着一个布包，出现在门口。

老裁缝：（满面春风）大婶，衣服缝好了。（在床上打开布包，拿出一套花绸子女装）瞧！式样，针线，都特别地道。

母亲：多谢你！（给他一个红纸包）拿着吧，小意思。

老裁缝：（推辞）不，现在不兴这一套了！

母亲：是工钱，并没有多给。装个红纸袋，讨个吉利！

老裁缝：谢谢，大婶。姑娘，恭喜你称心如意，白头到老！

[老裁缝走了，母亲看着新衣服，深深叹一口气。

母亲：秀云，大刚究竟伤得怎么样？别总瞒着我，我跟你一起到医院看看吧。

朱秀云：（柔声）妈，您别去，他就会好的，您放心吧。

[她说完，很快地回身向外走。

三〇

[景化入东华医院院长室。

[会议桌上堆满了社会各方面的来信和电报。几个男女工作人员在忙碌着：拆信，看信，批注登记，分门别类地整理。

秘书：（分发着函电）本市，慰问信；本市，献计献策的……

[电话铃声大作。

秘书：（接电话）喂，你哪里？……国棉十七厂……丁大刚病情没什么变化……谢谢你们的慰问！（搁下电话，继续分信）本市，慰问信，送礼物的；北京，慰问电；哈尔滨，兰州，广州，昆明，慰问电……

[电话铃声又起。

秘书：（接电话）……对，东华医院院长室……什么？你有个治烧伤的土方子……请马上送来吧……谢谢。（打着话机上的话棒）喂，总机！别把电话接到这儿来了……接到党委办公室去吧！

一个职员：（举起一封信）朝鲜来的信，给方书记的。

[他把信递给秘书，信封上发信人的地址是“中国人民志愿军总部”，旁书“陈缄”。

秘书：方书记的家信，她爱人写给她的，怎么混在一起了！

[她把信拿给方群。方群正在办公桌边沉思。

秘书：陈政委的信又来了，你该写回信了！

[方群一边动脑筋，一边缓缓拆信。

范纪康急慌慌地走进院长室，神色紧张。

范纪康：完了！方书记，我们白辛苦了！

[他颓然跌坐在沙发上。

方群：（一惊）出了什么事？

[范纪康递过一张化验单，方群赶忙接过来看。

范纪康：绿脓杆菌败血症！

方群：（力持镇定）别慌，范主任。我们研究研究挽救的办法。

范纪康：唯一有效的药是多黏菌素，即使多黏菌素，败血症的死亡率是百分之八十。（绝望地）现在我们根本连这种药也没有！

方群：没有！那怎么会？

范纪康：（着重地）这是进口货！市场上都找遍了，没有；我们国内在试制，不知道什么时候才能成功。

［方群默然。为了控制自己的情绪，她站起来，轻轻走动。

方群：（喃喃地）别急！会有办法的，有办法的！

［她继续走动着。

三一

［护理室里，到处堆满了群众送来的鲜花和鲜果。

［苗文蔚头发散乱，双手支颐，呆呆地坐在行军床上。袁芳捧着满怀的鲜花，双臂挽着一篮鸡蛋和一篮番茄从外面进来。

袁芳：老苗，快接一下！

［苗文蔚接过鲜花，帮着把两只篮子放在桌上。

袁芳：（指着鸡蛋和番茄）多漂亮！虹桥乡的农民送的，是不是给老丁看看？

苗文蔚：算了，让他安静点儿。

袁芳：（看着他的神气）你几晚没好好休息了，还不抓紧时间睡一下？

苗文蔚：睡不着！我担心老丁……

三二

［丁大刚躺在床上，发着高烧，头部蒙着的纱布已经去掉。

［尹德萱给病人量好体温，正就着光看温度表，袁芳走近，用眼色打问讯，尹德萱回答的是沉重的表情。

丁大刚：护士长！

［尹德萱和袁芳走近病床。

尹德萱：（温柔地）怎么样？

丁大刚：今天……几号了？

尹德萱：今天是……（一转念间）我倒忘了。

袁芳：（嘴快）四月三十，明天就是……

［她一眼看见尹德萱拼命向她使眼色，明白过来，突然住了口。

丁大刚：哦，劳动节了。

尹德萱：老丁，别多想了，安心养伤吧。

袁芳：对，要不要听听无线电？不要？……今天晚上有文艺界来医院表演，“五一”慰问演出，要不要听听？……接根线进来！……（忽然发觉自己又说到了有关劳动节的题目上）……啊，对，要不要喝点儿水？

［丁大刚闭上了眼，好像根本没有听见。

［范纪康带着苗文蔚和林振民进来。

范纪康：老丁，我们现在要检查一下伤口。

［丁大刚微微点了点头，又把眼睛闭上。

范纪康：你静静地休息，很快就检查完，先注射点儿麻醉剂，不会很疼的。

［尹德萱打开无影灯，林振民注射麻醉剂，范纪康和苗文蔚开始检查伤口。

［丁大刚紧闭双眼，不住咬咬牙，忍受痛楚。看起来麻醉剂对他已经不大起作用了。

尹德萱和袁芳都忧心忡忡地在旁边看着。

［范纪康检查完了，做手势叫关灯，一面深锁眉尖，站着发呆。大家担心地望着他，他不自觉地摇了摇头。

［丁大刚睁开眼，正好看到了范纪康沉重的脸色。

丁大刚：范主任！

范纪康走近一点儿。

丁大刚：我是不是还有救？

范纪康：那……当然。

丁大刚：会不会成残废？

范纪康：不要多想了，你需要安静，明白吗？

［朱秀云进来了，所有的目光不知不觉地向她集中。她不安地看着大家，一阵突然而来的紧张的沉默以后，她很快地走近病床。

朱秀云：大刚，你怎么样？

丁大刚：我好多了。

［尹德萱端过来一张椅子，扶着朱秀云坐下。朱秀云缓过一口气，但她知道，他只不过是为了安慰她才这么说的。

丁大刚：明天……只好改期了。

朱秀云：改个日子也好，“七一”“十一”，都是好日子。

丁大刚：你明天参加游行吗？外面……一定很热闹。

朱秀云：明儿我可以陪你一整天。噢，我刚才遇见老梁，他说今天转炉车间要创造新纪录，不能来看你了。

丁大刚：（提到转炉车间，好像什么痛苦都忘了）哦，要是我现在也在车间里，那多好啊！

［突然，一阵难以忍受的剧痛袭来了，丁大刚浑身痉挛，脸抽搐着，用尽平生之力，不让自己呻吟，可是惨厉的呼声还是不断地从牙缝里漏出来。

朱秀云：（求助地）范主任！

［范纪康和苗文蔚走近床边照看。

［剧痛过去了，丁大刚疲乏地闭上了眼。

朱秀云：（泪水早已模糊了眼睛）大刚！

丁大刚：（睁开眼，看了她半晌，意在言外）拿出勇气来，秀云！……永远也不要……叫痛苦压倒！

朱秀云：不，不要说了。

苗文蔚：别说话了，你需要休息。

丁大刚：我要求跟组织谈一次……我有话告诉党。

［朱秀云怕自己哭出来，赶忙用手捂住嘴。

［袁芳流着泪，几乎要哭。

［范纪康申斥地瞪了袁芳一眼，随即逃避似的走出病房。

三三

［范纪康走进护理室，忙不迭去掉消毒帽、口罩和手套，掏出手

帕，擦掉眼泪。

［方群进来，讶异地看着他。

方群：怎么了，范主任？

范纪康：（掩饰）没什么。

方群：老丁这会儿怎么样？

范纪康摇了摇头，不答话。

［苗文蔚这时候从病房出来，走进护理室。

苗文蔚：老丁要求跟组织谈话，（黯然）他觉得自己不行了，说有话告诉党。

方群：（沉思半晌）跟他谈吧，就在今晚。把钢铁厂的何健生同志请来。

范纪康：是不是缓两天再谈？老丁病情很重。

方群：正因为病重，他需要力量，党应该满足他的要求。

［景化出。

三四

［病房。夜，安静极了。它给人一种恬静庄严的感觉。

［一只红色大丽花的大花篮，在灯光的映照下，鲜艳得像一团火焰。

［丁大刚躺着，上半身支起了一点儿。方群、苗文蔚、袁芳坐在旁边。

丁大刚：（人依然软弱，可是神情兴奋，谈话有点儿断断续续，却很平静）……我是穷人家的孩子，在旧社会，差点儿没饿死。是党给了我生命，教育了我，让我明白人活着是为什么。……

［他停顿了一下，大家静静地等待着。

丁大刚：我能够参加党，是我一辈子最大的幸福。……只是，我为党工作得太少了。……

方群：（母亲一样的慈祥）休息一下，慢慢说。

丁大刚：我知道，我的伤很重。……从范主任的眼神里看出来，我大概不成了。……（眼睛里燃烧着炽热的感情）可我还是希望我能活，哪怕是残废了，只要我活着，我就能工作。……

方群：别激动，老丁。慢慢地说。

丁大刚：我要活，不管什么样的痛苦，我都经得住。……我并不是怕死，要真不行了，我会快快活活地闭上眼。……秀云是团员……希望党能培养她，让她能加入……党的队伍。……老项，怎么还不来？

苗文蔚：（看了看表）快来了。为了向劳动节献礼，创造新纪录，他正在忙着呢。

丁大刚：我银行里有笔存款，是结婚费，老项知道的。……要是我不行了，这是我……最后的党费……

方群：不要说了，我都明白了。

［袁芳倒了一杯汽水，仔细地喂给丁大刚。

［窗外传来一阵甜美的乐声。——文艺界向医院伤病员和医务工作者的慰问演出正在进行。

方群：（声音平静而温柔，却充满内在的力量）老丁，我要说的只有这么一句话：党一定救活你！

［丁大刚望着方群，像孩子望着母亲。

方群：我们要信赖范主任，也要了解他，旧思想意识把他的头脑捆得很紧，他有时候表现出丧失信心，是很自然的事，我们可不能动摇。应该是我们影响他，不应该是他影响我们。

［乐声从窗外轻轻飘过。

方群：十年以前，我在游击区里搞过医疗工作，医院是在破庙里、老百姓家里，有时在船上。简单的医疗器械，都背在医生身上，药品少得可怜，医生不但要救死扶伤，还要保护伤病员，随时防敌人袭击。就在那样的条件底下，我们也从来没有向困难低过头。可现在呢，条件完全不同了，并且整个社会都在关心你，支持你！

［又是一阵音乐。

方群：你听，多好的音乐！草地上的慰问演出正在热闹头上，可惜你不能去看！为祖国，为共产主义的远大理想，我们有很多工作要做。我们的一天等于二十年，所以我们的生命特别宝贵，你要永远记着这一点！

丁大刚：谢谢你，方书记。不管多么困难，我会坚持下去的！

方群：（向病床靠近一点儿，像说秘密话一般）明天就是劳动节了，你错过了婚期，可这又算什么！爱情要有点儿波折，才更甜蜜。我爱人现在在朝鲜，他一直在部队里工作，我们结了婚，也没多少时候在一起过，可我只要一想到他是在为党工作，我就觉得我们俩的心是靠得多么近！

[何健生和梁世昌来了，两人一直跑到病床边。

何健生：对不起，我们晚到了！——我先报告个好消息：今天我们转炉车间出现了一天炼二百炉的全国新纪录！

袁芳：（高兴地）二百炉！

苗文蔚：（同时）太好了！

方群：祝贺你们的成功！

何健生：得向老丁道喜。老丁，你的班是成绩最好的！

丁大刚：我的班？

何健生：对！（拍拍梁世昌的肩膀）你受伤以后，老梁要求调到你班上支援，现在他是代理司炉长！（转向方群）刚才遇见范主任，他要我告诉你，给老丁治伤的一种特效药，有办法了，那药名，叫“多”什么来着？

方群：多黏菌素，对不对？

何健生：对，多黏菌素！据说这药云南已经试制成功，市委决定马上派飞机去运！

方群：（喜出望外）太好了！

[丁大刚激动的带笑的脸，眼睛里闪着泪光。

[窗外传来动人的乐声。

[景渐隐。

三五

[景渐显。

[东华医院办公大楼前面，绿荫如盖、幽静宜人的大院子里，一

块公告牌前面挤了一大堆人：医生、护士、职工、穿着红色睡衣的慢性病患者，还有几位已经和观众见过面的新闻记者，其中的一两位正在抄写公告上的文字，一个摄影记者左一张右一张地拍照。电台记者东串西串地活动着。

［公告牌上贴的是丁大刚的病情公报，大意是说："败血症基本控制，病情初步好转，体温下降，脉搏呼吸渐趋平稳，已能进食。"

［人们七嘴八舌地在赞叹："这可好了！""真不易！""危险期该过了吧？""能吃东西了就好！"……

［女秘书路过，走向办公大楼。电台记者追上了她。

电台记者：有什么新情况？

秘书：你没看病情公报？

电台记者：这很重要，可是不够。

秘书：（笑笑）那跟我走！

［他紧跟着女秘书，走进办公大楼。

三六

［电台记者和女秘书走进院长室。

［方群、范纪康、苗文蔚、尹德萱正在一起谈话。女秘书努嘴，电台记者走近去听。

方群：（说话带着笑容，可以看出来，她现在心情很轻松）……昨天的专家会诊，很有必要，党委会谈了一次，大家有这么个意见，趁现在老丁病情好转的时候，把医疗计划通盘考虑一下，比如哪些是该做紧急治疗的，哪些是该做预防措施的，免得到时候抓瞎。要不然，那真会把我们这些人逼疯的！

范纪康：（也不觉笑了）可不！那简直是恐怖！不过病情千变万化，很难预料，我当了三十年医生，这样的情况也是头一回遇见。

方群：当然，有了计划，还会有变化，不过该做的，要当机立断。

范纪康：我们打算给老丁植皮……

苗文蔚：老丁两条腿的肌肉组织都坏了，特别是右腿，绿脓杆菌的感染很严重，这对他威胁很大，现在要给他切掉坏死组织，补上好的皮，防止感染蔓延，并且让新的组织能够长出来。

范纪康：不过还有困难。

方群：什么样的困难？

范纪康：老丁已经烧得体无完肤，眼前只能拿别人的皮给他植，可是需要量很多，粗粗算一下，要是从一个人身上取二百公分皮的话，第一次植皮，就要有四五个人切皮给老丁，从哪儿去找这些人？

［电台记者忙不迭用小本子记下来。

苗文蔚：外科支部刚才讨论了一下，党员愿意献皮给老丁。

范纪康：（沉吟半晌）这当然很好，可是切了皮，至少要休息两个星期，工作怎么办？（情辞恳切）不瞒你们说，我自己也考虑过，要是不影响工作，我真愿意把我的皮给老丁。

尹德萱：护理小组开会的时候，大家都表示要争取给老丁献皮，（向方群和范纪康）请你们考虑一下，怎么样？

范纪康：我是不赞成。妨害工作不算，切过皮可能留下疤瘢，破了相，这对女同志也不合适。

尹德萱：那要什么紧！

范纪康：也许我有点儿封建，你们先征求征求爱人的意见吧。

方群：大家的精神很好，可是影响工作，反而对病人不利。这样好不好？由外科支部号召一下，请医院各部门愿意献皮的人自动报名，由我们根据条件来掌握，原则上是影响工作的不要，身体不够结实的不要，女同志一般不要，有皮肤病的当然不要……想想看，还有什么不要？

范纪康：这就差不多了。不过（踌躇地）……我怕报名的人不会太多。

方群：从自己身上切下一块皮，送给病人，得流点儿血，忍受痛苦，这当然不简单。不过，在今天……也不一定。试试看吧。

苗文蔚：好，我去办！

［他兴奋地站起来，走出院长室。

［电台记者跟着出去。

三七

［景化到电台编辑室。黄昏，灯火初明。一片热闹的人声和电话铃声。

［电台记者在用心看稿，播音员小胡走来。

播音员：播音稿好了吗？

电台记者：好了，坐！

［播音员坐下，电台记者把打字稿给她，同时递给她一支红铅笔。

播音员：（念稿，用红铅笔在稿纸上做记号）“亲爱的听众，我们报告一个好消息：丁大刚的病情开始好转了！……现在决定要给丁大刚植皮，使他能够早日脱离险境。……由于病人的烧伤面积很大，皮的需要量很多……外科党支部已经向东华医院职工发出号召，希望大家发扬阶级友爱，向丁大刚献皮……”（抬起头来，感动地）太好了！

［电台记者在一边默默沉思，他似乎下了什么决心，站起来，向编辑主任的办公室走去。

三八

［第二天清早，在上海钢铁厂的转炉车间办公室里。

［何健生、梁世昌和梁世昌班及丁大刚班的工人在一起。

梁世昌：……老丁是为我们大家、为钢受的伤，出事那会儿，大伙亲眼看见的，他拿性命拼上去了，连眉头也没皱一皱！现在他要植皮，我们不献，谁献？……

一助手：（斩钉截铁地）这有什么好讨论的，白耗时间！依我说，大家表决一下好了：究竟是老梁一个人去，还是多去几个人；还有……

梁世昌：听我说！

一助手：我还没说完呢，瞧你这人！

梁世昌：我先说，这种事不能表决！我是怎么说也得去！大伙呢，愿意去的，就让去，别拦他们。告诉医院说：这是钢铁工人自己的事，献皮由我们包干！医院的同志为老丁出的力不少了，不能再让他们吃这个苦！

一助手：这我也赞成！

何健生：我来说说吧！我们应该去献皮，这是千该万该的事，不过钢铁生产，关系总路线，我们不能不多考虑考虑，我主张今天先派老梁代表大家去，看看情况，一个人够了呢，就这么办，要不再想办法，这样生产也好安排。

工人甲：我说另外找个人代表去！老丁垮了，老梁又献皮，任务这么紧，怎么办？

何健生：任务大家负责，（问大家）怎么样？

[人们连声叫："同意！同意！""行了！行了！"有的人举了举手。

梁世昌：那我去了。

[他站起来，大踏步往外走。

三九

[景化到东华医院院长室外面的走廊。

[梁世昌匆匆走来，叩门，走进院长室。

[梁世昌一进院长室，没想到，朱秀云比他早来了，正和方群、范纪康说着话。

朱秀云：……不叫女同志献皮，可怎么能不让我献呢？我对老丁连这点儿心都不能尽，那我算什么？

方群：（体贴地）老丁需要你照看，为了老丁，你应该特别注意自己的身子！

梁世昌：秀云，我替你献皮！

方群：哦，老梁同志，请坐吧，我们研究一下，看怎么办最好。

[梁世昌在旁边坐下来，景化出。

四〇

[电台编辑室。

[工业组的办公桌四周站着大堆的人：电台记者被他的男女同事们围在中间。因为他也要去献皮，大家在给他送行。

电台记者：组长，我走了。

组长：好，你的工作我来顶，放心好了！怎么，录音机还带走？

电台记者：随身的法宝，带着好。今天是不是动手术，还不知道呢，可能献皮的人不够数，我还回来。

[播音员小胡赶来。

播音员：你真给老丁献皮去？

[她和电台记者热烈地握手。

播音员：切了皮，要住医院吧？

电台记者：反正得休息两个星期，咱们要两个星期以后见了。

播音员：不，我们大伙会到医院看你的。

一个男同事：要切皮了先打电话来，我们组织慰问团来给你打气！

一个女同事：动手术的时候，勇敢点儿，可别哭啊！

[她的话立刻引起一阵笑声。

电台记者：同志们，再见！

[他举起手，向大家打招呼。大家鼓掌相送。

四一

[早晨的街道，一片熙熙攘攘的风光。

[电台记者骑着摩托车从街上走过。

[电台记者骑着摩托车，开进东华医院大门口。

[他发现有很多人不断往里走，多数是青年，其中有部分是女的。

［他刹了车，上了锁，心情愉快地吹着口哨，走向问讯处，很熟悉地向窗洞里的职员打招呼。

电台记者：老王，早！这么多人，干什么的?

职员：（惊讶地）你不知道啊！

电台记者：（同样惊讶）我?

职员：这都是听了你们电台的广播，给老丁献皮来的！

［电台记者“啊”了一声，张大嘴巴，合不拢来。半晌，这才如梦初醒，拔脚往里奔。

四二

［医院里面的一条林荫道，很多献皮的群众向前走。

［电台记者在人群中前进，口里一边叫着“对不起”，一边飞快地向前赶去。

四三

［院长室里。

［方群、范纪康、朱秀云、梁世昌四个人站着，神气又兴奋又惊异，苗文蔚拿着一叠纸片，两三本练习簿，气喘吁吁地跟他们说着话。

苗文蔚：（说话、动作一起来）……真没想到！我们这脑袋太保守了……外科支部的大字报，是昨天办公时间以后才贴出去的，可是现在，你们看！（挥动纸片和练习簿）全院有二百多人报名献皮！……今天，刚不久，病房里接到好几起电话，是外面群众打来的……

女秘书奔入，一进来就关上门。

秘书：（兴奋万状）方书记！外面来了很多人，都是献皮的，到这儿来了！（指着阳台外）你们看楼下！

范纪康张口结舌地听，听到这儿，首先三脚两步走到阳台上，其余的人也跟在后面，大家向下面的大院子里望去——

［院子里献皮的人群，像一股潮水涌进办公大楼的门口。

［大家看着，一时都激动得说不出话来。

［打门声接连地响起来。

［方群和范纪康很快打开门一看，走廊上站满了人，前面是一队十个解放军海军战士，电台记者紧跟着，在后面，人们还不断地从扶梯拥上来。

［为首的海军战士踏前一步，精神抖擞地行了个军礼。

海军战士：报告！我们是中国人民解放军海军部队的战士，来向老丁献皮的。这些同志，都经过连队民主评议，首长批准，请你们挑选吧！

［当他说话的时候，电台记者敏捷地录了音。

电台记者：方书记，献皮有我一份！别漏了！我现在要工作。

［后面混杂的声音："医生！""同志！""我们也是献皮的！"

［电台记者忙着挤过去录音。

［方群兴奋得不知道该怎么应付，范纪康已经手足无措，嘴翕动着，喃喃地念叨："真没想到，真没想到！"苗文蔚看着他们两个直发急。

［朱秀云和梁世昌赶到门边一看，都愣住了。

方群：（大声、激动地）同志们，谢谢大家的支持！……你们简直太好了！可是……人这么多，我们不知道怎么办……我们要商量一下……只好请你们等一等！人太多了，屋里挤不下。对不起，谢谢你们！

海军战士们：你们商量吧！——我们等着！——用不着客气！……

［排在后面的一个非常质朴的华侨学生往前挤去。

华侨学生：医生同志，我要跟你谈一下！

［在他前面的一个青年运输工来了个善意的"批评"。

运输工：挨个儿来吧，同志！

方群：对不起，请等一等！只要一会儿！

[方群拉着范纪康和苗文蔚回到屋子里，朱秀云和梁世昌跟着进来。门依然开着。

方群：范主任，你看怎么办？

范纪康：（神不守舍的样子）你说什么？

方群：人这么多，这么热心，太意外了，你说怎么办最妥当？

范纪康：什么怎么办？……（清醒过来）对，对！你看我，都晕了！

[走廊上，电台记者拿着话筒请华侨学生录音。

电台记者：请谈谈吧，我是广播电台的记者。

华侨学生：（朴素地）对不起，我是个普通的华侨学生，请不要录音吧。

电台记者：（灵活地）当作一个普通的朋友，随便聊聊，比方说，你是怎么想到来献皮的？

华侨学生：很简单，我认为应当这么做！我在马来西亚英国人的橡胶园里做过工，三年前才回国。要是你能想象殖民主义者的皮鞭子是什么滋味的话，就知道我心里怎么想了！

电台记者：（转向运输工）你是哪个单位的，同志？

运输工：汽车运输公司的。

电台记者：司机同志？（运输工点头）先行官！你们工作很紧张吧？

运输工：那还用说！

电台记者：你决定献皮的时候，心里怎么想的？（运输工摸不着头，不知怎么回答）比方说，阶级友爱啊，受了老丁行为的感动啊！……还有，比方说，切皮是不是很疼，吃不吃得消啊，切了皮会不会留下个难看的疤啊？……

运输工：（不解地）想这些干什么？

[楼梯中间，范素和几个师范学院的女同学站在拥挤的人群中。

所有的人都向楼上望着，等候消息。

范素：怎么一点儿动静没有？

女同学甲：真急人！

女同学乙：范素，你找找你父亲去吧！

范素：不用找，没用！

女同学甲：她父亲是反对派，不赞成女同志献皮。

女同学丙：唷，那怎么办？我们白来了？

[楼下的穿堂里，也挤满了献皮的群众。

[一个年老的退休工人，穿着红色睡衣，排开众人，从外面挤进来。

群众之一：（不满地）同志，请遵守秩序！

退休工人：对不起，我是病人，请让一让，我有急事。

[群众一看他穿着病人的衣服，就自动让路。他就这样一路道歉，一直沿着楼梯，向上挤。

[院长室里，方群、范纪康他们的谈话这时候正好结束，女秘书把练习簿一一分发给苗文蔚、梁世昌、朱秀云，自己也拿了一本，还拿了钢笔。

方群：那就这么办吧！

[他们正准备出去，退休工人进来了，他一进屋子，就随手关上了门。

方群：许师傅，你怎么又来了？医生说你还不能出院，你净找我也没有用。

退休工人：方书记，范医生，让我给老丁献皮吧！

范纪康：什么？

方群：（同时）你？

退休工人：我闹的不过是慢性的风湿病，反正我还得在这儿养病，切掉一点儿皮，不算什么。

方群：你问医生，能考虑这个问题吗？

退休工人：你们看看，外面排队的都是年轻小伙子，切了皮对工作有影响。可我呢，我是一个退休工人，享受了国家的劳保，每个月照样拿钱，还让我到这儿来养病，外面在热火朝天搞大跃进，可我在这儿享清福，我过不惯这种日子，让我也给老丁尽点儿心吧。

范纪康：你这意思非常好，可是我们不能考虑！

方群：听见医生的话了吗？不能考虑！（亲切地）安心养病吧。

[她撇下退休工人，和范纪康走到门口。

方群：（高声，向大家）同志们，老丁植皮的事情，医生要做准备，动手术的时间要到今天晚上，也许是明天早晨，现在请大家登记，把地址和电话都写下来。需要的时候，我们来通知。植皮要植好几次，不过肯定不需要这么多人。同志们，我不知道怎么对你们说……（热情翻滚，不知如何表达）我们太感激了……谢谢大家给我们的支持！

[女秘书、苗文蔚、梁世昌、朱秀云开始请大家在练习簿上登记。

海军战士：大夫，老丁病情好转了，能不能让我们看看他？在病房外边，或者窗子外边看看都行。

群众此呼彼应地应和起来。

范纪康：对不起，同志们！这现在还办不到，老丁需要绝对的安静！

方群：（把朱秀云介绍给大家）这样吧，我介绍一下，这是朱秀云同志，老丁的爱人。请她把大家的关怀转达给老丁，让她把自己亲眼看见的，都告诉老丁吧！

[朱秀云衷心感动地望着大家。

[有人鼓掌，后面的人拥到前面来看她。

朱秀云：（噙着泪水，带着笑，激动得语不成声）同志们！……谢谢你们！谢谢！……谢谢！……

[景渐隐。

四四

[景渐显。

[小学校的校园。

[夏季盛开的花丛，一群少先队员们在花间穿来穿去，采集花朵。

[他们采得以后，就奔向等在一边的范素，把她围起来，纷纷将鲜花递给她。

范素：（把花束整理好了，交给中队长——一个健康活泼的小女孩）回头见了丁叔叔，说些什么话，准备好了吗？

中队长：准备好了！（踏前一步，站在范素前面，捧着花来，认真地演习起来）亲爱的丁大刚叔叔！您是党的好儿子，听了您光荣的事迹，我们在班级里展开了竞赛，大家都要做三好学生。现在我们向您汇报：这次大考，我们全班都取得优良的成绩。我们向您保证：还要继续努力，准备做共产主义的接班人。祝您早日恢复健康！（献上花，严肃地立正，举手过头顶）致少先队的敬礼！

[全体队员同时敬礼。

中队长：（略带羞怯地）行吗？范老师。

范素：好极了，排好队，出发！

[少先队员们很快排成了双行，向校外走去。

四五

[一条幽静的街道，阳光明亮地照耀着。

[范素带着少先队员们在街上走。

[他们走进东华医院的门口。

[他们在通向办公大楼和特别病房的一条林荫道上走着。

[范纪康和袁芳从特别病房门口走过来。

范素：爸爸，（迎上去，得意地）小朋友们向老丁汇报成绩来了！（向少先队员们）快见见，这是我父亲，这儿医院的医生。

少先队员们：（敬礼）医生好！（有的叫："爷爷好！"）

范纪康：小朋友好！

孩子们快活地向范纪康笑，还相互看看，天真地笑着。

范纪康：（忧形于色）你竞赛胜利了，孩子！

范素：（看着父亲的神情）老丁怎么样？

范纪康：很不好！（向袁芳）带小朋友们在病房窗外转一转吧，别打扰老丁。

[他说完，向孩子们挥一挥手，向办公大楼匆匆走去。

[范素望着父亲的背影发愣。

四六

[范纪康走进院长室，方群正在办公桌上检阅群众的来信。

[范纪康走近，在办公桌边坐下来。

范纪康：方书记，老丁情况变坏了，右腿的坏死组织突然增多，化脓很厉害。

方群：多黏菌素的用量是不是还能加一点儿？

范纪康：（摇头）绿脓杆菌产生了抗药性，多黏菌素已经不起作用了。

方群：绿脓杆菌，还是绿脓杆菌！

范纪康：这对烧伤病人是个最头疼的问题。

方群：（沉思有顷，突然抬起头，用热望的眼神看看范纪康）我记得有一位夏教授，他来信建议我们试用噬菌体来消灭绿脓杆菌……

范纪康：（打断）我看过这封信，还派人把标本送给他做试验，一直也没有消息。

方群：（失望地沉默着）……

范纪康：这根本是一种空想！国际文献上有过关于噬菌体的记载，可是从来也没有人做过临床运用。（郑重地）方书记，我想提个大胆的建议！

[方群再一次热望地看着他。

范纪康：我认为要根本解决，只有下决心把老丁的右腿拿掉！

方群：（一震）怎么？锯腿！

范纪康：现在唯一的特效药多黏菌素已经失去作用，我们等于失掉了作战的武器，我考虑很久，只有锯腿，才能保全老丁的生命。

方群：（婉转地）老丁已经虚弱到这一步了，动锯腿这样的大手术，吃得住吗？再说，老丁要是缺了一条腿，他怎么回到炼钢炉边去呢？

范纪康：（半晌）那这样吧，我马上召集一次专家会诊，看看还有没有别的办法。

方群：对，大家尽量想办法吧。我也去找找那位夏教授。范主任，我们先不考虑锯腿的问题。

［范纪康站起来，匆匆而去。

四七

［深夜的静谧的街道，一辆汽车向前飞驰着。

［汽车里坐着方群。

［汽车停下来，方群下了车，找对了门牌号码，跑进一所公寓的大门。

四八

［方群在公寓楼上的过道找到一家门口，按铃。

［门开了，出来的人就是建议用噬菌体的发信者，五十余岁、富有热情而童心未泯的夏教授。

方群：我要找一位夏教授。

夏教授：我就是。

方群：我是东华医院来的，我叫方群。

夏教授：对，对，我知道。请进来吧！

［他带她走进书房。从书房的布置可以看出来，主人是一位科学家。

夏教授：请坐，请坐。（他给客人倒了一杯凉水）

方群：对不起，这么晚了，我来得很冒昧！

夏教授：不要紧，不要紧。我习惯睡得晚！丁大刚同志的伤怎么样了？

方群：困难哪！我就为这个来的，您建议用噬菌体，试验了没有？

夏教授：不成！我试验过，没有结果！

［方群非常失望，半晌不言语。

夏教授：你来看！

［方群跟他走进书房旁边的一间斗室，他一开电灯，看出这是小小的工作室，桌上有一组比较简单的化学实验仪器。

夏教授：（指着一些玻璃管、玻璃皿）我跟你们联系了以后，就开始动手，天天找了粪水跟脏水来做实验，希望能培养出合用的噬菌体来，可是不成，今天已经十几天了，还是没影儿，我打算放弃了。

方群：失败的原因是什么？

夏教授：还没有琢磨过。（一笑）也许这只是一种空想！

方群：（沉思地拿起玻璃皿，看了一会儿）您有没有助手？

夏教授：我？单干户！

方群：（绕着桌子来回走了一转）那您为什么不到学校去进行实验？

夏教授：学校？我搞砸了，叫学生笑话去？那我不干！

方群：（突然）夏教授，我找到您失败的原因了。

夏教授：什么原因？

方群：就坏在这单干上头！我向您建议：和学校、医院一起合作，把学生动员起来一起搞，走走群众路线，怎么样？

夏教授：（动了心）这倒新鲜！这样成吗？

方群：怎么不成！搞发明创造，不是封建社会新娘子上轿，羞羞答答的，新事物登场，得大喊大叫！您领导实验，组织工作由我来，好不好？

夏教授：真的？（高兴地）就这么办！

方群：（热情而严肃）不过您知道，这是为了救人，五天以内就搞成，行不行？

夏教授：（想了想）成！我试一试！好在已经有了点儿基础。

［方群和他紧紧握手。景渐隐。

四九

［噬菌体的试制工作正式开始了：在一间具有相当规模的大学实验室里，夏教授带着一群学生在做实验。

［无数的玻璃瓶装着标本，桌上满是做实验的仪器。人们全神贯注地工作着。

［镜头摇向电灯：电灯亮了。镜头从电灯摇下来，人们依然孜孜不倦地工作。

［夏教授仔细地检看玻璃皿，失望地摇摇头。——噬菌体还是没有找到。

五〇

［白天，院长室里。

［方群满心焦虑，袁芳脸色沉重地走进来。

袁芳：方书记，范主任请你到病房去一次！

方群：好。

［她和袁芳一起走出院长室。

五一

［特别病房外面的甬道上，伫立着十来个人：广播电台记者，各报的记者，和在医院里体验生活、收集材料的文艺工作者。他们一个个表情呆板，心里都像压着大石块，老丁病情恶化的消息，使他们非常难受，现在他们正在沉重地等待着，希望知道情况有什么新的变化。

［方书记和袁芳急匆匆地来了，大家视线立刻向她们集中，但谁也不打招呼，靠近门边的人，默默地让开一点儿，看着她们通过办公室，走进病房去。

五二

［病房里是一片令人窒息的沉默。

［范纪康、苗文蔚、朱秀云紧张地围在病床旁边，尹德萱在给丁大刚换额上的冰袋。

［方群默然走近，看着。

［丁大刚奄奄一息地躺在床上。

［范纪康和方群互相看了一眼，走出病房。

［朱秀云敏感地注视他们的神色，回过头来望一望床上的丁大刚，她的脸上升起一片恐怖的暗影。

五三

［方群和范纪康走进特别病房办公室。

［记者们在走廊前面的窗外向他们殷切地望着。

范纪康：老丁的病情你已经看到，我们不能不考虑锯腿的问题了。

方群：（心情沉重地想了一会儿）沉住气，范主任！刚才党委会开了一次会，认为应该尽一切可能，保全老丁的腿，不到万不得已，不采取锯腿的办法。

范纪康：（掩不住的焦灼和烦躁）方书记，请别以为我不愿意保全老丁的腿！我们现在要考虑的，首先是他的生命——为了他的腿，他可能送命，牺牲了一条腿，可人究竟活着！

方群：（充满感情地）是要让他活着！还要尽一切努力，让他活得好好的。范主任，我们的处境很困难，可是一定要做到这一点！

［范纪康默然，心里更烦躁了。他觉得方群在这个问题上有点儿婆婆妈妈，这和一个外科医生的冷静态度是极大的矛盾。他认定只有锯腿才能救老丁，可是又不容易说服方群。他不安地走动起来。

［窗外，记者们期待的眼色。

范纪康：（走回来）方书记，在这样的紧要关头，我们特别需要冷静，要能够权衡轻重！

方群：我完全同意！我问你：像老丁现在这种情形，给他锯腿，是不是能保证没有生命危险？

范纪康：（有点儿耐不住了）当然，不能保证没有危险！事实上我们目前并没有绝对安全的办法！

方群：一样的冒险，为什么不能慎重一点儿呢？

范纪康：问题是锯腿要冒险，不锯腿危险更大！

方群：噬菌体试验成了，也许能解决这个困难。

范纪康：（反攻）方书记，你是不是保证噬菌体能试验成功，而且保证有效？

方群：（也有些激动了）范主任，你不要忘了，我们是在做一件从来没有人做过的事。只要有一线希望，就不应该放弃！

范纪康：（爆发式地）方书记，为了抢救老丁，我们已经花了那么多力气，现在走错一步，那就会前功尽弃。前功尽弃！你明白吗？

[方群心里一怔，露出不安的神色。

范纪康：我们的工作，已经引起全国的注意，要是老丁完了，我们怎么交代？——为了我们的责任，我不能不提醒你一声！

方群：（从刹那的惶惑中挣扎出来）范主任，你对责任这两个字是怎么理解的？医生的责任不光是简单的生和死，我们关心的应该是人们的命运——人们的理想，幸福！

范纪康：方书记！……

[朱秀云从护理室出来，出现在办公室门口。

范纪康：对不起，现在不是辩论的时候，请你再慎重地考虑一下吧！

[范纪康拂袖而去。

[朱秀云不安地望着范纪康的背影，然后迟疑地走向方群。

朱秀云：怎么了？方书记。

方群：没什么。

[方群竭力压制内心的激动，温和地抚慰着朱秀云的双肩。

[景化出。

五四

［景化入。

［高级医生们经常聚会的场所，是俱乐部，也是进行学术活动的地方。因为是夏天的晚间，会议厅前面的阳台上，放着一些小圆桌，供人休息喝茶。

［一张小圆桌上坐着白教授、孙教授和李教授。

白教授：（向孙）孙教授，你刚才关于高血压研究工作的发言，好得很！

李教授：要真能在三五年内叫高血压低头，那可是功德无量的事。

孙教授：昨天丁大刚的会诊，你们都去了吧？

白教授：去了。你怎么没出席？

孙教授：我正好另外有点儿要紧的事。丁大刚情况怎么样？

［白教授刚要回答，范纪康心情抑郁地走来，在一边坐下。

白教授：（观察着范的神色）你怎么有空来？给老丁锯腿的问题，决定了吗？

范纪康：（冲动地）我真不知道该怎么办！到了今天，方书记还是坚决反对锯腿！

孙教授：（婉转地）从技术上看，锯腿本身也确实不保险。……

范纪康：（又气又急）你怎么也这样说？我的老大姐！技术上当然要考虑，眼前最要紧的是当机立断，抢救性命。（问白和李）你们说，老丁这个情形，还能拖下去吗？

［李教授唯唯诺诺。从第一次会诊以后，他附和白教授的意见碰了壁，以后发表意见，就尽可能采取保留态度。

白教授：从医生的角度看，你是对的，我完全支持。不过，我劝你，锯腿的事情，你就不要再坚持了。

范纪康：什么？

白教投：老丁活到今天，已经是了不起的奇迹了，锯腿万一出岔子，怎么办？你又何苦呢！

范纪康：你怎么能这样说呢！

白教授：这要看你怎么理解了，我们是老朋友，我才这么说。

范纪康：（站起来）不，我不能这样做，我要对病人负责！

白教授：老兄，真出了岔子，你负得起这样大的责任吗？

范纪康：（憋了半晌）再见！（愠怒地走开）

孙教授：嗨，范主任……

白教授：（解嘲地）这个人，还是这么个倔脾气！

五五

［范纪康余怒未息地回到家里，正要上楼，发现书房门开着，里面开着灯。他走进书房去。

［书房里坐着朱秀云。

［范纪康没有想到，呆住了。

朱秀云：（站起来）范主任！

范纪康：请坐。

朱秀云：真对不住，这么晚了，还来打搅您。

范纪康：（已经猜到对方的来意）不！不要紧。

朱秀云：（心情沉重，但竭力自持）我来求您告诉我，老丁究竟怎么样。

［范不响，把眼光移向别处。

朱秀云：（恳切地）别瞒我，告诉我实话吧。

范纪康：（下决心告诉她）你不要难过，老丁很危险。……

［朱秀云脸色惨白地望着范纪康，双手紧紧地抓着沙发的靠手。

范纪康：为了救活老丁，眼前只有一个办法，就是把他的右腿锯掉。

朱秀云：（失声）锯腿！

范纪康：（解释）这是没有办法才这样做的，只有这样，才有希望保住老丁的命，要不然……

朱秀云：（绝叫一般）不，不能锯腿！不能！

范纪康：（温慰）朱秀云同志，我了解你的心情……

朱秀云：（打断）不，您不了解老丁，他离不开炼钢炉，他不能没有腿！（哀恳地）范主任，您再想想办法吧！

[范纪康憋闷地站起来，沉默了一会儿，然后走近朱秀云。

范纪康：（竭力维持语气的平静）你听我说，朱秀云同志。要是能够又留下腿，又救了命，那当然最好了，难的是不能两全。我认为最要紧的，还是救人！锯掉一条腿，科学条件可以补救，可以装一条假腿，性命保不住，就什么都完了！

[朱秀云痴痴地望着范纪康，不发一言，心里痛苦到了极点。

[范纪康看她不响，无可奈何地走开，然后又耐着心走过来，准备说服她。

范纪康：老丁成了残废，当然是很大的不幸，不过在我们这样的社会里，还是会得到很好的工作条件、生活条件，你多想想，想远一点儿……

[他忽然停住了，因为他发现：朱秀云双眼直勾勾地望着前面，完全发了呆。她显然被痛苦和绝望征服了，什么也没有听进去。

五六

[景化入。

[方群坐在办公桌边，双手捧着头，心情沉重。

[她烦躁地站起来，向窗口走去。

[她走到小阳台上，望着夜空，心绪复杂。

[范纪康的声音在她耳边响着："为了抢救老丁，我们已经花了那么多力气，现在走错一步，就会前功尽弃，前功尽弃！你明白吗？"

[她痛苦不安地走动起来。

[苗文蔚来了，忧郁地走到她的身后。

苗文蔚：方书记！

方群：（从沉思中醒过来）老丁怎么样？

苗文蔚：情况越来越坏，体温高到四十度，全身疼得快吃不住了。

［方群默然不语。

苗文蔚：噬菌体试验得怎么样了？

方群：我正在等夏教授的电话。

［苗文蔚陷入沉默，几次望向方群，欲言又止。

方群：（用明澈的目光看定他）你想说什么？

苗文蔚：（下决心说出来）我看老丁再也拖不下去了，党委会是不是再研究一下？

方群：这么说，连你也失去信心了？

苗文蔚：我现在很矛盾，也很痛苦。我担心这样坚持下去，要出乱子。

方群：我何尝比你轻松！不过不管怎么样，我们要坚持一点：就是尽力去做，一直到实在没有办法的时候！

苗文蔚：噬菌体即使搞成了，是不是一定有把握呢？

方群：（稍稍显出激动）没有经过实践的事，谁能打包票！可是有一种细菌，就有一种吃细菌的物体，这是有充分科学根据的，为什么要怀疑？

苗文蔚：（痛苦地）我怕事情搞砸了，会影响党的威信。

方群：（血液在全身流动，声音微微发抖）对，应当随时随地想到党的威信！可是党除了忠心耿耿地维护为人民利益，还有什么？（心神激越，不自觉地走开去，又突然站住）威信不是捡来的，是用百折不回的革命精神建立起来的！抢救老丁，这本来就是件千难万难的事，只要有一线成功的希望，我们就要争取，就一步也不许后退，你明白吗？

［朱秀云出现在门口。

方群：（对她的深夜来到感到意外）秀云！

朱秀云：（走近方群，语声低沉）我刚从范主任家里来，他都告诉我了。（鼓足勇气）就给老丁锯腿吧，只要他能活着。……

[从说话的神气可以看出她的决心；但刚说完这句话，她就忍不住哭起来了。

[方群扶着她在沙发上坐下，她哭得更伤心。

方群：秀云，不要难过，你听我说……

朱秀云：（停止哭泣，抬起泪痕斑斑的脸）方书记，您相信我吧。他残废了，我会很好地照顾他的。

方群：秀云，你这样坚强，我真替老丁高兴。（在她身旁坐下来）听我说，老丁的情况是很危险，可是锯腿，那只是万不得已的办法，（充分自信地）除非我们把力气使尽了，否则决不这么做！

[朱秀云感动地看着方群，她的眼色像一个无助的孩子望着母亲。

方群：党一定要尽一切可能，让你们生活得更美好，更幸福！

电话铃响起来，苗文蔚性急地拿起听筒。

苗文蔚：喂！……（高兴地）请等一等！……

方群：（很快地接过苗文蔚递给她的话筒）啊，你是夏教授！……（满怀希望地）噬菌体怎么样了？

[夏教授在学校的化验室里打电话。

夏教授：……噬菌体是找到了，可是现在还不能应用……要给老丁用，需要量很多……办不到，按照我们学校现有的设备和人力，办不到！……

[在院长室里。

方群：（十分情急地在电话里叫着）想想办法，夏教授！……一定要想办法！……什么？不行？……实在不行？……

[她失望地挂了电话，呆呆地站着，陷入沉思。景渐隐。

五七

[第二天白天——最紧张的一天。

[院长室里没有人，电话铃固执地响着，震得人心发慌。

半晌，女秘书跑来接电话。

女秘书：喂……你是钢铁厂，何健生同志？……方书记不在，她昨天半夜出去了，到现在没回来。……

[大学实验室的电话同样固执地在响。

[一个同学跑来接电话。

同学：喂……方书记，不在……夏教授跟她一起出去了。……

[现在是苗文蔚在院长室里焦急地打电话。

苗文蔚：……他们到哪儿去了？

同学：他到上海生物制品研究所请求帮助去了。……生物制品研究所很热心，同意协助。……什么，今天有没有希望？……那就难说了。

[苗文蔚挂上电话。他不得要领，心里沉甸甸的。

[何健生和梁世昌神情紧张地赶来了。

何健生：方书记还没有回来？

苗文蔚：（摇摇头，声音低沉）我也正在找她。

何健生：老丁锯腿的问题，你们做出决定了吗？

苗文蔚：方书记正在各处想办法搞噬菌体，到现在还没有消息，要是今天晚上还不能解决，那就非动手术不可了！

[全体默然。景渐隐。

五八

[当天晚上——决定性的一晚。

[漆黑的夜，特别病房的窗外，阵雨横扫着玻璃窗，风猛烈地摇动绿叶繁茂的树枝，使窗内映出的灯光显得摇曳闪烁，变幻莫测。

[办公室里挤了满满一屋子的人。

［专家们都坐着，报馆记者、杂志编辑、文艺团体的创作人员，连广播电台记者在内，有的坐着，有的站着，有的就坐在沙发靠手上。梁世昌、何健生，再加上一助手和其他两个炼钢工人坐在一角。很多人在抽烟，烟雾弥漫中，可以看出人们的脸色都是沉重的。

［移动镜头逐一浮现出这些面容以后，停留在通护理室的玻璃窗上，现在我们看见：护理室里有五六个医生，包括苗文蔚、林振民，加上尹德萱、袁芳等几个护士，正在紧张忙乱地做手术前的准备工作。

［整个气氛充满着灾害性天气的迹象。

［范纪康从病房出来，通过护理室，走进办公室，在专家们中间坐下来。

范纪康：对不起，今晚是老丁决定性的一关，只好请各位多等一会儿。（他说话的声音显得低沉和嘶哑，说到这里，停顿了一下）要是噬菌体能赶得上，马上就试用。要不然……就只好锯腿了。……（拿起电话听筒）接手术室……我是范主任……马上准备做截肢手术。

［整个屋子的人都紧张地看着他。

［手术室里，一个青年医生在接电话。

青年医生：……好。……（放下听筒）准备截肢手术！

［医生和护士们立刻紧张地做起准备工作来。

五九

［在生物制品研究所的大实验室里，夏教授和很多科技人员还在赶制噬菌体。

［在病房里，丁大刚艰难地喘着大气，使用着他最后的抵抗力。朱秀云在床边守护着他。

［苗文蔚、林振民、尹德萱和袁芳也在忙着给老丁做手术前的准

备。他们一个个脸色惨白，神情沮丧，而动作特别紧张。

[三四个护士和医生，从手术室里推出一架手术床，在长长的走廊上，一直向前推去。

[方群和夏教授抱着一大瓶噬菌体，坐在汽车里。车在风雨凄迷的街头飞驰。

[手术车推进特别病房办公室，满屋子的人，非常震动地望着它，目送着它穿过人群，推进护理室。

[病房外面，风雨中开来一辆汽车，停在台阶前面。

[车里下来方群和夏教授，很快地踏着台阶向屋里走。

[方群和夏教授突然在办公室出现，方群掀开雨衣，把一大玻璃瓶的噬菌体放在桌子上。

方群：噬菌体来了！

[枯坐着的人们立刻活跃起来，很多人围到桌子边来看。

[范纪康吐出一口大气，默默地抱起瓶子，向护理室走去。

景化出。

六〇

[病房。雪亮的无影灯照耀着，全身洁白的医生和护士正在紧张地工作。窗外一片风雨声。

[范纪康和苗文蔚细心地为老丁去掉纱布，冲洗伤口。尹德萱在旁边做助手。

[林振民和另一个医生准备着药架，袁芳把装着噬菌体的玻璃瓶拿给他们，他们把它装在药架上，接上橡皮管。

[方群在床头照看着老丁。

［丁大刚满头大汗，顽强地忍受着痛苦的折磨，有时狠命地咬着嘴唇，有时紧闭上眼睛又接着睁开，有时忍不住把头左右转动。

［范纪康掉过头来看一眼，随即低下头，紧张地工作。

六一

［窗外，风雨猛扫着，有闪电和沉闷的雷声。

［护理室里，朱秀云、梁世昌、何健生、夏教授、电台记者和两三个新闻记者静静地坐着，在等候着试用噬菌体的结果。

六二

［病房。试用噬菌体的工作完毕了，方群、范纪康和苗文蔚走出病房。

［方群和范纪康他们走进护理室。

［朱秀云热切地望着他们，方群拍了拍她的肩膀。

方群：进去看看老丁吧。

［她帮朱秀云穿上消毒衣，看着朱秀云走进病房。

范纪康：今晚很要紧，我们在这儿等等吧，看有没有转机。

［钟的特写：从十一点五分转到十二点三十分。

［大家静静地坐着，在等候老丁的病情变化，方群焦灼地在屋子里来回踱步。

［钟摆“嘀嗒嘀嗒”地响着。

［一个护士从外面进来。

护士：市委的张部长和市工联的黄主席，看老丁来了。

她的话还没有说完，张部长和黄主席已经进了屋子。

［他们和方群、范纪康、苗文蔚一一握手。

张部长：老丁病情怎么样？

方群：我们正在这儿等着，看今晚的变化。要到病房去看看吗？

张部长:(向黄主席)我们也在这儿等一下吧。

[大家都沉默地坐下来。

[风雨声在窗外不断响着。

[叠印,钟的特写:从十二点三十几分直转到四点,钟的走动声在静穆中显得特别单调而沉重。

六三

[单调的钟走动的声音。病房里同样的沉寂。

[朱秀云、梁世昌、林振民、尹德萱和袁芳,都在病房里守候着。朱秀云坐在床头边。

朱秀云:(一直看着老丁,忽然把眼睛转向大家,惊慌失措地)他怎么了?

[大家奔到床边,向丁大刚看去。

[丁大刚闭着眼,虚弱地喘气。

[尹德萱从丁大刚腋下拿出体温计,对着手电筒看。

[大家期待地看着尹德萱。

尹德萱:(惊喜)三十七度!热度退了!

[大家再一看,丁大刚已经安静地睡着,呼吸变得均匀了。

[朱秀云发了一阵呆以后,忘其所以地奔出病房。

六四

[朱秀云奔进护理室。

[大家都很吃惊,一齐望着她,不知是吉是凶。

朱秀云:老丁睡着了,热度退了!

[她似乎已经激动得站不住,一下子靠在方群身上,嘤嘤地哭泣,方群抚慰着她,眼中也浮上了晶莹的泪花。

[大家都重重地舒了一口气。

[天放晴了,窗外透进朝阳,鸟声快活地喧闹。

[镜头向窗外推出去,天上一片绚烂的朝霞,生气勃勃地移动、

上升。

［景渐隐。

六五

［景渐显。

［第二年春天，在上海钢铁厂工人俱乐部前面的花园里，繁花似锦，碧草如茵，风和日丽，一切都欣欣向荣，令人陶醉。

［花园里挤满了熙熙攘攘的人群。——他们是大批的钢铁工人，工人的家属，公共汽车售票员和司机，社会各界的宾客，新闻记者、文艺工作者，其中也有方群、范纪康、苗文蔚、林振民、尹德萱、袁芳、夏教授、赵教授、钱教授、孙教授、李教授、白教授等等，还有穿得整整齐齐、笑口常开的朱秀云的母亲。何健生今天是主人，他正在殷勤地接待着来宾。

［电台记者又在紧张地进行实况录音。

电台记者：（对着话筒）亲爱的听众！现在我们的话筒是在上海钢铁厂工人俱乐部的花园里，万紫千红，春光正好。我们的钢铁战士丁大刚同志，今天终于回到了工作岗位上，党领导医务界在医疗科学上创造的奇迹实现了！丁大刚同志和朱秀云同志的婚礼，也决定在今天举行……

［丁大刚和朱秀云在花园里出现，他们的襟上都佩着红花。丁大刚已经完全恢复健康，红光满面，朝气蓬勃，朱秀云显得特别妩媚。人们热烈地鼓掌，欢乐的笑声到处飞扬，摄影记者和电视记者都把镜头对准了他们。

［丁大刚和朱秀云走近方群和范纪康。

丁大刚：（又感动，又亲热，高兴得手脚都没有放处）方书记，范主任，你们来了！

范纪康：恭喜你们！今天可怎么的也得来！

［朱秀云亲切地靠在方群身边，另一边是她的母亲，她看看方群，又看看母亲，幸福地向她们笑着。

丁大刚：谢谢你，范主任。当然，这不是用话谢得了的。

范纪康：（指方群）应该谢她！（指苗文蔚和尹德萱他们）还有这些同志。至于我，我还得谢谢你呢，是你治好了我的病，（指指头脑）思想上的病！

方群：（向何健生）何书记，今天好像缺个人，——梁世昌怎么不见？

何健生：老梁在北京开会。他跟老丁俩，都是建设社会主义积极分子代表大会的代表。

［电台记者拿着话筒，分开人群，走向丁大刚和朱秀云。

电台记者：老丁，朱秀云同志，请你们跟听众讲讲话。（他正向前走，忽然一眼发现了白教授，突然停步，转移目标）白教授，请你也谈谈吧。

白教授：（一阵微窘之后，轻松地）我不谈了，请你在广播词里加这么一两句吧，（思索地）“白教授也参加了老丁的婚礼，他……心情舒畅地……接受了这个深刻的教育！”怎么样？

［大家笑起来。

［梁世昌急匆匆赶到。

梁世昌：老丁！

丁大刚：老梁！

［他们几乎同时叫着，热烈地握手，拍对方的肩膀。

丁大刚：你回来了！

梁世昌：赶回来了！（掏出一枚纪念章）建设社会主义积极分子代表大会的纪念章，这是你的，我给你带来了。（从自己的襟上摘下一枚）这送给你，秀云，祝你们幸福！

丁大刚：谢谢你！我们的竞赛还没有完，哪天再接着来？

梁世昌：你一销假就开始，怎么样？

丁大刚：好，就这么办！

［他们紧紧地握手，掌声春雷一般响起来。

［电台记者走向方群，一群记者和文艺创作人员围在她身边。

电台记者：方书记，请你谈谈吧。

记者们：对，请方书记谈谈。

方群：（随和地）我没什么可谈的。新闻在那儿呢，竞赛又要开始了。

创作人员甲：方书记，我们剧团决定拿这个题材写戏，你看，这个戏的主角应该是谁？

方群：这可将了军了！对文艺创作我是外行。

［摄影记者围上来，给方群拍照。

方群：（用手一挡）别拍，我不是主角。

［大家都笑了，摄影记者也笑着放下照相机。

方群：按我想，这个戏里应该有很多主角，（指着）你也是，他也是……每一个关心老丁命运的人，整个社会，都是这个戏的主角！

［当她说这话的时候，镜头慢慢地后退，银幕上出现一片欢乐的人群，一派明媚的春色。

［景渐隐。

剧终。

一九五九年二月二十六日，三稿。

一九五九年三月十五日，改毕。

一九五九年六月，重改。

（《电影文学剧本·春满人间》，上海文艺出版社，1959年12月第1版）

大李、小李和老李

导演：谢晋

编剧：于伶、叶明、谢晋、梁延靖、伍黎、姜荣泉

出品方：上海电影制片厂

第一章

一

字幕："×× 电影制片厂出品。"

字幕化为三个人像。中间的一个人像活动起来，笑眯眯地开口了："今天放映的是一部喜剧片。影片里有三个人姓李，一个是我，一个是……"

左边的青年开了口，接着说："我。还有一个是……"

右边的老年开了口，接着说："我。"

中间的人："我叫大李。"

青年："我叫小李。"指着老年，"他叫……"

"老李！"老李突然变得严肃起来。

中间的人："我们这部影片就叫：大李……"和他的话同时，银幕上出现字幕："大李"。

青年紧接着："小李……"出现字幕："小李"。

老头紧接着："和老李。"出现字幕："和老李"。

最后，大李和小李的人像和字幕都互换地位。

片名隐去，迭印演职员表。与此同时，三个人像出现几种姿态：

小李和老李各转九十度，两个人像斗鸡似的对峙起来，大李在一旁瞪了大眼，愣着。

几张字幕过去。

大李的人像挤到小李、老李中间。他笑眯眯地解劝。小李和老李又转个身，两人背对背地生气；大李在中间。

几张字幕过去。

大李把小李拉回，用手指老李，他们二人用同样姿态看着老李，老李一人背着身在生气。

几张字幕过去。

大李人像又挤过去，把老李挤到中间。大李和小李用手同时捅了一下老李的胳肢窝，老李笑了。三个人笑着。

演职员表字幕结束。老李、小李两个人像向一边走去。接着又走出一排人来，大李在介绍："这是我的爱人秀梅。"秀梅的后面出来一排小孩，同样装束。大李又介绍："我的孩子：大虎、二虎、三虎、四虎和小虎。"

大李和秀梅的人像走到五个孩子的后边，五个孩子挤紧，全体人像停留片刻，成为一张全家福合影。

二

镜头从这张全家福合影照片拉出。清晨，大李家中的一角，照片下的闹钟正指六点。

大虎、二虎、三虎、四虎、小虎睡成一排。楼下无线电里的广播操音乐声响，孩子们爬起来。

"爸爸呢？"孩子们叫。

孩子们跑出屋子，跑上阳台，向外一看——

五把雨伞摆成个图形，忽然，上面两把伞挪开，原来大李站在后面，地上放着三把，左右手里各一把。

孩子们拥上去："爸爸！"

大李放下伞向孩子们发号施令："好，一人收一把，轻轻地，爸爸刚修好的。给爸爸收起来，等会儿上班带走。"

五个人一个人扛了一把伞，排成一排。

大李："向右转，开步走。"孩子们走了。

大李身后还有一把自动开关的伞，他在修那个开关。

秀梅在楼梯上叫："吃早饭了。"

大李喊着："来啦！"他走下来，到秀梅面前用手一按，伞打开了。

秀梅："干吗一早起来就忙着修这些伞？"

大李："今天要下雨，给人家带去。"

秀梅看看天气，只见旭日东升，一派晴朗气象。她回头问大李："怎么，又痛了？"

大李："不要紧，回头去贴张膏药。"他还是兴高采烈地走进屋去，到门口，忽然腰一扭，站住。秀梅回头看他，他回头向秀梅笑笑。

一幢新楼房。大李扛着那捆伞从家里出来。这是新建的工人新村，这一幢里住的都是他们厂的同事。

秀梅从楼上窗口探头出来："等一等。"

大李在门口等着。这时，老李从房子里走出，大李看见忙招呼。

大李："早。"

老李："早。这些伞……都是给他们修的？这些人也是……自己不想办法，老来麻烦人！"

大李："是我去要来修的。……哎，上回你家的闹钟准不准？"

老李板着脸说："还说呢！一天快一个钟头。"

大李愣了。大虎拿了书包带了把伞跑出来，把伞交给大李："你忘了自己的了。"

老李向屋里叫："小李！"没人应。他自语地："先走了？"于是他带着大虎一同走了。

小李一边开门出来，一边在脱衣服。

大李："你爸爸叫你。"

小李边脱边说："我不跟他走，我要练这个。"比画着长跑的姿势继续说，"咱们家到厂正好三千米。"

大李神秘地说："你今晚上偷偷把闹钟给我送来。"

小李不解："干什么？"

大李："你爸爸说，闹钟一天快一个钟头。"

小李愣住："没有呀！"继而大笑，"对了，爸爸那天说，你太热心了，他想气气你，戒掉你的嗜好！”

大李也笑了：“老头真有意思！”

小李脱剩了一套运动服装，把外面衣服交给大李：“托你给我带去。”他跑步走了。

大李扛了伞和衣服，刚要走，宿舍里又出来一个人，是个胖子。大李招呼他：“大力士，一起走。”

大力士看看大李扛着的伞，像是发现了什么，说：“哟，你先走一步，我还要拿点东西！”

大力士转身回家，到了自己屋子门口，推开门，伸手把门背后的伞拿下来。

大力士的母亲：“好好的天，拿什么伞？”

大力士指一指窗外的大李：“喏！”

母亲会意地一笑：“哦！气象台？”

大力士：“他比气象台还准，腰一痛准下雨。”

三

富民肉类加工厂的厂门口。

大李等在这里把伞还给托他修理的原主。

“理发大师，这是你的。”理发师拿过去。

“王医生，你来得正好，你的自动开关。”大李一按开关，伞自动张开。

王医生接过伞，非常满意。

伞发完，大李拿着小李的衣裳，还等在厂门口。

一声汽车喇叭声，一车满载生猪的卡车开了过来，车身上写着“叶塘镇饲养场”。

汽车从正在练长跑的小李身旁驶过，这时坐在司机旁边的一位剪着短发、年轻、健壮的农村姑娘忽然站了起来，她贴着车门上的玻璃，热情地招呼着：“小李！小李！”

小李紧赶了两步，也兴奋地喊了起来：“描云，是你啊！”

司机放慢了车速，小李赶了上来，一下子跳上车门边的踏板，和描云谈了起来。

汽车驶进厂内广场。

老李带着大李迎了上来。老李迫不及待地跑到车后面先看了看猪，然后才带着满意的神情远远地和描云打招呼：“好猪，好猪……回头跟我一道吃中饭。”

大李一愣：“你跟谁讲？”

老李指着迎面走来的描云：“跟她呀！”

描云和养猪姑娘们笑了起来。

小李在帮忙卸猪，但他又急于和描云谈些什么，一不小心，一头猪惊叫了一声窜跑了，小李慌忙拉住猪尾巴，猪叫得更凶，其余的猪也四散逃窜，小李显得有些手忙脚乱，一副狼狈相。

描云见状，又好气又好笑，她顺手拿起挂在脖子上的白色小哨子，“嘟！嘟！”吹了两声。

正在惊跑的猪，听到这熟悉的哨声，竟突然停了下来。

描云又连吹了几声，这群猪竟非常驯顺地向描云围过来。描云吹着哨子带领着猪群走向猪圈，这群猪老老实实地跟在后面……

小李几乎惊呆了！他张大着嘴巴，傻乎乎地跑到描云的面前，盯着描云胸前的哨子：“你真有办法！”

描云被小李看得有点儿不好意思起来，用话岔开：“我们镇上新建立了体育协会，姑娘们今天都想观摩你们的小组锻炼呢！”

小李兴致勃勃地说：“好！我去叫他们，马上就开始！”他跑了两步又回过头来对描云：“你可要等着啊！”

描云含笑地点了点头。

小李三脚两步跑上楼，对着室内的科室人员喊着：“同志们，快出来做操，做广播操啦！”

科室人员爱理不理的，有的在继续看报，有的装着在整理东西，一位会计故意把算盘打得噼里啪啦响，还有一位干脆装出头痛的样子，冲着小李打了个大喷嚏。

小李跑到医务室门口。

医务室里，王医生手拿着压舌板正要给病人看喉咙，小李跑来敲了敲窗户："同志们，做操了，做广播操。"

王医生幽默地表示响应，他拿着压舌板，时而像在做操，但又时而伸向病人嘴上，病人也就随着节拍，时而张嘴，时而闭嘴。

小李跑到理发室。

理发师背着身子在给一位工人刮胡子，从镜子里看见小李跑来，估计是要他做操，因此没等小李开口，他就拿着刮脸刀做起操来，小李满意地对着镜子点了点头跑开了。

正在这时，理发室的电话响了……

理发师跑过去听电话："喂，你是谁？啊，李主任。你找小李，他刚跑开。什么？什么？噢，小组长开会！好，我去喊他！"他忙着放下电话。

车间里，老李放下电话，大声地叫着："小组长开会！"

工人们围在黑板报前，边看边议论。

老李走过来："看什么？还不去做准备工作！"

工人们走开后，他却好奇地看了看黑板，上面醒目地写着："中午一时在俱乐部开会选举体协主席，请全体参加。"

老李顺手拿起一支粉笔，把通知画掉，然后在旁边写了八个大字："生产紧张，体育停止！"丢下粉笔，又喊了起来："小组长开会！"

"小组长开会！"理发师跑向运动场叫着。

人们正陆续跑来，有的在脱衣服，有的在活动。小李在招呼人，姑娘们在边上看着。

理发师跑来："小组长开会！"
小李："怎么又在上班前开会？"
众人议论纷纷，不愿意去开会。
理发师："小李，还是你去和你爸爸说说看。"
众人："对，去争取一下。"
小李无奈地："好，我去打个电话。"

理发师和小李跑到理发室，小李拿起电话："我找大李。"
理发师："错了，是老李。"
小李："没错。爸爸听大李的话。……啊，大李吗？我是小李。"
大李听电话："什么事？"
小李："我们每天上班前体育锻炼，你支持吗？"
大李："我没意见。"
小李对理发师："哈哈，他完全同意。"

在车间内，大李在听着电话。老李过来："谁打来的？"
大李："小李。"
老李："我正要找他。"他接过电话。
小李还在对电话说："爸爸又要上班前开会。"
老李愣了："嗯！"
小李："又是谈生产。"
老李："嗯！"
小李："这是变相加班。爸爸不对！"
老李生气地说："什么？"
小李以为对方没听清，大声地说："爸爸不好。"
理发师关心地说："赶快去说呀！"
小李："先要打通他的思想，才好去对付爸爸！"
老李听见了："对付爸爸？你说什么？"
小李："我们要锻炼，小组长会不能参加。"

老李大声地说："不行！"

小李听出声音有些不对，问："你是谁？"

老李气冲冲地反问："你是谁？"

小李："我是小李。"

老李："你是小李，我是你老子——老李！"说完把电话狠狠放下。

小李愣住了。

理发师问："大李怎么说？"

小李哭丧着脸："不是大李，是我爸爸——老李。"他放下电话，走了出来。

描云正站在理发室门口等他，小李打电话她全听见了，看到小李一脸尴尬相，忙安慰说："今天天也不早了，下次再来看吧！"说完从脖子上取下哨子送给小李，以示安慰。

小李困境被解，又得意起来："好，你们下趟来，我们什么都准备好，广播操、篮球，还有摔跤……"他正说得起劲，后面一只大手伸了过来，在他肩上一拍："小李，你爸爸喊你！"

小李回头一看，原来是大力士，他无可奈何地对描云歉意地笑了笑，随着大力士向车间走去。

四

车间里，老李正在训小李。

"青年人爱玩，我也不反对，可得有时有会儿的。体育嘛，一个礼拜玩儿那么一回就够了嘛！天天早上搞什么锻炼，不开会，真是胡闹！……年轻人嘴里都能说一套，其实就是觉悟不高，当初旧社会……"

小李坐在那儿，闷了半天，见爸爸说个没完，于是忙插嘴："我知道……"

上班的铃响了。

老李气犹未消："上班了，会又没开成，都是你搞的！"他转向车间喊着："小组长会改在中午开。"

小李急了："中午要开会选举体协主席。"

老李："不行。"

小李更急了："可是通知都出了。"

他跑到黑板前一看，通知已被人画了。他自语地："谁给画了？"他回头看老李，嘟囔着走开："不选主席，我们照样锻炼。"

小李走了，大力士过来，对老李说："还要练？他可真冲！"

老李思索了一下："行！"他走到黑板前，在黑板上写："中午一时开小组长会，下班后开会选体育主席。"

大力士凑过来："主任，这问题你又想通了？"

老李："想通了。我想选一个主席管管他们，比没有人管的好。"

大力士恍然大悟。

老李对大力士："对，你来当体育主席。"

大力士纠正他："是体协主席。"

老李："体育、体协都一样，你来管管。对，你个儿大，像……"

大力士："不行！我对体育一点儿兴趣都没有！"

老李："我就是要一个没有兴趣的人当体育主席。"

大力士："那他最合适。"说着一指，大李这时正在医务室拿膏药。

老李："他？……嗯，他生产积极，群众关系好，小李听他的话，对体育……"

大力士："他连广播操都不会做。"

老李笑了："我就是要这样的，我们去跟他说说。"

小李等正在议论老李为什么决定下午开会。

理发师跑来，神秘地说："紧急情报！刚才老李要大力士当体协主席，说好管管你们！"

小李："怪不得他要下午开会。"

甲："我们要想个法子。"

乙：“小李，你来当主席。”

小李：“不行，我斗不过爸爸。”

理发师：“是呀！儿子总得听老子的话。”

众：“选谁呢？”

理发师：“我看……他最合适，大李！”

众：“他？”大家会心地笑了。

小李一想：“哎，他最热心，群众关系好，爸爸从不对他发脾气，有事好商量，对体育……”搔搔头。

理发师：“选一个不爱体育的，总比选一个反对体育的大力士强。情况紧急，要快！”

小李：“对了！选了他，以后可以让他去跟我父亲打交道。去跟他谈谈！”

老李、大力士正在向大李动员。

老李非常和气：“……我觉得你当体育主席最合适了。”

大力士在旁提醒：“体协主席！”

老李：“都一样。”

大李：“谁？”

老李：“你。”

大李：“我？”他愣了，又一想，这大概是和他开玩笑，回过头，苦笑着对小李：“我！当体协主席……瞧你爸爸想的……”

小李：“嗯，你！我们同意。”

大李更愣了：“什么？你们也同意？”

小李：“嗯。我们总是听车间主任的话，拥护你当体协主席。”

大李：“我当体协主席？”他被这意外的情景一惊，腰一扭，痛得差一点站不住，王医生赶忙去扶住。

大李半信半疑、哭笑不得的脸，僵持着。

迭印：一张红纸喜报，祝贺大李当选体协主席。

选举的会散了，大李和两派选他的人都没走。

大李好像还没从迷惘中醒过来，带点儿试验性的口吻说："大家要我干，我就试试吧！"

大力士过来逗他，装出很关心的样子："你想怎么干？"

大李："还没想出来呢！"

大力士调皮地说："最起码也得先学学广播操吧！"

大李："干什么？"

大力士："体协主席嘛，每天早上总要带领大家练广播操吧！"

大李："你要练？"

大力士点头："我，我们都要练。"他信手一指旁边的老李。

老李一惊："我？"

大李："老李，你也要练广播操？"

老李尴尬地说："我……"他望了大力士一眼，言不由衷地说，"是，我们都要练。"

大李认真考虑这项要求，走向那边的小李。这里，老李对大力士发火，大力士笑着轻轻地在解释自己的"玩笑"。

大李一本正经地说："小李，明天你来教广播操。"

小李："我？我是特级运动员。"

大李："那不教得更好吗？"

小李："我的主席，我们几个人锻炼都保证不了。自身都保不住，还要叫我教全厂？"

大李："全厂都搞了，你们的锻炼不也更有保证吗？"

小李："我管不了，要教广播操，你教吧！"

大李："我教？"

小李一半打气，一半无所谓地说："体协主席嘛！你教，我一定参加。"

大家散了。有些人挤在门口台阶上没走，外面果然下雨了。

大李哼着广播操的音乐走出来，手好像还在比画。

理发师："大李，你准确极了。"

大李以为理发师在称赞他的广播操："你说什么？我还不会呢！"他又做了做广播操的姿势。

王医生："我们说你这气象台准极了，你说下雨，准下雨。"

大力士又来起哄："气象台要教广播操了。"

大家听了惊奇地议论起来。理发师热烈地拥护："你来教，我们一定参加。"

大家："我们都来。"

大李被逼在那儿了："好，我教。"

五

新华书店门口。大李拿着雨伞，哼着广播操的音乐兴冲冲地拉门。正巧，那边也来了一个心急的顾客跟他挤在门口。那个人戴了一副深度眼镜。

大李很有礼貌地让那个人先进去。

大李走进书店，向"卫生、体育"柜台走去。

这个柜台比较高，方才那个戴眼镜的顾客刚从梳小辫子的女营业员手里拿过一份"视力表"。

大李放好雨伞，过来问小辫子："我要第三套广播操图解。"

小辫子歉然地说："卖完了。"

大李指着柜台里："那儿不是有嘛？"

小辫子一看："这张已经破了，只剩半张。"她拿了出来。

大李："谢谢。"他注视着图解，比画起来。

小辫子好奇地看着他。

戴眼镜的人专心在看视力表，他摘了自己眼镜在看。

大李学完这三节，惋惜地说："可惜下面不知怎么样。"

小辫子热情地说："下一节是……"她在柜台里做了个准备动作，大李在柜台外边也连忙做了个准备动作。

小辫子轻轻地说："一二三四、五六七八。"做了起来。

大李不熟练地学着。

小辫子一个动作蹲了下去，人被柜台遮着看不见了。

大李忙上前踮起脚向前看，小辫子又站起来，大李又连忙退回原地。

两个儿童顾客看见他们做广播操，在笑。

小辫子又蹲了下去。

戴眼镜的人摘了眼镜专心看视力表，一回头，见柜台里一个人；突然一闪，又没有了。他对自己的视力大为惊奇，又看视力表，检验自己视力。

大李也时起时落，忽然坐在地上，起不来了。

小辫子站起来，看柜台外没有人，奇怪地说："人呢？"她向前看，大李正从地上慢慢站起来。

戴眼镜的人回过头，向大李这边试验自己的视力。

眼前忽地站起一个人，他一惊，又戴上眼镜一看，原来是挤进门的人。他连忙付了款，拿了视力表走了。

小辫子笑着："这就是全部了。"

大李捂着腰："请再介绍几本群众体育的书。"

小辫子回身从书架上拿书，拿了几本生产操等书，回头一看，见大李右手捂着腰，上身做四周旋转的动作。

小辫子惊奇地想了一会儿，不解："这是第几节？"

大李："第十二节。"

小辫子："没有这一节呀！"

大李："有啊，就在这儿！"指着自己的腰，"我的腰，在第十二节上，有关节炎。"一边说一边还在转。

正在这时，下班铃响了，顾客们纷纷出门。

大李急了，他直了直腰，带着歉意地对小辫子说："请您再教教我这第六节好吗？"

小辫子热情地说："好！"她开始做示范。

一位老年职工走进店堂把附近日光灯关了。店堂里只剩下大李和小辫子俩人。

大李一看手表："哟，八点多了，耽误您休息了！"

小辫子："没什么！"

大李连声地说："对不起，对不起！"向门口走去。

刚走了两步，大李又像想起了什么："这第六节是不是这样？"他回忆着刚才小辫子的示范动作。

小辫子点点头，边走边继续示范。

大李跟着小辫子跳了出去。

小辫子关上店门，大李走出书店，一看天在下雨，才想起雨伞忘在店内，正要推门进去，小辫子忽然把门开开，大李一个踉跄跌了进去。

小辫子把伞交给大李："您的伞！"

大李："对不起，谢谢您！"

小辫子："再会！"

大李："再会！"他高兴地做着第六节操，跑过马路。

六

大李家中，晚饭后。

大李面对镜子认真地在练广播操，镜子边上放着那半张图解。他做到下半套，边做边想刚才小辫子教的动作，总是断断续续地想不起来。他推开门，见五虎们都在楼梯上玩，秀梅在厨房里忙着。

大李："三虎，三虎，你上来。"

三虎走进房间。大李问他："你会做广播操吗？"

三虎："会呀，当然会呀！"

大李："第六节怎么做，你教爸爸好吗？"

三虎想了一下："好，来吧！预备，起！……"

大李面对三虎，摆好姿势，一个动作一个动作地做着，做了一会儿，发现跟在新华书店学的不一样。

大李怀疑地问："这是第六节？"

"第六节。"三虎又蹦又跳，节奏非常快地做了一遍。

大李也半信半疑、连蹦带跳地跟着做。

楼下老李的房间里。

小李拿着一本《摔跤要点》一个人在比画书中的动作。老李坐在桌边聚精会神地学文化，他半闭着眼在背诵课本："天变、地变、人也变，好事数万千……"他看了看课本，忙改口，"奇事数万千……"

忽然，楼上地板跳动的声音，震动了他家柜上的瓶瓶罐罐。

老李烦了："大李家里的五虎又跑马了。"

小李有心气他："不是五个虎，是大李。"

老李奇怪："大李？干什么？"

小李很无所谓地说："大李在练广播操呢！"

老李火了："什么？厂里闹得不够，闹到家里来了！"

小李："谁叫您自己选他当主席的呢！"

老李瞪他一眼："不用你多嘴！"他嘟嘟囔囔又坐下，继续背书……

忽然，楼上又嘭的一声，老李扔下课本。

小李一笑，但一看老李火了，又立刻板上脸，严肃起来。

老李对小李无懈可击，过去拿了竹竿，往天花板上捅了两下。

楼上大李的房间里。

"嘭！嘭！"又是两下老李捅地板的声音。大李听见楼下的声音，摆手示意三虎放轻脚步，他们轻手轻脚地继续做着。

秀梅带着孩子们进来。秀梅放下碗碟，说："瞧，又热心练广播操了。"她从手提袋中取出一只闹钟，"这是小王托你的，你还给修不修？"

大李；"修，代客服务，不取分文。"他接过来。

秀梅："说是游丝坏了。"

大李："换个零件就行了。"

秀梅对孩子说："都跟我洗澡去。"她看见大李摇摇晃晃地拿了买来的书躺在床上，过来按了一下他的腰问：“这儿又出毛病了吧？你这套老零件可给省着点使，蹦蹦跳跳的，出了毛病可不好装配。”

大李还是笑眯眯地说：“这不用装配，常练广播操，就是给我零件上加油。”

秀梅：“你的油不缺，你的毛病是发条太足。”

大李：“谁的发条太足？”

秀梅：“人家叫你干什么，你就干什么，其实你是心有余，力不足。”回头叫孩子，“走，洗澡去。”

她把小虎往背上一背，左右手各夹一个，孩子们乐哈哈地出去了。

大李抬头看她，说：“你这才是发条太足。”其实秀梅早已出去，等于说给自己听的。

第二章

七

清晨，大李家，闹钟“铃铃”地响起来。

秀梅起来止住闹钟，回头一看，大李已经不在床上。

秀梅穿好衣服推门出去，抬头张望，寻找大李。

大李在阳台上练广播操。

秀梅：“会做了吗？”

大李神气地拍拍胸：“瞧我的吧！”哼着广播操乐曲走下楼来。

加工厂的广场，大李背来一张桌子做领操台。小李拿着锻炼器材过来。大李对他说：“你去集合人做操吧！”

车间里，小李大声喊着：“大家做操了。”

车间另一头，老李大声喊过来："小组长开会。"

小李在叫："大家来做广播操，广——"正好老李和他面对面地遇见，他没敢喊下去。

老李理直气壮地说："小组长开会！"回头对小李："你别跑了。"

他们交叉而过，小李又喊："全体做广播操。"

他看见大力士拿了茶杯闲悠悠地喝，叫他："做广播操。"

大力士："没工夫。"

小李："锻炼是为你自己好。"

大力士骄傲地挺着身体："看，我这体格，还要锻炼？"

小李："你这是虚胖。"

大力士："我虚胖？"一把抓住小李的手，猛一下像抓猪似的举在半空。

小李叫了起来："哎唷，哎唷！"

大力士放下小李，得意地笑了："我虚胖？三四百斤没问题。"

众人哄笑。

大李跑了过来，叫声："大家去做广播操！"走近大力士，说，"大力士，走。"

大力士逗笑地说："哪儿去？"

大李："广播操。你昨天不是自愿参加的？"

大力士："我参加，可得你教！"拍拍大李，"你教？"

众人又哄笑，大力士更得意了，对边上人指着大李说："像这样的，我可以举起三个。"

大李："不瞒你说，今天就是我教。"

大力士愣了："你？"

大李笑眯眯地说："我！今天是我教……这你得走了吧？"

大家又笑起来，一同走出车间，大力士也只好跟了出来。

加工厂的广场上，广播操要开始了。

大李叫："预备！"姿势不怎么好看。

大力士对边上的人朝大李努努嘴，笑了笑。

小李看了大力士一眼，有点儿紧张。

大李边操边喊："一、二、三、四、五、六、七、八……"操得还不错。

小李、王医生、理发师满意地在操，大力士纳闷地在操，动作跟不上。

第六节开始，大李动作突然加快。他按照三虎教他的姿势，又蹦又跳，舞动四肢。

大家惊奇地跟着大李的姿势蹦跳起来。

大李越做越快，大家简直跟不上，大力士累得直喘。

场上乱成一团。

小李走过来问大李："你这是什么操？"

大李："广播操。"

小李："第几节？"

大李："第六节。"

小李："谁教你的？"

大李："我家三虎。"

小李忽然明白了："哦，这是少年广播体操。"

"哦！"大家明白了。

大力士揩着汗："少年操！"

大李累得满头大汗："哦！"他吃力地要下领操台。

恰巧，老李过来，大李便撑着他的肩膀下来，老李也下意识地搀着他的手，忽然醒悟过来，推开大李，大声喊道："小组长开会！"

大李一怔。

八

理发室里，小李在理发。

小李埋怨地说："都是你说选大李当主席，现在呢，锻炼还是不能保证。"

理发师开始为小李吹风："那还不是听你说的，老李最听大李的话。"

小李："听是听，反过来大李又听我爸爸的。我爸爸一喊小组长开会，他就一点辙儿也没有。"

理发师："最好想个办法，叫老李找不到你们。……"

他一边吹风，一边想主意。忽然，小李大叫着跳了起来："哎呀！"

理发师大惊："烫着了？"

小李："我想着主意了。明天我带全组到厂外去练长跑，等我爸爸叫：'小组长开会'……"

理发师接着说："早已人去楼空。"

两个人互相大笑。小李接着又补充："这么办……"

大李在外面走，听见里面笑，探头进来。

大李："是你们呀？什么事那么高兴？"

小李："主席，告诉你一件事……"理发师以为他要告诉大李，连忙捅他。

大李："怎么啦？"

理发师："没什么，他头还没吹完。"他又叫小李坐好，继续吹风。

小李坐在理发椅上："主席，明天早上练长跑，也有你！"

大李："我？"

小李："你是主席，当然得带头。"

大李："我，长跑，别开玩笑啦。"

小李："那你能干什么？"

大李："我嘛，马路上走走，散散步还行。"

理发师："好，我看就照大李说的，大家走走，我也参加，练竞走。"

大李："竞走，还有这一门儿？"

小李："这你可得一定来。"

次日清晨，小李带领锻炼小组换了衣服，从厂门口开始，到马路上去练竞走：大李跟在最后面。

一队人从马路走去，吸引了不少行人观看。

车间里，老李在计算任务数字，一看手表，时间到了，大声喊着：“小组长开会。”

车间里空荡荡没反应，老李又喊了一声。大力士从机器后面走过来。

大力士：“小组长都跟小李一块儿练竞走去了。”

老李不懂：“竞走？”

大力士用手比画着竞走的姿势。

“那怎么行？太不像话了！”老李真的急了，“准备工作都不做。”忽然，他看着大力士，“哼，都是你！”

大力士：“我？”

老李：“走，去追他们回来。”

老李和大力士跑出厂门口。

正好一辆公共汽车驶来，老李命令大力士：“你跑快点儿追上去，我上车去堵他们。”

老李费了好大气力挤上公共汽车。

竞走队在街上走着，一会儿公共汽车赶了上来。

远远的，大力士在后面赶。

公共汽车赶上了竞走队，老李把头伸出窗外，大声叫：“小—组—长—开—会！”

售票员和乘客把老李往窗里拉，禁止他把头伸出窗外。

老李不顾售票员的制止，又使劲挣扎着探出头去：“小—组……”他又被人拉进去了。

小李听见汽车上有人喊，声音很熟，抬头一看，原来是父亲在汽车内正被售票员和一位乘客向里拉。小李不知出了什么事，忙招呼队员：“走快点儿，我爸爸在车上，不知出了什么事！”

大力士追得上气不接下气，边走边嚷：“快回去——”

大李听到后面有人叫，脚步慢了下来。大力士终于追上了竞走队，但已累得不能动弹，一屁股坐在人行道的台阶上，用手指着前面的公共汽车，两眼发黑，竟说不出一句话来。

小李看到大力士指前面的汽车，也不问根由，冒失地说：“快追！”

大家加快步子，追赶远去的公共汽车。

正好这是辆小站不停的快车，他们赶了两站，汽车才停下来，一个个都累得气喘吁吁。小李冒冒失失地跳上公共汽车的后门，哪知老李刚从前面挤下汽车。小李察觉父亲已下车，正要下来，但车已开了，他在车上伸头叫：“爸爸，什么事情？”

大家也围了上来：“主任，出了什么事？”

老李看了看在公共汽车上的小李，看看大家的表情，简直哭笑不得，半晌才说出：“小组长开会！”

九

当天傍晚，下班后，大李、小李、老李、大力士、理发师、王医生和工人甲、乙等一块儿谈笑着回新村去。

途中，大李看到老李情绪蛮好，忙乘机进言：“老李同志，您是车间主任，在体育上您应该带带头！”

老李忽然绷起脸来：“生产这么紧张，哪有工夫搞体育活动！”

大李有条不紊地说：“搞社会主义建设么，哪能不忙呢！”

老李不由脱口而出：“对啊！”

大李：“这个月忙，下个月还是忙！”

老李：“是啊！”

大李：“今年忙，明年还是忙！”

老李：“那当然啦！”

大李：“你忙，大家也一样忙！”

老李并未察觉出大李的语意，还是很自信地说：“正确！”

小李在一旁也没弄懂大李的用意，忙推了推大李。

大李："一忙么，还有什么工夫去搞体育活动！"

老李："对呀！"

大李水到渠成地紧接下去："那么搞社会主义建设就不应该再搞体育了。"

老李也紧接下去："就是呀！"

理发师这时有些领会大李的意思了，忙走上一步指着附近体育用品商店说："是呀，这种店早就应该关门了！"

王医生指着橱窗内一个足球运动员的模型，补充了一句："他也该退休喽！"

大家笑了起来……

老李有些觉察，忙纠正说："咳，谁说搞社会主义建设就不能再搞体育活动？"

小李生硬地抓住老李的"小辫子"："爸爸，是您讲的！"

老李瞪了小李一眼："咳！我这么大年纪怎么能和你们比……"

小李失望地看着大李："你看，讲了半天，有什么用。"

大李笑眯眯地说："你别着急，耐心点儿！"

正在这时，两个女营业员扶着秀梅骑着自行车过来。

秀梅东倒西歪地骑着车子向老李冲来，老李慌忙躲让。

秀梅摔倒了，她爬起来，拍打着身上的尘土，埋怨着这两位年轻女营业员："不行，不行，我年纪大了，怎么能和你们比呢！"

老李听到秀梅的话，先是一怔，接着他像遇到知音似的走近秀梅和她握起手来。

秀梅莫名其妙地握着老李的手。

老李赞赏地说："秀梅同志，"他特别强调"同志"二字，"你的看法和我完全一样！"他得意地看了大李一眼。

大李从来不皱眉的脸上，忽然也露出一丝愁容。

小李走过来，对大李做了个无可奈何的表情。

一〇

一块“营业时间已过”的牌子刚挂在一家零售店的门上。秀梅和另一个年轻的女店员正在扛门板，上门板。

粗壮的秀梅一下子扛起四块大门板，向店门走来。那个女店员小王只扛了三块小的，歪歪斜斜地走过来。

门板都上好了，秀梅一看，门外就剩下那辆新来的运货三轮车。她们在锁门之前还要处理这辆车的问题。

小王：“真讨厌，还得把它推进去。”

秀梅爽朗地说：“我来。”她把三轮车推进店去。

小王在里面，一边锁门一边说：“明天还是打个电话，叫中心店把车弄回去。”她说完，提了手提袋就走了。

秀梅洗了手，理理东西，刚要走，小王又重新回来。她边走边说：“瞧我这记性！”她从抽屉里取出一只闹钟，闹钟在走着。她看了看钟，对一对时间：“走得真准，谢谢大李同志。”

秀梅拿了东西，关了灯。她们走了。

工人新村，大李家门前。秀梅到了家，小虎喊着：“妈妈！”扑了上来。

秀梅抱起小虎，走上楼来。到了家，推开了门。

小虎叫：“妈妈看！”他小手一指。

秀梅抬头一看，见墙上新贴了一张宣传画：一个穿运动服的女青年，推着一辆自行车。题目：《自行车女运动员》。

秀梅看了一下，就到桌边前放下东西。大李和三虎从窗下走过来，到宣传画前。大李问三虎：“像妈妈吧？”

三虎愣愣地答了一句：“不像，妈妈不会骑车。”

大李接着问小虎：“瞧，像妈妈吗？眼睛像不像？”

秀梅走过来：“这是阿姨，不是妈妈。阿姨没有你们这五个宝贝儿！”她说完抱了小虎出去。

大李预定的“动员计划”没实现，愣在那儿，搔头。

秀梅在厨房里忙家务，煮水，热牛乳。她忙了一会儿，要拿东西，又回到房里。她推开门向里走，看见大李和三虎好像在笑。大李看见她过来，又拿起报纸，装成没什么事的样子。

秀梅一回头，见墙上宣传画《自行车女运动员》已经换了一张，题目是：《妈妈去锻炼》。画上还是青年女性，蹲在那里换球鞋，不过边上多了两个孩子。

秀梅看了笑了笑，走过来问大李：“今天你这个主席做到家里来了？”

大李尴尬地笑笑。

秀梅爽快地说：“你还买了几张画？这会儿都给我一起看了吧，等会儿我没工夫。”

大李又尴尬地笑笑。

秀梅问：“没有了？”

大李：“还有。”他拿起桌上准备好的报纸，上面有一段用红笔圈上的。他念：“有三个孩子的女工吴祥妹，最近在全国女子自行车比赛中，得了第四名，成了运动健将。”大李念完，看了一下秀梅。

秀梅风趣地说：“再写两张标语贴起来，那更热闹呢！”她拿了要洗的衣服又出去了。

大李尴尬地搔搔头，低头看自己预备好的一张“动员内容”，上写：“一、伟大的理想产生伟大的力量；二……”

三虎碰碰他，他回头。三虎拿了张大纸递给他：“给你。”

大李不解地问：“什么？”

三虎：“妈妈不是叫你写标语吗？”

大李苦笑，把自己的“动员内容”的纸条撕了。

夜晚，五个孩子都睡了，屋子里只开了一盏小台灯。

三虎忽然醒了：“我要撒尿！”四下找：“妈妈，妈妈。”

床前，一双秀梅换下来的鞋。

宣传画《妈妈去锻炼》还贴在那里。

三虎跑到窗前一看，皎洁的月光下，大李扶着秀梅在练自行车呢。

“妈妈！妈妈！”三虎惊喜地叫着。

二楼阳台上，大力士在乘凉，躺在竹椅上睡着了。三虎的喊声，把他惊醒；但他略一睁眼，翻了个身，又呼呼睡着了。

小李在房里穿着摔跤服，正在对一个用棉被做的假人在练习摔跤。假人的模样酷似大力士，小李对准假人用力一按。

阳台上，大力士正好呼出一口气。

房里，小李又是用力一扳。

阳台上，大力士又吐出一口气。

房里，小李终于把假人摔倒了，他满意地看看隔壁阳台上的大力士。忽然，他发现空地上大李在教秀梅学自行车，他非常激动地喃喃自语着：“大李同志，我一定要向你学习。”

一一

次日，新华书店。

小李在选宣传画：“这一张。……那边一张。”

小辫子营业员在给他拿，小李还在说：“再来一张。”

小辫子：“还要？”

小辫子营业员卷好一大捆宣传画纸卷交给小李，小李兴冲冲地快步跑出书店。

那张宣传画已经贴到小李家里，其余的摊了一桌一地。

小李来回地走动，在研究贴画的位置。他又随时听着外边，开门看看是不是有人回来，又赶紧贴了一张。

老李刚一跨进大门，迎头看见自己房门口贴了一张贴画，画上两个男女运动员笑嘻嘻地向他招手。他一愣，但他的手却下意识地举了起来，和画上的运动员招呼了一下。他推门进去，只见自己的房间里墙上、柜上到处贴满了各式各样的体育宣传画，简直有点儿像画刊门市部。

那些画里的人物像是都盯着老李似的。老李又惊又气，一屁股坐在椅子上，忽然发现桌上照相框子里也放了一张举重运动的宣传画，他气得跳了起来。

小李在里间的门缝里看见父亲生气，急忙把门关好。

老李气呼呼地往床上一躺，正想养养神，哪知仰面天花板上也贴了一张。他正要发作，忽然觉得这一张倒还有点儿意思——画着一个老者精神饱满地在打太极拳。

老李看着，看着，有点儿心动，双手下意识地比画着那个画中老者的手势。

小李察觉父亲的神色好转，大喜，冒冒失失地从里间闯了出来。

小李对父亲一本正经地说："爸爸，看了这些宣传画，您有什么感想？"

老李吓了一跳。他急忙收回手势，一时语塞："我……我……我想揍你！"

小李见父亲真要动手，忙躲闪到窗口。窗外，大李正陪着秀梅在院子里练习骑自行车，小李就把话题岔开去。

小李对父亲说："您看，连李大嫂子都参加自行车锻炼了。"

老李有些不相信自己的耳朵，过来一看，果然大李扶住自行车的后座，秀梅认真地在学着，居然骑得有点儿意思了。五虎们骑着小脚踏车跟在后面。

老李愣了："真的！"

小李叫："大李！"他在老李背后偷偷向大李指着老李，咧咧嘴。

大李在外面放下车："主任，怎么样？也来学学吧，我负责教！"

老李："我……哎！"摇摇头，离开窗溜走了。

因为没人扶车，秀梅一下子控制不了车把，自行车向人行道上冲去。

人行道上，大力士迎面走来。猛一下，秀梅连人带车撞在大力士身上。

大李奔来，扶起秀梅。孩子们跑过来围住妈妈，小李也从屋里奔了出来。大李蹲下身关心地查看是否伤了大力士。谁知大力士纹丝不动，他伸了伸腿，说了一句："三四百斤，没有问题！"

小李扶起那辆自行车，前轮已经撞弯了。大李过来："不要紧，我来修！"

一二

早晨，加工厂车间里。

大李和小李在主任办公室帮做生产前的准备工作。大李一边做一边还哼着歌。

大力士来上班："你们在干什么？"

大李："帮主任安排好生产前的准备工作。"

小李："看他还有什么理由不参加体育活动！"

老李来了。他一进门，迎面遇到大力士，大力士向他耳语几句。老李胸有成竹地向大李走来。生产前的准备工作已安排得井井有条，他心里已经有数了，可是表情却非常严肃。

大李理直气壮，格外和颜悦色地说："主任，做会儿操去好吗？"

老李想推辞，一时又无适当理由，忽然一眼看见车间里一份大日历，上面醒目地有着"3"的字样，他好像找到了推辞的理由："这样吧，以后每逢双日我做操吧！今天是……"他得意地指了指日历，"明天我一定做！"

大李笑嘻嘻地走过去顺手撕下了一页："主任，你记错啦，今天是'4'号，逢双。"

“看我这记性！”老李低声地自语着。他一时找不到推辞的理由，只好和大李讲起条件来：“广播操一共有几节？”

“八节。”大李答。

“哦！那……我保证今天一定参加做两节，怎么样？”他特别强调两节的“两”字，好像做了巨大的让步似的。小李显得很不耐烦的样子。

大李大为高兴：“那好啊！做两节就两节。”

老李答应做两节，在大李已是个胜利了，小李兴奋地跑向广播室放唱片。

大李手一伸，请主任先走。

大力士急忙解围：“主任，你昨天不是说要到冷藏库检查安全设备吗？”

主任听大力士一说，想起了什么，忙回过身对大李说：“看我这记性，差一点忘了，我马上要去冷藏库检查……抱歉，抱歉……”

说完他对大力士喊了起来：“大力士，走，到冷藏库！”

“走——！”大力士大声地喊着，得意地随主任向冷藏库走去。

冷藏库内。

老李专心地在检查，大力士在一旁帮着。

小李开好唱片，从广播室出来，见冷藏库门开着，便对门内喊了起来：“里面有人没有？出来做广播操！”

老李听见喊声正要答应，大力士急忙拉了他一把，摇了摇手，示意他别答应。

小李见无人应声，以为没有人了，他好心地把冷藏库的大门关上。

大力士高兴地说：“哈哈，他们没找着我们。”

老李走着走着，觉得身上有些冷。

大力士问他："你怎么啦？"

老李："不对，你怎么样？"牙齿有些打战。

大力士："你年纪大了，我没什么。"说着，自己也有点儿哆嗦起来，"怎么？……我也有点儿……"

老李回头一看，温度表上水银柱下降。对大力士说："坏了，赶快出去！"

两人跑到门口，一拉门。老李："关——上——了。"

大力士扳了扳门，扳不开："怎——么——办——？"他自然而然地手脚活动起来。

老李："别慌。"他也冻得受不了，在原地不住地跳。外面，大李领着工人们正在做操。

冷藏库内，老李找了一件背猪用的棉袄穿起来，但仍冻得缩成一团。大力士还在挥舞着双手，但手脚已经不灵活了。

温度表上水银柱继续下降。

大力士敲敲身边挂着的一行行的冻猪，硬得像石头，咚咚响。他心里有点儿急，在双手活动时，也敲敲自己前胸，不料也发出那种像石头似的咚咚响的声音。

大力士和老李吃惊地对看着。

大力士紧张起来。他看着身边挂着的一头大冻猪，忽然产生了一种可怕的预兆：仿佛感到自己已经变成冻猪，挂在那儿。他不由一声惊叫，把老李吓了一跳。

外面，工人们在做操。

冷藏库内，老李和大力士也手脚舞动地在"做操"。

外面，广播操结束，工人纷纷散开。

一群冷藏工人在冷藏库前的走道里换工作服。组长开了门。

老李和大力士的眉毛、胡子都结上了一层白霜，像是白须老人。他们已累得筋疲力尽，但还是支撑着活动着身体。

组长见状，呆住。

冷藏工人们围上来，怔住。

老李和大力士累得摇摇晃晃走了出来。

大李和小李跳跳蹦蹦地走来，见状，惊住了。

老李生气地说："简直是……胡……闹！"他打了个大喷嚏。

大李热心地说："快活动活动点好。"他自己对着老李手脚比画起来，不自觉地又成了领广播操。老李也糊涂了，居然跟着他做起来。

理发师过来："咦，主任做广播操了？"

老李："什么？"他停止了做操，生气地说："瞎胡闹！"又打了一个喷嚏。

第三章

一三

早晨，大李家门口。

大李和妻子秀梅一块儿出门上班，妻子推着一辆崭新的女式自行车。

五虎排列在门口："爸爸，妈妈，再见。"

大李照例在五个孩子的头上抚摸一下。小虎则搂着父亲的脖子亲了一下，母亲微笑地看着。

大李将妻子的手提包挂在自行车的车把上。秀梅上车，她已经是一个熟练的骑车人了。

三虎刚走了几步，回过头不放心地说："妈妈，当心红绿灯。"

妈妈疼爱地向三虎招手点点头。

途中。

大李练习竞走。秀梅熟练地骑着自行车跟在他的后面。

半路上。老李步行去上班。

“主任，早啊！”大李从后面叫老李。

“你早呀！”老李答。

大李赶上来：“不跟我一起练练？”

老李不以为意地说：“哎！”

从老李身边穿过一辆自行车，一个女运动员的背影闪过。老李振振有词地指着前面女运动员的背影：“这种玩意儿就得年轻。”

大李听了，叫一声：“秀梅！”前面自行车又转了回来，原来，是秀梅。

秀梅招呼一下：“老李同志，您早！”

老李尴尬地说：“原来是你！”

大李和秀梅相视一笑，秀梅骑车走了。

老李：“大李，你把五个孩子的妈妈都动员起来了，真有办法。”

大李一边走一边感叹地看看老李：“我就是拿你没办法。”

老李：“我跟她不同，我这么大年纪，有什么可练的？”他边说边不自觉地甩动手臂。

大李看看老李：“主任，每天和我一块儿练竞走怎么样？”大李脚步越走越快。

“什么？叫我练竞走？！”老李很不以为意地舞动着双臂。

“这是项全身运动……”大李越走越快。

“你说什么？”老李没听清，加快脚步赶了上去。

这时，大李已经快走到厂门口，他放慢脚步，回头看着老李，只见老李气喘吁吁地挥舞着双臂赶上来。

大李认真、严肃地指着老李的脚说：“脚跟着地……”

老李猛然刹住脚步，但双臂还在甩动，俨然像一尊竞走运动员的塑像。

大李像教练员对运动员似的指着老李的手臂：“对！对！就这样，

手臂摆动再大一点儿！”

老李瞪了大李一眼，突然手臂停止摆动，一看表，他正要张口……

大李抢在他前面说：“小组长不开会了，准备工作昨天下了班已经做好了。”

老李：“哦——”

一四

车间，上班前。

小李手里拿了一叠体育表演晚会的票子，他的身后跟了很多运动员。他们围住小李：“给我一张，给我一张。”

大力士也走过来，问一个运动员：“什么票？”

运动员拿着一张票：“精彩极了！”

大力士向小李伸手：“小李，给我一张。”

小李头一扬：“你要一张，你是运动员吗？”

大力士碰了个钉子，有点儿火：“怎么？只有运动员才能参加？！这是谁定的规矩？”

小李也顶撞起来：“我定的！”

大力士：“你——”他傲然地走近小李，似乎又要说三四百斤，没问题。

小李今天也不示弱，他警惕地摆出摔跤的架势，严阵以待。

大力士跟往常一样，像抓猪似的伸手来抓小李。小李灵活地将身子一侧，大力士扑了个空。大力士转过身猛一把抓住小李，正要举他起来时，哪知这次却不像以往那样容易了。小李一缩身，一手抓紧大力士的腰带，右腿用力一扫，说时迟，那时快，大力士还没来得及还手，已被小李摔倒在地上。

大力士慢慢地从地上爬起来，显得很不服气，忽然他看见地上有一块小石头，忙捡起来看看，好像刚才是被这块石头绊倒似的，他狠狠地把它扔掉，不服气地看看小李，拉开架势准备和他再较量。很多工人围上来看热闹，小李更加得意，他故意晃了下拳头，大力士气不过，来了个卧虎扑羊，一下子压了下来，小李轻捷地闪了过去，顺手抱住大力士的后腰，大力士依仗自己有气力毫不在乎，他连续转了两三圈，想把小李甩倒，没想到小李两只手臂像两道铁箍似的，把他的腰紧紧箍住，怎么也摆脱不了，累得直哼哼。小李看出大力士气力消耗不少，乘大力士刚停下脚步没站稳时，双手一用力，竟把大力士倒背起来，“通”的一声摔了个结实。

大力士躺在地上，眼睛里露出惊讶不解的神情。

工人们大笑起来……

王医生、理发师夸奖着小李。

小李紧了紧裤带，学着大力士的腔调，笑着对大力士说：“三四百斤没问题。”

大李正换好工作服，见车间里围了一堆人在哄闹，他走上去，只见小李生硬地在向大家宣布：“票子不多，主要照顾等级运动员。”

“不见识见识，怎么会对体育有兴趣呢？”有人辩论着。

大李一听，忙挤进去向小李伸手。

小李以为大李要票子，很爽快地给了大李一张。

大李严肃地说：“都给我。”

小李一愣，乖乖地把手里的一把票子都交给大李。

大家站好等待大李发票。

大李首先走到大力士面前，把票给大力士，大力士没想到，呆住。

大李把票向大力士手里一塞：“拿着。”

小李走近大李，提醒他：“这是给运动员的，你……”

大李胸有成竹：“我知道。”

大力士本来不想要，看见小李走过来要阻止大李，反而故意接过票子，回头斜了小李一眼。

大李送票给老李：“今晚你一定要去看。”

“算啦，让别人去吧，我不喜欢参加什么晚会的。”老李推让。

小李过来着急地向大李抗议：“想要的不给，不想要的硬要塞给人家，你这是……”

老李听了，一把夺过大李手上的票子，朝儿子狠狠瞪了一眼："谁说我不要！"

小李："这是给运动员的！"

大李："我知道。"

小李："你……"

大李指着大力士他们说："今天这几位还不是运动员，但是不久，他们会是运动员的。"他对大力士、老李说："你们说是不是？"

大力士、老李手里拿着票，想点头又没敢点下来。

小李搞不通，一怒而去。

一五

夜晚，老李家里。大力士手里拿着两张票，老李在踱来踱去。老李在埋怨他："都是你要的票，现在怎么办？"

大力士无所谓的样子："大不了去看看。"

老李生气地说："我不去看。"

大力士又无所谓地说："大不了不去看！"

老李还是生气："不去，不去你要票！人家想去的人争得吵翻了天，你倒不去！"

大力士没辙儿地耸耸肩。

老李生气地说："都是你！"

大力士回头一看窗外，远远看见大李、小李回家来了。忙说："小李回来了。"

老李着急地说："别让他看见我们。"他又没地方跑，一急，把灯关了。

外面，小李和大李走回来。

小李还气呼呼地说："我对你有意见，该给的人不给，偏给不要看的人。"

大李："不要急，要有耐心。"

小李："这跟耐心有什么关系？我爸爸不会去看的。"

他们走上台阶。大李抬关一看，高兴地对小李说："看，你家没人，你爸爸去看了。"

小李不同意："他啊，他准是躲过这一会儿。"

屋里，老李都听见了。眼看外面大李、小李就要进来了，他急得不知怎么办。大力士指指窗，他不解，大力士连指带拉，两个人才从窗口爬了出去。

小李和大李走进屋。大李安慰他："你看，准是去看了。"

小李到后面去拿了一件衣服，忽然看见后边的窗开着，顺手把窗关上，同时说："我跟你赌，他准不去。"

大李："我赌，等会儿咱们去找。"

老李和大力士在窗外都听见了。老李拉拉大力士，轻轻地说："走！"

夜。体育宫门口，车水马龙，热闹异常。

一辆崭新的无轨电车在体育宫附近的站停下。

老李和大力士刚下了车，迎面上来一群人，七嘴八舌地嚷着："票子有吗？票子有吗？"

老李一惊，以为问票子有没有，他推推大力士："票子，票子。"两人急忙从口袋里掏票子。他们不掏则罢，一掏口袋，票子还没拿出来，几十只手一下子同时伸过来。

"给我……"

"给我……"

一个身材高大、满脸胡子的大汉一把抓住老李的手，命令式地说："我先跟你要的，卖给我。"

大力士粗壮有力的手将大胡子的手从老李手上移开。

老李和大力士给人们团团围住，半晌，才明白原来这些人是向他买退票的。他用手捂着口袋，吃力地摇着头，从人群中挤出来。

老李和大力士手里抓紧了票子，穿过人民广场，一路上不断有人问他们要退票。他们边躲边走。到体育宫门口时，他们看见前面排着一条长长的队伍，大力士自作聪明地指指队伍："这儿，这儿。"他们两人很自然地排在后面。排了一会儿，不见队伍前进，老李拿出票子看看表演开始时间。排在他面前的一个愣头愣脑的小青年，一见老李手上的票子，就冲着老李说："你票子有多哦？"

老李一怔："你没票？"

小青年指指排的队伍："我们在这儿等退票。"

"啊！"老李愕然，瞪了大力士一眼，忙退出排队行列。

忽然，排队的行列里，出现一个特别熟悉的面孔，他是加工厂的王医生。

王医生正满头大汗地排在行列里等退票。他听到老李的声音，回头试探地说："你们也来了，票子多吗？"

老李举了手里的票。

王医生以为他有余票，喜出望外，冲了过来。

王医生："太好了。"他兴奋地一把将老李手里的票拿过来，"我爱人来了，缺一张票子。"

王医生夫妻向老李道谢，兴冲冲地入场。

很多观众以为老李和大力士在出售退票，大家拥了过来，顿时，把老李和大力士围得跟铁桶一般，只见两人在人群里用力挣扎。老李已被挤得招架不住，叫喊起来。大力士一看情况紧急，突然一声大吼，将老李举了起来，迈开大步，冲出重围。

大力士放下老李。老李惊魂未定，但很关心地问："票子呢？"

大力士："在！在！"说着小心翼翼地摊开手掌，只见手心里只剩下了票子的一个角。

两人傻了。

老李和大力士经历了这一场热烈的等退票的场面，看到无数热情的对体育爱好的观众，他们心里不免思忖起来。

老李轻轻地对大力士说："真有这么好看？"

大力士也不解地叹口气："哎——！"

他们两人都有些心动，可惜手头已经没有票子了。

老李在门口徘徊，这时候他倒有些后悔把票子送给王医生了。

一个年过半百的观众见老李东张西望的，以为他手里有票在等人，悄悄地用商量的口吻问："票子有吗？"

老李抱歉地向他摇摇头。

观众越来越多，他们有工人、学生、解放军，熙熙攘攘如同节日……

大力士正在张望，突然，迎面慌慌张张过来一个人。

大力士冒冒失失地拦住他问："退票有吗？"

那人停住，以为大力士有票子，忙回答："退票？我要！"

大力士定神一看，原来就是刚才那个满脸胡子的大汉。双方怔住。

大李、小李、理发师和富民肉类加工厂的一些运动员陪同着曾描云等男女农村运动员，有说有笑地拿着票走来，正准备入场。

忽然从入口处闪过两个人，冲着他们问："票子有吗？"

小李、曾描云、大李一看，没想到竟是老李和大力士。

大李："你们？……"

老李和大力士："我们……"说罢，有点儿不好意思，"我们没有票。"

小李又急又气："你们的票呢？"

老李："一张给王医生的爱人了。一张……"大力士摸出那张票子的一角给大家看。

大李从容地掏出两张票："正好！张书记和王厂长临时有事不能来了，他们说要把这两张票让给最需要的人。"说完，将票子给老李和大力士。

老李和大力士如获至宝地伸出手。

一六

体育宫内，观众拥挤地入场。

老李和大力士走在前面，进了第一个表演厅。

小李和大李挤在后面。大李笑嘻嘻地对小李说：“怎么样，这不是来了？”他指指前面的老李。

小李不服气地说：“退票的也是他！”

大李问小李：“你看哪一个厅的表演？”今天每个表演厅都有优秀运动员在作示范性的表演。

小李做了个决定：“我认了。他们俩看什么我也看什么，看看他们到底看不看下去。”

大李：“不要急。他们进来了，你就输了。”

小李：“不一定。要是他们一会儿就溜掉，还是你输！”

大李：“好，咱们坐在上面，看着他们。”

第一表演厅里，乒乓赛正在紧张地进行。两个运动员一攻一守，一个凶狠地扣，一个稳健地削，正打得难解难分。

大李和小李坐在观众席的上层，小李聚精会神地看。甲方赢了一球，观众叫好。

小李忽然想着，问大李：“他们在吗？”

大李从容地指指下面：“不是在那儿！”

老李和大力士坐在下面，老李边上坐着王医生夫妇。

运动员在一扣一削，紧张万分。场上的观众都跟着球左右摇动地看，王医生嘴里还在数：“五……六……七……”

观众们的头跟着球向左，老李不知为什么偏偏向右。

观众们的头跟球向右，老李又扭过来看左。

这么一左一右地摆动着，王医生数；“十……十一……十二……十二大板！”这一球结束。

王医生一抬头，恰恰看见老李的头凑在他一起。他奇怪地注意了老李，球又打起来了，大家看左，他看右；大家看右，他又看左。

王医生碰碰他，不解地问："你眼睛有毛病？"

老李火了："你有毛病。"对大力士说，"走，咱们不看这个，球这么小，有什么看头。"

上面的小李看得津津有味："真棒！"

大李看见了："坏了，你爸爸走了。"

小李生气地说："怎么样？我说过，你准输。"

大李："也许他到别的厅去看呢！"

小李："走，我去堵他！"他拉着描云和大李一块儿走出乒乓球表演厅。

他们挤进摔跤表演厅。

强烈的音乐在演奏着。

摔跤垫子上，一对结实得像小牛犊的小伙子在表演摔跤。

大李、小李和描云挤在观众席边的过道上。大李伸长脖子在观众席里找老李，小李却被表演吸引了，描云兴趣并不太大。

小李自语地："当心，当心他的腿！……对，往那边。"

大李还在找，听了他的话："哪边？"

一个小伙子猛一下将对方摔倒在地上。他们爬起来又继续比赛。

小李兴奋地一面大声叫好，一面拍打着大李。

大李受不住，忙向后退了几步。

又一个紧张场面出现了！第一回合被摔倒的那个小伙子，现在却占了上风，他正用力扳住对手，想把他摔倒。

小李情不自禁地一下子用手扳住描云，高声喊着："用劲！用劲！"描云的手被小李扳痛了，她赌气地扳开小李的手跑出表演厅。这时，先前那位等退票的大胡子观众乘机挤了上来，小李顺手又把大胡子的手扳住。随着比赛场上所出现的紧张局面，小李也跟着把大胡子的手狠狠一扳，大胡子痛得"哇呀呀！"地大叫起来。小李这才醒悟过来，一脸尴尬相。

大李忙走过来解围，他拉住小李："老李和大力士他们不在这儿。"

小李还留恋着场上的比赛，信口回答说："准是回去了！"

大李有信心地说："不，他们不会走，咱们到那边找去。"

小李还不想挪步，大李忙提醒说："描云也到那边去了。"

小李这时才发现描云已不在，慌忙随大李走出摔跤表演厅。

抒情优美的音乐。

中央大厅里，优秀的男女体操运动员正在表演各项体操项目：高低杠、吊环、平衡木、跳马、自由体操。

大李、小李挤进了人群，东张西望地找老李。他们突然愣住了，原来他们看见表演自由体操的就是新华书店的小辫子营业员。

小李惊奇地问："是她吗？"大李兴奋地点头。

小辫子做了几个难度很高、形象优美的动作，最后稳稳地收住。观众热烈鼓掌。

大李兴奋极了："太好了。"他情不自禁地用手臂去碰碰隔壁的另一个观众，说："我认识她！"

隔壁的观众一回头，是位戴眼镜的一脸严肃的妇女。她瞪大李一眼说："我不认识你！"

大李失望地回头，忽然听见小李在叫："在那儿！"

大李顺着小李的手去找，看了半天："没有呀！"

小李："不是在那儿，在花衣裳的旁边。"

大李："没有呀，你说谁呀？"

小李高兴地说："描云啊！"描云也回头了，向他们招呼。

小李拉大李："咱们坐到那边去。"

音乐转调，大低音提琴奏出缓慢、沉重而有力的声音。

举重台上，一个个像铜墙铁壁似的举重运动员在表演举重。老李和大力士原来坐在这里。

大力士看到这些真大力士，兴趣顿时浓起来，忽然兴奋地鼓起掌来。

老李瞪了他一眼，打了个哈欠。

举重台上走出一位像泰山似的重量级运动员黄冠群，他在一副已加足的杠铃面前深深吸了口气，蹲下身去，一声大吼，将杠铃举过头顶。

大力士钦佩之至，大声叫好，自己也有点儿跃跃欲试。

举重队员很注意观众中间的大力士，议论着。

老李又碰碰大力士："这有什么好看，走吧！"

大力士尴尬地要求："再坐一会儿。"老李生气："那，我走！"他一个人挤出去了。

音乐转调，如高山流水，松柏挺立。

一个小表演厅，一位银发长髯的老者，精神抖擞，满面红光在表演太极拳。

大李把小李拉进来："准在这儿，你来，要找不着，我认输。"

小李看见表演者是个年近古稀的老先生，心想也许有可能。他们两个人在向观众席张望。

观众席中只有理发师在看，他打开太极拳要领图，在对照研究。

大李没发现老李他们，又拉了小李挤上去，仔细地找，还是没找到。

小李问他："怎么样？没有吧！"

大李脸上第一次出现一点儿灰心，说："你赢了。"他一屁股坐在柱子旁边。

小李这时反而心情舒畅了，有点儿逗他的意味说："不要急，要有耐心！哈哈！"他笑起大李来了。

大李认真地说："是呀，是要耐心点！"

小李嘲笑他："我看你再耐心，我爸爸也不会有兴趣的。"

大李严肃地说："不，你不了解你父亲。"他停了一下，又像自语，又像说给小李听："可能我耐心还不够，尤其是对待你父亲。"说完他吃力地靠在大厅柱子旁。

柱子很粗，镜头摇到柱子另一边，老李正缩在柱子后面，显然，他什么都听到了。

一七

下班后，加工厂的空地上，每个角落都有人在参加各式各样的体育活动。

空地一角，又新开辟了一间简单的举重房。

运动员在练习举重。大力士也参加锻炼了，重量级冠军黄冠群在指导。

杠铃在一块块地增加。

大力士的肌肉一块块地鼓了起来，他举起手臂向对面在锻炼摔跤的小李炫耀着。

医务室前面的空地上，理发师、老工人等在银发长髯的太极拳专家的指导下，学习太极拳。

老李走过，停下来看。

王医生从屋子里面出来，赶来参加。他看见老李，问："主任，你也来练练拳吧！"

老李这句话说习惯了："我年纪老了，不比你们。"

太极拳专家听了，笑了笑，过来说："同志，您今年几岁？"

老李："四十八岁，不行啦！您呢？"

太极拳专家嚯嚯地笑了："我不大，八十四。"

老李吃了一惊："八十四？！"

边上的人都笑了。太极拳专家招呼他："来参加吧！小老弟。"

老李尴尬地应付："我还有事。"他一回头，看见小李在后边也在笑，他干咳了一声，小李立刻绷住了脸。老李没话找话："你们主席呢，我找他。"

小李："回家抱孩子去了。"

老李："你说什么？"

小李："大李嫂子今天参加训练去了。"

老李一怔，"哦"了一声。

小李故意着重地说："人家现在是我们区的代表队队员！"说完扬长而去。

老李深有所感地思索起来。

大李家。

在洗澡间里，大李光着上身在给五个孩子洗澡，嘴里还哼着歌。

他设计了五个莲蓬头，五个孩子可同时淋浴，孩子们欢乐地蹦跳着。

大虎忽然提议："爸爸，你再安一个莲蓬头和我们一块儿洗好吗？"

"今天来不及啦！"大李一面说，一面帮小虎洗起来。

忽然，四虎乘机溜了出去，停了一会儿，提来一个浇水的喷壶，装了一壶水，朝父亲头上身上浇了起来："我帮爸爸洗！"弄得大李满头满身是水，眼睛也被水糊住了。

大李对孩子们："别闹了，快点儿洗，洗好了去看妈妈。"

现代化的大型体育场内。

容纳几万人的看台上，只有六个观众，他们是大李和他的五个孩子。

大李坐在大看台的中排的当中间，他后面的五排上每排坐一小孩，斜列上去，依次是小虎、四虎、三虎、二虎、大虎，从下面看上去，像一个斜写的一字。

田径场上，一支女子自行车队在练习，其中有冯秀梅和曾描云。今天，秀梅剪着短发，穿着运动衣裤，在年轻姑娘的行列里，显得特别年轻健康。

大李显得很平静，但内心却非常激动。他几乎不敢相信，这五个孩子的妈妈竟然成为区一级的优秀运动员了。

自行车运动员练了一会儿，在场内休息了。

五个孩子看妈妈休息了，立刻像五匹脱缰的小马似的，从看台上冲了下去。

小虎跑得慢，干脆从中间石板上滑了下去。

“妈妈，妈妈。”孩子们冲到妈妈面前。

许多十七八岁的自行车运动员奇怪地看着。

曾描云也羡慕地看着这一家子。

秀梅微笑，抱起小虎和四虎问：“谁领你们来的？”

“爸爸！”孩子们朝远远的大看台上指。

大李还静静地坐在观众席里向爱人打招呼。

第四章

一八

秋。清晨。

工人新村的空地上，展开着各式各样的体育活动。

老李正在房间里穿衣服，忽然看见一个剪着短发的女运动员推着一辆新的赛车从屋里出来，他简直没想到这就是大李的妻子——五个孩子的妈妈。

门口，描云正在和小李话别。她抬头看见秀梅和大李出来，亲热地走过来。

描云：“秀梅姐，下星期天等你们来啊！”又对大李说：“体协主席，你带队来啊！”她又恭敬地对窗内的老李说：“大伯，你也来，今年镇上的庙会可热闹啦！”

老李皱皱眉：“我，我恐怕不行吧！”

描云轻轻地捅了捅大李：“你帮忙说说。”

大李悄悄地说：“别急，等会儿我有办法。”

描云、小李、秀梅都骑车走了。大李站在那里等老李。老李在屋内看看窗外天色，拿了一把雨伞，刚要走，一看窗外大李两手空空，他放下伞，走了出来。

大力士在楼上看看窗外天色，一低头，看见老李、大李都两手空空地走了，自己也把伞挂回门后边。

路上，大李和老李并肩而行。

大李对老李说："我们体协和厂长商量过了，这个星期日，我们去叶塘镇比赛，领队是……"

老李："你！"

大李："不是，是你！"

老李奇怪："怎么是我？"

大李："我只负责比赛方面的事，有关厂和镇饲养场的联系，就非你去不可，这跟生产有关系。"

老李："跟生产有关系？"

大李："你不是想去看看他们的饲养场，联系一下明年扩大供应量？"

老李："对，这我是想过的。"

大力士从后边赶上来："快跑吧，二位，都快下雨了。"

没跑两步，大雨倾盆而下。路上行人都打起伞来，只有他们三个人没有雨具，一路淋着，向厂里飞跑。

车间更衣室。

三个人淋得像落汤鸡一样。大力士光着身子在绞干衣服，老李气呼呼地骂大李："上了你个大当！"他打了个大喷嚏。

大李一愣："上我的当？"

大力士："都怪你，什么'气象台'，'气死人'！"像是响应老李，他也打了个大喷嚏。

大李淋得全身湿透，好像也要打喷嚏。老李、大力士颇有兴趣地等待着，但大李鼻子只动了一下，没有打出来，忽然他失声大笑起来……

笑声中化出一张大字报的特写：

"气象台"声明

本人经过数月之体育锻炼，健康恢复，天阴腰不酸，下雨背不痛，故特此郑重声明：老病号之帽子已除。"气象台"这外号亦随之取消。今后诸位欲知气象情况，请看当天报纸，或问中心气象台——电话 292229。

大李启

大字报前围满了人，大家看得哈哈大笑。

老李眯着眼也在一字一句地读着。读完他站在那里若有所思。

理发室门前。

理发师正在教太极拳。

远处，大力士与一批大胖子在练拔河。

老李远远走来，颇为所动，他迟疑了一会儿，招呼理发师过去，与之耳语。理发师连连点头。

广场上，各式体育活动正在进行。

阳台上，理发师正在教老李打太极拳，老李生怕被人看见，提心吊胆，时时东张西望。

理发室内。

理发师正在给老李理发，从镜子里看见老李在闭目养神。停了一会儿，眼睛慢慢地睁开了，白围巾下面，老李的手忽然动了起来，原来他在温习太极拳。手比着比着伸到外面来了，他做了个手势询问理发师是否正确，理发师索性把椅子转了过来，面对着老李，做了个示范动作。老李兴起，也索性离开了座椅，和理发师一块儿练习起来。

小李也跑来理发，在窗外看见，忙招呼周围工人来看。

老李跟着理发师打拳，刚转过身来，突然发现窗口有人偷看，忙装着没事的样子，退到椅子上，理发师也熟练地给老李理起发来。

小李兴奋地跑了进来，他冒冒失失地冲着老李说："爸爸，你转变了呀！"

老李又窘又乐："转变？我还觉悟了呢！"

这时扩大器里忽然传出大李的声音来："全体运动员注意了，报告大家一个好消息，这个星期天，叶塘镇邀请我们去参观庙会，同时镇上还要和我们举行拔河、举重、自行车等友谊比赛……"

工人们愉快地听着……

老李一面理发一面在注意地听着……

大李广播的声音："这次我们的领队是屠宰车间的李主任——老李同志！"

老李惊愕地说："我？我领队？"

理发师做出非常认真的样子："你是太极拳运动员呀！"

老李："这……这怎么行呢？"

小李在一旁插了一句："领队有什么行不行的，到时我来帮您。"

老李愠怒地说："帮我？这是和人家去比赛，你们准备得怎样了？体育我是不管的，但输给人家可不像话。"

理发师笑了笑："这个您放心，保证不叫您领队丢脸。"

老李半信半疑："哦？"

一九

大李、老李、小李、大力士和运动员们坐了富民厂的汽车去叶塘镇参加运动会。天气晴朗，车上，人们兴高采烈。

他们的汽车经过工人新村时，新村的运动员正在上另一辆卡车。秀梅带了五虎坐在车上。

大李他们坐的汽车经过人民广场。

汽车驶入闵行一条街。

闵行，热闹异常，一片建设新气象。

大家在车上高兴地唱起来。他们唱的是《工农运动员之歌》。

他们刚唱完，后面新村运动员的卡车超过了他们这辆，飞驰而过。秀梅和身边的孩子都和大李招呼。

富民厂的车越开越慢。老李焦急地弯下身去，对司机喊："快，开快点儿！……"话没说完，突然，汽车抛锚了。

大家下来推车，推不动。大力士和拔河队员过来一用劲，车子向前滚动了几步，但引擎仍然发动不起来。

司机修车，大家焦急地等待着。

小李特别着急，运动员们在议论："时间快到了。"

"去晚了给人影响不好。"

"不能让农民兄弟等着！"

大李来问司机："这里到叶塘镇还有多远？"

司机："五公里。"

小李心急地说："我们跑着去！"

大力士："那好，五公里，等于跑五千公尺。"

老李过来问大李："五千公尺要跑多少时间？"

"世界纪录是十三分三十五秒七，全国纪录是十四分三十三秒八，上海市纪录是十五分三十四秒六……"大李熟练地一口气报出各种纪录。

老李拦住他："行了，行了，我可跑不动。"

大李悄悄地对他说："不要紧，咱们两个人走着去！"

大李大声对大家建议："运动员同志们：为了准时赶到叶塘镇参加比赛，我们跑步去，来个五千米长跑，大家意见怎样？"

"好！好！"

“赞成！赞成！”

运动员们已经开始脱去外衣、长裤，做长跑的准备。

小李一声令下，大家步伐整齐地跑起来。

大李带着老李在后面竞走，不时还纠正老李的姿势。

二〇

叶塘镇的广场上，彩旗飘扬。

桥头悬挂着一条大横幅，上面醒目地写着毛主席字体的题字：

发展体育运动，增强人民体质！

这里正在举行以物资交流和体育活动为内容的庙会。

戏台上正在表演越剧。

农村姑娘们正在选购花布、日用品。

体育用品的售货摊前人挤得最多。一位白胡子老头在买小球鞋，把尺寸左比右比；一个胖姑娘在看游泳衣……

会场另一边辟做运动场。这里有举石担的、抛石锁的、表演武术的、舞板凳花的、撑骆驼的、踩高跷的……

一块空地上布置了一个射击场。

松枝扎的彩门上有副对联：“百发百中神枪手，能文能武英雄汉。”横批是：“比武场”。

叶塘镇的男女民兵在比赛射击。

在一座古老的桥上。

农村男女青年正在桥栏杆上表演跳水。

运动场的一端一声锣响，三千米越野赛出发了。不时传来鼓掌声，加油声。

一群健儿冲走了。

篮球场四周围满了人，正在进行女子篮球赛。

曾描云在主席台前不时地向远处张望，显得很着急。

途中，加工厂的运动员精神饱满地跑着。老李体力有些不支，但还坚持着。

他们刚跑过桥，三千米越野跑的运动员由另一条道插过来了。

大李、小李和大力士在他们前面跑着，两旁观众以为他们也是越野赛跑的运动员；大家热烈地鼓掌，高喊：“加油！加油！”

大李他们误以为这些观众是欢迎他们来参加庙会的，于是向观众答礼，打招呼。

大李招呼老李整整衣服，加紧跟上，老李气急败坏地瞪他。终点线围了很多人也在热烈鼓掌。

大李、小李、大力士、老李等人向终点线的欢迎人群冲了过去。

老李因为跑得太快有些眼花。

四位担任救护的农村姑娘跑上来架住小李、大李、老李和大力士。

大李、小李和大力士努力挣扎开：“不要客气。”但是救护同志热情地架住不放。

一个担任裁判员的农村姑娘兴奋地跑过来告诉大李：“真了不起，你们创造了六分四十九秒四的新纪录！”

大李一愣：“六分四十九秒四！这比世界纪录还快六分四十六秒三呢！”

裁判姑娘问了：“你们是哪个生产队的？”

大李：“我们……”

一个负责大字报的记者姑娘冒冒失失地问：“请说说创造纪录的感想吧！”她准备笔录，大李和大力士面面相觑。

老李一本正经地说：“我想，我想……喝水。”说完几乎晕了过去。

二一

广播喇叭响了：“上海市杨浦区与叶塘镇的女子自行车对抗赛，现在开始从起点出发了。”

广场，起点线上，站了二十几个身体健壮的女运动员。老李东张西望地在找秀梅，因为运动员都“全副武装”戴上比赛的头盔，所以很难识别。老李怀疑地问大力士：“秀梅能行吗？”

大李带了大虎、二虎、三虎、四虎和小虎在一边关心地看着妈妈。

曾描云的一边站着小李和大力士。小李向曾描云做着手势，示意让她加油。

秀梅镇定了一下自己激动的心情，向孩子们招了招手。

一声枪响。

二十几辆自行车如脱缰的野马，飞一般地冲了出去，曾描云冲在最前面。

小李拍手叫好，老李不满地看看他。

操场上。

紧张热烈的拔河比赛就要开始了。

大李担任裁判，小李是指挥。

以大力士为首的富民厂拔河队，像十座大山兀然挺立着。

叶塘镇的拔河队员是一群年轻力壮的小伙子，他们没有指挥，但干劲十足。

老李看看双方队员的外形，对自己厂的队伍表示满意，对旁边的理发师说：“到底是我们厂的，论体格就赛过他们。”

理发师有点儿怀疑：“那也不一定。”

老李火了：“什么话！你到底帮谁？”

理发师不语了。

老李得意地说：“我们富民厂从来就没输过！”自信地点点头。

比赛开始，绳子渐渐向叶塘镇方面移动。

小李大力指挥。

大力士大吼："哇呀呀！"大家一齐使劲，扭转了局面。

第一局富民厂获得了胜利。

老李擦擦头上的汗，得意地说："这不赢了？"

理发师："三局两胜，还有两局。"

老李："哦？"

休息时富民厂拔河队员们在议论。

小李："他们力气蛮大，就是姿势不大对头，用不上劲！"

大李对大家说："我们把经验介绍给他们好不好？"

老李严肃地说："应该的，介绍经验嘛！"

小李一把拉住大李："现在是比赛，等赛完了你再介绍也不迟。"又转对老李说，"介绍了我们就要输了！"

老李一听要输，急了："那就等比完再介绍吧！"

大力士骄傲地嚷着："没什么，告诉他们，要拔就拔个过瘾！"

大李跑过去向叶塘镇拔河队介绍经验。

叶塘镇队员们商量战术。

哨声中，第二局又开始了。

叶塘镇总结了经验，不仅端正了姿势，而且改变了战术，一开始就采取"快攻"的办法。富民厂没想到他们改变战术，搞得很被动，好像还没有站稳就被叶塘镇队拔过去了。

老李生气地说："怎么搞的？"

理发师安慰他说："不要紧，下一局最后定输赢。"

老李："输赢，准是我们赢！……你进去告诉他们，叫他们鞋穿穿紧，使点儿劲！"

理发师："我不能进去。"

老李："你不去，我去。"

理发师："你也不能去。"

老李："我领队，不能去？"他刚要走，比赛开始了。他只好又停住。

易地再战后，双方都使出了浑身解数。大力士累得满身大汗。

叶塘镇队越拔越勇。绳子一分、一分地向叶塘镇队的方向移动。

加工厂队步法开始有些混乱，大力士急得“哇呀呀”地喊了起来，这一来步法反而更混乱了。老李急得实在忍耐不住，一下子冲进场内，拉住绳子，帮加工厂队拔起来。

大李吹哨判加工队犯规。

大力士和加工厂队员气得一松劲，全倒在地上。

二比一，叶塘镇拔河队获得了胜利。

小李气得埋怨父亲：“爸爸，谁要你进来帮忙的？”

大力士也埋怨起来，对主任说：“不懂不要瞎起哄！”

老李不服气指着大力士：“你们输了，哼！长这么大块头，没用！”

叶塘镇拔河队员热情地过来和加工厂拔河队员握手。

大力士也苦笑着和叶塘镇队员握手，祝贺。

大李紧张地看看表。广播声：“女子二十五公里自行车比赛马上就要到达终点，请负责场地同志准备……”

公路上，自行车运动员都以最快的速度做最后的冲刺。

冯秀梅从第六七名，顽强地向前面几名运动员追了上来。

广场，终点线上，大李全神贯注地等待。

小李、大力士、老李等待着。

五个孩子等待着。

远远地已经能看见运动员向着终点飞驰而来。

大家紧张地看着。

秀梅已经追上了第三名，正用最大的速度和曾描云争夺第一名。

大李情不自禁地叫：“秀梅！”

五个孩子大声叫着：“妈妈加油！”

老李也狂喊着：“大李嫂子加油！”

小李就站在老李身边，狂喊：“描云加油，加油！”

老李被他喊得火了，扭头训小李：“你帮人家喊？”小李一愣，老李又加了一句："大李嫂子，加把劲！"

秀梅终于赶上了曾描云，冲过终点线。

一个老农民感兴趣地问老李："第一名是谁？"

老李脱口而出，"妈妈！"

老农民一怔："什么？"

老李激动得说不出话来，半晌大声地喊了一句："五个孩子的妈妈！"说完他突然兴奋得手舞足蹈起来，动作不知不觉有点儿像广播操。他又突然停止，看看边上有人看见他没有。

大李跑到秀梅面前，想说什么，又不知说什么好，扶住她的车子，说不出话来。

五个孩子也围住了妈妈。

王医生跑过来，热情地给大李全家拍了张"全家福"。

大李激动地看着秀梅，觉得她更年轻了。

这时广播响了："二十五公里女子自行车赛，结果：第一名冯秀梅，成绩……"

理发师跑过来问大李："健将标准了吧？"

大李熟练地回答："健将，离纪录只差一分三秒八！"

这时老李、小李过来，他们和大李几乎是同时地互问："你有什么感想？"

二二

严冬的早晨。太阳刚刚升起，工人新村显得非常宁静……

观众所熟悉的这幢三层楼房，从下到上都是静悄悄的。

大李家，五个孩子趴在床上往窗外注视着……

透过凝结着冰霜的玻璃窗，随着孩子嬉笑着的目光，我们看到这样一幅景象：

晒台上，大李、小李和老李以及大力士、王医生、理发师等都全神贯注地在打太极拳。其中老李的那身崭新的运动服特别醒目。

太阳慢慢升起来了，阳光照射在大李、小李和老李的脸上，更显得结实、健康。

——剧终

（于伶，叶明，谢晋，梁延靖，伍黎，姜荣泉著《电影文学剧本·大李、小李和老李》原载《电影创作》1962 年第 2 期，
上海文艺出版社，1962 年 11 月第 1 版）

燎　原

导演：张骏祥、顾而已

编剧：彭永辉、李洪辛

主演：王尚信、王熙岩、张雁、祝希娟、魏鹤龄等

出品方：上海电影制片厂

人物表

雷焕觉　革命活动家，二十六七岁。

易老倌　挖煤工，五十岁出头。（第一次出场时三十多岁）

易猛子　挖煤工，二十三四岁，易老倌的儿子。

顺子嫂　寡妇，易老倌的大儿媳妇，陈振云的姐姐，三十余岁。

小虎子　顺子嫂的儿子，十二岁。

小　香　顺子嫂的女儿，六岁。

张老耿　推车工，五十多岁。（第一次出场时三十多岁）

秋　英　张老耿的女儿，易猛子的未婚妻，十八九岁。

刘德平　挖煤工，三十多岁。

德平妻　三十多岁。

贺青山　火车司机，三十多岁。

郑海生　挖煤工，二十多岁。

陈振云　开绞车的，三十岁不到。

杨　标　挖煤工，二十一二岁。

李　魁　拖煤工，十八岁。

萧昌定　矿工代表。

工人

工人家属

吴晓岚　矿长，四十岁出头。

吴太太　四十多岁。

王连奎　矿局总监工兼矿警局局长，五十岁不到。

陈工头　四十多岁。

小工头　三十岁左右。

徐监工　三十多岁。

刘仲谷　地方豪绅，五十岁以上。

沈泰和　商会会长，五十岁不到。

李程远　北洋军阀旅长，四十岁。
马营长
士兵
办公室瘦职员和杂工
流氓
公司孙督办
矿局苏总办
清兵常协统（常得胜）

楔子

又深又黑的煤洞，一盏飘着火苗的矿灯，微弱而摇晃的光影，照着一个身材高大的矿工。他赤裸着上身，乌黑如油，闪闪发亮，两臂肌肉凸出，结实有力。他高高地举着岩尖，狠狠地向煤壁凿击，演职员表就出现在这个衬底上。

矿工不断挥舞着岩尖，一下一下接连不断地打击着煤壁，煤壁开始出现了小的裂口；小块的煤屑四散飞溅。当演职员表快映完时，被矿工强有力震击的煤壁，发生了崩裂，一大块一大块不可遏止地滚了下来。

在淡出的黑片上出现字幕：

一九〇五年，江西省某煤矿。

天色阴郁，乌云走马。

总平巷口，一群褴褛的矿工，愤激地挥舞着岩尖，易老倌在鼓动着伙伴们。由于人多嘴杂，再加上运煤电车的震响，倾倒煤屑的翻笼的轰鸣，只听见一片怒涛般的声浪，看见一个个怒形于色的脸，却听不见嚷叫的内容。但地面上挂钩的、打点的、撑桶的弟兄们，都不由得被吸引住了，有的加入他们的阵势，有的远远地观望着，踟蹰不前。这时正有一班矿工出窿，听见叫嚷，在沮丧的脸上立刻显露出兴奋的神情，被卷了进去，也有一些给他们的父兄拉住。

矿工越聚越多。激动的人群开始呼啸着向矿局奔去。

矿工们穿过铁路，朝着矿局办公大楼奔去。地上卷起一片尘雾。

总公事房围墙里的矿丁们，看见矿工们蜂拥而来，慌了手脚，急急忙忙拉上围墙的大铁门。

办公室楼上的窗口，有几个洋人和中国员工，冷眼望着这群愤怒的人。冷不防接二连三扔来石块，把玻璃窗砸得粉碎。洋人们惶惶然退了下去。

矿工们推不开铁门，就动手用岩尖砸击，有的索性爬到上面去。人们不断向里面扔石块……发泄怨愤。

几天之后。总公事房栅栏门外的空坪上，衣不蔽体的矿工们，这里一堆那里一堆，都在期待着什么，有的在兴奋地谈论，有的在不安地窃窃私语。矿工的家属们拖儿带女，怀着希冀和不安的情绪，怯怯地跟在她们的丈夫、父兄身边，关切地谛听着，探询着。

空坪上起了一阵骚动。有人喊："来了，来了！"

萧昌定由几个青年矿工簇拥着，打人群里走过来。人们马上拥上去，关切地叮咛道：

"萧大哥，你嘴头子要硬啊！"

"要矿上发清欠饷，一个也不能少！"

萧大哥把手上的大红帖子一扬说："大家放心吧！公司督办亲自到了矿上，下帖子请我们议事，总会拿句话出来的。"

一个叫张老耿的矿工，拉拉跟在老萧身后的姓易的矿工说："易老弟，你们当心啊，矿上连洋枪队都调来了！"

萧大哥听见了，笑了一笑说："洋枪队又怎样？他们也是人，是人就不能不讲道理！"

萧大哥由矿工们拥着走上公事房栅栏门外的台阶。这时台阶两边上已经站好了清兵。萧大哥才踏上台阶，一个差役模样的人就迎下来说：

“督办大人有话：只准议事的头脑上去，闲人一概等在外面。”

跟着萧大哥的矿工们不服，想挤上去。门口的清兵恶狠狠地把刀一横，拦住去路。

萧大哥略一迟疑，旋即光明磊落地说：“你们就留在外面吧！”

萧大哥走进栅栏门，只见总公事房门前、廊子上、台阶上，三步一岗，五步一哨，一半是穿着号褂子拿着马刀的营兵，一半是穿了军服拿了五响快枪的新军，个个杀气腾腾。萧大哥定了定神，坦然地走上总公事房的石阶。

萧大哥绕过一架镜子屏风，走进大厅。厅内站满了戴红缨帽、顶子颜色不一的大小官员，和戴篾尖帽的差役、执刀持枪的兵丁。中间一张长案，朝下几张太师椅上坐着公司孙督办、矿局苏总办和德国总矿师。步兵协统坐在侧手。

没人理会萧大哥，连一把椅子也没给他预备。他略有不豫之色。

苏总办开口了：

“你就是领头闹事的吗？”

“兄弟们抬我出来给督办大人回话。”萧昌定理直气壮地说，“要矿上发清欠饷。”

“胡说！”苏总办把脸一板，打断萧大哥的话，“本矿是官督商办的重要实业，关系重大。你领头闹事，朝廷降下罪来，你担待得起吗！”

萧大哥急了，抗议道：“各位大人，今天是找我来议事，我又不是犯人。”

“放肆！”坐在当中的孙督办把桌子一拍，厉声喝道，“本督办是朝廷命官，跟你们煤黑子有什么事可议！协统大人——”

常得胜领命，随即吼了一声：“绑！”

下面的差役一阵吆喝，萧大哥看不是势，才要向外走，拿着鬼头刀的差役就围上来。萧大哥拳脚有两下子，他抬腿一脚，把清兵手上的鬼头刀踢飞了，顺手抓起一把椅子，打算杀出一条血路。

“混蛋，放枪！”常得胜吆喝。

清兵端起洋枪，乒的一声，萧大哥中弹，举着的椅子掉在地上。他脚步踉跄，手捂胸口，扭过头来，脸色凛然地怒视孙督办。

这时栅栏门外，台阶上的清兵像得了信号，端起洋枪，朝天放了一排枪。

停在铁路上的“铁闷子”车厢，铁门“哗”地被拉开了，一队手执马刀的清兵，纷纷跳下车，向空坪方向扑去。

同时由坪子两边，大队手执马刀的清兵包抄了过来。

一无准备的矿工们四散奔逃，家属们、孩子们吓得号哭着逃命。

清兵在人群中捕人，有的被绑上了，有的还在奋勇抵抗。……

姓易的愤愤不已，拿起手上的岩尖，想上去搏斗，突然张老耿一把拉住了他。

张老耿把他一直拉到一个隐蔽所在，姓易的喘息着说：“完了！完了！”

“人家又是马刀又是洋枪，你拼得过？”张老耿死命拖着他不放。

姓易的痛苦地抱着头，蹲了下去。……

大厅上，萧大哥已经昏迷过去。两个差役把他架着，站在长案面前，听常得胜宣读罪状：

“……萧昌定系会匪首脑，聚众闹事，阴谋不轨，着即正法。从犯苏四喜等十八人监禁终身。今后本矿矿工均须切具五家连环保结，如有再敢聚众滋事者，一律严惩不贷。……”

常得胜读完，挥了挥手，差役们把萧大哥架了出去。

萧大哥站的地方，滴滴鲜红的血……

响起悲愤的歌声：
血海仇，万丈深，
矿工的日月苦熬，
要比牛马苦十分！
吃的是阳间饭：
干的是阴间活！
到何时拨开乌云见青天，
站起来——做人！

歌声中显现如下的画面：

低矮，狭小，深长的洞子里，什么也看不清楚，只看见几盏萤火似的灯光，慢慢向前移动着，这是几个拖煤工在艰难地行进。矿工们头上缠着头巾，矿灯插在包头帕子里，一根黄麻编织的寸把宽的带子，从肩头斜挂下来，一直齐至臀股，后面吊着盛煤的篾篓。他们借着头顶微弱的灯光，斜着肩膀，光裸着身体，吃力地一步一步在高低不平而又倾斜的坡上“扯拖”。

他们继续前行，煤洞陡然矮下来，他们便把矿灯咬在嘴里，伏在地上，两只手也当脚来使用，像蛤蟆似的，肚皮几乎贴着地面，一步一步地爬行，偶不小心，不是头顶碰着支柱，就是背脊骨触到棱形的煤石上。

穿过了矮洞，又到了一个低洼的巷道，里面淹满了水，矿工们便像水蛇般地在水里游，喘着气拖着煤畚。

巷道里，张老耿正推着一辆铁皮煤车，走向一个坡道。他头上是汗，背上也是汗。他用两手推，推了几步，觉得十分吃力，便反转身子用背脊推，一脚一脚死劲地蹬着地面，使出全身的精力和煤车搏斗，而煤车却顽固地在原来的地方慢慢移动一点又后退一点。一个工头拿着竹篾走过来，不问情由，就拦头打下来。张老耿精力使完了，脚跟一松，煤车便顺势滑下来。他心慌意乱，想用力去阻挡，可是煤车向下的冲力越来越大，他没有力量挡住它。张老耿被煤车推送着，眼前金星乱射。眼看就要出危险了，易老倌和另一个工人看见，几步跳过来，迅速用身子挡着煤车，使它稳住，张老耿跌倒在地下。易老倌一面用背脊挡着煤车，一面招呼跌在地上的张老耿。

大巷道来往着运煤电车，来往着上下班的矿工。

他们出得窿来，像溃败的兵，提着矿灯和岩尖，神情沮丧，脚步踉跄，东倒西歪地陆陆续续走出来，听见电车铃响，便把身子贴在潮湿的墙上。他们浑身都是黑的，只有眼睛和嘴唇上有点白色。有的穿着单衣；有的幸运披着件棉袄，也露着油渣似的棉花；有的连裤子也没有，就用头上的包头帕围住下身。迎面抬来两乘轿子，一乘坐着洋矿师，另一乘坐着总监工。矿工们站住，眼光里喷射着仇恨的怒火，但是没有说什么，又低着头走了。……

矮湫湫的工棚，摆满了床铺。每个床铺都是上中下三层，上面的人坐起来头就碰着屋梁，中间的人更是伸不直腰板，处处给人一种压抑窒闷的感觉。床铺的宽度本来是单人的，但规定要睡两个人，人挤着人，人压着人。地上铺着麻袋稻草，也睡满了人，连踩脚的空隙也没有。那盏昏黄的小电灯，把屋子照得阴凄凄，愁惨惨。从矿工们的床头，很少能看见衣被杂物，除了他们的身体，什么也没有。睡不着的在喘息咳嗽，醒过来的心里绞痛。该上班得起来了，拖着疲惫的身子彳亍地出去，他留下来的半边床位，又马上为刚出班的，更加疲惫的身体所填补。

歌声消失，出现了一行字幕：

矿工们就这样过着牛马不如的生活，一年又一年。他们也不断地反抗、闹事，但是每一次都被残酷地镇压下去。世界上经历了多少翻天覆地的大事：辛亥革命、第一次世界大战、十月革命……德国人走了，换上了日本势力，矿工的生活依然没有变化。

第一章

一声雄壮的汽笛声，冲破银幕上的黑暗，一列疾驰的列车，带着震撼大地的声势，从逐渐淡下去的黑云中劈头盖脸地奔来。

推出字幕：1921 年。

雷焕觉穿着长衫，坐在一辆无篷的货车上，身子高踞在堆得高高的坑木上面，眺望着冬天的田野。

从司机座的窗口里，司机贺青山把头伸出，挥手向雷焕觉招呼，表示就要到站了。

雷焕觉顺着贺青山指的方向看去，远远的矿山全景在望。

车子停泊在赣西车站，贺青山跳下司机台，雷焕觉也跟着下来。

一个聪明外露的年轻工人急忙迎上去。贺青山介绍：

“这是长沙劳动组合书记部（长沙劳动组合书记部：是指中国劳动组合书记部的湖南分部。劳动组合书记部是党公开领导全国工人运动的总机关，各省都有分部。）派来的雷先生。他就是我跟你说的陈振云，在矿上开绞车。”

雷焕觉和陈振云热情地握着手。

陈振云恨不得一下子把肚子里的话都倒出来，急促地说：

“看了书记部寄给我们的《劳动周刊》，心里直发痒，可又不晓得怎么干！雷先生来指导，真是太好了。……”

“不是指导，振云兄弟。”雷焕觉摇着陈振云的手，“我们大家一道给工人办事。我叫雷焕觉，以后就称呼名字吧。”

贺青山一面搬行李，一面招呼陈振云：

“振云，你先引老雷安顿下来，我到路局交了差就来。”

“我来，我来。”陈振云抢着去扛行李。

陈振云替雷焕觉扛着铺盖，雷焕觉自己提了小藤箱，走上矿区的大街。

狭仄的街道两边都是各行各业的铺面，街上人来人往，摩肩接踵，有带着姨太太上洋货店的稽查司爷们；有带着妓女上酒楼的工头们；更多的是矿工和他们的家属，他们提着篮子去买油盐柴米，也有苦着脸夹着被子走进当铺的。在拥挤的人流中穿插着一些叫花子，有的大着嗓子喊街，有的紧跟着人细声求告。人声嘈杂，整个市面呈现出畸形的繁荣、混乱而凄惨的景象。

“让开，让路。”几个声音同时叫着。

一乘四人抬的绿呢软轿从街上过来，拥挤的行人都朝两边让路，雷焕觉他们也被挤到屋檐下。

轿子里坐着个留仁丹胡子、面目凶狠的人，后面跟着穿黄色制服的矿警，还有几个歪戴帽、拿铁尺的跟班。陈工头也跟在轿子后面，撅着屁股小步地跑着。

陈振云拉拉雷焕觉，低声说：“这就是我跟你说的，矿上的总监工兼矿警局局长王连奎，工人们当面都要喊他三老爷，背后都叫他王胡子。”

轿子过去，雷焕觉他们继续往前走。忽然，街道拐角处一个棚子里在吵架，雷焕觉顺着声音望过去。

棚子里是个临时的赌摊。一个青年工人紫着脸要冲出赌摊，嘴里嚷着：“你们搞鬼！不来了！你们搞鬼！”

流氓们包围着他，不让他走，也嚷着：“谁搞鬼？输不起不要耍赖！”

摆赌摊的是矿上一个姓徐的监工。这时他丢出一块银洋、几个角子：“借给你两块钱，再来。”

流氓们应和着：“好啦，人家徐监工借钱给你翻本。”

青年工人看了一下，还是要走。流氓揪住他不放。

“一块钱现扣三角利息，这个债我背不起！”青年工人说。

徐监工把眼珠一翻：“姓李的，你真他妈的小庙子鬼！……”

流氓们正想动手打人，突然插进一个身材高大的工人，按住流氓的手说："怎么，还有逼人借债的！"

"易猛子！"徐监工喝一声，"有你什么事？"

"哪有这种霸王赌！"猛子袒护着青年工人说，"赢了不让人走，输了还不让人走？"

徐监工把手上的牌一丢，正预备过来揪猛子，一看猛子身后还站着几个年轻工人，杨标、李魁在猛子左右一站，像斗架的公鸡似的，摆好打架的姿势。徐监工和流氓们没有马上动手，双方正僵持着。

"振云哥，你看他——"陈振云和雷焕觉正在看着，一个年轻的女孩子——秋英拉住陈振云，着急地指着猛子，意思是要他去解围。

"秋妹子，别急。"陈振云把行李卷交给秋英，正想去劝架。

这时一个老年矿工闯进赌摊，一把抓住猛子，喝道："干什么，又在这儿惹是生非！"

猛子还不走，老头子又推了他一把："还不快走！"猛子才别着脖子走了。

老头子不是别人，就是当年跟萧昌定去谈判不成的姓易的，如今年纪大了，人都喊他声"易老倌"。

"徐监工，怪他年轻不懂事。"易老棺打过招呼走了，又掉头对徐监工不软不硬说了句："也不想想是什么人，能在这儿摆赌摊子！"

易老倌跟上猛子，边走边说："你这个脾气啊！人跟鬼斗，你斗得过！"

雷焕觉注意地看着这一切。

"好了，有你公公解围了。"陈振云接过秋英肩上的行李，开了句玩笑，"还没过门，就心疼丈夫了。"

秋英害臊了，没回嘴，独自从人丛中逃开了。

"那个青年人是谁？"雷焕觉问。

"叫易猛子，脾气就像闹花灯的薛刚，一伙人一天到晚使拳弄脚……"陈振云解释。

雷焕觉兴趣盎然地听着，思索着。

夜校外面。招生广告已经贴出来，有不少工人在围着看，纷纷猜测议论。

工人甲：“这真是新鲜事，不要钱，不收师爷。”

工人乙：“兴许是耶稣教玩儿什么把戏。”

工人丙：“说不定是小善堂做好事，体恤工人。”

猛子、杨标、李魁、郑海生也挤在人堆中看。

雷焕觉扛着夜校的招牌出来，在门口招呼大家：“工友们，都来念书吧。”

工人甲：“工字不出头，念了书也翻不了身。”

雷焕觉笑道：“这位工友解错了，工字顶大，上顶天，下立地，工人两个字加起来，是个‘天’字——你们说还有比‘天’大的吗？”

“先生有学问，解得好。”杨标兴奋地冲口而出，又回头问猛子：“猛子，我们来识几个字也好。”

猛子没有响应。

“这位工友贵姓？”雷焕觉问。

“我叫杨标。”

“我叫李魁，他是郑海生。”

雷焕觉正要向猛子说话，陈工头粗声恶气地嚷着挤进来：

“谁在这里跳皮扯筋！嗳？嗳！”

工人们的议论忽然停止了，本来带有好奇喜悦的脸色一时沉下来，有些忐忑不安的样子。

“我们谈学堂。”郑海生说，“人家长沙省城来了先生。”

“黑脚板还想中状元！”陈工头鄙弃地嘟哝着，又扫了一眼，“哪一个是学堂的教习？”

“什么事？”雷焕觉问。

陈工头打量雷焕觉，没吱声，便大模大样地径直朝夜校里走。雷焕觉也跟了进去。

工人见苗头不对，使眼色拉衣角，怕惹火上身，有几个溜走了；猛子、杨标等人则索性留下来，扒着窗口看个究竟。

屋里，摆着几张高低不齐大小不一的桌椅板凳，挂了块黑板，算是教室。角上铺了张床，就是雷焕觉的宿处。

陈工头进到里面，一边打量着，一边气势逼人地问：

“哪儿来的，来干什么？”

“你是哪一部分的？”雷焕觉没答话，先问陈工头。

“我吗？……”陈工头大模大样地拖长音调说。

“他是陈工头。”李魁在窗外说，“总监工王连奎的小舅子。”

“哦，陈工头，有什么贵干？”雷焕觉问。

“三老爷叫我来查问查问。”陈工头说。

“哦！——矿上总监工也管学堂？”雷焕觉笑着说。

陈工头结巴了一下，外面李魁又接着说：

“王胡子除了东洋人跟矿长，这里谁放屁他都管。”

外面年轻的矿工哄然失笑。

“各人知趣，小心饭瓢子过河！”陈工头对外面吼了一句，又问雷焕觉：“有没有公事？”

雷焕觉这才把县衙门的告示拿出来摊在桌上：“你验验，大印官章全不全？”

陈工头狐疑地打量雷焕觉，一个个字吃力地念着：

赣西县县府示：

照得平民教育现今世界风行

兹有雷君焕觉开办夜校热心

仰各军民人等一体保护遵行

雷焕觉补了一句：“平民教育会有信给这里商会沈会长，我已经去拜望过了。”

“哦，哦，是官家办的就好，是官家办的就好。幸会，幸会。”

陈工头慌慌张张退了出来，李魁用嘲笑的眼神送着他。

雷焕觉跟着出来，招呼大家：

“进来坐吧。”

“猛子，我们——”杨标看猛子的眼色行事。

“我不想当师爷，走！”猛子说了一句，转身就走。

杨标、李魁也跟着走了。

“哼！穿长褂子的先生，哪会跟我们一条心！”雷焕觉听见猛子走出去时说。

郑海生没有走。……

傍晚。秋英打山神庙后面走过来，山神庙旁边的空地上，几个工人正在练武，旁边围着几个小孩子看热闹。小虎子也在里面。

猛子、李魁各使一根齐眉短棍，精神昂奋地练着对打，棍棒碰击有声，你来我往，节奏清脆，时紧时慢。

秋英叫了一声：“猛子哥！”

猛子全神贯注在棍棒上，没有听见。

秋英看见小虎子，拉了他一把说：“小虎子，叫你叔叔回去，爷爷在找他。”

小虎子正看得起劲，不愿打断这场武打，哪里肯听秋英的指使，便扭开她的手，闪到一边去。

还是李魁发现了秋英，才作一个架势，跳了出来。猛子正要问——

“喏，喏。”李魁向猛子做了个鬼脸说，“嫂子来了！”

猛子揩着额头的汗，向秋英迎上来。秋英避开人群向庙门口走去。背后，杨标又和李魁练起武来。

“大伯叫我来的。”秋英解释，“振云哥找你。”

“又是为了念夜校。”猛子不耐烦，“我说了不去。”

猛子走到庙前大树下的石凳上坐下，揩汗。

“喏。”秋英把一条蓝布手巾递给他。

这是一条矿工们惯常使用的腰带，在井下缠在头上挡煤屑，出工时有的用它围住下身，有的拿它当腰带。秋英给猛子的腰带特别一点，两头都用白线绣一只老虎。

猛子接过来揩汗时，发现了上面的老虎，惊喜地注视着，不忍弄脏它，珍惜地搭在肩上，温柔地看着秋英：“秋妹子——”

秋英靠近猛子身边站着：

“猛子哥，你为什么不愿读书？”

猛子一愣，想了想：“读书不管用，拳头不硬，到处受气。”

“我爹担心呢。”秋英小声说，

猛子不明白，茫然地望着她。

秋英别转头，柔声地说：“爹说……我们的喜期订了。”

猛子一下还没弄懂秋英的意思，但是脸上浮起一个幸福的微笑。

“爹担心你整天踢拳打脚，早晚惹出祸来……”秋英说出心事。

猛子豪放地一笑：“你爹就这脾气，走路也怕杨树叶掉下来砸破头。”

秋英浮着自我谴责的笑容。

猛子站起来，俩人开始往回走。

秋英又重新提起：“听说雷先生人挺好。”

猛子不太同意地哼了一下：“好什么？还不是跟官衙一鼻孔出气的！”

秋英将信将疑地看着猛子。

傍晚。

工人住宅区。靠近堆满垃圾的小河边上，一大片一大片低矮倾斜的破茅屋。

矿工们提着矿灯、岩尖，拖着疲乏的腿回家。秋英也拎着一篮子拾来的煤渣回来。

张老耿的家，比牛棚还不如，竹筋泥糊的墙壁，有的地方已经有了洞，用压平的破土箕挡着。稻草盖的屋顶，由于年久失修，已经霉烂呈现紫黑色。屋里放着两张床，一张桌子和几张破凳子。

张老耿正恭恭敬敬地给菩萨上香。

“爹回来啦！”秋英看见有一个小纸包，惊喜地问：“这是什么？”

张老耿满是皱纹的脸上堆着笑：“打开看看，喜欢不喜欢？”

秋英打开纸包。

是一块花洋布，两朵彩色绒花。

秋英在灯下欣赏着："哎呀！好看，真好看。"

"上庄洋布嘛。"张老耿也浸沉在刹那的欢乐中。

秋英看着，又想起什么，叫了一声"爹"，脸色暗淡地问：

"你又跟工头借钱了？"

张老耿也不辩解，苦笑着哼了两声。

"爹，这种阎王债，我们还都还不清，你又去借！"秋英责怪爸爸说。

"唉，孩子，"张老耿叹口气说，"这是你的终身大事，再穷，我也不能叫你一身补丁地嫁过门去啊！"

秋英忍不住流泪，偷偷地擦了擦："这些工头都是吃人不吐骨头的东西，说什么也不该去粘连他们！"

张老耿接着说："唉，只要猛子争口气，守本分，你们日后有个昌发，我……"

井下。猛子佝偻着身子拖煤。吃饭号子响了，矿工们丢下岩尖，喘口气，爬出垱头。

工人们三三两两，蹲在巷道里吃饭。猛子等走来拿碗盛饭。杨标闻了闻碗里的饭，气愤地骂："他妈的，天天吃这个臭米！连牢饭也不如！"

"什么牢饭？"郑海生在旁边搭话，"这是老板、工头吃我们的剥削！"

"你说什么？"猛子对这个字眼感到新奇，"剥什么？"

郑海生讲开了："剥削。喏，这点霉米饭、盐水汤，顶多块把钱一个月，可工头倒要扣我们两块半！不包他的伙又不行。这就叫剥削，懂吗？老板、工头就是吃剥削吃肥的。"

猛子一句一句都吸了进去似的听着："海生，你这是哪里听来的？"

郑海生："老雷讲的。"

猛子："老雷？"

郑海生："就是夜校的雷先生。"

猛子有兴趣地听着，想问什么，却又像发现了什么新鲜事，不讲了，眼睛直望着前面——

雷焕觉一身工人打扮，帮着工人甲推着一只铁斗车，走上坡道。他们一路说着话。

这时，陈工头走下井来，一见郑海生他们坐在一堆说笑，就打着手上的响篾吆喝过来："干什么！吃饱饭不干活，在这儿吃讲茶？"

杨标端着碗白了陈工头一眼，顶了一句："才端起碗——饭总要让人吃吧？"

"你顶嘴？"陈工头把眼睛一瞪。

杨标想说话，被刘德平拉住了。陈工头吆喝着，把吃好饭的李魁、刘德平等人赶去上工。

郑海生也站起来，猛子拉拉他衣角，低声说："海生哥，你等下，我问你话。"

几个矿工提着矿灯、岩尖，走向垱头。刘德平爬进去，举起岩尖一下一下掘煤。……

垱头外面，巷道里。郑海生在讲给猛子听："老雷还讲……"

正好徐监工走过来，海生缩住不讲了。

刘德平挖着挖着，忽然身体摇晃起来，手里的矿灯、岩尖都掉在地下，接着身体不能支持地倒了下去。

外面工人一见大叫："出鬼啦，刘德平给鬼打啦！"

大伙儿就奔上去抢救。易老倌一把拦住："我来，我来。"

易老倌蹲下身子，尽量不使自己的头伸到刘德平倒下的所在，只伸出两只手去拉住刘德平的腿，慢慢地拖出来。其他巷道的工人听见叫声，也先后跑来，把刘德平抬出去，放在大巷道的斜坡上躺下。

刘德平不省人事，满头冷汗，张老耿一上一下摇着他的手。

一些工人带着惊恐和不安议论开了："刚才还有说有笑。"

"鬼打，鬼打嘛！""得罪了窑王爷。"

郑海生："什么鬼打！这一定是通风巷坏了，井里有了煤气。"

杨标："可不是。"

几个青年工人激动地吵："早晚要出大乱子。"

"妈的，矿上只晓得要煤，拿人命不当回事！"

有人就吵着："去，找矿上去！"

张老耿急得连忙拦阻："闹不得！千万闹不得！"

"这怎么叫闹啊！工人就不要命了？"杨标不服。

张老耿急得向易老倌求救："亲家，你说一句吧！"

易老倌闷头不响。

刘德平撑着身子要起来。有人惊呼："好了，醒过来了！"

刘德平："别……别为我一个人，闹得大家饭瓢子过河。"

杨标还是不服："这不是你一个人的事，今天你碰上，明天还不知谁碰上！……"

张老耿急得直嚷："闹不得啊！聚众闹事这个罪名压下来，不是杀头就是坐班房……"

一句话把大家说得怔住了。

陈工头又出现在巷道里。一看这些人站在那里，大吼一声："妈的，要反了？"跳着举起竹篾朝人头上就打。胆小的连忙缩进小巷，几个年轻工人站着不动。

陈工头看见地下躺着的刘德平，骂了声："你倒会享福；大天白日睡太平觉？"才举手要打，被猛子一把托住腕子。

猛子："他遭了冷闭，昏过去了！"

陈工头缩住了手。

猛子："通风巷不修，早晚出人命！"

陈工头眼睛一翻道："井下出鬼，各人碰运气，就你的命金贵？"

"跟工头好好说，别这么吃了炸药似的！"张老耿过来止住猛子，连向陈工头赔不是。

郑海生拉开猛子，口气和缓但态度强硬地说："陈工头，万事逃不掉一个理字，煤气多了烧起来谁担干系？"

张老耿和刘德平虽然有些着急，但年轻工人却围上来，支持郑海生。

"我只管出煤，修通风巷的事找总监工。干活去，干活去！"陈工头岔开话，一面赶人，一面自顾自走了。

"这——这怎么办呢？"张老耿求援似的看着易老倌。易老倌不响应。

猛子突然提起矿灯，拔脚就走。

"你哪儿去？"易老倌一声喝，猛子站住了。

"找王胡子去。"猛子背着身子说。

"你是去找死！"易老倌骂猛子。

猛子转过身，沉重地看着他爹："那就看着大伙儿送命？"

易老倌半天不响应。张老耿期待地看着他。

"亲家，"张老耿急了，拉着易老倌的手，半强迫半哀求地说，"拼着我们几个老没脸的，去矿局子走一趟吧！就要给孩子们办喜事了，别再闹出事来。"

易老倌心情矛盾，咕噜着："有什么用？"

老耿："试试看吧！新来这个吴矿长，听说人蛮和气……"

总公事房。易老倌、张老耿等几个老头子，拘谨地站在矿长吴晓岚面前，旁边大椅子上坐着跷起二郎腿的王胡子。

"求矿长大人，求求总监工，发个慈悲，体恤工人的下情。"张老耿已经哀求了好半天了。

"好了，好了！"王胡子站起来把手一挥，"芝麻大的事，也来找矿长！"

"三老爷，这不是小事！"易老倌捺住性子说，"通风巷垮了，要出人命的！"

王胡子瞪着易老倌喊："哪一个矿里没有煤气，就你们的命值钱？”

易老倌脸色铁青，憋了一肚子气，半天才说了句：“挖煤的……也是人！”

王胡子正要发脾气。

“连奎！”吴晓岚作势阻住王胡子，“跟他们一般见识干什么！”

王胡子鄙夷地哼了一声。

“好吧，我晓得了。”吴晓岚假作好人地说，“维持这个矿可不容易啊！眼看日本借款的利息，就要付不出了。你们都吃了矿上几十年的饭，该多下力，多出煤，不然矿倒了，大家没饭吃！至于哪里该修，哪里该补，矿局有全盘计划，你们就不必操心啦！”

张老耿还想说什么，吴晓岚把手连挥着说：“我知道就是了，我知道就是了。”

杂工们已经打开办公室的门，在下边送客。易老倌头一个赌气走了，张老耿叹口气，也只好走了。

工人一走，吴晓岚抓住时机，转向王胡子，亲切地打起官腔来：

“连奎兄，修通风巷的经费，老兄也要留个地步。”

王胡子不大自在，干咳了两声，半解释半牢骚地说：“矿警欠了三个月饷了，我这个兼局长的——”

“你我之间什么话不好谈？”吴晓岚哈哈一笑，“只要在总公司吉田顾问面前，老兄叫我搪塞得过去就行了。……”

易老倌回到家里，又受了儿子一顿埋怨。

顺子嫂在张罗一家吃晚饭。猛子边吃边抱怨易老倌：“我早说了求他们没用，你偏不信！”

易老倌一肚子别扭，饭也吃不下，把饭都倒在小虎碗里，放下碗筷，站了起来。

猛子还在唠叨：“你就是嘴里求出血来，老板也只当是你喝了苋菜汤！”

顺子嫂看老头子要急了，插嘴：“哎呀，兄弟，你就少说一句吧！”

易老倌看了他一眼，想说什么又忍住了，气哼哼地吹纸煤儿吸烟。

工人住宅区。陈振云陪着雷焕觉串门子，打一家老工人家里走出来。雷焕觉握着老工人的手说：“大伯，你歇着吧。”

老工人拉着雷焕觉的手，抱歉地说：“真是——茶也没烧一杯。”

“不客气，我常来的。”雷焕觉和老工人告别。

雷焕觉和陈振云在泥泞的路上走过，不时和些老大娘和工人们招呼：“夜饭吃了？”“孩子病好了吧？”……

老工人还站在门边依依不舍地看着。

雷焕觉和陈振云看见迎面刘德平挑了一担煤炭走到自家门口，招呼：“老刘，你好了吧？怎么又忙着去挑脚？”

刘德平放下担子，连忙张罗：“嗯，嗯，好了。屋里坐。”

“不坐了。老刘，怎么答应来夜校又不来了。”陈振云问。

德平嫂站在门口，手里牵着一个孩子，怀里又抱着一个。刘德平看着她，对陈振云抱歉地解释：“唉，家口重啊！出了班还得挑脚贴补点家用。”

“是你的皇上没开口吧？”陈振云向德平妻笑道，“大嫂子，你就开开恩，下道圣旨吧！”

“振云哥净拿我开心。读书是一个人的福分，我管他干什么！”德平妻分辩道。

雷焕觉和陈振云走到易老倌门口，小虎正吃好饭走出来。陈振云问：

“小虎，你爷爷在家吗？”

小虎的妹妹小香，抢在小虎的前面朝家里跑：

“爷爷，舅舅来了。”

易老倌站到门口迎接客人。

“大伯，”陈振云介绍，“学堂里雷先生，来看你来了。”

“大伯，吃饭了。”雷焕觉牵着小香进来。

易老倌搓搓手，找了把椅子擦了又擦，递给雷焕觉：

“坐，坐，雷先生，坐。”

顺子嫂也忙着张罗茶水。

陈振云连忙招呼：“姐姐，你别忙，老雷不是外人。”

顺子嫂给他们送茶：“兄弟，你来得正好，猛子正跟爹顶嘴呢。”

猛子又憋不住了：“不是我顶嘴，老耿大伯是出名的泥巴坨，人家捏圆就圆，捏扁就扁，你犯得上跟着他去白找气受！”

易老倌被说急了，烟袋一拍，板着脸问：“依你说，该怎么办？”

猛子一下被问住了：“依我？那——那——把王胡子拖进黑巷子打他个半死！”

“那就了事了？”易老倌问，“那下井就不遭鬼打了？这日子就会过得好了？”

三句话问得猛子答不上来。猛子想了一阵，还嘴硬：“反正不能低声下气！”

“当着雷先生，我不好骂你。”易老倌向雷焕觉歉然地笑笑，“年轻人不知道天高地厚。”

霍焕觉一面和小香玩儿，一面听他父子顶嘴。这时插话说：“大伯，猛子这话有道理，资本家都是一个铜模子铸出来的，你哭不出他的善心来。”

“你看，是吧？”猛子这下更有了理，挥了挥拳头，“他们只认得这个！”

陈振云笑着看看猛子说：“猛子兄弟，拳头硬是有好处，可你那两只拳头，也捶他不烂。”

“拳头？哼！”易老倌又发话，“拼拳头也不只拼过一回了，哪一回得了正果？人家有枪杆子撑腰，有印把子做靠山！”

“是啊，所以我们工人也要找靠山啊。”雷焕觉说。

易老倌不解：“靠山？工人就是一个肩膀两只手，有什么靠山？”

雷焕觉耐心地说：“大伯，工人的靠山就是工人自己。这矿山有万把工人，要是大家拧成一股绳……”

易老倌摇摇头，叹口气："唉，一百个猴儿一百条心！难啊！……"

雷焕觉笑着说："俗话说得好，天下无难事，只怕有心人啊！……大伯，有空听你扯扯当年萧昌定萧大哥的故事。"

猛子似有所思。……

夜校。

屋子里读书的人不多，除了陈振云、郑海生，还有三四个铁路工人。刘德平倒来了。

黑板上画了一个煤矿工人，佝偻着腰，他背上背着一叠三层大石头似的方块块，第一层上写的是"帝国主义"，第二层上写的是"军阀资本家"，第三层上写的是"封建把头"，大家入神地听着雷焕觉在讲："……就拿我们这个煤矿来打比方。工人一天好比挖一吨煤。现在世界市场上，一吨煤价要十六块大洋。可是东洋人拿我们的煤，一吨才作价三块钱！"说着，他在黑板上画了一个方柱形的框框，说到三块钱，就在下面五分之一的地方画了一下，用粉笔把上面五分之四涂掉了。又讲："工人的血汗叫帝国主义喝掉了五分之四，可这剩下的三块钱，工人拿多少呢？照矿局规定，只有二角七分钱！"说着，他又拿粉笔把剩下的五分之一的大部分涂抹掉了。他又指着那仅余的一小块说："这剩下的一点点，再叫工头七折八扣，重重盘剥，落到工人手里，还有多少呢？"

"十个大铜板！"郑海生激动地喊。

屋里七八个人，马上你一言我一语激动地议论开了，有的骂资本家，有的叹气。

窗子外面，站着一个人，他也在跟着激动。这是猛子。

陈振云跳起来激动地嚷嚷："妈的，这洋人、资本家、工头，都是穿了连裆裤子，骑在我们工人头上的！"

"是呀！"雷焕觉接嘴说，"他们就是要工人永世做牛做马养活他们！"

刘德平苦笑着插话："雷先生，我们工人苦的确苦，可也不至于是畜生、牛马。”

陈振云说：“你一天到晚四只蹄子替老板干活，动不动脚踢鞭子抽，不是牛马是什么！”

雷焕觉：“老刘，养牲口还要喂草喂料，井里出了煤气，老板、监工只图自己发财，不修通风巷，连工人死活都不顾。你说在老板眼睛里，工人哪一点比牛马强啊？”

大家静默不言。

“你说吧，老雷”，门外一个人大声大气跑进来问，“有没有办法不作牛马，不给他们骑？”

“哦，猛子兄弟！”雷焕觉明快而坚定地说，“有，当然有。”

“什么办法？”猛子急不可耐地问。

“第一，要大家知道自己是给人作牛马。”

“这你一点明白，我们心里都亮堂了。还有呢！”猛子刨根问底地追问。

“光这几个人知道了还不够，要全赣西矿的工人都明白这个道理，大家挺直腰板，齐起心来跟资本家斗！”

“全赣西矿的工人？——”猛子露出失望的神情。

“猛子，来念夜校，听道理。”陈振云劝猛子。

“这样一个和尚一个和尚地去念经，念到哪一天！”猛子不满地掉头走了，雷焕觉有些失望。

“唉！这里的工人，水准太低了！”陈振云发牢骚。

雷焕觉从沉思中惊醒说：“不，振云，一锹挖不成个井的。”雷焕觉鼓舞自己，也是教育陈振云。他又对大家说：“大家回去多对知心朋友谈谈。只要工人齐心，就天不怕，地不怕，神鬼不怕，军阀不怕，资本家不怕！……”

第二章

易、张两家的门口都挂上了红纸灯笼。

陈振云把写好的红纸喜联贴在易家大门两边。

张家。一无筵席，二无摆设，但充满了喜气。秋英身边围着一群女友，给她装扮起来，抹上胭脂花粉。秋英怀着幸福的期待，听凭女友们摆布。

德平嫂急匆匆进来，问着：“秋妹子打扮好了吧？”

嫂嫂姑姑们应着：“好了，老早好了。”

德平嫂端详了秋英一阵，仿佛是认可了，又埋怨张老耿：“老耿爹也算是，到这时候还不回来！”说着脚跟没停又走了。

雷焕觉走进易老倌家。

“恭喜你，大伯。顺子嫂，恭喜，恭喜……”雷焕觉走进门，向易老倌和还在忙着布置“新房”的顺子嫂道喜，一面抽出个红纸包：“我也凑个份子，图个吉利。”

易老倌笑得合不拢嘴：“还要雷先生费心，真是请也请不到。”

一脚正走进来的德平嫂插嘴：“怪不得人人夸雷先生，都快跟我们工人攀亲了。”

“新郎官！”雷焕觉向猛子拱拱手，“恭喜，恭喜。”

“老耿爹回来了吧？”顺子嫂问。

德平嫂摇摇头：“唉，大喜的日子也不能歇一班，借了人家驴打滚的钱！”

这时外面吹起了唢呐，夹上一阵孩子们的喧叫。

小虎、小香一听见，马上拔脚跑了出去。

“哎呀，花轿已经抬来了！可不能误了时辰！”德平嫂说着又赶了出去。

“猛子，陪雷先生坐一坐。”易老倌又向雷焕觉招呼：“我出去张罗一下。”

门外，杨标、李魁他们借来了一顶褪了色的花轿，借了一副乐器，吹吹打打地把花轿抬到易老倌家门口，小娃儿们马上围满了。

德平嫂一面招呼他们等着，一面赶向秋英家门口。

德平嫂嘴里埋怨着老耿爹，替秋英整这整那。

小虎、小香也闯了进来，一看桌边坐着那么个搽粉戴花的姑娘，愣住了。

“小虎、小香不认得了？”一个嫂嫂笑着说。

德平嫂逗小香：“小香，你看这是谁呀？”

小香傻头傻脑，羞涩地说：“新娘子。”

女人们哗地笑了。

秋英从喜盒里捏了两颗红枣、白果给他们：“小香，吃枣子、白果。”小虎在小香耳朵上低低说了一句。

小香这才明白过来，大喊一声：“秋英姨姨！”又吵着：“秋英姨姨，你带我去坐花轿，好不好？秋英姨姨，我也要坐花轿……”大家又是一阵哄笑。……

猛子在和雷焕觉谈天。

“……要是乡下种地养得活，谁肯下井来挖煤炭啊！早晨下了井，不知晚上出不出得来。我顺子大哥……”

在忙着的顺子嫂打断他：“猛子！你也不图个吉利？这大喜的日子——”

雷焕觉笑着说：“对，对，不谈这些事。世界会变的，将来人不再为衣食犯愁，人吃人的事再也不准有！”

顺子嫂：“雷先生书读得多，会说话。”

雷焕觉严肃地说：“我说的是真话。”

猛子打量了雷焕觉半天，问：“老雷，我倒有句话问你。”

“什么？”

“你是高等学堂毕过业的，不到大地方为官作府，到矿上来也不找那些老板、师爷，为什么专找我们开车的、挖煤的打堆？”

雷焕觉笑着回答：“猛子兄弟，你慢慢就懂了。”

秋英家。外面唢呐吹得欢。德平嫂跑进跑出地张罗：“哎呀，秋妹子，该上轿了，时辰到了！”

妇女们要给秋英先戴上红帔，秋英不肯，拿手推开说：

“等——爹！”

德平嫂又埋怨：“唉，老耿爹真是！——”

外面，杨标他们一个劲儿吹打着，催新娘上轿。

德平嫂下了决心似的：“秋妹子，先上轿吧，发轿可不能错过了时辰啊！……”

秋英还是不肯：“不——等爹！”

正僵持着。……

突然，汽笛尖叫起来，开头人们一愣，好像不明白发生了什么事。汽笛继续尖声地叫着，刹那间人们惊醒了，个个脸上都出现了恐怖的神色。

人们从屋里跌跌撞撞地奔出，没命地向矿场奔去。

秋英扯下头上的红布，向外跑。

雷焕觉和猛子冲出门，向总平巷跑。

顺子嫂也奔出来，拉着小虎就跑。

德平嫂惊慌地奔过。

轿夫和吹鼓手也丢下东西跑过去。

女孩子叫嚷着惊恐地奔跑。

人们哭的哭，叫的叫，喊的喊，从各条路上以及没路的地方，从四面八方向总平巷口狂奔而去。

总平巷口。

几百个妇女和矿工拥挤在那里，矿警们手拉着手，组成了一道防线，不让妇女进去，用尽力量阻挡像潮水般的妇女的冲击。矿警们一手拿着武器，一手拿着响篾哷哷嗒嗒在拥挤的人群的头上挥着，使声音震慑住人们不敢涌上来冲破他们的堤防。

猛子和几个青年工人力大，冲破一个口子，马上跑进总平巷。

雷焕觉、陈振云都被拦在外头，被人群的浪头推送着。

秋英一身新嫁娘打扮，在人群中特别刺眼。

窿里的十字路口。

从井内冲出一股股黑烟，远远看见卷着黑红色的火舌。

从死亡线上逃出来的矿工，踉跄地跑出来，有的筋疲力尽倒下了，有的在地上挣扎着向外爬。……

刘德平喘着气冲出来，跌在地上。

猛子跑进来，抱起刘德平。刘德平睁开眼看了看，喘着气，断断续续说："通风巷……瓦斯……瓦斯……"

"老耿叔呢？"猛子问。

"在……在……"刘德平指着往外滚滚冒烟的井口。"救人啦！"猛子喊了一声，就冲进井口。

跟着好些青年矿工也奋不顾身冲进浓烟密布的井口。

刘德平清醒了些，一骨碌坐起来，也跟着跑进去。……

总公事房。吴晓岚拿着电话，在下达紧急命令："封井！赶快把井口封起来！"电话里在报告什么情况，他皱皱眉头，用手骨节敲着桌子喊："矿井要紧！矿井要紧！要是火势蔓延，整个矿井要报废！几个人——怕什么！封！"

总平巷外。贺青山带着一队铁路工人赶来。郑海生看见了，招呼着挤过去。雷焕觉看见贺青山，挥着手说："快，集中力量冲破个口子，下去救人！"大家马上集拢来，一股劲猛冲，矿警拦不住，被冲开了。雷焕觉、郑海生好些人都冲过来。矿警们赶忙又把缺口堵上了。

窿内，十字路口。

陈工头跳上跳下地指挥着矿警，吼着："封井！封井，快！"

矿警和工头们有的就封起井来，有的挥舞着枪托，打着工人，吆喝着："快封井，快！不干揍死你！"

工人都不肯封，矿警们只好自己去封。

群众在叫："不能封呀，里面还有人呀！……"

矿警们不听，拖着沙袋，还打着群众去抬泥巴，开始封井。

雷焕觉、贺青山赶到。

雷焕觉冲上去大喊一声："不能让他封！"夺下矿警手上的沙袋。

矿警不理睬，又提着沙袋去堆井口。雷焕觉跑到井口，就去搬堆起来的沙袋。贺青山、郑海生动手拆墙。

群众原来不敢动，看见有人动手，便一拥而上，去拆除他们刚堆起来的矮墙。

这时王胡子赶来了，一看，大吼起来：

"反了，反了！要造反了！封！"

易老倌一把拉住王胡子，嘴唇激动得说不出话：

"不，不……不……总监工，不……你不能！"

王胡子一膀子把易老倌推在地上，连声喊："封！封！给我快封！……"

易老倌跌在地上，爬不起来，指着王胡子喊："你……你们黑良心！……你……"

王胡子挥舞手杖，随便打人，矿警们见来了后台，便肆无忌惮地放手殴打拆墙的人。

两个矿警扭住雷焕觉。

这时，猛子、刘德平和一些年轻工人，正背着、抬着一些被烧伤、窒息的人冲出来。猛子背着奄奄一息的老郭，一看外面已经在砌墙，在打人，他眼里喷火，大吼一声，投入战斗。

猛子像只猛虎，三拳两脚就打倒两个矿警，把雷焕觉救了出来。

"把他抓起来！"王胡子大叫。

陈工头首先上去，还没接近猛子，就被猛子一拳打了一个狗吃屎。两个矿警扑上去，猛子一闪，矿警又扑了个空，差点摔倒。猛子一转身，一个连环手，把另一个矿警打倒。几个矿警都围上去，猛子左右招架。……

“打那狗日的！”杨标等背着烧伤的人出来，也投入了战斗。

一场混战开始了。王胡子直跳脚，想开枪，又看矿警和工人纠缠在一起，找不着下手的空当；矿警们的武器也用不上。

只听见互相叫骂，声音此起彼落。

井内。地下倒着窒息死去的尸体，当中有一个人还在挣扎着向外爬，这是张老耿。

猛子等人还在和矿警们搏斗，王胡子朝天放了三枪。工人们一听枪声，吓得四下里散开。只剩下猛子、杨标几个了。

“抓！”王胡子叫。

矿警们趁这当儿，一下子把筋疲力尽的猛子捆了起来。

“一齐抓！”王胡子吼着，“谁捣乱抓谁！”

工人大部分都吓跑了。几个年轻的，人少势孤，又身带重伤，一下子被矿警捆上了好几个。杨标也叫人捆上了。

雷焕觉还想去劝工人不要跑，贺轻山看不是势，一把拖住，招呼郑海生：“海生，快护着老雷，出去！”郑海生和陈振云拉着雷焕觉就走。

王胡子也没顾这些，忙着吆喝矿警们封井。

总平巷外。秋英在人群里绝望地叫着！“爹！爹！……”

井里，张老耿挣扎着在向外爬，嘴里有气无力地叫着：“秋英！秋英！……”

井口已经开始封起来。参加封井口的，大都是矿警和工头们，只有少数的几个工人，在矿警的皮鞭和枪刺的监视下，迟钝缓慢地弄一点点泥去。

井口越堵越高了。

秋英爹挣扎着，爬着，顽强地挣扎着，爬着。他看见光亮了，求生的欲望支持着他，更拼命地挣扎着，爬着。井口快堵满了，外面只能透进一丝微弱的光亮。他声嘶力竭地叫着“救命”，但是没有回声。他奋力支起身子，向井口伸出一只手，忽然微弱的光亮没有了，他前面一团漆黑——井口封严了。

夕阳西下，天空浑浊。

雷焕觉站在长满狮毛草的乱葬岗，激动地望着。

乱葬岗到处都是人，有年轻的媳妇，有年老的妇女和老汉，都拖儿带女或怀抱婴儿。人们都是凹陷的腮帮，失神的眼珠，迟钝地一锹一锹地挖着墓穴。

在土堆之间，看出有不少新墓。

薄板黑烟的棺材，还不断地抬来。

秋英坐在一个墓前哀哀啼哭。易老倌、顺子嫂也在拭泪。

到处是悲悲切切的呜咽，到处飘扬着纸钱的灰，晚风凄厉，衰草发出飒飒的声音。

贺青山、陈振云、郑海生帮人们筑好墓，点好纸钱，走到雷焕觉旁边。雷焕觉的眼光充满了愤怒，握着拳头激动地喊：

“要报仇！要摧毁这个黑暗的世界！”

深夜。雷焕觉就着一盏油灯，脸色激动，奋笔疾书：

……这不是死于瓦斯，是死于惨无人道的当局，他们活活杀死了上百条生命！这种事情竟然发生在二十世纪的今天，但凡稍有人心的人，怎么能视若无睹，怎么能不愤慨万分？……

油灯下，秋英呆滞地望着老父的灵位。

镜头似乎不忍卒睹，缓慢地离开。这个穷苦矿工的住舍，除了岩尖、斧子、矿灯和秋英捡煤渣的破烂家伙之外，只是在床头还留着一条新嫁娘的大红头巾，破桌上还躺着两朵纸扎的鲜花和新增加的张老耿的灵位。它们交织地表现着昨日的喜庆和今天的不幸。

顺子嫂抱了睡熟的小香在苦苦劝着秋英，可自己也不时抹着眼泪。

角落里，竹椅上坐着易老倌，他的身子仿佛矮了半截，苦痛、仇恨，一起蔽着这个老矿工的心。

“秋妹子，想开点儿吧。……”顺子嫂还在劝着，可是秋英是低低啜泣。

易老倌突然咬着牙把腿一拍，说：“别哭了，孩子，天塌下来也要顶着！”

易老倌立起来，蹒跚着走到桌前，红着两眼盯着张老耿的灵位，愤激地说：“哭有什么用？资本家——心是铜浇铁铸的！你爹忍气吞声，做牛做马一辈子，可——可狗日的下这种毒手！我——我知道你死不闭眼啦，老耿哥！……”他用力捶着桌子，眼泪直流下来。

小香吓醒了，哇哇地哭起来。

“爹！爹！你回去睡吧，爹！”顺子嫂一面哄着小香，一面劝易老倌。

易老倌站着不动，竭力忍住眼泪，但是眼泪却像断了线的珠子扑簌扑簌滴下来。

“爹，睡去吧！……别再惹秋妹子难过了。”

易老倌这才转身走了。走到门口，忽然又捶着自己的胸口，嘶声喊道：“我们哪儿去出这口气！哪儿去出这口气啊！……”

狭小的牢房里，关着被捕的工人们。

戴着脚镣手铐的猛子，脸色愤激而苦闷，思潮汹涌。

墙外的路灯，把树枝和铁栏的阴影，投到猛子身上，仿佛又绑了几重黑色的绳索。

夜校。雷焕觉已经写完了一大沓信纸，就着油灯再看一遍。

贺青山出差的打扮，推门入。门外，天已经亮了。

“老贺，就要开车了？”雷焕觉招呼贺青山。

“嗯。写好了吧，老雷！”贺青山推开窗子。

雷焕觉把信叠好，说：“写是写好了。不过，老贺，我改主意了。我决定搭你的车去长沙，亲自向书记部汇报，同时把这次事故的真相，在长沙报纸上捅出去。”

正说着，陈振云、郑海生走进来，有的端着米豆腐，有的拿着油条。

“来了。”雷焕觉正准备洗脸，就匆匆放下毛巾，迫不及待地说：“好，我们马上研究一下。抓紧这个机会，好好地对工人和家属们进行宣传。”

郑海生按他坐下：“不，先吃了再谈，你又熬了一夜。……”

工棚里。一些工人围着陈振云。

陈振云：“这完全是老板们黑心，吞了修通风巷的款子，才搞出来的祸事。……”

工人住宅区。

郑海生在另一堆人里：“连下去救人的也给活活封死在里头！我们工人再不齐起心来——”他话未说完，叫外面一阵锣声打断了。

一个沙哑的声音在嚷着：“鸣锣通知，矿上怜恤工人，受难家小，赶快到柜上去领抚恤金。……”

公事房一个窗口，贴了张“领抚恤金处”的条子，披麻戴孝的家属忍痛排了队在等着领那几个换命钱。

打头一个妇女接过办事的递给她的一沓洋钱，数了一数，失望地说：“十六块钱！一匹马也值五十块！”

坐在窗子里捧着账本子的陈工头，把三角眼一翻，恶毒地说：“马？马死了能吃！——下一个！”

那个妇人哭哭啼啼地走开了。后面一个是顺子嫂。

陈工头："你家死了谁？这也作兴冒充！"

顺子嫂按住性子："我替秋英来领她爹的。"

陈工头把账本子翻了一下，毫无表情地说："她没得领，全扣了！"

"这……"

顺子嫂一下说不出话。陈工头把个账本子往她面前一送，指着说："你自己看，扣了十六块抚恤金，张老耿连本带利还差我五十四块！……"

那个大账本子摊在秋英家桌上。陈工头还在把一张张借据摊开来。

"这都是老耿打过脚墨手印的！"陈工头理直气壮地说，又指指他带来的两个矿警："怕你们有二话说，我把中人也请来了。"

秋英吓得紧挨着顺子嫂，眼睛看着易老倌。易老倌木着脸不开口。

陈工头又在逼："到底怎么办？你们倒是开句口啊！……张老耿倒好，腿一伸落个干净！我可倒了霉，不能跟他上阴曹地府去要。……照说，女婿是半子，好替丈人老子还债，可猛子又关进了班房！……唉，他性子头上打我两拳我倒不记账，可是三老爷那个脾气——"陈工头假门假式地、絮絮叨叨地说，"你们不是不知道。就是出来，也不知是死的活的呢！"

秋英打了一个哆嗦。

顺于嫂忍住气央求陈工头："陈老板，你就可怜可怜吧！她一个孤儿弱女的——"

陈工头把脸色一变，瞪着三角眼说："那怎么办？我的钱也是背利息借来的！孤儿弱女？——也有孤儿弱女的办法。秋英姑娘不错，不怕卖不起价。"

秋英脸都白了。

挤在门口的左邻右舍，一听陈工头说出这话，叽叽喳喳议论起来，愤愤不平。

刘德平也按捺不住，迸出一句：

“陈工头，你就积积德吧！”

陈工头惊诧，用恶毒的目光逼视刘德平，慢吞吞地说：

“你积德，你代她还账！”

刘德平吃不住陈工头的气焰，心里发慌，朝后缩了一下。

“吃了几天饱饭，也来充人物。”陈工头看刘德平不敢响应了，又三花脸似的变了口气：“怪我嘴直。其实秋英姑娘也只有这条路走了。……好在这赣西矿上，也算不得头一个。”

易老倌气得直咬嘴唇。

陈工头见他们不答话，又进逼：“秋英姑娘，你自己拿主意吧，是还钱，还是——”

易老倌捺不住，跳起来：“我还！我还你钱！”

“你？——”陈工头白了他一眼，“你拿什么还？”

“你少管！”易老倌气愤地说，“反正我卖了命，也还你钱就是了！”

“好吧——”陈工头冷笑，又故意指着两个披着老虎皮的矿警说，“你们都听见了。……老耿借的可是对本利，下个月不还，就是一百〇八块！……”陈工头敲敲账本子站起来。

易老倌家里。

易老倌拼命吸着烟，想不出办法。

顺子嫂看着他，忍不住又问了一句：“爹，到底怎么办啊？”

易老倌苦着脸不开口。

顺子嫂想了一阵，推推倚在身边听着大人说话的小虎子：“小虎，你出去玩。”小虎不肯走，被顺子嫂推了一把，才怏怏地出去。

小虎没有走远，站在门口，从门缝里往里看。

顺子嫂站起身，放低声音说：“爹，我想过了，只有卖了小香吧。”

易老倌拔出烟袋，呆呆地看着顺子嫂。

顺子嫂下决心地说："救大不救小，好歹把老二救出来，让他们夫妻团圆，我们全家才有个依靠。……"

门外，小虎子一句句都听见了……

小香正在臭沟旁边和邻居孩子玩儿，小虎子神色紧张地跑来，拉起小香，小声说："快，小香，快！妈要卖你呢！"

小香还不信："你骗人！"

小虎急了："不信，你去问！"

易老倌狠不下心，吧嗒吧嗒只顾狂吸着烟袋。倒是顺子嫂在央求他："爹……小香是我的肉，我不是不心疼，可陈工头说得到做得到，我们不能看着秋妹子下火坑啊！……"

忽然门推开了，小香飞跑着进来，一把抱住顺子嫂的腿，哭着叫："妈！妈！不卖我！妈！不卖我！"

"乖，小香，乖！……"顺子嫂搂住小香，说不出话，眼泪扑簌簌地掉下来。

小香看求妈不行，又一下扑到易老倌怀里，仰着小脸央求："爷爷，爷爷，不卖我！我不吃饭就是了！往后你们吃饭我不吃就是了！爷爷！好爷爷！别卖我！……"

易老倌紧紧搂着小香，痛苦地噙住眼泪。镜头摇过，窗外站着秋英。

秋英实在忍不住，捂着脸跑了。……

秋英冲进自己家里，一头倒在灵桌前，呜呜痛哭："爹啊！……"

吴晓岚公馆。

这里的布置舒适华丽，与工人住宅区显然有天堂地狱之别。

王胡子正站着看一张报纸。吴晓岚坐在西式沙发上吸着烟看着他。吴的妻子额角上贴了两个头疼膏药，不耐烦地跷着一只腿，坐在椅子上吸水烟。

长沙《大公报》上，大字标题：

赣西煤矿空前惨剧

下面用稍小的字排着副标题："设备不修引起瓦斯爆炸。矿工死亡近百，活人竟被封毙！"

王胡子看完了《大公报》，气哼哼地放下："准是矿上人宣出去的！"

吴晓岚笑笑就说："你看出这一点儿就好了。怎么样，把人先放了吧？"

"放人？"王胡子圆瞪着眼睛问。

吴晓岚："你还想把事情闹大？"

王胡子："长沙登他的报，我们在赣西怕他什么！"

吴晓岚："连奎，社会舆论不能不重视啊，现在潮流不同啦，什么名流学者都在喊劳工神圣，吴大帅（指军阀吴佩孚）不也在讲保护劳工吗？"

王胡子："那还不是官样文章！"

"是啊，我们这个矿，少不得也要做做面子啊！"吴晓岚对王胡子不满，有些形之于色，"我叫他们发几个抚恤金，堵堵工人的嘴，可工头又给扣了。"

王胡子想说什么。

"今天商会沈光头、学堂孙校长也在茶馆里吵，要组织什么调查团呢。"吴晓岚说，"要真查问起来，怕老兄面子上不好看啊！"

王胡子低着头，憋了半天，只好妥协："矿长怎说怎么办吧！"

但又心犹未甘，带着几分酸意说："我王连奎是落伍了，不配管事，看矿长的文明手腕吧！"

王胡子悻悻然地走了。

吴晓岚的老婆是个身子娇弱、心地窄小的官宦人家千金，看见王胡子才出门，就哼了一声，把水烟袋一放，发话道："哼，看他神气的！就凭镇守使是他的把兄，哪里还把你这个矿长放在眼里！"

"太太，不要性急嘛！"吴晓岚敷衍老婆，"他们这套做法过时了，弄不下去的。"

吴太太白了他一眼："放着多少好差使不干，要跑到这山沟沟里来，满眼都是些煤黑子，三分像人，七分像鬼的！"

吴晓岚央求着："太太，你不要小看这地方，人家想谋这个矿局子还谋不到呢！"

吴太太又白了他一眼："人家是为了找好处，你呢？这一个个工头、监工的，哪个月不成百上千地往王胡子门上送？你呢？哼，黑锅归你背，实惠是人家的！"

"不要急嘛，太太，现在全中国懂得办矿的人怕也没几个，要不然吉田顾问还不会请我来呢！……"

猛子出狱了。他包着伤，陈振云、郑海生搀扶着他回家。

他们走到工人住宅区，猛子看见好几家人家门口贴着黄纸钱，刚烧的纸灰还在飘扬，愤恨之情，不由得又翻涌上来。他掉转头，又看见一家门上贴了黄钱，猛子脸上的黑云越发加深。

他们转过弯，一看，愣住了。

秋英家门口，挤满了左右邻居，妇女们哀哀号哭。有人在烧黄钱。

猛子顾不得受伤的大腿，抢上几步挤进人堆。

人们一见猛子回来了，纷纷议论："猛子回来了！""可惜，迟了一步！""好死不如歹活，不该寻了短见！"……

猛子抢进门，一看，床上躺着死去的秋英，脸色白得像纸。

猛子痴痴地站在那里，一动不动。

"老二，你……"顺子嫂两眼哭得像胡桃，跑过来一把拉住猛子。

"孩——子！……"易老倌也颤巍巍地走过来。

猛子痴望了半天，忽然嘴角动了两动，哇的一声哭出来："秋妹子！……"他扑倒在床边……

山神庙。

猛子独自坐在大树旁的石凳上，心思潮涌。

耳边飘来一个孩子啼哭的声音，猛子回头，看见一个少妇牵着一个孩子，披麻戴孝拿着香纸蜡烛走过去。他沉痛地低下头，一眼落到腰带上的绣花老虎上，更加触动了他的仇恨。他挺身站起，脸色严峻。

猛子回到家里，拿着一把牛耳尖刀，使劲地在磨刀石上磨着。他的脸色更难看了。

顺子嫂打外面回来，一看，吓得脸也白了："猛子！你做什么！"

猛子不搭腔，拿起刀子就要走。

"猛子！你给我！给我！"顺子嫂揪住猛子的手腕要夺刀。

"放开我！放开我！"猛子急得直跺脚。可是顺子嫂死命揪住他不放。

"放开！……我……我要报仇！杀死这些狗娘养的！"

正纠缠着……

"猛子！"雷焕觉出现在门口。

猛子看见雷焕觉，愣住了。

雷焕觉走进门，看着猛子，严肃地问："猛子，真的就这一条路好走了吗？"

猛子手松了，当啷一声，刀落在地上。

猛子冲过去，一把抱住雷焕觉，激动得浑身在颤抖。他哭着喊："老雷！我怎么办，我怎么办哪！……"

夜校。灯下，雷焕觉在给猛子讲道理。

"……仇是要报的，可打树叶没用，要挖树根。"

猛子不解地望着雷焕觉。

"杀死一个陈工头一个王胡子容易，可有什么用？我们要把这些把头、老板、军阀、土豪，一起消灭个干干净净！"雷焕觉越说越激动，"只有做工的、种地的坐了天下，这人吃人的事才不会再有！"

"这要等到哪一天啊？"猛子问。

“说远吗也不远了。”雷焕觉信心十足地说，“在我们中国北边有一个俄国，听说过吗？工人、农民赶走了皇帝，打倒了资产阶级，建立了工农政府，叫个苏维埃。”

猛子兴奋地问：“他们谁领头干的？”

“共产党。这个党把全俄国的工人、农民唤醒起来闹革命！……”

“共——产——党？”

“嗯，天下穷人心里都有一把火，共产党就是点火的……”

猛子听得入了神。

深夜。猛子心里想着刚才听的话走回家门口。正要推门又忽然站住了。他似有所悟，掉头就走。……

“开门！老雷，开门！……”猛子急不可耐地敲着雷焕觉的门。

月光下，雷焕觉披着衣服打开门。

猛子一把抓住雷焕觉：“老雷，中国有没有共产党？——”

“小声点儿！”雷焕觉做个手势，笑着问猛子：“你问它做什么？”

“我——我要革命！”猛子压低声音，但是激动地说，“我要找共产党！”

雷焕觉握住他的手，掩上门，就说：“共产党，捉住了要砍头的。”

“我不怕！”猛子坚决地说，“只要穷人能翻身，上刀山，下油锅，我什么也不怕！……”

第三章

音乐渐趋活泼。

门外桃树上花朵盛开。

工人们三三两两夹着书本走向夜校，冷静的小巷子口顿时热闹起来。贺青山、郑海生走进去。

房间里已经容纳不了刚来的工人，不但所有破桌椅都坐满了，连窗口、门槛上也挤得满满的。

工人们在作自由演讲。杨标在黑板前讲话：

“……张老耿一生信菩萨，求老板，可是老板从来不发慈悲心肠，整得他家破人亡！菩萨呢？连个屁也不放！……”

贺青山、郑海生走进来。

“老贺，回来啦？”雷焕觉招呼。

“长沙有信。”贺青山说着，掏出信交给雷焕觉。

郑海生一阵呛咳。

“海生，病发了，在家睡睡嘛。”雷焕觉说。

“每天这时候不来夜校跟大家说道说道，上了床都像没吃饭。”海生笑着解释。

“振云，你主持一下。”雷焕觉说着和贺青山走到一边去看信。

工人们静寂无声。陈振云问：“哪个接着说？自由演讲，心里想说什么就说什么。”

猛子站起来，但他不走上去，就说开了：“我不会打演讲，我有个心思，说出来大伙帮忙解一解。老雷讲过，文墨好的还看到《劳动周刊》上印过，香港的洋船工人跟英国资本家斗，粤汉铁路工人跟官府斗……大家说说看，我们难道就缺鼻子少眼睛，就甘心给资本家做牛做马？”

有人议论开了：“谁心里不活动！”“人家大地方。”

李魁冲动地走上去：“我也打个演说。”可是说不下去，捂住急跳着的心口，“就是猛子那个意思。”

李魁匆匆下台。底下发出一阵哄笑。

“猛子哈啥思呀？”有人拉着李魁问。李魁急得一时说不出话。

陈振云敲敲桌子，叫大家安静：“猛子的意思，我们要拿香港、粤汉路工人做榜样，跟他们学。”

“学什么？”刘德平问。

“学他们跟老板斗！”李魁脱口而出。

“哎呀，一人难调百人心，怎么斗呀！”刘德平说。

杨标喊：“一个篱笆三根桩，一个好汉三个帮，只要大家心齐，天塌下来也不怕！”

郑海生站起来：“我说呀，别地方跟老板斗，都有个团体，我们也要结他个团体！……”

“对！”陈振云兴奋地说，“有了团体，资本家就不好拿工人一个一个开刀！”

李魁也口齿流畅了：“是啊，通风巷垮了，要是有团体出头，就不会叫几个老头子去磕头作揖！”

“工头克扣抚恤金，都没人出来说句话，叫孤儿寡妇的眼泪往肚里咽！”

群众情绪热烈，纷纷议论。

雷焕觉已经看完信，对贺青山说：“组织上分析得完全正确，工人现在迫切要求组织起来。”

“雷先生，老雷，”有人叫，“帮我们结团体吧！”

“行呀，雷先生就干吧！”大家附和着。

这时，夜校门口摆小摊的小虎子突然大声张罗：“盐茶鸡蛋，米豆腐……刚出锅！”

猛子咳嗽一声，把桌子上的书本翻了一下，雷焕觉会意地拿起粉笔，到黑板上去写字。

总公事房的两个杂工，穿着破烂的衣服，挤进来。

“坐过去一点儿。”他们挤在杨标身边坐下，故意问：“今儿讲什么？”

“你听嘛。”

狗腿乙去翻课本，李魁故作神秘地藏起，板着脸问：“你们又不是挖煤的、开车的，来干什么？”

狗腿乙辩白：“我们又不是师爷，我们也想来读个书识个字。”

李魁假装正经地说：“啊，那你们就给大伙儿磕头吧。”

“磕头？”

“嗯，我们是新学堂，不拜孔夫子。新学生到校，要给老师和老学生一个人磕个头！”李魁装得很像回事。

狗腿乙尴尬。

雷焕觉写完字，拦住："李魁，不要难为他们。是工友来读书都欢迎。好，大家跟我念：一——人——两——手。"

底下大家念："一——人——两——手。"

"两——手——十——指。"

"两——手——十——指。"

狗腿甲偷偷看杨标的课本，杨标故意装作全神贯注地看黑板，让他看。

李魁几乎憋不住要笑。

"一——人——两——手……"工人还在念。

总办公室。

在夜校听课的两个狗腿子，毕恭毕敬地向吴晓岚和王胡子报告。

"真就是这些么？"吴晓岚追问。

"念来念去，就是这一人两手，两手十指。"狗腿乙说。

"连课本上也印的这个。"狗腿甲连忙补充。

吴晓岚沉吟不语。王胡子不耐烦，挥手叫狗腿子下去，说："矿长，你也太操心了。这些黑脚板，不念这个还念什么！"

吴晓岚叫两个狗腿子："你们去吧，往后没事，多去听听。"

狗腿子应着下去。

吴晓岚踱了两步，慢吞吞地说："连奎兄，遇事还是小心谨慎为是啊！上回长沙登我们的报，我就疑心这个夜校……"

王胡子一愣："哦？夜校是平教会办的，校董是商会沈光头——"

"平教会？"吴晓岚鼻子里嗤了一声说，"不作兴是幌子？近来有批读书人，受了俄国过激派的传染，到处鼓动工人，连长沙的剃头匠，也闹什么罢工！"

王胡子瞠目结舌有顷，迸出一句："那我马上一张封条封了它！"

"封？"吴晓岚打眼角看了他一眼说，"怕没那么容易。"

说着，他打公文夹里拿出一封呈文，指给王胡子看："工人要办俱乐部，已经在县衙门备了案。”

王胡子傻了：“那——那怎么行！”

“这是潮流所趋啊！连奎兄。他提的宗旨是‘联络感情，涵养德性’，你有什么理由不准他啊？”

“这——这往后工人还怎么管，不成了无法无天的世界！”王胡子还不服。

“这倒也不一定，”吴晓岚胸有成竹地说，“就看你怎么管了。……吉田顾问早就说过，实业管理是门学问啊！……”

初夏。红日当空。

鞭炮声中，人们喜气洋洋，海生、猛子把“赣西路矿工人俱乐部”的大招牌挂在一个大祠堂的门口。

贺青山、陈振云等人热情地招呼着工人和家属们进俱乐部去，来者都和雷焕觉打招呼。

大厅墙上贴着红纸剪的大字：“联络感情，涵养德性”。

“恭喜，恭喜。”商会会长和小学孙校长也来道喜。

雷焕觉接待着：“沈会长、孙校长，劳驾，劳驾。里面请吧！”

人堆里又挤出徐监工，也拱着手道喜。

郑海生敷衍：“徐监工，里面坐。”

徐监工不进门，却拖了郑海生一把，低声说：“海生，和你说句话……”

吴公馆。

吴晓岚把郑海生请在沙发上坐着，徐监工也在一旁相陪。吴晓岚假门假氏地说：“矿上有些制度，还是前清遗留下来的，积弊很多。我不是不想改革，只是孤掌难鸣。今后好了，有俱乐部的合作，我吴某人实在是竭诚欢迎。”

郑海生一时还摸不着头脑，没有搭腔。

“俱乐部——打算先干些什么呢？”吴晓岚试探地问。

“无非是为工人谋福利，引工人走正路。”郑海生答。

“哦，哦。”吴晓岚抓不到什么，只好假作关心地问：“经费有吧？”

郑海生：“工人交的会费。”

“房子够用吧？”

“那当然差得远。往后我们还要给工人举办很多活动。”

“哦，不成问题，这都包在我吴某人身上。”吴晓岚卖好地说，“海生老弟很有才干，我来矿上不久，过去少亲近，今后还要多仰仗——”

徐监工乘势说：“是啊，矿长几次想提拔你海生哥。”

吴晓岚笑笑说：“我本来想提升你做个监工，又怕会叫你丢了俱乐部的资格。这样也好，你就作俱乐部的主任，以后每月由矿上支一百块钱的薪水好了。”

郑海生明白了吴晓岚的用意，坦然应付：“我们主任是雷先生。”

“雷先生？”吴晓岚假装糊涂，“哦，就是办夜校的？他不是工人啊？”

“雷先生是工人选出来的。”

“哦，那也好。雷先生也支一百块，按月由矿上付。”

郑海生笑笑，说：“我们是给工人办事的，用不着钱。这样吧，既然矿长好意，就算每月矿局津贴俱乐部两百元经费吧！我先代表工人谢谢。”说着就站起来。

“这——”徐监工目瞪口呆。

“也——也好。”吴晓岚有苦说不出。

吴晓岚还不甘心，又威吓地说：“不过，有句话我倒要奉劝，现在有不少过激派，在挑拨工人闹事，你们要小心上当啊！”

郑海生坦然地回答：“矿长放心。工人有眼睛，谁是好人，谁是坏人，工人心里清清楚楚一本账。”

“那——那就好，那就好。……”

雷焕觉住处——原来的夜校。郑海生已经把经过说完了。雷焕觉、贺青山、陈振云、猛子几个纵声大笑。

雷焕觉一面笑，一面蹲在地上吹炉子，眼里笑出了泪。

郑海生也陪着大家笑，不时夹一阵呛咳。

雷焕觉取下炉子上的药罐，满满倒了一碗。

“海生，照说今儿该敬你一壶酒，一来你有病，二来我不会喝，改敬你一碗苦水吧！”

海生不解。

贺青山说：“喝吧！这是老雷当了大褂子，给你抓的五副药。”

郑海生感动地捧住雷焕觉的手。

雷焕觉：“海生，快把身体休息好。我们要准备战斗。吴晓岚是笑面虎，比王胡子要厉害得多，他不会善罢甘休的！……”

夜晚。易老倌心神不宁地坐在床上吸烟。

“猛子还没回来？”

顺子嫂在缝补什么，答应着：“嗯。——”

易老倌念叨：“这么晚了——还不回来！……”

“爹，你就睡吧。猛子兄弟俱乐部事忙——”

没想易老倌反倒掀开破被子，下了床，趿着鞋走到门口呆望。

顺子嫂：“爹，你就别拦他了。唉，也许真的世道要变了。……”

“我——我没想拦他……”易老倌念叨，“可——吴晓岚、王胡子两个不是好东西。赣西这万把多工人，就雷先生跟猛子他们几个……就这俱乐部？……”

“赣西矿员工游乐部”的招牌挂在同乡会的门口。

门外围了不少人在看，一个姓胡的小工头和办公室的一个杂工，在向人们吹嘘、叫嚣招揽。

小工头：“欢迎进去玩，里面有胡琴、笛子、中西乐器，各种高尚娱乐，单双牌九、麻将，色色齐备，文明游戏，不抓赌，不抽头。……”

门口有些稽查带着打扮恶俗、举止下流的女人进进出出，有个把流气的工人也跟着进去了。

更多的人在看热闹，议论猜测。

工人甲指着招牌："就差一个字，一个俱乐部，一个游乐部。"

工人乙："你看上面，不是工人，是员工。师爷、老板、工人一锅煮。"

小杂工高声吹嘘："文明游戏，高尚娱乐，老的少的都可以进来玩，不收分文。"

工人乙把工人甲拉开，低声说："不管牛乐部、马乐部，这批混账东西，不会搞出好事。"

工棚。这是工头租给单身工人住的所谓"餐宿处"。有人睡在双层铺上。有的起来了，有的还未睡下。大家在议论：

这个说："乖乖，好热闹，麻将都摆了十几桌！"

那个说："有什么好看，大赌场！"

又一个说："一个俱乐部，还不知加入好不加入好？又出个游乐部！唱对台戏！"

李魁站出来说："俱乐部是工人自己的，游乐部是老板、工头的马蜂窝，糊弄我们工人。"

"你怎么知道？"

"郑海生说的。"李魁说。

姓胡的小工头正好走进来，威吓道："胡说！俱乐部是乱党！李魁，你跟着郑海生跑，给过激党当枪使，当心掉脑袋！"

工人见小工头进来，就散开了。

"加入游乐部好处说不完，我当介绍人。……"小工头在兜揽，可是工人已经走的走，睡的睡下了。

"老郭，你加入吧？"小工头拦住一个老头子问。

"我哪头也不入！"老郭说完走了。

刘德平家。

徐监工又是吹嘘，又是威吓，把刘德平夫妇弄得心神不定。

徐监工："入我们游乐部好处说不完，将来还可以涨工钱。"

德平妻敷衍："早不知道还要兴什么游乐部，已经入了俱乐部，就算了。"

徐监工威吓道："他们是过激党呀，饭瓢子过河事小，惹出杀身之祸可吃不消！"

刘德平夫妇不胜震惊。

徐监工见发生了作用，更加活灵活现地说："姓雷的是个外乡人，出了事，牛屁股吊双草鞋，走起来不碍事，你家室儿女丢得开？"

刘德平有点儿慌，连德平妻也不响了。

"你欠我一摊子钱，我知道你困难，也不来要账。"徐监工像是讨好实是威胁地说，"亲不亲故乡人，当初你逃荒来赣西，要不是我看在同乡份上，你一家怕不早喂了野狗！做人要讲个人情。"他丢下一块钱："喏！这给你孩子看病。"又转向德平妻："妻贤夫少祸，两口子商量商量，拿个主意。"

"不用他的！"李魁闯了进来，手里捧着一大把铜板。

"德平哥，郑海生叫我送钱来给你。"

李魁把钱放在桌上，又拿起徐监工的一块钱塞给徐监工："这用不着，我们俱乐部有互助。"

徐监工脸一板，威胁刘德平道："我的话，你好好想想吧！"

他说完就走。

刘德平拿钱追着喊："喂，徐监工，这个你带着！……"

徐监工头也不回走了。夫妇俩一时没了主意。

德平嫂忧愁地看了丈夫一眼："小平他爹——退了俱乐部吧，哪一头也不入！……"

俱乐部。

刘德平和猛子两个人的脸色都不好看。

猛子责怪刘德平："这是硬扎寨、打死仗的时候，有些新来的怕事，要退出难怪，你个老夜校也夹在这当儿打退堂鼓，不是存心拆伙吗？"

刘德平捺住性子："猛子，我有我的难处。"

猛子："什么难处不难处！叫资本家哈口气就把胆吓破了。不要只听老婆的话！"

刘德平也气了："你——你说，我还有个自由权没有？"

雷焕觉和郑海生走进来，正好听见。

郑海生连忙拦住猛子，向刘德平说："老刘，入部退部，当然不勉强。不过你要小心，别上资本家的当。"

刘德平可怜巴巴地看着郑海生和雷焕觉："我晓得。你们放心，我不会做对不起人的事。我哪个部也不加入。"

猛子又顶上一句："哼，说得好听！被资本家掐住脖梗子了，怕不叫他牵了鼻子走！"

刘德平一股倔劲发作了，气得直抖："好，猛子，我——我惹不起你，我不跟你说！海生，老雷，你们看吧，我刘德平不是不知好歹的人！"

刘德平说完就往外走。

雷焕觉追到院子里："老刘，听我说一句。"

刘德平停步。

"骑马的向着坐轿的，穷人的心向穷人。"雷焕觉恳切地对刘德平说，"我们知道你是个正派人，不会存心听资本家支使。可是资本家跟工人是两个对头阶级，你不是不知道。老刘，你想站在当中，两头不得罪，这是做不到的！"

刘德平有些震动了。

雷焕觉拍拍他的肩："你先回去想想，明儿我再找你细谈。"

雷焕觉回到屋里，猛子余怒未息："退就退！少了他这颗芝麻还怕榨不成油？"

雷焕觉看了他一眼，严肃地说："猛子，你这算什么？我们现在团结人还来不及！"

猛子听雷焕觉的语气，愣了一下，但是还嘴硬："团结这种人，顶什么用？"

雷焕觉耐心地说："要是工人都一样有觉悟，压迫阶级老早打倒了，还要我们干什么？你这种态度，是中了资本家的计。你是把刘德平往游乐部里赶！"

猛子用力捶了自己一拳头，站起来就走："我——我找老刘赔不是去！"

"不用了，"雷焕觉说，"海生已经去了。……"

"德平，等等我！……"街上，海生追上刘德平，一道走去。墙角上转出徐监工，望着他们远去的背影。

大巷道口，斗车来往不绝。猛子、李魁向罐笼（矿井上使用的升降梯）走去。

郑海生单身在垱头挖煤。

卷道角落里，躲着姓胡的小工头，他向徐监工指着郑海生的背影努努嘴，咬了一句耳朵。徐监工点点头，提着根棒，四面看了一下，和小工头走进低矮的垱头。

猛子和李魁走入罐笼。

垱头。郑海生拖了一筐煤，几乎是爬行着在向外拖。

郑海生吃力地拖着。突然他停住了，眼前出现了徐监工和小工头的两双大靴子！

郑海生抬头一看，徐监工一脸杀气，正凶狠狠地看着他。

"你们——"郑海生一句话还未出口，徐监工当头就是一棒，把郑海生打昏了。接着徐监工、小工头两人的棍棒脚头齐下，一面还在骂：“叫你神气，不识抬举！看你再拆游乐部的台！”郑海生叫了一声，被胡工头把嘴堵住了。……

刘德平在附近的挡头开采，听见声音走过来，一看吓呆了。

“妈的还装死！……”徐监工还在打，郑海生已经一动不动了。小工头感觉不妙，低身看了一下，轻轻说了声：“啊呀！”

徐监工把玻璃灯照了一照。郑海生口角出血，瞪着眼睛，看着徐监工，倒下死了！徐监工略微愣了一下，又挺起身说：“死就死了吧，喊人抬出去埋了！就说是得急病死的。”一面掏出一条白手巾，把郑海生嘴角的血揩干净。

刘德平看得呆了。徐监工他们转身，他才想起要走，可是已经晚了。

“谁？站住！”徐监工走过来，一看是刘德平，放下了心：“哦，是你。”

“我……我……”刘德平吓慌了。

“郑海生是得急病死的，知道吗？老老实实，我亏不了你。你要乱说一句——”徐监工向死人努努嘴：“这就是你的榜样！”

猛子和一些工人正走出罐笼，回头看见徐监工、小工头押着刘德平和另外三个矿工抬着个死人出来。

“谁？……”

“哎呀，是海生！……”群众纷纷议论。

“海生！”猛子马上跑过去，被徐监工一胳膊拦住。

“干什么？干什么？干活去！死个人有什么稀奇！”

可是猛子力大，推开他挤到郑海生身边。抬尸的矿工停下了。

“走呀！站住干什么？”徐监工吆喝。

可是猛子已经看出蹊跷，大喊一声：“慢着！”又回头问徐监工：“他怎么死的？”

“我知道怎么死的？还不是得急病。我看他倒在地下……”

徐监工撒谎。

“不对，我看是被人打死的！”猛子坚决地说。

矿工们马上叽叽嚷嚷吵成一片。

“什么！你想诬赖人！”徐监工做贼心虚，一把揪住猛子，“你看见啦？”

徐监工的慌张，更使猛子证实了自己的怀疑。猛子不退让：“他头上有青，嘴角出血，是你们打死的！”

“什么，你小子血口喷人！……”徐监工想动武。

这时矿工们都围上来，附近垱头里的矿工也闻声而至，有二三十人。大家哄起来：“谁打死的？”

“要查凶手！”

“刚才还好好的……”

“干活去！干活去！”徐监工还想拿威风来压，可是工人没有动。

猛子：“弟兄们，我们要替郑海生申冤，不能让人白白打死。”

工人们齐声应和着，要找矿上去评理。徐监工慌了……

总平巷口

矿工们找了块板子，抬着郑海生的尸首走出总平巷口。猛子等几十个工人，紧紧围着徐监工，像怕他跑了似的，一起走出来。总平巷口的工人一看，马上也围了上去，问长问短。

易老倌正在巷口，看见了，也跟上去看。

矿工们走了不几步，迎面来了王胡子，后面跟了几个矿警。

“你们这是干什么！”王胡子把手杖一伸，拦住工人去路，来了个下马威，“想造反啦！”

工人们一下子停住了，也有些被王胡子的积威镇住了。

徐监工一看来了靠山，便颠着屁股上前诉苦：“这个姓郑的得急病死了，我好意叫人抬出来，他们诬赖是我打死的！三老爷……”

王胡子不等徐监工说完，把手杖一挥说：“混账！都回去干活去！死个工人也这么闹起来，这还像话！回去！都回去！”

矿警上来轰人。有些工人散开了，但是俱乐部的会员们一动也不动。

陈振云挺身而出："不行，我们工人不能白白叫人打死！"

王胡子一愣，有人朝他的耳边嘀咕了几句。

王胡子作威作福地说："你在山上开绞车，井下的事你知道？"

陈振云被王胡子一顿抢白，一时找不到词，有些怯场。

"就是打死的，也有矿局查问，用不着你们管！"

"打死了工人，我们俱乐部不能不问！"猛子毫不退让。

看到这气势，散开的工人又围上来了。

这句话更惹起了王胡子的火："荒唐，什么狗屁俱乐部！工人也管到矿局头上了，这还了得——替我押回井里去！不去统统给我抓起来。"

矿警去轰人，可是上百的工人，赶了这里；那里又聚上来，哪里轰得动。这时四面八方来的工人越聚越多，路局上的也来了，把王胡子包围了起来。

易老倌焦急地问刘德平："德平，究竟怎么回事啊？"刘德平嗯了两声，苦着脸没回答。

正纷扰间，吴晓岚坐着轿子来了。

"矿长来了，找矿长说去。……"有人喊。

吴晓岚下轿，也不知是向谁招呼似的点点头，慢条斯理地问："这是怎么回事啊？"

工人们七嘴八舌争着说。一个工头凑在吴晓岚耳朵上讲了一阵，吴晓岚连连点着头，嘴里说着："啊……啊……"

"简直是作乱！——"王胡子要发作。

吴晓岚伸手拦住，转脸对工人说："工人弟兄们，我们大家冷静一点，啊？……凡事都要讲个道理。我这个人就是主张文明，主张公道。这个姓郑的真是徐监工打死的，我头一个放不过他，一定要依法严办。要是病死的，大家就不要无理取闹了。"

工人叫吴晓岚又软又硬的一套说得倒没了话，只是将信将疑。

吴晓岚看见自己占了上风，更加得意，脸上皮笑肉不笑地看着猛子说："你说姓郑的是给人打死的，你有什么凭据吗？"

猛子说："他头上有青，嘴角有血。"

吴晓岚："哦——那就不兴是他自己跌伤的吗？"

一句话把猛子问得怔住了。工人们也都回不出话。易老倌在人群里暗暗着急。

"工人弟兄们，可不能冤枉人哪！"吴晓岚更加得意了。

工友们回答不出。贺青山走了出来，大声说："那好办，就请矿局当场验尸好了。"

工人们精神振作，又喊起来；"对，验尸！当场验吧！……"

吴晓岚笑容收敛了一下，看了看贺青山的铁路制服："井下的事，跟你们铁路工人没关系。"

贺青山："你矿长也是我们路局局长，我们请你主持公道。"

吴晓岚没话说了。群众马上又喊要验尸。

吴晓岚伸着手止住大家："好，好，验尸当然可以，不过我要再问一句：就算姓郑的是打死的又怎么可以一门咬定是徐监工打死的呢？"

工人们一下又被问住了。吴晓岚得意地回头问徐监工："徐监工，你看到姓郑的时候，有别人在场吗？"

徐监工："有胡工头。"

吴晓岚得意地说："好啊，那就叫胡工头出来作证吧！"

"不行，我们不要工头说话！"猛子不答应。

杨标、李魁等人也叫着不要胡工头作证。

吴晓岚装作一副委屈面孔说："工头的话你们不信，又没有个人证物证，怎么好一口咬定是徐监工打死的呢？……这样吧，大家还是上工去，这件事相信我吴某，一定负责调查个水落石出。……"

吴晓岚说着就打算走，人群中一个声音朗朗地说："不行，还是当场解决的好！"

雷焕觉挺身打人群中走出。

吴晓岚笑容收敛了一下，故意看着雷焕觉装糊涂："这位先生贵姓？怎么来管矿上的事？"

"我是工人俱乐部的主任，工人的事，俱乐部当然要管要问。"

吴晓岚皮笑肉不笑地说："好，那就请你雷先生说说看，怎么解决啊？"

雷焕觉："要郑海生同班的工人出来作证！"

群众马上纷纷喊："有同班的没有？""哪个跟郑海生一道的？""有刘德平。""刘德平！"……

刘德平在人群里，听到人家点到他，恨不得裂个缝钻进去。工人连声催促："刘德平出来讲一句！"刘德平无可奈何，只好在众人注视下，畏缩地走了出来。

猛子一看，凉了半截，嘴里念了句："唉，他！……"

吴晓岚看着刘德平，问徐监工："他——是在场的吗？"

徐监工无可奈何，心里也打量刘德平是抓稳了的，就点了点头。

吴晓岚甜言蜜语地对刘德平说："老刘，我早知道你是个忠厚人。这是人命关天的事，你可要老老实实讲。"

王胡子更威胁他："你可要想想再说，不要冤枉好人！"

雷焕觉朝刘德平走过去："老刘，郑海生一心一意为工人，我们不能叫他死得不明不白！——"

王胡子吼着："你让他自己说！"

大家都期待地看着刘德平。他一头大汗，只是搓着手不说话。

"刘德平，你倒是说啊！"工人也不耐烦，催促他。

刘德平说也不是，不说也不是。他看看躺在门板上的郑海生，再一抬头，易老倌的焦急的脸在对着他。

王胡子催促："你说吧，说了真话，谁敢难为你，由我负责！"

雷焕觉拍拍刘德平的肩膀说："对，老刘是个工人，他不会说假话的。"

刘德平把心一横，头一抬，说："我说，我说。"

大家都伸长头颈听他说，猛子紧张地看着他。

刘德平朝徐监工一指："郑海生——是他打死的！是他，还有胡工头！"

"你胡说！"徐监工威胁着奔到刘德平面前。

刘德平毫无畏惧，一伸手打徐监工口袋里拉出那条一角拖在外面的白手巾，举着对大家说："我亲眼看见，他打死郑海生，用这条手巾把血揩了！"

手巾上血迹斑斑！

工人们齐声怒吼起来。徐监工还想动手打刘德平，叫工人们一把拉住了。

刘德平指着徐监工："他还逼着我说假话！逼着我说假话！……"

人群愤怒极了，像火山爆发一样高呼：

"为郑海生报仇！"

"要凶手偿命！"……

猛子一把抱住刘德平："德平哥！"刘德平也紧紧抱住猛子。

工人们齐声怒吼。有人上去抓住徐监工。王胡子看吴晓岚不行了，又拿出老办法，拔出枪对天就放了两响。人们一时怔住了，但是谁也没有动。

王胡子圆睁着眼睛吼："闹什么？想造反了？打死就打死！怎么样？有什么屎屙出来！"

雷焕觉厉声斥道："把枪放下来！"

王胡子被雷焕觉的气势镇压住了，手不觉垂下来。

"工人是人，不是牛马，不能任人糟蹋！吴矿长，你刚才自己也说主张文明主张公道。事情今天大家都看见了，你们要不依法惩办凶手，我们俱乐部就要向社会各界控告你们，向全中国，向全世界控告你们！"

他说完转身就走。吴晓岚一把拖住，赔笑说："雷先生，你办俱乐部，也是矿上人，何必去惊动外人。"说着走过去打了徐监工一个耳光，骂道："混蛋，我几乎被你骗了！押下去！"

群众怒呼："杀人抵命！""枪毙！"

徐监工脸变了色，连声喊着："矿长，三老爷……我……"

吴晓岚心慌意乱，一迭声催："押走！押走！……"

矿警把徐监工押走了。

吴晓岚又恢复了那副假笑的面孔："好了，事情弄清楚了，大家上工吧！我一定依法严办，依法严办！……"

吴晓岚说着就想上轿。

猛子一声大喝："慢点！大家都慢点走！"

吴晓岚出不去，只好站住。

猛子站到高处，激动地对大家讲："郑海生是徐监工打死的，可是姓徐的跟郑海生一无旧仇，二无宿怨，为什么要下这毒手？为什么要打死郑海生？"

大家都凝神听着。吴晓岚、王胡子更加惶惶不安。

猛子接着讲："为什么？因为他们想收买郑海生，想把俱乐部拉过去，帮他们压榨工人，郑海生不干！因为他们想搞游乐部来挤垮我们的俱乐部，嫌郑海生碍事！弟兄们，俱乐部是我们工人的靠山，他们要拆我们的俱乐部，我们说什么也不能叫他们拆！我们要记住：郑海生是为了俱乐部，为了我们工人的利益，才叫他们害死的！……"

工人们不管是不是俱乐部的，激愤地呼喊成一片："拥护俱乐部！""要徐监工抵命！"

吴晓岚轿子也不坐，和王胡子夹起尾巴溜了。

雷焕觉赞许地看着猛子："对，猛子做得对！……"

悲壮的音乐。

郑海生的棺材已经安放在墓穴里。

雷焕觉领头盖上一铲土，然后是贺青山、陈振云、易猛子。

然后是望不到尽头的路矿两局工人，一个接着一个，有的用衣兜兜着土，有的用包头帕子包着土，依次走过墓穴，把土撒下去。

易老倌望着那逐渐隆起的坟墓，望着那络绎不绝的人流，激动地喃喃自语："工人有了主心骨，有了出头的日子了！"他一抬头，看见雷焕觉正站在他面前，一把拉住，激动得断断续续地说："老雷！……你发号令吧，跟他们干！……就是滚钉板也跟他们干！……"

墓筑好了。墓前一块石碑上刻着："工人郑海生之墓"。

夜。吴公馆。

吴晓岚来回踱着苦思，吴太太穿着件睡衣走出来。

吴太太："睡吧……急坏了身子，又有什么用？"

吴晓岚停步，叹了一口长气。

吴太太："要不就让王胡子派兵封了它！"

吴晓岚连连摆手："唉，你不懂。……现在东京天天有电报来催煤……万一闹出事来，拿不出煤，吉田头一个不答应我！"吴太太："唉，我早说过，不干这个倒霉差事也罢！"

吴晓岚想了想，又咬牙切齿地说："不！我就不信治不了这个姓雷的，管不住这几个煤黑子！……"

清晨。太阳刚冒头，天边泛起一片鲜红。

雷焕觉、贺青山、易猛子、陈振云，站在郑海生墓前。

雷焕觉庄严地宣布："我代表中国共产党湘区党委正式宣布：接受郑海生同志、陈振云同志、易猛子同志为中国共产党党员。"

猛子等举起拳头，庄严宣誓："海生同志，我们在你墓前宣誓……"

东方，万道霞彩，无比美丽。……

第四章

祠堂墙上，原来的俱乐部的宗旨"联络感情，涵养德性"八个字，换成了鲜红的两句："保护工人利益，解除工人压迫！"

院子里，工人一起在学唱歌。

雄壮的歌声中：

雷焕觉在给更多的工人上课……

另一处，年轻工人在打乒乓球……

消费合作社前面，家属们在买粮油布匹……

图书室里，工人在看书报，有人拿了新报纸进来，大家争上来看。

报纸上大字标题：全国第一次劳动大会在广州开幕的消息。

又推出一张报纸：上海纱厂罢工的消息……

又推出一张报纸：长辛店铁路罢工的消息……又推出一张报纸：汉阳铁工厂罢工的消息……

雷焕觉在工棚里和工人们亲切地谈着……

贺青山坐在火车头上，拿着报纸和铁路工人们在议论……

矿井里，杨标、李魁等几个工人用矿灯照着在读报纸。

李魁耐不住地用岩尖狠狠凿着煤壁说："嗨！什么时候也学汉阳的样，干他一场就好了！……"

俱乐部里。大家正说着，刘德平上气不接下气地跑进来。

"老雷呢？"

"什么事，老刘，这么急？"

刘德平："徐监工放出来了！有人在县城茶馆里看见他，说是要杀我跟猛子的头！"

俱乐部大厅。工人代表在开会。

大家的情绪十分激动，你一言我一语地喊着："不行，找吴晓岚讲话！""要替郑海生报仇！""不能放凶手出来害人！"……

杨标振臂高呼："不是鱼死就是网破！干脆，罢工！""对！罢工！"

"人家汉阳罢得，我们就罢得！"

“罢工！我们东平巷打头阵！”

一个老工人走出来，把帽子往桌上一掼，大声嚷：“一不做，二不休，俱乐部帮我们跟矿上把账算算清！要矿上加工资，发欠饷！”

这个提议立刻得到许多工人的附和。

“弟兄们，我们光要欠饷么？”猛子激动地说，“我们要干就干得抬起头来，不准工头打人，不准老板随便开除。我们要争做人的权利！”

大厅里情绪更激动，表示一致拥护。

易老倌站出来。

“听易老倌说。”雷焕觉要大家安静下来。

“我说”易老倌沉着地开了口，“还有顶要紧的一条不能忘了。”

大家屏息看着易老倌。

易老倌接着说下去：“我说，我们头一条就要矿局承认：俱乐部就是我们路矿两局工人的头脑，俱乐部说的话就是一万多工人的话！”

“对，老倌说得对！”大家齐声同意。

“矿上有话，要他找俱乐部说！”

“什么事俱乐部不点头，工人就不答应！”

群众情绪激昂。贺青山看着雷焕觉说：“老雷，干吧！”

雷焕觉看着大家，站了起来。……

雷焕觉住处。小虎子摆了个小摊子在放风。

屋里，雷焕觉和贺青山、猛子、陈振云在开支部会议。大家举手表决。

雷焕觉严肃地说：“好，我们全体党员一致同意，矿上不接受这些条件，立即罢工！现在我们的任务是：把赣西一万二千工人全部发动起来，组织起来，作义无反顾的斗争！”

猛子兴奋得脸都红了：“把打倒资本家的旗子打出去吧？”

雷焕觉指指手上的信说：“不，书记部指示，现在先提这个哀而动人的口号：从前是牛马，现在要做人！”

总公事房。

王胡子念着工人提出的条件："……积欠工人存饷一律发清……职员、工头以后不得殴打工人……"他气得把条件往桌上一丢，连叫："反了！反了！"

吴晓岚铁青着脸，狠命地抽烟。这时瞭了王胡子一眼说："这还事小，顶厉害是头一条：俱乐部有代表工人之权。要是承认了这一条，俱乐部就成了我们的太上皇！"

王胡子闷了半天，埋怨吴晓岚："我是粗人，不懂什么文明手腕，里一套外一套！早要依我封了俱乐部，抓几个押起来，不至于搞到这步田地！可你又说是不合潮流！"

吴晓岚："连奎，不是我不想封俱乐部。如今各地工潮闹得厉害，动不动就通电全国。汉阳不就是武力封闭俱乐部，闹得下不了台？"

"那——那你说怎么办？"

吴晓岚好半天不响，又吸了两口烟才开了口："先答复他们：这些条件，都可以商量。"

"什——么？商量？"王胡子眼睛也瞪圆了。

"这——"吴晓岚慢吞吞地说，"不过是个缓兵之计。"他突然把脸色一变，眼露凶光地说："连奎，你马上辛苦一趟，到县城去见镇守使，要他派一营人给你，连夜就赶回来！"

王胡子倒有点儿迟疑："怎么，动武的了？"

吴晓岚摇摇头："不，擒贼先擒王。你让镇守使给你下一道通缉令。你一回来马上动手，把姓雷的一捉，宣布他是赤党，然后把队伍一摆，蛇无头而不行，看这些煤黑子能飞上天！"……

夜，车站。

北洋军阀的兵开到了，由车上下来，在站台上排队。另一队已经开拔出站，寂静的夜里，只听见兵士们沙沙的脚步声。

胖胖的李旅长由王胡子陪着下车。

矿区的街道，两边店铺都关了门。

一队兵跑步走过，前面是大刀队，为首的抱着绘了老虎头的大令牌，后面是扛着步枪的兵，个个横眉竖目，如临大敌。沿路布下了哨岗，禁止市民来往。

夜校，门虚掩着。

王胡子和马营长引着一队兵士走来，在门口布置好，破门而入。

他们一直跑进雷焕觉的卧室兼教室，里面没有灯。兵士和狗腿子们打电筒一照，屋里空荡荡的，一个人也没有。

兵士们跑出来向王胡子汇报："没有！""跑了！"

王胡子惊惶的脸："啊？……"

吴晓岚惊惶的脸："糟——糕！"他话还未完，汽笛声大作。

汽笛锐鸣。

"从前是牛马，现在要做人！"的鲜红大字横幅标语高高地竖了起来！……

汽笛狂鸣。

巷道，电车停驶。工人们丢下车走出矿井。……

工人关掉闸刀，吊罐笼的绞车停止了转动。……

车床的马达一下子关掉了。……

火车停驶。……

汽笛还在叫！……

吴晓岚慌慌张张，披着衣服打卧室里向外跑，一面语无伦次地对跟在他后面的老婆喊："快——快打电报给吉田！哦！不，不，你马上收拾收拾，叫人送你去上海！……"

工人像潮水一样，从矿井里，从机车房里，从炼焦场里涌出来。……

猛子戴着纠察队的臂章，把一面写着“罢工”两个大字的旗子插在总平巷口。……

陈振云把一张罢工宣言贴在街上，人们马上围过去看……

总公事房。

吴晓岚也拿着一张罢工宣言，像烫手一样的，放下不是拿着也不是。

王胡子像热锅上的蚂蚁似的惊慌失措。

胖胖的旅长李程远也在座。

瘦职员慌忙奔入：“完了，完了，全罢了！五十几个段处全罢了！”

王胡子：“胡说！本局一共才四十六个段处。”

瘦职员：“我是连铁路局也算了。”

吴晓岚：“这下完了！水泵一停，要不了一个钟头，矿井全淹了。”

瘦职员：“水泵房、锅炉房倒没停工。”

吴晓岚松口气，又惊又喜：“哦？”

王胡子：“看起来，旅座，只有麻烦你的部下了，不把为首的抓起几个来，杀不下他们的威风。”

吴晓岚连忙拦阻：“不，不能这么干！现在工人已经抱成了团，摆好了阵势，可不能鲁莽行事。还是先请旅座派兵把锅炉房这个命根子抓住再说！……”

锅炉房外。杨标领着一个纠察队守卫着，锅炉房没有停工。

马营长领着一班兵走来。

杨标：“老总们，你们来干什么？”

“我们奉命来保护锅炉房。”

“好吧，那就请在外面休息吧！”

马营长说：“那怎么行！我们要进去。”

纠察队员马上拉成一排，横着钢钎，挡住去路。

杨标笑笑说："老总们，这锅炉房可是全矿的命根子，机器一停，水泵不抽水，这矿可就毁了。我劝你们还是在外面休息休息吧，不然工人弟兄们性子急，出了毛病你可负不了责！"马营长无计可施。……

马营长又到总公事房汇报了。

李程远发作道："混蛋！不见血不点头，你们拿着枪杆子干什么的？"

吴晓岚拦阻："不，不，旅座，还是想周全一点，想周全一点。……"

这时瘦职员拿着封电报进来："吉田顾问的回电来了。"

"怎么说？他怎么说？"吴晓岚急迫地问。

瘦职员泄气地说："帝国的利益不能受到任何损失！"

吴晓岚正急得无路可走。吴太太提着箱子抱着包裹狼狈而入。

"晓岚！……"吴太太又急又慌，拉住吴晓岚。

"这——怎么回事？"吴晓岚问。

"火车——不开了！走不了啦！"……

吴晓岚满满地斟了一杯酒，亲自递在陈工头手里。

"陈工头，你这次是代表我出马。"吴晓岚好像慷慨激昂地说，"该骂就骂，该打就打，不要示弱，出了事有我担干系！"

陈工头知道此行不妙，铁青着脸，看看王胡子。

王胡子也给他壮胆："喝吧，这是矿长提拔你。不要怕，有我给你撑腰！"

陈工头无可奈何，只好横起心，端起酒杯喝下去。……

食宿处。天已经黑了。

三层楼的床铺都坐满了人，工人们带着岩尖、斧头，很安静地坐着。

陈工头进来。

“戒严司令部命令，马上去上工！”陈工头板着脸说。

大家像没有听见似的没理他，互相交换了一下眼色。

“听到没有！”陈工头吼。看看大家不理他，他又换了副腔调说：“好，你们罢工，这房子是我的，都给我滚出去！”

大家还是不吭气，空气沉寂而紧张。

“易老倌，”陈工头望了下易老倌，“跟大家说说，赶快去上工，免得吃亏。”

易老倌像一尊石像，眼皮也没闪一下。

“怎么，聋啦？”陈工头用手去拉易老倌。

易老倌把手一扒，猛地站起。陈工头惊得一退：“怎么！”

易老倌斩钉截铁地说：“罢工啦！”

易老倌拿起身边的斧子，工人们也拿着岩尖站起来，众人齐声吼：“我们只听俱乐部的命令！……”

“再唠叨砍了你！”

陈工头看见工人纷纷跳下来，向自己逼来，他连忙从人丛中逃了出去。

工友们吆喝着，其实没有出来。可是陈工头做贼心虚，吓昏了，四处乱窜，窜到一个街口，正好有李魁等工人纠察队巡逻走过。他们听见脚步声，喝问：“什么人！”就打着手电四处照。

陈工头马上缩转头，向小巷里窜，看见个小水沟，就没命地钻了进去。

纠察队照了一阵，看没人就走过去了。

陈工头喘息才定，心想钻出来，又听见有脚步响，赶紧伏在沟里不敢动。德平嫂端了一脚盆脏水，走到沟边哗地倒下去，正好浇在陈工头身上。陈工头不由“哎呀”了一声。

“谁？什么人！”德平嫂惊呼。

“别嚷，别嚷，是我。”陈工头钻出来，跪在地上连连作揖。

德平嫂仔细一看，叫起来：“是你这个吃人不吐骨头的东西呀！”

“别嚷，我——我给你男人加工钱！”

“你还翻老皇历呀？老娘今天腰板直啦！”

德平嫂说着，顺手就给了陈工头两个嘴巴，大喊大叫：“来人啦！抓贼！……”

陈工头想跑，可是德平嫂力大，死揪住他不让脱身。

霎时间男男女女来了一大堆人，李魁他们那个纠察队也来了。大家嚷着：“捆起来！捆起来！送俱乐部去。”

德平嫂眉头一皱，计上心来，喊着李魁：“小李，你去叫猛子来！”李魁应着去了。

人们已经把陈工头像捆猪似的捆起来。

李魁带着猛子向一条山上的小路飞跑。

李魁把猛子带到一个涵洞口。德平妻守在那里，身旁有一堆稻草、麻袋掩盖着的物体，微微蠕动。

“怎么回事？”猛子奇怪地问。

德平妻得意极了，她不言语，把稻草和麻袋拉开，原来底下盖着的是被绳索捆绑着的陈工头，嘴也给塞住了，呜呜地在叫。

李魁拿一把小匕首递给他：“猛子，给你。”

猛子脸膛紫胀，胸脯急剧地起伏，接过刀子。

陈工头吓得瑟瑟直抖，也不敢叫了。

猛子举着刀子的手忽然放下来。

德平妻不解地望着他。

“你还怕他？”德平妻愤慨地说。

“他的血我都喝得下！”猛子大声说。

可是他却一刀划开绑陈工头的绳子，一把拎起陈工头，拉出塞在他嘴里的东西，拿刀比着他说：“说，你来干什么？”

陈工头跪在地下，连连拱手：“我……我不是人，我一肚子屎，大家别跟我一般见识！”

猛子打了他一个嘴巴：“说，是谁派你来的？”

陈工头老实了："我说，我说，是矿长……是吴……吴晓岚……他叫我来惹你们出乱子！"

猛子把陈工头一推，倒在地上："滚！今天饶了你的狗命，回去告诉你那主子，工人不达目的，誓不罢休！"

陈工头拾得性命，连磕两个头，爬起来一瘸一拐地逃走了。……

"杀一个陈工头容易……"猛子告诉大家，"我们不能坏了大事！"

街上。商店都关了门，到处贴满了"严守秩序！""没有俱乐部命令决不复工！"等标语。"从前是牛马，现在要做人！"的白布红字横幅高高悬起。

街上秩序井然，没有一个闲杂无事的人，戴"纠察队"臂章的工人，手持岩尖、铁棍在巡逻。

拿着上了刺刀的步枪的兵士也五步一哨地对峙着。

空荡荡的茶馆店楼上，只有一张桌子有人坐着。

几个商家围着商会会长沈光头。

一个指着《告各界人士书》说："王连奎这帮人也实在逼人太甚了，工人活不下去，自然要闹罢工了！"

"罢工五天了，工人真是纪律严明，一丝不苟。"

"请来这么多偷鸡摸狗的军队，我看要不是工人纠察队，少不了洗街！"

"这么拖下去，我们没有生意做，也没日子过。会长，还是出面找矿上谈谈。……"

总公事房。吴晓岚在敷衍沈光头、刘仲谷。

"士绅们愿作调停人，当然求之不得。"吴晓岚敷衍地说，"不过我们天外有天，还要请示总公司。"

沈光头："好吧，我们无非是希望早一天解决，平安无事。"

刘仲谷："拖下去，终非地方之福。"

沈、刘一走，王胡子就骂："这批老混蛋，也来逼我们！"

吴晓岚泄气地指指报纸说："唉！逼我们的不只他们！你看看这些报纸，上海、广州、汉口……都在帮他们说话！"

吴晓岚背着手在公事房来回地踱着。

王胡子还嘴硬："叫他罢吧！看他肚皮还能罢几天？"

吴晓岚站住，小眼珠子打眼镜架上看了王连奎一眼："哼！现在全国工人都捐款援助他们，倒是我们这每天的损失，怎么拖得起？"

王胡子也没了主意。

这时，李程远走了进来。王胡子招呼他坐下后，李程远发话道："究竟怎么办啊？已经五天了，弟兄们不能老待在这里做看家护院的！"

王胡子赔笑着说："这——绝不会空劳部下的，旅座放心。矿上已经准备了二千元的慰劳费。"

李程远："这倒是小问题。我是说，这么拖下去总不是事。文的也好，武的也好，总要有个办法。"

吴晓岚又转了一阵，忽然停住脚，下了决心似的说了两个字："谈判！"

大家惊奇地看着他。

"跟工人谈判？"王胡子问。

"要姓雷的出面谈判。"

"他？"王胡子不解。

"俱乐部提的条件，俱乐部主任不敢出来谈判，他就输了。"

"可我们不就是承认俱乐部了？"

"我也没有说承认。"吴晓岚阴险地一笑，"现在的问题是，要把老虎打洞里引出来。那时候，他听话便罢，要是不听话……"他看着李程远说："就要借重旅座了！"

王胡子愣了一下，明白过来："好！好！照当年对付萧昌定的老法子办！"

李程远也同意了："好吧，只要他姓雷的出来，包在我身上！"

吴晓岚福至心灵地说："商会沈光头这些老家伙要调停，好，就给他们这个面子，叫他们拿帖子去请。……"

大巷道内，运煤小电车僵死在那里。工人们提着几个矿灯，在开会。

雷焕觉手上拿着一个大封套红请帖，在和贺青山、猛子、陈振云、杨标等商议，在场的还有易老倌、刘德平等几个老工人。

猛子："我看不能去，这里面明明有鬼！"

雷焕觉："不错，这是个阴谋，骗我出来谈判。我不出面，这盘棋他们就占了上风。"

陈振云："可你去了不是自投罗网？"

贺青山也说："这太冒险了。"

易老倌跳起来说："不行，老雷，说什么你也不能去！光绪年间杀萧昌定，就是这一套！"

雷焕觉笑笑说："可是这不是光绪年间了，不是萧昌定那时候了！我们工人已经组织起来，由不得他摆布。这盘棋他们可没算到！来，我们把各种情况估计一下。……"

总公事房外面的台阶上，布满了岗哨，重要路口和屋顶上都架了机关枪。士兵们一个个板着脸，一股杀气腾腾的样子。

前面坝子上，站满了工人，一队一队，秩序井然。"从前做牛马，现在要做人！"的标语高扬。

雷焕觉由沈光头、刘仲谷陪着，走上台阶。台阶上的马营长放过雷焕觉和沈光头、刘仲谷，伸手把杨标一拦："矿上吩咐，请雷先生一个人上去！"

"你们就等在外面吧！"雷焕觉对杨标说。

雷焕觉在闪闪发光的枪刺行列中，一步一步走上去。……

雷焕觉走进大厅。这就是当年杀萧昌定的地方。厅里戒备森严，十几个卫兵，枪上着刺刀，有的提着盒子枪，靠墙站着。雷焕觉转眼一看，当中一张大菜台，正面一排坐着吴晓岚、王胡子、李程远。在他们对面，离开桌子一些，放了一张椅子，虚席以待；俨然是个审问的样子。他们看见雷焕觉进来，也不招呼。

雷焕觉从容不迫，把那张椅子往侧手落地窗前一放，坐下了。那里比厅里还要高上两层。这一来，雷焕觉倒成居高临下之势。

吴晓岚无可奈何，招呼沈光头等坐下，干咳了两声，开口说："雷先生，你是读书人，怎么伙同工人无理取闹？"

雷焕觉反驳："工人被逼得实在无路可走，才罢工争取一个做人的权利，这怎么叫无理取闹？你们下帖子请我谈判，却又调来这许多军队，架起这许多刀枪，意图何在？请问无理取闹的是工人，还是你们？"

几句话问得吴晓岚无言可对，连连示意李程远。

李程远猛地把桌子一拍，发威道："放肆！我看你就是过激派赤化党！再不老实，我就把你就地正法！"

雷焕觉站起来，侃侃而谈："我雷焕觉秉正大光明宗旨，作正大光明事业。你们如果不答应工人的要求，就把我砍成肉泥，也休想工人复工！"

"我有法子制裁！来人啊！"

拿盒子枪的齐声应着，就要上前捉人。

这时外面掀起一片震耳的喊声，王胡子心慌意乱走过去向窗外一望。

总公事房外面。漫山遍野有数不清的工人，扛着斧头、岩尖，从路上，从山坡上，从四面八方奔来。

在一支队伍前面，走着精神抖擞的易猛子。

贺清山、陈振云、刘德平，都打着小旗，指挥着队伍。

德平嫂也领着家属来了。……

"穷命换富命！""从前是牛马，现在要做人！""工人要活命！"

工人们喊着口号一直拥到公事房前面。

原来在坝子上的工人纠察队，就喊着往台阶上拥来。

李程远跑到廊子上，吼道："站住！站住！谁敢捣乱，我要开枪了！"但是他的声音完全被淹没了！

猛子领着的纠察队顺着台阶怒冲冲地上来，士兵们连忙用刺刀去挡。他们毫无恐惧，索性拉开衣襟，袒胸露背，向刺刀迎上去，直到刺刀快要戳到胸脯的时候，士兵们的手微微抖动，在工人无畏的目光的威胁下，退了几步。猛子用手拨开刺刀，挺着胸膛前进，嘴里嚷着："我们要看雷主任！"

马营长想上来拦阻，被工人们一拥，冲到了一边。

工人们陆续不断地从各条小路奔到山上来，不少妇女和半大的小子也来了。

士兵们还想去拦阻，工人太多，这堆挡住了，那边又出了缺口。士兵们连成一排，贺青山把旗子一挥，四面八方的工人在纠察队的带领下，像潮水般地冲击着，和士兵一靠近，更像海浪一样，把士兵的阵势冲垮了。

整个山上，士兵和工人纠察队成了犬牙交错的样子，被分割成无数的小碎片，士兵全淹没在工人的海洋中。

猛子领着纠察队冲进了铁栅栏，工人们也像潮水般地跟了进去。……工人们一片喊声："我们要见雷主任！"

李程远的威风已经没有了，僵在阳台上。马营长匆匆跑进来，结结巴巴地报告："工人们要冲上来，见雷主任，拦……也拦不住！"

李程远把脾气发在马营长头上："混蛋：叫他们开枪，开枪！"吴晓岚心慌意乱，拉拉李程远："旅座，旅座！"又回头对雷焕觉："雷先生，还是请你出去说一说。……"

雷焕觉冷笑着问："要我说什么？告诉工人说他们是无理取闹？你们要把我就地正法？"

"误会！误会！"吴晓岚赔着笑脸央求雷焕觉。

雷焕觉出现在走廊的栏杆前，轻轻挥了一下手，巨大的声浪顿时静下来。

雷焕觉："兄弟们，你们辛苦了。你们团结得很好，谈判一定会成功的。"

工人喊："他们要不老实，就不跟他们谈了！"

猛子："雷主任，叫矿长给我们回话！"

吴晓岚走到栏杆前想摆架子，又觉不对劲。

猛子："告诉你：雷主任就是我们一万二千人的代表。你们要是敢伤害我们雷主任一根汗毛，我们就不客气！"

吴晓岚应也不是，不应也不是。

"兄弟们，你们放心。"雷焕觉有深意地看看吴晓岚和李程远说，"我看，现在他们是不敢乱动的！"

"对，对！"吴晓岚尴尬地笑笑，"不敢……不会乱动。"

贺青山："我们要雷主任隔十分钟出来一次！"

吴晓岚无可奈何："好，好！"

雷焕觉与吴晓岚走进大厅。

"诸位先生，还是诚心诚意开始谈判吧。"雷焕觉说。

沈光头、刘仲谷从未见过这种场面，早已吓得遍身汗臭，这时见有转机，便搭话说："对，对，还是谈判，谈判。……"

大家这才围着大菜台子，坐下来谈判。

外面。工人已经把总公事房密密麻麻围了起来。树上，墙上，都坐满了人。士兵们已经被隔成东一块西一块，和工人们缠夹在一起。猛子在对士兵做工作：

"老总们，你们当兵也是为了活命，我们罢工也是为了活命！……"

工人们到处在给士兵们做工作：

"大家都是苦同胞，穷人不能杀穷人！……"

"犯不上为大老板拼命………"

"想想你们家里是什么人，还不是跟我们一样卖力气的人？"……

有人唱起俱乐部的歌子，大家立刻应和起来：

顶天立地我工人，
创造世界有本领。……

雄壮的歌声震撼整个矿山。

大厅上还在谈判。工人的歌声压倒了一切。
沈光头念着条件书："第三条……"
刘仲谷在念："第四条……"
沈光头在念："第五条……"

歌声继续，天已经黑了。
工人们高举着火把，山坡上，公事房前，满山遍野都是灯火。
德平嫂、顺子嫂在人群中分发着矿灯、火把。

吴晓岚、王胡子和李程远聚在小房间里商议。
工人的歌声昂扬。
吴晓岚心烦意乱，挥手叫瘦职员："关窗！关窗！"
瘦职员关上窗子，歌声渐隐。
吴晓岚看看王胡子、李程远："你们看……怎么办？"
谁也不作声。
吴晓岚看着王胡子："连奎——"
王胡子疲惫地倒在椅子里，有气无力地说："矿长……做主吧！"
吴晓岚逼得额角上冒出了汗珠，但是他还要作困兽之斗。他沉默了一阵之后说："好吧！其他几条都答应他，就是俱乐部代表权这一条，要他取消。……"

大厅上。谈判又在进行。
"不行！"雷焕觉斩钉截铁地对吴晓岚说，"这几条都是最起码的要求。我代表工人谈判，工人交代过，这是最低的条件，一条不能退让！”

吴晓岚：“雷先生，前面几条我们已经答应了，就这一条，是否请你通融一下？……”

王胡子这时反倒变了面孔，做起调和人来：“我看，雷先生，工人争的欠饷也发了，工资也加了，矿上也同意不再打骂工人，能争的都争到了，何必在乎这一条虚文？”

雷焕觉正色指出：“不，这不是虚文！请问你们不承认俱乐部代表工人，为什么要请我来谈判？我就是以俱乐部主任的身份，代表工人来谈判的。”

沈光头不知底细，颟顸地说：“这说得也是，既成事实么！……”

王胡子：“那原来是——”他自知失言，又连忙打住。

吴晓岚赶紧打断他：“不，你们宣言上说的是工人无法生活，所以罢工，现在矿上已经答应发欠饷加工资，也就解决了问题，你一定要争什么俱乐部代表权，这岂不是有意干涉矿局的行政吗？”

沈光头又摇摆了：“是啊！这……”

李程远和马营长出现在台阶上。马营长叫着：“大家听着！……”

工人转身怀疑地看着他们。

马营长：“大家听着，旅长有话说。”

李程远润了润喉咙，扯着嗓子喊：“诸位，我告诉你们一个好消息。你们提出的条件，矿上都照准了。吴矿长要我转告各位，这几天大家辛苦了，请大家回去休息吧！”

工人一下子愣住了。

李程远：“大家放心吧！惩办凶手答应了，发清欠饷也答应了，工头不打人也答应了。……”

大家有些惶惑，三三两两议论起来。

猛子和贺青山等交换了一下意见。猛子大声问李程远：

“俱乐部代表权这一条呢？”

李程远："这——这是个小问题，雷先生留下再谈一谈，不难解决。"

猛子："是小问题，矿上为什么不答应？"

李程远语塞。

猛子跳上台阶对大家喊："弟兄们，我们不能走！我们不要上老板的当！"

有人喊："请雷主任出来！我们要见雷主任！"

李程远急得拍着胸脯子喊："我担保——我——我——你们还信不过我李某人吗？"

工人不理他，喊着："叫姓吴的出来！问他为什么不答应俱乐部代表权？……"

猛子大吼一声："不要他出来，我们自己进去问他！"

猛子把手一挥就冲上楼，贺青山等工人也都一拥而上。李程远、马营长还想拦阻，被潮水般的工人冲得站不住脚。

工人拥上楼梯。……

工人拥进了大厅。

王胡子吓得魂不附体，拉着吴晓岚。吴晓岚勉强镇定自己，清清嗓子，对大家说："这——这是谈判。大家遵——遵守秩序！"

沈光头也早吓白了脸："雷先生，和——和为贵！和为贵！……"

猛子等拥到桌前，冷眼看着吴晓岚说："我们是来谈判的，请问矿长，为什么不答应俱乐部的代表权？"

吴晓岚看看雷焕觉。雷焕觉说："请你马上答复工人的问题。"

吴晓岚转弯抹角地说："大家知道，我吴某一向是主张维护工人利益，主张文明公道的。今天我全部接受了你们的条件，就是一个明证。大家要相信矿上体恤工人的苦心，不要受外人的蛊惑！"

雷焕觉严厉的目光逼视着吴晓岚，沉着地开了口："吴矿长，我真佩服你颠倒黑白的本领！可是工人每天干十几个钟头的苦活，吃不饱，穿不暖，养不活妻子儿女，还要受你们的打骂侮辱，请问这叫保护什么工人利益？上百的工人被你们活活封死在井里，孤儿弱女被你们逼得投河上吊，请问这叫维护什么工人利益？你们打死俱乐部的工人，却放凶手逍遥法外，请问这叫什么文明公道？你们明说谈判，却又动刀动枪，想杀害工人的代表，请问这又叫什么文明公道？”

吴晓岚强辩：“可现在明明矿上承认工人的条件，是你雷先生坚持你个人的代表权，阻止工人取得合理的待遇！”

雷焕觉驳斥：“承认工人的条件？不承认俱乐部代表权，就是不承认工人有自己的组织，就是不承认工人有做人的权利，就是要工人离开俱乐部，照老样子听你们摆布！你问问工人能不能答应！”

易老倌猛地站出来，大声抗议：“不行！这一条杀头也不能少！”

吴晓岚等愣了一下。

易老倌按住性子，竭力使自己镇静地说下去：“先生们，打光绪二十二年，洋人叫一千八百九十六年，这儿才办矿，我就来了。几十年来，我受够了你们的气，挨够了你们的打！可我也摸清了你们的脾气，懂得你们的花招儿。只是不承认俱乐部吗？”易老倌说着说着激动起来，“你们根本就一条也没打算承认！不行，这一回，你们就是泥鳅也别想滑过去！”

工人愤激地大呼：“不行！少一条也不行！”

“不承认俱乐部不行！”

“坚决拥护俱乐部！”

“没有俱乐部就没有我们工人！……”

总公事房外面，上万的工人也在怒吼：“坚决拥护俱乐部！”“打倒阴谋！”……

愤怒的歌声又响起：

我们不是牛马……

愤怒的歌声像狂飙，像怒涛……

吴晓岚吓得面如土色。

正在这时，李魁打人堆里挤出来。他把一张纸条往吴晓岚面前一拍，说："先生们，锅炉房给你们送来个条子，限你们十分钟之内签字，否则我们立刻停止水泵！"

吴晓岚拿着纸条，看着雷焕觉："雷先生，这——这你要负责！"

雷焕觉站起身来，看看吴晓岚说："不，你们既然不承认俱乐部，就请你们答复吧！"

吴晓岚张口结舌……

谈判协议书上，一只颤抖的手，在路矿两局代表项下签上了"吴晓岚"三个字。

雷焕觉由易老倌、猛子等簇拥着走出总公事房。

雷焕觉站在台阶上，对上万的工人说："工友们，我们的条件，矿局被迫全部承认了！"

工人欢声雷动。

一个老工人抓住雷焕觉的手，眼里噙着热泪："这——这是真的？我们工人不再做牛做马，要做人了？……"

"从前是牛马，现在要做人！"的横幅前导，工人结队游行。

贺青山、陈振云、杨标领着队伍，呼着口号……

顺子嫂、德平嫂抱着小香、小平，向队伍招手……

吴晓岚、王胡子从楼窗里看着工人的游行队伍。

吴晓岚垂头丧气："完了！我完了！"

但是王胡子咬牙切齿："不！这出戏还没完呢！"

鞭炮声中，雷焕觉站在高台子上，对上万的工人讲话：

"是的，这只是一场开场戏。我们要争取的不仅仅是做一个不挨打不挨骂的人，我们要做国家的主人，做世界的主人！谁要想阻挡，就叫他试试看吧！觉醒了的工人阶级是不可战胜的！"

易老倌情不自禁，振臂高呼："工人万岁！"

群众跟着欢呼："工人万岁！"

刘德平低声问易老倌："工人万岁也喊得？只有皇帝才叫万岁。"

易老倌："喊得，当然喊得！"

在他们身边的猛子插进来说："工人将来就是要坐天下的。工人万岁！……"

刘德平兴奋地跟着大伙喊："工人万岁！""工人万万岁！"

（《燎原》原载《上海电影》1961 年第 5 期，
上海文艺出版社，1961 年 11 月第 1 版）

无产者

（节选）

编剧：东生

千斤锁链在暗夜里闪着寒光。它像一条毒蛇，啃啮着巨人的手。手在痛苦中挣扎。

听，《国际歌》的声音，像从遥远的天边奔腾而来的千军万马，冲破了重重黑暗，打破了死一般的沉寂。

两只筋肉条条的拳头，在低沉而威严的音乐声中，慢慢举起。

猛一声，好似山崩地裂——锁链被挣断了！轰然烧起血红的火，昂然响起悲壮的歌。

火光烟影之中，缓缓升起了由各种肤色的手臂交织而成的“擎天柱”，柱上迎风展开一面红旗，旗上现出两行标语：“全世界无产者，联合起来！”标语里飞出三个金色的大字：

“无产者”

第一章

一

老林阴森，不见天日。

酣睡的熊突然昂起头来。

沉重的脚步声，由远而近。

黑熊跳起，狂奔而去。

一队沙皇俄国的士兵，穿着长筒皮靴，端着亮闪闪的刺刀，快步走过。

接着，如从天际飘来似的，轻轻响起了《苏武牧羊》的乐曲声，声音是那样的缓慢，那样的深沉。

黑压压的人流漫过来了！

他们是谁?

是囚犯?是战士?远远望去，又像是，又像不是。

原来，这是我们的中国同胞!

华工们，那些被外国资本家老爷呼为“黄奴”的中国人，大多来自河北、山东和东北的农村。他们为走投无路的生活所迫，含泪告别了爹娘，忍痛离开了家乡，经过迢迢万里，来到了荒无人烟的俄国北方。他们饥寒交迫，疲惫不堪，有人拄着拐棍，有人戴着手铐，有人架着受伤的难友，有人抬着病危的同胞……

悲怆，沉重的乐声，伴随着人们蹒跚、艰难的脚步。

哥萨克们骑着顿河的高头大马，不断地向华工们扬着皮鞭。他们像驱赶牲畜一般，不时地吆喝着。

包工大柜（中国把头）坐在双人抬的轿子里，头戴瓜皮帽，手拿水烟袋，悠闲地欣赏着异国的风光。

莽莽森林，无边无际。

体格强壮的华工们，一个个拖着疲惫的身体，各自怀着悲伤和失望，忧虑和屈辱，仇恨和愤怒的心情，迎着阵阵狂风，慢慢向前走着，走着……

《苏武牧羊》的乐曲声悲愤激昂，深深地震撼着人们的心。

人群中，有一个脑后拖着辫子的老汉，摇晃着身子无力地倒下了。

肥头大耳、八字胡倒竖的宪兵队长骑在马上，一手勒住缰绳，一手用鞭子抽打着他，咒骂着:“黄奴，该死的黄奴!”

老汉呻吟着，呼唤着:“大胜，大胜……”

不远处，年轻壮实的大胜，背着一口大锅，扶着病弱的金大叔，夹在人群之中，低头走着。隐隐传来鞭打声，怒骂声，呻吟声。大胜急忙止步，抬起头来，浓眉下两只黑亮的大眼睛射出愤怒的光。

其他的人也站下了。

大胜按捺不住心头的怒火，把金大叔托付给身边的童年好友莽子，放下那口大锅，向前奔去。

一群人也跟在他身后跑着。

忽然，大胜倒退半步，完全怔住了：面前躺着的原来是他的父亲！他一下扑倒在老汉身旁，大叫一声："爹！"

无情的鞭子又抽下来了。

大胜两手护着父亲的身体，面向宪兵队长，恳求着："老总，老总！"

宪兵队长毫不理睬，举鞭打下。

"老总！"大胜怒吼着霍地站起，一手接住了闪电般落下的鞭子，忍着痛，咬着牙，和宪兵队长怒目相望着。

有人从身后将大胜的拳头慢慢松开，绷得紧紧的鞭子滑了下来。

这是郭老九，他四十多岁，中等身材，微微有点儿发胖，曾经是流落江湖的艺人，虽然穷困潦倒，饱经沧桑，可依然显得心无牵挂，神态潇洒。一个身背大刀、手持花枪、腰挂酒葫芦的小孩紧挨着他。这是他唯一心爱的儿子，十三四岁，名叫小福子。

郭老九先朝翻译拱手道："赵通事，劳您驾。"然后，向宪兵队长拱手赔笑着说："队长大人，请您高抬贵手。"

他趁赵通事翻译的机会，急向大胜努嘴，示意要他赶快背起老汉悄悄走开。

可是，倔强的大胜却动也不动，傲然屹立着。

他的身后站着一群华工，也都愤愤不平地望着宪兵队长。

"唉"郭老九叹了口气，对宪兵队长继续说道："可怜我们华工远离家乡，来到你们俄国……"

郭老九的话被忽然传来的一阵急促的枪声所打断。

人群骚动起来，盲目地四散奔逃。

宪兵队长吼叫着："站住！不要乱跑！"

一名哥萨克骑兵疾驰而来，惶急地说："报告，一群华工逃跑了！"

"追"宪兵队长抽出马刀，在空中晃了晃，纵马奔去。

身材矮小的王三躲在树后，恐怖地望着他的背影。

俄国士兵们端着刺刀走来，大声吆喝着。

王三和其他逃散的华工们，又重新聚集到一起，三五成群地坐在树下，默然听着远去的枪声。

老汉躺在大胜的怀里，凄然泪下："大胜，我这把老骨头，恐怕要丢在这儿了……可你……你一定要回到咱们中国去呀！……"

"爹……"大胜想安慰他几句，可是什么话也没有说出来。

老汉挣扎着坐起，说道："回去，孩子，回咱保定府，到你爷爷坟上栽棵松树！……唉，咱们胡家祖祖辈辈，是被一根苦命的绳儿穿起来的，孩子！你爷爷帮人扛了三十年长工，到头来还是被老东家给活活吊死了。我发誓要给他老人家报仇，就在他坟前栽了一棵松树，可第二天就被老东家给拔了。拔了我又栽，栽了他又拔，到了还是没有栽成功。从打民国初年下了关东，咱就再也没有回去过，可我心里老是惦着这个事儿。如今我……我不行啦……"

大胜悲声呼唤："爹……"

老汉指着胸前的传家宝："孩子，这把'长命百岁'锁，是你爷爷临死那天亲手交给我的……"

"爹！……"大胜望着那把"长命百岁"锁，泪珠滚了下来。

老汉泪如雨下："还有，孩子，你的小弟、小妹，去年腊月初十在奉天被……被我卖了的，你……你可一定要把他们找回来呀……"

大胜悲痛欲绝："爹……"

老汉泣不成声："还有，孩子，你娘她……她孤单一人，无依无靠，在哈尔滨日夜盼……盼着你回去哪！……"

"爹！……"大胜双手掩面，深深地埋下了头。

全场静默。哀婉的《苏武牧羊》的乐声又起。

金大叔含泪说："有财哥，咱们是一个村的……你……你听我说，千万别往坏处想呀。咱们一定能……能回去的！……"

郭老九接上去："能，能回去！咱爬也要爬回中国！死也要死在中国！小福子，拿酒来！"

小福子解下酒葫芦。郭老九接过来，递给大胜爹："酒到病除。来，胡大叔，喝口家乡酒，暖暖心吧！"

老汉感激地望着他："老九，大胜这孩子为人厚道，可就是太莽撞，我……我求你往后多照应着点……"

郭老九："这个你放心吧，大叔。常言道，在家靠父母，出门靠朋友，何况咱们又到了洋人的地界……"

老汉举起酒葫芦："老九，我信得过你。这口酒我喝了！"

郭老九拿着酒葫芦，对着众人："乡亲们，大伙都来喝口家乡酒，抖抖精神暖暖心。唉声叹气有啥用？常言道，船到桥头自然直！"

金大叔把酒葫芦放在胸前暖了暖，饮了一口酒。

李老好望着酒葫芦，抹了一把泪，慢慢地喝了一口。

人们依次传递着酒葫芦，默默无言地饮着酒。

始终一言不发的大胜，怀着满腔的悲愤，慨叹一声："唉！咱们受洋人骗了！"

这句话像闷雷一样，立刻在人们的心里引起了震动和回响。人群中爆发了一阵叹息声、私语声、怒骂声……

年轻的莽子粗声说："妈的，走了一个多月，死了好些弟兄。唉，我也想逃呀！逃不掉，一枪打死算了！"

王三悲哀地说："唉，人为财死，鸟为食亡。咱原本在奉天府做小买卖，虽不算富裕，可一天三餐，倒也不愁。忽然间，天降大祸，被他妈的土匪给抢啦！……如今，唉，洋财发不了，小命还要赔掉。划不来，划不来啊！逃了，兴许还能保住一条小命。"

默默沉思的郭老九眯起眼睛，既像是哭，又像是笑，自言自语地说："命里注定在地狱里待着，你就别想往天上跑。想当初……"

大胜接上去："咱就不该来！"

郭老九苦笑一声："嘿嘿，请问老弟：不到这儿来，又往哪儿去？俺中国虽大，可她……她容不下咱们，她养不起咱们呀！……"

一阵沉默。寂静的森林里，只听见风在呜咽。人们低着头，沉浸在辛酸的回忆里，眼睛望着异国的土地，心里想着故乡的山河。痛苦呵，像沉重的铅块，梗塞在每个人的心头，那样地令人窒息！

郭老九慢慢说道："大胜，你还记得吧？五月端阳那天，在哈尔滨，一听说俄国招工修铁道，人们简直像发了疯一样，不要命地跑呀，跑呀——”

衣衫褴褛、蓬头赤足的苦力们，在松花江的江岸上狂奔着；大胜一不小心滚下河坡，立刻又爬起来，不顾一切地向前奔去。

奔腾的人流，从四面八方汇向广场。

广场上人山人海，万头攒动。

大胜、郭老九、王三等挤在人群里。

一旁，有个大胖子站在桌子上，用喇叭筒反复地喊着：“各位同胞，发财的机会到了！赶快去抢号头，到俄国修铁道！一个月六十块‘羌帖’，包吃包穿生活好！要想发财，趁早趁早！”

大胜小声问郭老九：“‘羌帖’是啥？”

“俄国钞票。”郭老九解释道：“换成咱们中国钱，一块‘羌帖’能买一石米。”

“啊呀！一个月的工钱就能买六十石米呀！”大胜又是羡慕，又是惊奇。

广场上，各种招徕华工的喧嚣此起彼伏。帝国主义列强正在通过他们的走狗——中国的封建买办，为争夺廉价的商品——“黄色劳动力”，进行着一场激烈的竞争。

大胜又随着郭老九转身望去。

另一旁，替德国主子效劳的秃头，站在桌子上，扯着粗嗓子吼道：“乡亲们，别上当！眼下正当世界大战，俄国骗人去打仗……”

“放屁！”一个拿纸扇的人推倒了他，忙用嘶哑的声音叫着：“这是德国人放空气！不过，兄弟劝各位到俄国顿巴斯去挖煤……”

“不，到西伯利亚去淘金子！……”另一个戴眼镜的人刚刚钻出头来喊了一句，拿纸扇的人就一脚将他踢倒。来自俄国各地的资本家之间也在互相竞争呢。拿纸扇的人连续地叫着：“去挖煤！挖煤……”

王三喊道：“修铁道钱多呀！”

“这个……”拿纸扇的结巴着，突然想起：“啊，诸位，你们可晓得，在哪儿修铁道？在北极圈里！我的妈，那个冷呀，大伏天都是冰冻三尺，鼻子一摸就掉，一年到头见不着太阳……”

“哈哈，太阳，太阳！如今的世道，钱就是太阳！”郭老九大喊一声，打起竹板，唱道：“嘿，同胞们，听我讲，咱这儿，大太阳，可肚子空，心里凉。唉！钱哪，钱哪，你就是那杀人不见血的活魔王！……”

一阵喝彩。大胜嘻嘻笑着。他二十七八岁了，身材又高又大，可脸上依然充满了稚气。特别当他笑起来的时候，更加显得像个孩子似的，那么腼腆、憨厚。

人群刚刚平静下来，这时又响起了一个女人似的尖嗓音：“同胞们！”这是一个穿洋服的青年人。他站在桌子上叫道：“俄国是野蛮之邦，虎狼之地！兄弟奉劝诸位到文明的美国去……”

四处传来吼声：

“不，到英国去！”

“不，到法国去！”

人们互相叫骂着，扭打成一团。……

挂着“俄国北方铁路哈尔滨招工站”牌子的门前，人群拥挤不堪。院内院外，一片喧闹声。

院子的一角。大胜、郭老九、王三等胸前挂着号码牌子，赤膊站着。中国包工头和俄国招工头，像挑选商品似的，捏捏这个人的膀子，敲敲那个人的背。

不断的叫号声：“七千五百号！”“八千四百二十四号！”“九千三百零七号！”……

不断的报告声：“废品！”“合格！”“废品！”“废品！”“废品！……”

大胜在合同上按了手印。

郭老九牵着小福子，央求包工头：“大柜，我就这么一个儿子……”

俄国招工头向大柜挤了挤眼睛，大柜会意地一笑，然后对郭老九说：“好吧！准你把他带上。不过，工钱么……”

郭老九赶紧说：“大柜，您就看着办吧。”

室内。大胜脸朝下赤膊躺着。俄国把头在他的光背上打着火印——狗熊，他痛苦地咬着牙，脸上汗珠滚滚，背上的肉发出嗞嗞的声音。

账房门外。大胜望着手里一沓钞票——定钱，傻笑着。

郭老九走过来，拍着他的肩膀："老弟，别太高兴了。这可是卖命的钱哪！"

大胜收敛了笑容，茫然望着他……

大胜望着郭老九，又望了望昏昏睡去的父亲，悲愤交加："唉，咱是走到绝路上了！"

郭老九站起来，一边伸着懒腰，一边漫不经心地说："天无绝人之路啊。"

小福子急急奔来："爹，宪兵队长气呼呼的，往这儿来了。"

郭老九忙说："大胜，你先去避一避。"

大胜却动也不动。金大叔焦急地拉着他的膀子："快呀，大胜。快去避一避！"

宪兵队长来了。郭老九等一群华工用身体遮掩着大胜。金大叔悄悄地离开了人群。

宪兵队长狞笑着："呶，呶，你们要更加聪明点儿，也就是说，要更加老实点儿，明白？逃跑的人不是被打死，就是被吊在树上，再也不能跑了，哈哈哈！现在，我特地要见一见你们那位英雄。他在哪儿？嗯！"

郭老九赔笑着："长官，请您多多包涵……"

"少说废话！"宪兵队长掏出手枪，"我问你，他在哪儿？"

"我在这儿！"大胜挺身而出。

宪兵队长一怔，后退了半步："啊，英雄，可爱的英雄，哈哈哈！哈哈哈！"

金大叔引着大柜走到宪兵队长跟前。

大柜弯腰作揖："队长老爷，小的向您请安！对不住，对不住，来迟了一步。嘻嘻，看在小的面上，饶了他，饶了他……"他转过身来，唤道："郭老九，你这个在江湖上卖过艺的，还不快给队长老爷耍两套开开心，消消气，嗯？听见没有？"

郭老九忍辱含愤地说："听见了，张二爷。"

大柜："那你就快来吧！快点儿！"

大胜一把抓住郭老九："你不能去。"

郭老九微微一笑："没有关系，为了朋友……小福子，拿刀！"

"唰"一声，郭老九抽出了大刀，拱手道："队长先生，张二爷，请你们赏光！"说罢，在林中空地上舞了起来。

大柜弓着身子，在宪兵队长身旁谄笑着。

郭老九忽然力不能支，一头栽倒在地。

大胜等惊呼上前："老九！"

宪兵队长纵声大笑："哈哈哈！神奇的刀，耍得多么好！张大柜，赏给他十个金币。"

大柜："是，是。"

郭老九断然推开大柜的手，勉力站起，面向宪兵队长："长官，谢谢您的夸奖。可是钱，对不起，我不能收。"

说罢，提着大刀豪迈地向一旁走去。

大柜骂道："不识抬举的东西！"他对着一群华工："还不快给我赶路！"

宪兵队长怒形于色。大柜向他耳语："这帮穷小子不好对付，半路上惹出乱子可就麻烦了。总管大人等着他们去哪！先得对他们客气点儿，到时候再……嗯？"他做了个卡住脖子的姿势，接着大笑起来。

队伍又开拔了。

郭老九背着大锅，大胜背着父亲，随着无尽的人流向前走去。

一天又一天，华工们在人迹罕至的森林里走着，走着。

"爹，你看！"小福子抱着郭老九的膀子，惊叫道。

人们停下来，惶惑地望着前边那白茫茫的一片。只见阴风夹着惨雾迎面扑来。

大胜茫然。

王三打了个寒战。

郭老九却苦笑道：“哈哈，走到头了！”

腾腾的雾气滚滚而过，淹没了一切。

人们的脸在蒙蒙的雾气中时隐时现。

“郭老九，咱这是……到哪儿了？”王三恐惧地问。他的呼吸急促起来，讲话都感觉困难。

郭老九却兴致大发，顺口答道：“嘿，王三哪，听我言，十八层地狱在眼前，前边就是那北极圈！”

“北极圈？”大胜惊奇地说：“咱就在这儿修铁道？”

话音未落，从北冰洋吹来的一阵狂风，像呼啸而来的野兽，张开血盆大口，一下把人们吞没了。

二

团团乌云在低空翻滚。

白夜，大地像是沐浴在一片熹微的晨光里。

淡淡的雾气，像一缕缕轻烟，在荒凉的北极圈内，冉冉升起。

画外，男声轻轻合唱着一支古老的俄罗斯民歌。歌声无限忧伤，而又充满了对未来的向往。

随着歌声，我们看见——

在一片荒原和沼泽地上，横卧着一条铁路；铁路旁边，隐现着无数的十字架。

透过朦胧的夜色望去，那两条紧挨着墓地的长长的铁轨，仿佛不是用钢铁制成，而是用人的鲜血凝结起来的！

铁轨没有了。在光秃秃的路基上，在铁丝网的大门旁，站着几个沙皇士兵。

歌声由弱而强，由悲而壮。女声也参加了合唱。

铁路工地，到处抛撒着枕木、铁轨。俄国工人们在一堆堆的篝火旁边，坐着，躺着，唱着。他们多半是上了年纪的人，还有一些年轻的妇女和少年。

依万大叔半躺着，双眉紧锁，仰天沉思。

安德烈爷爷坐在他身边，唤道：“依万。”

依万沉默着，仿佛没有听见似的。

安德烈爷爷又问：“依万，今天是什么日子？”

“七月十三，我的安德烈爷爷。”依万的声音里带着几分烦恼。

可是，爷爷没有觉察，他扳着指头算起来，兴奋地说：“这么说，我们已经罢工五十天了！整整五十天呀，依万！”

依万仍然皱着眉头，没有搭理。

安德烈爷爷继续说道：“你知道吗，依万？昨天，总管先生忽然神气起来，居然命令我们投降。哼，真有意思！你猜，我们的代表怎么回答他？”他模仿着代表的语气和姿势，“对不起，总管先生，在我们无产阶级的字典里，您永远找不到‘投降’这个词儿，是的，您永远也找不到的……”

依万深深地叹了一口气。

这时，安德烈爷爷才吃惊地问：“你……怎么啦，依万？”

依万望望他，低下头去，沉痛地说：“我的大儿子别佳……在前线被德国人打死了！”

“什么？”安德烈爷爷猛然一惊。

隐去的歌声又起。传来了教堂的钟声。远远望见一群俄国妇女拿着白蜡，捧着圣像，沿着林中小道，朝乡村教堂慢慢走去。

依万望着她们的背影，低声诉说着：“这狗咬狗的战争，它……夺去了多少人的生命！没有面包，孩子们都快饿死了……可怜的女人们天天去祈祷上帝，可上帝在哪？在哪儿？……哼，上帝，上帝，难道上帝能叫那些野兽们不再行凶作恶，不再吃人么？……上帝呀，沙皇呀，我……我要……掐死你！……”

爷爷：“依万，依万……”

依万：“安德烈爷爷，我不明白，为什么还不像 1905 年那样拿起武器来跟他们干？为什么？人民，全俄国的人民，都活不下去了！要知道，现在已经不是倒霉的 1906 年，而是 1916 年！”

一个中年工人拿着酒瓶，唱着俄国醉汉们爱唱的一支古老的民歌《芦苇在喧嚣》，跟着而来。

一群俄国工人气愤地拦住了他。

他摇摇晃晃，嘟嘟囔囔："呶，呶……"

安德烈爷爷痛心地说："哎嘿，尼可莱，尼可莱！难道你就不害臊吗？……"

"害臊？哈哈哈！"尼可莱似乎清醒了一些，指着爷爷的鼻子，"我……我问你，罢……罢工为……为了什么？为了活着！可活着又为……为了什么？为了这个！"他用手指头在脖子上弹了两下——这是俄国人表示喝酒的意思。

站在人群中的依万实在无法忍受了。他紧握着拳头，默默地走到尼可莱面前。尼可莱望着他那"俄罗斯勇士"一般魁梧的身体和严峻的目光，战栗了。他退缩着，依万一把抓住了他，怒骂着："败类！"将他推倒在地。

尼可莱躺在地上，号叫着："完了！罢工完蛋了！"

安德烈爷爷坐下来，充满信心地说："不，尼可莱，我们的罢工就要胜利了！……"

"爷爷！爷爷！"一个十三四岁的小孩奔来，大声喊着："中国人来了"

"什么？你说什么，沃洛加？"爷爷莫名其妙，冷静地问。

沃洛加喘息着："中国人来了！……好多好多呀！修铁路的！"

听了最后这句话，安德烈爷爷才一子从地上跳了起来。他瞪眼望着，望着。人们纷纷从他身旁奔过。显然，这个令人震惊的消息，已经像可怕的闪电一般，在工地上迅速传开了。

安德烈爷爷和依万互相望了一眼，然后也随着汹涌的人流，向工地的大门奔去。

俄国工人奔至七号桥头，被沙皇的士兵们拦住了。

他们默默地望着河那边绵延不断的华工队伍，目光里含着悲哀，怀疑，憎恨……

教堂的钟声在空中回荡着。

安德烈爷爷脸色阴沉，无力地垂着手。

依万用极其轻微的声音自语着："他们来了，我们完了……"

三

"你们的歌唱完了，亲爱的布尔什维克！"五十多岁的俄国总管戈尔洛夫，站在办公处的窗前，眯着一对浅绿色的小眼睛，冷笑着说。他遥望着窗外的华工行列，洋洋自得，不停地用手指头弹着肥胖的肚子。

室内灯火辉煌。从楼下舞厅里，传来一阵阵华尔兹的舞曲声。

总管慢慢转过身来，命令一旁待命的宪兵队长："要我们那些可爱的俄国人立即复工！如果再说一个'不'字，那就像清除垃圾一样，把他们统统解雇！"

宪兵队长："是，总管大人。"

总管："请注意：中国工人和俄国工人要隔离，完全隔离！"

"是！"宪兵队长走了。

总管又回头看着窗外。那一望无边的华工队伍，还在迷蒙的夜色中缓缓行进着。总管伸了个懒腰，陶醉地说："白夜，多么美妙的白夜……"

年轻妖艳的总管太太翩然而来："谢辽沙，我亲爱的，你怎么还不去跳舞呀？今天是我的命名日，你看，爸爸连夜拍来了电报。"

"急电？"总管吃了一惊，伸手来取。

"不，亲爱的，让我念给你听。"

总管太太高声念着电报："鲁科夫斯基公爵发自彼得堡。北方铁路建筑工程总管戈尔洛夫先生……"她媚笑着瞟了丈夫一眼。

总管却神色紧张，凝神地听着。

一阵阵狂热的舞曲，伴随着总管太太的微微发颤的声音：

"我再次提醒你注意：前线形势急剧恶化，布尔什维克气焰嚣张，政府急需西方盟国大量军事援助，通往北方港口的铁路如不及早建成，后果将难以想象。我曾多次向你指出，你们工区负有特殊重大的使命。而你却辜负皇恩，庸碌无能，致使俄国人不断罢工，芬兰人、加拿大人相继逃跑，德国—奥地利战俘经常怠工……"

女仆加丽亚，一个天真、纯朴的俄罗斯姑娘，梳着一根粗大的金色的发辫，站在门外偷听着。

她前后张望了一下。门内传来总管太太的声音："……望立即利用一万名中国工人，火速抢修铁路，务必于1916年内通车，否则将把你送交军事法庭……"

有人从楼梯口探进头来。

这是中年男仆谢苗。他看见加丽亚在偷听，不禁微微一笑。

宪兵队长忽然匆匆往楼上走来，谢苗立即笑脸相迎："早安，队长先生。"

加丽亚听到人声，敏捷地闪入对面客厅，将门轻轻掩上。她倚墙而立，双手抚着忐忑不安的胸脯。门外传来宪兵队长的粗嗓子："报告！彼得堡发来了急电！"

总管慌忙打开电报，慢声念着："据可靠情报，布尔什维克已从彼得堡派人前往北边，煽动中国人破坏铁路工程。他的名字叫阿历克赛·安东诺夫……"

"啊！"总管惊叫一声，睁大着眼睛，恐惧地说："阿历克赛·安东诺夫？"

总管太太惊奇地问："怎么，你认识他？"

总管低下头，轻轻地"嗯"了一声。

加丽亚躲在客厅门后，那一双浅蓝色的大眼睛闪着泪光。她痛苦地回忆着："我爸爸……也叫阿历克赛·安东诺夫……啊，这不可能，不可能！"

她从怀里掏出一张照片：照片上有青年的阿历克赛·安东诺夫、四岁的小加丽亚和她的母亲。

姑娘望着照片，眼泪扑簌簌地流了下来，悲声说："他……他已经牺牲了！……整整十年了……"

四

一个满脸大胡子的俄国人，在森林里大步走着。他五十多岁，身材魁梧，一副猎人的装束。

隐隐传来工地的喧闹声。他停下来，隐藏在山坡的岩石后边，举目望去——

不远的山下有一排铁丝网，无数的华工在铁丝网内紧张地伐木，推土，整路。一片金属的叮当声，拉锯声，斧劈声，推车声，打夯声，俄国监工的吆喝声，中国工头的怒骂声："妈的，快点！快点！"

离铁丝网不远的地方，有一个小孩在背枕木。这是小福子。他背着沉重的枕木，在泥泞的沼泽里，艰难地迈着步子，脸上的汗如雨一般往下滚着。

"小福子！"大胜奔来，急忙接过枕木放下，问道，"谁让你干活的？"

"大柜。他说，我爹病了，要是我不干活，我爹跟我就……就没有'列巴'吃。"小福子说着，呜咽起来。

大胜用手抹着他的泪。传来一阵鸟啼声。大胜凝神听着，搂着小福子的肩膀说："哎，你听！……真好听呀！跟咱们家乡的鸟一样……"

小福子听着，天真地笑了。

大胜乘机说道："小福子，你打鸟玩去，那堆枕木我来背。"

小福子刚要跑走，大胜又一把抓住他，从怀里掏出一块黑面包："这块'列巴'给你爹送去。"

小福子接过面包，十分感动地说："大胜叔叔，人都说你心好……"

大胜把手一扬："快去吧！"

小福子从地上拿起弓箭，像一匹脱了缰的野马，在小鸟啁啾的林中奔跑着，跳跃着。他站在铁丝网旁边，拈弓搭箭，向树上的鸟儿射击……

大胡子望着他那小小的身影，眉毛微微一动，若有所思。

一队巡逻的哥萨克骑兵，沿着铁丝网的外围，从大胡子眼前奔驰而过。

大胡子从容地站起来，向密林深处大步走去。

前边出现了一条小河。大胡子站下了。

河边，躺着一位老人。

这是安德烈爷爷。他神情沮丧，无限悲哀，默默望着缓缓的流水，仿佛那是俄罗斯人民的血和泪。

他深深地叹息着："唉！上帝呀，上帝！"

"愿上帝永远保佑您，老爷爷。"大胡子从森林里走出，满面春风地笑着说。

安德烈爷爷吃了一惊，从地上跳起来，上下打量着他，仰面问道："请问，先生您是干什么的？"

"打猎的，老爷爷。"

"先生，您喜欢在哪儿打猎？"

"啊，那可没有准儿。哪儿有野兽，就在哪儿打。今天在这儿，明天在那儿。"

"先生，您喜欢打什么野兽？"

"东方的狮子，西方的老虎，南方的豹子，北方的狗熊。"

"啊，这么说，先生，您是干着一件……"

大胡子压低了声音："'世界规模'的事情。"接着，爽朗地笑了。

安德烈爷爷抓着他的手，一边摇晃着脑袋，一边笑着："啊呀呀，年轻人！'世界规模'的事情……好，说得好！……"

他们热烈地拥抱、亲吻。

安德烈爷爷望着他的眼睛："哎嘿，年轻人，如果您再不来，我可真要找上帝诉苦去啦！"

他们挽着手臂，高高兴兴地走进了森林。

天色渐暗。呼呼的风在森林里响了起来。

他们逆风而行。大胡子迈着坚定、豪迈的步伐，脸上充满了无畏、乐观的表情。

他们走向一个草棚。

大胡子被人引了进去。

安德烈爷爷在沃洛加的耳边说着什么。

小男孩点了点头，飞也似的跑走了。

草棚里，挤满了年老的俄国人。许多人现出垂头丧气的样子。昏暗的灯光摇曳着。狂风在森林里呼号，发出轰轰的松涛声。

大胡子用深邃而又亲切的目光扫视了全场，说道："同志们，我给你们带来了彼得堡无产阶级的问候和敬意！"

安德烈爷爷全神贯注地听着。

大胡子的声音："你们所进行的一场英勇的斗争胜利了！"

安德烈爷爷耸了耸肩膀，小声嘟囔着："不明白！一千个不明白！"

"您会明白的，安德烈爷爷。"大胡子笑了笑，继续讲下去："现在，同志们，形势对我们是非常有利的。人民活不下去了。整个的俄国都冒烟了！沙皇政府为什么急着要把这条铁路修通呢？显然，它是想从海上，从北方的港口，把英国的枪、法国的炮、美国的子弹，运到俄国来，继续这场帝国主义的战争，同时，镇压我们的革命，屠杀我们的弟兄。可是，你们比我更清楚，敌人的计划一次又一次地破产了！直到今天，钦路还没有修通。所以说，同志们，你们胜利了！光荣的无产阶级的革命精神胜利了！"

人们屏息静听着，情绪开始振作起来。

安德烈爷爷那布满了皱纹的脸上也露出了笑容。

大胡子情绪激动地说："……目前，敌人想利用中国工人，在五个月以内，就是说，在1917年到来之前，修通这条铁路。我们说：'不！'华工们也将要说：'不！'因为，同志们，华工是我们的人！……"

"哼，我们的人！"安德烈爷爷冲着大胡子说："请问，符拉基米尔·瓦西里耶维奇，中国人为什么要跑到俄国来……"

"破坏我们的罢工，帮助敌人修铁路，嗯？"依万接上去，愤激地说。

人们的情绪激动起来，几个人同声责问："为什么？"

安德烈爷爷气鼓鼓地说："把敌人当作朋友，把朋友当作敌人，这难道是可以允许的么？这还叫我们的人？怪事，怪事！我明儿就写封信去问问马克思……"

依万扑哧一声笑了起来。

安德烈爷爷生气地瞪着眼睛。

大胡子笑着说："老爷爷，马克思他老人家早已不在人世了。"

安德烈爷爷耸了耸肩膀，在胸前画了个十字："真可惜！……好吧，我要请求列宁去问问中国的布尔什维克党，他们到底是为什么……"

又有人大笑起来。

安德烈爷爷气坏了："你们笑什么？这是政治，政治！"

大胡子也忍不住微微一笑："老爷爷，非常遗憾，中国还没有布尔什维克党呢。"

安德烈爷爷又耸了耸肩膀："真可惜！"他皱了皱眉头，说道，"那么好吧，符拉基米尔·瓦西里耶维奇，请您告诉我，关于中国人，我们的列宁说了些什么？"

大胡子怀着崇敬的心情，背诵着列宁的话："列宁说，中国人民是'真正伟大的人民'，他'不仅善于悲叹自己成百年的奴隶地位，不仅善于梦想自由和平等，而且还善于同……压迫者做斗争！'……"①

全场静默。安德烈爷爷现出无比赞叹的神情。

大胡子陷在深深的回忆之中："我永远不会忘记，在哈尔滨，当中东铁路上的俄国工人举行罢工的时候，中国工人弟兄跟我们一起罢工，一起挨饿。我们用不同的语言喊着同一个口号，唱着同一支歌……我永远不会忘记，有一天夜里，几个沙皇宪兵紧紧地追赶着我。一个中国老铁匠把我拉到他家里，关上大门，然后领着我走出后门，把我藏在他的邻居那儿。宪兵们轰开大门，到处搜查，最后把老

① 见《中国的民主主义与民粹主义》《列宁斯大林论中国》，人民出版社，1953年版第25页。

铁匠吊起来，用皮靴踢他，用鞭子抽他，可是他没有哼一声，只是说：‘不知道，不知道！’后来……”

安德烈爷爷：“怎么样？”

“野兽们当场用刀子把老铁匠刺死了……”大胡子低下头，眼睛湿润了。

全场静默。安德烈爷爷深受感动。他严肃地沉思着。

沃洛加躲在河边的树林里，警惕地注视着。他一看见宪兵走上木桥，随即飞奔而去。

小孩奔进草棚，在安德烈爷爷耳边小声说：“爷爷，过河来啦！”

安德烈爷爷“嗯”了一声，拿起猎枪，向他一挥手，跟依万一起走了出去。

大胡子站起来，用沉着而坚定的声音说：“好吧，同志们，回去跟大家好好解释一下，暂时先复工，以便准备力量，迎接一场新的战斗。当前最重要的是，必须想尽一切办法，把华工争取过来。同时，要使我们每一个工人同志在困难的时刻振作起精神。是的，我们面前摆着很多很多困难。但是，世界上难道有无产阶级这个伟大的巨人所不能攻破的堡垒、所不能跨越的障碍么？没有！同志们，这样的堡垒和障碍是没有的！让敌人去高兴吧！时间将会证明：‘笑到最后’的绝不是他们，而是我们！”

第二章

五

一个明朗的早晨。朝霞在东方升起。林中百鸟齐鸣。沃洛加悄悄爬近铁丝网，躲在树后凝望着。只听嗖的一声，一只乌鸦落在面前，不觉又惊又喜。

小福子手持弓箭，奔至铁丝网前，用目光搜寻着。

沃洛加轻轻吹了两声口哨儿，向小福子频频招手。

小福子一下看见了他，指指自己的鼻子。

沃洛加点了点头，掏出钳子，敏捷地剪断了两根铁丝。

小福子从铁丝网里钻了出来。

他们手拉着手，欢蹦乱跳地奔入林中。

万年常青的松树下，两个小朋友勾着小手指，用拇指在叩头；然后，相互交换了弓箭与弹弓。

躲在山坡岩石后边的大胡子和安德烈爷爷，望着他们笑了。

大胡子一边搂着小福子，一边搂着沃洛加，坐在草棚里哈哈笑着。

小福子用两只手轻轻摸着他脸上的胡子，咯咯咯笑个不停。

大胡子慈爱地问："想家吗？"

小福答道："我没有家。"

安德烈爷爷问："妈妈呢？"

"我……我没有妈妈……"小福子哽咽着说："听我爹讲，我刚生下来，妈妈就……就被财主……抢走了……"说着，他伤心地哭了。

泪珠从沃洛加的眼眶里滚了下来。

安德烈爷爷用手抹着泪。

依万深深地埋下了头。

大胡子紧紧地搂着小福子，无限亲切地说："别哭了，好孩子，别哭了。"

小福子果然不哭了。

大胡子关切地问："你们在俄国日子过得怎么样？"

小福子："听我爹说，咱们从十七层地狱下到十八层地狱了……"

六

铁路工地，用树枝搭成的棚子里。

大柜用脚踢着地上的王三，吼着："王三，起来！两筐的黑'列巴'都到哪儿去了？"

王三："半路上被一帮德国俘虏抢走了。大柜，这是实话。如若有半点假，你就砍我的头！人要凭良心，凭良心呀！”

大柜：“我不信！起来！你别想赖！不多要你的，一块‘列巴’一天的工钱。”他转身向着一群没有领到面包的华工，“没有‘列巴’吃，你们找他要。”说罢，提着鞭子走了。

华工们吵嚷着，怒骂着，气得干瞪眼。

山东大汉气势汹汹地冲向王三，郭老九一把抓住他：“你这是干啥？拳头要对着洋人才是啊，我的老弟！”

大胜扶起王三，安慰着他：“王三哥，别怕。天塌下来，大伙顶着！”他望着大家说，“跟洋人的账，咱们慢慢算。这顿饭大伙先匀着吃吧。”说着，他把自己的一块面包，掰成两半，一半塞给王三,一半送给李老好，然后大步走开了。

华工们默默地望着他，目光里含着无限的尊敬。

李老好望了望手里的半块面包，分了一半给郭老九。郭老九又随即把它送给了金大叔。

人们互相分食着面包，陆续散去。

王三从地上爬起来，丧魂落魄似的在工地上走着，不时躲避着警戒巡逻的宪兵们。

远远近近，只见华工们在紧张地劳动。

在浩瀚如海的森林里，他们已经用血汗开出了一条长长的笔直的路。

王三漫无目的地走着，忽然看见一根树干下面压着一个华工的尸体，不禁大叫一声，闭上了眼睛。这幅惨不忍睹的景象使他全身战栗。他睁开眼，转过身来，一下发现了铁丝网，慢慢下着决心：逃跑！他左右张望着，小心翼翼地向前奔去。

王三爬近铁丝网，看见那儿正好有一个缺口，于是迅速爬了过去，在一片郁郁苍苍的森林里消失了。

七

夕阳映照着古老的桦树林。

宪兵队长拿着酒瓶，用绳子在地上拖着王三，踉踉跄跄地走着。他转过身来恶狠狠地说："你想逃跑……呶，跑呀，跑呀！哈哈哈。"

王三低声哀求："老爷……"

宪兵队长张开大嘴，仰起头，"咕咚咕咚"喝光了酒，把酒瓶子往树上一扔；随着瓶子的碎裂声，响起了令人发指的狂笑。然后，他拖着王三摇摇晃晃地向前走去。

大胡子和安德烈爷爷躲在一旁注视着。

安德烈爷爷焦急万分："大胡子，我们把他救下吧。"

大胡子痛苦地深思着，小声说："我也跟您一样着急啊，老爷爷。救下他一个人很容易……不，不，他们会来的，一定会来的。我们必须让他们自己救自己！懂吗？"

安德烈爷爷"嗯"了一声，着急地说："沃洛加怎么还不来啊。"

铁路工地。沃洛加躲在树后，吹了两声口哨儿。只见小福子放下沉重的枕木，张望了一下，快步跑来。沃洛加凑着他的脸一边说着什么，一边做着手势。

在一旁的郭老九看见了他们。他警惕地站了起来。抬头一看，小福子已经在一边和大胜叽叽咕咕地说着。

于是，他悄悄地走到小福子身边，扭着他的耳朵，喝道："小兔崽子，你又跟洋人来往……"

小福子哭叫着"爹。"

这时，一群华工已经围在大胜身边，焦急地望着他，目光仿佛在问："怎么办？"

"弟兄们，救人要紧。老九，快！"大胜说罢，把手一挥，拉着小福子跑走了。

"大胜！"怕事的大胜爹喊着追了上去。

郭老九和一群华工跟在他后边奔跑着。

大胡子和安德烈爷爷躲在湖边的草丛里，紧张地注视着。远远看见，宪兵队长已经拖着王三走上了悬崖。

王三睁开眼，看见了悬崖下的湖水，又看见一双带毛的大手，在解着他胸前的绳子，不禁恐怖万状。他一下抱住宪兵队长的皮靴："老爷……"

"放开！"宪兵队长挣脱了王三，退后一步，举起了鞭子。当他刚要往下打的时候，一只刚劲有力的大手紧紧抓住了他的手腕。他痛苦地歪着嘴，转过身来，仰头看见了大胜。

大胜夺下鞭子，愤然把它折成两截，扔在地下，和宪兵队长怒目相望着。

一群华工站在一旁，怒视着宪兵队长。

大胜爹拼命地拖着大胜："快走吧。"

郭老九走到宪兵队长眼前，拱手赔笑道："望老总多多包涵。"

宪兵队长一下想起了什么，狞笑道："啊，我们好像见过。"说着，他掏出了手枪。

大胜一个箭步上前，又一次抓住了他的手。

大胜爹惊叫着："大胜！大胜！"

两只手在空中格斗起来。朝天放了一枪。

"快！"大胡子一挥手，和安德烈爷爷、沃洛加一起奔出草丛，攀着岩石往悬崖爬去，忽然看见一队骑兵疾驰而来，立刻又伏下，隐蔽在树荫里。

安德烈爷爷十分懊丧。第一次接近华工的机会，而且是这么好的机会，眼看着被放过去了！他轻轻地叹了一口气，低声说："真可惜……"

大胡子拨开树叶，凝望着——

马队驰近悬崖。总管等下马，绕着弯向悬崖走去。

大胡子愤怒地望着总管的侧影，回忆着说："戈尔洛夫！"

安德烈爷爷惊奇地说："怎么，你认识他？"

大胡子"嗯"了一声，朝悬崖那边望去。

悬崖上，大胜和华工们怒视着总管。

总管以深不可测的目光朝大胜望了一眼，然后，带着狡黠的微笑对大家说："我相信，朋友们，今后不会再发生这样不愉快的事情了。我们会合作得很好，是的，这是毫无疑问的。因为我们都是人，而人跟人是朋友，是兄弟。这是上帝的安排，用中国话说，这是神的意志。难道不是这样么，嗯？”

人们默默地望着他。

总管继续微笑着说：“不要再逃跑了，朋友们！等你们修好了铁路，发了财，是的，一定要发了财，那时候，我们再送你们回家。”

他一边走，一边做着手势：“好好做工吧！已经在给你们盖酒馆了。在这个美好的世界上，一切都会变得美好起来的。再见，我的朋友们！”

华工们目送着他，许多人迷惑不解，惊讶万分：这场“大祸”难道就这样过去了么？

郭老九深思地望着总管的背影。

大胜仍然是怒气未消，恨恨不已。

华工们纷纷离去，一边走，一边议论着。

金大叔：“我真为大胜捏一把汗哪！想不到总管这么和气……”

莽子：“和气？金大叔，依我看，这叫装蒜！”

李老好附和着：“那可不！”

金大叔：“哎，莽子，人家总管跟宪兵队长可就是不一样呀。李老好，你说是不？”

李老好也附和着：“那可不！”

莽子：“对洋人就不能客气，他怎么来，你就怎么去！咱就佩服大胜哥……”

金大叔：“大胜这孩子为人厚道，说一不二。咱弟兄们里边谁没有得过他的好处？可就是有时候……莽撞点儿……”

八

悬崖上。

王三感激涕零地说：“大胜，老九！”他扑通跪倒，“请受我王三一拜！多谢你们搭救了我的性命……”

大胜抓着他的膀子，不知所措。

郭老九双手扶起王三，感情激动地说："不必了。你我都是中国人……"

大胜感慨万分："唉，咱们中国人的命为啥就这么苦呢？……老九，你说咱们该咋办啊？"

郭老九低头无语。

"这样下去咱是没法活了……"王三忽然灵机一动，拱手说道："二位如不嫌弃，小弟愿和你们结为兄弟，日后我王三也好有个依靠。"

这话好像正中郭老九的心意。他说："对，咱们得抱成一个团儿，鱼帮水来水帮鱼。大胜，你说怎样？"

大胜腼腆地一笑，爽快地说："老九，我听你的。"

郭老九情绪热烈地说："来，让俺们对天发誓，焚香结拜！"

晚霞映照着蓝色的湖水。

湖上高耸着悬崖峭壁。

悬崖上，松烟缭绕，白桦、苍松昂然挺立。

树下有三堆土，形似香炉；每堆土上有一根草，插草为香。

郭老九、王三、大胜按照年龄的大小依次跪在"香案"面前，低声念着："苍天在上，我等结为金兰兄弟，从今而后，有福同享，有难同当。不求同日生，但愿同日死。如若背弃此言，五雷轰顶，天诛地灭！"

大胡子、安德烈爷爷、沃洛加躲在树丛里，向悬崖那边好奇地望着。

安德烈爷爷赞赏地摇晃着脑袋："啊呀呀，真有意思！"

大胡子兴奋异常："是他，就是他！"

安德烈爷爷不解地问："他是谁？"

"中国的鹰！"大胡子用手指着悬崖："你看，最高的那一个。小福子说的可能就是他。他的名字叫……"

沃洛加："大胜。"

九

又一个明朗的早晨。林中一片鸟啼声。

大胜在手上吐了一口，两手搓了搓，说道："小福子，你看我的。"他拿起弓箭，向树上瞄准着。

小福子在他身边，不时向后望着。

不远处，一块岩石后边。大胡子小声告诫着安德烈爷爷："见面的时候，别忘了……"他做了个拱手的姿势。

安德烈爷爷学着他的样，拱了拱手。

大胡子叮咛着："要特别注意方式。"

"方式？"安德烈爷爷望了望自己，然后整了整着装，又掏出一把断了齿的小木梳子，认真地梳了梳稀疏的白发。

大胡子握着他的手，笑着说："祝您成功！"

安德烈爷爷兴致勃勃地走了。

他一边走，一边练习着拱手的姿势。

大胜猛回头，发现安德烈爷爷背着猎枪笑嘻嘻地站在面前，不觉一怔。

安德烈爷爷连连拱手道："您好，您好。"

大胜警惕地戒备着。

安德烈爷爷向小福子挤了挤眼睛。

大胜疑心更重了。他定定地望着爷爷肩上的那杆枪。

安德烈爷爷发现了他的怀疑，急忙从肩上卸下猎枪。

大胜见势不好，拉着小福子就跑。

小福子喊道："大胜叔叔！"

大胜厉声制止："别嚷！土匪来了，抢小孩的……快！"

安德烈爷爷焦急地扬着手，追赶着他们。

大胡子从后边抓住了他。

安德烈爷爷神情懊丧。

第二次接近华工的机会又白白地放过去了！他摊开两手，耸了耸肩膀，忽然态度认真地说："符拉基米尔 · 瓦西里耶维奇，你看，我长得怎么样？"

大胡子由不解而会意，打量着他："唔，依我看是很不错的。"

"可依他看，我却是个魔鬼！"安德烈爷爷指着大胜跑走的方向，气呼呼地说。

大胡子笑了笑，说道："老爷爷，您不能责怪他们，绝对不能！要知道，人和魔鬼的区别，往往是不容易看清楚的。有时候，人被看作是魔鬼，而魔鬼呢，也可以打扮成人，甚至是非常'善良'的人……"

一〇

"总管大人，您……您是过于人道了。"宪兵队长站在总管办公处的门边，低着头说。

总管坐在沙发上，淡然一笑："我们需要人道，是的，非常需要！懂吗？"

宪兵队长："请允许我向您报告，总管大人，近来华工逃跑的越来越多。中国人说，有了钱，可以回家了……"

"那你为什么不想想，怎样才能把他们的钱统统……"总管走近他，用拇指和中指打了个响，吹了一声口哨儿。

宪兵队长一怔，但是立即明白过来，嘿嘿笑着："烧！"

在门外偷听的加丽亚，用锐利的目光扫视了左右，急急走开了。总管和宪兵队长互相望着，脸上现出得意的微笑。

一直坐在沙发上默默听着他们谈话的琼斯，轻轻咳嗽了一声。

总管转过身来，仿佛刚刚发现有人似的："啊，尊敬的顾问先生，您以为怎样？"

琼斯弹了弹雪茄烟，微微一笑，话中带刺地说："我是英国人，不太懂你们俄国的事情。"

总管微带嘲讽地说："您过于谦虚了，琼斯先生。"

琼斯突然问："据说，戈尔洛夫先生，您曾经在共产党里待过？"

总管一愣，随即笑道：“啊，那是1905年革命以前……”

琼斯打断了他：“那您应该知道，亲爱的，对于我们来说，什么是最可怕的东西？……”

总管茫然望着他，重复着：“什么是最可怕的东西？……”

电话铃响。总管拿起听筒：“哈罗！……嗯，我就是。……什么？什么？说清楚点儿……马车里发现了一捆中文传单？我命令你：立刻派军队把马车包围，不，把整个驿站包围！不准旅客自由行动一步！检查！彻底检查！立刻把传单全部烧毁！不得留下一张纸，一个字！”

总管放下电话，沉思地自语着：“我的上帝！……他们在接近……在接近……这是多么可怕啊！”

琼斯冷笑道：“我很高兴，您终于认识到……”

总管望着他：“我明白了！他们在接近……这就是最……最可怕的！……”

琼斯走过来，在他耳边说：“要把华工的钱烧掉，更要把放火的罪名加到俄国工人身上去！在中国话里，这叫作‘一箭双雕’。在俄国话里，这叫作‘一枪打死两只兔子’。对吗？”

总管恍然大悟，如获至宝。他微笑着张开双臂：“您……您真是一位天才呀，我亲爱的琼斯先生！”说着，两人便紧紧地拥抱起来。

晨雾笼罩四野。

一队化装成俄国工人的宪兵，在宪兵队长率领下，向华工棚悄悄逼近。

他们中间有一个俄国工人的叛徒——被敌人收买的醉鬼尼可莱。

总管家的后院。

加丽亚在干草堆旁边，正小声地催促着：“快！”

沃洛加刚要跑走，忽然又回过头：“姐姐，爷爷让你抽空回家……”

加丽亚焦急地说：“快跑，沃洛加！不然就晚了！”沃洛加飞快地奔走了。

宪兵队长指着华工棚：“尼可莱，快！那儿的钱要多少有多少，你喝一辈子酒都喝不完呀！”

尼可莱冲向工棚。

宪兵们在四处放火。

华工棚冒烟了！安德烈爷爷家中。

沃洛加喘息着，显然是刚刚跑回来。

大胡子命令一群俄国工人：“立刻行动！”

村里响起了报警的钟声。

俄国妇女、老人、小孩们，纷纷拿着水桶、木盆，从屋内奔出，涌向河边。

安娜大婶扶着受伤的丈夫柯里亚，走向正在备马的安德烈爷爷，急问：“老爷爷，哪儿失火啦？”

安德烈爷爷：“华工棚，安娜。”

“啊……那就随它去吧。”安娜漫不经心地说。

安德烈爷爷一听，火了：“安娜，你说这种话，难道不害臊吗？”

“谁把你的儿子送到前线当炮灰的？他们！谁把你的丈夫打成这样的？也是他们！谁放火烧华工棚的？还是他们！”

“他们？”安娜皱着眉头：“……这么说，那些中国人跟我们真是……”

“属于一个阶级的，懂吗？”安德烈爷爷在她耳边小声说，然后用手指着她：“哎哟，傻姑娘，我可跟你说了一千遍啦！”

一直默默听着他们谈话的柯里亚，厉声地说：“安娜，快去救火！”

安娜把头巾一扎，提着水桶奔向河边。

几个俄国工人骑着马，向林中小道的左边驰去。

安德烈爷爷骑着马，向路的右边驰去。沃洛加坐在他身后，紧紧抱着他。

马在僻静的峡谷里停了下来。

“快！”安德烈爷爷小声说着，和沃洛加一起跳下了马。

沃洛加钻进铁丝网，躲过宪兵，来到了华工工地。

工地上仍然是一片紧张的劳动景象。

大胜和郭老九合抬着一根粗大的树干，汗流浃背，气喘吁吁，深陷在泥泞里，动弹不得了。他们挣扎着，挣扎着……

工棚门上的铁轴摇晃着。

在烟雾弥漫的工棚里，重病的大胜爹哼着从床上滚下，在地上爬着，喊着："大胜！"他突然站起，奔回床头，急急忙忙从大木箱里取出一个小木箱，从小木箱里取出一个小木盒，又从小木盒里取出一叠"羌帖"，揣到怀里，向门口奔去。

烟雾越来越浓了。老汉推门不动，奔向窗口。他爬上窗台，看见宪兵队长正在窗外，哀求道："老爷，发发慈悲吧！"说着，他从怀里掏出一叠卢布。

宪兵队长接过卢布，立刻掉头而去。

老汉瞪着眼睛。忽然叫道："大胜！大柜！宪兵放火啦！"

大柜站在窗外，若无其事地吸着水烟，慢声说："阿弥陀佛，这是天火呀。"

老汉掏出最后一叠卢布给他："张二爷，不看僧面看佛面，咱们都是中国人，你老人家行行好，救我一命……"

大柜急忙抢过卢布，假意骗他说："我去想想办法。"说罢也溜了。

老汉瞪着眼睛。火已经快要烧到他身上了。他在绝望之中，一把挣断了系在颈上的祖传"长命百岁"锁，拿在手里望着，望着，声泪俱下地仰天长号："天哪，我们中国人究竟造了什么孽呀？……老天爷，你也不睁开眼睛看看，我们中国人受的是什么苦，遭的是什么难呀！……难道……难道我们中国人就不是人吗！……老天爷呀，你……你瞎了眼啦！……"

怒火烧红了他的眼睛。他鼓起最后的一点儿力气，拼命地摇撼着窗户上的铁条。

铁条松动了！老汉挣扎着爬了出去……

前往救火的俄国工人们，被一排哥萨克士兵的刺刀阻止在俄国工区出口处的铁丝网旁边。他们望着远方的浓烟烈火，心里燃烧着无比的仇恨。

拿着水桶、木盆的俄国妇女、老人、小孩们，被一排宪兵的刺刀阻止在七号桥头。他们望着河那边的冲天烈焰，满腔义愤。

对岸传来当当的钟声。

宪兵队长在拼命地敲钟，狂喊着："救火呀！救火呀！"

不远处，大胡子、安德烈爷爷和沃洛加，隐蔽在密密的树丛里，怒视着。

无数的华工从他们眼前狂奔而过。华工们低着头，围着渐渐熄灭的"天火"，围着那一堆冒烟的灰烬，在无声地哭泣。

老汉躺在大胜怀里，慢慢睁开了眼，他把"长命百岁"锁塞到大胜手中，临死之前喊了一声："宪兵队长……"

大胜像发了呆一般，痴望着。

一群华工围着他，寄以无限同情的目光。

一旁，宪兵队长在向华工们说："俄国工人恨死你们了。不是别人，正是你们破坏了他们的罢工，抢走了他们的饭碗。不是别人，正是他们放火……"

大胜冲进人群，怒吼着："谁放的火？"

宪兵队长被这突然的问话弄呆了。

大胜悄悄取出匕首。

这时，两个宪兵押着尼可莱到了。

宪兵队长指着尼可莱："这就是放火的凶手，俄国工人尼可莱！"说罢，从他怀里掏出一包卢布，"你们看！"

尼可莱瞪着两只眼睛，突然恐怖地号叫一声："啊！我的上帝！……弟兄们，我说，我说。我是工人……"

"砰！砰！"宪兵队长开枪打死了尼可莱。

大胜被弄糊涂了。他茫然望着，慢慢地垂下了头……

第三章

一

荒山坡上，一片华工的坟包。

秋风萧瑟，枯黄的树叶飘飘落下。

乐声如泣如诉。

大胜跪坐在墓前，双手捧着父亲留下的唯一的遗物——“长命百岁”锁，低垂着头。他的身边有一棵新栽的青松。墓前一堆烧纸在冒着余烟。墓上插着一块木头牌子，牌子上写着：“保定府胡有财年五十寿终”。

大胜陷入深深的回忆之中——

爹和大胜正在犁地，一群收租子的，凶神恶煞似的将爹拖走。

爹向老东家作揖，被人鞭打着赶出。

爹和娘领着三个孩子，沿街讨乞。

他们一家五口，走出长城，下了关东。

爹和大胜当了苦力，在码头旁，在车站上，背着沉重的麻袋。

爹在人群拥挤的市场上，在挂着猪头排骨的肉铺旁，把大胜七岁的弟弟和五岁的妹妹卖给了人贩子。娘晕倒了，弟弟、妹妹在号哭挣扎。躲在墙洞外边偷望的大胜扑向前去，但立刻被弹了回来，仰面倒地。原来，横在他面前的是一堵古老残破而又不可逾越的高墙！

…………

一双穿着长筒皮靴的大脚突然出现在大胜身边，打断了他的回忆。他一下蹦了起来，跳到一边，紧握拳头戒备着。

安德烈爷爷在他左边，面向坟墓，虔诚地画着十字；大胡子在他右边，面向坟墓，肃穆地低头哀悼。

“您好。”大胡子拱了拱手，慢慢向前走去。

大胜跳到一边，敌意地望着他。

大胡子解释道：“我们是工人，跟您一样……”

“我们是一家人，懂吗？”安德烈爷爷笑眯眯地，从左边走向大胜。

大胜后退看，两眼冒火：“你们要干什么？”他喘息着，咆哮起来：“快给我走开！你们要是再逼我，我也会杀人，我也会放火！”

安德烈爷爷想要申辩，大胡子向他一努嘴，走了。

一群华工突然拦住了他们的去路。王三向莽子一挤眼，莽子立刻把手一挥，喊道：“弟兄们，给我揍呀！”人们一拥而上。

大胜在一旁呆望着，仿佛什么也听不见，什么也看不见。痛苦和仇恨使他麻木了。

“住——手！”郭老九喊着，冲进了人群。

安德烈爷爷从地上爬起来，苦笑一声：“哼，孩子们，你们的力气真不小哇！可就是……用得不是地方，完全不是地方”他的声音激动得发颤，“听我说，孩子们，该打、该杀的是他们，懂吗？是他们，他们！……”

郭老九上前一拱手：“老先生，请您多多包涵。”他指着人群中间的一条路，“请。”

安德烈爷爷还想说什么，大胡子以目示意：走吧。安德烈爷爷气鼓鼓的，由大胡子扶着，一跛一拐地走了。他向大胡子直瞪眼，仿佛在说：“哼，我们的人。”

第三次接近华工的尝试又失败了。

一二

大胡子和爷爷走远了。华工们也纷纷离去。

郭老九把小福子拉到一边，晃着拳头说：“你要是跟大胜讲了，我就宰了你！”

小福子大声辩解：“本来就是宪兵队长放的火……”

“住口！”郭老九一把捂住他的嘴，向四周望了望，生怕有人听见小福子的话，然后严厉地说："以后不准你再跟俄国人来往……"

"爹，他们是好人。"

"坏蛋也会装成好人。说不定，他们就是宪兵队长指使来的。听见没有？"

小福子"嗯"了一声，噙着眼泪走了。他一边用手抹泪，一边走着，忽然在一棵大树旁边停了下来，远远看见一个人孤零零地站在坟头。

这是大胜。他目光呆滞地望着父亲的坟，然后低着头，神情恍惚地走去。隐隐传来说话的声音。他停下脚步，抬头望去——

不远处，郭老九在责备王三："不要乱闯祸了！再说，人家没有打你，你就不该打人家。"

王三恨恨地说："这个白胡子老头准不是好人！为啥他老是盯在大胜的屁股后边？我看，准是他放的火！"

"你怎么知道是他？"

"宪兵队长不是说……"

"宪兵队长的话你能听？唉，我的王三老弟，以后说话要小心点儿，不能冤枉好人。"

"你说他是好人？"

"那也不敢这么说。知人知面不知心呀！"

"那么，郭大哥，到底是谁放的火呢？"

"嗨，不必再去追究了。人死不能复生。这口气只好咽下吧。"

突然传来大胜的声音："不，这口气我咽不下去！"

郭老九和王三吃了一惊。

大胜抓住郭老九的膀子，激动地说："郭大哥，你过去也是江湖上的一条汉子。你说，为人不报杀父之仇，还算什么男子汉大丈夫？"

郭老九若有所动，沉思地说："君子报仇，十年不晚。"他搂着大胜的肩膀，"走吧，大胜，回去歇一会儿，有话慢慢再说。"

大胜望望他和王三，顺从地跟着他们走了。

一三

三弟兄走下山来，看见路旁聚集着一大群华工弟兄，便好奇地走了过去。远远传来一片呼号声。

一队宪兵奔来，挥舞着皮鞭，吼着：

“滚开！”

“跟你们不相干！”

华工们被连拖带打地赶走了。

三辆马车满载着送往前线的带胡子的“壮丁”，慢慢驶来，立刻又停下了。俄国妇女、老人、小孩们，呼喊着，哭叫着，咒骂着，把马车团团围住。

宪兵队长骑在马上，声嘶力竭地吼着：“女人们，老头儿们！让我再给你们念一遍……”他打开手里的一张纸，大声宣读着沙皇政府的命令，“鉴于前线形势日益紧张，为了保卫我们神圣伟大的俄罗斯帝国……”

怒号声又起，把他的声音淹没了。

人们挥舞着拳头，愤怒地呼喊着：

“为什么要跟德国人打仗？”

“打倒帝国主义战争！”

“不给资本家当炮灰！”

“上帝呀！”

“吃人的野兽呀！”

车上车下的宪兵们鞭打着，怒骂着。

马车又往前走了。

人们大声唤着车上的亲人：

“瓦西里！我的瓦西里！”

“托里亚！托里亚！”

“爸爸！爸爸！”

有人在马车两旁拉着车上的人，有人攀在马车后边跟着跑。

伤势未愈的柯里亚，膀子上还缠着绷带，站在马车上大声呼唤："安娜！安娜！"

安娜大婶在马车后边奔跑着，呼唤着："柯里亚！柯里亚！我的柯里亚！"

马车越驶越远了。安娜大婶疯狂地追赶着，伸着两只求援的手，一下扑倒在地。

躲在树丛里偷看的大胜，"啊"地叫了一声，低下了头。这幅生离死别的悲惨的图画，使他立刻回想起自己离开祖国亲人的情景——

哈尔滨车站。

车厢上了铁锁。华工们拥挤在窗口。

月台上，送行的妇女、老人、小孩们，哭嚷成一团。

大胜母亲穿着纳满补丁的衣服，对着大胜和他爹呜咽着。突然响起了令人心悸的汽笛声。

列车开动了！

哭喊声大作。人们跟着车厢奔跑着，呼号着。

大胜挤在窗前，眼睁睁地望着，母亲疯狂地追赶着火车，伸着两只求援的手，一下扑倒在地。

大胜抬起泪眼，望着大路那边，忽然身不由己地向前奔去。此刻，那昏倒在路旁的，仿佛已经不是一位俄罗斯妇女，而是他自己受苦受难的母亲；相同的苦难，相同的命运，激发了他的阶级的本能，本能地驱使他跨越民族的界限，向前奔去。

奔跑的大胜突然止步——大路上有两个人已经扶起了安娜，搀着她的手臂慢慢走了。细细一看，那就是刚刚被华工误打的大胡子和安德烈爷爷。

大胜久久地望着他们的背影，喃喃自语："放火的难道是他们？他们为什么要放火？……"大胜爹在临死以前喊着"宪兵队长……"的情景，尼可莱在临死以前喊着"我是工人……"的情景，突然像一道电光，随着雷鸣似的乐声，闪过他的脑海。他的手慢慢地握成了拳头……

一直跟随着他的郭老九，发现他神色不对，真挚地劝慰着："大胜兄弟，千万别胡思乱想呀！听大哥的话，回去好好睡一觉，明儿一早还要上工呢。"

一四

第二天早晨。铁路工地。

大胜、郭老九等手推土车，沿着水沟上的"独木桥"，艰难地朝上坡走去。一长串推土车跟在他们后边。

中途，琼斯和总管突然居高临下地站在他们面前，拦住了他们的路。大胜停下了。他后边的人也都停下了。

琼斯轻蔑地一笑："要我让你吗，嗯？"

"对了。"大胜冷冷地说。

总管和解说："我们让一下吧，琼斯先生。"

琼斯慢声问道："为什么？"

总管："琼斯先生，不论从经济的观点，或是从人道的观点……"

琼斯傲慢地扬着头："不，戈尔洛夫先生，在我们大英帝国，从法律的观点……"

大胜气愤已极，推着车就往前走。

总管急忙跑上岸。琼斯也慌忙后退了两步，但随即站定，用文明棍敲着大胜的头："站住！向后——转！"

大胜眼睛微闭了一下，勉力支持着没有倒，然后睁开眼，咽了口唾沫，冒着翻车的危险，向下坡慢慢退去。他身后一长串推土车也慢慢退着。

琼斯独立桥上，得意地吹着口哨："哈罗！戈尔洛大先生！在我们大英帝国，从法律的观点……"

桥板突然陷落。琼斯跌下了水沟。他在水里"哇哇"直叫唤，一会儿浮上来，一会儿又沉下去。

大胜喊道："喂！澡洗得痛快吧？"

华工们大笑着，好像他们从来也没有这么快活过。一向怕惹是非的郭老九，这时也忘记一切地捧着肚子笑；大胜像个孩子似的捶着王三笑；小福子在地上滚着笑……

郭老九的脸色突然阴沉下来。他预感到，新的灾祸将要随着这笑声降临了。

一五

琼斯头上、左臂上缠着绷带，两眼闪着凶光，一步一步朝前走着。

大胜站在客厅门旁，两手被反绑着。

琼斯走近他，脸色阴森地说："跪下！"

大胜的脸上掠过一丝蔑视的冷笑。

琼斯"唰"地打了他一个耳光，回转身来，向默默地坐在一旁的总管说："戈尔洛夫先生，我早就跟您说过，中国人是贱骨头，生来就是挨打的命。义和团暴乱的时候，我很荣幸地到过中国。经验告诉我，必须用这个，他晃了一下拳头，"来跟中国人说话。"说着，又一拳打在大胜的脸上。

大胜摇晃了一下，鲜血顺着他的脸颊缓缓流下。他咬牙切齿地说："你骂我，打我，我认倒霉。可你……你……你凭什么骂我们中国人？糟蹋我们祖宗？"他的眼里迸出了愤怒的泪花。突然，他扑向前去。琼斯吓得倒退两步，摔了一跤，连滚带爬地钻到桌子底下。大胜飞起一脚，把桌子踢翻。这时，两个宪兵从身后紧紧捉住了他。

"给我打！"琼斯像发了狂一般，转了一个圈，然后歇斯底里地叫道："拿酒来！"

在宪兵队长的鞭笞声中，男仆谢苗端着酒盘走来。

琼斯拿起酒杯："来，总管先生，干一杯！"

总管勉强地拿起酒杯，显出闷闷不乐的样子。

琼斯问："怎么，您好像很痛苦？"

总管答："坦率地说，是这样，琼斯先生。我担心，非常担心，事情闹大了，将会影响铁路完工的日期。您也知道，彼得堡催得很紧哪！其次，这些中国人是公爵大人用金子买来的。不论从经济的观点，或是从人道的观点……”

琼斯大笑起来：“哈哈，仁慈的总管先生，请您放心吧！难道您看不见，他长得简直像头牛一样？”

大胜伏在地上。宪兵队长用皮靴踩着他的背，狠命地鞭打着。

皮靴下面一张血污的痛苦的脸。在鞭笞声中，人们听到了从大胜内心发出的无限悲伤、无限沉痛的声音：

“中国人啊，中国人！哪一天，哪一天你才能直起腰杆，像个人一样站起来，谁也不敢欺侮你？……”

隔壁，总管办公处。

大柜猥琐地进来，朝总管深深作了一揖：“老爷，您有何吩咐？”

总管忙问：“张大柜，我想问你，胡大胜被抓来这件事，工人们是否已知道？”

大柜：“老爷，暂时还不知道哩，嘻嘻。”

总管：“如果知道了，你说，他们会怎么样？”

大柜嗫嚅地说：“这……小人不……不敢说。”

总管微笑着说：“你怕什么？呶，说吧。”

大柜干咳一声，壮了壮胆子：“老爷，工人们要是知道了，怕……怕要惹出事来呀。您知道，这帮穷鬼实在难以对付，胡大胜人缘又特别好。火烧工棚之后，大伙的心里都憋着一股劲，说不定哪一天……”

总管站起身来，不安地踱着步。大柜以为自己失言使主子生了气，于是便像一只摇尾乞怜的狗，跟在总管身边转。而总管似乎根本就没有看见他。

总管终于下了命令：“你马上把他领回去，并且好好地安慰他一番，明白吗？”

“是，是。”大柜弯腰后退着。

总管望着窗外阴沉沉的天空，深思地重复着大柜没有说完的那句话：“说不定哪一天……”

一六

“哪一天‘我们的人’才知道什么叫作斗争，什么叫作革命，什么叫作‘世界规模’的事情？”安德烈爷爷一口气说罢，无可奈何地耸了耸肩膀，“哼，鬼知道。”

草棚里，一群俄国工人十分焦急地望着大胡子。昏暗的灯光映照着人们的脸。传来一阵阵狂风的呼啸声。

大胡子从容不迫地包着烟卷，显得非常镇静，满怀信心。他缓慢而有力地说道：“有压迫就有反抗，有剥削就有斗争，这就如同有黑夜就有白天，有冬天就有春天一样……”

“不，不一样啊，符拉基米尔·瓦西里耶维奇”安德烈爷爷打断了他，“是的，华工弟兄的命运跟我们一样，不，比我们还要悲惨。这是我亲眼看见的。我同情他们，我爱他们，如果可以的话，我要拥抱他们每一个人，用‘面包和盐’欢迎他们，用俄罗斯人民的心跟他们说：‘我的兄弟，我的好兄弟！’可是，我不明白，他们为什么还不起来斗争，为什么？就拿大胜来说……”

“对，就拿大胜来说，”大胡子接上去，“悬崖救王三，难道不是真正令人钦佩的英雄行为么？”

安德烈爷爷赞叹地说：“是的，是的……”

大胡子：“您要知道，安德烈爷爷，即使没有我们，华工弟兄也是要起来斗争的。事实难道不正是这样么？他们早就开始了而且正在进行着斗争。问题是，我们必须努力把这种自发的斗争转变为自觉的斗争，把他们的斗争融汇到‘世界规模’的斗争中去。为了做到这一点，同志们，需要时间，时间……”

依万：“对，问题正是在于时间！时间对我们是多么珍贵，这您也是知道的。眼看着铁路一天一天往前修，我们心里难过，我们心里痛苦啊，符拉基米尔·瓦西里耶维奇。”

依万的话在人群中引起了强烈的不安。人们议论纷纷：

“华工被他们逼着日日夜夜地干活……”

“修路的速度快极了。”

“八号桥都快修好啦！”

“这可怎么办啊！”

大胡子也非常焦急，但他强使自己镇静下来：“同志们，我们必须相信，华工终究会跟我们拉起手来的……”

“什么时候？用什么办法？敌人能够容许么？敌人难道在睡觉么？”依万叹了口气，“唉！铁丝网，刺刀，收买，挑拨……请问，怎样去接近华工啊！上一次那些中文传单，在马车里放着，鬼知道怎么一下被敌人发现了，我几乎也被他们抓了去。这就是说，敌人是强大的……”

“不，依万，这并不表示敌人强大，丝毫也不！你们听说了吗？总管整天地提心吊胆，每天晚上都要祷告上帝。你们说他惊慌什么？他害怕什么？这难道不恰恰证明，表面上似乎可怕的敌人只不过是一个‘泥足巨人’么！”大胡子稍稍停顿了一下，情绪昂扬地，“你们可知道，世界上最厉害的武器是什么？是刺刀？是大炮？不，同志们，最厉害的，百战百胜的，也就是说，敌人感到最可怕的，是真理，真理！伟大的马克思主义的真理！敌人也很清楚，被压迫的人民一旦掌握了这个武器，那么，他们的宝座立刻就要完蛋！因此，他们就拼命想用铁丝网，用刺刀，用无耻的谎言和一切卑鄙的手段，不让人民互相接近，不让人民了解真理。总管戈尔洛夫不就是这样干的吗？可是，同志们，真理就像光芒四射的太阳一般，难道是铁丝网所能封锁得了的么？难道是刺刀所能压制得了的么？难道是谎言所能遮盖得了的么？……”

“对，你说得对呀，符拉基米尔·瓦西里耶维奇”安德烈爷爷兴奋得几乎跳了起来。

人们精神焕发，互相议论开了：

“大胡子说得好呀！”

“没有什么可说的，完全正确。”

“总管这个叛徒日子不好过呀！”

“难怪他天天念圣经祷告上帝了，哈哈哈！”

人们大笑着，情绪非常热烈。

大胡子在向安德烈爷爷交代任务：“必须继续想办法，把火烧工棚的真相告诉大胜。要沃洛加再去试一试……”

一七

沃洛加和小福子悄悄爬近悬崖，躲在大石头后边，偷望着——

悬崖上，三兄弟结拜的地方。

大胜愤激地说：“……总管把我放了，那叫‘猫哭老鼠假慈悲’！郭大哥，王三哥，这样下去咱是没法活了！……”

郭老九叹了口气：“唉，‘人在矮檐下，谁敢不低头’？”

“我就不低头！”大胜激昂地说：“我要跟他们斗！”

郭老九恳切地说：“大胜兄弟，你听我说，人家有洋枪洋炮，我们可有个啥？怎么斗，俺也斗不过人家……”

王三随声附和：“可不是吗！”

大胜倔强地说：“斗不过也要斗！佛争一炉香，人争一口气！”

王三也随声附和：“是呀，这口气非出不行。”

郭老九：“太危险哪！”

大胜：“脑袋砍了碗大个疤，二十年一过又是一条好汉！”

郭老九：“我郭老九也不是孬种！我心里也闷着一把火哪！可是，好汉不吃眼前亏。大胜。兄弟，咱们暂时还得忍……”

大胜：“忍，忍，忍到什么时候？咱还没有忍够吗？俄国老板、英国顾问把咱们当作畜生，德国俘虏也能随便往咱们脸上吐唾沫。难道……难道咱们中国人就不是人吗？白天黑夜，咱们给他们干活，一干就是十来个钟头。在哈尔滨原说每天要给两块‘羌帖’，现在只给一块。就连这么点儿血汗钱，也让他们一把火给烧了……”

郭老九：“那是天火……”

“不，不是天火！”传来小福子的声音。

大胜急回头，看见小福子站在一块大石头上。

小福子叫道："大胜叔叔！那把火……"

郭老九厉声制止："胡说！快给我滚开！"

大胜一把拉住郭老九："大哥，你这是干什么？小福子，快说！"

小福子胆怯了。

沃洛加从石头下边露出头来，拉了他一下，小声鼓励着："别怕！说！快说！"

小福子终于开了口："那把火是宪兵队长放的！"

郭老九威吓他："小福子！"

大胜命令似的："说下去！"

小福子继续说道："有个俄国工人被收买了，跟他们一起放火，后来宪兵队长就把他打死了……"

"我明白了！"大胜定定地望着郭老九，慢慢说道"郭老九呀，老九，我爹当初把我托付给你，我胡大胜也把心掏了给你，可你……你……"

郭老九低着头："大胜兄弟……"

大胜苦笑道："兄弟，兄弟！有福同享，有难同当，说得多好听！……"

郭老九开始申辩："大胜，你听我说……"

大胜不让他说下去，气愤地说："你还有什么可说？你明明知道谁放的火，谁活活烧死了我的爹，谁是我的仇人，可你不顾弟兄的情分，哄我，瞒我，骗我！……"

郭老九，心疼地说："大胜……"

大胜一口气说着："将心比心，我胡大胜哪一点对不起你？事到临头，你为啥胳膊肘往外扭向着仇人？你说，洋毛子给了你什么好处？……"

"大胜！"郭老九痛苦地叫了起来。停顿片刻之后，他哽咽着说："兄弟，你说这种话可是不应该呀……我郭老九人虽穷，可从来没有出卖过朋友，从来没有做过一件伤天害理之事……唉，你不知道，俺这辈子是怎么熬过来的。真是一言难尽哪！……好吧，兄弟，事到如今，我也把心掏出来给你！……俺原本也是庄户人家，后来实在活不下去了，跟俺爹练得一身武艺，走南闯北，靠本事混饭吃……庚子年间闹起了义和团，俺们弟兄几个随着俺爹，跟穷哥儿们一道，水里来，火里去，拼死拼活，要为咱们穷人出一口气，要为咱们中国人报仇泄恨！谁知道，咱们被……打败了。八国联军仗着洋枪洋炮，冲进了北京城，到处杀人放火，只见尸堆成山，血流成河，好惨哪！……俺爹他……他他他也是被一群俄国兵浑身浇上汽油活活烧死的！……我的大哥被他们在树上吊死了，我的二哥被他们丢在河里淹死了……大胜兄弟，这就是洋毛子给我的‘好处’！……”

“大哥你……别说了！……”大胜扑向郭老九。

郭老九慈爱地拍了拍他的背，说道：“仇，咱们是要报的！可不能拿鸡蛋往石头上碰，不能呀，兄弟！暂且得忍一忍，等等再说……”

“大哥，我忍不住了！我等不及了！再这么下去，我……我就要给憋死了！我要报仇，报仇！”大胜凝视着远方：“你有一个脑袋两只手，我就没有？你烧，我也烧！你杀，我也杀！”

第四章

一八

黑暗里有两个人影在闪动。

这是大胜和王三。他们飞快地闪进门内。

大胜嘴里衔着一把匕首，轻手轻脚地摸到床边。

床上躺着一个俄国女人，长长的红发披散在眉头，枕边放着烟灰盒和酒瓶。她仿佛听见了响动，慢慢睁开眼，突然看见两只灼灼有光的眼睛，恐怖地大叫一声：“啊！魔鬼！”

大胜听见是女人的声音，退后一步，厉声说："不是鬼，是人！堂堂的中国人！"

"啊，我的上帝！"女人紧闭双眼，声音颤抖地祷告着。

大胜问道："宪兵队长在哪儿？"

"他……他进城去了。"她仍然不敢睁开眼睛。

大胜："一人做事一人当。不杀你，起来！去告诉宪兵队长，今天算便宜了他，下回老子再要他的狗命！"

她爬下床，匆匆把皮大衣裹在身上，一边怀疑地望了眼大胜，一边跌跌撞撞地逃了出去。

大胜小声说："烧！"

王三在房间里点起了火。忽然，他看见桌子上有一枚金刚钻宝石戒指在闪闪发光，心里为之一动。经过片刻的犹豫之后，他终于背着大胜，偷偷地把钻石戒指揣到怀里……

安德烈爷爷家中。

大胡子披着衣服，站在窗前，望着远处的火光，思考着："宪兵队长的家着了火……这是不是……"他果断地作了决定，"去看看！"

爷爷急忙说："我也去。"

大胡子一边把手枪插入衣袋，一边说："不，老爷爷，您不能去。"他把手一挥，"走，沃洛加！"

小孩背起弓箭，跟着大胡子奔出了门。

大胜伏在地上，望着熊熊的烈火，陶醉在复仇的快乐里，忘记了一切。

被他放走的红发女人，领着一队宪兵悄悄地向他走去，而他还在傻看着，傻笑着。

躲在树后的王三发现了宪兵，急忙溜走，忽然又停下来，想招呼大胜，但又害怕叫出声音连累自己，所以只无声地张着嘴，做了个手势，把大胜扔下逃命去了。

大胡子、沃洛加和几个俄国老工人急急奔来，卧倒在地。大胡子看见宪兵离大胜已经很近，便毫不犹豫地掏出手枪，打倒了一个宪兵。

枪声使大胜一惊。他猛回头，看见宪兵已近在咫尺，拔脚就跑。

枪声大作。

大胜在森林里奔跑着。

大胡子和沃洛加等跟在他后边。无数的火把闪动着。那是在追赶着他们的宪兵。大胡子一边跑，一边低声命令沃洛加："快，赶上去！"

沃洛加竭尽全力地向前奔去。

大胜跑到三岔路口，犹豫了一刹那，向右奔走了。沃洛加紧紧地追赶着他。

大胡子等赶到三岔路口，伏在路旁，向追来的宪兵开枪，一边射击，一边向左跑去，把宪兵引走了。

一九

沃洛加拉着大胜奔进黑暗的村庄。

在教堂附近，站岗的宪兵发现了他们。接着，枪声和警笛声大作。村内一片犬吠声。

沃洛加和大胜从房上轻轻落下，闪入一家洞开的门。

裹着头巾的金娜奶奶跑进来，把门锁上。

安德烈爷爷一跛一拐地从内室走出，突然发现了喘息未定的大胜，惊得目瞪口呆。

大胜警惕地望着他，慢慢走到门边，想夺门而逃。正在这时，门外的宪兵敲门了。

安德烈爷爷和沃洛加一把拉住他。

大胜怀疑地望着安德烈爷爷，不想去。可是敲门声越来越急。怎么办？跑是跑不掉了。也许，这位老爷爷不是什么坏人吧？大胜在无可奈何之中，半推半就地随着安德烈爷爷和沃洛加走往内室。

撞门声急。金娜奶奶望着门，一边在胸前画着十字，一边焦急地望着内室。

安德烈爷爷在内室关上衣柜，上了锁，跑了出去。

门开了。几个宪兵冲进来，一拳把安德烈爷爷打倒，咒骂着："老畜生！"

宪兵在房内搜寻着，目光渐渐集中在衣柜上。他用手枪瞄准着："打开！"

安德烈爷爷瞪了他一眼，慢慢把衣柜的门打开了。

宪兵小心翼翼地走近衣柜，从里边扔出了几件破衣服，用灯照了又照，才又"砰"的一声把衣柜关上。

大胜沿着暗窖的梯子爬着，从柜子底下钻了出来。沃洛加随即用板将柜底——暗窖的入口盖好。

安德烈爷爷背靠壁炉呻吟着。

金娜奶奶轻轻揩着他脸上的血。

大胜激动地望着安德烈爷爷，不知说什么是好，呆呆地站着。

安德烈爷爷望着大胜，苦笑道："哼，真有意思！你们打我，他们也打我……"他把手一挥，"呶，算啦！来吧，孩子，快坐下！"

传来一阵急促的有节奏的敲门声。

安德烈爷爷把手一挥，沃洛加又领着大胜奔往内室。

大胡子和依万跑进门来。

安德烈爷爷望着满身泥污的大胡子在背着他包扎左臂的伤口，吃惊地说："你……"

"没有什么。"大胡子叹了口气："唉……好样的，真是个好样的！"

安德烈爷爷一下猜到了，故意地问："你说谁呀？"

大胡子赞叹地："中国的鹰！"

"啊！"安德烈爷爷做了个鬼脸："他在哪儿？"

大胡子无限惋惜地说："恐怕……永远看不见他了。"

安德烈爷爷耸了耸肩膀："真可惜！"

大胡子低着头，非常难过。

安德烈爷爷却像个恶作剧的孩子，偷偷地捂着嘴笑，终于忍不住扑哧一下笑出声来。

大胡子瞪眼望着他。

安德烈爷爷抓着他的手，满心欢喜地说："符拉基米尔·瓦西里耶维奇，中国的鹰飞到我们家来啦！你看！"

大胡子掉过头，一下发现，沃洛加正拉着大胜的手从内室走出。他忘了伤口的疼痛，伸出两只巨大的手臂，怀着满腔的激情，走向大胜，紧紧地拥抱着他："啊，我的好兄弟……"

大胜机械地接受了他的拥抱，脸上的表情又是感激、欢喜，又是迷惑、怀疑，目光仿佛在问：这一切到底是怎么回事呀？

大胜走到安德烈爷爷跟前，怀着感激而又歉疚的心情望着他，半天才说出一句："多谢你，老爷爷……"

忽然，他想起了王三，急问大胡子："先生，我还有一个弟兄，您看见他没有？"

大胡子摇了摇头。

大胜忧虑地说："哎呀，他……"

王三翻身上床，钻进了被窝。

郭老九从工棚外边奔来，小声问："大胜在哪儿？"

王三慌乱地说："不……不知道。"

大胜坐在爷爷家中，刚刚吃罢了饭的样子。他望着大胡子和安德烈爷爷，狐疑地说："你们……为什么对我这么好呢？是不是要我……帮你们做什么事情？"

大胡子笑着说："是的，的确需要您做点事情。非常需要！"

"好，明人不做暗事，要我干什么，你们就明着说吧。"大胜的疑心更重了。

大胡子态度严肃地说："我们希望您带领大家，为了被压迫、被侮辱的华工弟兄，为了您死去的父亲报仇！"

大胜猛然往起一站，激动地望着他，但很快又迷惑起来："我的仇……跟你们有什么关系？"

大胡子站起身，握着他的手说："我们是一家人，是属于一个阶级的兄弟！您的仇就是我们的仇！"

金大叔等一群华工在工棚门口焦急地望着。

郭老九、小福子、莽子和几个小伙子，从黑暗里走出。

金大叔急忙迎上去："怎么样？"

人们沉默着，忧虑，焦急，难过。

莽子小声说："到处都找遍了，没有。"

金大叔沉重地叹了一口气。

爷爷家中。大胡子手搭在大胜的肩头，恳切地说："杀死一个宪兵队长报不了您的仇，救不了所有的华工弟兄。只有把大家联合起来，跟他们斗争！请您相信，我们俄国无产阶级永远是你们最忠实的朋友和兄弟！好，明天晚上我们等着您。"说着，他紧紧地握了握大胜的手。

大胜似懂非懂地望着他，深思着……

二〇

大胜坐在树下，苦苦地深思着。

铁路工地，比较偏僻的一角。远远望见：华工们三三两两地坐着，啃着黑面包。一条长长的铁路伸向远方。

叶落满地。天色昏暗无光。和北极圈里夏日的"白夜"正相反，终日不见阳光的漫长的"黑昼"开始了。

郭老九环顾了一下左右，小声劝导着："大胜，你可千万不能胡来呀！昨儿个夜里有多危险！"

王三担心地说："还没有人知道吧！"

郭老九："要想人不知，除非己莫为……"

王三着了慌："那……那怎么办？"

郭老九安慰他："你也不用害怕。只要咱们不说，他们就没有凭据办罪……"

"办什么罪？"大胜气愤地说："是他们有罪，还是我有罪？"

"小声点儿，我的老弟。"郭老九向两旁张望了一下，恳求地说："大胜，你一定要跟那些俄国人断绝来往……"

“为什么？他们又不是土匪！都是些受苦的百姓，跟咱们一个样！他们的话听着新鲜，说得在理！再说，他们救了我的命……”

郭老九语重心长地说：“大胜兄弟，你听着：我郭老九在江湖上混了那么多年，过的桥比你走的路还多。你不知道，俺这辈子受过多少骗呀！唉，俺算寒透心啦！这个天下，什么人没有？何况是洋人，更加不能信！从古到今，哪有洋人向着咱们中国人的啊！他们救了你的命，给你说好听的，可谁知道他们安的是什么心？”

大胜静静地听着，心被他说动了。

郭老九乘机说道：“今天黑夜，你不能去会他们。”

夜色苍茫。空中闪耀着几颗明亮的星星。

安德烈爷爷隐蔽在湖边的石洞旁边，等待着。

沃洛加跑来，凑着他的耳朵：“大胜还是不肯来。”

爷爷生气地“哼”了一声，说道：“你再去，问问小福子，到底是怎么回事。”

沃洛加刚刚跑走，加丽亚提着一包东西匆匆走来，小声地说：“您好，我的好爷爷。”

她吻了吻安德烈爷爷的面颊，偎依在他的怀里，问道：“金娜奶奶好吗？”

“好，好。”安德烈爷爷抚摸着她的头发，慈爱地说：“加丽亚，加丽亚……”然后，做了个手势，让她到洞里去。

加丽亚走进石洞，激动地望着大胡子。

大胡子热情地伸出手：“你就是加丽亚？”

姑娘天真地说：“我就是，您好。”

大胡子微笑着：“你好！见了你我很高兴。”

“我也非常非常高兴！”加丽亚把一包炸药递给他：“这是您需要的东西。总管家里正在举行舞会，我好不容易才脱身的。”

大胡子掏出怀表看了看：“时间还早。来，坐一会儿吧，加丽亚。”

姑娘坐下来，说道：“七号桥警戒很严，你们要特别当心呀！今天夜里的口令是：‘黑熊’。”

大胡子深思地说："桥是非炸不可了！铁路修的速度很快。华工还没有觉悟过来。德国俘虏那里工作更加困难……"

姑娘一边听着，一边仔细地观察着他，终于忍不住地说："叔叔，请问您……"

大胡子笑道："你说呀。"

加丽亚低着头，嗫嚅地说："您……叫什么？"

大胡子一笑："啊，这很简单嘛！我叫符拉基米尔·瓦西里耶维奇·连斯基。"

"啊……"加丽亚失望地叫了一声。

大胡子惊奇地说："呶，你怎么啦！"

姑娘不好意思地说："啊，请原谅。我以为，您叫……阿历克赛·安东诺夫……"

大胡子微微一惊，接着无言地笑了笑。

安德烈爷爷走进洞来，颓丧地说："大胜还没有来。"他靠墙边坐下，独自嘟囔着，"哼，这个人，怎么说他也不听，非要把宪兵队长杀了，报了仇，他才相信我们。一连等了他三晚上啦……"

大胡子突然打断了他："老爷爷，您是什么时候入党的？"

安德烈爷爷莫名其妙地望了望他，然后把手一挥："嗨，早就入啦！"

"哪一年？"

"去年就入啦！"

大胡子看他那股天真劲，不禁微微一笑。

"去年10月2日，跟我孙女儿，"安德烈爷爷看着加丽亚，"一块儿入的，再过几天，可就整整的一年喽！"

大胡子笑着说："老爷爷，记得您前天跟我说过，您今年是七十一岁。这就是说，您整整活了七十岁，才找到了真理。可是，大胜呢？……"

"啊，我明白啦。"安德烈爷爷冲着加丽亚，学着大胡子的腔调说："安德烈爷爷，您知道，'莫斯科也不是一天建成的'。要忍耐，要耐心，要有耐性……哼"他耸了耸肩膀，"再这么忍耐下去，'世界规模的事情，哪一天成功，我可就看不到啦！”

加丽亚“咯咯咯”地笑了起来。

依万走到大胡子身边：“一切都准备好了。”

大胡子掏出怀表看了看，对安德烈爷爷说：“我不能再等他了。可您呢，安德烈爷爷，还得要忍耐，要耐心，要有耐性……”

安德烈爷爷想说什么，但只微微地耸了耸肩膀。

大胡子握着加丽亚的手：“再见，加丽亚！你必须马上回去。再过两个小时，我们就要把七号桥炸毁！”

震天动地的爆炸声响了起来。一座钢筋水泥的桥梁被炸毁了！

总管家的舞厅里，鸦雀无声。所有的人——跳舞的贵族男女，伴奏的乐师们，一齐都僵住了，仿佛被“定身法”定住一般，现出各种各样的丑态：有人伸着胳膊，有人歪着脖子，有人叉开双腿……他们怀着紧张和恐惧的心情在侧耳静听。

宪兵队长奔入，喘息着：“报告！七号桥……被炸了！”

“啊？”全场齐声惊呼。

总管像喝醉酒似的摇晃着。太太上前去扶他。他推开了太太的手，一步一步走到宪兵队长跟前，“唰”地给了他一个耳光。

哄笑和喧闹之声，响彻了烟雾弥漫的酒馆。

王三拿着酒杯，说道：“弟兄们！桥被人炸了，总管大人很不开心，整天地喝酒。忽然，他灵机一动，传下命令，在三天以内把这个酒馆盖好，并且特意从俄国京都弄来了好些美女，让咱们也来开开心。来吧，各位，喝它两杯！今日有酒今日醉！总管大人要咱们乐，咱们就乐呀，乐呀！”

王三刚要举杯，忽然看见郭老九和大胜苦着脸坐在一边，急忙走过去：“郭大哥，你从来都爱喝两盅……”他大声唤道，“小福子，把酒葫芦拿来！”

小福子噘着嘴，从腰旁解下酒葫芦，递给王三。

王三把一瓶伏特加倒进酒葫芦里，然后斟了两杯酒。

郭老九推开酒杯：“俄国酒我不喝。”

“嗨，只要有酒，管它是哪国的。”王三举杯：“郭大哥，大胜兄弟，我王三今儿要敬你们一杯，多谢二位搭救了我的性命。”

郭老九一听，动了感情：“好，为咱哥儿们结下了生死之交，喝一杯。”说罢，他拿起酒碗，一饮而尽。

大胜望着他们，感到非常痛苦和失望。

王三嬉笑着走开了。

大胜的目光随着他望去，只见一群一群的华工，有的喝酒猜拳；有的哼着淫调，和袒胸露臂的俄国妓女们胡闹，王三也夹在他们当中；有人在赌牌九、掷骰子。哄笑声、号哭声、怪叫声、怒骂声，响成了一片。

推牌九坐庄的大汉，掷了骰子。

厚道的山东大汉用颤抖的手取了牌。

几个人紧张地盯着牌看：“闭十！”

山东大汉双手捂着脸。

火性子的天津人喊了起来：“大柜玩鬼！”

大柜急忙把满桌子的“羌帖”和戈比搂住木箱，交给了赵通事。然后，打了天津人一巴掌：“嘿嘿，天津人，以后嘴放干净点！”说罢，神气十足地走了。

大柜走到王三跟前，向他挤了一下眼睛。王三心惊胆战地跟着他走了。

山东大汉拿着酒瓶，摇晃着走到大胜身边，嘟囔着：“闭十！闭十！大柜玩鬼，把……把俺们钱都骗了。俺欠他三十块‘羌帖’，三十块呀！这个月俺没给他送礼，妈的，他……他就打了俺！”他呜咽起来，“大胜，人都说你心好，你……你救救俺吧，俺家十几口子张着嘴等着哪！”

大胜听着心如刀绞。他掏出一把“羌帖”塞到大汉手里：“以后别再赌钱了。”

山东大汉望望“羌帖”，又望望大胜，哭着跑走了。

“大胜，你认识这位山东大汉？”和他同桌饮茶的金大叔，吃惊地问。

大胜随便“嗯”了一声。

金大叔继续追问：“他叫啥？”

“他叫中国人！”大胜说罢，用手支着头，感慨万端。他微闭着眼睛，想起大胡子在安德烈爷爷家中恳切地劝导他：“杀死一个宪兵队长报不了您的仇，救不了所有的华工弟兄……”

大胜睁开眼，恳切地问：“金大叔，你说，我到底该听谁的？”

金大叔毫不犹豫地说：“听你老九哥的，这还用问吗？你爹这个仇……”

大胜打断了他：“我要替我爹报仇，可我更要替咱们中国人争口气！我不能眼睁睁地看着弟兄们这样下去……”

金大叔看了看周围，小声地说：“孩子，你可千万别听那些人的话呀！你老九哥说得对，普天之下，哪有洋人向着咱们中国人的呢！”

有人轻轻拉着大胜的袖子。大胜掉头一看，只见小福子连连向他眨着眼睛，他站起来，刚要迈步，忽然被金大叔一把拉住了。

隔壁房间里。大柜躺在床上抽鸦片。王三低头站在床前。

“王三，您府上……”

“在下是奉天人。”

“听说您做过几年小买卖？”

“是，是。后来被土匪抢了……”

“现在，可是个发财的好机会啊！”

“是，是。”

“好吧，打开天窗说亮话。宪兵队长家里那把火，究竟是谁放的？”

“张二爷，我……我实在不……不知道。”

大柜咆哮起来：“是你！”

王三“啊”的一声叫了起来。

大柜抓着他的衣领，狞笑着：“嘿嘿，不是你，是谁？”

王三恐惧地张着嘴，嘴唇刚动，拜把兄弟的情景突然出现在他的眼前，“如若背弃此言，五雷轰顶，天诛地灭！”的声音伴随着阴森森的闪电和可怕的雷声，吓得他汗如雨下。他终于摇了摇头。

郭老九自拉自唱：“我好比，笼中鸟，有翅难展……”唱罢，他又自斟自饮，喝起酒来。

坐在一旁的大胜望着他，痛苦已极，上前夺下了他的酒碗。

郭老九醉意蒙眬地望着，终于认出了他：“啊，大胜兄弟！你……你来得正好。”他转过脸去，唤着，“王三兄弟，你在哪儿？快，快来呀！”他又面向大胜，“来，喝，喝，为咱哥儿们……结下……生死之交”说着，他端碗自饮。

大胜一把将他从椅子上提了起来。

郭老九哀求着：“哎，兄弟，你……你老九哥向来规矩，扯谎是王八蛋！俺一不抽大烟，二不赌钱，三不嫖女人……啊！女人，女人”他一屁股坐了下来，伤心地说，“俺也有过女人呀……好一身武艺！好一对眼睛……”他慢慢站起来，把桌子一拍，怒指着，“狗官财主，你……你你你好狠心呀！你青天白日抢走了我的妻，让我们十年的夫妻俩分离，叫我吃奶的小福子失去了亲娘……”

小福子抹着眼泪。大胜痛苦地低下了头。

酒馆里的喧闹声没有了。人们像呆了一样望着郭老九。（未完）

（节选自电影文学剧本《无产者》，
上海文化出版社，1964 年 6 月第 1 版）

创　业

大庆油田长春电影制片厂
《创业》创作组集体创作
张天民执笔
出口方：长春电影制片厂

第一章

一、拉骆驼的人

一九四九年初秋。

连绵无尽的祁连山雪峰，风起云涌，“叮咚”“叮咚”的驼铃声响起……

戈壁滩上，一支骆驼队缓缓前来。这是裕明油矿的运输队。

骆驼队走过一望无际的大沙丘。长年累月，风吹沙移，使沙丘留下一行行鲜明的波纹。骆驼队走过，在沙丘上留下一行长长的蹄印。

拉骆驼的是一个二十三岁的石油工人，穿着一件糟烂的老羊皮，旧布头巾扎着一头粗硬的短发，面孔骨骼凸出，一双眼睛闪着光焰，若有所思，望着远方祁连山脚下一片黑雾笼罩的油矿。——他是十斤娃。

十斤娃走着，一双补丁摞补丁的大鞋沉重地踩着戈壁上的卵石。灰绿色的骆驼草星星点点地散落在茫茫的戈壁滩上。

一个穿黑制服、戴大盖帽的矿警在后面押运。他倒挎着步枪、满头大汗，打开水壶，贪婪地喝了一口水。

十斤娃和他的骆驼队走在干旱的戈壁滩上。

突然，狼嗥似的警笛声传来，十斤娃停步望去。

一辆黑色的铁皮囚车，从油矿那边扬尘卷土而来。铁栏杆的窗口内有几个被捕工人的面孔。最显眼的是冯超，他是油矿工务课的小职员，三十岁的样子，穿着一件直领旧学生装，头发蓬乱，戴着手铐，以惊恐悲凉的眼色看着过路的十斤娃。

囚车疾驶而去。

十斤娃心情沉重：出门几天，矿上又在抓人。

叭的一声，十斤娃浑身一震，矿警从背后抽了他一皮鞭。糟纸似的老羊皮立即裂开一道口子，鲜血从肩头洇了出来。十斤娃用手摁住肩膀，猛地转过头—— 一双愤怒的眼睛！

这喷火的眼睛，这火山即将爆发似的眼睛，瞪着那尖嘴猴腮、贼眉鼠眼的矿警。矿警四顾无人，吓得连连后退。

十斤娃用手掩一下衣襟，猛然想起：这衣襟里，贴着热乎乎的胸口藏着一份《中国人民解放军布告》，是他从外地一个小镇的墙头上偷偷揭下来的，他要把这带进矿里，告诉那些受尽苦难的工友……于是，他强压怒火，不与矿警纠缠，拉紧缰绳，向前走去。

茫茫戈壁，高高低低，铺满了大大小小的石头。这干旱、荒凉的旷野上，长着一墩一墩坚韧的骆驼草。

黑沉沉的百尺峭壁夹着乌黑的石油河谷，巨大的阴影投在“裕明油矿”的大门上，四根砖砌的门柱兀立着，柱上挂着吓人的兽头浮雕。密密的铁丝网从大门两侧延伸开来，爬上有明碉暗堡的黄色山头，圈着整个矿区。大门内外站着两对荷枪实弹的黑衣矿警。

骆驼队走过来。

押运的矿警拿出“特许证”给站岗的看，请求通行，顺手掏出“三五”牌香烟，让着他们。

十斤娃的骆驼队被放进矿区。

戈壁滩上的土坑上下坐着一群探望亲人的妇女们，在那里等待、避风；有人已经等上几天了。十斤娃的母亲周大娘突然发现儿子回来了，站起来，扬起手大叫：“十斤娃！”奔向门口。

十斤娃听见喊声忙回头，惊喜地喊一声：“娘！”甩掉缰绳，想奔出门外会见亲人。

矿警拦住他，吼叫着：“干什么？快回来！不许出去！”

十斤娃返回身跑到铁丝网跟前。两手抓住铁丝网，眼巴巴地望着娘。

奔到门口的周大娘被矿警拦住，不准靠近，不准见面。矿警吼叫着：“去！去！”连推带搡地推走周大娘。

周大娘望着儿子踉跄后退，无奈，离开油矿走向茫茫的戈壁滩。

风沙无情地摔打着骆驼草。

突然，汽车喇叭声响起，装满箱笼行李的卡车从矿里开出来——国民党开始逃跑了。汽车催促着前面的大车；大车上摞着七八具尸体，盖着草席，露出一双双乌黑的赤脚。十斤娃明白：矿上又有工友被折磨死了。尸车来到门外，那群等在戈壁滩上看望亲人的妇女蜂拥而上。有的人总算见到了亲人，哭喊着："让我看一眼吧！""我可怎么活下去呀！""孩子他爹……"疯了似的追逐着尸车。那个赶车矿警的皮鞭雨点似的打在她们的头上、背上。

十斤娃心如刀割，一双冒火的眼睛望着这悲惨景象，满腔愤恨。抓住铁丝网的手越握越紧，鲜血从手心里滴落下来，他竟不觉得疼痛……

二、井喷

黄昏。沉闷的下工汽笛声震动山谷。

峭壁下弯曲的小道上，一群小工、童工、老头儿排成长队在挑最后一趟原油。他们劳累一天，筋疲力尽，工头提着皮鞭驱赶着他们。

工头甲："快点！下班交衣服！"

工头乙："快！别磨磨蹭蹭的！"

戴着破毡帽的范师傅关照着十四岁的童工油娃，向山上爬去。

黑沉沉的峭壁下，压着一排排被油烟熏黑的小窑洞。

一个窑洞，挂着破草帘，洞内一片漆黑。

夜沉沉。

在这大山的胸膛里，有人正说着话："……今天，又抓走了工务课职员冯超他们几个人，听说还要炸掉这个油矿。天黑得大发劲了……"哧的一声划亮一根火柴，点上大块卵石抠成的原油灯，洞内红光熠熠、黑烟袅袅。那人接着说："也就快亮了！"

说话的是老周师傅——十斤娃的父亲，一个身材魁梧的壮年汉子。十斤娃、十四岁的童工小油娃惊奇地听着。

十斤娃突然想起那张自己冒着生命危险带进来的布告，忙从胸口掏出来，递给老周师傅。

老周师傅接过来，打开看看。

毛主席签署的《中国人民解放军布告》在灯火的红光中展开。

老周师傅看到布告背面有糨糊和揭过的痕迹，欣喜地问儿子：

“从墙上揭下来的？”

十斤娃点点头。

老周师傅：“好小子！”

油娃不解地问：“周大伯，这是啥？”

老周师傅眼里闪烁着温暖的光彩：“小油娃，这是毛主席、解放军的命令！”

一句话勾起了小油娃的记忆，他说：“周大伯，我今儿个还听说矿上来了个解放军！”

十斤娃一惊。

油娃忙告诉他：“真的！就在你出门的这几天……”

老周师傅看油娃一眼，叮嘱地说：“小油娃，可不能乱说。咱们要用身家性命保护他！”说着，叠起布告，对十斤娃说：“孩子，这有用啊！我马上就交给他！”老周师傅把这个“他”字说得很重，但是，现在只有老周师傅一个人知道，这个“他”指的是谁。

老周师傅刚刚把布告揣在怀里，洞口传来一声吆喝：“收衣服啦！”随着声音马鞭子挑起破草帘，闯进来一高一矮两个工头。

拿马鞭的工头：“快把衣裳、鞋都脱下来！”

拄着一根青铜棍的工头喊：“怎么还不脱！”

每天下工收衣裳是油矿的惯例，官僚资本家怕工人逃跑。可是近日来他们自己正准备逃跑，顾不上了，所以油娃问道：“领班，好几天没收了，今天犯了什么病？”

老周师傅说：“到这节骨眼儿上，谁还想跑？”

拄青铜棍的工头说走了嘴：“跑光了倒省心了！就是不许你们出去！”

拿马鞭的工头瞪了那个家伙一眼：“少跟他们废话！快脱！”

十斤娃知道事情有些蹊跷，看看父亲。老周师傅警觉地思谋着。他想出道理来了，对工头说：“啊！今儿黑价有事吧？”

正这时，外面传来吓人的吼叫声。

老周师傅一怔，听听声音，喊道：“井喷！”

拿马鞭的工头骂起他的伙伴：“他妈的！这儿还没收完呢！”

老周师傅全明白了：“杂种！你们想毁掉这个油矿！”一把揪住一个工头的脖领，十斤娃也一跃揪住另一个工头。

工头：“周老大！你……你想造反？”

老周师傅揪住工头向儿子喊道：“十斤娃，快把收的衣服给工友们送去，叫大伙出来压井，保住油矿！”

十斤娃一把把工头扔倒在地上跑了出去。老周师傅也推开另一个工头奔出洞外。油娃也跟着跑出。

拿马鞭的工头一边爬起来一边向同伙喊：“快，别让他们跑了！”

油矿井场。敌人制造了井喷，企图破坏油矿，毁掉钻机。这时，油、气、水大量喷出井口，黑色喷柱喷了几十米高，冲上二层平台，原油挟着地层里泥沙石块飞上天空，又落了下来。井场一片油海，尖叫声能震破人的耳膜。油柱喷射着，油井吼叫着。

国民党匪兵、工头、矿警队把井场团团围住，枪口对外，戒备森严，不准入内。

工人们和敌人搏斗。老周师傅赶来，吼叫着，带领着工友们往里冲。

工人们用铁锹、撬杠跟矿警、匪兵搏斗。

老周师傅和工人们冲进井场，碰上十斤娃和油娃，老周师傅说：“快去挖油池，一滴油也不能糟蹋！”十斤娃和油娃领会地转身跑向石油河坡下。

“跟我来！”老周师傅一挥手向井场跑。

后到的工人仍在与矿警搏斗，矿警狼狈后退。蠢猪似的矿警队长嘶嚷着：“站住！再不站住我要开枪啦！”工友们根本不理他，还是往里猛冲。

老周师傅指挥着工人们压井。范师傅跑来望望井架，井架上还亮着电灯，灯头在气流的冲击下摇晃着。他喊道："老周！天然气很大，灯泡一碎，马上就是一场大火！"

老周师傅想了一下，向配电房猛跑。

配电房。老周师傅跑进来，拉下电闸。

井架上的电灯熄灭。井场一片漆黑，人声嘈杂。井喷的吼声震耳欲聋。工友们在压井。

井场外，一个黑暗的角落里，一个戴礼帽的瘦猴赶来，他是裕明油矿特别党部伪书记长。他看到工友们已经冲进包围圈，正在压井，冒了火，叭的打了矿警队长一个耳光，骂道："混蛋！为什么不开枪？"

矿警队长捂着腮帮答道："怕着火。"

伪书记长眼睛里闪出阴冷的光："废物！美国顾问的深谋远虑全叫你们这帮蠢猪给毁了！去！推上电闸，烧光！不能给共产党留下！"

跟随他前来的穿夹大衣的油矿经理在一旁摇头晃脑地说："书记长，这些工人聚众闹事，得给我想办法呀！"

伪书记长阴冷地笑笑。

蠢猪似的矿警队长拔枪向井场跑去。

配电房前。

老周师傅高高举起一把大管钳威武地挺立着，向前来合闸放火的矿警吼道："谁敢合闸！"

矿警们与守卫配电房的工友们搏斗着。

矿警队长手举匣枪向老周师傅喊道："躲开！不躲开我可开枪了！"

老周师傅高举大管钳，凛然不动。

井场外，黑暗的角落里，一个戴鸭舌帽、穿西装的特务跑到伪书记长跟前，他带来了狱中转来的材料，神秘地小声报告："书记长，重要情报！周老大跟那个共产党有联系！"递上一本档案夹子，里边有叛徒的口供。

伪书记长眨动着闪着鬼火似的小眼珠：“周老大？”

伪经理在一旁煽动着：“对，对，把周老大抓住就好了！”

特务谄媚地：“抓住周老大，就能抓住那个共产党！”

伪书记长想想，命令道：“走！”这一群人跟随他去抓老周师傅。

伪书记长带一班人跑到配电房前。这时，矿警队长正瞄准老周师傅，伪书记长边跑边喊：“别开枪，抓活的！”

话音未落，当地一声枪响，子弹飞出枪口，弥漫在井场的天然气轰的一声着起熊熊大火，井架立即成了一只天灯。

伪书记长对矿警队长：“他妈的！你们怎么开枪了呢？”矿警队长支支吾吾地解释着。

举着大管钳的老周师傅中弹。他忍着伤痛昂首挺立，火光映照着他刚毅的脸，像一尊铜像。

工友们怒火中烧，冲向矿警们，这不可阻挡的洪流，压垮了矿警的队伍，一片混乱。此起彼伏的惊叫声和哀鸣声。

石油河边，正在挖土油池拦油的十斤娃听见枪声，望见大火，扔下铁锹向井场迅跑。

油娃向井场迅跑。

范师傅几个人抬着身受重伤的老周师傅离开火海，来到石油河边。

十斤娃猛扑到父亲身边。

油娃和工友们一递一声地叫着：“周大伯！”“老周！”“周师傅！”

老周师傅靠在一个工友的胸脯上，睁开眼看见十斤娃，他猛然从中弹的胸口掏出一件红色的东西。这是一只“护矿队”袖标，上面穿了一个弹孔，被鲜血浸透。老周师傅急速地把它塞进十斤娃的衣襟里。

十斤娃不知道父亲给了他什么物件，只觉得有一种黏乎乎的东西贴在胸脯上，他想看看，抽出那只带血的袖标的一角。父亲的大手一下子捂住他的胸口，而后警觉地望望周围。

井场，人声嘈杂，井吼震天，人影在火光中闪动。几个身上着火的工人奔跑着。伪书记长带着一班人狼狈地从石油河上逃窜。

老周师傅的大手从十斤娃胸口无力地滑落下来……

他，中国第一代石油工人，戈壁滩上倔强的奴隶，入党没几天的一个新党员，我们主人公十斤娃的父亲，在解放前夕，为了保护油矿，就这样英勇地牺牲了。被烧得通红的钢铁井架，轰然倒下。油井在怒吼，大火在燃烧，汽笛在长鸣——这是他庄严的葬礼。

十斤娃，年轻的奴隶，瞪大一双悲愤的眼睛，黄豆大的泪珠子无声地滚落下来！

三、天快亮了

又是那压在沉沉大山下的小窑洞。

地上铺着草，有三个用芨芨草捆成的枕头。现在，屋里只有十斤娃和油娃两个人了。

小油娃悲痛地抽泣着。这无父无母、无名无姓的孤儿，自从进了油矿就跟老周师傅相依为命，周大伯像他亲生的父亲，十斤娃就是他的哥哥。然而，现在只剩下两个人了……

这窑洞，是周大伯一镐一镐开的。

这卵石原油灯，是周大伯一点一点抠的。

这枕烂了的芨芨草枕头，是周大伯亲手捆的。

然而，现在只剩下两个人了。

悲愤至极的孤儿油娃愤愤地用拳头抹去眼泪，顺手抄起一根铁棒、一声不响地奔了出去。

十斤娃惊异地看看油娃的背影：他干吗去？他是报仇去了！怎么办？他猛然想起父亲的遗物，从怀里掏出红袖标。

带血的袖标告诉他：“护矿。”

他收起袖标，匆匆赶出去。

黎明前。油矿的山峦黑沉沉。

峭壁上面是油矿办公大楼，是美国顾问居住的白色的“裕明别墅”。今天，那里彻夜灯火通明。

峭壁下的大沟里是矿区，是工人们污黑的窑洞。远处，隔着个山脚是燃烧着的油井。

顺着弯曲的小道，黑压压的人群涌过来，爬上来。人们举着火把，拿着大钳、铁棒、木棍、斧头，不管它是什么，只要能作为武器就行，他们要给老周师傅报仇去，要砸烂经理、顾问的天堂，要去和驻扎在油矿的国民党部队、矿警队拼命，小油娃和范师傅走在最前头。

这愤怒的波涛，翻卷，奔流。

马上就是一场血和火的恶战。

谁能阻止住这一股洪流？

“站住！”一声呐喊，有如雷鸣，有如洪钟，余音在山谷中回响。

人们停了下来，惊异地抬头望着。

十斤娃抄近路从上面下来，伸开双臂堵住只容两个人侧身通过的小路。

人们吃惊地议论着，愤怒地质问着十斤娃。

油娃：“我们去给周大伯报仇！”

工人们吼着：“报仇！”“躲开！”“让我们过去！”

十斤娃想不出怎么说服人们，突然他掏出红袖标，双手撑开，举过头顶。

火把的红光辉映着有弹孔的袖标：“护矿队”。

要组织起来护矿，不要盲目行动去报仇。工友们沉默了。范师傅当的一声放下肩头的大管钳，思谋着。

油娃：“范大叔，咱们怎么办？”

范师傅低头不语，应该冲开十斤娃的拦阻，还是听十斤娃的？一时拿不定主意。

火把呼呼地燃烧，山上山下连绵成长长的火龙阵，后面的人继续朝前涌，前面的人越集越密、议论纷纷。人人心里都是一个问题：到底应该怎么办？

突然间十斤娃的身后，响起一个洪亮的声音："工友们！按老周师傅的嘱咐去干！"

这声音惊动了人群。十斤娃转回身看去。

一个三十岁的工人站在眼前。他穿着粗布裤子，粗布对襟褂子，戴着一顶旧工人帽。方圆脸，两道浓黑的眉毛，眼睛炯炯有神，闪着机智的光芒。他是华程，解放军某部团政委。抗日战争期间，他负伤后到延安学习，当过一个时期的陕北延长油矿负责人；解放战争中保卫延安时，带领过一支石油工人游击支队，为保卫党中央、保卫毛主席，转战陕北。现在奉党的命令提前进矿，了解情况，组织工人护矿，迎接解放。

十斤娃、范师傅、油娃惊异地看着他。

华程一眼瞥见十斤娃手里的袖标。这只袖标的主人他是熟悉的，可是他已经牺牲了，袖标上有一个弹孔。华程伸手想接过袖标仔细看看，然而十斤娃警惕地一甩手，把袖标藏在背后，冲他瞪起一双疑惑的大眼睛。华程不生气，反倒亲切地笑了。

年轻的奴隶十斤娃，看够了冷眼和蔑视，这辈子头一回看见这样一张陌生人的和蔼可亲的脸。

华程机警地判断："我没认错，你是十斤娃！"并鼓励地说："你做得对！"

是怎么回事？十斤娃更加困惑了。

范师傅大声问："你是谁？"山坡小道上的工友们心里都有同个问题："你是谁？"

华程向着队伍："我是顶着别人的名字来矿上干活的。"

一句话，把他和工友们的距离拉近了。矿上每天都在死人，工头不上报，吃空额，有时招一批人，也是顶着死人的名字干活。

华程为了证明自己的身份，从口袋里掏出一张叠得四四方方的大纸，打开，是那张《中国人民解放军布告》。十斤娃、油娃想起周老大那句话："我马上就交给他！"不用问，就全明白了。

十斤娃的眼里又惊又喜。

天真的油娃冲口而出："毛主席派来的解放军！"

"解放军？"

"解放军！"

队伍里嗡的一声，一个个传开了。几天来，在烟熏火燎的黑窑洞里，在泥泞油污的钻台下，在采油井房，在设备简陋的炼场，受苦的工友们秘密地、充满希望地谈着这个消息。今天证实了，这不是谣传，不是梦想，这是实实在在的啊！小油娃认出他来了！那还有错！

人们像潮水一样往前涌，紧紧地围上了华程，一张张油污的脸，一双双激动、兴奋、明亮的眼睛望着他，期待地望着他。

华程张开手臂，热情地说："毛主席关怀着我们这些戈壁滩上的石油工人！咱们中国石油工业未来的希望寄托在你们身上！"

十斤娃看看大伙，看看华程，眼睛放射出光辉，好像突然之间他更年轻了，更英俊了，火把的红光在他身上、脸上熠熠闪烁。

华程沉静了一下，望望那峭壁顶上灯火通明的"裕明别墅"，接着说："这个油矿是咱们这些奴隶创造的。可是那些毒蛇猛兽，喝干了我们的血！要报仇，就得组织起来把他们消灭干净！一切归劳动者所有，我们要做新世界的主人！"

十斤娃憨厚地笑着。这些话是他容易理解的，是他心里片片断断想过的，今天，华程把它系统地说了出来，说得那么深刻，那么有力，那么吸引人。在十斤娃眼前展现出一个全新的世界，他在向着这个世界微笑。

华程说着，脸色严肃起来："但是，敌人在垮台以前，要把油井炸掉，把油矿烧毁……"

工人们愤怒地喊道："我们不干！"

范师傅望望那还在燃烧着的油井，自告奋勇地说："我带人去救火！"一挥手，领一群人走了。

一个青年工人："我带人去起炸药！"又有一群人跟他向采油矿方向走了。

一个老工人："我们去找经理！"

华程看看他，说："好，用工人护矿队的名义告诉他们：听候接管。保护有功者奖，怠工破坏者罚。"

华程就是这样把工人们组织起来，按照毛主席签署的《中国人民解放军布告》指引的方向行动起来，保护人民的财产。这时，许多工人从怀里掏出火红的袖标，戴在自己粗壮的胳臂上，戴在那破旧的老羊皮衣袖上。十斤娃也戴上了父亲的鲜血染过的袖标。他转身刚要跟着工人们走，华程叫住他。

"十斤娃！"华程把那张墙上揭下来的布告又还给他。"你去'裕明别墅'，送送那位可爱的洋大人，不能叫他把地质资料和章工程师带走。"

十斤娃会意，接过布告转身而去。

四、愤怒的眼睛

拂晓。在峭壁顶上的"裕明别墅"。

十斤娃把《中国人民解放军布告》端端正正贴在大理石的墙壁上，转身看看。

一间宽大的客厅，摆着沙发、流线型躺椅，地上铺着华丽的新疆地毯。靠墙的玻璃橱内摆设着珍贵的文物：陶俑、佛雕、樽和鼎。美国顾问在中国这个革命的火山口上再也坐不住了，他忙了一宿，准备天明启程回老家去，所以弄得桌子上杯盘狼藉，地上到处是碎纸片。现在他还在忙着把衣物装进皮箱。

油矿工程师章易之—— 一个三十多岁的细高个子，穿着一件黄色的旧皮夹克，旧法兰绒裤子。衣着有点寒酸，但很干净规整。

他从被窝里被顾问请来，让他考虑跟着一块儿"撤退"。他没答应，顾问不放他走，只好坐在一架落地式大收音机前，无聊地拧来拧去。

突然，收音机里出现一个新鲜的、明朗的广播员声音："……《别了，司徒雷登》……"

这声音立即吸引着章易之，他拧大一点，专注地听着：

"美国的白皮书，选择在司徒雷登业已离开南京、快到华盛顿，但是尚未到达的日子——八月五日发表，是可以理解的，因为他是美国侵略政策彻底失败的象征……”

美国顾问被这声音吓了一怔。他看看章易之，倒了一杯“威士忌”，斯文地走过来，关掉收音机，说：“喏，我说你想好了吗？工程师先生！跟我走。”

章易之看一眼顾问：“不！大学毕业以后，我骑着骆驼来到这里……我要用我的知识，使我的祖国富强起来。”

正在这时，十斤娃走进走廊，站在客厅门口听着屋内的谈话。

美国顾问不大高兴，但又无可奈何，他摇摇头说：“章易之先生，你以为你的祖国会富强吗？它还会找到新油田吗？”走到皮箱跟前，翻腾出一本发黄的美国石油杂志，“章，你听，‘中国东南部找到石油的可能性不大，西南部希望更为遥远，西北部不可能成为一个重要的油田，东北、华北也不可能含有大量的石油……’”

十斤娃站在门口听着。

——一双愤怒的眼睛。

美国顾问把这本旧杂志给了章易之。接着说：“好呀！这位美国权威给你们描绘出一幅多么美好的图画！哈哈哈……”仰天狂笑起来。

章易之心情复杂地看着他。顾问那种对中国蔑视的态度，伤害了他作为一个爱国者的自尊心，他愤愤不平；但这本杂志上的话他是熟知的，确实是出自一位地质专家的笔下，作为一个地质科学家他无可反驳，只得捧着杂志发呆。

美国顾问顺手装进几个唐三彩陶马和小型佛雕，提起皮箱：

“走吧！”匆匆走出。

章易之不动，又拧开收音机。

顾问来到前厅，在这里遇到穿老羊皮、戴红袖标的十斤娃，给他送行的是一双愤怒的眼睛。

“你！……”顾问不由得后退了一步。今天，一切都反常了，章易之不驯，这个普通“苦力”又这样大胆地盯着他。他一反斯文的常态，近乎歇斯底里地咆哮道：“我们会封锁中国的沿海，叫你们活不下去！”手杖碰到墙角的“美孚”油桶，当的一响，顾问杀气腾腾地敲击着油桶说：“看！‘美孚’！没有‘美孚’，你们这里只是一片黑暗！”

十斤娃站立着—— 一双愤怒的眼睛。

美国顾问不敢正视，回头叫一声“章！”悻悻而去。

屋内传来广播声：“……我们中国人是有骨气的。许多曾经是自由主义者或民主个人主义者的人们，在美国帝国主义者及其走狗国民党反动派面前站起来了……”

章易之拿着那本旧杂志，挺着腰杆走出来。

在门前的雨搭下，美国顾问等候章易之：“快！没有时间了！”

章易之果断地：“不！我不能跟你走！”

美国顾问看一眼章易之，好像不认识这个人似的。想想，无奈地：“哼！那么，把油矿地质资料统统给我拿来！”

章易之看看十斤娃，十斤娃坚定的眼色使他胆子壮了起来：“不！我不能！”

顾问恼羞成怒，举起手杖威胁，十斤娃、章易之不屈地站住。这时，顾问发现墙上有张布告，他歪着头，探着身看着。念道：“……一切外国侨民，必须遵守人民解放军和人民政府的法令……”伸出一只长满黑色汗毛的大手要去撕下来，十斤娃抓住他的手，一把推开，提起一只“美孚”油桶，一桶油全泼在美国顾问身上！

顾问从头到脚都是油，像一只落汤鸡。皮箱、手杖全扔了：“来人哪，造反啦！”尖叫两声，奔向一辆黑色福特轿车，拉开车门，一想，又跑过来，抱起皮箱，捡起手杖，钻进汽车，开足马力，仓皇逃去。

十斤娃愤恨地把空油桶向汽车尾部砸去，“当啷啷”，油桶滚出去很远很远。

十斤娃余怒未消，扭回身发现章易之抱着那本宣布中国贫油的旧杂志，夺过来三把两把撕个稀碎，扔在地上。

章易之嘟囔着："这是学术著作……"弯下腰，想把它捡起。他不满地看一眼十斤娃，心说：顾问是顾问，学术是学术，你怎么能这样……

十斤娃补丁摞补丁足有九斤半沉的大鞋踩在破碎的杂志上。

广播声："……多少一点困难怕什么。封锁吧……"

章易之逐渐直起身来听着。

广播声继续着："封锁十年八年，中国的一切问题都解决了。中国人死都不怕，还怕困难么？"

十斤娃年轻英俊的脸放射着光彩。他的大鞋踩着"中国贫油"那本杂志，挺立着，鲜明的袖标闪着光辉。

此时，远方传来隆隆的炮声。

五、解放了

炮声隆隆，越来越近。

高高的山峦占满整个银幕。铸铁一样的山石上，投过来一道金色的晨曦。十斤娃，一个小小的身影，在山巅上，向着晨光熹微的东方奔跑。

短撅撅的老羊皮，火红的袖标，充满希望的脸色。……他在高山上瞭望、倾听。

远方炮声隆隆。大地震动。

雪峰夹峙的祁连山口，出现一个小小的红点，像一团火在跳动。近了，更近了，是一面红旗。红旗引路，大队的中国人民解放军骑兵部队飞奔而来。

骑兵，马蹄扬尘。

战车，卷起烟雾。

重机枪在战士的肩头上颠动着。

赤脚的、穿没底儿破鞋的、穿补丁鞋的人们，工人、家属、老头儿、妇女、骨瘦如柴的孩子，爆发出欢呼声，潮涌一样地奔跑，奔跑。

十斤娃穿过人群，向前奔跑。

火红的旗，火红的袖标，火红的心啊！

压在“三座大山”底层的石油工人们，今天，终于见到了、亲手摸到了毛主席领导的工农子弟兵！

战士，尝一尝戈壁滩上的红枣吧！大娘用抖颤的手端着这粗瓷碗，尝一尝吧！

战士，贴一贴小女孩的脸蛋吧，如果不是你们来了，她还会有比她的父兄更好的命运吗？

十斤娃一把抓住第一个碰到的骑兵战士，激动地说不出一句话。这个战士年纪跟他相仿，高个子，脸上挂着亲切的微笑。他叫许光发，几年以后，他转业到石油战线，和十斤娃朝夕相处。两个人，一个火辣辣，一个热乎乎；一个粗壮豪爽，一个细致柔和，性格完全相反，倒也很合得来。这在当时，谁也没有想到。许光发跟他打个招呼忙去赶队伍，追击散匪去了。

华程同志公开露面了。他身穿军装，潇洒地穿行在人群之中，年轻的、圆脸庞的通信员背着匣枪跟随着他。

一辆战车停下，下来战车团长，他穿着长筒靴，挎着手枪，迎上华程热烈握手。

战车团长：“老华！你腿真快呀，什么时候离开延长油矿，到这儿接管来了？”

华程：“才到两个月。”

战车团长跟他告别，走向战车。

有一个人来向华程报告：“被捕的工人回来了。”

人们闪开一条路，四个刚从敌人监狱里出来的人走过来，领头的是冯超，他衣裳破烂、满面伤痕。华程同情地看看他们，与他们握手。

冯超不认识华程，问道：“您是……”

通信员：“华程同志，咱们矿的军代表。”

冯超自我介绍：“我叫冯超。”

华程："你们受苦了。"

冯超看看周围的人，担心地问："老周师傅呢？"

华程："他……牺牲了。"沉静了一下，而后抬起敏锐的眼睛说："不过，有人又戴上了他的袖标！"

不远处十斤娃的背影。臂上有弹孔的袖标红得耀眼。

冯超看一眼十斤娃，心里打了个寒噤。

华程招呼一个干部："送他们回矿。"那人领着出狱的人走了。

华程走到十斤娃身边，拍拍他的肩膀关切地问："十斤娃，你没有个大名么？"

油娃插嘴道："他大名叫周挺杉。"

华程重复着："周挺杉？"

范师傅心情沉重地说："对。这个大名起了二十三年，没人叫过……"

华程想到：这又是一个在旧社会没有个正式名字的人！不由得一阵心酸。他抬眼望望进军的洪流，望望欢庆解放的人们，克制一下，扭过头，对十斤娃说："周挺杉同志，心里装着天下受苦人，挑起担子跟党走！咱们，解放了！"

"解……放……"周挺杉念叨着，豆大的泪珠忽地涌出眼眶，抬头望望祁连雪峰，望望潮水般的工人弟兄们，气吞山河地喊道：

"解——放——啦！"

"解——放——啦！"工人们呼应着。

"解——放——啦——"千山万谷回荡着这喊声。

黑沉沉的大峭壁轰隆隆地倒塌下来！

不可一世的阴暗碉堡稀里哗啦地倒塌下来！

欢腾的乐曲声响起。

六、不信没有油

茫茫的云海。

壮丽的山河。

钻机轰鸣，转盘飞转。

——二十四岁的周挺杉站在党旗前举手宣誓：誓为共产主义的实现奋斗终身。

转盘飞转。

——进入壮年的周挺杉已经成为一名钻井队长。他头戴铝盔，弓着腰，奋力地拉着猫头绳。头上大汗淋漓。

转盘飞转，岁月流逝。

裕明油矿新区。井架立在山包上，钻机轰响，正在钻进。井场峭壁边缘立着大标语牌：“为实现一九六〇年持续跃进而奋斗！”

标语牌下可以望见布满抽油机的石油河谷。

周挺杉在扶刹把。这时他已经三十四岁，长出青须须的胡茬，方脸上骨骼突出，纹路清晰有力，身材魁梧健壮，精神焕发。一双眼睛坚毅有神，专注地盯着前面的指重表。

井场上，成排的钻杆前，范师傅和油娃指点着一张草图，在研究一项技术革新方案。范师傅还是老样子，瘦长脸，黑眉毛下有一对严厉的眼睛、微微驼背。他对着草图摇着脑袋，显出一种老不满意的神情。油娃变化很大，他已长大成人，二十五岁了，成为一名司钻。他长得虎背熊腰，大鼻子大嘴岔，敦敦实实的中等个子，眼睛里总是洋溢着一股快乐的光芒。“三座大山”压了他十四年，到底没有把他压倒。他乐观豪爽，不知道什么叫苦和累，此刻他正对着草图憨厚地笑，显出对什么都很满意的神态。

女地质技术员姚云朗走来。她二十六七岁，结实健美，穿了一身褪色的布工作服，半高腰翻皮靴。她是石油地质学校的毕业生，在井队劳动和工作六七年了。在工人师傅的教育帮助下，她荡涤了自己身上的学生味儿、知识分子腔，养成质朴、热情、坦率的性格。她来到油娃、范师傅跟前，一拍油娃的肩膀：

“油娃，马上到五千米啦！”

油娃：“是吗？技术员！我马上就去。”

姚云朗走上钻台，主任地质师章易之也在钻台上，两个人专注地看着方钻杆。这是一个关键时刻，周挺杉井队在向月进尺五千米大关冲击。

方钻杆上用红铅油画着一个杠杠，这是到达五千米的一个标志。方钻杆转动着，钻机轰隆作响，钻头在地下猛烈钻进。一会儿红杠杠隐没在转盘下。

章易之兴奋地说："好啊！"

姚云朗高兴地叫道："章地质师，周队长！月上五千米实现啦！"

她又转过身向井场上干活的工人们喊："月上五千米实现啦！"

工人们欢呼着。

周挺杉交班，若有所思地走下钻台。

石油河上卵石累累，挂满黑色原油，溪水奔流直下。转弯处，水流平缓的地方，水面上漂着一层原油。这些油都是从上游断壁上渗出汇聚到石油河里的。

两岸峭壁之间有一架铁索栈桥，桥上挂着标语："下班多捞一勺油，支援社会主义建设。"

此时，石油河上聚集着许多人，有下了班的工人们，也有工人家属、小孩，人人拿着一个铁舀子在水面上撇油倒进小桶，再送进大桶。国家缺油，石油工人就这样一点一滴地增产节约，支援社会主义建设。

周挺杉的母亲周大娘六十多岁了，两鬓如霜，精神矍铄，也在捞油；周挺杉的妻子陈淑芬帮她提着小桶去倒油。

周大娘叫住儿子，关心他正在钻进的这口井的情况，盼望它能是个高产油井。因而问道："这口井能喷油吗？"

周挺杉没言声。这口井没给他们带来什么好消息，地质部门已经决定不下套管，不试油了。他没法回答母亲，叹口气去捞油。

周大娘从儿子的脸色就明白了：又打了一个干眼。她深深地叹了口气，接着捞油。

周挺杉默默地，一勺一勺地捞着油。他为国家缺油而焦急、忧虑，心上像压了一块大石头。

从小河那边跑来了兴致勃勃的冯超。他穿着一件油亮的皮夹克，戴着一顶皮制帽，拿着一个皮面笔记本，老远就喊道："周队长，你们创造了全国进尺新纪录，晚上开发奖大会。六点钟，你带上队伍……"精明强干的冯超，安排得十分周到，连入场仪式都计划妥当了。

可是，周挺杉却打断了他："冯处长，大伙商量了，我们不去领奖！"还是闷头捞他的油。

冯超出乎意料，不知道是怎么回事，他从河中的卵石上连跳带蹦地过来，严肃地说："这是专家的建议。"他把"专家"两个字强调了一下。

周挺杉平静地："你是专家工作处长，你知道，一棵树上的果子还酸甜不等，都是专家的建议，也有对有错。"

这样对待专家，可把冯超吓了一跳，他左顾右盼，然后小声告诫："老周，这话你只能跟我说……"

"冯处长，电话！"河对岸有人来找冯超接电话。

冯超不耐烦地回答："你叫他等会儿！"继续对周挺杉说："咱们不会搞工业，你不靠人家靠谁？！"

"靠自己。"周挺杉简单明确地回答，提起小桶走向旁边的大桶。

"自己？你，还是我？"冯超找一块干净的石头坐下说："我只不过是在华程同志进矿以前，领导过一次自发的罢工，至于搞工业，还得照猫画虎地跟人家学。在旧社会，你一直是个拉骆驼的，念过几本书？"

周挺杉："毛主席说，破除迷信，解放思想。一句话，壮了我们石油工人的胆！十年了，我们打了不少干窟窿，拼了命才找到两三块十几平方公里的小油田，得想想走什么路了！"他走回来，站在冯超面前。

冯超也站起来，严肃地批评说："你有一股危险的情绪！"

"冯处长！"叫电话的人又来了，"专家的电话，发脾气了！"

这才引起冯超的重视，答道："哎，我马上去接！"又一次问周挺杉："这么说，领奖的事你准备对抗到底了？"

周挺杉不言声。

冯超：“好吧，我报告给矿长，如果通报批评，我可尽到了自己能尽的责任……”冯超抱着对同志犯错误表示惋惜的表情走了。

周挺杉“哼”了一声，并无回头之意。

冯超跳过卵石，迎面碰上章易之。冯超一滑，险些落水，穿着水靴的章易之扶他一把，冯超匆忙去接电话了。章易之看着他的背影，对周挺杉说：“整个油矿数他最忙，风云人物……”然后，回过头，劝解似的，“老周，奖还是去领吧！”

周挺杉仍是不言声。

章易之：“你怎么啦？”

周挺杉看一眼地质师，在身上揩揩油手，从口袋里掏出一张磨毛了边的报纸，递给章易之。

章易之打开报纸。这是一张《人民日报》，报上头版头条发表了一条新闻公报，红字通栏标题：“第二个五年计划提前三年完成”。

章易之叹口气：“啊，我看过了，全国许多工业部门都提前三年完成了国家五年计划，我们石油没有提前。”

周挺杉思潮起伏，抬眼望望群山中的油矿。

油矿全景：只有几平方公里大小的油矿，山顶山洼抽油机密布，一上一下地抽着油。

周挺杉朴实诚挚地说：“过去，我是蛤蟆坐在井里，只看见碗大的天，不知道咱们这油矿有多大。那次参加群英会出去一看，人家各行各业都在大跃进，都需要油啊！……”

北京街头，长安街上人来车往，公共汽车上背着巨大的煤气包。

周挺杉接着说：“我问人家，这是哪国的汽车？背着个啥家伙？人家告诉我，这是咱们的汽车，没有油烧，背的是煤气包！老章，我是个石油工人，让国家作这么大的难，还有脸领国家的奖金？”

一番话出自肺腑，周挺杉深深地激动着。

章易之不理解这种感情，他劝慰地说：“找不到大油田是地质上的事，你急有什么用？”

周挺杉看章易之一眼，感情深沉地说：“国家没有油，国家有压力，咱们是国家的主人，要分担这个压力！”

章易之还是劝解地：“可……老周，你不明白，咱们可能确实是……”他犹豫一下，直率地说，“……贫油！”

周挺杉的心头受到猛然一击，他听不得这种没出息的话，额上绷起青筋，眼睛呼呼冒火，问：“谁说的？”

章易之像个耐心的师长在教一年级学生，为了向周挺杉通俗地解释地质学，他弯下腰拣起一块岩石说：“陆相地层是不可能有大油田的。”

周挺杉接过这块岩石，眼睛放射出火一样的光芒，严峻而自豪地说：“我就不信，石油就埋在人家地底下，咱们这么大的国家就没有油！”说着，高高举起那块岩石，向石油河底砸去，石头激起一片水花……

轰隆巨响，北方广阔的大草原上，一股股黑色烟柱拔地而起，直冲晴空。

这是石油地质普查人员在采用连片地震方法查明地下构造规律。地震车里，仪表亮着红绿灯，自动记录着数据。操作员聚精会神地工作着。

轰！轰！轰！一连串的爆炸。

三月。黄昏。裕明油矿石油河上。

像往常一样，周挺杉带着下了班的工人们捞油。像往常一样，周大娘、陈淑芬和家属们在捞油。

多捞一小勺油也是好的，国家需要油啊！

一个穿旧军装的人气喘吁吁地跑来，顾不得绕桥，顾不得踩着石头，他穿着鞋在河水里奔跑，水花溅湿了半截身子。他是井队指导员许光发——裕明解放时与十斤娃见过一面的骑兵战士。

许光发边跑边喊：“同志们！老周！”

出了什么事？

许光发喘息未定，对围上来的工人们说：“咱们在北方大草原田家庄，发现了大油气藏！”

周挺杉兴奋地听着。

许光发：“中央决定，石油战线要集中优势兵力，调集全国的精兵强将，在那里展开一场石油会战！”

章易之听见这话也奔过来。

许光发：“章地质师，让你马上回矿长室，给你买好了飞机票。”

章易之也非常兴奋，拿着油舀就走，走了两步才发现手里的勺子，他把勺子还给工人们，急忙走了。

人们欢腾起来。

范师傅：“队长，我们怎么办？”

油娃：“我们要首先报名！”

一个工人：“队长，可不能把咱们落下！”

周挺杉想想，说：“指导员，赶快打报告，请求参加石油会战！”

工人们围着指导员许光发七嘴八舌地说：“打报告！”“走啊！”

周挺杉来到捞油的家属里面，站在周大娘面前，激动地看着娘说：“娘！……”

周大娘也听说了喜讯，慈祥豁达地望着儿子，她完全理解儿子的意思，深沉地说：“去吧，孩子，娘懂！”

周挺杉振奋地抬头仰望。

晴空白云，一只雄鹰振翼高飞。

第二章

七、草原盛会

汽笛长鸣，列车在飞奔前进。

八百里秦川，嫩柳、麦苗、桃花从车窗外闪过。

嫩柳、麦苗、桃花化作大雪纷飞。

……

北国大雪原。雪后初晴。

田家庄小站——两股道岔，小小站房。站台上人群熙攘、锣鼓齐鸣，一片欢腾。

火车进站。周挺杉穿着雪白的老羊皮站在车梯上，凛冽寒风吹袭着他，他热血奔腾，兴奋地望着这场面：铁路沿线，万头攒动，车辆穿梭。全国各地支援会战的物资，石油战线调集来的各种设备堆在车站内外，堆在线路两侧的雪地上。货车占满了道岔，车上巨大的井架、泥浆泵卸不下来。汽车上水泥、重晶石粉、白灰和白面、大米互相压摞着。汽笛声、马嘶声、机器声、人吼声交织成一曲雄壮的交响乐。

会战前线指挥所王副指挥、当地驻军的代表、田家庄老贫农田大爷在车门口迎接井队。

周挺杉走在站台上，穿过人群。三五成群的工人们穿戴着各种装束来往、交谈，五湖四海的口音此起彼伏，有的寒暄，有的问路，有的找不到队伍，有的在找他们井队的设备。

周挺杉在人群中碰到一个老工人，一杆“硬骨头钻井队”的大旗在他手中擎着。周挺杉一把抓住这个老伙伴：

“呵！老盛！离开裕明三年，扛着这家伙来了？”一指红旗。

老工人：“我算啥，我们这帮四川娃子厉害哟！”指着他身后的一群个子不大的小伙子们。那些人正叽叽哇哇地讲着四川话。

正说着，一个大个子工人走过来，抓住周挺杉：

“老周！好家伙，你月上五千米，把我们青海冷湖都搅翻了！”

“那算啥！快去看看大草原吧。到这儿，不上一万米不行啦！”

周挺杉豪壮地大声吵吵着。

转业战士秦发愤背着背包跨过铁轨走过来。他东张西望，不论见谁都一律叫师傅。他拍拍一个戴大皮帽子的人的肩膀：“师傅！采油……”那人一回头，原来是个年纪只有十八九岁的姑娘，是个女焊工。秦发愤不好意思地“嗯呐”了两声，尴尬地笑着走了。

女焊工继续整理着她的脸盆、电焊面罩。

秦发愤走着，迎面碰上穿一件新做的小羔皮袄的油娃。

秦发愤："师傅！"

油娃："别客气！"

秦发愤："采油指挥部在哪儿？"

"采油？……"油娃这才认认真真地看看秦发愤。只见这个人在面前一站，像是戳起一截铁塔，粗胳膊粗腿，起码得穿四十二号鞋。棕黑的方圆大脸，显出一副憨厚纯朴的神态。一身整洁的新军装，就是没有领章帽徽，背着一床叠得有棱有角薄薄的被子，真发愁他怎么能盖上脚。油娃看个够，越看越喜欢这个人，于是他眉头微蹙煞有介事地说："真可惜了儿你这么大个儿！干采油？上班四件：量油、测气、清蜡、扫地，连女娃子都能干。"

"啊！"秦发愤吃了一惊。

偏巧，这时从站台上传来一声清脆的喊声："新疆女子采油队集合啦！立正，向右看齐！向前看！报数！……"女子采油队的红旗飘扬、几十名女娃子英姿飒爽。

这里秦发愤可认真地犯了愁。

油娃趁热打铁："有把子力气，还得说是干钻井啊！"他充满一种自豪感。

秦发愤下了决心："钻井活重？行！那就干钻井去！"跟上油娃走了。油娃帮他抱着军用皮大衣，两个人边走着，秦发愤边说："参军前在家打过井，熟悉！"

油娃忍住笑："水井啊？"

秦发愤认真地答应："啊！"

油娃忍不住哈哈大笑起来。

秦发愤今天还是油井、水井不分，明天将成为出色的石油工人，因为他是中国人民解放军的战士。

站台一角搭了个席棚，这是田家庄生产队设立的接待站。老贫农田大爷提着把黄灿灿的铜壶给石油工人倒水。茶棚里，有不少工人就着热水啃着干粮。

一个临时搭就的锅灶前，一个青春焕发的农村姑娘扒着灶门吹火，被烟气呛得直揉眼睛，她叫龙燕。她抬起头，对田大爷说：

“舅姥爷，你看我爹够多小气，借他点柴火净给些湿的！”

“你爹又怎么啦？”龙虎滩屯富裕中农龙富贵搭茬了，对闺女专揭自己头上的疮嘎渣儿大为不满。他穿着大个牛皮乌拉，嚓嚓地踩着雪走过来，把一摞大碗捧给田大爷说：“舅舅，你看我龙富贵为了石油会战，连金边细瓷碗都贡献出来了。”把碗交给田大爷，又补充说：“八个啊！”

一个挑水的青年农民说：“哎哟，瓷公鸡也拔毛啦！”

说得在场的人都哄笑起来。

在茶棚里喝水的一个新工人赵春生笑得前仰后合。突然，他停住笑，看见周挺杉在前面跟人说着话，赵春生喜出望外，叫一声“周大哥！”急忙奔了过去。

周挺杉见赵春生来了很高兴，忙问：“赵春生，你怎么来了？”

赵春生：“油矿招工，我爹就叫我来了，到老矿一问，你们走了，我紧撵慢撵……”

周挺杉：“总算撵上了！好，就在这儿好好干吧！”

“哎，当个石油工人多荣耀，头戴铝盔走天涯！”到底是个初中毕业生，赵春生说话还有点诗意哩。

在两股道岔之间，巨大的部件还没从货车上卸下，把这里夹成一个胡同。

周挺杉好不容易打听到指挥所的地点，正要去找，在这里迎面碰上油娃，他后边还跟着一个大个子转业兵。

油娃报告：“队长，咱们的钻机还没到。”然后凑近来，在周挺杉耳边说：“转业战士，捡的！”

“捡的？”周挺杉莫名其妙，油娃向他挤挤眼睛，意思是说，搞会战，不分工种，哪里有活就在哪里干呗，你就别细打听了。

秦发愤上前一步叫道："师傅！"

"叫什么名儿？"周挺杉问。

"秦发愤。"

"啥？秦发愤！这个名儿好啊！咱俩换换？"周挺杉风趣地说。

秦发愤却当了真，正经八百地说："抗美援朝的时候起的。"

"啊，有纪念意义！"周挺杉拍拍他的肩膀说："好哇，发愤拿下大油田吧！"

秦发愤认真地点点头。

周挺杉对油娃说："走，咱们到前线指挥所去。"

油娃对秦发愤说："好啦，妥了！"把皮大衣还给秦发愤，跟周挺杉走了。

八、决策时刻

大雪原，一望无涯。远处，矗立着几座蒸气腾绕的井架。

周挺杉、油娃深一脚、浅一脚地走着。

走远了。雪地上，两个小黑点向前移动。

圆木栅栏院内有几座大牛棚，几座新搭的活动板房。没有转移完的奶牛在远处哞哞叫着。拖拉机开进开出。圆木桩子上挂着白木牌子："草原牧场第五牛舍"。

周挺杉、油娃走到门口，愣住了。

一个女干部从牛棚内出来，摘掉牛舍牌子，换上一块新写成的木牌："创业油田会战前线指挥所"。

周挺杉笑了，与油娃走进院里。

牛棚内，大牛棚用布帘、棉毯、木箱隔开，过道两侧，一个桌子或是一张行军床就是一个科室。牌子上写着：供应处、后勤处、财会科、生产处、女宿舍——闲人免进。供应处长在膝盖上往烟卷盒背面批条子。后勤处正在开会。女宿舍里一个女同志在烧水，炉子上坐着铝盔。

背行李的、拿网兜的、背工具袋的人进进出出，几台电话铃这个响完那个响。——总调度室更是繁忙。

一群人围着总调度——这是一个三十多岁、精明强干、不知疲倦的人，他几乎是同时回答着几个人的问题。

一个井队长："我们井队到了，住在哪儿？"

总调度："到田家庄。"

特车队长："总调度，我们特种车辆大队明天到，还没房子呢。"

总调度："天大的房子地大的炕，在四区找地方搭帐篷。"

"我们井队行李到了，有卡车吗？"

"两辆够不够？"总调度开着条子。

青年钻井队长："我要两台吊车！"

总调度："我们手里只有一台吊车，还是借铁路的！"

青年钻井队长："没有吊车可怎么卸钻机呀？"

中年队长："总调度，给我两台拖拉机吧？"

……

这一切对答、安排并没有耽误总调度接电话。

周挺杉看插不上话就向油娃示意，两人离开总调度室，刚来到过道里，碰上一个穿蓝棉袄、戴栽绒帽、架着一副眼镜的年轻人，他叫魏国华，北京石油学校学生，他抱着一卷大图纸。

周挺杉："哎，同志，我们的井位在哪里？"

魏国华停下："井位？井位还没定下来呢！"

周挺杉急切地："什么时候定下来？"

魏国华不慌不忙地推推眼镜："难说。"说完要走。

周挺杉叫住他："哎哎，我说你是地质所的秀才吧？你们怎么也不着个急？"想了一下、幽默地说："那好吧，我跟你上地质所，就住在你们那儿啦！"说完看一眼油娃。

油娃立即领会："对、对，不定下井位，就睡在你们的办公桌上！"一转脸工夫魏国华走了，两个人连忙追出去。

魏国华弓腰钻出牛棚的便门，向地质所走去。

周挺杉、油娃跟着不放。

周挺杉："喂，等等！"

魏国华看一眼这两个陌生人，断定他们是井队工人。他被纠缠得有点不耐烦了，带有点教训的口气说："哎，你这个同志，急哪门子呢？等几天，不就是少打两口井吗？"

周挺杉一心扑在多打井、快打井上，怎能容忍这种话，他急了："少打两口井？你为什么不叫我多打两口井？我看，你老兄脑袋里有条虫，得想个什么法子，给你捉出来！"说着，伸出手要把魏国华那条虫从脑袋里挖出来似的，小魏不高兴地一躲。

油娃憨厚地笑着。

魏国华转身走到一幢活动板房门口，拉开门。

周挺杉大声吵嚷着跟过来："说话轻飘飘的，你……"

"嘘！章总正在讲话呢！"魏国华轻轻地拉开门走进去。

周挺杉和油娃也跟进去。

活动板房是用三角铁做架子、胶合板做墙拼装起来的。屋内是地质指挥所，绘图桌、仪器箱、绘图板拼起来的会议桌占满屋子、墙上挂满了图件：

"创业长垣构造图""田家庄设计井位图""钻机运行图""×井综合柱状图"。前线指挥所政治委员兼指挥华程，年轻的王副指挥、原专家工作处长现任副指挥的冯超坐在前头，女地质技术员姚云朗坐在几个工程技术人员中间，还有些工人代表，有坐长条白木板凳子的，有坐木箱的，刚下火车的坐在行李卷上。这是在开"三结合"设计座谈会，根据总指挥部意图讨论油田勘探方案。

总地质师章易之先谈自己的意见。他穿着整齐、说话简洁扼要，手拿一根白木指示棒，不时指指某个图件，脸上是兴奋的神色："……通过地震，圈出了这个地区有三个大构造：田家庄、龙虎滩、无名地……"

魏国华悄悄地走进来，把一卷子图纸放在桌上。

周挺杉、油娃悄悄进来，坐在门口的木箱上，专注地听着。那张大图上画出的三个可能含油的构造，使他异常兴奋、眼界顿开。多少年来，他盼的就是走出小山沟，甩开膀子干，拿大油田啊！

章易之：“……其中，田家庄构造上几口探井，先后喷出工业性油流，日产十二吨左右，来头不小！我们一定要好好地搞，珍重这个发现！因此……”然后说出他的具体方案，“准备以田家庄一号井为中心，用比较小的井距，逐步向外扩大、争取快些——最多两年吧——查明田家庄地下油藏的情况，而后，投入开发”他放下指示棒，回到自己位子前安然地坐下，抬头看一看会场的反应。

周挺杉大为失望——田家庄是三个构造中面积最小的，两年才能查明，第三年以后才能投入开发，什么时候出油呢？龙虎滩那么大，无名地更大，什么时候才去勘探呢？国家的石油落后帽子什么时候才能甩掉呢？

人们也是这样思考着。全场一片沉默气氛。

华程的眼睛离开面前的一堆资料，敏锐地扫一下会场，风趣地说：“这几天，章总地质师熬红了眼睛——-哦，在冯副指挥的参与下——搞了这样一个方案。大家可以横挑鼻子竖挑眼、品头论足嘛……”

章易之也风趣地说：“我这个丑媳妇不怕见公婆！”

全场活跃，气氛一下子热烈起来。

姚云朗洒脱地站起来：“我来向我老师的方案开一炮！”

章易之以长者风度说：“欢迎，欢迎。”

姚云朗整理一下思绪，犀利地说道：“别忘了历史教训。五八年以前，我们吃够了照抄书本、迷信洋人的苦头！油田勘探，一上手就局限在一个局部构造上，小井距，一步一步爬行。这种少慢差费的勘探方法，章总今天还在用。”

华程意味深长地看一眼章易之。

章易之脸色微红，有点尴尬，也有点惊异。

会场上，人们议论起来。

一个技术人员：“国外有的油田，就是这样，爬行了十几年，才找到油田的主要部位。这不行……”

冯超有点不安，看一看会场。

华程兴奋起来，注意地倾听。

章易之不服气地："那依你们说……"

冯超胸有成竹地一指手，制止章易之，站起来。

冯超神采飞扬地说："几天来，心情振奋！石油工业开会坐末排的日子结束了！该我们施展一番了！我支持章总这个方案，同时还有一个进一步的设想。那就是：完全凭借我们自己的力量，在草原上建设一座有街心花园、研究中心和工人文化宫……这样现代化的石油城。"

周挺杉注意地听着，动脑筋地思索着。

冯超身旁的王副指挥忍不住了，说："凭借自己的力量走洋人的老路？按照外国人那套先盖楼房后找油的办法，不符合多快好省。今天，我们应该按照总路线的精神，因陋就简，先搞生产，后搞生活，建设咱们中国式的大油田！"

周挺杉满意地笑了。

冯超："王副指挥，你可是工人出身啊，应该理解我这个方案是处处为工人着想！"话说得有感情，仿佛含有不容辩驳的力量，之后他面带微笑地问道："因陋就简，工人心里会怎么想？"

这话问得干部们不好回答，使得一些知识分子点头思考。华程不动声色，他相信会有人出来回答。

"我们工人想的是：一拳头砸出一口井，拿大油田，让原油咕嘟咕嘟地冒，淹死敌人！"门口，传来了洪亮的嗓音，穿着老羊皮，带一身风尘的周挺杉说话了。

人们的眼光一齐转向门口。周挺杉和油娃并肩而立，像中流砥柱。

华程敏捷地抬起眼睛："哈哈。周挺杉！"忽地甩掉披在肩头的旧军大衣站起来，步履生风地奔过来，兴奋之情，不可名状！王副指挥、冯副指挥、章易之、姚云朗也跟了过来。

人们与周挺杉、油娃握手。

周挺杉："华程同志，快给我们井位吧！"

华程看他那急切的样子，笑笑，又转眼看看章易之。

章易之有点歉意地说："马上就给，马上就给。"

华程又指着姚云朗："也别放过姚云朗，副总地质师。"

姚云朗还不知道，吃惊地问："政委，我……"

华程："党委昨天深夜决定的。"

周挺杉："那我们队的地质员……"

章易之："党委已经通知了地质所，决定让魏国华到你们队当地质员。"转过脸向会场上寻觅，叫道："小魏啊，过来！"

真是"冤家路窄"，周挺杉和"小秀才"魏国华又见面了。周挺杉伸出手，做一个"捉虫"的样子，爽朗地大笑起来。魏国华本来有点尴尬，这时也被逗乐了。

华程亲昵地挽着周挺杉的胳膊，穿过会场，来到巨幅地质图前。

章易之指着图详细给他介绍情况："看看吧，田家庄、龙虎滩、无名地，含油有利地区……"

周挺杉兴奋地："这三个构造连起来，可真像一只大老虎，无名地是头，龙虎滩是肚子，田家庄是尾巴。"

华程："老周，时机成熟了，我们要闯出一条自己的道路！"他期待地看着周挺杉，请他发表意见。

周挺杉激动地说："我说华政委，章总，咱们别抓住老虎尾巴抖威风啦！干脆，骑上这只大老虎吧！"走到桌前，他抓起一把红色图钉，又回来，"这里打井（把一颗图钉按在田家庄构造上），这里也打井（又把一颗图钉按在龙虎滩构造上），无名地也穿它几个窟窿！（按上两颗图钉，用拳头"通通"砸两下）大井距，甩开勘探！解剖整个地区，寻找更大更高产的油田，抱个大'金娃娃'！"

冯超不以为然地皱皱眉头，章易之不敢相信地摇摇脑袋。会场上的人们开始是震动、静听，接着是兴奋、激动，人们小声议论，传来嗡嗡的说话声。

华程眼里闪出睿智的光，他因势利导，借题发挥，激动地说："好！老周！我补充你的意见。"边走边说，走到图前，"我们现在要采取区域展开，重点突破，各个歼灭的方针。咱们一手拿田家庄，一手伸向龙虎滩和无名地。争取一年内拿下这三个构造。如果能抱个大'金娃娃'，那好，后到的井队统统压上去！一举改变石油工业的被动局面！"

像是投下一枚炸弹，人们议论、争吵，有的鼓掌，有的深思。有的提出各种各样的问题，有的担忧，有的信心百倍，华程潇洒地扔下指示棒，拉周挺杉坐下，端起一杯水，吹着里面的水……时而瞥一眼会场。

会场热气腾腾，人们激动不已。一个戴眼镜的瘦高个子青年站起来在人们头上大声吵嚷："我总的感觉是我们'解放'了！"

章易之沉不住气了，他无限忧虑地说："政委，这……"

华程招呼大家："大家静一静，听听章总的。"

章易之："雄心太大，怕是骑虎难下啊！"他以质问的口气说："在座的谁敢保证甩开以后井井见油？"

华程看着章易之那种认真的神情笑了，说："马克思主义者不是算命先生，章总！"

章易之张口结舌说不上话来。

冯超见此情景又站起来，他相信自己雄辩的口才和有力的论据，想"力挽狂澜"，于是带有杞人忧天的神色说："我们的会战，是在困难的时期、困难的地点、困难的条件下上马的。田家庄方案加石油城计划，适合今天的需要，它可以帮助我们克服困难、渡过难关、稳定队伍……"

华程紧接着说："困难确实存在。但是，克服困难，我们靠什么呢？"

周挺杉回答说："不能靠退缩到石油城里去！我们靠党的领导，大搞群众运动，按照毛主席制定的革命路线前进，坚定地走独立自主、自力更生的道路！"

群情振奋，热烈鼓掌。冯超面带愠色悄悄坐下。

华程说："这是完全符合会战总部党委意图的！我们一定能完成这个战略意图！"

群情越发激昂，掌声四起。

刹那间，冯超开动脑筋，快速地分析了形势。他知道，大势已去，群众跟着周挺杉、华程走了。为了表现自己的"党性"，也为了挽回对自己不利的群众影响，他抓住一闪即过的时机站了出来，以沉重的口气说："这……我理解错了。既然总部党委也是这个意图，作为一名党员，我撤销原来的方案，坚决拥护甩开勘探！"

章易之大为惊骇地看着冯超，冯超刚一说完，他就涨红着脸霍地站起来说："作为一个党员，我服从党委的决定，但……保留意见！"

华程用红蓝铅笔敲打着手心，深思着。

周挺杉眉头紧锁，思考着未来的斗争。……

九、顺水推舟

深夜。章易之、冯超住的活动板房里，点着煤油罩灯，原油炉子烧着火墙，白木板搭成的桌子上堆着图表、资料和几块有生物化石的岩芯。章易之正伏案审核一张龙一井（龙虎滩一号井）设计井位图。他翻阅着田家庄、龙虎滩已取得的资料，反复核对着。

另一个角落是冯超的小天地，布置得井井有条，比较考究，有不少外国的小玩意儿，烟斗啦、烟盒啦、几本俄文书啦。劳累一天，冯超刚回来不久，正在原油炉子上煮咖啡。条件较差，冯超倒也能克服困难自得其乐，他用一只刷干净的铝盔权当咖啡壶。煮好了，他倒了两杯，放上方糖，端一杯热气腾腾的咖啡给章易之送过来。

冯超："来，喝一杯。"

章易之闻见咖啡香味："咖啡？"

冯超矜持地说："真正非洲货，专家送给我的。"他看看桌上的图纸问道：

"龙虎滩一号井设计出来了？在构造的顶部？最有希望见油喽……"

"如果它有油的话。"章易之答道。审核完了，在图下"负责人"

一栏里飞快地签上自己的名字。他直直腰略事休息，打了一个呵欠。

冯超抿一口咖啡，随便似的问："还坚持原来的想法哪？"

一句话又勾起章易之的不满，他直率地说："我不会随机应变。没学会！"

冯超明白这是冲谁来的，但他不予计较，解释说："你是地质家，可以坚持己见，像我，搞行政的，是个副手，党内又没有职务，地位难处哇！"

章易之为了表示安慰之意，告诉他一个消息："听说要正式建立前线党委，是补选……"

冯超早就知道，但装作不知道，兴致勃勃地问："知道酝酿什么人？"

章易之摇摇头。

冯超："要是能选上你、我，还可以把方案拿到党委会上……"

章易之："我，从来没想过！"

冯超不信，问道："是吗？"

章易之热诚地帮助他道："作为一个党员，你怎么可以在会上出尔反尔，你……"

冯超笑了："说你是个书生，政治上的事，你……"莫测高深地摇摇头。

章易之："什么意思？"

"好啦，不说这个。"冯超拉把椅子坐在章易之对面，与章易之谈心："你想过没有？这个油田是解放以来最重要的发现！谁没有自己的想法？搞好了关系重大啊！"

章易之："你说的是对国家，还是对个人？"

冯超不可理解地说："这怎么能分开呢？"

章易之认为这话说得含糊，他自己坚持意见并不掺杂个人欲望，于是申明说："我认为，我们应该为党的事业而坚持斗争！"

冯超对这位知识分子出身的干部要求并不太高，只要他坚持就可以了，至于他说得如此冠冕堂皇，冯超只能一笑置之。跟这位书呆子不能太认真，不然他会跟你吵吵一夜。因此冯超笑道："我跟你一样！"

章易之这才放心地去查阅一本资料。

图纸上放着一只放大镜，冯超拿起来，身子俯伏在图上。

放大镜移动着，最后停留在写着"龙虎滩一号井"字样的圆圈上。

"咚咚咚"，测量队员把一个木桩钉在雪地上。木桩上写着规整的仿宋字："龙虎滩一号井"。

测量队员背起图纸、三脚架、仪器箱上了汽车。

这是几天以后的一个黄昏。在龙虎滩屯外一块高岗地上，错落的农家房屋在望。

离木桩不远，还立着一块小小木牌，上面歪歪扭扭地写着五个大字："龙富贵房场"。富裕中农龙富贵，穿着大皮坎肩子，大乌拉鞋，从房场木牌前走到龙一井井位标记前，眼望着正在装车的测量队员，狠狠地踢了木桩几脚。

摩托声由远而近。冯超骑着摩托来了。

一个戴眼镜的测量队员说："冯副指挥，这一家伙甩这么远，能行吗？"

冯超听出来问话的人是持怀疑态度的，批评他道："这是总部党委的决策！"

测量队员不敢再说什么了，上了车，汽车开走。

冯超检查一下井位标记。

龙富贵笑容可掬地迎上来说："您是石油的？副指挥？我叫龙富贵。"

"啊，什么事呀？"冯超不在意地答道。

龙富贵："把我的房场给占了！我问那位戴眼镜的了，他做不了主。这井，能不能挪个地方？"

冯超感兴趣地："挪个地方？往哪儿挪？"

龙富贵："荒草甸子上不行吗？别占我的房场。"

冯超沉吟半晌："唔，农民的利益是应该考虑……"看一眼龙富贵。

龙富贵认为有门儿，忙说："你要是答应了，那就不用麻烦测量队，我能挪。你答应了？"期待冯超再肯定一下。

冯超立即收住，板起脸教训地说："答应什么？我什么也没答应！你们这些人只考虑个人利益！我告诉你说，这口井要是见了油，别说你的房场，全队的地都得占，人也都得搬家！"他骑上摩托嘟嘟嘟一溜烟走了。

龙富贵完全摸不着头脑了。他追上几步说："那你刚才……"可是冯超已经走远了。他想了一下，被冯超的批评和威吓所激怒，冲着摩托的方向吼道："搬家？我先让你搬！"奔到井位标记跟前，踢了几脚，摇晃几下，拔下来拿走了。

一〇、喊出党委想喊的话

夜。华程宿舍。这是牛棚的一角，一个行军床，两个木箱，两把椅子，角落里散放着一些书刊。屋角露天，阵风吹来，屋顶积雪飘进。

一张巨幅地质图铺在地上，几块油砂岩芯、一卷探井电测曲线图放在旁边。周挺杉端着蜡烛，华程拿着一支红蓝铅笔，两人伏在图上仔细地看着。

周挺杉凝视着华程，感情深沉地说："政委，你这担子不轻啊！才四十一岁，已经有白头发了……"

正在凝眉苦思的华程抬起头来，用铅笔划划头发："是吗？没什么。"站起来说："今晚上咱们不谈工作，唠唠家常。"

他拉把椅子给周挺杉坐，问道："几年不见了？"

周挺杉："介绍我入党以后，你就走了，十年了。"

"这十年都怎么过的？"华程兴趣盎然地问。

"一公分一公分地钻地球，钻透了几十座祁连山……这没什么可说的。一句话，不能只顾报答党的恩，要为党的事业而斗争！"周挺杉质朴地说。

华程又沉思起来："是啊，斗争……"

周挺杉看着华程，关心地问："压力大吗？"

华程立刻警觉，掩饰地说："什么？压力？没什么！"指指周挺杉说："说好不谈工作，可你……"哈哈哈地笑了，端起茶杯，走到火炉前倒水。

周挺杉严肃地说："你不用瞒我！"

华程装作莫名其妙地反问："我瞒你什么呀？"

"压力真的不大？"周挺杉不相信华程的话，"这个油田远景怎么样？能不能满足国家的需要？"

华程老实承认："正为这个睡不着觉；目前还不敢吹。"推过茶杯让周挺杉喝水。

周挺杉："我们应该怎么办？"

华程激动起来，一把抓住周挺杉的手说："老周！要观大局、辨风向。现在有一股寒流正向我们压过来，我们要逆流而上。你知道，我们，还有敌人，都在眼盯着你手里的刹把子！"

周挺杉斩钉截铁地说："政委，就是寒流铺天盖地，我们也要打上去！坚决拿下第一口井！"

华程站起来，走了几步，站在窗前，心里波涛起伏，说："他们卖给咱们一吨油料，比资本主义市场价格贵一倍！航空油里有马粪，柴油里头有大量硫黄！"

周挺杉心头冒火，端起瓷茶缸咕嘟咕嘟地喝了几口水，眼睛紧盯着华程。

华程转身走到挂在墙上的世界地图前，望着地图说："从来就没有什么救世主，也不靠神仙皇帝，还得靠我们自己，靠那些从前的奴隶。"他望着周挺杉，提醒说："得准备有一天连那带马粪的油都不给你了！"

周挺杉心绪沸腾，脸色严峻。

华程："连一家美国杂志也看出了其中的名堂，按照他们的逻辑说，'红色中国没有足够的燃料，即使是打一场完全防御性的战争……’你别激动！说我们‘支持不了几个星期’！”

叭的一声，周挺杉放茶杯用力过猛，茶杯碎了。

周挺杉的脸——一双愤怒的眼睛。

炉子上的水壶咕嘟咕嘟响着，喷出团团白气。

华程激动地叫一声：“老周！”

周挺杉走到门口，披上老羊皮大衣坚定地说：“我们的钻机明天到站！”他恨不得马上回去，大干一场。

华程思忖了一下：“你等等，我把那台吊车拨给你，你拉上钻机，上龙虎滩，快速拿下第一口井。接吊车去吧！”说着去叫电话。

周挺杉断然地说：“不！”

华程焦急地说：“老周！”

周挺杉想想，从怀里掏出那张给章易之看过的、已经揉搓烂了的《人民日报》，激动地说：“政委，你不用考虑我！这公报揣在怀里就像一团火，你刚才说的，又是火上浇油，烧着我们石油工人的心！好容易到了大油田，能不上？上，有困难；不上，就更困难！”

华程拿着电话听筒说：“可一部钻机六十多吨，一台吊车，是最起码的条件了！”

周挺杉：“我们井队几十个工人，就是几十台吊车，几十台拖拉机。我们有条件要上，没有条件想方设法，拼死拼活也要上！”

华程放下电话，几步奔过来，紧紧地抓住周挺杉的胳膊，激情迸发：“老周！这正是会战党委想喊出来的话！有条件要上，没有条件，创造条件也要上！”

激昂的音乐声响起。

一一、人拉肩扛

新出版的《战报》展开着。通栏大字刊登着响亮的口号：“有条件要上，没有条件，创造条件也要上！”

田家庄车站，大雪纷扬的早晨，周挺杉井队人拉肩扛卸钻机。此时正往汽车上装绞车。

周挺杉大扬起双臂喊着号子。

人们拉着粗大的棕绳。

许光发和井队工人在拉着……

华程、章易之、姚云朗在拉着……

田大爷、龙燕、解放军战士在拉着……

巨大沉重的绞车在滚杠上一寸寸地移动。

突然，一根棕绳绷断！

绞车下滑！

周挺杉发现险情，扔掉大衣，跳下来，奔过去，用一根碗口粗的木杠顶住下滑的绞车。

木杠嘎巴一声折断。

钢撬杠压弯了。

周挺杉奋力地扛着杠子。

油娃、秦发愤用力地扛着杠子。

周挺杉的翻皮鞋蹬开了线，裂着大口子。

绞车一寸寸地向汽车上移动。

漫天大雪纷纷扬扬地洒落。人们披一身雪尘，热汗淋淋。来自五湖四海的人们吵喊着，用力拉着。田家庄小站一派沸腾景象。

拉着大部件的汽车，抬着钻杆、套管、吊钳的人们，在大风雪中艰难地行进。

千里草原，漫天皆白，瑞雪纷飞，朔风怒号。成千上万的人们，结成长长的人拉肩扛的队伍，向前行进。队伍伸向遥远的天际，那里的人们变成一个个小黑点，移动着。

连营的帐篷矗立在雪原上。队伍穿过。

周挺杉、许光发抬着套管走着。

油娃、秦发愤、赵春生、范师傅抬着套管走着。

踏破没膝深的大雪……

闯过露出雪面的枯树丛、茅草丛……

周挺杉满脸汗水，嘴里喷着白气，狗皮帽子上挂满冰霜，他坚毅地迈动双脚，一步，又一步……

汽车陷进雪窝，轮子空转，司机在扒着雪。

人们在前进。摔倒了，挺立起来，再前进！

顽强地向前走啊！

长长的汽车队，长长的马车队，长长的人群队伍。

汽车载着巨大井架，一面小红旗在风雪中飘扬。

凛冽的北风扫过草原。

风雪中，挂着“独立自主，自力更生”标语的井架缓缓竖起。

高高的井架直插晴空。

地质所。

周挺杉来了，章易之高兴地迎上去：“老周，井架子立啦？”

周挺杉：“立了。”

章易之佩服地说：“真是千难万险，挡不住你周挺杉的一声喊呀！”哈哈哈地乐了。

周挺杉：“老兄，找你麻烦来了！”

章易之一惊：“唔？说吧。坐！坐！”

周挺杉坐下：“井位标记搞得马马虎虎，根本不合规格。”

章易之一听是这事放下心来，他不在意地说：“呵，冰天雪地，埋得不好，不奇怪，见橛子打井，是多年的老规矩了，你就开钻吧！”

周挺杉认真地提醒他说：“这是甩出去的头一口井，在这个问题上有争论，万一有什么差错……”

一句话触动了章总那根自尊的神经，他像被蝎子蜇了似的跳起来：“你这是什么意思？你怀疑我们的地质所？直说吧，我不同意这么干，但是，搞起设计来，我们不能违背科学工作者的良心。”

周挺杉看他那副神态，微微一笑，仍然坚持自己的意见说：“说正经的，最好复测一下。”

章易之武断地说：“测量队忙着田家庄哪，你们准备好了就开钻吧！有油没油我管不了，设计有问题我负责！”他红脖子涨脸地走出了地质所。

周挺杉忧虑地自语道："老毛病又犯了！"

一二、源泉

地平线上有一个黑色的凸起，这是一幢地窨。一连三间，留个小窗透出微弱的红光，大雪掩埋到窗口，寒风呼啸。

许光发背着一筐牛粪干，拉开尽是裂缝的木板门，走进地窨。

过道是个逐渐深入地下的斜坡，周挺杉就睡在过道里。许光发看看他，给他掖掖被子，掀开草袋子做成的门帘走进里面，放下筐，往炉子里加两块牛粪干，拿起一张《战报》坐在炉旁看着。风声呼啸、草帘子微微摆动。

铺着干草的地铺上睡满了井队工人们。他们穿着棉衣，有的还戴着帽子，盖着各色的棉被，棉被上伙盖着一大块旧帐篷布。

秦发愤脸上盖着铝盔，辗转反侧地睡不着。

魏国华也没睡着，捅捅秦发愤小声地说："哎，你干什么？"

秦发愤在铝盔下面说："睡不着，神经衰弱了。"

头上盖着棉袄的油娃钻出脑袋："牛似的，还衰弱呢！你呀，你是盼开钻盼的！"

秦发愤掀掉铝盔一骨碌爬起来，敬佩地看一眼油娃，心里说：他说对了。

魏国华伸手从地铺下的皮靴筒里摸出眼镜戴上，说："太激动了，所以……"

旁边，戴着大狗皮帽子睡觉的赵春生嘟囔着说："他那是冻得！"

说得油娃、秦发愤一愣。

魏国华没注意赵春生的情绪，借题发挥道："嗯，是啊，冷是个大问题。当前地冻九尺，泥浆池挖不了，也就开不了钻。"神秘地、得意地捅捅油娃，"我算了一下，这地方有五凉：屋里凉、外头凉、水凉、衣裳凉、被窝凉。对不对？"

油娃摁了一下他的脑袋："这秀才！"

赵春生冷冷地说："少一凉。"

魏国华："啥？"

赵春生："透心凉。"

油娃一捂赵春生脑门儿说："哎呀，糟了，发烧说胡话了！"

赵春生没好气地推开他的手，披着被子坐起来说："真没想到，石油工人天当房子，地当炕，连个大厂房都没有，真不如去当个社员啊。"

油娃急了："春生，你！"

赵春生向往地说："真的！你看人家龙富贵龙大叔，开点小片荒，种点自留地，养头老母猪，热炕头，热屋子，热热乎乎的日子……"

指导员许光发注意地听着他们的议论。

油娃生气地说："行啦！串了几回门，中毒了！我看哪，自发势力瓦解石油队伍，这是个大矛盾。"

赵春生："去你的！"

范师傅趴在枕头上点上烟袋说："这倒是个事……"

魏国华还议论他的："那是个别的。主要是天冷，挖不了泥浆池……"

秦发愤认真地跟他辩论："你挖了泥浆池，我们这批几万名转业战士，不懂技术，也是个矛盾呀！"

"都成了矛盾！主要是……"

"凡是矛盾都得解决！"

"……"

人们七嘴八舌地争吵起来。许光发咳嗽一声，人们同时钻进被窝，不言声了。

许光发看看他们，轻轻一笑说："要是睡不着，还不如围着炉子坐会儿。"话刚落音，油娃、秦发愤、魏国华纷纷围过来，坐在炉旁。

许光发："嘘——！轻点！队长累了……"看看过道，又回过头来，对赵春生说："春生，你说咱们在这儿受这'五凉'，图个啥呢？"

赵春生不言声。

许光发深情地说："要叫我说，是为全国人民能热火一点儿……队长在这大草原上给咱们捡这牛粪干，他不凉吗？凉，他是为咱们能热火一点儿！"

秦发愤恍然大悟，一拍大腿大声地赞同说："啊！对！"

范师傅看看他徒弟，严厉地警告说："嘘——！小点声！"

大家看看过道，秦发愤吐吐舌头。

许光发接着说："甩出来的第一口井就要开钻了，这些日子上上下下有多少人为它睡不着觉！困难很多呀：要摆矛盾至少能摆出几百条，可什么是决定性的矛盾呢？我想，总部党委，前线指挥所都会想这个问题。咱们也要通过实践，认识它，抓住它……"

人们又争论起来。

魏国华似乎是非常明白："我看就是泥浆池……"

油娃坚持自己的看法："不对，是自发势力……"

赵春生反感地说："别乱扣帽子啊！条件不好就是不能干！"

秦发愤的嗓门本来就大，再加上事事认真，吵吵起来了："几万名转业战士……"

范师傅慢条斯理一个人嘟囔着："我看主要还是思想……"

会战刚刚上马，矛盾错综复杂，人们都有自己的经历和处境，认识很不一致，各有各的看法。争论的声音越来越大，互不相让。只听"不对！""我说……"分不出个数来了。

许光发又嘘了一声，但立刻发现了事情不对，难道队长真睡得那么死么？他站起来向过道走去，大家跟在后面。

地窖过道，草上铺着被窝，周挺杉人已不在了。细心的指导员把手伸进被窝，一试冰凉，判断说："他走半天了！"

旷野，白雪无垠，井架矗立，挂着一串红灯蓝灯。井场上燃着一堆篝火。

周挺杉挥舞大镐在挖泥浆池，镐头刨着大地，"吭吭"响着。

有人喊："老周！"

周挺杉抬起头，火光照眼，没有马上认出来是谁，问道："谁呀？"

华程和王副指挥提着两包书走到周挺杉面前。

周挺杉："华政委、王副指挥！"

华程亲切地问："老周，干什么呢？"

周挺杉指指篝火："地烤化了，明天好挖泥浆池呀。"

王副指挥："你不是今天已经挖上了吗？"

周挺杉质朴地说："我这是搂草打兔子，捎带搭！"说得人们大笑起来。

许光发、油娃等一群人悄悄走来。油娃突如其来地喊道："不许动！"走近了又说，"好呀！你又一个人跑出来了！"发现华程和王副指挥："政委也在这哪！我们来抓睡觉的逃兵，没想到，连你们两位也一块俘虏了！"

人们欢笑起来。

王副指挥告诉大家："同志们，华程同志连夜给井队送书来了。"

工人们围上来，争着抢着想知道是什么书，为什么政委要亲自半夜送来。

王副指挥解开书捆，把书递给华程。华程举起两本书。

篝火的红光映照着毛主席著作《矛盾论》《实践论》的单行本。

华程充满感情地告诉工人们说："同志们，这是党中央派专机从北京送来的。"

周挺杉感动的面孔。

一双双石油工人粗壮的手伸过来，接过书。

周挺杉眼睛闪着激动的光芒，捧着《矛盾论》《实践论》。

领到书的工人们围着篝火席地而坐，有的背对背，有的膀靠膀，有人在翻看着，议论着。

夜空、靛蓝色的夜空，星星闪烁、井架矗立。

篝火熊熊，映照着一张张工人们的脸。

人们围着篝火，夜读"两论"。

周挺杉心情激动，眼里泪花晶莹，缓缓地深情地说："头顶青天、脚踩荒原，我们创业，就靠这‘两论’。学一点，好比翻一座山，我们要翻山越岭去见毛主席。”篝火烨烨，映照着他一双深思的眼睛……

深沉的歌声：

青天一顶星星亮，
荒原一片篝火红，
石油工人心向党，
满怀深情望北京，
要让那大草原，
百油如喷泉，
勇敢去实践，
哪怕流血汗，
心中想着毛主席，
越苦越累心越甜！

篝火映红夜空。

周挺杉、华程在看书。

石油工人的心飞向北京，望见了雄伟的天安门。

周挺杉的脸上闪着红光。坚毅的脸，闪光的眼睛，增添了无限的力量。

歌声继续着：

天寒地冻不觉冷，
热血能把冰雪融，
石油工人英雄汉，
乐在天涯战恶风。
用我那大吊钳，
推着地球转，
挥手起风雷，
顽石要打穿，

毛主席领我们向前进，

革命前程多灿烂！

黎明前，钻台上活动着夜战的人影。

北风呼啸，冰天雪地，钻塔屹立在龙虎滩雪原上。周挺杉井队工人、贫下中农、解放军战士刨开冰层取水，用脸盆端水，水筲挑水。周挺杉满身冰凌，肩扛大冰块奔向井场。

泥浆池已经有了半池水，冰块扔到池中，水花四溅。

钻台上，油娃推着大吊钳，咔嗒一声咬住钻杆。

许光发拿着蒸气管子冲化钻台上的冰。

周挺杉扶着刹把。他的皮帽子上扣着铝盔，铝盔上挂满冰溜柱。

转盘飞转，龙一井开钻了。

东方天际红霞初透，映红了周挺杉坚实的脸。

转盘飞转……

一三、摸规律

夜。挂钟的秒针转动着。

在前线地质指挥所内，人们还在工作，几个地质人员举着蜡烛画一张七八米长的“田家庄地层剖面图”。算盘和计算机同时响着，有人在算数据。角落里王副指挥、冯副指挥、章易之等人围着一张“田家庄试验布井图”在讨论。门外传来急促的摩托声，王副指挥兴奋地抬起头说：“小姚回来了！”

人们都期待着姚云朗带来的消息。

姚云朗风风火火地进来，摘下大皮帽子，满头冒着腾腾的热气报告说：“王副指挥，章总，龙一井经过试油，油气显示不好！”

“啊。”章易之并不十分惊讶，他早有预料。

王副指挥：“小姚，咱们马上报告给华程同志！”两人急忙走出门去。

冯超走过来，站在章易之背后沉重地说：“糟糕，出师不利！章总，这样下去，要把会战搞垮呀！”

章易之想想说：“我去找周队长！”

旷野。月华如水。井场，空无一人。已经完钻，成排的钻杆立柱立在井架上。工人们休息去了，只有值班房的小窗亮着灯光。

值班房里，周挺杉在值班看守井场。他正在灯下学习《矛盾论》，桌子上放着老式钢笔，笔记本，他哈哈冻僵的手，吃力地写着。

随着一阵摩托响，章易之进来了。

周挺杉：“章总，你来得正好，正想去找你。”

章易之：“我这不来了么？”从大衣兜里掏出一瓶酒，放在钢板焊成的办公桌上说：“老同事捎来的，给你了，暖和暖和。”他翻翻桌上的书和笔记本随和地问：“学习哪？”

周挺杉：“我想去调查，摸摸规律！”

章易之脱下大衣、拿起一个砂样袋掂量了一下：“客观规律就摆在这儿，油层薄，物理性能不好。”放下砂样袋走过来，“老周，这口井恐怕要地质报废了！”他看周挺杉要急，忙补充说：“不过，我们再努努力，千方百计采取措施，诱导油流，你说呢？”

周挺杉：“再给我设计第二口井！”

章易之吃惊地问：“怎么？还干？”

周挺杉：“不干，大油田会从天上掉下来呀？不干，半点马列主义也没有！”

章易之忧虑地说：“可这龙虎滩希望渺茫啊！”

周挺杉却满怀信心地说：“不！咱们有那么多资料证明创业地区有生成石油条件，田家庄呢，又见了油，它就是孤零零的，跟龙虎滩就没有关系？怎么能一钻不见油，拔起钻头就跑呢？”

章易之解释说：“没有希望，撤退队伍，这在地质上是允许的。”

周挺杉幽默地说：“一钻就宣布它的死刑了，连个缓期都不给！”

章易之心烦意乱地站起来：“没空跟你说笑话。”又劝解地说：“老周，田家庄够咱们干一辈子的了，你还想怎么的？”

周挺杉霍地站起来，有力地说：“想把石油落后的帽子甩给敌人戴！”

章易之苦笑着说：“精神可嘉！”一甩手：“谈何容易！”

周挺杉：“人凭志气虎凭威！老章，不能忘记美国顾问逃走的时候说的那句话。这口气，非争不可！”

章易之警告说：“这龙虎滩可能是个无底洞！”

周挺杉针锋相对：“不钻老虎洞，逮不住虎娃子！”

“你！”章易之急赤白脸地，一想又没法，孩子气地说：“唉，这酒不给你在龙虎滩喝了！”拿起酒瓶。

周挺杉一把夺过来，笑了：“我还想上无名地喝哪！”

章易之“嗐！”一声，靠在桌边。

周挺杉挨近他，严肃地说：“老章，毛主席跟咱们说：‘世界上的事情是复杂的，是由各方面的因素决定的。’你想过没有？这口井情况不好，它不兴许有别的问题？我想咱俩跟工人一块组成个小组，从设计到测量，从阶级斗争到地质情况来个全面调查，找出原因后，再干！”

章易之听不进去：“我是总地质师，不是工作组，这口井造成浪费，由我写检查给总部，你撤回田家庄！”

周挺杉耐心地说：“不深入事物的内部，研究矛盾的特点，想动手解决矛盾，没有不出乱子的。”

章易之一边穿大衣一边发火地说：“乱子已经出了！责任就在你们搞的那个异想天开的方案上！我不追究，就说得过去了，再干，还想把整个会战搞垮吗？”

砰的一声，章易之摔门而去。摩托发动了，嘟嘟响着远去。

周挺杉深思着，把挎包往背上一搭，他决定去调查。

风雪之夜。

周挺杉、油娃复测井位坐标归来。几个测量队员在他们身后，他们顶风冒雪地走着。

周挺杉在龙富贵房场和田大爷谈着。

地质所内。

华程在屋内来回踱步，思考着。

刚从井场回来的章易之站在一旁说：“我坚决要求撤回井队，重新研究整个部署。政委，通知开会吧。”说着拿起电话，刚“喂”了一声，华程拿过电话将听筒挂上。

华程看一眼正在忙着写什么的冯超问：“老冯，你的意见哪？”

冯超合上本子婉转地说：“会战队伍还没有完全上来，井队还少，国家又急需原油，田家庄吃紧，龙虎滩又是这个情况，到底应该怎么办，我也吃不准。”

华程笑了，说：“看来，在这个屋子里撤退派占多数！”

周挺杉推门进来，姚云朗、许光发、油娃、秦发愤、范师傅等人跟在后面。

周挺杉：“政委！情况调查清楚了，井位被人挪了！”

华程一愣。

冯超略显慌乱。

章易之气愤地问：“谁挪的？”

周挺杉：“龙虎滩的富裕中农龙富贵！”

姚云朗：“挪到了构造边部。”

章易之气愤地说：“这简直是破坏。”

冯超看看大家探问道：“真可恶，他是怎么挪的呢？”

姚云朗：“说是占了他的房场。”说着把人们领到地质图前，指点着。

章易之：“这是一个严重的政治事件！”

冯超判断说：“可能出于他小农经济的狭隘和自私！真是严重的问题在于教育农民啊！”感慨系之地摇摇头。

许光发坚决地说：“章总，我们井队要求，继续打第二口井！”

姚云朗态度明朗：“可以考虑。顶部情况会比边部好。”

章易之：“对！当初老周提出过复测井位坐标，我由于个人的自尊心而没有……”悔恨地说：“唉，教训呀！总部要是同意，可以按原计划打第二口井！”

冯超稳重地说："不要轻率地决定，需要研究、请示……"眼睛寻找着华程，叫道："华政委……"

华程在屋子另一头与周挺杉小声交谈。

冯超心悸地看他们一眼，求助地看看章易之。

章易之问："政委，你的意见呢？"

华程走过来，高兴地说："好呀，连章总也不主张下马了！看来形势是急转直下呀。我看，可以请示总部党委批准打第二口井！"

许光发："那我们先回去准备了。"

华程、周挺杉点点头。井队工人走了，章易之、姚云朗、冯超也离开屋子。

只剩下华程和周挺杉，他们继续着刚才的谈话。

华程琢磨着说："龙富贵怎么敢挪井位呢？"

周挺杉："冯副指挥的那些话，太容易叫人听拧了，一个领导干部怎么能这样处理问题呢？"

华程思考着："是啊，是应该问一个为什么？"

周挺杉一边想着一边说："看来，阶级斗争，路线斗争，这是主要矛盾……"

周挺杉坚毅的脸——一双深思的眼睛。

第三章

一四、党和工人

雪原。朝霞初透。

华程从会战总部开完会归来，走进自己的宿舍。

桌子上放着新出版的《列宁选集》《红旗》杂志，点着油灯。周挺杉由于过于劳累伏案睡了。他睡得很香，手里还拿着一颗苹果。苹果是华程放在办公桌上的，周挺杉手里玩弄着它，看着书就睡了。

华程发现他，笑笑，脱下皮大衣轻轻地披在周挺杉肩上，把苹果拿下来，放在一旁。他捻亮油灯，拿起《红旗》杂志看着。

他想让周挺杉多睡一会儿。

“丁零零……”电话铃声大作，华程伸手去捂，已经来不及了，周挺杉被惊醒。

华程接完电话问：“真睡在我这儿等井位了？”

周挺杉急切地问：“总部批准打第二口井了吗？”

华程笑笑不直接回答：“需要什么东西？说吧！”拿过一张白纸，准备记下来。

周挺杉明白了，高兴地说：“水龙带，备用的。”

华程念叨着记在纸上：“水龙带，备用的……”一抬头看见周挺杉手里在摆弄他的瓷茶缸，忙拿到一边，风趣地说：“唔！这可没有备用的了！”又问：“还要啥？”

“没了。”

华程：“没了？水龙头有点漏水，换个新的吧。范师傅有胃病，给他领个暖水袋，拿点胃药。”又忽然想起：“对了，给你们两顶帐篷。哈哈，这下可够阔气的了！”他凑过来，盯着周挺杉意味深长地说：“帐篷是中央从上海特调的！”

周挺杉感激地看着华程，心想：党比我们自己想得还周到……

华程写完扔下铅笔，把领料单递给周挺杉，站起来在屋中走了几步。周挺杉叠好领料单装进工装口袋，准备离开。

华程站在炉边，一指：“你把那个苹果带回去。”

周挺杉莫名其妙地拿起桌上的苹果，看了看：一颗通红的苹果，并没有什么特殊的地方。

华程走过来接过苹果，托在手里看着：“多好的苹果呀！”他沉静一下，满腔怒火地说：“知道吗？人家逼咱们还债了！这样的苹果还说不合格！在他们那里，卫星上天，红旗倒地，列宁的书被丢掉了！”把苹果递给了周挺杉。

周挺杉把苹果装进衣袋里。华程的话使他心中掀起一阵阵怒潮，眼前似乎是浮现着世界革命的风云，此时此刻，他更加明确地意识到工人阶级的历史使命。他说："变到了这步田地！没什么，世界革命人民会把红旗举得更高，中国工人阶级也担得起！要当铁疙瘩，不当豆腐渣！"

华程听到这些话，内心无限欣喜，他情不自禁地自语道："从前拉骆驼的奴隶，今天自觉的战士！"接着告诉周挺杉说："老周，总部党委已经批准你为前线指挥所党委委员了。"

周挺杉谦逊地说："政委，我……"他心绪翻腾，说不出话，耳边又响起"叮咚"的驼铃声……

华程拉开窗帘，吹熄油灯，黎明的曙光照射在周挺杉的脸上。华程坐在周挺杉的对面，作为两个党委成员，他跟周挺杉谈起形势："国家受了自然灾害，我们面临着暂时的经济困难。"

周挺杉判断说："会有人利用困难，里应外合，跟咱们捣乱。"

华程补充道："甚至是打着革命的旗号……"他想起刚刚重新看过的列宁的话，翻开夹了无数个小纸条的《列宁选集》找到一页读道："你看：'马克思主义在理论上的胜利，逼得它的敌人装扮成马克思主义者，历史的辩证法就是如此。'"

周挺杉从华程手里接过书，又把这句话看了一遍，合上书抱在胸前，站起来说："政委，送给我吧！"不等华程说话转身就跑。

"哎哎，我还没答应呢！"华程忙说，一看周挺杉早已跑出门外，他笑笑，自语地说："这个新委员……"

风云变幻，赤霞千里。

钻台上。在落日的余晖中，井队指导员许光发手托苹果，满腔义愤地对工人们讲述着："帝国主义和现代修正主义者在政治上压我们，在经济上卡我们，我们中国的工人阶级，一定要听毛主席的话，彻底粉碎他们的封锁！"

十二台拖拉机拖着整体钻机井架轰轰隆隆前进，气壮山河。

白云，向井架后方浮动。

积雪已渐消融。

龙虎滩二号井开钻，井队正在接单根。春寒料峭，泥浆喷射到周挺杉、油娃的身上、头上，从头到脚全是泥汤，他们奋不顾身，英勇奋战。

方钻杆猛烈旋转向地下挺进，发出声势雄壮的钻机声，钢铁撞击声……

一五、秦发愤和范师傅

柴油机在运转，发出巨大的轰鸣声。

一只写着“献给最可爱的人”的搪瓷茶缸接在高压油泵下面，油，滴答答落在茶缸中。秦发愤跪在冰凉的钢板上，用一团棉纱使劲地擦着机器和地板，衣服口袋里露出《实践论》的一角。

范师傅趴在柴油机旁紧着螺丝，回头向秦发愤大声喊：“喂，扳手！”

秦发愤猛然站起，膝盖一阵剧烈疼痛。他停下脚步用手揉揉，忍着痛去取扳手。

范师傅等不及了，站起来亲自去取，不满意地看徒弟一眼，同到机器旁边熟练地操作着。

秦发愤趴在范师傅身后，试探地问：“师傅，我来吧！”

范师傅显得不怎么热心地说：“正打钻呢！”

秦发愤焦急地问：“那……那我什么时候才能从‘无知’到‘有知’呀？”

范师傅拍着秦发愤的肩膀婉转地批评他说：“小伙子，动作要快，啊！”

值班房内。范师傅进来，合上电闸，走到电炉子跟前。

周挺杉正在打电话：“啊！老孙打多少？”

范师傅准备烤窝头，吃这顿过了时间的午饭。打开饭盒一看，愣了一下，告诉周挺杉：“队长，我这儿多了一个窝头。”

周挺杉：“多了你就吃呗！”又对着话筒：“啊！不是说你！你告诉老孙，我们队跟他摽上了！哎！”他放下电话要走。

范师傅："是你搁的？"

周挺杉："不是我。"

范师傅："那是谁呢？秦发愤？"磨磨叨叨地琢磨着，把窝头放在电炉上烤着。

周挺杉走过来在电炉子旁边坐下："范师傅，说真格的，你怎么不让秦发愤动手？"

范师傅慢条斯理地说："你那儿打井，他要是跟不上劲，误大事。"

周挺杉感兴趣地问："什么大事？"

范师傅："跟修字号斗呗！"

周挺杉笑了："对呀！他急着学技术，想独立操作，也是为了这个呀！"

范师傅又磨叨起来："他才来那么两天，我有点不放心……"

周挺杉焦急地看范师傅一眼，充满火辣辣的感情说："一个人只要有了革命志气，就什么人间奇迹都能够创造出来！"他回忆着，像是自己对自己说着："秦发愤一来，听说外国在柴油上卡咱们，他说：师傅，往后咱们用自己的。他把柴油机当成武器，整天在那擦呀，蹭呀，棉裤都磨出大窟窿来了，你看见了没有？"

范师傅却冷冰冰地不动感情，继续翻着窝头："看见了，工人嘛！"在他看来，作为一个工人，就应该这样，用不着大惊小怪。

周挺杉忍不住了，他感情热烈地冲范师傅吼道："你呀！他有关节炎，膝盖下头还有一块美帝的炮弹皮哪！哼！"转身大步走了。

"热水瓶"性格的范师傅手拿窝头愣住了，他抬起惊异的眼睛，漆黑的两道浓眉直颤抖，一句话也说不出来，没想到整日在身边的徒弟竟是这样一个坚强的战士！秦发愤自己不讲，我老范不细心，竟不知道这件事，还怪他动作不灵活呢！咳！

此时，钢铁战士秦发愤正在练腿。师傅嘱咐他"动作要快"。他就利用工作空闲在钻台扶梯上跑上跑下。受伤的腿不听使唤，一阵阵剧痛，他就揉一揉，继续练上、下扶梯。有时，他狠狠地使劲蹬腿，之后又迅速地扑在机房钢铁地板上，来回擦着。

他创造了钻井史上的奇迹：地板、机器上没有泥巴，没有油污，明光瓦亮。

严厉的、“冷若冰霜”的范师傅看到这一切，急速奔到机房，喊一声：“秦发愤！”

“到！”秦发愤跪在地上答道，手还在来回擦着。

范师傅上前一把拉起他，上下打量着。

秦发愤不知怎么回事，这个憨厚朴实的大个子认真地叫道：“师傅……”

范师傅看看他的脸，又看看他的腿。

秦发愤棉裤的膝盖上磨出两个大窟窿，棉花、布条在寒风中飘动着。

范师傅抱住这个刚强的战士、石油战线上的新兵，说不出话，捶了他一拳，泪水簌簌地流下来……

钻井队长周挺杉站在扶梯下，清楚地看到这一幕，他咧开嘴笑了。他抬头望望井架，望望天空。

湛蓝的天空飞过雁阵。

草原一片新绿，早春的野花遍地开放。杨树下，一群牛安详地吃草。

云雀在歌唱。

——春天来了。

一六、压不弯腰

冯超办公室。冯超坐在桌前削着还债退回来的苹果，自言自语地说：“得罪了阔朋友，自讨苦吃！”

有人敲门。

冯超放下苹果庄重地说：“进来！”

粮食供应站的工作人员小马走进来，手里拿着几张报表说：“冯副指挥，到了六车皮粮食，怎么分？”

冯超不假思索地答道："给田家庄各单位按人口平均分配。"他在条子上批了字。

小马提醒说："龙虎滩和无名地那两个井队怎么办？你看能不能从生产上抽两台车？"

冯超严肃地说："什么？抽生产车？不行！他们正忙着给新到的井队拉设备呢！小马！党委的原则是先生产，后生活，周队长当了党委委员，他能理解。"看看小马，亲切地说："放心吧！他们还有粮食！"

小马无奈："那好吧！"走了出去。

冯超打开镀金烟盒点上一支香烟，噗地喷一口烟，想着将会发生的事和自己对付这些事的办法。

绿草如茵的大地上搭了几顶帐篷，这是井队驻地。周挺杉拿着一把斧子当当地敲着、他正用破板皮钉一把长椅，准备放在阴凉里供工人休息、吃饭、晒太阳时坐坐。

云雀在草原上飞翔、歌唱。

指导员许光发汗淋淋地挑着两袋粮食从草原上走来。

周挺杉迎上去，帮他放下担子："粮食？"他双手掂掂口袋，一袋足有七八十斤。许光发正敞开蓝布工作服擦汗，周挺杉猛地冲到许光发跟前，一下子揭起他的衬衣，看到他那红肿的肩膀埋怨地说："我叫你找他问个明白，谁让你挑的？"

许光发学着队长的话："我这也是搂草打兔子，捎带搭。"说完了。

周挺杉："哼！你呀……他怎么说的？"

许光发："他说，眼下车辆紧张，先生产，后生活，党委定的原则嘛！"

周挺杉思索着："啊，他在这儿使出了这个口号！老许，他是想怎么的？他是想让咱们从这里撤下来！"

许光发："对啦！上无名地的一二一一井队已经撤下来了！"

周挺杉一惊："什么？"他想了一下，断然地说："不给车，咱们自己挑！”

许光发说：“对！”

狩猎的枪声从帐篷后传来。

两个农民提着猎枪向前追赶着野物，赵春生背着大帆布地质背包跟在后面看热闹。

周挺杉叫住他：“春生！”走过去耐心地说：“这么乱跑，别把砂样丢了。”

赵春生不耐烦地站住：“丢不了！”还是伸脖望着远处打猎的人。

周挺杉接过背包，拉赵春生坐在草地上，取出一袋砂样在手心里托着：“特别是这标准层，是认识油田的重要资料！”他替赵春生细心地装好，扣上扣子，又说：“哎，你干吗一天到晚没精打采的，像是丢了魂儿？”赵春生白瞪了他一眼。周挺杉说：“没有正确的政治观点，就等于没有灵魂。碰上这么点困难就吓住了？那个龙富贵是个富裕中农，可你偏偏和他好得伙穿一条裤子还嫌肥。你是想跟他走啊！”

赵春生没好气地说：“我没想。”薅下一棵青草、揪着草叶。

周挺杉眯着眼睛望着无际的草原，深情地说：“在这大草原上，跟天斗，跟地斗，跟阶级敌人斗，跟错误思想斗，心里有多痛快！可你……”

赵春生听不下去了，他反感地说：“干吗老说我呀！我也是披风顶雨地干！我也知道艰苦奋斗，可艰苦到什么时候算一站，奋斗到哪一天算到底呀？”

周挺杉霍地站起来，眼睛冒火，他尽力克制一下，扭头叫道：“指导员，你过来！”

许光发走过来。

周挺杉扒开许光发的衣服，露出肩膀，激动地说：“春生，你看看！”

许光发制止他：“老周！”

周挺杉只管说着，好像自己从中得到很大的鼓舞和力量：“这肩膀为革命扛过枪，扛过炮弹，也扛过咱们的钻杆，多少次磨掉皮，多少回红肿了。今天刚下夜班，指导员连眼皮都没眨，又挑着这一百多斤重的口袋，跑了几十里路！”

许光发：“春生，咱们要挑起担子跟党走，泰山压顶不弯腰！”

周挺杉：“咱们是创业的人，要准备艰苦奋斗一辈子！这是光荣！”

赵春生不以为然地站起来：“我还得送砂样去呢！”说着扬长而去。

周挺杉怒吼一声：“春生……”赵春生头也不回地走了。

云雀在歌唱。磨盘大的日头落到地平线。无边的、碧绿的草原上站着两个高大的人。

一七、砂样丢了

暮色苍茫，龙富贵赶着大车在草原的大路上走着。他看见赵春生，热情地招呼：“赵春生，上车。”

赵春生把背包扔到车上，自己也跳上大车，跨着外车辕与龙富贵聊了起来。

龙富贵：“上田家庄呀？”

赵春生：“送砂样去。”

……

大车消失在暮色中。

值班房里，周挺杉在接电话：“啊，什么？砂样丢了？……”他脸色陡变，对电话：“小姚，我们马上去找！”

草原夜深，只见手电筒的光晃来晃去，人们在寻找砂样。

车道上，姚云朗打着手电筒问赵春生：“春生，是这条道么？”

急傻了眼的赵春生：“我就是从这条道走的呀！”

许光发和魏国华在另一边寻找着。许光发叫道：“小魏，来，你往那边走，我到这边！”两人各自走去。

周挺杉打着手电仔细地寻找着，向草原深处走去。

一八、不，我不趴下

牛棚改建的库房，存放着各种器材。这里正在开大会，墙上贴着标语：

“靠‘两论’创业，以两分法前进！”“百年大计，质量第一”，“高速度、高水平拿下大油田！”人们高高低低地坐在木箱、器材、长条凳子上，正在听华程讲话。会场上坐满了人。

华程：“……我这个婆婆嘴呀，又要说质量问题啦，我们有个井队打了一口井，井斜超过规定一度半，照过去算合格，可今天这种井坚决推倒重来！散会以后、大家都去背水泥填井！特别值得一提的是，我们的老标杆队，就是那个赫赫有名的钻井队，丢了标准层砂样……”

工人们小声议论起来：“是不是老周他们那个队？”

“不能吧？”

许光发带着井队工人坐在离主席台较近的地方，当华程提到他们时有人低下了头，有人抠板凳边，范师傅在装烟袋，赵春生恨不得钻地缝……人们向他们投过来令人难受的目光。

会场门口集聚着不少没座位的人，伸着脖子向里张望。

冯超在门外踱步。小马走来，冯超急忙迎上去：“小马！”

小马：“冯副指挥！”

冯超：“怎么样？”

小马掏出小本：“调查属实！”

冯超做出决定：“在会上揭发！”

小马不大同意：“这……”

冯超：“华政委号召咱们不要掩盖矛盾嘛！”鼓励地说：“去吧！”

小马抬头一看：“周队长来了！”

周挺杉提着白布砂样袋来到会场门口，侧着身子朝里挤。正在会场门口朝外张望的魏国华挤过来，往下拉拉他的胳臂：“别伸头，快趴下！”

周挺杉莫名其妙。

魏国华："正点名呢！火了！"忽然他看见砂样袋，喜出望外。

一把抓住："砂样找到了？太好了！快给我，我去顶着。"

周挺杉一闪："我看你这老兄脑袋里又有一条虫了，扛红旗你叫我当英雄，出事了，你叫我当狗熊？不，我不趴下！"把砂样袋往裤腰上一拴，接着往里挤。

魏国华忙跟着喊："哎哎，借光……"

周挺杉走进会场，人们向他投来惊异的目光。周挺杉大步走着，穿行在过道里。

华程在台上继续讲着："……既要有革命干劲，又要有严格的科学态度。砂样虽小，可它直接反映了地下的情况，不允许有半点马虎！从一袋砂样看作风……"

周挺杉走到自己井队跟前。指导员许光发、秦发愤、油娃都低头坐着，看见自己的队长来了，不知如何是好。许光发腾出个地方让周挺杉坐。一个工人看见砂样袋，放下心来，捅捅旁边的人，让那人看。

周挺杉看看战友们。

华程："老周呀，你坐下吧！"

周挺杉想了一下，向台上一步一步走去。他挺着胸、眼睛像清水般澈亮，心中没有一点杂念，只觉得对不起党的培养，出了问题，挨批评是理所当然的。

会场上的人们为之震动！纷纷投来或惊异，或同情，或不可理解的目光。

寂静，像是听得见心跳。

连华程也愣了片刻，但他还是很快地明白了。

周挺杉挺着胸站在台上、当着几千人坦率地说："丢标准层砂样是我们井队。政委批评得好，大家记住我们的教训吧。"

人们投来各种目光，有的感动、有的赞赏、有的佩服。

华程继续指名道姓地批评，毫不容情，语调严厉，但充满着爱护："周挺杉，咱们钻井队不能光管在地球上戳窟窿。我们吃不重视第一手资料的亏还少吗？要想站住脚，不单要克服生活上的困难，工作上也要高水平！作风上粗粗拉拉，等于自己把自己打倒！"

周挺杉用心地听着华程的话。他抬眼看见对面墙上的大标语："自觉从严"。他挺着胸，瞪着一双明亮的眼睛，单纯、质朴、不惧怕、不畏缩。

单纯、乐观的油娃忍不住哭了。

憨厚、认真的秦发愤眼睛湿润了。

范师傅也在抹眼泪。

赵春生感到无地自容。

魏国华激动地站起来："政委，你批评我吧，我是地质员，是我犯了错误。"

许光发站起来："不，小魏！"转身对华程："政委，是我的思想工作没做好，辜负了党的委托。"

油娃站起来："政委，我也有责任！"

范师傅站起来："是我们大家的事！"

"我们都有责任！"

整个井队的人都站了起来，自觉地接受批评……

华程坚决地说："不！我就抓住周挺杉不放！"

油娃离开座位："政委！让我上台和队长站在一起吧！"

许光发："不，我去。"

工人们七嘴八舌地喊着："让我去，我去！"

周挺杉站在台上，瞪下面一眼："油娃！"

油娃激动地："我，我坐不住哇！"泪水夺眶而出。

华程激动地看着这场面，倒是他心软了："我这个台子也站不下一个井队。老周，你下去听着吧。"

周挺杉回到自己井队的座位那里，挺直腰板坐着，全井队的工人们也都学着队长那样，一个个坐直了身子。一双双清澈的目光专注地望着台上的华程。

华程："干部要有个婆婆嘴，整天在你耳边嗡嗡：要重视第一手资料。我们要为油田负责一辈子！"

正这时，从后面小马那里传过来一张纸条，一直传到主席台上，冯超马上走到台口接过纸条，走到华程旁边说："这儿有个揭发材料！"华程看冯超一眼，拿起自己的茶缸回到台后的座位上。冯超以得意的语调念道："周挺杉同志在国家暂时经济困难时期，立场不坚定，买了大量土豆。"念完条子接着说："买土豆嘛，必然助长农村资本主义自发势力，自己也不免沾染上资本主义臭气！"

周挺杉警觉地听着，盯着冯超。

台下的人们交换着疑问的眼光。

油娃、秦发愤、魏国华等纷纷站起来气愤地喊："谁揭发的！"

"胡说！""这是造谣！"

在主席台后边的长桌前，王副指挥和华程交换意见。

冯超皱着眉头沉重地说："事情发生在标杆队队长、共产党员身上，这就更使我们痛心！光痛心还不够，还要揭发出来教育大家。华程同志要我们勇于揭露矛盾嘛！当然，我们也并不是希望周挺杉同志因此而趴下。"

周挺杉霍地站起："说对了，我不趴下。"他又走上台去说："冯副指挥提到买土豆的事，那就请当着大伙说说，我们为什么买土豆？"

冯超说不上来，支支吾吾半天。

周挺杉转向在场的几千群众说："我也来揭揭矛盾：冯副指挥在会上曾经表示坚决拥护甩开勘探，可是，就是他，断了龙虎滩和无名地的粮，理由是先生产后生活。他真拥护这个原则，还是利用这个原则达到别的目的？"对冯超："你也说说吧！"并不等冯超回答，他大步走下台去。

冯超被打乱了阵脚，略显狼狈，他镇静一下，辩解道："这运输困难是客观存在嘛！"求救似的望着走上前来的华程："华政委，这简直……"

华程从容地说："对待困难有两种立场，两种态度。"

冯超讨了个没趣，灰溜溜地到长条桌子旁坐下。

华程看看全场说：“周挺杉买土豆，确有其事！”

一句话又掀起了波澜，人们哄的一声议论纷纷，各种目光投向周挺杉井队。

华程继续说：“战区运输是有些紧张，我们这里有个别人扩大矛盾，制造障碍，给周挺杉井队造成了粮食困难！有一天，田大爷和几户贫农送来半车土豆，支援他们。周挺杉取出自己的存款给了田大爷，土豆就这样买了。”华程说到这儿停顿一下，会场上的人们这才放下心来。

华程提高了声音：“请问，这是去发展资本主义么？不！这是积极热情地在贫下中农帮助下去克服困难，坚持会战！”他怀着深厚的感情继续说：“他们要出力气啊，要提一百多斤重的卡瓦啊！同志们！当他们意识到能不能坚持会战是一场政治斗争的时候，这个井队的党支部做出了背粮食的决议。这个战斗堡垒在风浪中巍然挺立，钻机没有停转，井队没有撤退！”

全场肃然，鸦雀无声，突然间爆发出热烈的掌声！有的人热泪盈眶，党和群众，群众和党的感情热烈地交织在一起。

华程继续说：“正像毛主席所说的：‘这个军队具有一往无前的精神，它要压倒一切敌人，而决不被敌人所屈服。’”

掌声雷动，全场沸腾，人人精神振奋。周挺杉扭头看看自己的战友：一往无前的闯将油娃、细心的指导员许光发、有志气的秦发愤、“热水瓶”性格的范师傅……就是这样的人团结在一起，克服了困难。向着他们，周挺杉带头鼓起掌来。

台上，王副指挥、姚云朗也在鼓掌。冯超应付地鼓着掌。

华程举手示意，人们静了下来。

华程接着说：“这倒使我想起了一件事，我们有一个工人，从会战开始到现在，每天都跪在那儿擦机器、擦地板。就是这个同志，膝盖下有敌人的炮弹皮，就是这个同志把每顿两个窝头偷偷地分给他师傅一个。”华程讲着，眼里涌出泪水：“老周哇，散会以后，你把我的椅子搬走，给秦发愤同志放在柴油机旁边，有空让他坐一坐。”

秦发愤激动地站起来：“政委，我不要，你说得也不完全对，我给师傅窝头，是因为有人给我饭盒里放窝头。”

魏国华站起来：“也有人给我放！”

油娃上前一步说：“他自己吃土豆，把粮食给了别人。”

坐在高处的井架工说：“他买罐头给高空作业的井架工吃。”

另一个井架工：“我们不吃，他看着我们吃！”

井队工人你一言我一语地喊着，说出来一桩又一桩的事情，这声音混在一起，使人听不清了。

华程应接不暇，问道：“谁？”

工人们齐声喊着：“周——挺——杉！”

会场沸腾了。工人们十个、二十个地站起来，接着全部都站了起来，掌声、欢呼声此起彼伏，像大海的波涛汹涌澎湃。

“向周挺杉学习！”

“向英雄井队学习！”

口号声响彻全场。

小马受到教育，跑过来向周挺杉和工人们道歉。

赵春生热泪盈眶，他拉着指导员的手说不出话来。

冯超借揭露矛盾之机想搞臭周挺杉的目的没有达到，搬起石头砸了自己的脚。他一无所获地叹口气，离开会场。

在激昂的音乐声中，在热烈的口号和掌声中，周挺杉弯下腰，低下头，检查着自己的差距。白布砂样袋始终没拿出来，还在他的腰带上挂着……

万里长空、广阔草原，火红的晚霞烧红天地。红光中矗立着高高的钻塔、钢铁的钻塔……

一九、夜谈

当晚，华程把冯超找到自己的屋子里，严肃地批评他。冯超以偏听偏信小马的报告为理由搪塞着。

华程："是偏听偏信吗？粮食问题无论如何在客观上是给甩开勘探制造了障碍。"

冯超虚伪地应付："我应该从这个高度来认识。"

华程："还有龙一井井位问题！"

冯超忙申辩说："在那件事情上，我可一句错话也没说。"

华程："可解决问题的方式有点奇怪！说了一些作为一个领导干部不应该说的话。"

冯超："我当时太偏激了，政委，我保证以后再不信口开河……"

华程："不，有话可以说，不同的意见也可以坚持，不过，要光明磊落。凡是搞阳奉阴违的人，必定有某些个人的私心！好好想想吧，冯超同志！"

冯超："好吧。"他站起来垂头丧气地走了。

明月夜。

龙虎滩的井队帐篷在风中鼓动。

帐篷里，两排通铺上的工人们睡了。范师傅戴着老花镜在油灯下给青年工人补衣裳。他用粗硬的手吃力地捏着小小绣花针，一针一线地缝着。

周挺杉归来，给睡在门口的工人盖好被子。他走过来要替范师傅做活。范师傅躲过，另外递给他一件衣裳。周挺杉看看，问："春生的？"范师傅点点头，两个人坐在油灯两边补了起来。

范师傅关心地问："怎么样啊？这一天？"

周挺杉反问道："你呢？"

范师傅："我有啥说的？"

周挺杉："是啊！指着鼻子批评一次，让我多想一点事，这心里头就更透亮一层，范师傅！"

范师傅停下针，听着。

周挺杉深思地说："我琢磨着，政委是想要建设一支拖不烂、打不垮的石油队伍！……你知道吗？全国的沉积盆地有多少万平方公里？需要多少个井队，用几年的时间才能把可能有油的地方普查一遍？”

范师傅摇摇头，不理解地看着队长。

周挺杉从口袋里掏出一个小本给范师傅看。小本上记着这些数字。

范师傅看完，把小本还给周挺杉说：“你可真能琢磨，想着全国的事？”

周挺杉笑了：“咱们是石油工人，应该想着国家大事。”停一下，深沉地说，“咱们对世界人民的贡献还少啊！”

范师傅从老花镜边上看看周挺杉：“行，这下我托底了！周挺杉挨批评，进门没趴下，出门，胸脯挺得更高！”他一高兴被针扎了手，“哎哟！”叫了一声。

周挺杉哈哈笑了起来。

范师傅：“小声点儿！”

帐篷院里绿草如茵，月色如水，板皮钉成的粗糙长椅上独自坐着赵春生。白天的大会使他心灵上受到强烈震动，他在思考着自己的生活道路。

查铺回来的指导员许光发走过来发现了他。

许光发：“春生，还没睡？”

赵春生：“指导员，我睡不着……大会上，队长替我挨批评，我真……”

许光发笑了，坐下靠近他说：“你呀！他自觉从严，不是为了哪个人，队长想得比这远啊！”

正谈着，有人叫一声：“老许！”

许光发抬头看看，田大爷提着一盏马灯踏着月色来了，龙燕陪着他。许光发站起来迎接他们。

“春生啊！”田大爷认出了赵春生，亲热地叫着他，而后又对许光发说：“我来龙虎滩，刚参加完他们的社员大会。”

龙燕接着说：“队里展开了走什么道路的大辩论，把我爹辩论倒了。”

田大爷："他认了错。老许，大伙叫我给春生捎句话来。"

许光发："坐下说吧，田大爷。"

田大爷把马灯放在春生面前的白木箱子上，亲切地看着赵春生，语重心长地说："千言万语就说一句，春生啊，看见这盏马灯了吧？为了让这盏马灯永远不点洋油，大伙盼望你跟周队长学，大干社会主义！"

赵春生深受感动："田大爷，我……"

许光发也深情地说："田大爷，贫下中农的期望，我们记下了。"

帐篷里，周挺杉和范师傅还在补衣服。周挺杉翻动春生的上衣，发现口袋里有一件什么东西，掏出来看看，是一份"退职申请书"。这是赵春生在龙富贵的撺掇下写的，一直揣在口袋里没交出来。

周挺杉就着灯亮念着：

退职申请书

自从到草原，白天黑夜干，

艰苦没有头，奋斗无期限。

想去当社员，户口交给咱，

要是真不给，不给也吃饭。

赵春生

周挺杉气愤得嘴唇微微抖动，他想了想，拿着上衣和申请书站起来。

帐篷院里指导员正跟赵春生谈心，周挺杉走过来跟田大爷打个招呼，把申请书放在赵春生面前："这是你写的？"

赵春生看一眼，羞惭地说："队长，我，我不交了。"说完，把申请书撕碎，扔在地上。

周挺杉严肃地说："不交就没事了？"沉默一下之后把上衣塞到赵春生手里。指导员许光发过来，帮他披在肩上。赵春生一低头，发现上衣肩头新补了一块大补丁。他抚摸一下补丁，看看队长。这密密麻麻的粗大针脚是队长补的，他那撸惯了钻杆的手拿着小小绣花针是多么吃力啊！赵春生被深深地感动了。

周挺杉脸色依然很严肃，要说什么，说不出来，他从自己的衣兜里掏出两张纸说："我这儿也有两份申请书，你看看吧。"

叭的一声，把两张纸放在马灯旁边。

马灯的红光照亮了两份申请书：秦发愤申请入党，魏国华申请入团。

周挺杉感情深厚地讲着这两份申请书的来历，一方面是说给春生听，一方面又像是说给自己听，他自己也从中得到很大的力量："秦发愤不停车修柴油机，叫热油烫了满手大泡，入党申请书就是用这只手写的。魏国华从怀里掏出入团申请书的时候，它被汗水浸湿了，字迹都看不清楚了。"

许光发激动地说："听说现代修正主义者逼我们还债那天，党团支部接到了十几份这样的申请。"

赵春生热泪盈眶。是啊！都是一样的青年人，都是自己写的申请书，可申请书跟申请书大不一样啊！

周挺杉捡起退职申请书的碎片说："光把它撕了还不够，春生啊，我们盼望你像秦发愤他们那样，做一个有志气的青年人！"

赵春生抑制不住热泪，他哭了："队长……"

田大爷拍拍他的肩膀："摔了跟头爬起来，挺起腰杆好好干！"

赵春生看看田大爷，抹一把眼泪说："田大爷，您放心！我……我也不趴下！"

周挺杉、许光发欣慰地笑了。

二〇、水落油出

龙虎滩二井正在固井，一派紧张气氛。

周挺杉、油娃等正在背水泥，秦发愤胳臂下一边夹一袋。灰尘飞扬，工人们一身白尘。

试喷。油娃充满希望地拧开闸门。

喷油管口咕嘟冒出一股水，之后水也不冒了。

人们紧张地沉默着。

午休时间，钻台上下都有工人在吃饭。

魏国华一声不吭，闷头用勺子吃着，油娃夺过他的勺子说："秀才，你说，它为什么光出水？"

魏国华不理，拿过勺子，闷头吃着。

秦发愤："是呀，它为什么光出水？"又夺过他的勺子说："你倒是说呀！"

魏国华："有能耐你跟地球吵去！"

油娃："地球？也饶不了它，你说……"

指导员许光发走过来推推油娃："油娃，你看！"一指。

只见周挺杉坐在泥浆泵上，一边咬着窝头，一边聚精会神地读着《矛盾论》。

大家静了下来，也拿出《矛盾论》读了起来。

华程宿舍。华程坐在桌边看《矛盾论》。有人敲门。

华程抬起头说："进来！"

章易之推门进来说："总指挥部来电话，问这口井试喷情况，他们一宿没合眼，在等消息。北京也在等。"

华程："你怎么说的？"

章易之："我？我很惭愧……"他坐在椅子上："政委，有构造不等于有油，有油不等于有工业价值，现在，该重新研究我和冯副指挥的方案了！"

华程："老章，石油是在我们国家的地底下，贫油的结论是外国人给我们做的，可我们有些人却如此虔诚地信奉它。你看，事情就是这样滑稽。振奋起中国人民的革命精神吧！工人们正向那些形而上学冲击，我们应该支持他们。"

章易之摇摇头苦笑着说："你总是爱把技术问题扯到政治问题上去，这也许是职业习惯吧。"

华程也笑呵呵地说："你总是爱把技术问题与世界观问题分开，这不能说是职业习惯吧？"

敲门声。

华程："进来。"

姚云朗一阵风似的闯进来，连珠炮似的说道："政委、章总，周队长领我们学习《矛盾论》，我们找到了方向，提高了勇气，增强了信心……"

章易之以长者风度说："机关枪……"

华程豪放地说："好，就用你们的机关枪，向我们的洋奴哲学，懒汉思想乒乒乓乓地放一阵吧！"

"好。"姚云朗滔滔不绝地说："周队长说：咱们怎么来认识油层的矛盾普遍性和特殊性呢，他按照矛盾的法则，领着我们把田家庄和龙虎滩的资料拿来进行对比。对比的结果，认识到这两个构造都有储油条件，这是它的普遍性……"

华程、章易之注意地听着。

姚云朗继续说："龙二井又有油和水的矛盾，这是它的特殊性。"周队长说："要促使矛盾转化，就要捞水，把水捞干。我们想一不做，二不休，搞它个水落油出！"

华程十分高兴："好哇，辩证唯物论的认识论，在我们工人身上生根开花了！"问章易之："怎么样？"

章易之有分寸地答道："听起来是蛮有道理，但是……"

华程打断他，满腔热情地说："噢！这个道理非同小可！我想，毛主席和党中央听了这个汇报，会比听到打出个千吨井还高兴！"

他拿起电话说："要总部党委！"

二一、针锋相对

干打垒工地上人声鼎沸，正在建造房屋。

"干打垒精神永放光辉！"大红布上贴着横幅标语。

在半截土墙上周挺杉和田大爷面对面用木槌打土。白云蓝天，无限辽远。

章易之和冯超骑着摩托车来了。

章易之喊："老周！"

周挺杉跳下土墙。

冯超打着招呼："周队长，辛苦了！"

章易之迎着周挺杉："老周，找个地方扯扯！"

周挺杉说："走！"

一幢没有完工的干打垒房框子，一方蓝天，四堵墙，有两个门通向外面。地上堆着刨花、白木窗框子、大筐。周挺杉和章易之走进来。

章易之："我听说你们正在写一张大字报？"

周挺杉："消息灵通啊！题目是：'冯副指挥，你要把我们指挥到哪里去？'怎么样？"

章易之息事宁人地劝解道："老冯都紧张了，我看就算了吧！"

周挺杉严肃地说："老章啊，斗争很复杂！咱们可不能稍微打个盹儿，更不能当唐僧。"

章易之："你呀！人家直跟我解释，土豆问题他是很后悔的，方案之争嘛，我们也承认有些保守，咱们再跃进一下……"他坐在一只大筐上，诚恳地检讨着。

周挺杉感兴趣地听着，他很高兴，章总承认保守了。

章易之接着说："一年半拿下田家庄。石油城也不搞那么豪华，什么街心公园，我给他砍啦！"他得意地说。继而"苦口婆心"地劝告："好钢得使在刀刃上，你回去吧，咱们正正规规办工业，别再搞你那套游击作风啦！"

周挺杉听明白了，他失望地说："啊！原来是一碗豆腐，豆腐一碗哪！"他昂然地说："不！从全局着眼，甩开勘探，建设城乡结合、工农结合的新式矿区。——这条路走定了，你就是十条老牛也拉不回来！我们还要把你拉回来。"

章易之又跳起来，火气十足地说："那就拉吧！你想过没有？无名地半途而废，龙虎滩又遇到严重危机！捞水，捞了七天了，怎么样？"

周挺杉充满信心回答："油柱越来越高！"

章易之挖苦地说："可它最多产百八十公升，叫人家都笑话！百八十公升，要是香油嘛，够吃一阵的了！"他颇有点得意，欣赏自己的幽默。

周挺杉既为章易之痛心，又被他的讽刺所激怒。他极力控制着自己，有力地反驳道："'对变革中的困难和挫折幸灾乐祸，散布惊慌情绪，宣传开倒车，——这一切是资产阶级知识分子进行阶级斗争的工具和手段。'你记得这话吗？"

章易之："谁说的？"

周挺杉："列宁。"

章易之："啊！"一屁股又坐在大筐上。这话打中了要害，使他哑口无言，坐在那里反复回味着。

周挺杉从口袋里掏出一个小本，撕下一张纸，走过来递给章易之："我给你抄下来了。"章易之接过纸条，感激地看周挺杉一眼，仔细琢磨着列宁的话。周挺杉坐在他身旁，热诚地、亲切地说："每当我看到这段话的时候，就想，老章要是在这儿该有多好，听一听列宁敲起的警钟，老章……"他刚要进一步深谈……

冯超进来了："啊哈，你们在这儿？谈什么呢？"

周挺杉看一眼冯超，站起来走开。

冯超拿过章易之手中的纸条看一遍说："老周，时代不同了，列宁的某些论断……"

周挺杉转过身来，眼里射出逼人的光芒："过时了吗？"

冯超忙说："不，我是说，原封不动地拿来把自己的同志当成这个……这样好不好？什么资产阶级知识分子啦……阶级斗争的工具啦……"他笑呵呵地看着章易之。

章易之这才算琢磨出味道来，愤愤地看一眼周挺杉，拂袖而去。

冯超着急地追到门口叫道："嗨、章总！"

章易之远去了。冯超回过身，笑着摇摇头说："哎，这个人就是这样。算了。"他坐在半截土墙上说："我反复想了，论搞油从裕明来的还得说是你、老章和我，咱们为什么不可以齐心协力呢？一定能搞出名堂来的。”

周挺杉警觉地听着，问：“什么名堂？”

冯超言不由衷地回答：“搞社会主义，拿大油田嘛！”

周挺杉的眼里闪着机智的光芒说：“再往下说呀。”

冯超精神抖擞地说：“咱们拼死拼活地干，一块儿甩掉石油工业落后的帽子，到那时候会是什么劲头？”

周挺杉：“什么劲头？”

冯超启发着他：“唉，你想一想嘛！”

周挺杉不知冯超的葫芦里卖的什么药，试探性地说：“我想不出来。”

冯超以为他真的头脑简单：“真是个质朴的人哪！作为领导，我替你想过。我是最关心人的，一切为了人。你为党的事业做出了贡献，党也就应该给你应得的地位、荣誉和幸福。啊？”

周挺杉明白了冯超的目的，他愤怒地嘟囔着：“地位……荣誉……”突然，如火山爆发，他冲着冯超吼道：“我想要工人阶级的地位，中国人民的荣誉，全世界被压迫人民的幸福！为了这个，就要在党的领导下，消灭资产阶级跟他们的走狗！”

冯超吓白了脸，急忙诡辩地说：“对，对！我们的目标是一致的嘛！”

周挺杉斩钉截铁地说：“不一致！”

冯超：“不能那么说，咱们都是共产党员嘛！”

周挺杉雄辩地说道：“不！有的共产党员打着社会主义的旗号，走的却是另一条路。这种人，五七年有过，五九年有过，今天也还有。冯副指挥，现在我对你的主张和目的看得更清楚了！”

冯超出了一头虚汗。他擦擦汗，镇静一下，恶狠狠地说：“老周，形势！要看清形势，小瞧国际上这股压力要吃亏的！过几天连煮黄豆都吃不成啦！”

“这是冯处长吧？太小瞧我们了！”

门口，巍然站立着周大娘，她拄着一把铁锹，风尘仆仆，精神矍铄。

她身边站着陈淑芬，背着一盘小石磨。

周大娘：“挺杉，我们上来了！”

周挺杉：“娘，淑芬！”

周大娘以慈祥里夹着倔强的语调说：“孩子，没啥，困难咱们见过！”

陈淑芬看一眼呆立在一旁的冯超说：“为了拿下大油田，我们不会让他们总吃煮黄豆的！”她从背上卸下石磨。

周挺杉接下石磨砰的一声放在地上，抬头看看妻子的肩膀。

陈淑芬，这个温顺又坚强的石油工人的妻子，为了背这一百多斤重的小石磨，小褂肩头被麻绳磨烂了！

冯超从另一个小门溜走。

周大娘看着他的背影：“我们头顶青天，脚踩荒原，一把铁锹闹革命，给我当石油工人的孩子们开荒种地！”她把铁锹往地上插，巍然立着。

周挺杉这个钢铁汉子，看着娘，叫她一声，热泪夺眶而出……

门外，站着笑眯眯的潇洒的华程政委。他身旁是一辆装满粮食的卡车，这是他亲自当调度给井队送粮食来了。一个司机从车上卸下周大娘、陈淑芬的行李卷，华程扛着走来。

二二、红袖标

帐篷里，地上长着黄白色的嫩草。周大娘、陈淑芬收罗了一堆井队工人的脏衣服缝补着。

周挺杉端一盘菜进来说：“娘，野芹菜炒肉丝，我的手艺。”放在白木箱拼成的桌子上。

华程也端一盘菜进来说：“大娘，尝尝我这个，黄花炒鸡蛋。”细致地摆好。

“哎，来啦！”许光发使出全身本领，胳臂上架着好几盘菜，一只手端着酱碗，胳臂下夹着一洗盆馒头叫嚷着进来，一件一件地放下：“凉拌灰菜，蕨菜蘸大酱，大娘，菜齐了！”

周大娘笑着让道：“老许，一块吃吧！”

许光发推辞说：“不啦！我还得给井队送饭去！”走了出去。

华程招呼着：“来呀！来！”

周大娘、周挺杉入座。周挺杉请娘先尝他的菜，期待得到好评。

周大娘尝了一口炒肉丝，龇牙咧嘴说：“哎呀，挺杉，你们这儿吃盐不要钱吧？”

周挺杉一怔，问：“怎么？咸了！”

华程有点“幸灾乐祸”地瞥周挺杉一眼，得意地用筷子指点着黄花炒鸡蛋道：“大娘！”他也期待着好评。

周大娘吃了一口，品着滋味说：“老华，你可真会过！”

华程一捂脑门大叫道：“哎呀，没搁盐！”哈哈大笑起来。

陈淑芬料理完针线活走过来，推推娘的肩膀，又是心疼又是抱怨地说：“娘，瞧他们这日子过的！”

周大娘通达地说：“孩子，他们的心思没放在这上头呀！吃吧，我吃着挺好的。”就带头吃了起来。

周挺杉吃着饭，问道：“娘，我写信跟您要的那件东西……”

“带来了。”周大娘掏出一个布包打开来，原来是那副红袖标，她抚摸一下，眼泪汪汪地递给周挺杉。

周挺杉接过袖标，珍贵地捧在手里。

华程看着红袖标深沉地说：“老周师傅为了保护油矿牺牲了，我们要永远纪念他，我们加倍地工作，好像身上有两个人的生命……”

周大娘信任地、欣慰地望着华程。

华程对周挺杉说：“老周，你是想用它在你们井队进行一次阶级教育？”

周挺杉点点头。政委很理解他。

华程：“那好，咱们再把它发挥一下，先把这个借给我吧。”说着拿过红袖标。

周挺杉也很理解政委：“你是想在整个会战前线搞起来？手捧红

袖标，回忆斗争史？”

华程：“加深对今天斗争的认识。”

周挺杉：“太好了。政委，我觉得要特别警惕那种戴着红帽子、藏着黑心肝的人。”

华程一针见血地说：“把自己打扮成工人领袖，可干的事情总是违背工人阶级的根本利益。”

周挺杉突然想起，说：“今天又跟我许了一大堆愿，说只要把你甩开，跟他干，我可就名誉、地位都有啦！要不，连煮黄豆都吃不成了！”

周大娘听明白了：“我知道你们说的是谁了。这个人在旧社会当个小职员，拼命往上爬。”

陈淑芬补充说：“坐了一回牢，解放后成天价吹！”

周挺杉：“政委，就叫他看着红袖标，再吹一次吧！”

草原，夕阳映照，霞光给大朵云彩镶上一道道金边，一束束光线从云缝中投向大地。钻塔直入云霄。扶梯上，井架工攀登着，跑上二十多米高的二层平台。

华程和周挺杉并肩走在草原上。

华程：“我还想根据冯超的现实表现，准备请示总部，把他调离指挥所，到下边去。”

周挺杉：“我同意！党委如果批准，就把他放到我们队。”

华程：“好，有工人阶级气魄！”

姚云朗跑来兴奋地报告说：“政委！龙一井经过压裂出油了；龙二井水捞干了，油正在咕嘟咕嘟往外喷！”

华程激动地一挥手说：“通知章总！”

二三、击一猛掌

“我认输了！”章易之手里拿着钢笔和一份没写完的“思想检查”，诚恳地、有几分尴尬地向姚云朗说：“小姚，陆相沉积地层里可能有大油田，至少会有低产油田。所以，我写个……”

这是在田家庄地质所。姚云朗抱着一卷图找章易之来了。

姚云朗看看"思想检查"，爽朗地大笑起来，说："周队长真行！他告诉我：要是章总在写检查，就给他撕了！"说着要抢，章易之急忙躲开，莫名其妙地看着姚云朗。

姚云朗继续说："华政委补充他的意见说：'道路是曲折的，斗争在继续。'还有我个人的想法，现在可以考虑再上无名地了。"

章易之吃惊地问："什么？龙虎滩远景不小，还有那么多工作要做，又想入非非了！"

姚云朗："为什么不可以同时进行呢？章总！"诚恳地说，"我记得毛主席批评过一种人说：'……这种人老是被动，在紧要的关头老是止步不前，老是需要别人在他的背上击一猛掌，才肯向前跨进一步。'"

章易之："你是说，我……"指指自己的胸口。

姚云朗笑笑，坚定地、不留情地"嗯"了一声。

章易之下定决心说："好吧，谈谈你的方案。"

姚云朗走到桌前，打开那一卷子图给章易之看。

门开了，华程、周挺杉进来，章易之迎上去。

华程："章总，是不是搞方案哪？"

章易之："小姚说，要二上无名地。"

姚云朗："政委！"华程走过去，审看姚云朗的方案。

周挺杉问章易之："二上无名地，让谁做尖刀班？"

章易之："这个……还没谈。"

周挺杉："你这方案连这个都没有？不行，不好！"

姚云朗领会了他的意思，忙说："假如说你们算一个呢？"

周挺杉天真地回答："好！这方案我通过了！"

华程抬起头来对周挺杉说："几口井，关系到我们的决心往哪儿下，关系到全局，中央首长和全国人民在期望着我们哪。老周，去降龙伏虎吧！"

周挺杉坚毅的眼神似乎在说：放心吧，政委，我准备赴汤蹈火！

第四章

二四、再上无名地

长长的汽车队，车上装着井架、钻机、活动野营房向无名地进发，烟尘飞扬。

龙虎滩家属基地，一片新盖的干打垒，一块块新开垦的处女地，一群妇女在拉犁翻地，犁铧翻起泥土，卷起黑色波浪。

周大娘、陈淑芬在拉犁，被磨破的肩头上碎布扇动着。

汽车从大路上开来，周挺杉、油娃、赵春生等人站在车上横躺着的井架下面。

周大娘、陈淑芬微笑着挥动着手巾。

周挺杉向娘招手。

欢快的女声合唱：

背起钻机走四方，

英雄的井队夺油忙，

妇女顶起半边天，

要让山河换新装，

地下的油海千重浪，

地上的新粮堆满仓。

无名地，没有人烟，没有牛羊，碧草芊绵，天垂野阔。

转盘飞转。

浓重的雨云，一道闪电，一声惊雷，大雨如注。

钻台上，周挺杉、油娃正在接单根。雨水瓢泼似的浇在铝盔上、浇在钢板上。

周挺杉在紧丝扣。

周挺杉从鼠洞里提钻杆。

欢快的女声合唱：

茫茫荒原搭篷帐，

四海为家心欢畅，

风吹钻塔顶天立，

雨打衣裳斗志昂，

待到白云传捷报，

天涯万里飘油香。

二五、没有油层

泥浆槽出口处，赵春生正冒雨捞砂样，魏国华过来说：“现在应该穿过标准层啦！”

赵春生：“没有见到哇！”

魏国华：“没丢吧？”

赵春生：“我连眼皮也不敢眨！”

魏国华摘下被雨水搞模糊的眼镜，焦急地自言自语道：“那标准层上哪去了呢？”

晚上，下着大雨，井场驻地一幢野营房里，一个人穿着黑色雨衣拖着行李卷进来。咕咚一声，把大行李卷扔在床上。一声闷雷。一道闪电。这人掀开雨帽，原来是副指挥冯超。

坐在桌前看图的章易之扭头看看，热情地欢迎道：“哟，冯副指挥，下现场了？”他走到冯超跟前，坐在椅子上。

冯超脱掉雨衣，消沉地说：“名存实亡了。”打开烟盒，请章易之自己拿烟。

章易之不想吸烟，摆摆手问道：“你怎么啦？”

冯超：“一张大字报糊在门口，我简直成了机会主义分子啦！这不来改造了！”

章易之解释说：“工人的意见嘛，也不必求全责备。”

冯超尖刻地问道："工人有这个水平？"

章易之好心地劝解道："别想得太多，大家都在搞社会主义建设嘛！"

冯超："这只不过是个信号……哼！又突如其来搞什么红袖标教育！"

章易之很不以为意地说："你呀，神经过敏！"

冯超："但愿如此，"他吸一口烟感叹地说，"唉！往后可不敢干扰人家的决心啦！"

章易之不同意这种态度，站起来反驳说："不对！我们是共产党员，是负责干部，对国家建设不利的事就要管。"

冯超也站起来冷笑地说："管，没有油层，应该撤退，你管得了吗？"

章易之："小姚把希望寄托在龙四段油层。"

冯超边走边说："龙四段可靠吗？在龙虎滩它不是没有价值吗？再往深打，你们考虑到钻机的能力吗？你们考虑到柴油供应紧张吗？万一断油钻具卡在井里，你用手往上拔呀？"

章易之吃了一惊："啊？"

冯超仰身倒在一张床上，看着屋顶旁敲侧击地说："为了保住自己的地位，逆来顺受……"

章易之急了，瞪起眼睛说："你这是对我的侮辱！"

冯超并不怕他瞪眼，反而寸步不让："可这是客观的反映！"

一声闷雷，一道闪电，青白色的闪电光照射在他们脸上，更显得冯超脸色阴冷，章易之面色铁青。

冯超盯着章易之说："随便放弃自己符合科学规律的方案，工人说怎么干就怎么干。章总，谁是油田的主人？"

章易之当然知道，"地质家是油田的主人"——这是外国专家们的口头禅，也是他们的信条。前几年，章易之听得惯熟了，而且说实话，听起来还比较舒服。但时至今日，他有点说不出口。因此，就吞吞吐吐地答道："过去说……"

冯超紧接着说："现在不仍然是你画圈圈，工人打井吗？"

章易之对这话无法辩驳，他思绪乱了套，内心斗争激烈。刚才他还谢绝抽烟，此时却向冯超伸出了手说："请给我一支香烟……"

冯超叭的一声打开了镀金烟盒。

二六、我不是泥捏的

早晨，雨停了，但天气闷热，巨大的乌云停留在天际，还在孕育着雷雨。

焊枪下闪着耀眼的蓝色火花。钻台边上，女焊工——工人管她叫"铁裁缝"，刚焊完一根钢管，掀开面罩，放下工具，结束了工作。她走到工具台边，端起写着"献给最可爱的人"字样的小茶缸，往手上倒着柴油洗手。柴油顺手心流到钢板上。

"不准倒！"周挺杉一声吼，大步从钻台下赶过来，劈手夺下缸子。

"铁裁缝"怔住了："周……周队长！"

周挺杉拿起一团棉纱去沾钢板上的柴油，沾一沾向小茶缸里拧一下，边拧边说："这点柴油是全国人民的血汗从外国换来的，留着打井使。"

"铁裁缝"眼圈发红，鼻子一酸，掉下眼泪，她急忙用拳头抹抹，抹了个黑鼻尖儿。

周挺杉看看她说："脏样儿！"用干净棉纱给她擦擦说："走，洗手去！"

周挺杉带着"铁裁缝"从扶梯上下来，到泥浆槽边蹲下洗手，边说："这泥浆里有火碱，又退泥，又去油。"

女焊工："火碱，不烧手吗？"

周挺杉："不怕，烧不坏。"

正说话，从钻台上传来许光发喊声："老周，井下不正常！"

周挺杉急忙大步走上钻台。

周挺杉上了钻台。

许光发扶着刹把说：“井下压力很大！”

周挺杉：“给我！”接过刹把。

指重表来回跳动。

刹把一弹，指重表降到零度。

周挺杉用力压住刹把喊道：“泵压升高，井壁坍塌！”

转盘飞转。

许光发冲过来想抢刹把，说：“老周，你给我！”

周挺杉：“危险，都离开钻台！”

许光发：“我来！”

周挺杉：“快走开！”

周挺杉用肩膀把许光发撞开，推离合器，按住刹把，想让钻盘停转。但就在这一秒钟内，井下压力超过钻压，钻杆一晃，往上冲来，方瓦弹出落在转盘上！还没有完全停住的转盘一转，把方瓦甩出来砸到周挺杉腿上，当啷一声巨响又落在钢板上，把钢板砸了一个坑。周挺杉腿部一麻，浑身一震，他还想继续处理事故，可是不行了，一下子倒在钻台上。

许光发、油娃等扑上来叫道：“老周！”“队长！”大家刚要看看他哪里受伤，就在这时，失去控制的钻具下滑，刹把叭的一下弹了起来。

躺在钻台上的周挺杉眼睛一瞄，知道一场恶性事故就在眼前，钻具只要蹾到井底，钻杆就会拧成麻花，井也要报废。他心里只有两个字：“救井！”他惊呼一声：“要蹾钻！”一咬牙，推开身边的人呼地一下跃起，用整个身体扑在刹把上，压住刹把。

钻具停止下滑。

鲜血从周挺杉的裤筒里流出来，淌在皮靴上，淌在钻台钢板上。

油娃、许光发、赵春生、魏国华、“铁裁缝”围上来，把周挺杉抬到一旁。

许光发撕开自己的衬衣，魏国华拿来急救箱，给周挺杉包扎。

周挺杉喊道："油娃！快提钻具！"

油娃去扶刹把，处理事故。

周挺杉疼昏过去了，人们一连声地叫着："队长！""老周！""周师傅！"

周挺杉强睁开眼看看战友们。

远处，传来汽车喇叭声。

油娃望一眼说："政委的车！"

情势又紧张起来。

赵春生："要叫政委知道了，准得上医院！"

工人们纷纷议论："可这腿……怎么办？"一个个看着队长。

周挺杉忍着伤痛笑笑说："我又不是泥捏的，碰一下，散不了！这口井是关键，在这个时候，我怎么能离开呢？"

赵春生："那好，咱，谁也不许说！"

魏国华："保密！"

赵春生不放心地看一眼身后的女焊工，问道："铁裁缝？"

女焊工也很聪明，忙说："队里的事，我什么都没看见！"

赵春生："好！"

周挺杉："来，扶我一下！"大家扶他站起来，他以坚强的毅力站着。人们各自去干活。

一辆吉普车开到井场。华程、章易之、姚云朗等下了车，走过来。

魏国华抓起红铅油刷子抹着钻台上的血迹。

章易之走上来，严肃地批评他说："哎呀！那是擦地板的？乱弹琴！"

华程走到钻机旁问周挺杉："怎么样？还能打下去吗？"

周挺杉忍着伤痛，坚强地站着，头上淌着豆大的汗珠……

华程："你怎么啦？"

周挺杉："这天儿……真闷热！"

华程疑惑地看着他，正在起钻的油娃叫道："政委！"华程走过去。

油娃跟华程没话找话地聊着：“井壁坍塌了，周队长已经处理了……”不时偷偷向周挺杉那里瞥一眼。

章易之上井场一般是只看见地质资料和钻井设备的，此时依然如此，他没有感到有什么变故，来到周挺杉跟前说：“走，老周，看看你们的钻井记录。”一个人前头先走了。

周挺杉答应一声，以坚韧不拔的毅力迈出了艰难的第一步……

井架扶梯上的井架工紧张地向下望着。

内外钳工推着大钳，扭头向这边望着。

——谁不关心他们的队长啊！

敏锐的华程立即察觉工人们这紧张的情绪，他转过头，一双询问的眼光注视着周挺杉。

“保密”就要归于失败了，油娃急中生智叫道：“政委！”

华程无奈地转回头来。

油娃：“南泥湾的故事，你还没给我讲完呢！”

华程：“下班以后吧……”

周挺杉已经走到钻台扶梯上。他双手撑着扶梯歇了一下，然后，一步一步地走下钻台。

头上，冒出豆大的汗珠。

眼睛，闪着刚强的光芒。

周挺杉走着，走着……

天空，彤云密布，雷声隐隐。

二七、忍着巨大的伤痛

值班房。周挺杉艰难地跨进门来，扶着保温桶，倒了一杯水，咕嘟咕嘟地喝下去，抹一把满脸的汗水。

坐在桌旁看钻井记录的章易之头也不抬，说：“马上可以完钻了。”

周挺杉：“田二段油层即使没有了，还可以往深打，把龙四段钻穿！”他艰难地走过来。

章易之仍然埋头看着：“设备不行！”

周挺杉：“我这部钻机勉强可以带动。”

章易之：“柴油也不够了。”

周挺杉：“我还留了一手，一点点抠的……”

章易之：“现在要全力保田家庄，你们的油也调去！”

周挺杉：“老章，我这儿焖饭，你从我灶坑里抽柴火，这饭……”

章易之合上铁皮的钻井记录夹子说：“哎呀，适可而止吧！”外面，传来一声炸雷。章易之站起来踱着步：“别浪费时间了，马上完钻搬家，五个井队全撤！”

周挺杉不言声，衣服已被汗水浸透。

章易之回过头来问：“你听见没有？”

周挺杉满脸汗水，一双坚毅的眼睛。

章易之又走过来，以一副“秋后算账”派的神色说：“我真不明白，这是为什么？逞英雄吗？国家的人力物力不允许！怕说当初的争论谁是谁非吗？我并不想秋后算账！”

周挺杉沉着坚定地说：“账，在那摆着呢！敲开龙虎滩，就是一本。”

章易之：“那这无名地呢？”抓住理似的质问着。

周挺杉不言声，卷着烟卷。无名地还要靠实践，不是一下子能说清的。

章易之得“理”不让人地说：“唉，多大的奢望，多大的胃口呀！……”

这时，华程来到值班房门口。他已经知道周挺杉受伤了，叫过一个工人说：“赵春生，你去把车叫回来！”赵春生跑去。华程刚迈步进门，正赶上章易之在滔滔不绝地发表宏论。华程停下脚步，站在门口听着。

章易之：“田家庄，不过瘾；龙虎滩，不解气；上无名地！什么也没见到，还是不死心，非要‘抱个大金娃娃’……”讥讽地冷笑，又牢骚满腹地说："地质上说话不算数！难怪有人问我，谁是油田的主人！"

又一声炸雷响过长空……

周挺杉怒火中烧，捻熄烟头，愤怒地说："这话我听见过！在裕明别墅，在专家工作处！"他瞪起愤怒的眼睛突然跃起，雄狮般怒吼："老章……"一阵剧痛，使他差一点摔倒。

华程冲进来一把扶住他。

书生气十足的章易之直到这时才发现事情蹊跷，惊呆了。

华程恳切地说："老章，应该是对我说的话，就对我说。在执行勘探方针上，周挺杉他们有不可磨灭的功绩；如果有什么问题，政治上的责任我来负。你知道吗？他刚负了伤！"

周挺杉的裤腿上一片殷红；地板上，几滴血迹。

章易之奔过来，抚摸一下周挺杉的腿担心地说："老周，我送你上医院！"

周挺杉："这没啥！"

章易之歉意地说："我……实在不知道……"

华程对周挺杉："马上住院。"

周挺杉恳求地说："政委……"

华程："不许讲价钱！"

周挺杉："政委，你让我把心里话全倒出来吧！"

华程看看他。

周挺杉脸上挂着豆大的汗珠，以真诚的眼色期待地望着他。

华程理解了周挺杉的意思，点点头，眼里不由自主涌出了泪水。他背转身用手抹掉。

周挺杉转身对章易之诚恳地说："老章，我是个大老粗，说得不对，原谅吧！"

章易之感动地听着。

周挺杉："我总想，一个地方有没有油，不在陆相、海相，决定的因素是有没有生成石油的条件，和我们有没有志气把它找出来。"

他激动地说着，“毛主席的思想为我们开辟了认识真理的道路。咱们干什么非要在‘中国贫油’这一棵树上吊死？”他停顿一下，又说：“工人农民养活你这个专家，你要和工人们一块按着《实践论》去干，走自己的道路。在陆相地层、海相地层都找到大油田，抖出中国人民的威风来！”

华程听着，脸上是激动、欣喜和自豪。

章易之终于被眼前这个工人的宽阔胸怀、英雄气概和那一片热诚所震动，所感染，工人阶级对他的期望使他惭愧，使他热泪盈眶，看着周挺杉他一时什么也说不出来，哽咽地说：“我……”

华程叮嘱章易之说：“老章，记住周挺杉忍着巨大伤痛说的这些话。大老粗手里有真理，他是我们的老师啊！……”

周挺杉谦逊地说：“政委……”

华程走过来，充满自豪地对章易之说：“不要看不起工人，他们是历史的创造者，是我们这个国家的主人，也是油田的主人！”

周挺杉殷切地说：“我们尊重你章总，希望你按照党的路线，为社会主义出力！老章！”

章易之上前一步，抓住周挺杉的胳臂激动地说：“老周，政委，我辜负了……”热泪夺眶而出。

华程：“两条路线的决战在油田进行着。但是不管有多少曲折和风浪，我们的前途是光明的！马上住院！”

突然，电话铃急骤地响起来。

华程拿起话筒：“啊，我是……”一向潇洒、不动恼怒的华程脸色严峻：“什么？……嗯……”他放下电话。

周挺杉担心地问：“政委，出了什么事？”

华程不语，在地上踱了几步。

周挺杉紧盯着政委说：“我看得出来，你封锁消息。”

华程压着巨大的愤怒和不安说：“老周，没有什么！你快走吧！”门外，传来汽车喇叭声，华程接着说：“你看，车来了，快上医院，走吧！”他和章易之一起扶着周挺杉离开值班房。

二八、要为真理而斗争

井场上，人们送周挺杉上车。

汽车急驶而去。

章易之忧虑地："政委！"

华程转身对工人们严峻地说："同志们，现代修正主义者撕毁了合同，撤退了专家，对我们搞突然袭击，答应供给的油料没有了。"

章易之气愤地说："真是背信弃义！"

姚云朗和工人们气愤地听着。

华程："现在我们几万人的战区，几十台钻机，只剩下很少的柴油了。空军支援我们一批柴油，可我们是搞油的，怎么好反过来向我们空军伸手呢？"

冯超叹口气，摇摇头。

华程快步登上扶梯说道："同志们，总部的意见：把情况告诉工人们，我们要团结起来，高举红旗，为真理而斗争！"

雄壮的《国际歌》响彻云霄：

满腔的热血已经沸腾，

要为真理而斗争……

疾风骤雨袭击着草原。吉普车迎风劈雨，飞驰而来。

雨刷来回摆动，扫着车窗上的雨水。周挺杉向车外望着。

油田在沸腾。

龙虎滩。路旁出现一家土炼油厂，雨水猛烈地打在蒸馏釜上，冲刷着大门口的白漆木牌："创业油田家属第八炼油厂"。

陈淑芬和几个妇女推着原油桶小车在泥泞中前进。她全身湿透，一脸油污，大挥着手臂呐喊着。远处，几个妇女抬着一根钢管奔跑。

穿背心的小伙子在抬油桶，他们古铜色的臂膀上雨水淋漓。

田家庄。油田建设紧张施工。远处，兀立着新建成的大油罐。

解放军战士在修建管线。他们站在泥泞的沟沿上，用脸盆、柳罐斗舀沟里的水。粗大的管线放在沟边，上百台电焊机在焊接，上面罩着帆布雨伞，雨伞下面火花四射。

巨幅宣传画在车窗外移动。大字标题：“油田就是战场，刹把就是刀枪！”雨水冲刷着画面。

整个油田在沸腾！迎着斗争的风浪，压不倒的中国石油工人在战斗！

雨过天晴。战区医院。

病房内，一张床头挂着患者登记卡，上面写着周挺杉的名字。年轻女护士端着药盘进来，不由得吃了一惊：病床上扔着病号衣，病人却不见了。

连天的芳草被雨洗过，青翠欲滴。草原像一块大绒毯，铺向天边。

瓦蓝的天空，天际长长的白云。

云雀在歌唱。

周挺杉小腿埋在草里，拄着雪白的拐杖在草原上走着。

坚毅的眼睛望着前方，他走着……

额上汗珠滚下，他走着……

他亲眼看见了整个战区正在沸腾，他记得华政委接电话时的神色，他了解国际共产主义运动的一些情况，他猜想一定是发生了什么严重事情。对此，华程同志早就告诫说要有所准备。他为早日拿下大油田，革命加拼命日夜苦战，这正是原因之一。此时此刻他不能离开井队，不能离开与帝、修、反斗争的最前沿，不能离开英雄的战友们。他急切地走着，恨不得飞回井队。

他走着……

忍着巨大的伤痛！

长长的白云，时刻变幻着形象……

草原上走着我们的周挺杉。他的高大的身影……坚强的面容……白云在他身后浮动。

高昂壮阔的音乐伴随着他。

家属炼油厂。

周挺杉拄着拐杖走来，站在一棵小杨树下。

陈淑芬和一个年轻女工正在往桶里装油。年轻女工发现周挺杉，捅捅陈淑芬说："大姐，你看！"她用手一指。

陈淑芬一抹头发，看看，神色紧张起来，撒腿就跑。

陈淑芬跑到周挺杉跟前，看看他，扶着他，又跪在地上看看腿上的绷带。

周挺杉："快给我找个车！"

陈淑芬站起来无限担心地问："说实话，伤，重不重？"

"就擦破一点皮，"为了证实这是真的，周挺杉把拐杖扔给陈淑芬，自己站着。

陈淑芬半信半疑地说："别瞒我！"

周挺杉扶着树说："我多会儿瞒过你？"

陈淑芬想想，激动起来，一口气地说："伤不重，到处闲溜达？这是什么时候！我不信！你不是这号人！人家卡着咱们的脖子，撤退专家，撕毁合同，现在全战区的柴油已经剩下不多了……"

她突然停住话头。

周挺杉愤怒的眼睛！

扶着树枝的手一使劲，粗粗的树枝咔嚓一下子折断。

陈淑芬："你？……"

周挺杉伸手要拐杖："快给我！"准备走回井队去。

陈淑芬夹紧拐杖说："不！你是从医院里溜出来的！"

周挺杉喊了起来："淑芬！"

陈淑芬斩钉截铁地说："挺杉！"看他一眼，转身要走，"我打电话问问华政委！"

周挺杉急了，喊道："淑芬——！"

陈淑芬停下，一眼看见周大娘，跑去。

田野上长着碧绿的禾苗，周大娘和妇女们在铲地。

陈淑芬跑到跟前，跟娘诉说。周大娘担心地奔向儿子。

周大娘扶着儿子，弯下腰去看他受伤的腿，关切地叫道：“挺杉……”

周挺杉激动地说：“娘！您看出来没有？这些无产阶级的叛徒们这样压我们，是想让咱们改变路线，放下红旗啊！娘！”

周大娘慈祥、豁达的脸。她果决地说：“去吧，孩子，娘懂！”

周挺杉感激地看着自己的母亲，这位白发飘动的革命老妈妈……

二九、停钻事件

井场。转盘呼啸，似乎是愤怒地旋转着。

指导员许光发扶刹把，他眼珠通红，神色严肃，盯着指重表，加压。

内外钳工冒火的眼睛，抓住大钳，严阵以待……

高架油箱下面，冯超走来，问一个工人：“还有多少柴油了？”

工人：“还有一吨多了！”

冯超：“那为什么不停钻？”

工人：“我们队上另外还有油，是周队长一点点攒的。”

冯超：“那也不行，都集中到田家庄！”说着走上钻台，对正在打钻的许光发说：“老许，柴油只够打两个班的了，停钻吧！”

许光发盯着指重表，加压。转盘飞转。

冯超：“三班司钻，把指导员替下来！”

三班司钻上来，接过刹把。

许光发叮嘱他说：“注意，井下压力很大！”转过身看着冯超。

冯超：“全战区就要瘫痪，钻具埋在井里，谁负责任？”

许光发：“队长不在，我负全部责任。”

冯超气急败坏地喊道：“一〇一、一八五、一三四都停了，你们，你们这是跟谁赌气？”

油娃扛着一只钻头过来，当的一声放下钻头：“我们是跟帝、修、反抢时间！”

冯超：“我还没被撤职，我再说一遍，人家不进口柴油啦！”他甩手走了。

许光发冲着他的后影喊道："华政委说了，全国都在支援我们，再说，我们还有家属炼油。"

走到扶梯口的冯超一转身，不屑地说："家属？他们能炼出油来？一个星期前我去看过！"

油娃走过来看看天，俏皮地说："冯副指挥，今天好像是一个星期以后了！"讽刺地做了一个鬼脸。

冯超气急地叫："马上停钻！"跑下钻台。

一只手拉下电闸，关掉油门，转盘突然停止转动。

钻台上。许光发、油娃回头望着泥浆槽口，章易之、姚云朗回头望着。

工人们满腔愤怒地沉默着。

寂静。听不到钻机的轰鸣、听不到柴油机的运转、听不到人们的呐喊声，井场像死一般的沉寂……

"突突突……"一阵急切的摩托声传来。

摩托驰进井场，周挺杉赶到了。他拿起拐杖，奔上钻台。

钻台上空无一人，工人们去找冯超了。周挺杉大声喊道："指导员！秦发愤！油娃！"

章易之、许光发、油娃和工人们奔上钻台："队长！""你回来啦！"

周挺杉焦急地问道："为什么停钻？"

人们七舌八嘴地说着。章易之喘息未定，向周挺杉解释着"是这样……老周……"

周挺杉心如火焚，喊道："我问你为什么停钻？"

章易之这才想到，忙说："老周啊，柴油确实只有一吨啦！"

周挺杉："我跟你说过，我还有油！"

油娃、秦发愤："队长，是冯超给停的！"

周挺杉犀利的目光望着前面："唔？一起下手了！"他稍加思考扔掉拐杖奔向刹把。

油娃担心他的伤痛，叫道："队长！"

周挺杉忘记了自己，他手抓刹把，振臂一呼，气冲霄汉："打钻——！"

井场重又沸腾起来。转盘呼啸，似乎是愤怒地旋转着。

情势仍然紧张。工人们不安地互相询问着："可是柴油……"

汽车声。

一辆装满油桶的卡车驶进井场。车上红旗飘扬，上写"创业油田家属第八炼油厂"。

陈淑芬迎风站在车厢上，风吹起她的头发，英姿飒爽。

陈淑芬："同志们，家属炼油厂送油来啦！"

可以脱身的工人们全都奔下钻台。

在卡车上，陈淑芬一甩头发自豪地说："有机油、汽油、柴油，质量不太高，可保证没有马粪！是咱们自己的！"她下了车。

工人们忙着卸车，滚油桶。

油娃抓住陈淑芬，激动的泪花在眼里闪亮："嫂子！你们来得可真是时候呀！"

陈淑芬多年来一直关照着孤儿油娃，此时，她欣喜地慰问道：

"油娃，你们辛苦了！"

油娃："没啥！"

"看你！"陈淑芬发现油娃肩头衣服破了，掏出针线包在井场缝补起来。

油娃挺着宽厚的胸脯让嫂子缝补。这个旧社会的童工，此时诗情大发，出口成章："旷野是我房，草地是我床，明月来做灯，风雨洗衣裳。为找新油田，艰辛又何妨！越压越革命，越打越坚强！"

井队野营房。

章易之和姚云朗在研究几张"油层对比图"。章易之还没忘冯超刚才的表演，气愤地说："冯超简直是乱弹琴！"说完又欣喜地用手指敲敲图纸。

姚云朗指着图说："这就是三结合小组研究的成果。"

章易之："是这样……"他如同发现新大陆，俯身仔细地看着。

冯超闯进来，理直气壮地质问："两位老总，龙四段油层很薄，现在还拼命找它，目的何在？"

姚云朗信心百倍地说："根据我们掌握的大量资料推断：这个油层到无名地加厚了，很可能成为主力油层，打出高产井。"

章易之赞同地应道："是啊！"

冯超一惊："高产井？"

正这时魏国华在外面当当当地敲窗，向屋内大声喊着："姚地质师，钻开龙四段了，油气显示良好！"

章易之大声问："井下压力大不大？"

魏国华："压力很大！"

章易之对姚云朗："小姚，加大泥浆比重，防止井喷。再调些重晶石！"

姚云朗："我已经通知供应处，他们马上送来！"

章易之："好。"

姚云朗在前，章易之在后匆忙走出去。

冯超眼珠一转，叫道："章总！"

章易之站下，警惕地看着冯超。

冯超居心叵测地说："这口井一喷油，你的方案就进了历史的垃圾堆，到那时候人们会不会问：在这外界压力很大的关头，章总拼命反对拿大油田，是什么居心？"

章易之回答："在这外界压力很大的关头，我得跟党同心同德，跟人民一起奋斗。任何个人得失，都置之度外，也绝不会再给人家当枪使！"说罢毅然决然地离开了冯超，大步跨出门去。

机关算尽的冯超剩下孤家寡人。他明白自己的处境，头上沁出汗珠。他掏出手绢抹去，颓然地坐在一把椅子上，手不自觉地抓住"油层图"的一角，再绞脑汁……

粮食供应站的小马进屋找水喝。暖瓶空了，小马要走，冯超忙递过一杯凉开水。不知这个单纯的年轻人可否给一根救命的稻草？

冯超“平易近人”地说：“小马，送粮来啦？一直忙，没到你们那儿去。红袖标教育搞得怎么样了？”好像是无意间提起。

小马不假思索地答道：“周队长给我们忆苦以后，群众发动起来了。对了，老工人提出周老大的牺牲是有人出卖的。”

冯超像触电似的：“啊？”

小马：“前天我们又从家属里头挖出一个老家伙，他在裕明当过敌人的典狱长。”

冯超站起来：“典狱长？”冯超再也支撑不住了，他脸色煞白，嘴唇颤抖，“他……叫什么？”

小马：“不知道。”

冯超不甘心，又问：“那么出卖老周师傅的那个人……”

小马有一说一，有二说二，爽快地说：“放心吧，他跑不了！”

他放下水碗，走出门去。

冯超一头虚汗，自语地咕哝着：“搞到我头上来了……”

解放前夕，冯超看国民党大势已去，想捞点政治资本，参加了裕明油矿工人罢工，出了一点风头。被捕后，敌人拷问他，那时他虽然还不认识华程，但却知道有个共产党员进矿，知道周老大与共产党有联系，就把这个情况告诉了敌人。他把这段历史一直隐瞒着，伪装积极。时间过得越久，他就越有一种安全感，逐渐肆无忌惮起来。没想到今天即将暴露了，他感到前途可怕，但他要垂死挣扎。

电话铃响，吓他一跳。

冯超的手颤抖了两下，还是拿起听筒，有气无力地应付：“啊，是什么事啊？”

电话里的声音：“我是供应处。听说你们钻开龙四段油层了，向你们祝贺呀！”

冯超假意地笑了笑。

电话里的声音：“你们要的重晶石马上送去。”

冯超：“重晶石？”他一下子捂住话筒，眼睛四处搜寻一下，想起刚才魏国华说的“井下压力很大”，恶念油然而生，向电话里说“这儿够用了，不用往这儿送了！”急忙放下电话，胆虚地再看看周围：透窗一望，泥浆池边上章易之、姚云朗、赵春生正在围着砂样筛子看着。姚云朗高兴地喊：“章总，你看！地层里的原油凝块！”

希望越来越大，冯超岂肯甘心，他瞪起三角眼想着，想着。

——让你们井喷！让你们劳民伤财！

冯超决心孤注一掷！

一眼看见地下有一团棉纱。他伸出一只邪恶的手抓起棉纱。

三〇、短兵相接

会战前线指挥所在无名地前线召开了党委扩大会，讨论形势和任务。临时搭起了活动板房，屋内的布置和会战之初讨论方案时差不多，只是更简陋一些。墙上挂满图件。其中有“无名地详探部署图”，“田家庄开发形势图”和“龙虎滩勘探成果图”。

面貌一新的总地质师章易之正讲着，指示棒在图上指来指去，他兴奋的声音传遍会场：“……可以预言，甩开勘探，胜利在望。根据党委指示，我们下一步的布置是：调集五十个井队，一家伙压上无名地，打这样几条大剖面，抱个大‘金娃娃’！”说完，潇洒地放下指示棒走回自己的座位。

华程雄姿英发：“根据周挺杉井队的实践，章总地质师把这个新的方案拿到党委扩大会上来了。还是那句老话，大家可以横挑鼻子竖挑眼，品头论足嘛！”他手里拿着一支铅笔，扫视了一下会场被胜利的前景鼓舞起来的人们欢笑着，纷纷表示同意。

“那么……”华程等待片刻之后站了起来，准备总结。

“我亮亮观点……”会议桌的一头，冯超伸了一下手。他刚刚干完一件冒险的事，很快就要见到恶果，事先他要用三寸不烂之舌征服一般群众，事成之后就更显得自己的预见和高明。他是个冒险家，但是，现在出现在人们眼前的冯超，却是彬彬有礼，雍容大度地说：“我们不必急于展示未来，倒是应该正视一下目前的危机……”

他以这样的警句开始发言。

华程端起茶缸，吹着里面的水，眼睛有力地一瞥。

周挺杉拄着拐杖进来，这使冯超吃了一惊，但是射出的箭收不回来了。

“周队长来了，这儿坐！”一个工人招呼周挺杉。

华程对周挺杉示意，让他到桌前来坐。

周挺杉坐在了门口的一把椅子上。

冯超有些慌乱，镇静了一下，又继续说着：“帝国主义封锁、修正主义压迫，更严峻的现实还在后头，现在谈抱大‘金娃娃’，为时过早吧？”他提高了嗓门，“我们实行了一条好大喜功的路线，必然得到劳民伤财的结果！”

王副指挥气愤地问：“冯超，你这是什么话！”

冯超冷冷地瞥了华程一眼，意思是问：你还敢不敢让我说不。

华程从容自若：“他这是以突然袭击的方式说出来的久经考虑的话。”对冯超说，“你继续说吧，我很感兴趣！”

周挺杉心头怒火往上冲，手抖动着，看一眼镇静的华程，他忍着，强忍着……

冯超振振有词：“我完全是为了工作。我们为什么会犯这样的错误？根本原因是听不得不同的声音。决策的人物是些什么人？是扶刹把子的！”

会场上的人们震惊了。一切都反常了，一向冷静的华程正在一张白纸上随便写着字，铅笔尖叭的一声折断。他扔下铅笔，腾地站起，怒不可遏地说：“冯超！”

章易之也心明眼亮，看出了冯超的险恶用心，气愤地说：“这是挑拨！”

火暴性子的周挺杉面对冯超对自己的恶意攻击却没有发火，他用一双无私的眼睛望着华程、章易之叫道：“政委！老章！”

华程终于克制住自己，接受了周挺杉的提醒：“哦，好！好……冯超，你说吧。”坐下了。

冯超慢条斯理地说："我暂时就说到这儿吧。"

华程："谁来回答他的挑战？"

人们纷纷站起，喊道："我回答！""我说！""我……"

叭的一声拐杖倒在地上。周挺杉站了起来走向冯超，逼视着他，眼睛光芒四射。说："一个国家要有民气，一个队伍要有士气，一个人要有志气！有了这'三股气'，封锁怕什么？扔原子弹怕什么？我们顶天立地地站着！我们不拒绝外援，但是要维护自己的政治独立，根据自己的特点，自力更生地建设我们的国家！"

华程："这就是我们的路线。走这条路线，要靠党的领导，靠工人阶级……"

章易之补充说："靠那些推动历史前进的奴隶！"

华程接着说："团结其他劳动阶级，团结知识分子，一同艰苦奋斗！"他情绪激昂、声音洪亮，接着说："我们的人民不屈不挠，扶刹把子的工人有伟大的抱负，世界上没有任何力量能压倒我们，永远也没有！"

姚云朗站起来说："我们就是'好大喜功'！好大油田，喜为祖国立大功！"

突然，传来井喷的怒吼声。这声音震撼天地，也震撼着每个人的心，人们同时站起，满头满脸泥浆的油娃奔跑而来，他大声报告道："同志们！打到高压油层，钻头被棉纱堵住，我们起钻的时候抽喷啦！"说着把一团水淋淋的棉纱扔在桌上。——这就是冯超抓起的那团棉纱。

华程命令道："暂时休会，都到现场！"

周挺杉拉着油娃，小声叮嘱说："注意防火，切断电源！"

油娃跑去。周挺杉冷眼看一看冯超。

冯超做贼心虚，吓白了脸，但他摆出一副同情的姿态说："它真的喷啦？"

周挺杉对着冯超豪迈地说："它喷个落花流水才好哪！人没压力轻飘飘，井没压力不出油，我们要的就是高压井啊！"说完转身跑出去。

三一、千钧一发

井场上，油、气、水、泥浆的混合物突、突、突地喷起来，吼声越来越大，喷柱越来越高。井架上的防爆灯熄灭了，灯摇晃着。

钻台上，许光发、油娃在强行下钻。

值班房内，华程在打电话："快，快，要紧急动员！"

井场。赵春生跑来，向周挺杉报告："队长，泥浆比重太低！"

周挺杉："快加重晶石！"

赵春生："告诉供应了，到现在没送来！"

华程匆匆跑来："老周，田家庄、龙虎滩已经出发了。走！"他先跑去，周挺杉也跟过去。

姚云朗穿着雨衣跑来，迎面碰上章易之。

章易之说："小姚，赶快把这个井喷资料取下来！"

姚云朗从怀里掏出个瓶子说："你看！"奔向井口。

章易之喊："给我！"追去。

魏国华追去，喊着："姚地质师，天然气太大，危险！"

钻台下，井口旁，巨大的喷柱使人不能靠近，吼声震耳欲聋，油、水瓢泼而下，石头乱飞。姚云朗一低头冲了进去，坚持取气样。天然气通过导管进入瓶内，排出清水。她坚持着。

井场车水马龙，人们奔跑。喷柱越来越高，十米、二十米……冲向二层平台。

姚云朗取好气样，瓶口朝下抱在怀里，转身离开。忽然，她被天然气熏倒。魏国华冲来，背起她，章易之冲进来，接过气样瓶。

草原大路上，救火车、水泥车、推土机、拖拉机、卡车奔驰而来。

配电房里，一只颤抖的手伸向电闸箱，企图合闸。

"谁敢合闸！"一声怒吼，恰似当年的老周师傅。

那人手缩回来，猛然转身，是冯超。他眼珠子通红，像要冒出眼眶，脸色苍白，没有一点人色。

周挺杉高大的身躯当门而立，威武雄壮。

——一双愤怒的眼睛！

冯超垂死挣扎，歇斯底里地狂叫："周挺杉，快救火去吧！你们井毁人亡啦！"猛转身双手合闸，他就等电灯全亮，灯泡撞碎，遇到天然气燃起熊熊大火，他焦急地往外看看。

电源早已被掐断。

冯超最后的恶毒阴谋彻底破产，他像一摊泥瘫在地上。这个工贼、野心家、修正主义分子结束了他的丑恶表演。

周挺杉迈着坚定的步子逼上来。

井场。冯超被拴在井架绷绳的水泥墩上，像一只落水狗。人们围住他，愤怒地声讨他。

油娃挤进来跳上水泥墩，高高举起大管钳，以满腔的仇恨喊道："狗东西！我找你十几年啦！"说着想要狠狠地砸下。

王副指挥制止了他。

华程命令："带走！"

两个武装民兵押走冯超。

华程拿出借去用的红袖标，举起来："袖标上有老一代石油工人的血，新的斗争更增添了它的光辉！"他给周挺杉戴在胳臂上，"老周，你指挥压井！"

卡车载着田家庄、龙虎滩来的抢险队伍驶进井场。

在喷起又落下的油、水袭击下，华程、章易之等人研究压井的办法。

章易之喊着："快调重晶石！"

赵春生："来不及啦！"

重晶石粉比重大，掺在泥浆里，打到井下去，可以压住井喷，这是抢救井喷的常用方法。没有重晶石粉，章易之没办法了。

周挺杉用铝盔做了个搅拌水泥的试验，他拄着拐杖，端着铝盔走过来说："政委！得赶紧往泥浆里掺土，加水泥！"但这在正常情况下是不允许的，因为它可能把钻杠凝固在井里。

章易之沉吟一下，无名地草原的水碱性大，水泥凝固得慢，压住井喷以后，可以再把水泥替出来。周挺杉有长期的实践经验，所以想出来这个，在当前是唯一可行的办法。

章易之大声喊道："政委，我看可以！"

华程："好，就这样决定！"

周挺杉向工人们吼道："加水泥！"

泥浆池边周挺杉、华程、章易之、赵春生等人往泥浆池里倒水泥、加土。烟尘飞扬，油、水瓢泼而下，泥块打着铝盔叭叭响。他们舍生忘死地干着。

水泥浮在泥浆表面上。

赵春生声嘶力竭地喊："队长！这浮在表面上不行啊！"

土沉淀，水泥散不开。

一个工人喊道："队长，得想办法同时搅拌！"

负责泥浆泵的副司钻跑来喊："周师傅，莲蓬头堵塞，泥浆打不上去！怎么办？"

四面八方警报频传，周挺杉抬头看看，钻机、油井都处于极度危险中。

由于地层下陷，井架逐渐倾斜！喷势不见减缓反而增强，喷柱直上天车，吼声震耳。

周挺杉站住，在短暂的一瞬间他想起自己的经历：

——老周师傅高举大管钳，砸向敌人……

——美国顾问仰天狂笑："没有'美孚'，你们只是一片黑暗。"

——华程举起拳头："要为真理而斗争！"……

——冯超狂叫："你们井毁人亡啦！"……

——周大娘慈祥豁达的脸："去吧，孩子，娘懂！"……

周挺杉坚毅的眼睛！

火红的袖标在他臂上闪耀。

千钧一发！压不住井喷，钻机、井架将会陷进地球里去，全部报废；压不住井喷，会破坏油田的原始压力，使油田生产蒙受不可挽回的损失。为了拿下大油田，他宁愿少活二十年。他怀着对帝、修、反的刻骨仇恨，他怀着对无产阶级革命事业的耿耿丹心，他怀着对毛主席革命路线的无限忠诚，气贯长虹地一声呐喊：“跳！”扔掉拐杖，飞身跃入齐胸深的泥浆池中。他挥动手臂，划动双腿，搅拌着，搅拌着……

水泥、化学药品、火碱刺激着他的伤口，黏度很大的泥浆使他迈不动步，头上脸上是瓢泼的油和水，他忍住巨大的伤痛，奋力地搅拌着，搅拌着……

宏伟的歌声赞颂着我们的周挺杉——中国工人阶级的英雄代表，在帝、修、反挑战面前呼啸猛进的石油工人：

呵……

石油工人一声吼，

地球也要抖三抖！

自力更生拿下大油田，

降龙伏虎显身手。

从前当马牛，

今日抬起头，

在高高井架上，

望见五大洲。

让那红太阳照亮全球，

快给革命烈火来加油！

歌声中：

油娃、许光发、秦发愤、赵春生跳进泥浆池。

他们奋力地搅拌着。

华程和工人们抢装防喷器。

各种车辆围上井场。

泥浆池翻滚着波浪。

周挺杉弯下腰，嘴巴贴着液面，掏出上水管莲蓬头的堵塞物。

钻台上，强大的喷柱冲击着工人们。许光发，油娃等人战斗在钻台上，强行下钻。

油娃推着钻杆送入井口，被天然气熏倒，人们把他背下去。

许光发冒着井架倒塌或下陷的危险，顶着强大的喷射力，坚持扶刹把。

范师傅冒着油和水的大雨看守柴油机。

泥浆泵运转着。

周挺杉上了钻台，抱住钻杆送入井口。钻杆被喷射得左右摇摆。他被天然气熏昏了头差点倒下，一挺身又站起来，强行下钻。

王副指挥在现场指挥车辆。

救护车旁，护士给油娃包扎；刚包好，油娃爬起来就跑向钻台。

周挺杉在下钻。

钻杆向地下挺进。

让那红太阳照亮全球，

快给革命烈火来加油！……

英雄的石油工人终于战胜了险恶的井喷。

三二、我们这里一片光明

粗大的试油管，突、突、突阵阵巨响，黑色原油以雷霆万钧之力喷射出来！

人们欢呼着。

无名地一井在喷油。

无名地二井在喷油。

五井、六井、七井……在喷油。

创业油田模型：田家庄一片红灯。龙虎滩一片红灯。无名地上，一个小红灯亮了，又一个小红灯亮了，一片红灯夹着几排蓝灯全亮了。一个小红灯是一口油井，蓝灯是注水井。三个构造上红色的小灯连成一片。——“大金娃娃”到手了，大油田到手了。

怎么能不兴奋，怎么能不欢笑！看吧，这些转战南北、风霜万里，为祖国的富强日夜苦战的人们，一个个是多么光彩啊！让我们永远记住他们的面容吧：周挺杉、华程、章易之、油娃、秦发愤、许光发、姚云朗、范师傅、魏国华、赵春生、周大娘、陈淑芬、王副指挥、田大爷、女焊工、龙燕……这些为祖国的大油田出过力，流过汗，流过血的人们。

一列列油罐车开动了。

巨大的炼油厂生气勃勃。

广播电台向全世界庄严宣告："现在播送新闻公报：在毛泽东思想的光辉指引下，中国工人阶级奋发图强、自力更生、艰苦奋斗，我国石油产品基本自给。中国人民使用洋油的时代一去不复返了。"

"一去不复返了……"又是一个早晨，在宏伟的创业油田上，站着扬眉吐气的周挺杉和华程，他们望着如林的井架，望着成排的采油井房，望着一片片大油罐，望着巨大的炼油厂和装油栈桥。周挺杉眼里放着光彩，跟华程说道：

"政委，你还记得在裕明的山顶上咱们第一次见面吗？"

华程："记得。那是一个黑夜。"华程回忆着当年的情景，幽默地说："十斤娃，你去裕明别墅，送送那位可爱的洋大人……"

周挺杉豪迈地说："他号叫着'美孚'……哼，离开'美孚'！顶住现代修正主义的压力，我们这里是一片光明！"

一轮红日冉冉升起，辉煌的光焰普照大地。

一九七三年八月初稿于大庆，
一九七三年十一月二稿于大庆，
一九七四年三月三稿于大庆，
一九七四年五月四稿于长春，
一九七五年二月修订于北京

（原载《解放军文艺》1975年第10期）

当代人

根据赵大年、边震遐同名小说改编

导演：黄蜀芹

编剧：赵大年、边震遐

主演：张甲田、仲星火、张小磊、王书勤、尹福文、陈裕德

出品方：潇湘电影制片厂

（片名、演职员表字幕衬底）

远远地平线上一头黄牛正拉着一台旧拖拉机，吃力地上着斜坡。

牛脖子上的小铜铃，迟缓移动的小腿，橡皮轮子。

正在建设中的大厦、大厂房……

旋转中的脚手架。

无人驾驶的方向盘。

慢慢走动着的牛拉车在土路上、公路上、田野里、树荫下……

建筑中的大厦。

铺路机刚刚滚过的沥青路面。

被牛拉着的坏拖拉机上刻着的字：前进拖拉机厂。

（各种角度、不同景别的牛拉车及新建筑群画面交替出现）

1. 夏日清晨

前进拖拉机厂全貌：远处山峦重叠，附近有正在建设中的高大建筑物。

2. 一车间门口

青年车间主任李保本在扫地。他回头看着用松枝撑起的彩牌楼，两个工人正要挂大横幅："庆祝红旗车间命名二十周年！"李保本指挥着他们："往左边点，再过来点，再上一点……"

两个工人不得要领，搞反了。李保本搁下扫帚，爬上人字梯，挂好了大横幅。他居高临下看到了在厂道上走着的刘雨芳——厂政工科副科长。

刘雨芳望着李保本迎面跑过来，便停住脚。

李保本叫着："师母，今天好早啊！"

刘雨芳："小李子，忙得差不多了吧，客人们快到啦。"

李保本："就等您代表政工科来检查一遍了。"

"这小鬼！"刘雨芳拉住他，知心地说："知道吗？你师傅要趁着今天这个机会，正式宣布他不兼厂长了。让啦！"

李保本担心地："师傅是一片好心，按照上级精神办事，就怕今后厂里的工作难推动了。"

刘雨芳："这倒不会，他还是党委书记嘛，关键是要找个得力的人当厂长。"

3. 厂长办公室

王开济坐在发旧的皮转椅上，他整理了一下桌面站起来，转动了一下椅子，他走到门口，又留恋地回过头来望着。

宽绰的办公室，墙上过分多的奖旗，窗台上几盆仙人球、褪色的窗帘，四方的办公桌上摆着图纸、书报等，空着的发旧的皮转椅还在微微转动。

他打开了有"厂长办公室"字样的毛玻璃门，到了走廊上。

4. 一车间附近厂道上

李保本与刘雨芳边走边谈着，见王开济走过来，李保本迎上去。

李保本："师傅，都已经准备好了，就等您检查一遍了。"

王开济："今年一切庆祝活动要从简，不要搞夹道欢迎了。"

"好的。"李保本，"师傅，这是我的发言稿，请您看看。"

王开济掏出老花眼镜戴上看。他指点着稿纸："你看这地方……"

"好的，好的。"李保本虚心听取，当场就掏笔改正了。

刘雨芳含笑走来："哟，瞧这一老一少，有商有量的这股劲！"

李保本收起稿子不由得也笑了："师傅，师母，那我先进车间了。"

刘雨芳："一会儿丹丹来了，你帮她多练练讲解，别让她出洋相啊！"

李保本："哪能呢！"他走了。

刘雨芳对王开济："红旗车间又出了棵好苗子啊，唔？"

王开济也称赞地嘿嘿了两声，又思索地说："我们厂好苗子倒是不止一个……"

刘雨芳："你是指的蔡明？这种不听话的知识分子，能当一辈子副厂长就算不错！"

5. 工厂附近小树林

蔡明正在做运动量相当大的晨操，穿着浅色运动衫裤，白球鞋，显得朝气蓬勃。

文静秀美的徐艳骑着自行车停在树林旁，她轻轻走到蔡明的身后注视着他。

却不知蔡明从地上修长的影子早看到她的到来，他动作不断，头不回，问道："怎么？你已经考虑好了？"

徐艳吓了一跳："你看见我了？"

"快告诉我答案，是正？还是负？"蔡明一个转身动作面对着她。

徐艳摇摇头。

"无限大？"蔡明热切的目光："……无限小……"

他体操动作仍然没断，徐艳不得不跟着他转来转去，对他的问话却总是摇头。蔡明做完操，微微喘着气望着她。

徐艳："谈这种事，哪能这么谈……我头都转昏了，你不能停下来静一静，我们认真地谈一谈……"

"'小树林，静悄悄'……你想得真美，我每天半小时的天天练可不能停。走，一块进厂去。"他拿起外衣与徐艳走向自行车。

徐艳："这是张工程师让交给你审批的图纸。"

蔡明看了看："张杰啊，又是一夜没睡觉啦……"

6. 试验田里

张杰神色疲惫，驾驶着一台新拖拉机在耕地。车前的大灯还亮着，却显得暗淡无光，恰似张杰困乏的眼睛，发动机吃力地隆隆吼鸣着……

一个女高音大喝一声："给我站住"。

张杰猛抬头，赶紧刹车——车头前面站着他的妻子何青莲，她把一对双胞胎胖小子搁在地头上，自己走过来双手叉腰，气势汹汹地嚷道："你不吃不睡，有完没完？"

"没有完！"张杰："这是新车生产试验……"没等他说完，何青莲已冲到跟前，连拉带扯地把丈夫拽下了驾驶座。

"别拉拉扯扯的，多难看呀！"张杰掀开车头的侧护板，指着发电机说："你看，这是一种新型号的柴油机！今天就得搞清楚电的质量，只差几小时啦……"

何青莲："两个儿子我一个人抱，能行吗！走，跟我一块儿送托儿所去，是你自己说的合理分工嘛。"

张杰还想分辩，何青莲不容他开口："别傻干啦，除了我还有谁来心疼你……"

两个胖双胞胎躺在地头上手舞足蹈。

7. 工厂大门口

蔡明矫健的步子跑着，轻松自如，旁边的徐艳骑着车子相随着，说笑着进了厂门。

传达室老头："早啊！蔡副厂长！"蔡明也向他打着招呼跑步进了厂。

8. 临街的绿化地段

陈、吴两科长在打太极拳，动作悠慢而柔软。

王维丹骑着一辆轻便小摩托，从街上驶过。

陈科长："看见吧？丹丹打扮得多漂亮。"

吴科长："今天赛过节嘛。最近李保本这小子总缠着她。"

陈科长："可是，小姐心里迷的是蔡明。"

吴科长："迷不迷，缠不缠都不作数，就当前形势看，谁是新厂长，谁也就是女婿。"

王维丹的摩托从他们面前飞也似的穿过。

陈科长品味着："不对，谁是女婿，谁就是新厂长！"

9. 一车间内

王维丹身穿节日的白衣红裙，手执教鞭，骄矜中略带腼腆，环视了左右，大声说："亲爱的共青团员和青年同志们！今天，是我们红旗车间的命名纪念日。"

在这空无一人的大车间里，突然响起了一个人的鼓掌声，李保本从大机体后面站了出来，王维丹身旁是个临时搭起来的既像宣传栏又像供桌的不伦不类的台子，上面挂着几张大幅人头照片，还有锦旗，地下摆着鲜艳的盆花。

王维丹吓一跳："嘿，你打哪儿钻出来的。"

李保本："我是代表群众在鼓掌，这时候你得赶快给大家鞠躬！"

王维丹深深地鞠了一躬。李保本却皱了眉头。原来，王维丹的衬衫领口开得低，一串光闪闪的项链也滑落出来。

李保本："暂停，把领扣系上。"

王维丹脸一红，把项链塞了进去，扣上领扣不高兴地："顶属你封建！我又不是尼姑……"

10. 工厂大门口

三辆运送坏旧拖拉机的汽车停在门外堵着路。

传达室老头隔着铁栅栏大门，对他们嚷着："也不长眼睛瞧瞧，今天是什么日子，我们院里挂着彩旗哪！这不成心给老厂长上眼药吗?！"

押车的农村干部不服气，有的跳下车来与老头对吵着："这铁牛一买回村就是死车，不找你们找谁？"

"反正今天不行！"

"哪天才是黄道吉日啊？！"

"……"

正是上班时机，人们都从小门鱼贯而入，群众议论：

"一大早就'死车'堵门，大煞风景啊！"

"好，该不是开到红旗车间来展览的吧？"

"别啰唆，少管闲事！"一个女工把自己丈夫拉走了。

陈科长气喘吁吁跑来了，他对传达室老头说："快把门打开，客人们马上就到了。"

"那它们呢？"老头指指"死车"。

"开进来吧！"

老头嘟嘟囔囔地去开了门，汽车拖着"死车"开了进来。

陈科长挡住一车间方向不让过去，他拉过一名看热闹的青年工人交代道："你去引路，随便找个犄角旮旯先藏起来再说。"

小伙子跳上第一辆车的驾驶室，带着它们奔向生活区方向。他说："跟我来，托儿所方向，隐蔽！"

11. 停车坪上

一排排大红色新拖拉机停着，等待出厂已有多时，车身蒙着厚厚的灰尘，还有雨淋后留下的水流痕迹，轮胎淹没在茂密的野草中，小野花迎风摇曳着……

十多个女工提着水桶，抹布，正在擦车。

吴科长匆匆奔来，挥手吆喝："哎呀，还没擦完哪？"

三辆"死车"驶过这里，人们向它们行着注目礼。

何青莲也在擦车，她对着吴科长说："吴科长，这新车卖不出去，'死车'倒回娘家来啦！"

吴科长："我的姑奶奶们，别磨洋工啦！"

何青莲挥舞着抹布嚷着："擦干净了也卖不出去！"

吴科长："卖不出去也得擦干净！"

何青莲："噢，是擦给官儿们看的呀！那好办，先擦前边这一排得啦！"

女工们都拥到了紧靠路边的一排，嬉笑着。

何青莲哗地泼出一桶脏水，溅了吴科长一脚，他倒退几步跺跺脚，却满意地嚷道："好，就这么干——"

女工们哄笑起来。

12. 一车间内

李保本："别笑了，表情严肃点儿，再来一遍！"

王维丹端正姿态，用教鞭指着一排大照片，用朗诵般的口吻说："同志们，这些都是我们红旗车间出身的老前辈，这位，就是咱们红旗第一任车间主任，现在是农机局张局长……"

13. 工厂附近街上

一辆上海牌轿车坐着张局长。

（画外音）王维丹："他过去是地下党员，罢工领袖，后来他又用老设备因陋就简，土法上马，为志愿军修理过坦克车……"

14. 一车间内

李保本鼓掌。

王维丹指另一张照片："他也当过车间主任，现在是柴油机厂——本厂亲密的协作厂的李厂长，也就是小李子的爸爸。"

李保本吓唬她："当心说走了嘴！"

15. 工厂附近街上

一辆吉普车上坐着李厂长。

司机一个急刹车，原来前面正有辆"坏死"的拖拉机被卡车拖着堵在路上，司机骂了一句："'死车'，还死在路当中啊?！"他绕边超过去。

（画外音）王维丹："……1958年，他们以蚂蚁啃骨头的革命精神，制造了本厂第一台拖拉机！"

16. 一车间内

王维丹指着一张照片："他也当过车间主任，老先进，现任本厂厂长兼党委书记，是我……"

17. 办公楼前的台阶上

王开济夫妇等干部们在恭候着客人，陈科长往竹竿上挑鞭炮。

（画外音）王维丹："……亲爱的爸爸，他们都是好老头儿……"

18. 工厂大门口

几辆不同牌子的汽车、吉普车鱼贯而入。

王维丹："他们是本厂第一代和第二代的厂长们……"

（画外音）李保本："别瞎编了！"

19. 一车间内

王维丹累了，坐到摆着花盆的台子上，一下子像散了架子似的，懒洋洋地指着李保本："他，也许是第三代厂长！"

20. 办公楼前

小汽车队过来。

陈、吴两科长为李厂长打开吉普车的门，李厂长下车，两位科长毕恭毕敬地弯腰叫着："师傅！"

李厂长满面笑容，与王开济、刘雨芳握手、招呼。

张局长的汽车到。

王开济、李厂长下台阶为汽车开门，张局长下车。

王、李厂长毕恭毕敬地弯腰叫着："师傅！"

陈、吴两科长及一些中年干部又上前叫着："张局长！""师傅！"

周围一些工人群众在看着。

两个青年女工在议论："谁是谁的师傅？""你自己看嘛！"

李保本拖着宣传干事来拍照。他把张局长拉到中间，一边一个厂长，这一排全是白发，秃顶，下面一排是中字辈的科长们……这些"老前辈"相互谦让着。

群众议论着："瞧，全是红旗车间出身的干部……""咱们的老前辈们""少说废话，你有意见还怎么的？"

有中年妇女问何青莲："你家张杰是新提拔的副工程师，蔡明是副厂长，怎么不来照相？"

何青莲："哼！他俩是后娘养的！"

闪光灯一亮，鞭炮声响。

21. 厂托儿所内

孩子们对着窗外雀跃。原来三辆"死车"开来了，卸在这里。张杰与蔡明跑过来。

22. 托儿所外

蔡明招呼青年工人："来，拆开看看，什么毛病。"

他们三人卸下侧护板看。

张杰："又是柴油机的毛病，质量总是不稳定。"

蔡明："这两百辆'死车'，就像幽灵一样，虽说是三年前卖出去的，到现在还直接影响我们厂的声誉和销路！"

他们卸着柴油机。

两个双胞胎鼻子贴着窗看，牙牙学语："爸爸……"

张杰抬起沾有油泥的脸。青年工人生气地："抬去给他们看看。"蔡明、张杰走开去。

23. 工厂理发室

蔡明拉着张杰推开珠帘进来。

蔡明："借个毛巾洗一把脸。"

理发师丢块毛巾给他。张杰与蔡明洗脸。

蔡明看到许多工人在排队等理发："怎么，今天都不干活儿啦？"

剃胡子的工人："副厂长，今天是庆祝活动日，停工放假啦。"

蔡明不由得皱了皱眉。

理发师："副厂长，你的头发够长的了，来，优先照顾你……"说着，要给他围白布。

门外一个干部找来了："副厂长，你在这儿啊，让我好找！厂办来了两封急件！"

蔡明接过他手中的两封信看，急忙扯下围着的白布，对理发师说声："后会有期！"就大步走了出去。

24. 宽阔的厂生产区水泥大道上

王开济陪着张局长、李厂长等客人们参观着，走着。

张局长环顾左右的白发元老们，感慨地说："红旗车间才二十岁，咱们可是都老喽！"

王开济："岁月不饶人哪！所以我决定不兼厂长啦。"

李厂长不以为意地用他那特有的大嗓门说："希望咱们的红旗车间，永远保持青春！啊！"

李保本接上去："是，爸爸。"

机器升高，拉远，前景吊车驶过，掩盖了他们的说话声。

25. 厂道一角

厂办干部对蔡明："这银行的催账单要得急，再不讲信用，以后就难开口贷款了。"

张杰指着另一封信说："这退货单更是催命，产品卖不出去，拿什么钱还债？”

蔡明：“关键还在那两百台‘死车’，想不修理，躲过去是不行的。”

厂办干部：“过了今天再说吧？”

蔡明取过两封信：“今天又怎么啦？忌日吃素吗？”

26. 水泥大道拐弯处

两个青年工人把刚卸下来的坏柴油机拉到了路中央，还用脚踢了两下才走开。

王开济正领着李厂长等指指点点拐弯走来，看到了柴油机，不由得停了下来，李厂长脸色变得不好看了。

王开济对张局长等解释道：“这准又是从‘死车’上卸下来的。……三年前，我们厂生产刚刚恢复，出厂了一批车，质量不过关，农民把它叫‘死车’，现在，还总回厂修啊，换啊，退啊，后遗症不少……”

张局长：“主要什么毛病？”

陈科长嘴快：“主要是柴油机……”

李厂长虎着脸一个人向前走着。

王开济打着圆场：“这两百辆车也是我的一块心病，我们正想讨论一下修‘死车’的问题……”

张局长：“现在你们领导班子里加强了技术力量，切实地抓抓嘛。”

王维丹与李保本走在后面小声嘀咕着。

王维丹：“要修车的话，让你爸爸柴油机过关了再送来。”

李保本：“你是质量检查员，当时放过门，现在做事后诸葛亮啦？”

王维丹：“你是车间主任，当时干什么吃的？”

李保本：“我们是红旗车间，不能随便就返工修车的，有毁声誉。”说着，他就往前挤去。

李保本：“现在，请各位领导到我们车间去，共青团员们正等着听光荣传统课呢！”

王开济：“请吧，请吧！”

27. 一车间门口，休息室

刘雨芳在车间休息室里沏茶端水。王开济领着一行人走了进来。

张局长等坐下来环视一下，这是个不小的休息室，有更衣更鞋箱，墙上贴着花花绿绿的宣传栏，玻璃柜里放着车间模型。张局长端了碗茶水走到车间里，李厂长和李保本陪着走进去。

蔡明来这里，找到王开济。

蔡明：“王厂长，你看这两份急件……”

28. 车间内，空无一人

张局长、李厂长、李保本背影走进去。李厂长的声音：“一年一度的命名日，就成我们回娘家的聚会啦！”

一排古老的旧机器整齐地放在角落里，每台机器上扎上红绸，还立上小木板写有说明。

李保本的声音：“这是您两位亲自操纵过的机器——”

张局长哈哈大笑起来：“这老掉牙的破玩意儿还供在这儿干什么。”

29. 车间休息室

王开济对蔡明：“修车就谈修车，牵涉面不要宽了，弄不好要得罪兄弟厂，还要影响基层干部的威信，开个干部会慎重研究一下吧。”

蔡明：“用户是皇上，宁可得罪元老，也不得罪皇上！”

张局长听到了，便问：“怎么啦，小蔡！”

“张局长，”蔡明自我嘲笑地说，“我厂目前已经陷入了经济危机。”

刘雨芳不满地看了他一下，李保本也愣住了。

张局长认真地："怎么讲？"

蔡明："欠银行贷款太多，干活儿不干活儿，开门三千块！"

张局长："唔？"

蔡明："每天要交三千块利息，用户骂'死车'，新车又积压着卖不出去——"

王开济："看样子是要下决心修一修这批'死车'了。来来，主要干部都在这儿了。趁今天的机会我宣布两件事，第一件事，从今天起，我不再兼任厂长啦，目的是遵照领导上的意思，要培养青年干部。第二件事，党委决定，返修三年前出厂的那两百台'死车'，由蔡明、李保本、张杰三个青年干部组成个领导班子，各车间做好准备，要打好这个翻身仗……"

门外准备来开庆祝会的群众越来越多了。

陈科长轻声嘀咕："啊，说干就干啊？料呢？"

吴科长着急地："钱呢？"

刘雨芳推了李保本一把，他一怔，忙站起来表态："我代表红旗车间，双手拥护党委决定，坚决保证完成修车任务！"

王维丹为他的转变而惊异。

陈、吴两科长对视一眼，也极为不满。

李保本看看爸爸，又望望刘雨芳，刘雨芳示意他坐下来，朝他点点头。

王开济赞许地点点头，又问："蔡明，你说两句吧。"

蔡明："要我说，就说两句不中听的。天下没有不散的筵席，我建议不要占用生产时间搞庆祝活动，开始工作吧，修'死车'，我们研究后拿出具体方案来。"他坐了下来。

大家面面相觑，不知如何表态好。

王维丹热烈的眼光注视着蔡明。

30. 王开济家厨房

刘雨芳正在熟练地炒菜，她让王开济泡茶待客。

刘雨芳：“看出来没有，蔡明对咱红旗车间的革命传统很反感，张杰这个书呆子呢，又一个劲地要换掉咱‘亲家厂’的柴油机，我看哪，知识分子脑袋后边都长着反骨哪！你那几个苗子啊……”

王开济：“照你看，就剩一个李保本啰？”

“当然，”刘雨芳边炒边擦汗，还说着话，“厂里的干部多数是红旗车间出身的，只要李保本当了厂长兼女婿，干部们放心，‘亲家厂’的协作关系也保了险，就是将来你当了顾问，上上下下照样听你的！”

王开济端茶要走：“你不要把选厂长跟选女婿混为一谈！”

“唉！”刘雨芳拉住他：“不考虑好人事，你还搞政治……”

王开济：“扯太远了。”走开了。

31. 后院水池旁

王维丹系着围裙在洗菜，李保本在一边帮忙。

李保本：“丹丹，我爸爸好久没见你了，今天来就是想看看你的……”

“谁想看我都行，随便看！”

“我爸爸有个希望，希望咱们两家厂永远保持‘亲家厂’的协作关系，而且咱们两家人……”

王维丹把他话截住，淡淡地说：“希望太多，就可能失望……”

32. 王家小院

王家在山坡上，从小院里可以俯瞰到工厂，小院里有瓜藤、花果。

王开济端茶给张局长、李厂长送去。

李厂长正在对张局长诉说：“……最近我有可靠情报，有人居然想甩掉我们厂，选购外地的柴油机！”

王开济拉他坐下，解释道：“知识分子搞科研嘛，目前还处于试验阶段，我怎么拦着哇……”

李厂长正色地：“不！一旦让这些人掌权，他就会棒打鸳鸯，活活拆散咱这两‘亲家’！”这话是朝着张局长说的。

张局长：“老李！别干涉别人的内政嘛。”

33. 后院水池旁

王维丹已经洗完菜，对李保本说：“好了，你去摆碗筷吧！”李保本刚要走，她又说：“哦，不。我去摆碗筷，你去倒垃圾。”李保本端起菜皮簸箕就走。

（画外音）刘雨芳又喊：“小李子啊，来帮我看看锅啊！”

“哎！”李保本又放下簸箕跑进厨房了。

王维丹倚在门边，带着不屑的神情望着他。

34. 王家客厅

长条饭桌，王维丹在摆弄着餐具，她喊着：“张伯伯，李伯伯，爸爸，进屋吃饭吧！”她打开电风扇，拧开收音机。

元老们进来了，王维丹斟着酒。

张局长：“姑娘，过来，你越来越漂亮啦。”

李厂长也含笑望着她。

张局长：“我这次在日本看到，全是这么大的小伙子、小姑娘独当一面地在工作，这个世界，是年轻人的世界啊！有对象吗？”

王维丹摇摇头。然后感兴趣地：“张伯伯，你给我再讲讲日本见闻。”

王开济示意大家入席。

35. 厨房里

李保本：“师母，还做什么好吃的？”

“看你馋的！把这锅里的给我端上去。”

李保本一掀盖，惊叫：“好东西啊！”原来是一大碗火腿香菇炖甲鱼。

36. 客厅里

李保本送菜上桌，受到大家欢迎。

陈、吴二科长从院里进来了，看到吃饭场面想退下去，被送菜进来的刘雨芳叫住了："哎，两位科长别走啊，丹丹，加两双筷子一起吃点。"

大家让座，两位科长尴尬地进来了，叫了一通："师傅，师傅。"

王开济："怎么啦？"

陈科长："您一宣布修车，我连饭都吃不下了。"

王开济："修车是势在必行，生产上的事以后找副厂长。"

陈科长边夹菜边说着："咱们厂子里，师傅您要是不发话儿，哪个车床，哪个车轮儿，它也转不起来呀！"

王开济无奈地对张局长说："看着吧，我这不当厂长肯定比当厂长时候还忙乎……"

张局长："那我把你带出去走走，解放解放……"

王开济："哪儿去？上次您去日本不带着我，现在想着我啦？"

刘雨芳："瞧你！"大家都乐了起来。

37. 蔡明的办公室

里面有三四张桌子，墙上全是图纸，指标图、尺。

蔡明坐在桌角边吃饭边打电话："喂喂，托儿所吗？叫何青莲听电话。"

38. 托儿所

何青莲正在拍孩子入睡，阿姨交给她电话。

她腾出一只手吃力地听着："喂喂，是我啊，找张杰？"

39. 蔡明办公室

蔡明："我要找他商量修车方案，怎么找也找不见，你知道吗……"

电话里何青莲的声音：“找他还得用我？……”

40. 托儿所

何青莲抱着的孩子醒了，手脚乱动地抱不住了，便气恼地对着电话说：“告诉你，他死了！”

41. 蔡明办公室

蔡明听到对方挂断电话，一惊。

42. 张杰的家

张杰熟睡躺倒在床上，轻轻打着呼噜。

全室只有一张双人床，一张方桌，一个衣柜就满了。

屋内乱七八糟，尿布、小衣服与丁字尺、图纸堆放在一起，共同挂在墙上……闹钟响了。

张杰惊醒，跳了起来看钟。两点钟了。他骂着老婆：“你这个女人哪！又给我多拨了一小时。”他跑到洗脸架旁洗脸，拿牙刷漱嘴，从镜子里发现不是早晨，不用牙刷，便又停下来擦干净嘴边的泡沫，他掀开锅盖，锅是空的，咽了口唾沫，急急从桌上取了图纸，一手拿着扫帚急忙出了门。其实，桌上纱罩里一大碗白米饭和菜端放着……

院子里，张杰往自行车架子上夹图纸时，发现手中还夹着把扫帚，生气地把它扔在了门口……

一个同院的小女孩望着他笑，见他推车要走，叫了声：“张叔叔，没锁门！”

张杰又跑进屋，桌上，床上找一番，没有锁，顺手拿起牙刷，翻身出来扣上房门，把牙刷插进了门扣环里……

43. 王开济家门口

张局长走出院子，要上汽车。

张局长："这几天我要去各厂看看，你一块儿去，有些事好好扯扯……"

王开济："我真跟你走啊？"

"怎么，还不放心家里啊？俗话说：用人不疑，疑人不用嘛。你上午不已经宣布让他们三个成立修车领导小组了吗？该放心啦！"

"是，是啊……"王开济终于说："也好，让几个年轻人干一段，是驴是马，拉出来遛遛！"

刘雨芳急忙追出来，丢了件外套给他。

王开济也钻进了汽车，伸出头来对她说："看见他们三个，再替我重申一遍：放手大胆地干！没几天，我就会回来的。"

张局长坐在车里一笑，拍拍司机的肩说："好，走吧！"

汽车开走了。

44. 蔡明办公室

李保本和几个车间主任及徐艳都在，有坐桌子上的，有倚窗台的，有坐着的……

蔡明主持着讨论："修车，就要人、要钱、要料。现在，我要先向各位抽人，每车间抽出十名技术工人来……"

李保本嬉笑着打断了他的话："对不起，副厂长，我们红旗车间本月份正是忙的时候，一个萝卜一个坑，抽谁去？如果本车间完不成任务的话，全厂的一半产值全报销了。"

蔡明："上午你不是保证完成修车任务的吗？"

李保本："对啊，没错！我主张先派人下去摸情况，再造计划、打报告给上级说明情况，申请资金，再请组织组和劳动工资科调拨劳动力……要做的事可太多了！"

众人同意地议论着。蔡明不吭声地坐到桌角上。

这时，张杰推门而入，紧张地："我，迟到了吧？"

"不，没事儿了，散会。"蔡明宣布道。

从窗外（俯瞰）看到车间主任们走出办公楼各自分散了。

徐艳站在窗前，背对着蔡明说："修车，要人、要钱、要料，就没想到首先要有势。"

蔡明仍然坐在桌角，撩拨着自己的头发："……别急，总会有办法的。"

徐艳转过身来："办法？办法还不多，我就有一个。"

"你说。"

"厂长夫人要选女婿兼厂长，你是第二号种子选手，只要努把力，完全够资格。这样，就能有权、有势、有人、有钱……"

蔡明观察着她："这就是你给我的答案？"

徐艳："不，这是一个'办法'。"

蔡明放心了，又坐了下去，反复自嘲地说："就得那么缺德？"他摇摇头："不，总会有办法的，让我一件件去想，一件件去做！"

45. 大礼堂舞台上（夜）

一把闪银光的道具镰刀在挥动。王维丹浓妆领跳《丰收舞》。一群姑娘欢乐地模拟着割麦和打场的动作……这是个热烈、机械、有点滑稽、有现代舞味道的舞蹈。

乐队的小伙子们自我陶醉的神情。

彩色灯光变换着色光。

46. 台下

刘雨芳与李保本坐在前排看演出，刘雨芳把一只剥开的橘子塞到李保本手中，李保本又赶紧分一半送还刘雨芳。

刘雨芳让他看台上王维丹的舞姿。李保本脸色绯红。

刘雨芳与他耳语："你知道为什么让蔡明当副厂长吗？"

李保本心不在焉："他懂技术……"他对台上的王维丹做着手势。

王维丹在舞蹈。

刘雨芳："他根子不硬，永远只能当副的，正厂长的位置还空着呢，懂吗？"

李保本眼光闪亮了："哦，师母……"

47. 台下中排

蔡明与张杰坐在一起，蔡明用手电筒给张杰照亮，张杰在膝盖上按着电子计算机。

何青莲抱着双胞胎坐在张杰身边："好不容易拉你出来，看个节目也这么受罪，唉！你们俩也是一对儿双胞胎！"

两个胖儿子互击手掌学语："双胞胎！"

蔡明望着台上。

男女青年十来人，舞蹈节奏越来越快……

蔡明略有所思地望着。

演员们的腿、臂、流汗的脸……在光影中晃动。

48. 台上

一片掌声中报幕员徐艳上台，请全体演员、演奏员上台向观众们谢幕。

徐艳："文艺演出到此结束！各位同志，晚安！"

散场了，观众们退席。

这时，蔡明跳上台去，他做手势让演员们安静下来。

蔡明："你们宣传队六十八人，占全厂职工总数的百分之三，为了这次演出，脱产一个半月，工厂受不了！因此，从明天起，宣传队立即解散，不过，先别回车间，我要组织个下乡修车技术队，领你们下乡去修死车……"

他的话引起巨大反响，台下有人鼓掌。台上女演员们惊叫，侧幕乐队的小伙子吹起了口哨，有人赶紧拉起大幕。

蔡明想跳下台去，被从幕里伸出的手一把抓住，拖进幕里。

闭了幕的舞台上，蔡明被包围住了。

"我们犯了啥错误啦？"

"说解散就解散哪！"

“刚升官就瞎指挥！”

蔡明好容易找个突破口，冲出来了。演员们不放松地跟在后面，他们绕过后台小梯子走出后门。

49. 大礼堂外的小路上

以王维丹为首的姑娘们继续围攻着蔡明。

王维丹：“哪个节目不对你胃口啦？”

蔡明：“你那个丰收舞就不对劲儿！”

一个傻了头：“你讲出道理来！”

她们把道都阻塞了，散场回家的人走过这里，一片自行车铃声，徐艳帮助推开女伴们，保护着蔡明。

蔡明：“还是镰刀，弯腰割麦那一套，咱们是农机厂，应该宣传收割机……”

演员们哄笑起来：“乱打棍子！”“一点不懂艺术……”

蔡明认真地：“还有那个‘马儿慢些走’，搞四化，应该是‘马儿快些走’嘛！”

演员们又是一阵哄笑，女孩子们拉住蔡明的胳臂：“蔡工，不，副厂长，你不承认错误，今天就不让你睡觉！”

徐艳看不得别人拉扯他，就解围地说：“你就别说那些歪理儿啦！快走吧。”

别人把徐艳推到了一边。

“不用你帮腔。”

“这叫‘夫唱妇随’吧！”

徐艳在一边羞得无地自容，低头直跺脚。

王维丹毫不掩饰心中的妒忌，使劲唾了一口“呸！”

蔡明：“来，说正经的，你们都是技术工人，又年轻，都是企业的主人翁嘛，要为厂的生死存亡大事出力啊！再说我也喜欢唱歌跳舞，下乡以后我当你们的宣传队长！”

演员们高兴了，嚷道：“别骗人！”“我不信！”

蔡明果然唱了起来，这是一首自编的幽默抒情小曲，十分动听。他歌喉嘹亮，音色很美。众人不由得喝彩："好！好啊！"

蔡明在路灯下的水泥地面上跳起"踢踏舞"，拉开了场子。节奏明快，动作潇洒，众人惊喜，有人击掌打拍，有人嘴里念着"哒、哒哒……"的鼓点。

徐艳又惊又喜，不由得又走上前来。

王维丹看得如醉如痴，脚步在原地舞了起来。

傻姑娘站出来与他对舞，越跳越欢，蔡明健美的身躯转动着。

众人越来越热，齐声喊着："哒，哒哒——"

（大俯）路灯底下狂欢的年轻人。

50. 局放映室

荧光屏上放映着日本工业城市生活的录像资料。壮年、青年企业家在活动。日文原词，配着女译员的华语译声。

大厅里灯光微弱。张局长陪着七八位厂长级的干部看电视录像，王开济坐在他身旁，他满意地伸伸腰。

张局长："带这玩意儿回来，比听我做传达报告强吧。"

王开济："那当然。"

51. 蔡明宿舍

徐艳对着一面镜子，卸完了妆。

蔡明依坐在床上，抱着手风琴，轻声拉着那支幽默小曲。

他拉得时断时续，好像回忆乐谱，又好像在想事。

蔡明："……要人，不就有人了吗……"

徐艳笑了："明天我去领钱领料，也靠你跳踢踏舞？"蔡明苦笑了。徐艳换了一件连衣裙，是在脖子后边系扣子的，她对着墙上的小圆镜子怎么也够不上，就走到蔡明面前说："劳驾，帮我系一下扣子。"

蔡明笑了："傻丫头，你的背心穿反啦！".

徐艳娇嗔道："你懂什么！这叫爱人裙，衣服本来是后开口的，需要爱人帮助系扣子……”

蔡明：“傻丫头，你转过身去。”

徐艳不动。蔡明只好勾着她的脖子给她系扣子。徐艳就势拥抱他……

52. 宿舍窗外

树影婆娑，蔡明放下了窗前的竹帘，一对情人拥抱着。

陈、吴两科长从小路上走过来，正巧看到，他们大吃一惊，连连后退。

他们站到一棵树后，远远地议论着。

吴科长：“这两个人，关系不浅啦！”

陈科长：“由此判断，女婿兼厂长的还是李保本啊——”

吴科长：“不管这些，工作的事总得去请示吧。”

陈科长：“等等，现在怎么进得去呢！”

53. 蔡明宿舍

徐艳拉蔡明坐在镜前，围上白布，为他理发。

徐艳：“修车还非得下乡？”

蔡明：“时间就是金钱，有申请、报告、讨论、批准那一套工夫，我带着小分队早就可以修完了。”

徐艳：“那我也去。”

蔡明摸摸自己的头发：“我想派你到上海去一趟。”

徐艳：“干吗？”

“摸摸行情，做点生意。”

“不去。我又不是供销科的。”

“我就是不要供销科的，要个懂业务的去。事关重大，暂时保密。”

54. 窗外

两位科长还背对背地坐在树下石凳上等着。

陈科长抱住胳臂："再等下去，我要感冒了。"

吴科长站起来："那好，走吧，明儿再说。"

陈科长起来，忽然看到了什么，他让吴科长看。

大门口，蔡明送徐艳出门。两人分手。

两科长刚要上前，发现王维丹也走过来了，只得又停下。

王维丹与徐艳打个照面，谁也没理谁。

王维丹径直走到蔡明面前站住。

蔡明："找我吗？"

王维丹火辣辣的眼光："不可以吗？"

蔡明："当然可以，请！"

二人进门。

陈、吴科长轻轻地向另一方向走开了。

吴科长："事情复杂化啦……"

陈科长："三角恋爱，不，四角乱爱！"

55. 蔡明宿舍

王维丹扫视了一下房间，就问："深更半夜，她到这儿来干什么？"

蔡明用手拍打着头上的短发，说："你不是比她来得更晚吗？"

王维丹没词儿望着他："哼，这头剃得真难看！"

"是吗？"蔡明无奈地一笑，照照镜子："头剃得不难看，是我长得难看！"

"哼！"王维丹生气地坐下了，不料，凳上有把剪刀，她又跳起来，拿起剪刀，坐了下去。

56. 小径上（夜）

陈、吴两科长继续走谈着。

吴科长："你还能断定谁是女婿吗？"

陈科长："反正，谁是女婿，谁就是厂长。"

57 王开济家卧室（夜）

刘雨芳坐在沙发上看报。听到客厅里乒乓作响，摔椅子，丢茶杯的声音，她走出去。

刘雨芳："丹丹……"

58. 王维丹卧室

王维丹气冲冲进了屋。她打开衣柜，拿睡衣。满脸委屈。

刘雨芳进屋来："丹丹，你这是怎么啦？"

王维丹一边在帐子后边换衣服一边说着："徐艳算个什么东西？狐狸精！"

刘雨芳："她怎么啦？"

王维丹："追蔡明追得死紧！"

刘雨芳："他俩都不是劳动人民家庭出身，凑到一块儿毫不奇怪，一流找一流，猪八戒找孙猴嘛！"

王维丹不同意："您一张嘴就是出身，出身……"

刘雨芳："出身关系很大……不能忘了咱们家的阶级出身！"

王维丹："阶级？咱们家是红旗车间出身！对吧？"

刘雨芳："这么说也行……丹丹，你没经验，不懂政治，搞对象的事，就听妈妈的吧！"

王维丹抬眼反问："妈，三十年前，你跟爸爸都是自由恋爱的，为什么到了我这一辈儿，反而要父母包办呢？！"

刘雨芳："唉，傻孩子呀，我的父母，有封建思想，当然不能让他们包办婚姻啦！可你的父母，是革命领导干部哇，阶级观点不比你强？！"

王维丹不愿听，她顾自钻进帐子躺下，又熄了台灯。

59. 客厅（夜）

刘雨芳掩好王维丹的房门，摇着头："嗨，乱套了！"

60. 工厂厂道，第二天清晨

工人们都来上班了，张杰啃着馒头跟蔡明一起走着。

昨日的宣传队员们向蔡明打招呼：“蔡工舞蹈家，我们什么时候出发啊？”

蔡明：“准备好了，就走！”

小伙子：“早准备好了！”

蔡明：“好啊！”

61. 东仓库

好大的仓库，堆满零件部件的货架子。

蔡明、张杰由陈科长陪同边走边看。

蔡明掏出一张表格递给陈科长：“按这个单子提取零件，交给张工验收一下，明天一早派车送下乡来。”

陈科长不接单子，赔着笑脸说：“手续不全哇，必须有王厂长的亲笔签字……”

蔡明指着单子：“有我的签字。”

这时，王维丹在仓库门口出现了。

陈科长说：“那我拿去再请厂长签个字。”

蔡明气得嘴唇哆嗦，说不出话来。

王维丹走过来：“我爸爸不在家！”

陈科长细声细气地：“那，就等一等，好吧？”

蔡明：“不能等！”

陈科长无奈地：“副厂长，你这可是强人所难哪！”

王维丹毫不客气地数落他：“亏你还知道他是副厂长！现在咱们厂没有厂长你知道吗？”

外面有人喊：“陈科长，有人找！”

陈科长趁机赶快离去了。

62. 与东西仓库相连的供销科办公室

这是一间两仓库之间的木板屋。

陈科长进来，一科员指指西仓库。

63. 西仓库内，同样是零件仓库

李保本：“老陈，红旗车间要加料了，我们打算本月份超额总装100台。到时候，你零件得全套给我们啊！”

陈科长：“要领料也需厂长签字。”

李保本不悦。

陈科长：“蔡副厂长还要全套全套地带下乡去呢。”

李保本：“告诉你，影响红旗的总装可不行！”

64. 东仓库内

王维丹亲昵地对蔡明：“你甭跟他磨嘴皮子，他也不吃这一套。这事儿交给我办吧！”她头一歪，叫：“陈科长！”

65. 供销科办公室

某科员：“陈科长，有人找！”

66. 西仓库内

陈科长对李保本一摊手，离开这里。

67. 供销科办公室

陈科长像穿堂风似的由西到东。

某科员一边拨算盘珠一边望着他。

68. 东仓库内

蔡明对陈科长：“这样吧，零件不够的话，就叫附近的死车回厂来修，分期分批的。我少带一半，再不能少了。”他画好了单子交给陈科长，与张杰一起走开了。

王维丹横着眼对陈科长说：“少发一种零件，晚发一个小时，由你完全负责！”

陈科长目瞪口呆……

画外有人喊：“陈科长，有人找！”

69. 供销科内

陈科长由东仓库出，穿堂风似的进入西仓库。

70. 西仓库内

刘雨芳陪着李保本站在仓库里。

刘雨芳：“老陈啊，辛苦了。”

“哪儿的话，师母。”陈科长不由得流了汗。

刘雨芳：“记得师傅常说：‘打虎要靠亲兄弟，上阵还得父子兵’。现在红旗车间要增产，领料那么困难了？！”

陈科长：“不是的……蔡明要修车，也是师傅宣布了的嘛……”

刘雨芳：“你就那么缺根筋！他要是修车修出了成绩，这整个工厂不就归他的了吗？”

陈科长一愣。

刘雨芳：“咱们红旗出身的干部可时时不能忘了红旗车间啊，要为小李子多想着点……”

71. 供销科内

陈科长陪着刘雨芳、李保本出西仓库，送出供销科大门。然后松了一口气走向办公桌。

打算盘的科员见他满头大汗，递过一把扇子。

陈科长使劲摇着。

72. 小酒店里（夜）

有些工人在这儿抽烟喝酒的，老工人闷头吃喝，年轻人嘻嘻哈哈。

两杯老白干一碰杯。原来是陈、吴两科长在对饮。

陈科长已经有些醉了。

吴科长埋怨地："你为什么要听李保本的哩！他不过是个车间主任吧……"

陈科长："你忘了？哪一任厂长，不是先当红旗车间主任哪！"

吴科长："那你干吗又听蔡明的呢？"

陈科长唤声叹气："唉，他俩都有人保镖哇！一位厂长夫人，一位厂长小姐，这两个女人哪，简直把我搅昏了头啦……"他捶着自己的脑袋。

吴科长："后来，怎么办？"

"后来，我拼命打电话，把死车调回厂来修，修，修……"陈科长醉意已浓。

两人又喝酒。

吴科长："唉，一天一个行情，再算算，到底谁是女婿？"

陈科长扒拉开他："算了！……可怜我年过半百的人啦，还要靠算命过日子……"

73. 蔡明集体宿舍门口的小路上（夜）

一群姑娘们刚洗完澡，披着长发、赤腿露臂地走回宿舍，王维丹也在其中。

蔡明正从宿舍大门出来。

姑娘们向蔡明招呼着："蔡工、艺术家！""下乡教我跳踢踏舞！"

蔡明一边匆匆走着一边说："没问题，保证包教包会！"

姑娘们嬉笑着进宿舍楼去了。

王维丹却留下了，她一手端着脸盆，一手梳理着长发。在路上截住了蔡明："小蔡，明儿早晨几点钟出发？"

蔡明："五点半。"

王维丹："哟，我可起不来！"

蔡明敷衍一句："清早空气新鲜！"边走边说。

王维丹生气地把他叫住："蔡明！你……干吗老躲着我呀？"

蔡明："我有点儿急事儿！"

王维丹："哼！急事儿！亲自送徐艳上飞机……她是哪国的女皇啊？还得雇一个副厂长当司机！"

蔡明一笑："别这样说话。因为她走得太仓促，我得在路上给她讲讲任务……"

王维丹酸溜溜地："在路上正好演一出梁山伯与祝英台'十八相送'！"

蔡明："我走啦，真没有时间啦！"

王维丹："我问你！为什么单单派她去上海？"

蔡明："好好，下次派你去！"说着扭头又走。

王维丹追了两步，一种被冷落的感觉刺激着她，想回身走开，更感到丢人和不服，便大喊一声："你回来！"

蔡明一惊，只好走回来。路灯下，见王维丹已在悄悄地抹眼泪了，忙问："怎么啦？"

停了一会儿，王维丹哭声地说："……你走吧，没事儿啦。"

蔡明进退两难……直看表。

王维丹突然狠狠地说："你别太骄傲了……这个世界上，还没有人敢对我这么冷淡！"

蔡明不语。

王维丹："你派她到上海去干什么？"

蔡明："暂时保密。"

王维丹一跺脚："好！保你的密去吧！"气愤地回身走开了。

蔡明也回身就走，走得更快……

74. 公路上，吉普车内（夜）

蔡明送徐艳上机场，吉普车正穿过山域，窗外不时闪过路灯，建筑物灯光。

徐艳："你要我去做的事可是件险事。调换柴油机的订货，要得罪厂里上上下下多少人啊！"

蔡明："张杰计算了各种数据，证明上海那种新型号柴油机质量稳定，价格又便宜，为什么不要？至于李厂长的柴油机，又差又贵，只能把它抛一边去！"

夜街景，灯火闪过。

徐艳："你叫我要求对方降低百分之十八，我不明白，为什么不是百分之十七，也不是百分之二十呢？"

蔡明："我去过这家厂，回来以后和张杰一起研究过，替他们算过，如果他们加强管理，扩大产量，降低成本百分之十八是完全可能的。我们也就跟着降百分之十八，对产品销路大大有好处，懂了吗？"

徐艳："你真鬼呀！"

蔡明："做生意，可不像跟你谈恋爱这样老实呀！"

徐艳打了蔡明一拳，又说："你带着王维丹下乡，可不要被她迷住了啊！"

蔡明笑了："那你就早点完成任务，早点飞回来嘛！"

徐艳把头往他身上一靠，影响了驾驶——

吉普车在公路上走了个S形，留下了徐艳的笑声。前方飞机场闪烁着灯光，一片晶亮。

75. 张局长家（夜）

王开济与张局长坐在阳台上乘凉，吃西瓜。

张局长："白天陪我转了几家厂，觉得怎么样？"

王开济摇摇头："这调整领导班子的事儿得你折腾一阵子的了。"

"一阵子？这么轻巧！"张局长指指《参考消息》说："用外国记

者的话说，中国更换干部，到了中下层，非发生混乱不可！”

王开济：“听外国人瞎吹！我们那里就很好嘛……”

张局长开心地大笑：“好，一颗心放下来啦？我就是希望你总结出这方面的经验来——”

张夫人在室内整理好蚊帐也出来了：“两个老头儿颠了一天，还不休息啊！”

王开济尊敬地站起来：“师母费心啦！”

76. 工厂大门口内外（夜）

夜晚，几十辆汽车的大灯，像一群惊恐的野兽的眼睛，更像失去了指挥的战场上的探照灯，在工厂的里里外外慌乱地摇晃着，照射出上百条雪亮的光柱，扫描出了前进拖拉机厂大门和生产区一些车间的轮廓……

77. 张局长家，卧室

张局长与王开济各自躺在单人床上，还在说着话。

王开济：“这次我们也提李保本当副厂长了，局里为什么没批下来呢？”

张局长：“我正想问你呢，红旗车间的产值明细账目你清楚不？”

王开济：“这孩子还听话，不会搞什么鬼吧，我回去以后查查看。”

张局长：“你倒是应当支持蔡明的工作。”

王开济：“支持？要是我推荐他当厂长呢？”

张局长：“那就打报告上来嘛！”

王开济：“你批准吗？”

张局长翻了个身：“就要看你们两口子选谁当女婿啦！”

王开济：“这话啥意思？”

张局长：“要是选蔡明当女婿，我就不用他当厂长！”

王开济不好意思地：“别干涉我们家庭内政……”

张局长："群众舆论也是衡量我们工作的一把戒尺呢！"

78. 工厂大门口内外（夜）

这些载重卡车，平板拖车和拖拉机，驮着、拽着一台台回厂返修的"死车"争先恐后地抢着进厂！大门被堵塞了！厂外的车辆排成了左右两条长龙，还有出队超车的往前穿插着；已经进厂的车辆，胡乱找个地方就搭起跳板卸车，而卸掉了"死车"的车辆又急着出厂门口。车辆顶牛了。

晃动着的车灯不时照见几名交通警察，在大门口跑出跑进……

汽车喇叭声，民警口笛声响成一片，震耳欲聋！

79. 张局长卧室

（上场音响延续下来）

王开济突然睁开眼睛，像突然听到什么声音似的。

王开济："老张，老张……"

张局长安然地熟睡着，发出轻轻的鼾声，王开济听了听，放心躺下，扇起芭蕉扇，左右翻身。

80. 工厂大门内外（日、晴）

第二天早晨，一切都安静了，也可以说"真相大白"一目了然：几十辆"死车"被横七竖八地卸在了厂内生产区的水泥大道和厂门外的大公路上，而那些运送"死车"的活车却不见了。这景象，恰似一场夜战之后尸横遍野的战场。一架大吊车正缓缓地吊起一辆死车在空中。

李保本、陈科长领着工人在推"死车"。

铁栅栏门外被一辆拖拉机头顶着，门内被一辆拖拉机后屁股顶着，门都开不了。

王开济乘坐张局长的汽车来到了厂门口，他下了车，传达室老头拉不开门，只得隔着栅栏向王开济告状，王开济走来走去，十分恼火。

李保本看到了王开济，便指挥人们推开了堵着门的那辆“死车”，王开济从一条拉开的小缝里进了门。

王开济大声训斥：“乱弹琴！不请示，不报告，毫无计划，毫无准备，丢人现眼！”

陈科长：“是……是蔡明叫我打电话调‘死车’上来的……”

“你也是五十多岁的人了，不会用自己的脑袋想一想……”

陈科长内疚地：“我没有想到……他妈的……一下子全来了……”

王开济：“蔡明呢？”

陈科长：“下乡去了！”

81. 厂长办公室

刘雨芳对王开济说：“你总说蔡明能干能干，再这样能干下去，厂都不像厂了。到时候你想管都插不上手……”

王开济一言不发，望着窗外。

刘雨芳：“对这种人，要好好管教管教！……”

82. 工厂大道上

李保本卖力地指挥推“死车”，汗流满面……

83. 公路上

一辆吉普车在郊外公路上飞跑。

王开济气鼓鼓地坐在车里。

84. 农村土路

一头黄牛，拉着一台铁牛，在乡村土路上缓缓地走着。

这台铁牛，无人驾驶。这头黄牛，也无人牵领。

一个男孩，一个女孩，背着书包，骑着竹马，追过了铁牛和黄牛，跑到了前边，又回过头来朝老黄牛笑笑，笑得很顽皮。

黄牛拉着铁牛，依然缓慢地走着。

一个扶犁的农民，正赶着另一头黄牛在耕田。他抬头看见了土路上的黄牛拉铁牛，停住脚，摇摇头，微微地吸了口气，又抡起短鞭子赶牛耕田了。

土路上的黄牛拉着铁牛，照旧缓慢地一步一步走着……

已经望见修配站的大院了，吉普车却被这台无人驾驶的“死车”挡住了去路……

小周使劲按着喇叭，王开济伸手制止，示意他停下。

王开济下了车，好奇地追上去看。他看得目瞪口呆，身不由己地跟着“死车”移动脚步……

路边有一个老农妇，也朝同一方向慢慢走着。老农妇不停地上下打量王开济，又回头看看紧跟在后边的吉普车，揣度着他的身份。

老农妇说话了：“你瞧也稀罕吧！只要一坏，生产队长就套上这头老黄牛，把铁牛拉到修配站去治病。次数多了，不用吆喝，它自己就会拉着去。”

王开济看着本厂的产品，听着老农妇的诉说，真真地感到震惊了，满头大汗直往下流。

不远处，传来新填词的民谣《小放牛》。王开济不觉跟着黄牛拉的“死车”，追随歌声而去。

85. 农机修配站（歌声继续）

蔡明带着青年技术服务队正在忙着修车。

一个女歌手边工作边唱着《小放牛》的曲子。

老黄牛拖着“死车”进了院子，王开济站在院外望着他们。

一个小伙子上前摘掉黄牛套绳，拍拍牛脖子，牛哞哞叫了两声，小伙子开了张收条挂到牛脖子上，牛竟甩着尾巴回头走了。

王开济注视着老牛从他身边往回走去，他激动不已，走进院子。

人们发现了他，高兴地跳起来，围上前去。（这里开始无伴奏合唱或重唱《小放牛》）

蔡明也高兴地从车底下爬出来，上前与王开济打招呼。

86. 附近的农村集市上（歌声继续）

蔡明陪着王开济夹在赶集的人流中来到这里。

远远望去，他们在辩论什么，蔡明在解释什么，王开济先是摇头，后来认真听着，点点头。

蔡明指着挂在集市上的多幅前进拖拉机厂广告给王开济看：

“前进拖拉机厂将要生产新型产品，加强运输能力，增强马力……实行三包，请来试用。”

上面画着带新式驾驶棚，装有电风扇的拖拉机。

王开济看着农民们围着广告牌，感兴趣地议论着，也露出了笑容。（《小放牛》歌声起）

（《小放牛》歌词，未定）

我本是服务队的宣传员，
唱一段小放牛听开怀：
火红的铁牛什么人儿买？
八九万斤小麦才换一台！
为什么，铁牛不耕田？
为什么，铁牛它天天坏呀咿呀赛？
如今国家的政策好哇，
厂长啊工人哪下乡来！
为什么，修车不收钱？
为什么，讲大课他培养人才呀咿呀赛？
全为了：工农联盟放光彩呀咿呀嗨！

集市贸易极为繁荣，吆喝的农民们满面发光，见到城里人就主动推销产品。两个卖鸡的农民围住了王开济。

王开济也感兴趣地问着：“多少钱一斤？”

农民说着方言："一块五。"

王开济："贵了！"要走。

农民："一块四角五……一块四！"

王开济对蔡明："怎么样，买一只回去慰劳慰劳你们！"说着就掏出钱来数着。

另一个农民挤过来："瞧！我这大母鸡，一块二一斤，为的早卖了，我好赶路回去，怎么样……"

王开济看了看新鸡，对旧卖主说："对不起！"要了那只新鸡。蔡明笑了起来。

两人提鸡走出市场。

蔡明一路笑着："老厂长，有件事本来我不敢说，现在敢说了。"

王开济："怎么？"

蔡明："我也换'鸡'去了。"

王开济："什么鸡？"

蔡明："柴油机……"

王开济先是一怔，又注意地倾听着。

下面的话让集市的杂声掩盖了。

87. 农机修配厂门口

王维丹骑着摩托驶进来，风风火火地说："蔡明，不给零件啦！因为六十多台'死车'都堆在家里，没法收场，陈科长说什么也不给料了。"她从车上搬下一箱零件："这三箱还是我抢出来的呢！"她望了望自己的爸爸。

工人们急了："这怎么够用啊！"

蔡明："六十多台'死车'堆在厂里？谁叫来的？我让近处的分期分批回厂修嘛……"

王开济皱着眉头踱了几步，回头招呼着："蔡明！"他搭着蔡明的肩说："昨天的事不能全怪你，这车是非修不可的，主要是没组织好，现在你还是回厂去，把这些问题解决一下。"

蔡明："不，还是您回去吧！"

王开济语重心长地说："我多年不下乡了，需要了解产品在农村的使用情况。我留下，你回去……你也应该锻炼锻炼，学会抓全面工作了！"

蔡明一语不发。

王开济一字一字地："我相信你。"

蔡明："我胜任不了！"

王开济真的火了："我最讨厌你们知识分子这股清高劲儿！……我斗争了三天三夜，你倒满不在乎！……我一生最爱才，可你也得听话！"

蔡明涨红了脸，十分为难，又不说话了。

王开济恍然大悟："哦，你怕还是组织不起来，调度不灵吧？好办！"说着，他掏出笔记本撕下一张纸写了一张纸条交给蔡明："我写个条子，叫他们服从！"

蔡明收起纸条："那我走了！"说完走向摩托，王维丹坐到旁座。

王开济看着摩托车开出院子，送了几步，自语道："嗨！听话的不能干，能干的不听话，一个李保本，一个蔡明，我全得搂着抱着啊！"

88. 土路、公路、城镇（黄昏）

一阵轻快的口哨声，一支幽默的抒情小曲（主题歌，待拟）。

蔡明吹着口哨，驾驶摩托飞驶。

太阳西斜，地面拖着摩托的长长的影子。前景闪过树木。

斜阳下王维丹头发像金光般闪动，她惬意极了，真有点陶醉了……

蔡明驶车越过一个小山包，又超过一辆大卡车。

太阳落山了……

摩托车进城了。（歌声止）

89. 张杰家（夜）

张杰推着自行车走进了院子，满头大汗跑进自己屋里，只见妻子何青莲坐在小板凳上正洗着一大盆尿布，两个孩子在那双人床上乱爬，每人脚脖子上都拴了一根布带子。

张杰一阵心酸，赶紧过去给孩子解掉脚带，把两个小儿子抱在怀里直亲。

何青莲不停嘴地埋怨："说了话又不算数，早就讲好了：送孩子接孩子，咱俩一人抱一个；回了家，你洗尿布我做饭，吃完饭，你画图纸我喂奶，对不对？你还亲口说过，这是用电子计算机算出来的最科学的分工、最合理的方案哩！可今天又忘了！"

正说着，门外有人喊："张杰！加急电报！"

"哎！来啦。"张杰又动手用布带子捆孩子的脚脖子了。

何青莲跑过来，一把抱住丈夫，流着泪说；"张杰！你别走……为什么工程师的孩子，就该捆在床上呢……"

90. 工厂传达室

蔡明与王维丹驾车进厂。

张杰从传达室跑出来，忙喊住他："电报、电报！"

蔡明没下车，就着灯光看了一眼电报，立即就拉着张杰："走，打长途去！"两人大步流星地走了。

王维丹从车斗里下来，狠狠骂了一句："准是徐艳这个狐狸精！"

91. 办公楼台阶上（夜）

张杰："这是件大事，你还是先开会讨论一下。"

蔡明："来不及，先斩后奏吧！……"

92. 楼梯拐弯处（夜）

张杰："那会闹很多意见。"

蔡明："我宁肯作检查，受处分！"他拍拍张杰的肩："好比一个指挥员，抓住了战机，就必须当机立断！"

93. 电话总机室

张杰推开门进来："我是替你担心。"

蔡明对女接线员："挂上海徐艳！"他取出工作证，掏出夹着的那张纸条，啪地放到张杰手掌心说："我有尚方宝剑！"

张杰看了"手令"不相信："你也相信这个？"

蔡明笑笑："因为有人专吃这个。"

女接线员递话筒给蔡明："通了！"

蔡明兴奋地："徐艳吗？……我蔡明啊。电报收到了，对方的柴油机，同意降价百分之十七，我看可以签订合同啦！"

94. 上海某招待所房间（夜）

徐艳在打电话，同室几个女同志在准备睡觉。

徐艳："好，我马上办……"

话筒中蔡明："签完合同，你明天就坐飞机去北京……"

徐艳惊呼："啊！"

话筒中蔡明："喂喂，明天去北京参加订货会议……"

95. 上海机场（日）

徐艳拖着旅行箱走过大厅。

（画外音）话筒中蔡明的声音："……要公开宣布，咱们的新拖拉机也相应降价，并且当场争取订货，随时跟我通电话。"

徐艳走向波音 707 飞机。

（画外音）徐艳："咱们厂大幅度降价，别的厂会抗议说咱们抢生意……"

96. 工厂电话总机室（夜）

蔡明瞪大眼睛，坚决地："他们也可以降嘛，这就是竞争……"

97. 飞机上（日）

徐艳已坐在座位上。

（画外音）蔡明："……没什么客气好讲。"

（画外音）徐艳："就让我这没完没了地跑……"

（画外音）蔡明："办完快回来，我等你，明白吗？"

窗外，蓝天底下一片白云。

（画外音）蔡明："……等你，等你……"

98. 工厂供销科（日）

蔡明对陈科长："李厂长他们的柴油机，从今天起，不再订货了！"

陈科长顿时傻了："单方面撕毁合同，要负经济责任的！"

"我知道。"蔡明斩钉截铁地说："今年的合同上还有五十台柴油机，如果他们按期交货，质量合格，咱们就收下来；发给各技术服务队修车使用；否则，合同作废！"

陈科长瞪起眼珠："这是王厂长决定的吗？"

蔡明："是我决定的。"

陈科长："小蔡，李厂长跟王厂长可是师兄弟啊！"

蔡明："亲兄弟也不行。"

陈科长："这件事，你副厂长无权决定。"

蔡明拿出王开济的"手令"递给了他。

陈科长看罢，口风一转："小蔡，你还年轻啊！单凭这张纸，你就能包打天下吗？"

蔡明无言以答，只说："你要执行决定！"

陈科长撕破了脸皮："我？这两家厂是亲家厂！协作十多年啦！你想棒打鸳鸯啊？我姓陈的不干这种缺德的事！"

蔡明气白了脸："好吧，我自己去通知他们，不过，我希望你不要犯错误！"说罢走了。

99. 试验室里（日）

“你们会犯错误的！”李保本指着蔡明和张杰嚷道。

张杰身穿白大褂，坐在马力试验台的仪表前，恼怒地瞪着李保本。

蔡明坚决地下着命令：“从今天起，你们车间停止组装拖拉机！在新柴油机到货之前，组装得越多，也就积压得越多！”

李保本脸色很难看，叉着腰走来走去，盛气凌人地大声顶撞：“你有什么资格命令红旗车间停工？完不成产值谁负责？！”

张杰：“从质量上讲，一车间早就该停产整顿了！”

蔡明继续用命令的口吻说：“你们必须把调回厂里来的‘死车’修理好！多余的人，也要下乡去修车，这是王开济同志的意见！”

李保本冷笑了一声，摇晃着桌上王开济的“手令”说：“老厂长只要求我配合你搞好工作，并没有要我服从你的瞎指挥！”他把“手令”扔给蔡明，大声嚷道：“你蔡明还不是司令员，我的红旗车间也不是游击队！”说罢，扬长而去。

蔡明气得双眼圆瞪，嘴唇哆嗦，说不出话来。张杰同情地望着他，只见他抓起王开济的“手令”，揉成一团。

100. 蔡明宿舍（黄昏）

蔡明自嘲地似笑非笑地慢慢撕着纸条，成了一把小碎片，他吹着纸片，向窗外散落开去……

他疲惫地躺倒在桌子上，一只手无意中触到了酒瓶，他惊醒了，站起来，在小镜子中看到了醉意中的自我，他懊悔地举起酒瓶向小镜子砸去……

101. 王家花园连客厅（黄昏）

王维丹坐在藤椅上心不在焉地织毛衣。

透过树丛，陈科长、吴科长、李保本和几个车间主任，先后穿过小花园走进客厅里，王维丹侧目偷看他们，这些干部也像避着她似的，侧脸绕路而行……

王维丹站起来，站到树后窥视着：客厅里大家围着刘雨芳，低声而气愤地诉说什么，陈科长打着手势，李保本挥着拳头，表示激烈。

王维丹再想走近一步，却被树杈间的一个蜘蛛网挡住了，它“笼罩”着后景中的那群人，王维丹用手轻轻地撩去蜘蛛网，钻过树丛，装着若无其事的样子，走进了客厅。

李保本：“师傅为什么这么相信他呢？”

刘雨芳：“老糊涂了呗！”

陈科长看见了王维丹，赶紧咳嗽一声，大家都不说话了，有的还斜着眼望她。

刘雨芳：“你们反映的情况很重要，不过，光在这儿跟我说，作用不大……”

李保本：“那……”望望王维丹，又不往下说了。

王维丹走向自己的卧室，被刘雨芳叫住了：“来，坐这儿来！谁的胳膊肘儿不是往里弯啊，我家丹丹不是吃里扒外的人！”

王维丹只得坐下来。

刘雨芳：“事情要这样去办——”

102. 男浴室（夜）

莲蓬头大开着，水柱往下流。（幽默小曲主题音乐）

蔡明光着上身冲洗着，他仰面喝着冷水，他低首冲着背脊，他在淋浴中挥动双臂，强迫自己清醒，振作起来。

水柱如雨。

103. 局长办公楼外（日，雨）

蒙蒙雨中，一辆吉普车开到，李厂长下车，打着伞走上台阶，又回过身对身后座的李保本说：“你可快去办这件事，这可是头等重要的！”他指着李保本小心扶着的一只大电视机纸箱，李保本点头，车开走了。

李厂长上台阶进门。

104. 局长办公室外秘书处（日，雨）

陈、吴二科长经秘书同意走进局长办公室，从开着的门看到里面坐满了前进拖拉机厂的人，也就是昨天在刘雨芳家的那些人，门又轻轻掩上了，从里面传出慷慨激昂的陈词。

李厂长迈着大步走来，根本不经过秘书，径直闯进了局长办公室。

105. 张局长办公室

张局长看着李厂长进了门。

李厂长气急败坏地嚷道：“师傅，您要是想叫柴油机厂垮台，不如先撤了我这个厂长。”

张局长：“老将出马啦！天大的事儿，也坐下来说嘛！”

李厂长：“坐下？我恨不得给蔡明跪下！师傅，您决定吧，有他没我，有我没他！”

张局长严肃地看着他，递给他一杯凉水。

李厂长一饮而尽，坐到沙发上，指着陈、吴科长，感叹道：“我们两个‘亲家’厂，协作十多年了，有饭大家吃，从来没有计较过经济问题，蔡明这小子哪里懂得这种革命感情啊！哼！我当厂长的时候，他还穿开裆裤哪……”

106. 王家门口（日，雨）

王维丹回家，看到门口停着李厂长的汽车，加快了步伐。

107. 王家客厅（日、雨）

客厅里，李保本正当着刘雨芳的面，从那个大纸箱里取出电视机。

刘雨芳掩饰着内心的高兴："是彩色的吧？"

李保本抽出天线来："咱能要黑白的吗！"

刘雨芳："多少钱？"

李保本："这是我孝敬您的……"

刘雨芳疼爱地打了他一巴掌："你倒嘴儿甜哪！还有什么录音机、电冰箱，你就往这儿运吧，我当保管员，都给你们小两口存着。"

李保本红了脸，低声说："我可没有敢这样想……这是我爸爸叫送来的……"

当的一声！王维丹踢开了房门，昂着头，扬着眉，噔、噔、噔地大步穿过客厅，直接走进了自己的卧室，咣当一声关上了房门。

李保本被惊得浑身一震。

108. 农村农机修配厂（日、雨后天晴）

一只老母鸡领着一群小鸡雏儿在觅食。母鸡用爪子刨着土，小鸡争抢一条小虫，母鸡咕咕咕，小鸡叽叽叽。

王开济坐在石凳子上看着鸡群看出了神。

李厂长也坐在石凳子上，望着王开济清闲的样子生了气，看起来，他们谈过一阵子了。

李厂长："你在这儿享清福，蔡明那小子在家里可大闹天宫啦！"

王开济："我知道，他和我商量过，我也给张老头去过电话，不是要换用新的柴油机吗！"

李厂长气得跳起来："好哇！你们早就串通一气啦！告诉你，你得马上制止这种缺德的买卖！"

王开济摇摇头："从前，咱们干的才是缺德的买卖哪——损害了农民的利益，你听——"他唱了一段新学会的民谣《小放牛》。

109. 本市机场（日、雨后）

一架大型客机着陆了。

司机小周等待着。

徐艳背着皮包随旅客们下舷梯。

小周迎上去："徐艳，蔡明让我来接你，车就在外边。"

徐艳满心高兴，脱口而出："他没来？"

小周："他有事，特地叫我向你请假的……"

徐艳："小鬼！"

拐弯处，匆匆跑来了陈科长，他热情地伸出手来，满脸笑容："小徐，辛苦啦！你这次任务完成得又快又好哇！"

徐艳一怔，与陈科长握了手，表情却有点困惑，看看小周。

小周把眼光掉向别处，不理陈科长。

陈科长边走边说："你订了上海的柴油机，别人也订了咱们的拖拉机，太好啦！快把合同给我看看！"

徐艳犹豫着："等我取了行李……"

110. 机场行李间

三人走进行李间。陈科长继续纠缠着："你为新产品打开了销路，全厂都很高兴啊！我是个急性子，你快把合同给我看看，也好连夜编造原材料计划呀！"

徐艳只好打开皮包，取出一个卷宗，递给了陈科长。陈科长随便翻阅了一下，赶紧装进了自己的手提包，说着："好厚哇！我回去仔细看看吧。"

徐艳一直没说话，盯着陈科长的神态，猜度着他的用意……只见陈科长皮笑肉不笑地说："那我就先走啦！你等会儿取了行李，回家洗个澡！好好休息两天……"说着就走。

小周站着不动，左右为难，不知该开车送谁？

徐艳眼珠一转，忙说："陈科长，我给你的是草签的副本，要编造材料计划，我干脆把正本给你吧……"说着又拉开了皮包。

陈科长并不怀疑，赶紧把刚才的卷宗还给了徐艳，不料徐艳将卷宗收进皮包之后，却把提取行李的卡交给了小周，说了声："麻烦你替我取一下行李。”扭头就走。

陈科长追上前：“给我合同本！”

徐艳不停步：“对不起，现在根本还没有正本呢！”

陈科长把她拦住，沉下脸来：“副本我也要！我是供销科长！”

徐艳冷冷地说：“我并不受你领导。”

徐艳又走，陈科长又追，徐艳大声说了句：“你要干什么？！”周围的旅客和外宾都向陈科长投来警惕的目光，他也不敢再纠缠了……

111. 工厂厂道上

蔡明驾驶着一辆新型拖拉机——和广告上画的一样有小顶棚的，奔驰在厂道上。发出“突突突”的声音。

王维丹在路边见着他驶过去，便追上前，叫着：“蔡明，蔡明……”见蔡明听不见，便索性跳上了拖拉机驾驶台。

王维丹：“你知道问题严重到什么程度了吗？！”她大声地激动地说着。

蔡明很沉着：“知道，严重到破坏封建关系的程度了！”

王维丹一震。接着忘情地说：“我随时随地都在暗中保护你，可是——”

蔡明用手支起耳朵：“什么？你说什么？”

王维丹不得不大声地嚷：“我佩服你的思想和魄力，喜欢你的聪明才智……可你一点也不了解我的心——”

蔡明：“是啊，我是个很蠢的人……”

王维丹气得满脸绯红，使劲打了蔡明一拳，哭声地说：“我恨你这种玩世不恭的态度！”

吴科长在旋转式的楼梯上往下走，正看到拖拉机上的王维丹与蔡明，他俯视下来，以为两人亲近了，他一惊：“啊，风向又转啦！”

拖拉机上，王维丹抓住蔡明的肩，冲动地说：“我把心都掏出来了……”

蔡明：“哎哟！千万别掏，血淋淋的，太可怕了……”

王维丹：“我必须把心里的苦恼都告诉你……”

蔡明：“不不，我心里的苦恼已经够多了。”

“我劝你严肃一点吧！”王维丹刹住车把，拖拉机停了。她正色地：“你知道吗，我妈妈找了一帮子人到局里去告你，他们一心想扶李保本当厂长，李厂长用公款买了彩色电视机来，还说是李保本送给我的彩礼……”她低声哭了起来。

蔡明终于被感动了，按着王维丹的手，激动地说：“你真是个好姑娘，我相信你，感激你……”

王维丹得到了安慰，她期望地：“蔡明，你就不会说点心里话吗？”

蔡明：“好！为了尊重你的感情，我必须明明白白地告诉你，我爱徐艳！”他启动着，拖拉机又开动了。

王维丹随车颠动着，一只手紧紧抓住了蔡明的肩膀。

112. 拖拉机开到了厂门口

徐艳正匆匆走进厂来，见到了这种情景，愣住了。

拖拉机也停了。王维丹仍是木然，蔡明慌了，忙跳下车跑向徐艳：“你回来啦！……快把订货合同交给我！”

徐艳怔怔望着他。打开皮包。缓缓取出合同卷宗。

蔡明跑进传达室打电话：“要财务科……吴科长吗？马上跟我到银行去签字、贷款！”他挂下电话跑出来。对一个青年工人说：“把拖拉机开到试耕田去，张工等着要！”

徐艳怔怔地望着他，又看看车上的王维丹。

蔡明又跑到徐艳跟前说道：“徐艳，你替我照顾一下王维丹同志！”他跑了。

这时王维丹才清醒过来。抹了抹眼角，跳下拖拉机。她与徐艳彼此怒目相视……

113. 市银行门口（日）

一家大银行门口。蔡明与吴科长并肩从柜台一直走到门外。蔡明兴奋地："老吴，今天咱俩一块签了字，贷了款。今后一定要扭亏增盈，按时还本付息呀！"

吴科长轻拍着胸脯说："我既然来了嘛，今后就是一条线栓俩蚂蚱——蹦不了你，也跑不了我呀！"

蔡明打开吉普的门笑了："妙！谁挑担子谁着急！"

114. 吉普车内

小周司机开车。蔡明坐前。吴科长坐后。

蔡明："我还有一件事。你办起来也许就不那么痛快了。"说着从提包里掏出一张表格来递给吴科长："你看看……"

小周也瞄眼看了一下。表格的名头写着："第一车间实际完成产值数额。"

吴科长拿过表格，手就颤抖起来，看不清楚。小周给他念了一遍标题。蔡明："老吴，你跟你们的决算对照一下。为什么跟事实相差这么大？"

吴科长问："这是……"

蔡明："职工代表提供的。"

吴科长额头渗出了汗珠……

蔡明："每年都是把其他车间的产值，硬是计算到一车间账上。这事儿你们知道吗？"

吴科长默认了："这可不能全怨我们哪……为了保红旗呀！"

蔡明气愤地："弄虚作假，还谈什么红旗？一车间可以不讲效率，不计成本，不顾质量。还照样评先进，领奖金！这让大家怎么能服气？"

小周："可谁敢碰红旗车间呢！"

蔡明对吴科长："好！就委托你。搞一份核实材料给我！"

吴科长忧心忡忡："副厂长！你……"

蔡明："我！摘了乌纱帽，还当工程师！"

115. 第二车间内（日晨）

车间深处有几处电焊火光。

蔡明从外面走进了车间大门。一连声地叫：“何青莲！张杰呢？他怎么还没来上班呀！”

何青莲迎过来说：“别喊啦！他送孩子上医院去啦——我那双胞胎呀，说感冒就一对全发烧！”

蔡明急得直跺脚：“唉！你为什么不送孩子上医院哪？现在要换新柴油机啦。张杰怎么能离得开呢？他是副总工程师！”

何青莲没好气地嚷起来：“哎哟，你刚当上副厂长，记性就坏了。我去送孩子？我是工人！要扣工资，张杰是干部，迟到早退的不扣工资，跟你一样。”

不少工人围了过来。听着笑着。

何青莲满肚子委屈，不停嘴地嚷嚷：“你打光棍的敢情好，没受过这份罪，我家张杰呀，买菜、做饭、抱孩子、洗尿布，除了不会喂奶以外，啥活他都得干！又当爹，又当妈。你还指望他当好副总工程师哪？除非你给他请个保姆！再说，我们干得再好，也全让红旗车间给吞啦！”

何青莲的一通嚷，逗得工人们个个发笑。蔡明却陷入了思考中。此时张杰夹着一大卷图纸匆匆跑进车间门外。

116. 二车间外

张杰问围观的人：“蔡明找我吗？”

蔡明与何青莲走了出来。蔡明激动地：“好吧，你现在就回家去，半年也行，一年也行。等孩子送进了幼儿园，你再上班。我保证把工资全数发给你，一分钱不少！”

何青莲不相信自己的耳朵了。惊喜地问：“回家？让我回家干吗？”

蔡明亲切地一口气说完：“照看孩子，排队买菜，生火做饭，缝缝补补，洗洗涮涮。一句话：解除张杰的后顾之忧。”

张杰的热泪簌簌地滚落下来。带着哭声叫道：“蔡明，不行……”

一个妇女干部型的中年人说：“你这不是反对妇女解放吗？”

何青莲：“什么解放不解放！自从养了孩子，我一天也没解放过！”

蔡明义愤地：“别唱高调了，还是先解放副总工程师吧！”

张杰又激动又不习惯成为众矢之的。想往后缩。

何青莲：“张杰，人心换人心，你‘解放’啦，就拼命干吧！”说着，走了几步，又回过头说，“副厂长，你的话算话吗？”

“算话！”蔡明回答着。何青莲这才跑掉了。

张杰泪流满面，想说什么却没说出来。

117. 车间内外

陈科长从车间里悄悄溜了出来。只听得里面李保本的声音。李保本煽动性地对工人们说：“既然蔡副厂长带了头，批准了副总工程师的老婆回家去抱孩子，我李保本也不是溜肩膀，你们谁家有困难，提出来，我批准，工资照发！”

工人们团团围着李保本，议论纷纷，有七八个女工先后举手。有的干脆跑到李保本面前大吵大嚷：

“我有困难！”

“谁家没困难啊！”

“工程师有啥了不起……”

人声鼎沸，闹得一塌糊涂。

118. 王开济办公室（日）

“你这等于是煽动工人罢工！”王开济气极地指训着李保本：“乱弹琴！谁叫你这样干的！”

李保本、陈科长、吴科长三人从沙发上触电般跳了起来，李保本满头流汗……门窗敞开着。

119. 蔡明办公室（日）

蔡明在屋里踱来踱去。听着楼上屋里传来的训斥声。他紧锁眉头，很不安宁。

（画外音）王开济："不是我门缝里看人——把你看扁了……"

120. 王开济办公室

李保本正站着："师傅，您批评我吧！"

王开济："批你？这回我们使用经济手段！"他问吴科长："红旗车间今天回家的那八个女工，每人扣一天工资，这笔钱有多少？"

吴科长："大约有二十块钱。"

王开济："好。扣李保本两月奖金，再如数还给那八个女工。"他问李保本："有意见吗？"

李保本："处分，是对我的爱护。"

王开济："你立刻把那八个女工都叫回来，在车间当众宣布处理结果。你们走吧！"

李、陈、吴三人同时低头应道："是，师傅！"

121. 蔡明办公室门口

蔡明踱步到门口。正遇到李保本等三人走过去。李保本狠狠瞪了他一眼，快快走去。蔡明关上了门。

122. 王开济办公室

张局长从阳台上进来，见王开济还是怒气冲冲的样子。

王开济："走吧，还有一位呢？这回该你上啦，别尽让我一个人唱红脸！"

张局长笑笑和他一起走出去。

123. 蔡明办公室

门被推开了，是张局长和王开济进来了。蔡明赶紧给他们让座、倒茶。

张局长：“小蔡，这些天到我那儿告状的声音，把我的耳朵都快震聋啦！”

蔡明整理着桌上的图纸，不说话。

王开济：“你办事也太毛糙啦，还得我跟在后边给你擦屁股。”

张局长：“可不，派徐艳订合同的事，就那么简单哪？我昨天又派生产处再到上海、北京跑一圈儿，把合同搞落实嘛……这也是擦屁股啊！”

蔡明还是不说话。

王开济：“怎么不说话呀？”

蔡明：“如果这是你们个人对我的恩典，那我就要表示感恩不尽了！但是这一切都是工作需要，所以我想免除一切客气话。”

王开济敲着桌子：“你太骄傲了！”

张局长感兴趣地望着蔡明，蔡明恭敬地回答：“如果叫我谈工作，我马上汇报。”

张局长打圆场：“好好，先谈工作吧——”

此时吴科长推门进来，向王开济汇报：“一车间的八个女工已经回厂上班啦，可是群众对何青莲回家有意见，说副厂长偏心……”

蔡明：“那就扣我的工资好啦！”

王开济成心露一手，看了蔡明一眼，胸有成竹地指示吴科长：“好办，按照请事假的规定，扣何青莲的工资，然后再用困难补助发给她，一分也不准少！”说罢又看了蔡明一眼。

吴科长不走。喃喃地说：“这么处理，别的女工还会有意见，说副总工程师的老婆搞特殊化。”

王开济：“本来就特殊嘛——她生了个双胞胎，告诉全体女工，谁生双胞胎也这样办！走吧！”

吴科长走了。

张局长为王开济的“巧立名目”大笑起来，蔡明也乐了，王开济有些得意地笑着。

张局长：“小蔡，学着点儿。”

蔡明钦佩地点着头。

（笑声延续到下场）

124. 办公楼门口

张杰匆匆跑来，抱着一大卷图纸。见门口有一辆小轿车，就要往里钻。司机把他叫住了：“哎哎——”他又钻出来了。不知往哪儿找人。

张局长从楼里出来。看见张杰就对王开济与蔡明说：“我要借用一下你们的宝贝，解放了的宝贝！”

张杰问：“张局长，是等我吗？”

张局长点点头。

张杰对司机：“我说是吧。”把图纸小心地放进车里。

张局长：“我请张杰到柴油机厂去搞新型号产品。总不能让他们失业吧。”对张杰说：“怎么样，东西都带齐了吗？”

张杰从上衣袋里拔出一支笔、一支牙刷：“都齐了！”

张局长搂着张杰进汽车里，开走了。

王开济目送着车子远去，对蔡明说：“刚才和张局长研究了一下：我想打个报告提你为代理厂长。”蔡明思考了一下：“就实际意义上说我已经在代理厂长的职责了……”

王开济不满地看了他一眼。蔡明还继续说下去：“但是我感到最困难的还是厂里的一种势力，使人迈不开步。”

“你指的李保本他们？”王开济说：“今天我不是已经批评他们，还扣除他的奖金了？我是决不袒护他的。希望你们能团结，一块把厂搞好……”

蔡明思考着他的话。

125. 新建筑群工地（夜）

压路机隆隆滚过，后景看到蔡明和徐艳两个人走过来，徐艳低头不语。

蔡明："……为什么每个人脖子上都像套着一个枷锁。禁锢着自己，连你也是……"

徐艳委屈地："哪有这样说话的？我亲眼看到的事实，你不承认，还怨我！"

蔡明亲切地："看，这就是枷锁，你就相信你看到的那一瞬呀，让假象无限膨胀，而真相掩盖起来了，直到你自己也分不清真还是假……"

徐艳听着，忽而一转问："你说的不完全是我吧？"

"是的。"蔡明若有所思："包括我自己，也包括老厂长……我，不能陷到假象里去，老厂长也必须拔出来……"

徐艳靠着他："我希望永远看到你的真相。你不知道你的真相是多么迷人……"

夜工地的景色笼罩在薄雾中，也十分迷人。

126. 王开济卧室（夜）

刘雨芳："你这种决定是不公平的，凭什么偏心蔡明？"

王开济："怎么是偏心？他的才干是得到公认的。就是办事毛糙点，那是青年人难免的嘛，你们要支持他工作……"

刘雨芳："你以为他能和我们团结？他是有野心的，要我们政工科支持他？没门儿！"

王开济还想说什么，外面传来讲话声。

127. 王家客厅（夜）

王维丹沉着脸坐在沙发上，李保本笑嘻嘻地过去要开电视机。他刚拔出天线来……

王维丹："你想干什么？"

李保本："今晚电视有冰上芭蕾舞……"

王维丹："别开！"

李保本不听，还是打开了。

王维丹冲上去："你要开，我就砸！"说着她就抱起电视机。

李保本吓住了，连忙用双手托住机子，求饶地："我关，我关。"

128. 王家卧室

王开济夫妇听着。

（画外音）李保本气得声音发抖："你……你可以不理我。师傅，师母会给我做主的！"

129. 王家客厅

王维丹气得抓起一只沙发枕头丢过去，李保本走了，王维丹大哭起来，她跑进父母的卧室。

130. 王开济卧室

王开济烦躁地走来走去，正好女儿进门。

王维丹哭诉着："以后我的事不要你们管，我不再当厂长小姐了，我要做个普通人，独立人格的人……"说完关门走了。

刘雨芳对老头子："瞧！这丫头跟你一样，鬼迷心窍了，再不管一管，里里外外都要翻天啦！"

王开济发火了："管！管！张局长都批评你了，你要找谁当女婿，他就不让谁当厂长，包括李保本，也包括蔡明。懂吗？治治你这个成事不足，败事有余的蠢婆娘！"

刘雨芳被震住了。

131. 客厅

王维丹听到这里，停止哭泣。思索着……

132. 王家小花园（日）

蔡明第一次来到这里，走进王开济家客厅。

133. 客厅（日）

王维丹热情地迎上前，握住他的手说："小蔡，在我的记忆里，你从来没有到我家来过！"

刘雨芳站起来让座："欢迎你呀，蔡副厂长！"

蔡明不坐："也许不到一分钟，你们就会把我赶走……"

王开济笑道："知识分子说话呀，总是云山雾罩！谁把你赶走？我还要请你喝酒哪！"

蔡明笑笑："我相信会有这一天，今天不一定。"说着他把手中的一卷材料递给了王开济。

王开济坐在旧沙发里，朝女儿伸伸手，王维丹立刻去给他拿老花镜，王开济问："什么材料？"

蔡明："揭发红旗车间谎报产值的调查报告。"

王开济的脸立刻沉了下来，他戴上了老花眼镜……

刘雨芳端来一杯茶，也停了步……

蔡明面无表情，仍然站着，王维丹吃惊地望着他。

室内的气氛异常紧张。只有电扇呼呼地转着，刮得王开济手中的材料不停地飘动，按也按不住……

王开济看着材料，他连脖子带耳朵涨得通红，额头上青筋暴起，大汗直流……

蔡明冷静地说："请您仔细地看一看，如果事实没有出入，我准备拿到职工代表大会去讨论。"

刘雨芳手中的茶杯掉在地上当的一声摔碎了。可谁也没有受到惊动。

王开济手握材料，痛苦地闭上了眼睛。

蔡明还是站着说："老王，揭露了矛盾，咱们厂就真正有希望了！"

王开济睁大了眼睛，瞪着蔡明！

刘雨芳指着蔡明大喊一声："你忘恩负义！"

蔡明看看表："好，一分钟。"

刘雨芳气冲冲从蔡明身边擦过走出去了。

王维丹愣了一下，也走出去了，蔡明望着她们走开。

王开济陷在沙发里。好像一下子老了许多。他喃喃地："就一定要撕破老脸来干吗？……"

蔡明走过去，诚恳地："老王同志，你没有感觉到吗？在我们的生活中，有一张无形的网，它密密麻麻，无处不在，捆住我们的手脚。这恐怕是我们这个封建古国留下的一种特产吧，希望你能正视现实，冲破它……您是上一代人，我期待着您的支持！"

王开济手撑着脑袋，没有任何反应。蔡明走了。

134. 城市街道（日）

王维丹骑着摩托车飞驶，紧追着前面张局长的小轿车，小轿车正停在红灯前。王维丹刚要追到，变成绿灯，小轿车又往僻静的一条路上开去了，王维丹猛追赶过去。

从张局长的汽车往外看。王维丹渐渐追上来了，一边喊着："张伯伯、张伯伯……"张局长把头伸出去。

王维丹的摩托车已与轿车平行。王维丹喊着："张伯伯……蔡明是好同志……"

张局长听不清楚，示意司机停车。王维丹的车子倒冲了过来，横在小轿车的前头。她直喘气。张局长从车里下来，走过去。

张局长："什么要紧事儿？"

王维丹："我要告诉您：蔡明是个好同志！"

张局长一怔："谁说他不好啦？"

王维丹又流泪了："他一点也不爱我，他根本不会当我爸爸的女婿！"

张局长哭笑不得。指着横在轿车前头的摩托车说："你把我拦住就为了告诉我这件事儿吗？"

王维丹拉住张局长："您就批准他当新厂长吧！现在他需要支持。"

张局长恍然大悟："哦！原来这样！"

王维丹："还有！我要揭发我妈妈的事！"

张局长一惊，拍拍王维丹的肩膀："孩子啊，你今天是怎么啦？"

王维丹："我思想解放啦。"

张局长感叹地："好哇，搞事业就是需要有头脑的青年人，你们这一代人啊！我们的第三代人……"

135. 厂长会议室（日）

几十人的小型会议，一名中年工人宣布："第七次全体职工代表会议现在开始，请蔡副厂长做工作报告。"

蔡明站起来："我汇报五项问题……"

136. 王开济的厂长办公室（日）

从阳台上看，厂水泥大道上，新型的拖拉机色彩鲜艳，整齐地排列着。好几个扩音器中传出蔡明的声音："经过职工代表大会的讨论，现在我向全体职工报告五项问题……"

王开济正坐在办公桌前，看来他数日不来了，桌上灰尘很厚，地上有纸屑，一种异样的孤独和迷惘的感情涌上心头……

在阳台的墙角，他看到了一张蜘蛛网，蜘蛛正在爬着……

（画外音）扩音器中蔡明："第一，关于采用新型柴油机的情况；第二，关于第一车间谎报产值的问题……"

蜘蛛网。（长叠印）

137. 政工科办公室

（画外音）扩音器中蔡明："第三，关于一车间和供销科改选领导班子的情况……"

刘雨芳煞有介事地找徐艳谈话。徐艳脸扭向另一边。气氛很尴尬。刘雨芳关上窗子。徐艳脸扭向另一边。

刘雨芳："为了照顾影响，组织上决定把你调到柴油机厂去工作。"

徐艳急了："什么影响？他没有结婚，我没嫁人，我们谈恋爱影响谁啦？！"

"啧啧！"刘雨芳："哎呀！现在的姑娘家什么话都说得出口哇！"

徐艳："你少干涉我们个人的事！"

刘雨芳："个人的事？你的出身、社会关系虽然不影响你当技术员，可影响蔡明当厂长。"

徐艳气愤、委屈，眼泪都流出来了："已经八十年代啦，你还用这一套来整人哪！"

刘雨芳老练地、不屑地听着："明天就去报到！"

窗外扩音器中，一片掌声。蔡明的声音："现在我讲第一个问题……"

徐艳与刘雨芳就这样僵持着。

徐艳倔强、不服气的脸。

138. 厂长办公室

窗外扩音器中蔡明还在讲着。

王开济从书架上拿了一把鸡毛掸子。轻轻地拂去了锦旗上的灰尘，也轻轻地拂去了蜘蛛网……

他拿着茶杯，给窗台上的仙人球浇了一点水……

他走到宽大写字台后面，抚摸着那把磨蹭得油亮的皮转椅，把它转动了一下，又用手按住……

他缓缓坐进皮转椅，戴上老花眼镜，拿着红铅笔，但是又停住了，他突然打开所有的抽屉，把书报文件一一地搬到桌面上，把兜里的那串沉甸甸的钥匙拆散，一只一只分别插在抽屉和文件柜里。

他站起来有些惊恐地退着，退着，退到了办公室的门口，呆望着自己使用多年的写字台和皮转椅，两行热泪。扑簌簌地从他百感交集、布满皱纹的脸上滚落下来……

他手里拿着那把两寸多长的黄铜钥匙锁上了厂长办公室的门，拔出钥匙，在手里掂了掂……

139. 大会场

蔡明在全体职工大会上讲话。

蔡明："现在谈谈第二个问题：关于第一车间谎报产值的问题……"

王开济从后排走上前来，群众注视着他。

蔡明也注视着、期待着……

王开济上台，走到讲台前，对蔡明说："这个问题，让我来讲！"他对着话筒："全厂的职工同志们，我来讲一讲这个假红旗的问题……"

全场热烈掌声，有人站了起来，群情激奋。

陈科长震惊，吴科长震惊。

蔡明示意大家安静下来，把话筒安合适了，请王开济讲活。

140. 车间门口

大型起重机从一车间门口吊起笨重的老旧的机床往汽车上装，大吊车发出咔咔的声音震人耳膜。旧机床在空中晃荡，红绸带飘落而下。

李保本指着吴科长的鼻子骂道："你这个叛徒！有奶便是娘！"

他哭丧了脸，仰头对着大吊车："这是砸掉红旗车间的光荣传统！是挖老根！刨祖！"他声泪俱下："虽然我不当干部了，可我李保本不能忘本！"他发疯似的冲向大吊，被两个强壮的工人拖住了。

王开济走过这里正看到这情景。

装旧机器的大吊继续运动着，把那松枝扎的牌楼推倒了！

李保本躲向王开济："师傅……我可怎么办……"

王开济直勾勾盯着李保本，少顷，突然发作道："你马上把那台彩色电视给我搬走！要不然，我就送纪律检查委员会去！"

李保本双手掩面，背过身去。

141. 工厂大道（晨）

王开济和蔡明并肩走着，路边（前景）是新型的整齐的鲜艳的拖拉机，他们与上班来的工人们招呼着。

陈、吴二科长一边看他们走过去一边议论着：

陈："谁是厂长谁就是女婿——这是你说的！"

吴："谁是女婿谁就是厂长——这是你说的！"

陈："全错啦！"

吴："从今以后，'平安无事'喽……"他又猜错了。

142. 厂长办公室（晨）

穿着工作服的王维丹推门进去。

蔡明正坐桌前办公。屋内已全部变样，桌上放着图纸与小模型，墙上锦旗全去掉，换上一张大的生产情况表，窗户全部打开，显得明亮、干净。

王维丹交给蔡明表格，蔡明签字。

王维丹："坐得还稳当吗？"

蔡明扶扶转椅："还挺结实的。"

王维丹关心地："压力大吗？"

桌上一张徐艳微笑的照片，蔡明正望着她。

蔡明："压力能转换成动力……"他面对镜头："我们的社会就是这样在前进的吧？"

（此剧本 1981 年由潇湘电影制片广拍摄成电影）

（周特新，文选德主编《湖南新时期十年优秀文艺作品选·电影卷》，湖南文艺出版社，1990 年 9 月第 1 版）

黑炮事件

根据张贤亮小说《浪漫的黑炮》改编

导演：黄建新

编剧：李唯

主演：刘子枫、高明、杨亚洲等

出品方：西安电影制片厂

1. 赵书信宿舍

一颗不整洁的头俯下，全神贯注。

棋局：双炮抬单车。

一只干瘦的手入局，捏炮，“啪”地落下，大声叫“将”！

将成死局。这炮是用黑鞋油膏盖儿代替的。

独身下棋者赵书信，在老单身宿舍里，自得其乐地笑了。

（字幕）赵书信，男，50岁，红井子市矿务局机械总厂工程师。

2. 打字室

一女打字员熟练的手。节奏紧张的咔咔咔响声。

机械总厂厂长李任重站于侧后口授，他下巴上有些许短而硬挺的胡茬，喉结随着嗓音的起伏而滚动。他的声音缓重而平板：

“……我厂于1984年8月15日起，接手调查‘黑炮事件’。现已查清，兹将经过汇报于后。另起段，事件是从……”

（字幕）李任重，38岁，机械总厂厂长。

3. 邮电局内外

李任重声音继续（画外音）“我厂工程师赵书信去商阳市出差引起”。

赵书信衣裤深灰、略有驼背，朝邮电局走去，举止中有股萧索之气。

他进了门，陌生地观望了一阵，恭敬地问：“请问，打电报……”被问的姑娘指指左边。他顺着看去，又回头：“谢谢！”那姑娘已离开了。

他匆匆走过去，排在队尾。

神态冷漠的女营业员忙着工作。前面人买电报纸。

女营业员："一分钱！"

前面人付了，接纸。

赵书信取出一分硬币，并不付钱，惊讶侧看——

另一边，收寄邮件处不知因何事，主客吵嚷起来。

女营业员冷漠而歇。后面人推赵书信："该你了。"

赵书信慌然付币，接电报纸，赔笑："谢谢。"

他去桌边填写内容后，取一元纸币，转身递上。

女营业员冷漠，机械地扫了一眼电报，怔住。

电文：丢失黑炮 301 找赵。

女营业员疑看赵书信，上下打量。

赵书信的脸瘦削而畏葸，皱皱巴巴的府绸衬衫，左腕戴块名贵金表，怀抱个鼓鼓囊囊的黑包，极不自在地递钱："够吗？"

女营业员竭力放松应答，手指却微微颤抖，脑里叠现：《405 谋杀案》《US117 在东京》等影片片头。音响强烈而节奏紧张。

4. 一组短镜头

一女营业员跑上楼梯。

保卫科门"砰"地推开。

大檐帽公安人员急拨电话。摩托车出动。

搜查宿舍。

5. 公安局

公安局某领导把一张照片递给陈浩祥。

（字幕）陈浩祥，机械总厂保卫处长。

陈浩祥转又递给神情严肃的周玉珍。

（字幕）周玉珍，机械总厂党委副书记。

周玉珍手中照片——一个笑眯眯的，挺富态的胖老头。

某领导："这个收报人钱如泉，是江苏溪水县外资公司古董文物收购门市部干部。该钱曾于 1962 年以公家名义收购、私人付款方式，私藏清代八大山人扇面一幅，受过严重警告处分。"电话铃响，接过。对陈、周："好。你们谈谈赵书信的情况吧。"

陈浩祥取出材料："赵书信，男，50 岁，江苏南京人，家庭成分旧职员，本人成分学生，未参加任何党派，1957 年毕业于清华大学机械系，分来我厂技术室工作。"

周玉珍："他性格孤僻，至今尚未成家，前几天突然……"

6. 矿山冷饮小店

赵书信和陈淑贞拘谨地对坐。

（字幕）陈淑贞，矿山小学教员。

一小伙儿拿几瓶汽水朝一姑娘走去。四周男女都亲热地吃冷饮，热闹非常。

赵书信忽有所悟，去买了一瓶汽水，放在陈淑贞面前。

陈淑贞诧异："你？"

赵书信挺认真地说："我刚才喝了开水来的。"

陈淑贞笑了，又去买了三瓶来。

赵书信委屈地，张口说不出话，跑去买了两盘雪糕之类的冷食，放在桌上，表白："我不是小气，我确实不喝……"

陈淑贞爽朗地笑了。

7. 火车站

上海小汽车旁，李任重、武克功、王洪业和冯良才等迎宾。

（字幕）武克功，机械总厂党委书记。

王洪业，机械总厂副厂长。

冯良才，省旅游局翻译员。

火车停下，身材高大、棕红卷发的德国专家招手下车。

（字幕）汉斯·卡斯托普，德意志联邦某矿冶公司高级工程师。

汉斯和武克功、李任重等握手，寒暄。

汉斯滔滔不绝。

冯良才翻译："汉斯先生说，他非常高兴能再次来到中国。谢谢各位官员远道迎接。他说，他希望能尽快见到他的朋友赵……"

汉斯重复。

冯良才："对，赵书信，你们厂的一位先生。"

周玉珍睁大眼睛。

武克功仍从容笑着。

冯良才："他希望这次能让赵先生在安装 WC 的工程中给他做翻译。……他说，上次来与贵厂洽谈引进这台矿井挖掘机的合同时，他们合作得很好。"

汉斯又强调。

冯良才："他问，可以吗？"

周玉珍等面面相觑。

武克功："十分感谢他的支援，你告诉专家，我们这次特请你作他的翻译。"

冯良才发怵地皱着眉头，只得照译。

汉斯抱憾地耸耸肩头。

8. 街上、公路

小汽车在繁华的街上，拐弯。

小汽车在旷野公路上行驶。

（画外打字机声响和李任重声音），"汉斯先生的到来，使'黑炮事件'出现了新的情况，8 月 20 日，我厂党委副书记周玉珍同志向公安局反映了我厂保卫部门认为值得注意的一些现象。"

9. 办公室

公安干部匆匆记录。

周玉珍："……汉斯和赵书信的关系是不正常的。今年三月，汉斯来我厂洽谈这套WC机器的引进合同，厂里派赵书信担任翻译。”

10. 招待所房间

武克功和王宏业给赵书信套着西装。赵书信十分勉强。

周玉珍身后站着偷笑的刘玉梅。

（字幕）刘玉梅，矿山招待所服务员。

武克功：“赵工，这是外事工作，要顾大局嘛，你代表着……”

赵书信很别扭的样子。

王洪生：“嘿嘿，挺潇洒的，穿穿就习惯了，抬抬胳膊。”又替赵重打领带，“你这是系红领巾呀！”

赵书信一切依从了，尴尬地左右看看，试走。

刘玉梅笑出声来。

周玉珍严肃地说：“笑什么！”

刘玉梅指赵书信的脚，“鞋——”

武克功说：“这鞋是不行，可……”他看看在场人的鞋，是否有可换的。

王洪业：“没借到合适的，就这套衣服还是我女儿从歌舞团……”

他弯下腰，把赵书信的裤腿往下拽拽，遮住了那双旧皮鞋：“这不就很好了吗？”

武克功：“行了。小刘，你领赵工去见汉斯先生吧。”

11. 汉斯寓所

汉斯望着一身笔挺的赵书信，惊讶：“哟，赵！您今天怎么穿得这么漂亮？”

赵书信嚅动了下嘴唇。

汉斯：“比昨天要精神多了！哟，是的，要年轻十岁！”

赵书信：“可我觉得不自然呢！这不是我自己的，是领导让我穿，王副厂长……”

刘玉梅不禁惊讶，忙递上烟：“赵工，请您……”示意制止。

赵书信："我不会！"

汉斯看破一切，爽朗笑了，拍着他的肩头，十分亲切地说："您是一个诚实的东方人！我很欣赏您的诚实！朋友，我要送您一件礼物。"他到壁橱里取出一只贴有许多空港标签的皮箱，揭开，取出一双皮鞋。

12. 办公室

公安干部早停止了记录。陈浩祥也有些不耐烦的样子，摆弄着茶杯。

周玉珍仍一本正经地叙说："还有最关键的一件事情。汉斯上次来，曾两次提出想要一件中国古董，我们婉言谢绝了。他给赵书信皮鞋并不是偶然的。他们为此发生过一次冲突，惊动了招待所……"

13. 汉斯寓所

汉斯手拿餐具刀叉，大声咆哮。

赵书信勾下头，捏个纸片。

汉斯摔碎一瓶啤酒。

赵书信一怔，随之也摔了一瓶啤酒，大声吼叫。

14. 办公室

周玉珍："……后来他们达成了某种协议，写在一片纸上——这件实物正在寻找。由此可见，这次赵书信和收购古董的钱如泉勾结不是没缘故的。而那份所谓找黑炮的电报正好露了马脚……"

陈浩祥把目光从周玉珍移向公安干部的手。

公安干部在记录上画了个很大的问号。

15. 周玉珍家

周玉珍拍着公文夹："不负责任嘛！问题是他们公安局提出来的，

调查刚开始，就问，出了问题算谁的呢？对外政策呀，知识分子政策呀，哟哟，难道这方面过去出的问题还少吗？‘左’，‘左’，‘左’是应该反对，我们吃‘文化大革命’那‘左’的苦太多了！可是反‘左’，右呢？不该警惕吗？辩证法哪里去了！”

李任重像被质问似的，答不上来。

周玉珍：“他们推脱，下一步，我们自己来抓，具体我来抓吧。我正在写安排计划。第一步，我想呀，要防止他们相互沟通；第二……”

李任重忍耐不住：“这怎么行呢？你得从生产考虑……”

周玉珍：“生产你来抓，我们政工正是为了保证生产的顺利。”

李任重：“WC后天就要安装了，给汉斯配备翻译的事要赶快定下来。”

周玉珍：“不是借好一个小冯吗？”

李任重：“那是老王临时拉差来的，他是个旅游翻译。”

周玉珍：“不都是把洋码翻译成中国话吗？”

李任重：“唉，你不知道，这技术翻译和一般生活翻译不同，其中好些专业术语……”

周玉珍：“会推碾子就会推磨子。”

李任重哭笑不得。

周玉珍：“啥地方不懂，查字典嘛。我女儿学英语就抱个大字典。不是说专业话难翻译吗？厂里给买一部专业字典，大不了花几十块钱。‘爱母西’一千万美元呢，你呀，买得起马备不起鞍！”

李任重气得团团转，突然转身：“我的意见，还是让赵工去做翻译。你不让他去怎么办呢？我们厂就他一个懂德语的工程师……”

周玉珍严肃思考。

16. 工地附近

旷野。

赵书信偕陈淑贞踏着野花丛集的小路漫步。

陈淑贞：“我总不相信你会说德语，你说中国话都这么……”

赵书信“我学过嘛，不信，我……”遂背了几句。

陈淑贞笑了。

赵书信：“是《资本论》中的警句。”

他俩走到放置机箱和其他铁木材料的地方，赵书信：“这是WC的，都运来了！都……”巡视一遍：“怎么就这么放呢？这箱轴承应该放在那里，那台发电机放在这里……这箱？哦，放在这儿，我用的时候一伸手就拿到了，很方便的。”

陈淑贞欣赏地看他。

赵书信：“那个德国专家汉斯，我们合作过一次。他很讲效率。我们重新合作……去找他好吗？”

陈淑贞“我去，合适吗？”

赵书信：“有什么不合适？他是个痛快人，很喜欢朋友！”

他们走开。

17 招待所

赵书信和陈淑贞走向外宾洋楼。

陈浩祥闪出：“赵工，找谁？”

赵书信：“哦，汉斯·卡斯托普先生。我想，在工作开始之前见见他……”

陈浩祥审视陈淑贞。

赵书信：“这是陈淑贞同志，我的……他是我们厂保卫处的陈科长，不，处长……”

陈浩祥：“厂里决定这次WC安装，由冯良才同志担任翻译工作。”

赵书信：“怎么可能呢？上次我和汉斯已经说好了，李厂长同意，武书记也……”

陈浩祥：“这是最新的决定。”

赵书信：“这，这是……我进去问问汉斯，是他当着领导面邀请我……”

陈浩祥："党委指示，专家工作忙，不准一般人去打搅。你们请回吧！"走开。

陈淑贞红着脸退后。

赵书信茫然。

18. WC 工地

工地上，一片忙碌。

吊车、拆箱、打柱、拆卸、安装……

汉斯急匆匆从工地一处到另一处。冯良才跟在身后。

汉斯对几个工人说什么。双方看冯良才。

冯良才翻译："专家说不能这样干！这个……（德语词）您再说一遍。"

汉斯重复。

冯良才依然翻译不出。

汉斯不悦地白了他一眼，指画机器。

冯良才用德语问。

汉斯不耐烦了，推开他，上了机架，用手招呼几个技工靠近，亲手指点，不住哇哇地说。

技工们理解了，要做。

汉斯满意地拍拍一个技工肩头，下来，用棉纱擦擦油手。

冯良才十分尴尬，上前欲问。

汉斯不理，独自走开，瞧也不瞧。

工人们哧哧讥笑。

19. 赵书信宿舍

赵书信："厂领导是很信任我的。今天上午，武书记到我们设计室来，问了大家，还特地和我握了手，说：'赵书信同志，您好！'他是笑着说的。"

陈淑贞："那又怎么样呢？"

赵书信："怎么样？这是党的态度呀！我对党忠诚，党对我也是相信的。"

陈淑贞哭笑不得。

赵书信："这次翻译不叫我去，或许是领导另外安排重要的工作。我不但懂德语，还……"

陈淑贞："你呀！"

20. 汉斯寓所

冯良才进门："您找我有事吗？"

汉斯："嗯。请坐。"

冯良才坐下："您请讲，您有什么需要我帮忙的，我乐于为您效劳。"

汉斯："冯先生，请问您一个月挣多少钱？"

冯良才："钱？您问的是工资？还是？"

汉斯："随便什么，加起来多少钱？"

冯良才："大约有三十美金吧，您的意思？"

汉斯："我想雇用您。"

冯良才："雇用？"

汉斯："是雇用。我愿意每月付您六十美金。这个数目您觉得怎么样？"

冯良才："可您……让我干什么？"

汉斯："这些我不过问。睡觉，或者去玩，或者去喝酒，或者……"

冯良才惊异。

汉斯："我需要您做的就是这些。"

冯良才："可这是为什么？"

汉斯："还用问为什么吗？请您不要给我当翻译了。您不适合做技术翻译工作，您在这里只有碍事——请原谅我的直率。"

冯良才恼火，站起来。

汉斯："您不用恼火。我恳求您答应去玩，去喝酒，去睡觉。因为我需要的是效率，有效率的工作。”

冯良才不知该如何发泄。

汉斯：“请您再去向负责的官员提一次。希望赵书信先生来给我做翻译。我们曾经合作得很好。劳驾您转达我的请求，可以吗？”

冯良才含怒而去。

汉斯无可奈何地耸耸肩。

21. 党委会议室

武克功深藏不露地拿支红蓝铅笔，在桌上轻轻敲点：“大家看，这事怎么办？”

委员们沉寂而坐。

门推开，王宏业闯进来。

武克功看一眼。

王宏业：“嗨，这老婆不能要啊！她看电影去把我的表戴走了，给我丢下这个‘摇表’……”举起手中表摇摇，“还不到六点呢！”看气氛不对，干笑一下，坐下。

武克功：“大家谈吧。”

沉默。

武克功对李任重：“任重同志，要不，你先谈。生产技术上的事嘛，你最有发言权。”

李任重看看武克功、周玉珍，环视一下委员们：“好，我谈，我想开诚布公地谈谈。这次安装 WC 配备的翻译，我们原定是赵工，赵书信同志。可是突然因为一份电报，才换了小冯。小冯不能胜任工作，这是自然的。他是旅游局的一般翻译，不懂技术。”看看周玉珍。

周玉珍严肃地听着。

李任重：“我们换翻译的决定是不够慎重的。我当时未能坚持自己的意见，是因为我有私心杂念。我也是知识分子嘛，突然祖坟上冒烟，当了官，为赵书信说话，怕落嫌疑。这也是党性不纯的表现吧。现在，外国专家提出来要换，我认为是可以的。不就是一份电报吗？”

委员们交头接耳议论。

武克功又用铅笔点点桌面，叫大家集中。

李任重："我们为什么不能把问题摊开来？直截了当地问赵工是怎么一回事。"

周玉珍："这怎么能呢？问题正在调查。"

李任重："问他不也是调查吗？让保卫科当面问问……"

周玉珍："同志，这里有个关于知识分子的政策呢！"

李任重："政策，知识分子政策，最根本的是对他们的信任。赵工在我们厂工作三十年了，我们对他的起码信任总还该有吧？问问有什么不行呢？"

周玉珍："如果他真有问题，这一问不正提醒他们注意了吗？这会给调查带来许多不利。"

李任重："这能叫信任吗？"

周玉珍："可是谁也没给他下结论。我们调查，正是为给他把事情闹清，这才是真正的信任。"

李任重苦笑一下："我认为你这是……"

武克功："好了，你们两个的意见都很清楚了。别的同志谈谈，畅所欲言嘛，老王——"

王宏业突然回头："我，我，我大老粗，没什么意见。政治上我听你和周书记的，生产上我听老李的。我保证把后勤管好——吃喝拉睡，保证政治路线，保证生产第一线，嘿嘿。"

某委员："王副厂长，干脆把你这话录在录音带上，每次放一遍，省得说。"

委员哄笑。

王宏业干笑着，取烟，也不反感。

武克功："你们几个呢？"

22. 赵书信宿舍

陈淑贞帮赵书信收拾屋子。

赵书信："怎么样，我没有说谎话吧？"

陈淑贞："就是那个青年人不行，怎么知道一定让你去翻译呢？"

赵书信："这还用说？第一，全厂懂德语的就是我一个人；第二，我原来就担任过汉斯的翻译，我们合作得很好；第三，我和李厂长在一室工作长久，他对我很信任，上次又亲口答应过；第四……"

陈淑贞："我不知道这次安装开始，领导为什么突然改变主意。"

赵书信："怎么能这样提问题？领导总有……"

23. 党委会议室

武克功："……大家都发表了很好的意见，我集中一下吧。小冯做翻译就不换了吧，慎重一点，也好。至于赵书信同志，对这个老知识分子也得慎重，这一点大家是没分歧的。我想，这样好不好？维修厂不是提出要技术人员吗，一时别人抽不出来，我看就让赵工去……"

李任重："维修厂要的是电子计算工程师，赵工是学机械的……"

武克功："他总是个工程师嘛，比那些根本不入行的要好多了。你不是也讲了嘛，对他我们得信任，我很同意。"

李任重叹口气。

武克功："老周，你看是不是这样？"

周玉珍要说什么，不等开口——

武克功："叫他回避一下和德国专家接触，正是对他的爱护。我们不能给他提供可能，我说的仅仅是可能！不能给他提供可能犯错误的机会。当然，也可能根本没问题，没问题不是更好吗？大家说，是不是就这样作决定。"

李任重："可汉斯一再问赵工呢！"

武克功："就回答说调离工作了，这也实事求是嘛。人在厂里总说没在，骗人家不好。时间到了，散会吧。"

委员们站起。

周玉珍："是不是叫陈浩祥也去维修厂？"

李任重不悦退去。

武克功："如果他的工作需要他去，那就去吧。对赵书信同志我们不用监督，是吧？"

24. 厂司机班外

一辆小吉普车司机正在加油。

赵书信提着行李："……我们主任亲口给我说的，是武书记的意见，叫我去维修厂，那里工作很重要，急需要技术人员。"

陈淑贞不语。

赵书信："你不要老是陷在那个问题上想不开。都是工作嘛，哪里需要哪里去，干什么还不一样？翻译总好应付，可真正的技术难题呢？就不那么简单了，武书记点名我去，绝不会是一般容易解决的问题。"

陈淑贞仍无语。

司机："赵工，可以走了吗？"

赵书信："唔，我等你哪。"

陈浩祥背包走来："赵工，是去维修厂吗？我搭个便车好吗？"

赵书信："怎么不行呢？我一个人，你做伴正好。"回头，对陈淑贞说："我星期天回来。"

陈浩祥也上了车。车行。

陈淑贞狐疑一阵，快快离开。

25. WC工地

汉斯蹲着，神情疲惫地抽烟，脸上身上沾着油污和泥水，下班的工人陆续从他身边走过。

冯良才走来，用德语给他说了句什么。

汉斯厌烦地用眼睛翻了翻他，不动。

冯良才重复。

汉斯扭过头。

26. 武克功办公室

冯良才："我干不了，我不干了！他看我不顺眼，我干吗受这窝囊气！"

武克功："小冯同志，不要发火嘛。工作中遇到困难就……"

冯良才："我搞我的旅游翻译不痛快？干吗非到你们厂？外国人我见得多了，没见过他这样难侍候的！你们把我留在这儿干什么呀！"

武克功："小冯同志，困难嘛，年轻人，克服克服嘛。我们……"

冯良才："你们又不是没有德语翻译！汉斯整天要什么赵书信，叫他干不是两便吗？"

武克功："这个同志不在嘛，要不为什么非留你？再说你年轻，脑子灵活，工作得挺好嘛。"

冯良才："可人家还不满意！"

武克功："不管汉斯怎样，对外国专家嘛，总不能……反正我们党委心里有数。你把这里工作搞完，我们以厂党委和矿务局名义给你单位写个鉴定。马上要调一次工资了，不久要搞评定职称，这你也许得到风声……唵，好好干，啊。"

冯良才："工作我当然使劲干，可问题不说明白，你们……"

武克功："这个你放心，我们领导心里有数。一句成语怎么说的？哑巴吃饺子——心里有数"他拍肩膀，把冯良才送出。

27. 厂外河边

黄昏。下班的职工在各处散步。

陈淑贞和刘玉梅漫步而来。

陈淑贞："……你得给我说实话。"

刘玉梅："大姐，你不相信旁人，怎么连我也不相信？赵工确实是个好人，工作呱呱叫，为人也诚实。"

陈淑贞："这个我知道。"

刘玉梅："那你还？"

陈淑贞："我问的是领导对他有什么看法。"

刘玉梅："领导，李厂长和他……"

陈淑贞："我总觉得领导对他有看法。"

刘玉梅："你神经过敏！"

陈淑贞："不，有两件事我都亲眼看到。头一次，我和他去看德国专家，到楼底下突然碰见陈处长……"

刘玉梅笑了："这有啥奇怪的！陈处长专做保卫工作，外宾……我说你神经过敏，你还'不'！"

陈淑贞："第二次，他下维修厂，刚要上车，又是这个陈处长要搭顺车。"

刘玉梅："完全是巧合！"

陈淑贞摇摇头："我总觉得，陈处长是在注意他。"

刘玉梅："干吗？他犯了什么案！放开手让罪犯作案，他这老实蛋子会吗？他会杀人放火？会投机倒把？加了班还不敢报加班费呢！大姐，对他，你放一百条心。"

陈淑贞："我总是放心不下，不然这次说好让他翻译，突然请了外面的；外面的不合适，他说是换他，又被分到维修厂帮忙。"

刘玉梅："他不是给你讲……"

陈淑贞："别听他那书呆子的！不让当翻译，我总觉得领导对他有看法！这次去维修厂工作，我看是变相下放。"

刘玉梅："你疑心太多了，不然你去看看，明天是星期天。"

陈淑贞："这，不，我不去。"

刘玉梅："你呀，前怕老虎后怕狼。多年就吃了这个亏！要给我，非弄个水落石出不可！"

陈淑贞无言，顺水望去。

28. 打字室

打字机声继续。

（李任重的画外音）："6月29日，在WC的安装过程中，发生了

‘子弹事件’……”

李任重吸烟，踱步。

打字员回望等待。

李任重口授：“另起一段。所谓‘子弹事件’——这四个字引起来。”

29. WC 工地

骄阳似火。

汉斯和一个技工仰卧在机器下忙碌。

冯良才无聊地蹲在一边，用半截焊条画地消闲。

汉斯探出一张油腻的脸：“冯，去拿一颗 Kugel 来。”

冯良才：“Kugel？ Kugel？……哦，子弹——他要子弹干什么？”他去对一学徒交代，“哎，去找一粒子弹。”

学徒：“子弹？要子弹干什么？”

冯良才：“叫你找你快去找呗，专家需要，懂吗？”

学徒：“子弹，子弹，专家要子弹？”

工人们诧异：“要子弹干啥？”“枪毙人吗？”

冯良才轻蔑置之，离开。

学徒：“到哪儿去找？”

一工人：“国防部有呀！”大家哄笑。

30. 维修厂客房

赵书信抄写，桌上、床上摊满了资料和图纸。

敲门声。

赵书信头也不回：“请进。”

陈淑贞推门进来。

赵书信回头，惊讶：“呀！你来了？”

陈淑贞：“怎么，不欢迎？”

赵书信：“哪里哪里，十分欢迎，请坐。”

陈淑贞看，房间里很乱。

赵书信急急收拾床上，有一件脏衣，急忙用资料盖住。然后，又倒开水，递上。

陈淑贞："你很忙呀……"喝水。

赵书信突然惊叫，"哎哟，这不能喝！"

陈淑贞惊异。

赵书信把开水倒了："忘了泡茶叶。"他取茶叶筒，"龙井叶子，很好的。"泡茶，重敬。

陈淑贞笑了。

赵书信："我说这儿工作重要，你看怎样？这是关于电器方面的，他们这儿没这方面专家。我平时自修过这方面的专业书——领导是知道我的。你看，我已经写报告了，很快就能完。"把书写的材料给陈淑贞看。

陈淑贞看他自信，也轻松好多。

赵书信："这里领导很关心我，给烟，给烟……哎哟，忘了。"他从抽屉里拿出一包糖来，"请吃——这也是他们送来的。我不要还不行，现在，各级领导对我们知识分子都很信任、关心。"

陈淑贞笑了。

赵书信："这儿的厂长也是个刚提上来的。他还要给我介绍……我说我已经见过你……嘿嘿。"

陈淑贞："那个陈处长？"

赵书信："保卫处长吗？他办完公事就走了。他也是个好人哩！"

陈淑贞嘘了口气，取出那件脏衣，拿脸盆要去洗。

赵书信："这，这怎么能麻烦你？我刚换下来两天，说就去洗。我自己会洗。"

陈淑贞推开他的手，端盆出去。

赵书信笑了。

31. WC工地

汉斯手拿子弹："这是什么？"

冯良才："你不是要……"

汉斯："我是说我要 Kugel！ Kugel！"

冯良才："Kugel，难道这不是？"

汉斯："Kugel！ Kugel！"

学徒和工人们围上来。

汉斯哭笑不得，摊手让众人看。回头对冯良才："噢，上帝，你怎么不给我拿一门大炮！一艘航空母舰！"

冯良才不服。众人莫名其妙。

汉斯走过去，在箱里拿出一个滚珠轴承，在食指上转着，走过来："Kugel，我要的就是这个！"回头对冯良才，"翻译先生……"

冯良才："在字典里 Kugel 就是子弹的意思。"他取出随身所带的袖珍字典。哗哗哗翻着，让大家看。

汉斯火了："我要马上去见你们的官员！我要让他们看看你这个高明的翻译！"他拉着冯良才的手腕。

32. 李任重办公室

子弹和轴承摆在李任重的面前。

汉斯和冯良才对峙地望着看字典的李任重。

李任重苦笑一下，对汉斯说："汉斯先生，我们用英语对话可以吗？好，谢谢。今天的事情我表示抱歉。这 Kugel 一词多义，可译作滚珠轴承，金属制作的球、子弹……当然是滚珠轴承准确了。这次误译嘛，也不能全怪冯先生，他不是专做技术翻译的。"

汉斯："你们不是有技术翻译吗？赵书信先生，我们上次合作得很好，这次我一再请求他能继续合作。"

李任重："我们很尊重您的意见，遗憾的是赵先生不在厂。"

汉斯："如果不是去纽约或莫斯科，我想可以请到的。"

李任重尴尬："这样吧，我们尽快研究一下，尽量满足您的要求。"

汉斯："十分感谢！贵国毛泽东主席说过：一万年太久，只争朝夕。”

李任重苦笑。

33. 王宏业家

王宏业给捣蛋的小孙子喂饭。

李任重：“哎，你的意见呢？”

王宏业：“你是说把赵工调回来？哎甜甜，再吃一口。老虎，吃得美。”

李任重有点着急：“我等您呢？”

王宏业：“我早说过了，在生产技术……”

李任重：“得了得了，又是那两句套语。我问的是你是同意还是不同意！态度明朗一点。”

王宏业：“我，我还不明朗吗？咳，老李，这事，说实在的，不在我也不在你，关键在于……你找找武书记拍板不好吗？”

李任重生气而去。

王宏业赶去：“哎哎哎……”

小孙子把饭弄倒，米狮子似的。

王宏业回头来拍膝：“哎呀，我的爷爷！”

34. 武克功家

武克功坐沙发上：“有这个必要吗？”

李任重：“如果不是必要，我干吗一个一个拜……书记，这不光是个翻译问题，而且关系到 WC 安装的质量呢！”

武克功：“嗯，是这么个道理。可是……”他看看李任重的眼睛，“这样吧，这件事你再去征求一下老周的意见。她是掌握关于赵书信的材料的，如果没有什么大不了的事，就把他调回来。要是老周同意，也不用再开党委会了，为了这事，我们已经开过五次会了。咱们的领导方法也得改变一下喽。你说呢？”

李任重叹口气：“好吧，我再去磕个头。”起身，走出。

武克功包涵地笑笑，送他出屋。

35. 楼下空地

李任重卷起袖子，和煤灰。

周玉珍浑身煤点，一边抹板："你别给我绕弯子了，事情老王已告诉我。"

李任重一怔。

周玉珍："你不是找老武吗？他什么意见？"

李任重："他让我听你的。"

周玉珍："我态度很明朗，不行。"

李任重："哎，这事，咱们商量一下。"他倒一锨煤泥，"是不是太硬了，加点水？"

周玉珍："你别给我斗心眼，原则问题上我从来不让步。"

李任重："我说的是泥板，嘿嘿。"

周玉珍："你们知识分子弯弯肠子，我知道。"

李任重："你不也上过延安女大吗？也是个知识分子呢！"

周玉珍："我才不赶那个时髦！我是什么我明白。我知道，有人背后骂我，把周玉珍叫成周认真，马老太太，左书记……帽子多了！也不知从哪里飘来这些歪风！马列主义老太太不好，修正主义老太太好？'左'不好、右好？怪事！现在，知识分子香了、政工干部臭了——从一个极端到另一个极端，这不是'左'？这是什么主义？"

李任重不知该如何答。

周玉珍："有时我也想，何苦呢？就是退休了，也不少拿钱！干吗老是管人家档案呀，查人家问题，好像天生就跟人家过不去似的。"

李任重："你还不到退休年龄呢！"

周玉珍："也就只差一半年！要不就病退，我这肾脏在自卫战争就……"

李任重放下锨："你歇歇吧，我来。"

周玉珍把泥页交给李任重，按肾位："当老好人，稀泥抹光墙，好好好，睁一只眼闭一只眼，这我也会。可是，我们这样做还叫不叫共产党员？还要不要四项原则？”

李任重：“这些我完全同意你的意见。”

周玉珍：“你别说这些好听话了！你今天干吗这么嘴甜？还不是想磨我？我告诉你，你就是给我盖一座楼，我的态度仍然不变。”

李任重：“我不是强迫你，我是说咱们商量一下，小冯确实难以胜任翻译工作。是不是赵工和小冯一起翻译？要不然让陈处长也跟着。”

周玉珍：“同志，你为什么总是把问题看得这么简单呢？”

李任重：“可你把一切都想得太严重了！”

周玉珍：“这又有什么不好？”

李任重和她再没共同语言了，生气地走了。

周玉珍望着他的背影，反而笑了。

36. 路上

李任重沉着阴郁的脸色走来。身后开来小车，他让开道。

“李厂长！”小车停了，赵书信下来。小车开走。

李任重：“你怎么回来了？”

赵书信“他们给我的事办完了。”

李任重：“唔。”

赵书信：“我听说那位小冯同志，业务不熟悉，汉斯先生很恼火，工作不好开展。”

李任重不置可否。

赵书信：“我的事现在办完了，那是不是，请领导考虑一下，我的意思是，我是搞这个专业的，原来商洽谈判……”

李任重：“你去本来最合适。”

赵书信：“那你同意了？”

李任重：“我，我们再研究一下吧。”

赵书信一怔，随之：“噢，这事我听你们领导的，下午还是明天？我随时等通知。”走去。

李任重发怔。

突然，又是一辆小车，停住。陈浩祥下来："厂长。"

李任重冷盯陈浩祥，顿时脸色铁青，大发雷霆之怒："怎么，我们谈话还要受你监视吗？"

陈浩祥愕然。

李任重："岂有此理！"愤然离去。

37. 厂外

李任重坐在树边，闷闷抽烟，抱膝沉思。

（打字机声中，李任重的画外音）："机械总厂厂长李任重同志。在一个偶然的机会，听到关于赵书信问题的线索……"

树另侧，陈淑贞和刘玉梅走来。

陈淑贞："……他是个好人，我也知道。"

刘玉梅："那你为啥不和人家谈呢？"

陈淑贞："可他有问题。"

刘玉梅："有什么根据？"

陈淑贞："还要什么根据？这次不让他做翻译就是……"

树后，李任重突然抬起头来。

陈淑贞："陈处长监视他完全是真的，我去了一次连我也注意了。"

刘玉梅："他会有什么问题呢？"

陈淑贞："听说他和那个专家有什么协定。"

刘玉梅："这话从何说起？"

陈淑贞："我听你们招待所的人说的，保卫处调查了，他们为什么事吵起来，闹得天摇地动，后来又和解了，一起吃饭，德国人还送他一双皮鞋……我也说不清楚。"

刘玉梅："哦！原来为这一宗事呀！"

陈淑贞："你知道？"

刘玉梅："我一直在场呀，他们怎么不找我调查，我全知道！"

李任重听着兴奋地走过来："刘玉梅！"

刘玉梅和陈淑贞大惊。

李任重："你全知道为什么不向领导反映？"

刘玉梅吃惊地盯着他。

陈淑贞吓得直向后躲。

李任重："你是哪个单位的？"

陈淑贞："我……"

刘玉梅："厂长，她是附小的老师，陈淑贞。"

李任重："你和赵书信谈对象？"

陈淑贞："我，没，不过是……"

李任重："你俩怎么搞的？"

陈淑贞惶恐。

李任重："刚才不是谈得很好吗？一见我就这样，我又不是吃人的老虎！"他看俩人仍很惶恐，方知是自己莽撞了，笑了笑，对陈淑贞说："你和赵工谈对象很好嘛，他是个好人，我们一起多年了，我了解他。"

陈淑贞依然狐疑不答。

李任重对刘玉梅说："哎，你刚才说你全知道，你给我说说好吗？我急需知道这些情况。"

刘玉梅揣摩着他的态度。

李任重："怎么？连我这厂长也不信任了？"

刘玉梅不答。

李任重："怎么？WC 安装不起，你不着急？要是赔了本，我脸上不光彩，你也休想拿到年终奖金！"回过头，对陈淑贞说，"也包括你！"

刘玉梅："那你为什么不让赵工做翻译？"

李任重："我什么时候不让他做？"他忽然感到自己反问得没道理，叹口气，"唉，这事，复杂，你给我讲讲你所知道的，好吗？我不会整人，你放心，知道的全讲。"

刘玉梅和陈淑贞交换一下眼色，这才悟明了。

李任重："我们坐那边讲，好吗？"

刘玉梅："好。"

陈淑贞："你们谈工作，我走。"

李任重拉住她："为什么要走？你不是也想知道？有些人，就爱搞神秘，八公山上，草木皆兵，疑神疑鬼。我就不信会有那么多坏人。你怀疑我，我怀疑你，你整我，我整你，折腾来折腾去，把国家……"

三人坐下来。

李任重："好，你谈吧。"

刘玉梅："你要我说的是那天赵工和汉斯吵架的事吗？我刚给汉斯先生送开水去……"

38. 汉斯寓所

刘玉梅提水瓶刚到门口。

赵书信："你会摔东西，我也会，我摔给你看看！"他摔了啤酒瓶子！

汉斯吓怔了。

赵书信拿着纸片："我经过认真计算，你们的设计确实是错误的，一切数据全写在这上面。你凭什么不看？"

汉斯："我公司的机器畅销全球五大洲，从来没有设计的错误！这是集中了最优秀的设计家……"

赵书信："我们红井子市矿山机械总厂对外订技术协定也不只你一家，美利坚、英吉利、法兰西、日本，从来也没有像你这样不承认事实的人！"

汉斯："你这样挑剔是对我们德意志联邦的不信任！"

赵书信："我是代表中华人民共和国对贵方负责！我有权利命令你看，你有义务接受。否则，一切协议将是一纸空文！"

汉斯："如果是你计算错了呢？"

赵书信："我情愿承受任何处罚。"

汉斯接过他递上的纸片，起初仍是傲慢，看着看着气泄了，坐下来，对照着资料。

赵书信冷视。

刘玉梅在门口，气也喘不过来。

汉斯终于改变了态度，站起来，对赵书信鞠一躬，赔笑道歉：“赵先生，十分抱歉，请原谅我的粗暴态度。”

赵书信指指纸片。

汉斯：“确实是我们工作的疏忽。”

赵书信：“仅仅是工作的疏忽吗？”

汉斯：“是设计的错误，一个不小的错误，我马上和公司联系，立即更正。”

赵书信：“谢谢。”

汉斯：“应该感谢您的认真和诚恳！”他再鞠一躬，“代表我们公司！”

赵书信：“不敢当。”

刘玉梅含笑进来，放下水瓶，取扫帚清扫：“汉斯先生，我很钦佩您这勇于改错的态度，中国有一句古话，‘知错改错不为错’。这才称得上君子风度，用你们西方的话，叫作有教养的人！”

汉斯和赵书信都十分惊讶。

赵书信：“您的德语十分流利？”

汉斯：“你上过大学？”

39. 厂外

刘玉梅：“我完全是自修的。我们下乡的老三届，好些人都自修了一门外语。我是跟一个下放的翻译学习的。”

李任重：“你怎么不向领导谈呢？我们正缺乏外语人才！”

刘玉梅：“厂长，原谅我直率地说，说了有什么用？别说我这半瓶醋，像赵工那样有专业有文凭懂外语的人，都得不到厂里的信任和重用，我又能怎么样呢？”

李任重站起：“对你的批评，我诚恳接受。”他对陈淑贞说：“我也希望你们成功！你们谈吧，我……告辞了。”走去。

刘玉梅和陈淑贞望着他走开。

陈淑贞：“你真胆大！”

刘玉梅：“怕什么？我要是你，早就和他住在一起了！”

40. 赵书信宿舍

赵书信又独身下棋，起车跳马。

风从门缝进来，他沉迷在僵局中，拿着那个黑鞋油盖的“炮”，举棋不定。

李任重轻手轻脚进来，站在身后观摩。

赵书信终于下了决心，落炮“将！”

李任重忍不住笑了。

赵书信惊回头，尴尬：“厂长，是你？请坐，请请。”

李任重：“我顺路来，怎么你一个人下？”

赵书信：“我，习惯了。”

李任重：“习、惯、了？”

赵书信：“我给你泡杯茶。”

李任重：“不用不用。”

赵书信：“龙井叶子哩。还是维修厂厂长给的。我不要，硬给。我要付钱，他不收。”

李任重看他认真，也不能笑。突然掉头看棋盘，发现那个黑鞋油盖的“炮”：“这是？”

赵书信：“嘿嘿，把个黑炮丢了，顶个数。”

李任重：“黑炮？”

赵书信：“请喝茶！”

李任重：“怎么丢了黑炮？”

赵书信：“上次出差，丢在商阳市旅馆里。”

李任重：“旅馆？”

赵书信："301号房间。我给同住的一位朋友打电报请他代找，至今没……"

李任重："你真的发电报了？为什么发电报呀？"

赵书信："为找我的黑炮呀！"

李任重又兴奋又气愤："你真是乱弹琴！"

赵书信怔住。

李任重起身："乱弹琴！"出门。

赵书信："哎，你把话说清楚……我还没问你正经事呢，怎么就走？"

李任重匆匆走去："乱弹琴——"

赵书信莫名其妙。

41. 厂区路上

李任重急急赶路。

陈浩祥挡住："厂长，我到处找你……"

李任重："怎么没盯住？"

陈浩祥："我是向你汇报。"

李任重："我又不管你，你去找周书记。"

陈浩祥："是关于赵书信……"李任重："要逮捕吗？"

陈浩祥："哪里，他，他没问题。"

李任重："什么？"

陈浩祥取出那片纸片，递上："这就是那天赵书信交给汉斯看的东西，完全是……"

李任重："我早知道了！"但他还是看了。

纸片上全是关于WC的技术数据。

陈浩祥："上次赵工发火就是因为……"

李任重将纸片装入衣兜："不用啰唆，给你记一功。"

陈浩祥："我是来请求处分的。"

李任重："神经病，我说记一功就记一功，不然再加一百元奖金，明天到厂办去领。”

陈浩祥：“我采取了非组织原则的方式，违背了周书记的指示，直接向汉斯提出问题，才得到了……”

李任重激动了，擂他一拳：“好！记一大功，奖二百元！”他取出笔记本，匆匆写了数字，签了名，递过去：“明天一上班就领！”

陈浩祥莫名其妙。

李任重早已跑了。

42. 武克功家

李任重匆匆奔上楼梯，猛推开门。

武克功一家正看电视，全家吃惊。李任重气喘吁吁。

武克功：“出了什么事？”

李任重：“我提议，明天开党委会！”

43. 党委会议室

李任重：“……情况就是这样。我保证赵书信同志没有问题，我认为应该让他马上去干翻译。因为WC的安装越到后期越是重要，这是国家花一千万美金买回的，不能有一点马虎。我的话完了。”

武克功：“李任重同志谈了，大家都谈谈自己的意见，唵。”沉默。

李任重着急：“老王，你——”

王洪业：“好，我说……”

有人又以为他要讲那几句老话。

王洪业：“这次，我不说那些话。”众笑。

武克功又用红蓝铅笔点点桌子。

王洪业：“要我说呀，赵书信这个人呀，既没有……”他看看周玉珍，改了口：“没有一些同志说得那么可怕也不像……”看看李任重，笑笑，“也不像有人说得那么好。他是个什么人呢？他是个好人，又有点怪脾气，他就是那样子。要叫他干坏事，我说呀，放开马缰跑，他也不敢跑多远，出不了圈儿。要叫他学雷锋，他还没那么高的觉悟。在厂三十多年了，老一点的人谁不了解他？大家说，我这看法对不对？一分为二吆，嘻嘻。”

李任重：“你到底是同意我的意见呢还是不同意？”

王洪业：“这，这你不是逼着我又说那话？我早说了……”

一个委员笑道：“在生产技术上听李厂长的，在政治上……”

周玉珍回盯一眼：“开会严肃一点！”

那个委员：“好，严肃一点。我说，这个问题本来很简单，可我们的党委开了五次会，哪次都是议而不决。开这样的马拉松会还不如不开！要我表态，很痛快，厂长责任制，生产技术问题，厂长说了算，我们党委少管！”

周玉珍：“这仅仅是生产技术问题吗？”

那个委员：“如果不是，请问：我们是讨论给赵书信定案吗？”

武克功：“好了好了，我们畅所欲言，各抒己见嘛，唵。”

周玉珍：“我说一下吧。第一，李任重所谈的情况，材料是从当事人那里提供的，还不能作为证据。”

那个委员：“那么刘玉梅也是当事人吗？还有陈浩祥同志……”

周玉珍：“刘玉梅的证明当然有参考价值，可她也不知道全过程。至于陈浩祥，他的做法是违背保卫工作条例的；李任重同志不但不予批评，反而利用职权给予奖励，这是完全错误的——这个问题以后再说。我们还是讨论赵书信的问题。第二，赵书信自己的解释，并不合逻辑的，一颗象棋子值多少钱？一份电报又值多少钱？赵书信这个在经济上很计较的人，为什么要花一块多钱的电报费去找那颗不值五分钱的棋子呢？谁能解释得通？”

王洪业：“他就这么个怪人吆，我说你们不信？”

周玉珍：“正因为怪，不合常规，我们才调查，我们并没给他下结论。”

李任重：“不让他工作，不正是一种结论？”

周玉珍：“如果他的一切很清楚，谁又不让他工作？况且我们只是不让他做翻译，完全是出于一种爱护，并没有停止他的工作。他不是还去维修厂了吗？”

李任重站起来：“我没有当过官，不懂得官场这么多清规戒律！”

武克功：“李任重同志，坐下谈，不要激动嘛，我们心平气和地讨论嘛。”

李任重：“这怎么能心平气和呢？WC安装到了关键时节，汉斯先生一再抗议我们派的翻译不合格，给工程进展造成很大困难。工地上急如火，可我们还坐在这儿讨论讨论，无休无止地讨论。”

会场气氛紧张。

李任重：“我是厂长，生产上的事，我有权决定，今天就命令赵书信去做翻译！”

周玉珍：“既然你有权决定，为什么还建议开党委会呢？难道是要我们全体委员来服从你的命令吗？按照党的生活原则，党委的事应该由一把手决定。”

对峙，沉默。

武克功笑笑：“我看，这样好不好？大家的意见都有道理，我们怎么办？要全面看问题，都不要走极端，来点辩证法，啊。我看，这样决定吧。第一，对赵书信同志，我们要执行知识分子政策，信任他，工作上也重用他，至于那个黑炮调查吗，告一段落，就到这里为止吧。周玉珍同志给公安局去个文，注销了吧。第二，关于翻译的问题，WC快完结了。小冯同志能做这么长时间的工作，再努一把力，至于技术方面，倘若有不明白的，我看可以请教别的同志嘛，不是说那个小刘也懂吗？可以请教嘛。当然也包括赵书信同志。我看，就这样吧，没个决议总不好。散会吧。”

李任重叹口气，离开。

周玉珍望望，也不悦离开。

王洪业和几个成员出会场：“今天，到底是个什么决议呢？”

“和事佬！”

44. 厂区路上

赵书信和陈淑贞、刘玉梅在马路边张望。

王洪业走来。

刘玉梅："王副厂长，会散了？"

王洪业："噢，散了，散了。"

赵书信："请问……"

王洪业急忙朝前面招呼："哎，黄科长，你等等，有件急事……"他溜脱了。

刘玉梅："老滑头！等李厂长。"

李任重本来走这条路，看见赵书信，拐弯而去，低头沉闷。

赵书信还不识趣，赶去："厂长——"

陈淑贞眼泪涌出，转身而去。

刘玉梅一怔，追去："大姐——"

45. 打字室

李任重扔掉烟头，十分沉重地背手口授。

打字员急急按键。

（画外音）："1月2日，WC安装完毕，4日，比绍夫·汉斯·卡斯托普先生离开我市回国。句号。"

李任重："歇一会儿吧。"

打字员揉揉指头："还长吗？"

李任重："快结束了。"

打字员："那就继续吧，争取今午打完。"

李任重："小叶，你打得再快，也没奖金哟，全扣光了！我现在是穷光蛋厂长了。"

打字员换了蜡纸。

李任重："7月7日清晨，早班工人发现WC的运转出现异常……"

46. WC工地

WC机"隆隆"运转。

一工人用长柄螺丝刀支在机身倾听，惊异："怎么声音不对头？"

另一工人再试再听。

47. 厂传达室

传达室老头，接收的邮件，挺认真地在黑板上写字。
邮件：赵书信同志收。
一保卫干部：“这个不用写，我代领。”
老头盯一眼，抹去。

48. WC工地

另一工人惊异，“快去叫段长！”
学徒跑去。

49. 保卫处

干部抱那邮件。
陈浩祥：“我还敢掺和吗？这你去请示周书记。”

50. WC工地

机器边围了七八个人，争吵不已。
“怕是要出事了！”
“停机吧？”
“谁敢？快去请示工段长！”

51. 周玉珍办公室

周玉珍：“啊，叫请示我？领奖咋那么积极？怕责任，扯我！”
干部发愣。

52. 电话机

黑色电话机急拨，呼叫。
米黄色电话机急拨呼叫。

红色电话机……

53. 周玉珍办公室

周玉珍对邮件发怵，手拿一把螺丝刀，她却下不了决心撬。

54. 李任重办公室

李任重冲出。

55. 楼梯上

武克功不顾一切奔下楼。

56. 澡堂

王洪业“啊”一声，从盆池里站起。

57. 公路上

一辆小车奔驰。
又一辆小车奔驰。

58. WC 工地

机器冒一股白烟，终于慢慢地停止了。
周围的工人、干部目瞪口呆。
小车驶来，急停。
李任重跳下来，两个干部迎上。
工人们让开通道。
又一辆车开来。武克功、王洪业下来。

59. 周玉珍办公室

周玉珍接电话：“啊！什么什么？燃炸了？”

她一拉电线，“啪嚓”邮件箱落地、散开，滚出来一颗黑炮。

60. WC工地

机器卸开。

李任重和技工们一件一件翻弄检查。

武克功、王洪业站在一边，紧张注视。

李任重站起来：“轴承，全部烧了。”

周玉珍挤肩而进，脸色苍白：“烧了！什么原因？”

李任重摇摇头。

王洪业：“烧了？一千万美元呐！就这样白白烧了？”

工人、干部议论纷纷。

王洪业：“一千多万美元呐，全部报销了！唉，从今天起，我们全厂的浮动工资、奖金，还有宿舍楼、电影院……全完了！”

李任重不悦地顶撞：“不叫你坐牢就是轻的！”

王洪业软瘫似的蹲下来。

武克功：“同志们，问题已经出来了，我们也不要丧气，我们要上下一致，查清事故的原因。”他回头问李任重，“赵工为什么还不来？”

李任重掉头未答。

周玉珍：“是得好好查查，是不是德国公司在安装上的责任？那个汉斯总和我们过不去，如果是他安装过程中的责任，我们要根据合同向他们索取经济损失！”

李任重叹口气，坐在一边抽烟。

61. 矿山小学

下课了，小学生涌出来。

陈淑贞出来。

刘玉梅奔来：“大姐，赵工被小车带去了！”

陈淑贞：“为什么？”

刘玉梅："WC 爆炸了！"

陈淑贞："啊！"手中教本，粉笔盒掉地。

刘玉梅慌了："大姐，大姐……"

学生们围上来呼叫。

刘玉梅："看你，是党委请他去检查事故原因！"

陈淑贞又一惊讶，涌出泪水。

62. WC 工地

赵书信坐在车厢上看资料。众人围住等待、张望。

武克功："是不是我们操作的责任？"

赵书信："从操作记录看，我们没问题。"

周玉珍："好极了！我早说过，我们的工人阶级是有觉悟的！"

武克功："这是德国方面的安装记录，请你看看。"

赵书信接手，细看。

众人盯着，屏声息气。

赵书信："也没有问题。"

周玉珍："你仔细看看！"

赵书信："绝对没问题！"

周玉珍皱眉。

武克功："双方都没问题，那才见鬼了！"

众议又起。

李任重递上两份资料："这是汉斯的操作注意说明，这是冯良才译的。"

赵书信对照看了许久："哦，问题正出在这儿！"他指着德文说明。

周玉珍："我早估计是德方……"

赵书信："不，周书记，你看这句。德文是 Ander……正确的译法应当是——机器上所有的轴承都应当涂上润滑油。可是，你看这个中译文却译成——机器仓库都应涂上油。这就这就……"

周玉珍："这怎么？"

赵书信："按照这译文操作，轴承上不涂润滑油，就磨损出事故了。我说明白了吗？"

王洪业："他娘的，这小子，幸亏他只说油，还没说花生油、香油、麻油！"

武克功："这么说是翻译的错误了？"

周玉珍："与德方没任何关系了？"

赵书信："这是百分之百肯定的！"

李任重愤怒已极怒望着武克功、周玉珍。

武克功低下头，周玉珍扭过脸。

工人、干部们沸腾了。

63. 路上

武克功、周玉珍、李任重前后同行，沉默不语。

赵书信回头："咳，这事，也全怪我。如果我不是等待，我能主动要求领导，让我做翻译，哪里会，一千二百万美元呐，国家损失太大了！"

武克功垂下头。

周玉珍："赵书信同志，这事故在我们领导，与你无关。"

赵书信："怎么能无关呢？我是工程师，全厂就我一个能做德文技术翻译！本来李厂长已答应了，我自己再主动点……"

武克功头垂得更低。

周玉珍："赵书信同志，我有一件事不明白，你找一颗不值五分钱的棋子，为什么要花一块多钱打电报？"

赵书信："一副棋好好的，少一颗怎么行呢？"

周玉珍："另买一副新的也不过……"

赵书信："我习惯了。"

武书记："你这个习惯呀，害得我们好苦！"

赵书信："怎么？"

周玉珍："你就不该发那份电报！"
赵书信："啊！怎么？我连发电报的权利也没有？"
周玉珍愕然。
赵书信很不悦地跟李任重上车，使劲地拉上车门。

64. 打字室

李任重："事件经过如上所说。另起一段。"
打字机咔咔地响动。
（李任重画外音）："妥否？请批示。"
打字员："句号吗？"
李任重："句号。"
打字员按键"啪"地，重重落在蜡纸上。

1985年2月

（《黑炮事件》选自《黑炮事件——从小说到电影》，
中国电影出版社，1988年5月第1版）
荣获1985年广播电影电视部优秀影片奖（华表奖前身）、
1986年第6届中国电影金鸡奖最佳男主角奖

首席执行官

导演：吴天明

编剧：吴天明、罗雪莹、胡建新

主演：石凉、马跃、维尔·波查

出品方：杨步亭、阎晓明、王坪

1. 片头字幕　春　日

A. 德国　法兰克福国际机场　春　日

湛蓝色的天空，飞机轰鸣声由远而近……

一架客机的巨大机身掠过头顶，冲向跑道……

字幕：德国　法兰克福　1985 年　春

三双穿着三节头皮鞋的男人的脚迎着镜头走来。

三个同样的旅行箱在穿着同样灰色西服的三个男人手中提着在人群中穿过。

三个中国人随着人流走出海关——凌云翔和常立夏不时地东张西望，孟启虞保持着一份尊者的矜持。

黑底：演职员表。

B. 科隆　蓝波公司大厦外　谈判室　春　日

蓝波公司总部大厦外。

字幕：德国　科隆　蓝波电器公司

会议室。

总裁维尔姆·斯垂曼、总裁助理尼古拉·韦伯和总工程师彼特娜·海丝坐在条桌的一侧。

条桌另一侧坐着孟启虞、凌云翔和常立夏。

常立夏指着手中的报价单说（英语）："总裁先生，我们认为 450 万美元的报价太高了。可不可以降一点？ 200 万。"

斯垂曼目光中露出疑惑（英语）："为什么？"

凌云翔："200 万美元，是我们所能承受的最高价钱。"

韦伯听了常立夏的翻译说（英语）："如果你们实在没有钱，可以买 100 万美元的生产线。"

海丝瞥了韦伯一眼。

常立夏翻译了韦伯的话后，用英语问："什么生产线？"

韦伯笑道（英语）："可以生产 MONITO—TOP 电冰箱。"

常立夏生气地望着韦伯，一时不知怎么应对。

凌云翔听懂了韦伯的嘲弄，脸阴沉下来。

孟启虞悄悄地问："他说什么？"

常立夏："他说的是美国通用公司 1925 年的产品。"

孟启虞生气地瞪着韦伯。

黑底：演职员表。

C. 科隆　街道

凌云翔、孟启虞和常立夏在街道上散步，一切都让他们感到新奇——

广场上，鸽子降落在孩子们的头上和肩上觅食；

公共汽车降下门口的台阶让旅客上下，车开走了，站牌上标示着每班车的抵达时间；

十字路口，义工举着禁止车辆通行的牌子带领孩子穿越马路……

韦伯谈判时的声音（英语）："对不起，我的意思是，我们不会给你们提供不符合德国质量标准的生产线。你们应该知道，我们日耳曼民族无论做什么事，要么不做，要做就做第一流的！"

海丝谈判时的声音（英语）："也许你们不知道，我们德国冰箱有两千多条标准。而据我所知，你们中国目前连一条标准都没有。"

黑底：演职员表。

D. 科隆　蓝波公司谈判室　春　日

常立夏翻译说（英语）："我们的局长孟先生说，如果你们认为 200 万美元不行，可以适当地增加一点，但不可以增加太多。"

韦伯（英语）："我们非常爱惜自己的声誉，如果卖给你们的生产线生产出劣质冰箱，全世界都会嘲笑我们。所以，在标准上是不能讨价还价的。"

黑底：演职员表。

E. 科隆　街道　春　日

孟启虞饶有兴致地看着一个老人在喂松鼠。

坐在广场花园的塄坎上的凌云翔对常立夏说："我计算了一下，去掉一些自动化程度比较高的部件，钱也许够。我们可以用手工代替，无非是多投入些劳动力，辛苦一点……"

常立夏激动地说："好主意！"

黑底：演职员表。

F. 蓝波公司　谈判室

斯垂曼（英语）："好吧，230 万美元卖给你们。说实话，达成这个协议我并不情愿。我这样做完全是着眼于未来。但是，我担心，去掉了几个自动化部件之后，会影响产品质量。所以，在给你们生产线之前，我们必须去中国验厂。你们的厂房设施和生产管理必须达到我们认可的标准。否则，合同自行作废。"

黑底：演职员表。

G. 科隆　斯垂曼寓所花园　黄昏

腾空而起的烟花在夜空绽放。

斯垂曼举行家庭酒会招待中国客人。

人们高兴地看着。

五彩缤纷的烟花。

常立夏（英语）："请问海丝女士，今天是什么节日？"

海丝（英语）："今天是科隆世界家电博览会开幕式。"

黑底：演职员表。

H. 科隆　斯垂曼寓所花园

韦伯端着酒杯走到凌云翔一行跟前。

韦伯（英语）："啊，非常美丽！中国的工业虽然落后，但是你们制造的烟花还是世界一流的！我相信，你们五十年以后一定可以赶上我们。”

常立夏照实翻译给凌云翔和孟启虞听。

凌云翔被韦伯的话刺痛了，他仰面望着夜空的烟花，心里有一种流血的感觉。

夜空，流彩飞扬……

凌云翔的脸被烟花映照得忽明忽暗。

片名：首席执行官

2. 海尔冰箱厂　职工宿舍区　凌云翔家内外　春　日

屋内。

一张旧相片：

九岁的凌云翔穿着白衬衣蓝布裤、戴着红领巾规规矩矩地站在父母中间。三十岁出头的父母各坐一把椅子，严肃地望着镜头。

随着凌力的笑声，一只小手指着相片：“奶奶……”

凌力站在堂屋桌子上，指着镜框里的相片说：“……奶奶，看我爸多傻呀！”

墙上挂着两个贴满相片的镜框，镜框上方是一排五颜六色的奖状，都是凌云翔父亲的：红旗手、先进工作者、生产标兵……

凌云翔的母亲把一块湿抹布递给孙子说：“擦干净了！”

余岫抱着两块洗净的床单向院里走去……

凌力：“妈，妈！”

余岫：“忙着呢！”

小院。

余岫将湿床单晾在铁丝上。

凌云翔小心翼翼地握着推子给父亲理发。

凌父：“德国人什么时候来验厂子？”

凌云翔：“下月二十号。”

随着一阵铿铿锵锵的脚步声，向华出现在院门口：“凌厂长！”

凌云翔抬起头："向工！"

向华气喘吁吁地说："糟了，孟局长来电话说，德国人明天来验厂！"

凌云翔诧异地张了张嘴，把推子放在板凳上，看着向华走了。

父亲摸摸没理完的头："哎——云翔！"

3. 青岛冰箱厂　旧厂房外　春　下午

污渍斑驳的旧厂房，破碎的玻璃窗，墙上贴着几条半新不旧的标语，红纸虽然褪色，字迹依然清晰：

"大干六十天，迎接德国生产线。"

"此处不准大小便，违者罚款！"

凌云翔和向华从厂房外走过。

向华："厂里这样子，肯定验不上！验不上怎么办？那条生产线就真的不给咱们了啊？那你就领着八百名员工去要饭吧……"

4. 青岛冰箱厂　旧厂房内　春　下午

厂房里堆满破旧机器，下面落满了油腻的灰尘。

凌云翔和向华从机器中间穿过。

凌云翔："大不了卷铺盖走！反正前四任厂长都走了，我又不是第一个。"

向华："说得轻巧！……这个破厂子，半年多不给职工发工资不说，还欠着147万元的债。真后悔跟你来这儿！大学毕业以后，戴着'臭老九'的帽子在工厂改造了十年，好不容易才活动到轻工局，过了几天悠闲日子……"

凌云翔笑着说："悠闲？整天坐在办公室看报、喝茶、瞎聊天，你以为我不知道你心里什么滋味，悠闲？"

向华摇了摇头，噔噔地朝前走去。凌云翔笑望着她的背影。

向华走了几步，又回过头来："站着干吗？快想想怎么过明天这一关吧！”

凌云翔赶前几步说：“临阵磨枪，不快也光。马上通知全厂员工，连夜突击，把里里外外收拾干净。”他看看周围残破肮脏的厂房说：“这些破墙，得刷一层颜色盖上……”

向华：“这些活儿，一晚上根本搞不完！”

两个人一起走了一段，向华站住：“明天，你想办法拖！”

凌云翔：“……”

向华：“你和孟局长先带着德国人去游览，多转几个地方。然后请吃饭，最好吃到天黑再来。夜不观色么……”

5．青岛　海滨　春　黄昏

日落西山，城市被暮色笼罩。

6．青岛冰箱厂　大门口内外　春　夜

七辆旅行车缓缓驶进挂着“青岛冰箱厂”牌子的大门。

突然，几盏聚光灯将厂区照得通明，六七百名员工站在大门内广场上张望。

凌云翔和常立夏惊呆了。

海丝诧异地望着。

旅行车停在大门内。

常立夏拉开车门，让凌云翔、孟启虞先下去，接着请海丝下车。

向华迎过来。

常立夏介绍：“这是海丝女士，这是我们的总工程师向华女士。”

海丝握住向华的手（英语）：“你好。”

向华：“你好！”

向华做了个礼让的手势：“请——”

向华陪着海丝朝人群走去。

海丝向一边望去——

仓库墙壁上、大门上新刷的颜料湿漉漉的，墙根下面还滴淌着颜料水渍。李大茂赶忙用一块旧草帘遮住放在仓库门口的两个颜料桶。

海丝笑了笑继续往前走去。

工人们主动让开一条路。

海丝在工人们让开的夹道里前进，凌云翔、向华、常立夏和孟启虞等人紧跟在后面。

海丝左顾右盼，她看见——

许多工人们穿着洗得干干净净的打了补丁的旧工作服。

海丝微笑着向工人们点头——

满脸皱纹的老工人们眼巴巴地望着她从身旁经过。

海丝用生硬的中国话说："你，好！你好！"

没有人笑，也没有人回应，一双双充满期待的眼睛直勾勾地望着她。

海丝看着——

一张张洋溢着真诚的脸……

……

7. 海尔冰箱厂　总装车间　春　夜

车间被灯光照得通明。

凌云翔、向华、孟启虞、常立夏和李大茂等人陪同海丝走进车间。

海丝环顾四周——

极其简陋的车间显得十分空旷，其中一半场地被打扫得干干净净。

凌云翔介绍："这块地方是准备安装你们生产线的。"

常立夏翻译。

大篷布围住了另一半场地，篷布上贴着一条标语："大干三十天迎接德国生产线！"

车间上方，拉开一条横幅："好日子需从苦日子里创造出来！"

常立夏用英语为海丝翻译了两条大标语的内容。

她的神色更加严肃。

海丝掀开篷布的一角——

一台硕大的旧机床挡在面前。

凌云翔此刻尴尬地解释："这些都是报废的机器。"

常立夏赶忙翻译给海丝。

海丝发现通往二层平台的梯子，敏捷地爬了上去。

向华和凌云翔等急忙跟上去。

平台上堆放着许多废旧杂物。

海丝站在平台上俯瞰——

打扫干净的半个车间里已经挤满了人，被大篷布遮住的另一半堆放着许多破旧机床和废物。

海丝对凌云翔（英语）说："为什么？你们为什么要这样做？"

凌云翔只好说实话："我们需要你们的生产线。"

向华："我们的厂子的确很穷，但我们有决心改变这种状况……"

凌云翔、向华、孟启虞和李大茂等人愣愣地看着海丝。

偌大的车间里鸦雀无声，工人们静静地等待着……

海丝（英语）："工厂环境和设施并不是我要考察的关键，我最想知道的，是我们的合作者是一些什么样的人。"她低头看了看站满车间的工人，"你们使我想起了我的父亲，在战后德国工业复兴时期，我父亲的生活也很艰苦，他和他的同伴们没有暖和的衣服，经常饿肚子，但他们坚强地走出了困境。就像你们那条标语，德国的今天也是从苦日子里创造出来的。"

常立夏逐段翻译了海丝的话，人们被感动了。

海丝握住凌云翔的手说（英语）："你们为引进蓝波公司的生产线所付出的努力，让我感动。能跟你们合作，我感到荣幸。"

常立夏翻译完海丝的话，工人们热烈地鼓起掌来。

凌云翔眼里闪烁着泪花。

掌声变成了鞭炮声……

8．海尔冰箱厂　大门口　春　日

在欢乐的鞭炮声中，凌云翔和向华揭开了“青岛海尔冰箱厂”厂牌上的红绸。

9．海尔冰箱厂　总装车间　秋　日

新生产线上几台正在装配的冰箱缓慢地流动着。

字幕：五个月以后。

海丝在工位上指导一个工人操作。

姜晓洁跨过自己的工位去追赶一台没完成安装工序的冰箱，忽然滑倒在地上。

常立夏跑过去，把她搀扶起来：“你没事吧？”

姜晓洁咧着嘴看看被钉子划破的手指……

常立夏捏住她的指头使劲挤血。

姜晓洁疼得直咧嘴。

常立夏：“会感染破伤风的！”

常立夏掏出手帕擦了擦她指头上的血。

姜晓洁感激地望着他。

向华批评一个工人：“搬工件哪能像扔土豆！”说着做起了示范，“应该像拿鸡蛋一样，小心翼翼！看，这样，这样……懂了吗？”

工人点点头。

向华看见另一个青年工人笨拙的操作动作，几步跨过去：“……不对，不对！应该这样……”她边说边做示范，然后让工人照着做。工人稍有偏差，她就给予纠正，一丝不苟。

青年工人有点烦了：“人又不是钟表，哪能一点不差！”

向华严厉地说：“必须一点不差。练！”

青年工人小声嘟囔：“练，练，练到什么时候算个头？！”

向华：“练到你闭上眼睛干都不出错的时候！”

向华用坚定的目光注视着他。

青年工人只得继续练习。

10．海尔冰箱厂　总装车间　秋　日

李大茂："这一点毛病就成三等品了？又不影响使用。"

常立夏："我是德国标准把关。"

李大茂："我们生产的是中国冰箱，还是德国冰箱？为什么要用德国标准卡我们？再说，德国人吃什么？牛肉、黄油！我们吃什么？稀饭、咸菜！"

李大茂的话，被从外面进来的凌云翔听见了。

凌云翔："德国人吃的牛肉、黄油，是人家用高标准干出来的。你想吃，也得那么干！不然，连稀饭咸菜都吃不上！"

李大茂愣愣地望着凌云翔，张了张嘴还想说什么……

11．孟启虞家　客厅　秋　傍晚

孟启虞："……质量当然要抓，但你也要审时度势嘛！现在，一张冰箱票都卖到一千元了，你拿纸糊个冰箱都有人买。"说着从抽屉里拿出一沓信件，"你看，这些信和字条都是托我买冰箱的，其中还有几位市上的领导同志，压力很大呀！你不赶快把产量搞上去，整天在那儿搞培训，非要造什么四星级冰箱……"他几步走到冰箱跟前，拉开柜门，指着里面几个西红柿和一碗剩饭，"你看看，我是轻工局长，局长家里都没什么可冻的，你叫老百姓冻什么？冻萝卜？冻土豆？"

凌云翔："孟局长，国家发展得这么快，老百姓哪能一辈子吃萝卜土豆呢？咱们起步比外国晚，再把起点定低了，恐怕永远赶不上人家了……"

孟启虞："你怎么就会认死理儿呢？现在，冰箱卖得这么火，你不抓住商机赶快赚钱，那 147 万元的债什么时候还？引进生产线的 230 万美元贷款什么时候还？"

凌云翔耷下眼皮，固执地沉默着。

12．海尔冰箱厂　仓库内　秋　日

几十台打开包装的冰箱摆在仓库中央。

向华指着一台台冰箱让凌云翔看：“……看这儿，这儿，还有这儿……”

向华指的冰箱上有的划了个道，有的磕了个窝，都是些小瑕疵。

向华指着一台冰箱后面说：“看这儿，连个螺丝都拧不紧！还有……”她走到另一台冰箱跟前指指说，“看这根电线头，一碰就掉了！”

凌云翔：“这样的一共有多少台？”

一直站在旁边的常立夏说：“七十六台。”

凌云翔走进林立的冰箱群中连续查看了几台。

凌云翔欲推开一个包装箱仔细查看时，包装箱不知被卡在什么地方，怎么都推不动。一气之下，他狠狠地朝包装箱踢了一脚，把包装箱踢开个大窟窿。他使劲把脚从窟窿里抽出来，皮鞋却被卡在里面……

13．海尔冰箱厂　厂区大院　秋　日

七十六台冰箱摆在院子里，每台冰箱上都贴了责任人的姓名。

六百多名工人和干部聚集在院子里，小声议论。

凌云翔蹲在地上，低头不语。

在旁边的向华向周围看了看说：“人来得差不多了……”

凌云翔站起来。

六百多人鸦雀无声。

凌云翔走到冰箱跟前：“大家看看这些产品，这儿戳个窝，这儿划个道，不是螺丝没上紧，就是线头没焊牢……”他用手指头轻轻一拨，一台冰箱后面的电源线接头就掉了，“一共七十六台，都是这种小毛病。离标准就差那么一点点，可就这一点点，却总是做不到位。质量，质量！我们不是在天天讲，天天练吗？怎么就是引不起大家的重视，

啊？德国的生产线，德国的零部件，人家还派了专家来指导。为什么干成这样？我们比德国人少了什么？我看哪，不缺胳膊不少腿，就少了一样东西——”他用指头敲了敲自己的脑袋，“质量意识！”

这时，常立夏、李大茂和四五个干部扛着二十多把铁锤挤进人群，把铁锤放在凌云翔跟前。

员工们哗然：

“怎么，砸呀？”

“这么多冰箱全砸了？”

向华走到凌云翔跟前：“凌厂长，你真要砸？”

凌云翔：“没别的办法了！”

凌云翔大声说：“每台冰箱上都贴了责任人的名字，谁出的问题谁砸！”

凌云翔操起一把铁锤走到一台冰箱跟前，看着上面的责任人标签。

凌云翔：“李大茂，这台冰箱有三处毛病，三个责任人，你是车间主任，你来砸！”说着把铁锤递给李大茂。

李大茂慢慢地走过来，接过铁锤。

工人甲喊：“不能砸！”

工人们像炸了锅。

工人乙：“不能砸，我们三年的工资都买不来一台冰箱……”

工人丙：“让大伙儿买了吧，谁的责任谁买，钱从工资里扣。”

工人丁：“对，都是些小毛病，不影响使用。自己买了吧。”

向华：“凌厂长，七十六台，二十万元呐！”

李大茂：“砸这么多，心疼啊！”

凌云翔：“心疼？你心疼，我就不心疼？这些冰箱都是大家用血汗造出来的，它就像我们的孩子一样。可是，我们把它弄成这种样子，大家心疼不心疼？长久以来，我们有个荒唐的观念：把产品分成合格品、二等品、三等品，还有等外品。好东西卖给外国人，劣等品出口转内销自己用。难道我们天生就比外国人贱，只配用残次品？这种观念，助长了我们的自卑、懒惰和不负责任！难怪人家看不起我们……从今往后，海尔的产品不再分等级了，有缺陷的产品就是废品！把这些废品全砸了！砸得心里流血，才能长点记性！都过来，砸呀！今天不砸了这些冰箱，将来被砸的就是这个厂！”

凌云翔拿起一把铁锤，猛地砸下去，一个冰箱门掉下来。

向华看着被砸坏的冰箱，眼泪止不住掉下来，但她咬了咬牙，也拿起一把铁锤举起来，狠狠地砸下去！

常立夏举起了铁锤……

李大茂举起铁锤……

十几个工人举起了铁锤……

铁锤起落，铿锵声震耳欲聋。

一台台冰箱在铁锤下破裂毁坏……

不知谁点了一把火，砸碎的冰箱燃烧起来。

顿时，大火熊熊，映红了厂房，映红了天际，映红了数百海尔员工淌着泪水的脸……

14. 凌云翔家　客厅　里屋　春　夜

电视机屏幕上播放着电视台摄制的专题片。

电视节目主持人解说词：“……凌云翔砸毁七十六台冰箱的壮举，唤醒了海尔员工的质量意识。为了使产品质量达到高标准、零缺陷，他在企业内部推行了严格的OEC管理法，苦练内功，狠抓基础管理。经过几年锲而不舍的努力，海尔牌冰箱在全国同行业评比中，以最高分赢得了国家质量金奖。这是中国冰箱史上的第一枚金牌，它标志着海尔名牌战略的成功，从此奠定了海尔冰箱在中国冰箱行业的领头地位……”

解说词中的画面：

车间里到处张贴着阐释海尔企业文化和OEC管理的看板和图画。

质检员对每一台冰箱进行严格的质量检查。

一台台冰箱在生产线上流动。

一辆小型面包车开进厂区大门。

凌云翔和向华捧着质量金奖奖牌从车上下来。

二百多名员工夹道欢迎。

常立夏、姜晓洁、李大茂等在欢迎的人群中。

凌云翔和向华高举着奖牌从人群中穿过，员工们热烈鼓掌……

凌云翔的父母亲和余岫在兴致勃勃地看电视。

字幕：1992 年　春

余岫看见画面上凌云翔的镜头时，朝里屋喊："小力，快来看，你爸！小力——"

里屋。

凌力（12 岁）趴在一台 14 英寸电视机前专心致志地玩电子游戏。

余岫见没有动静，站起来向里屋走去。

这时，凌云翔从外面急匆匆地进来："快，看中央一台！"

余岫从屋里探出头来："你说什么？"

凌云翔放下手提包："邓小平，邓小平同志南行！"

凌云翔拿起茶几上的遥控器，调出中央电视台一套节目。

屏幕上正在播放邓小平南行的新闻片：

邓小平在人们陪同下参观深圳高新技术开发区。

邓小平参观深圳市容。

邓小平给当地领导干部讲话……

电视片解说词："……这是一个不寻常的春天。中国改革开放的总设计师邓小平同志视察了深圳特区，充分肯定了深圳在改革开放和建设中所取得的成绩，指出，不坚持社会主义，不改革开放，不发展经济，不改善人民生活，就是死路一条……"

15．青岛市区　行进的轿车上　春　日

人民日报通栏大标题——"改革的胆子再大一点"。

驾着车的凌云翔兴奋地说："……你看，那些话不就是给咱们说

的？！咱们的冰箱厂有点像江南人种田，精致高产，可太小，就像一个盆景，没什么意思！我们一定要把海尔做大，不光当中国第一，还要做成世界名牌！”

向华激动起来：“对，做成世界名牌，让全世界的人都知道——海尔，中国造！”

凌云翔：“现在，机会来了！”

向华：“说，你打算怎么做？”

凌云翔：“买地，建工业园，搞多元化。这件事，我想了半年多了，小平同志南行讲话，算是给我吃了颗定心丸……”

向华想了想犹豫地说：“可是，咱们的冰箱供不应求，我觉得当务之急是扩大生产规模……”

凌云翔：“再扩大，也只是个冰箱。我查了世界财富500强企业的资料，没有几家不是搞多元化的。中国入关是迟早的事，总守着冰箱这个小摊子，单打一，等外国大公司一进来，我们就只有被吃掉的份儿了。”

向华看看车窗外面——

广袤的田野上一片片返青的麦苗。

16．青岛市郊　公路旁的荒地　春　日

桑塔纳开到一片荒地边上停下。

凌云翔和向华从车上下来。

凌云翔指着大片荒地说：“你看，从这儿到南边那个村子，有八百多亩地。咱们把它买下来，建个工业园。工业园里分七大块，这边盖办公楼，那一块是研究院和科技信息园，那边盖五个大厂房，生产冰箱、冷柜、空调、洗衣机和电视机……”说完，他兴奋地看着向华。

向华手搭凉棚向远处眺望——

一望无际的荒地上布满了干枯的蒿草，像一片乱坟岗。

向华摇摇头：“我怎么也想象不出来，这块荒地上能冒出个工业

园来。你真是个幻想家！”

凌云翔对向华的反应有点失望，他凝望着那片荒地，默然无语。

17. 海尔冰箱厂　凌云翔办公室　春　日

向华把一张画满算式的纸递给凌云翔：“买地、盖厂房，再加上购置设备和安装费，总共得15亿人民币。这些钱从哪儿来？就算有了钱，厂房盖起来了，设备也安装了，生产什么？生产出来的东西卖得出去卖不出去？都是未知数，风险太大……”

凌云翔：“做事哪有不冒风险的？一件事可不可以做，不取决于有没有风险，而看你能不能抓住风险中的机会。小平同志南行讲话，给我们提供了一个千载难逢的发展机会。如果不抓住它……”

向华：“咱们最好等一等，看上面的政策能放到什么程度……”

凌云翔：“中国的事情你还不明白？不该快的时候快了是错误，该快的时候不快也是错误。如果等上面的具体政策都很明确了，大家就会一窝蜂地上。那时候，风险是没了，但机会也没了！”

向华沉默了一会儿，说：“我心里总觉得不踏实……是不是开个干部会，听听大家的意见……”

凌云翔：“意见可以听，但是，一个企业，只存在集体智慧，不存在集体决策。这件事儿，你心里没底，可以慢慢想。但机会稍纵即逝，不能等你们都想通了再做决定。我只能一个人拍板了：马上停建宿舍楼，把资金集中起来，买地，建工业园！”

向华疑惑地望着他……

18. 青岛市郊　公路旁的荒地　春　日

公路边停着五辆豪华轿车和凌云翔的桑塔纳，几个司机倚在轿车旁边抽烟聊天。

一排木制标牌矗立在荒地边上。

标牌上贴着海尔工业园的彩色示意图、平面图以及各种说明性的图表。

青岛市中行、建行、工商行、农行、交通行等五大银行的行长站在标牌前议论：

行长甲："凌厂长，你们海尔冰箱厂的年利润不到5000万。15亿贷款你怎么还？别说还本，光利息你都还不起。"

行长乙拿着计算器算了一下："你还清本息，差不多得一百年。"

行长们笑了笑，朝公路边走去。

行长丁、戊在工业园效果图前站了一下。

行长丁嘲讽地说："画得不错！"

站在不远处的凌云翔和向华把脸转向一边，装着没听见。

行长乙拉开车门说："凌厂长，我有事先走了！"说完钻进车里。

其他几位行长招了招手也上了车。

几辆轿车带着蓝色的烟雾在公路上消失了。

荒地里，只留下凌云翔、向华两个人影……

19．海尔工业园　工地　春　夜

工地上冷冷清清，一辆推土机在清理地基，六七个工人正从卡车上往下卸水泥。

凌云翔在工地上边走边察看。

李大茂晃着手里的单子跑到凌云翔跟前说："……凌厂长，建筑材料全面涨价了，木材、水泥、钢筋一天一个价，这不，钢筋今天每吨又涨了五十元，都是叫那些房地产投机商炒的！"

凌云翔对李大茂说："最近，争取最近多进一些钢材。另外，把工程队催紧点，尽量缩短工期！"

20．海尔工业园　工棚外　春　日

一辆奥迪卧车从公路上下来，开到工棚跟前。

赵迪之从车里出来。

字幕：青岛市市长　赵迪之

凌云翔从工棚里迎出来："赵市长。"

赵迪之："路过你这儿，顺便看看。"

赵迪之走到张贴着工业园示意图和各种指数的标牌前看了一会儿："资金筹备得怎么样了，能支撑下去吧？"

凌云翔苦笑了一下："我们把广告费都压下来买建筑材料了。"

李大茂从工棚里拿出暖水瓶和茶杯，放在临时支起的凳子上："赵市长，你喝茶！"

赵迪之坐在一个小板凳上，端起茶杯说："先别发愁，有个好消息告诉你。"

凌云翔："什么好消息？"

赵迪之："有一个简称 AE 的美国公司，想开辟中国市场，急于在中国找合作伙伴……"

凌云翔兴奋地说："AE？这是美国最大的电器公司之一，他们要寻找合作伙伴？"

赵迪之："他们有个叫科莱恩的副总裁，带着十几个人的考察团，在中国转了一个多月了。过几天就来青岛，重点是考察你们海尔冰箱厂。这可能是你走出困境的机会……"

21. 海尔冰箱厂　总装车间　春　日

凌云翔、向华、常立夏等陪同科莱恩（字幕：美国 AE 电器集团公司副总裁　路易斯·科莱恩）等十余人来到总装车间。

向华突然一愣——

只见车间里摆满了拆开包装的冰箱，几乎所有的空间都被占据了。二十几个工人正在给冰箱重新打包。

向华疾步过去问一个工人："你们这是干什么？"

满脸汗渍的姜晓洁从冰箱丛中出来："向工！"

这时，科莱恩等已经跟在凌云翔后面走了过来。

科莱恩问（英语）："发生了什么事？"

常立夏对凌云翔说："科莱恩先生问发生了什么事？"

凌云翔："姜晓洁！你们在干什么？"

姜晓洁对凌云翔说："上一班工人交班前进行'日清'的时候，发现配送箱中多了一颗螺丝帽……"

姜晓洁说话时，摩尔小声为科莱恩做翻译。

姜晓洁礼貌地向科莱恩点点头。

常立夏小声对姜晓洁说："这是美国 AE 公司的科莱恩先生，副总裁。"

摩尔问："日——清，日月的日，轻重的轻吗？"

常立夏（英语）："不，是清理的清。"他指着工位上方悬挂的 OEC 标牌，"日清是我们海尔的基础管理方法，概括起来就是八个字：日事日毕，日清日高。就是每天的工作每天完成，每天的工作通过清理，都要比昨天有所提高。英文叫 OEC，就是 Over all Every Control and Clear。"

科莱恩指指标牌（英语）："哦，OEC。"他把视线转向姜晓洁。

姜晓洁接着说："……我想，多出了一颗螺丝帽，可能是哪一台冰箱少安装了，这关系到产品质量和企业信誉，不能马虎。所以，就要求下了班的工人全留下来，把 100 多台包装好的冰箱全部拆开，逐个进行检查。这不，用了两个多小时，终于查明白了。"

向华："怎么回事？"

姜晓洁："100 多台冰箱都没有问题。问题出在配料员身上，他发货的时候多了一颗螺丝帽。"

科莱恩表示赞赏。

向华带着自豪感介绍说："这是我们的质量检查科科长，叫姜晓洁。"

常立夏满腔热情地把姜晓洁的身份和姓名翻译给美国客人。

科莱恩对姜晓洁说（英语）："你很能干！"

科莱恩一行在凌云翔、向华陪同下来到塑料膜包装机旁边。

摩尔拿起挂在包装机支柱上一块标牌，用汉语念道："晓洁充气法。这是什么意思？"

向华："这种充气法是姜晓洁发明的。就是刚才那位姑娘，姜晓洁——”

有人去找姜晓洁。

常立夏（英语）：“在我们这里，无论哪个员工做了有价值的革新发明，都用他的名字来命名。”他指指充气包装机说，“这个发明，将工效提高了50%。”

姜晓洁来了。

摩尔问她：“姜小姐，你怎么发明的这个东西？”

常立夏凑到她跟前，小声说：“你用英语回答。”

姜晓洁：“不行，我说不好……”

常立夏：“说么，这是锻炼机会！”

姜晓洁鼓了鼓勇气，涨红了脸，指了指常立夏说（英语）：“他是我的英文老师，我学得不好……以前，因为这种塑料袋粘得太紧，很难扯开，打包时工作效率比较低。有一次，我看见小孩玩纸龙，就是在纸筒上画些图案，卷起来，通过一个竹管往纸筒里吹气，纸筒就随着气流一伸一缩的样子像条龙。我受到启发，就想了这个办法……”

姜晓洁说完后，科莱恩和几个美国人鼓掌。

向华：“过去她是个工人，现在当了车间的质检科长。她管的这个车间已经达到零废品率！”

摩尔同步给科莱恩等做了翻译。

科莱恩很有兴味地问姜晓洁：“你的理想是什么，可以告诉我吗？”

姜晓洁看了看凌云翔和向华，勇敢地说（英语）：“我想做高层管理人员。”

科莱恩、摩尔和考察团的随员们热情鼓掌。

22. 海尔冰箱厂　某车间会议室　春　日

中美双方人员相对而坐。中方：凌云翔、向华和担任翻译的常立夏；美方：科莱恩、助手摩尔女士等四个人。

凌云翔：“……我们的企业现在还很小，而AE是世界上最大的跨国企业之一。我想知道，你们究竟看中了我们什么？”

摩尔翻译后，科莱恩和她嘀咕了几句，摩尔对凌云翔说：“AE所要寻找的合作伙伴，并不在乎它的大小，而是看重它自身是否具备很强的发展能力。海尔集团现在的确还不算大，但是第一，你们的管理严格，干部素质也不错。我们是通过你们企业的终端看到这一点的；第二，你们的企业富有活力，因此保持了很高的发展速度。一个企业做到这两点，绝非一日之功。所以，我们认为你和你的企业是可以信赖，可以合作的。”

向华看了看凌云翔。

科莱恩（英语）：“凌先生，我邀请你去美国访问我们的公司，希望我们的合作协议在纽约签订。”

23. 美国纽约　曼哈顿　直升机上　春　日

凌云翔、向华和常立夏在摩尔陪同下乘直升机飞往AE总部。

直升机从林立的曼哈顿摩天大楼中间飞过。

直升机降落在AE总部大楼楼顶的停机坪上，两个迎接的人跑过去打开机舱门，凌云翔、向华、常立夏和摩尔从飞机上下来。

24. 美国纽约　AE公司总部　春　日

凌云翔、向华和常立夏面对科莱恩、摩尔和他们的一个助理。

谈判时由摩尔和常立夏为双方担任翻译。

常立夏拿着一张纸说（英语）：“……我们的条件是：第一，AE提供15亿人民币资金，用于海尔工业园的建设，并保证提供海尔在今后若干年中所需的发展资金；第二，在未来的合资公司中，海尔与AE各占50%的股份，合资企业的所有重大决策由双方平等协商；第三，保留海尔品牌，保留海尔自主发展的经营权。”

摩尔和科莱恩小声议论了一会儿说：“……科莱恩先生对你们的合作条件提出两点修正：第一，合资公司中AE必须占大股；第二，今后你们只做冰箱这一种产品，把它做到最好。其他产品，我们另有安排。至于海尔的牌子，可以保留。”

凌云翔：“如果把AE占大股作为合作的先决条件，我们是不能接受的。你说海尔的品牌可以保留，请问，允许保留多长时间？几年？几个月？还是几天？因为你们占大股，你们如果想改变牌子，只是一句话的事。另外，如果锁定海尔只能做冰箱这一种产品，我们就没有自己的发展空间了，这不符合我们多元化的发展思路。”

科莱恩听了摩尔翻译后，小声交代了几句，摩尔说：“我们可以只占51%，你占49%，你们会有丰厚的利润。”

凌云翔不语。

向华说：“51%也是大股，决策权在你们手里，而我们要的是发展自己的权力。”

科莱恩听了摩尔翻译后（英语）：“我知道，你们的工业园目前需要15亿人民币。而对我们来说，不要说15亿人民币，就是15亿美元，也是九牛一毛。一旦与我们合作，你们就不用再跑来跑去了。不仅这一回，今后也不用担心钱、技术和任何东西，我这里有你所需要的一切。”

摩尔逐段翻译科莱恩的讲话。

凌云翔站起来说：“我承认，目前我在资金上有困难，否则不会来你这里。但我是来谈合作的，不是来乞讨的。不能因为你们的企业大，就想占大股来压我们。”

25．纽约　曼哈顿　春　夜

摩天大楼夹缝中的第五大道，灯火璀璨，车流如梭……

26．纽约　某五星级宾馆　咖啡厅　春　夜

科莱恩和摩尔请凌云翔、向华和常立夏喝咖啡。

摩尔对凌云翔说：“……如果你接受我们的条件，我们将不派一个人去海尔，合资的海尔公司完全由你领导，甚至财务也由你掌控。对于AE公司来说，这样的合作条件是没有先例的，这是因为我们相

信你，另外，给你的薪水，可能是你料想不到的。你个人还可以拥有百分之零点五的股份。我们相信用不了多久，你管理的企业就会成为中国第一……”

凌云翔笑了：“这我不怀疑，但是……”

摩尔微笑着用手势制止了凌云翔：“至于你个人，我们保证，你将会成为中国最成功、最富有的企业家。具体地说，我们付给你的年薪将不少于七位数字，如果你不满意，还可以商量。”

科莱恩观察凌云翔的反应——

凌云翔不动声色。

摩尔：“我们的专家对海尔的财务前景做了预测，因为要支付建设工业园的投资和偿还贷款利息，三个月后，你们的企业就会出现赤字；七个月后，将资不抵债……由于你们的政府不会为一个集体所有制企业承担任何经济风险，九个月后，你的企业将面临破产。那时候，你的数千名员工将失业，你苦心经营的企业、品牌都将毁于一旦。”

凌云翔看了看向华，想说什么。

科莱恩（英语）：“请不要匆忙地作决定，好好想一想我的建议，好吗？”

27. 纽约　某五星级宾馆　凌云翔房间及阳台　春　夜

敲门声。

凌云翔：“请进。”

向华进来。

凌云翔继续与摩尔通电话：“……没必要再谈了吧，我觉得，我们之间缺乏合作的基础……”

摩尔的声音：“凌先生，这是你最后的决定吗？”

凌云翔：“是的。”

摩尔停顿了一会儿说：“好吧，我会转告科莱恩先生。再见。”

凌云翔：“再见。”

凌云翔放下话筒。

向华："摩尔来了？"

凌云翔点点头，向阳台走去。

向华跟着走到阳台上，站在凌云翔旁边，俯瞰街上的车流。

向华："小常对谈判有些意见。"

凌云翔："什么？"

向华："他认为咱们提出的要求太多了，海尔与AE实力悬殊，不可能与人家平起平坐……"

远处，几束烟花在夜空中绽开。

向华和凌云翔抬头望去——

向华："今天，好像是美国的什么节日。"

凌云翔遥望着烟花沉思。

向华看着凌云翔，犹豫了一阵，说："……我知道，我经常跟不上你的思路……但这些年共事的经验告诉我，你做出的每一个决策，都是经过深思熟虑的，一般不会错。就是凭着对你的这份信任，在买地、建工业园这件事上，我没有坚持自己的意见……可是，事到如今，咱们七八年积累的一亿两千多万元全部填进去了，工业园连一堵墙还没垒起来……那像个无底洞，恐怕把海尔全塞进去都填不满！你知道下面怎么说的吗？说我们是败家子！"

凌云翔听了心头一震，但很快又恢复了平静。

向华看了看他，试探性地说："……跟AE合了吧，合了，建工业园的资金就解决了，加上国家对合资企业的优惠政策，不但企业能保住，几千名员工的生存问题也不用咱们操心了。"

凌云翔望着远处夜空的烟花沉默了一会儿，说："1985年，我们去德国引进蓝波公司的那条生产线，因为钱不够，把机械化程度高的零部件全砍掉了。签合同的那天晚上，也是满天的烟花。蓝波公司总裁助理对我说：你们中国工业虽然落后，但烟花是世界一流的。还说，我们五十年以后才能赶上他们……当时，我心里有一种流血的感觉……都快21世纪了，如果能拿得出手的还只有老祖宗的四大发明，我们这个民族就真没有希望了……那天，我暗暗地发誓，一定要把我们的产品打进西方发达国家的市场，让中国人在世界上真正抬起头来……”

高空一声巨响，一颗硕大的烟花在空中绽开，映红了天际。

向华望着烟花，被凌云翔的话深深感染了。

凌云翔看了看向华：“跟 AE 一合，眼前的困难是都解决了。可那样一来，海尔就成了 AE 的中国加工厂，海尔这块中国人的品牌，就从地球上永远地消失了！”

烟花映红了天际……

28. 纽约　某五星级宾馆　大门口　春　日

两个服务生提着凌云翔等人的行李箱从酒店出来，装上一辆豪华轿车的后厢。科莱恩和摩尔陪着凌云翔、向华和常立夏步出旋转门。

摩尔：“……因为没有能够与你们合作，科莱恩先生非常遗憾。但是，他让我转告你，凌先生，AE 进军中国市场的决心是不会改变的。你不跟我合作。我会另外找一个中国伙伴；即使找不到一家理想的中国企业，我们也会独资挺进中国市场。那时候，AE 瞄准的第一个对手，就是你——凌先生。”

凌云翔笑了笑。

科莱恩微笑着说（英语）：“你难道不感到害怕吗？”

听完常立夏翻译，凌云翔想了想，沉着地说：“我想引用你们罗斯福总统的话来回答你：‘我们从来没有像现在这样清醒，我们现在唯一的感到害怕的，就是我们自己。’”

摩尔翻译后，科莱恩怔怔地望了一会儿眼前这位顽强的对手，然后伸出手说（英语）：“OK，上帝保佑你！”

凌云翔与科莱恩握手：“再见。”

司机拉开后车门，向华、凌云翔和常立夏上车。

站在酒店门口的科莱恩望着离去的轿车，自言自语地说（英语）：“这个中国人，他究竟想要什么？”

29. 大型客机　春　日

一架大型客机起飞。

飞机在蓝天上翱翔。

向华临窗眺望；

凌云翔低头读书；

常立夏靠在椅背上闭目休息。

30. 女工宿舍　春　傍晚

姜晓洁走进宿舍，从门下面捡起一封信，撕开。

她坐在床上看信。

她身后挂着她站在用她的名字命名的充气包装机前的放大照片。

常立夏的声音："晓洁，你好！我真不知道怎么开口说这件事……昨天，我深圳的那位同学又来了，他说，深圳那家合资公司的美国老板看了我的材料，同意聘我担任他们的销售部经理，年薪30万元……"

31. 青岛市　海滨　春　夜

姜晓洁在海滩上散步。

常立夏的声音继续着："……这件事本来应该先跟你商量。但是，你说过你不会离开海尔，而我又不愿失去这个机会，所以，我就答应了……凌厂长是个好人，他给过我很多关心和帮助。但是，他骨子里有种不切实际的浪漫情怀，什么为国争光啊，搞民族品牌呀，等等，这么沉重的使命，一个集体企业怎么担当得起？"

姜晓洁坐在一块礁石上。

常立夏的声音继续着："晓洁，人生就短短的几十年，我们不能把自己的青春押在一个没有前途的企业上。把自己的一生都耽误了……"

常立夏走过来，站在她的身旁。

常立夏："晓洁，跟我走吧，到一个有希望的地方去！"

姜晓洁沉默着。

常立夏："晓洁！咱们都不是小孩子了，别在这件事上赌气好不好？"他搂住她的肩膀。

姜晓洁一甩肩膀站起来，向岸上走去。

常立夏："晓洁！"

姜晓洁回过头眼泪汪汪地说："我一直以为自己很了解你……现在才明白……咱们想的根本不一样……"

姜晓洁走了。

常立夏木然地站在沙滩上。

32．海尔冰箱厂　凌云翔办公室　春　日

常立夏从椅子上站起来说："……我觉得，自己的肩膀担不起那么重的道义……我不想跟你一样，做悲剧英雄。"

凌云翔："你为什么认定我的结局是悲剧？没错，现在海尔的处境是很困难。但是，路都是人走出来的，我不相信没有解决的办法……"

凌云翔抬眼看着挂在墙上的一幅字画，凝目沉思。

常立夏的目光也随着凌云翔转到那幅字画上，那上面题着一句诗——

"宠辱不惊任庭前花开花落　去留无意望天空云卷云舒"

凌云翔："你知道我喜欢老子，也喜欢孙子。老子讲清静无为，孙子讲功利主义。这两种东西似乎是风马牛不相及，我一直以为只有我一个人喜欢这两种看来很矛盾的东西。后来，读了韩国三星公司总裁李炳哲先生的传记，发现他的想法和我一样。他死的时候，手里攥着一张两指宽的字条，上面写着六个汉字——空手来，空手去。他明明知道最终要空手去，挣的那些钱花不完也带不走，为什么还要拼命干，而且干了那么大一番事业？他究竟要什么？也许我跟他一样，只是为了一个梦想……"

常立夏："我们这一代人跟你不一样，我们很实际……"

凌云翔笑着说："不，你也有你的梦想，只是追求不同罢了。离开海尔，你也许能找到一份理想的工作；但是，有一样东西，恐怕你再也找不到了。"

常立夏："什么？"

凌云翔："一个优秀女孩的爱情！我相信，将来你会后悔的。"

33．海尔冰箱厂　厂部办公楼外　春　日

常立夏从大楼里出来。

站在大楼门侧等他的姜晓洁喊了一声："立夏！"

常立夏回头看了一眼，朝门口走去。

姜晓洁追到厂门口："立夏！"

常立夏站住了，但没有回头。

姜晓洁走到他跟前深情地说："你真要走？"

常立夏怔怔地望着她，他的情感与理智猛烈冲撞着。他虽然深爱着眼前这个纯净的女孩，但为了自己的前程，必须斩断跟她的关系……

常立夏淡淡地说了一声"再见"转身走了，走得那样义无反顾。

凌云翔站在办公室窗口望着——

常立夏在路边拦了一辆出租车上去，出租车开走了。

姜晓洁孤零零地站在厂门口……

34．青岛市　东海路　春　傍晚

凌云翔开着车沉思着，忽然他看见——

姜晓洁骑着自行车在路边行驶。

凌云翔超过姜晓洁，把车停在路边，出来，站在人行道上等她。

沉浸在忧伤情绪中的姜晓洁蹬着自行车径直走着。

凌云翔叫住她："姜晓洁！"

姜晓洁猛然回头："凌厂长！"她跳下车。

凌云翔："你去哪儿？"

姜晓洁："上夜大。"

凌云翔："快毕业了吧？"

姜晓洁："嗯。不知怎么搞的，越学越觉得自己懂得少……过几天，我想再报考一个北京经济管理学院函授班。"

凌云翔："那好啊！趁着年轻，多学点东西。……最近销售部要招聘一个副部长，你想不想竞聘！"

姜晓洁："我，不行吧……"

凌云翔："你不是想做高层管理人员吗？这是个机会。去试试吧！"

姜晓洁点点头："哎，我去试试。"

凌云翔走了几步，回过头说："我相信，一个自尊、自强的女孩子，一定能获得理想的爱情！"

凌云翔开车走了。

姜晓洁久久地站在那里，她被凌云翔真诚的鼓励深深地感动着……

35. 海尔工业园工地　冬雪　傍晚

雪花飘飞，枯枝在寒风中瑟缩。

字幕：1993 年 1 月

工地上的打夯机、推土机上覆盖了一层白雪。

凌云翔蹲在一个土堆上望着远处几十个正在劳动的工人，听着单调的打夯机声，感到些许的凄凉。

李大茂从工地那头走了过来："凌厂长，马上过春节了，工人们都嚷嚷着回家呢。"

凌云翔："不行，春节期间不能停工！叫大家辛苦点，在工地上过年，我们发双倍工资。"

李大茂："双倍？恐怕不好。工头说了，最少这个数。"他伸出四个手指。

凌云翔："四十块钱？"

李大茂："是四倍，平常工资的四倍！"

凌云翔咬了咬牙："四倍就四倍！只要……"

李大茂："可财务科长说，账上没多少钱了。年后要进的那五十吨钢筋，还没钱支付呢……"

凌云翔双手托住头，半天不说话……

36．凌云翔与父母家　院子和堂屋　冬夜

桑塔纳轿车停在路边。

凌云翔锁上车门，拾级而上。

凌云翔推开屋门，又轻轻关上。

堂屋的灯亮了，母亲站在里屋门口……

母亲从蜂窝煤炉上的大钢精锅里端出热腾腾的饭菜，放在桌上。

余岫披着棉衣从卧室出来，给脸盆里兑了些热水。

凌云翔洗洗手，坐下。

父亲也出来了，坐在餐桌旁。

凌云翔端起饭碗看了看，又放在桌上。

母亲坐在餐桌一边的板凳上，看着儿子。

余岫靠在门框上默默地望着丈夫。

父亲拍了拍儿子的肩膀说："没有过不去的火焰山！"

凌云翔心头一热，看了父亲一眼，端起了碗……

37．海尔工业园工地　工棚内外　冬雪　傍晚

凌云翔开着桑塔纳轿车来到工地。

桑塔纳停在工棚门口。

凌云翔、余岫和儿子凌力从车上下来。

这时，李大茂与几个工人涌出工棚。

李大茂惊喜地说："凌厂长！"

工人们高兴地喊着："凌厂长来了，凌厂长给咱们拜年来了……"

又有几个工人从工棚里跑出来。

凌云翔打开轿车后盖……

后箱里装满了猪肉、面粉和青菜，还有几包花生和瓜子。

工人们一哄而上，将后箱里的东西搬进工棚。

工棚内。

向华正在案板上揉面，她的丈夫老杨和几个工人在剁肉馅。

向华抬头看了看进来的凌云翔和余岫。

凌云翔同向华和老杨打招呼："你们来了？"

老杨笑着说："是啊，向华一大早就拉我去办年货。你看，贴上钱，还得给你们当厨子……"

向华："谁叫你是海尔家属来！"

大家哈哈笑起来。

向华："余岫，来，帮我和面。"

余岫挽起袖子："我洗洗手。"

向华搓了搓手上的白面，给凌云翔打了个手势。

凌云翔跟着向华来到工棚外面。

向华："听说中央给青岛的国企拨了几个亿，过了年就分。咱们应该去要一点儿。"

凌云翔："人家是给国营企业的，咱们……不行。"

向华："试试嘛，不赶快弄些钱来，这儿怎么办？"

工棚里有人喊叫："向厂长，快来擀皮呀！"

向华应了一声进去了。

凌云翔走到标牌跟前看了看——

几经风吹日晒的工业园示意图已经破损，撕破的一角在夜风中颤抖。

工棚内传出一阵欢声笑语，向华的声音特别突出。

凌云翔向工棚里望着——

李大茂端着两盘热气腾腾的饺子边走边喊："哎——饺子来了！"

凌力在工棚门口点燃了烟花："爸，快看——"

电视里春节晚会的歌声与工棚里人们的谈笑声混成一曲欢乐的交响。

而凌云翔感受的却是另一种旋律：孤独而无助，甚至有几许凄凉……

38．青岛市政府　大会议室内外　冬　日

会议室坐了百余人。

赵迪之、孟启虞坐在主席台上。

五大银行的行长坐在前排。

经委副主任孟启虞："……为了解决国营企业的暂时困难，国家给我市拨了两个亿的专项资金。市委、市政府决定贷给你们。听说对贷款利息有些不同意见，在座的都是银行行长和国企老总，大家三头对六面，把问题摊在桌上。谁先说？"

在孟启虞讲话的过程中，向华悄悄地进来，找了个偏僻的角落坐下。

会场沉默了一会儿。

老总甲站起来："市委决定给我们贷款，首先要表示感谢。不过七厘的利息，我们实在背不起……"

会议工作人员把无线话筒及时地递给讲话的人。

老总乙："是啊，我们厂光离退休干部就二百多人，去年一年的医药费就一百多万，包袱太重了。政府在贷款的利息上能不能给点优惠？"

老总丙："我看哪，最好把有息贷款改为无息。"

向华听着国企老总们的话，越听越生气，终于按捺不住，站起来大声说："我说两句。"

所有的目光都转向向华。

孟启虞诧异地望着她。

赵迪之悄悄问孟启虞："她是谁？"

孟启虞："海尔冰箱厂的工程师兼副厂长，叫向华。"

向华："我是海尔冰箱厂的……"

工作人员把无线话筒递给她。

向华表示不用。

一阵议论声："咱们都是国企，海尔来干什么？"

向华提高了嗓门："……在座的都是国企老总，国企是国民经济的支柱，但集体所有制企业也是社会主义的，对不对？同样是社会主义企业，我们是要贷款要不着，你们是给贷款嫌利息高。这么多年了，我们海尔不但没白拿过国家一分钱，而且每年上交的利税一点儿不比在座的企业少！现在我们有困难，急需用钱，在座的银行行长们可以作证。赵市长、经委孟主任、各位行长，我代表海尔冰箱厂全体员工，请求你们给我们一点点支持，让我们把工业园建起来。到时候，我们每年上交的利税会比现在翻几番。只要贷款给我们，利息高一点也行。我求你们了！"

向华朝主席台深深地鞠了一个躬。

赵迪之看着向华，百感交集。

赵迪之走过去，把向华带到会议室门口说："向华同志，你刚才的一番话，我很受震动，也很受启发。但我不能包办银行的事。今天的会是专题研究国企问题的，你先回去，你们的事我回去就向市委汇报。你看行吗？"

向华的眼泪终于憋不住了，她含着泪水点了点头，转身走了。

赵迪之目送着她——

向华沿楼道走了一段，消失在拐弯处。

赵迪之回到会议室，显得有点激动："诸位听了向华同志那番话，有什么感想？海尔的情况大家都是知道的，看看人家的精气神儿，我们应该感到羞愧！一个企业如果没有这种精神，给再多的钱，也是白扔！"

39．青岛市政府大楼外　停车场　冬　日

坐在奥迪轿车里的凌云翔焦急地注视着大楼方向——

向华从通往大楼的斜坡上走了下来。

凌云翔站到车外面等她。

向华气呼呼地走过来，头也不抬，拉开轿车后门坐进去。

凌云翔一看就明白了八九，他什么也不问，开起车穿过市政府前广场，上了大街。

40．青岛市　东海路　冬　日

凌云翔驾着车在街上行驶。

向华坐在后面吸了几下鼻涕。

凌云翔通过后视镜看见——

向华在偷偷地擦眼泪。

凌云翔凝视着前方……

透过挡风玻璃看见东海路上行人和车辆稀少，显得十分冷清。

奥迪车在弯曲的东海路上行驶。

41．海尔冰箱厂　凌云翔办公室　冬　日

电话铃响。

凌云翔拿起话筒："喂……我是。哦，赵市长！"

42．青岛市政府　赵迪之办公室　冬　日

赵迪之看看向华说："怎么样，向华同志，前天，你回去又流了不少眼泪吧？"

向华笑笑说："没有。我不怕硬碰硬，就怕人安慰，一听见软话就忍不住……"

赵迪之："谁给你说软话了？"

向华："您呀，您把我送到门口的时候……"

赵迪之："啊，那是你把我感动的！不光是我，昨天开常委会，我一说，大家也都被感动了。常委们认真研究了你们的情况，认为

海尔目前正处在一个关键的发展时期，政府应该给以帮助和支持。正好，最近中央加大了金融改革力度，决定扩大股票发行，国家证监会给青岛下达了5000万股股票的指标。市委、市政府决定，把这些指标全给你们……”

凌云翔和向华高兴地说：“真的？”

赵迪之：“但能不能上市，还得等国家证监会对你们的业绩考察之后才能定。下月初，他们就派人来青岛。如果考察顺利通过，你们的股票年底就能在上海上市。如果开盘价能站在10元以上，你们就能从股民手里拿到两三个亿，甚至更多一些。把这些钱放到银行里去，以一贷三，搞工业园的十几亿资金不就解决了？”

凌云翔和向华激动得连连点头。

43．青岛市委　赵迪之办公室　秋　日

电视荧屏上播放电视台制作的专题节目：

证交所电子大屏幕上的数据不断翻动着。

电子屏幕上出现“青岛海尔”字样，跳出7.25元的股价，数字接着滚动……股价一路攀升，最后停在12.79元。

新落成的海尔集团总部大楼，如巨人般高耸入云。从楼上垂下来两条巨幅标语：“敬业报国，追求卓越”“迅速反应，马上行动”。

文化广场上，千余海尔员工热烈鼓掌。

庆贺海尔集团挂牌和海尔工业园竣工仪式在这里举行。

赵迪之和凌云翔为海尔工业园落成剪彩。

大红绸从“海尔集团”和“海尔工业园”标牌上揭下来。

经贸委代主任、孟启虞等人出席。

向华、李大茂等七八位海尔集团的高层领导人站在前面。

姜晓洁等中层干部与千余海尔员工热烈鼓掌。

赵迪之坐在沙发上看电视。

数十辆海尔物流的货柜车在高速公路上奔驰。

海尔兼并山东莱阳、安徽合肥、广东顺德、贵州、武汉等省市十

余家家电企业换牌剪彩仪式，凌云翔、向华等出席并剪彩。

满载着冰箱、空调、彩电等家电产品的海尔物流货柜车在公路上奔驰。

凌云翔由美国教授陪同，乘坐一辆高级轿车驶入哈佛大学工商管理学院。

凌云翔在哈佛大学工商管理学院讲堂演讲……

赵迪之聚精会神地看着电视。

解说词："……海尔冰箱的成功上市，使海尔走出了经济困境。1995 年 5 月，海尔工业园竣工投产。海尔集团总裁凌云翔提出第二次创业的战略目标，在一年多时间里，海尔集团用低成本扩张的方式，兼并了全国各地十八家企业，从白色家电、黑色家电扩展到信息家电领域，在多元化经营与规模方面进入了一个更加广阔的发展空间。海尔集团用企业文化激活红星洗衣机厂这条'休克鱼'的经验，被美国哈佛大学工商管理学院作为成功的案例收入教材，凌云翔也因此成为登上哈佛讲坛的第一位中国企业家……"

赵迪之用遥控器把电视声音关小，对秘书说："小桑，请凌云翔同志下午三点钟来一下。"

44．中共青岛市委　赵迪之办公室　秋　日

秘书小桑把茶杯放在凌云翔面前的茶几上。

字幕：1996 年　秋

赵迪之："我知道你很忙，咱们就直奔主题吧！省委和市委对你这几年的工作很满意，打算提拔你担任青岛市副市长，我先给你透点风……"

凌云翔一怔。

赵迪之："没有想到吧？据我所知，省委让你当副市长，只是个过渡性的台阶，恐怕要不了多久，你就得接我的班了……"

凌云翔："赵书记，我……干不了。"

赵迪之："不要谦虚么，这种事情不能谦虚。"

凌云翔："不是谦虚……我不是当官的料……"

赵迪之笑着问："当官的得是什么料啊？"

凌云翔笑笑说："都说当官要有三个子：嘴头子、笔杆子、心眼子，这三样我都不行……"

赵迪之也笑了："我看你能说会道，文章也写得不错，嘴头子、笔杆子都有。至于心眼子，你更是一点都不少，不然，海尔怎么会有今天的局面？"

凌云翔："不行，赵书记，我不能离开海尔，我……"

赵迪之："云翔同志，你不要光考虑你那个海尔么，要考虑青岛市经济发展的大局。这是党对你的信任。"

凌云翔温和而坚决地说："赵书记，我觉得，咱们国家现在最缺的不是副市长，而是能独当一面的企业管理干部，所以……"

赵迪之："你这个同志啊，副市长这个位子，许多人都在争。你倒好，乌纱帽送到手上硬是不戴……"

凌云翔笑笑说："我是不愿意失去一种乐趣。"

赵迪之："什么乐趣？"

凌云翔："由自己画一个蓝图，把它变成现实的乐趣！"

45. 青岛市　街道　秋　日

进行的奥迪轿车上。

凌云翔边开车边说："小力，Economy 是什么意思？"

坐在副驾驶位上的凌力（16 岁）只管猫着腰穿鞋。

凌云翔："哎，爸爸问你呢！"

凌力："什么？"

凌云翔："Economy……"

凌力："又考英文！"

凌云翔："Economy？"

凌力："经济。这谁不知道！"

凌云翔："Economic penetration（经济渗透）？"

凌力：“什么？”

凌云翔：“Economic penetration。”

凌力想了半天，摇摇头：“不知道。”他把穿着新耐克鞋的脚踩在挡风玻璃上，“爸，你看，外国的东西多好！”

凌云翔斜了一眼：“Economic penetration。”

凌力不解地望着爸爸。

余岫从后排探过头来说：“四百块钱呢！这孩子，从小就崇洋媚外！”

凌力：“我们同学都穿这种鞋！”

一幅幅巨大的外国商品广告牌从车窗外掠过：日本的松下电器，德国的大众汽车，西门子手机，美国的可口可乐……

凌云翔开着车，若有所思。

凌云翔的画外音：“我们一直高喊着走向世界，没想到世界已经向我们走来了……”（声音延续到下一场）

46. 海尔大学　凌云翔书房　秋　日

桌上摞着几本有关管理学的书。

凌云翔在写日记，他的声音继续：“……飘柔、耐克、松下电器、可口可乐、皮尔卡丹、蓝带等洋名牌，已经潜移默化地渗透到中国人的衣食住行。而许多曾经名噪一时的中国品牌，却销声匿迹，成了明日黄花！国门既然已经打开，就不可能再关闭。优胜劣汰是市场竞争的永恒法则，只有发展自己，才能更好地保护自己……”

一组叠印镜头：

三面墙的书橱里，整齐地排列着中外文书籍，《论语》《老子》《孙子》等古籍穿插其中，还有《戴高乐传》等西方人物传记。

另一面墙的书柜里，摆满了中外企业管理书籍，整套《松下管理丛书》十分抢眼。

桌前的墙上，挂着林则徐诗句的手书条幅——“海到无边天作岸，山登绝顶我为峰”。

47. 海尔集团总部大楼　电子会议室　秋　日

屏幕上是世界十大经济区的地图。上面用不同颜色标志着：中欧自由贸易协定国，海湾合作委员会，南部非洲发展共同体，经济共同体，中美洲共同市场，三国集团，南方共同体，北美自由贸易区，东南亚联盟，安第斯集团。各经济区铺满了代表各大国际公司的标记。

凌云翔正站在讲坛上，给中层干部讲话。

凌云翔：“……过去，世界版图是靠战争划分的。到了今天的新经济时代，世界版图不再是靠战争，而是靠各个民族工业品牌的多少来划分。”他用电子指示灯点着屏幕，“你们看，世界十大经济区现在已经被各个国际大公司抢占了……”

凌云翔又揿了一下幻灯机控制键，一张中国地图上标满了外国公司的标志，海尔的标志几乎被淹没在洋品牌的海洋中。

凌云翔：“许多世界名牌已经进入了中国市场。请大家找一找，我们的海尔在哪里。”

凌云翔用电子指示灯点了点中国地图一个小角上的海尔企业标志：“……在这儿。海尔是中国家电第一，可是，把它往世界范围内一摆，就显得太渺小了！国门之内无名牌！不推进国际化战略，不进入全球十大经济区，在国际竞争中就没有立足之地。我们现在打的是一场商战，虽然没有炮火硝烟，但它的残酷性绝不亚于一场战争！我们要迅速培养起一支年轻的海外营销队伍，把海尔品牌打出去，跟德国造、日本造、美国造一比高低！”

在凌云翔的讲话声中叠印以下画面：

一批批新招的大学生穿上了海尔工作服；

年轻的海尔人参观海尔荣誉室和展品室；

年轻的海尔人在车间里接受技术培训；

在师傅带领下给用户安装空调……

48. 海尔工业园　海尔大学阶梯教室　秋　日

字幕：半年以后

几十名经过选拔的年轻海外营销人员坐在教室里。

姜晓洁等海外推进本部干部坐在第一排座位上。

向华："……由于欧洲客户对产品的要求最苛刻，我们决定把海外销售的主攻方向定在欧洲市场。这叫先难后易，是凌总为海外推进本部制定的策略。而在欧洲的国家中，法国市场又是最难打进去的，所以，我们把法国作为突破口。"

向华："杨阳！"

杨阳从座位上站起来："到！"

向华："决定派你去法国，你可以挑选一个助手。你们今年的销售任务是三千万美元。"

杨阳："天哪！三千万美元？三八二十四，两亿五千多万人民币！"

向华："我认识一个法国人，只卖一种维生素片，一年赚了五千万美元。海尔有这么好的产品，你三千万都赚不到？"

杨阳："我们刚刚跨出大学校门，派我们这些新手去开辟海外市场，您不担心吗？"

向华笑笑："你别忘了，海尔集团已经对你们进行了六个月的培训和考察。"

杨阳自信地笑了笑说："我们不会让海尔失望的！"

49. 海尔集团　某员工俱乐部　秋　夜

一块点燃蜡烛的生日蛋糕上，彩色奶油写着六个字：精彩属于杨阳。

姜晓洁、杨阳和海外推进本部的几十位年轻人用英文唱生日祝福歌。

烛光照着杨阳幸福的脸庞。

歌曲唱完以后，杨阳吹灭 25 根红蜡烛。

大学生们欢呼、鼓掌。

凌云翔和向华来了："对不起，对不起，我们来晚了！"

大学生们迎过去抢着与凌云翔和向华握手。凌云翔："今天谁是小寿星？"

许多人一指："她！"

凌云翔和向华与杨阳握手："祝贺你，生日快乐！"

杨阳："谢谢，谢谢！"

姜晓洁："来，大家吃蛋糕了！"

大学生们以凌云翔和向华为核心形成一个圈，有的坐在沙发上，有的坐在地毯上，各自吃着放在纸盘里的蛋糕。

杨阳："凌总，听说海尔用人是'赛马不相马'，您能给我们讲讲是怎么个赛法吗？"

凌云翔："'伯乐相马'，是封建的用人观念。芸芸众生的命运掌握在伯乐手里，伯乐要是看走了眼呢，人才就被埋没了。伯乐可是经常会看走眼的！"凌云翔和大家笑起来，"我是从工人、班组长、车间主任这么一步步走过来的，算起来，被人管理的时间比管理人的时间长，所以特别能理解被管理者的心情。他们最需要什么？公平。我的成绩你不要抹杀，我的能力你要承认。所以，海尔就建立了一个赛马机制，把集团的每一个职务、每个工位、每个项目，都当作赛场，比赛标准公开，比赛场地公开，每个员工都有资格进场，公平竞赛。能不能跑在前面，就看你自己的本事了……"

向华："你们海外推进本部副部长，"她指指坐在旁边的姜晓洁，"就是从一个普通工人赛马赛出来的。"

大学生们看着姜晓洁："哇——噻！"

向华："你们是大学毕业生，条件比她那时候好。希望你们在海尔这个大赛场上，个个都能成为千里马！"

大学生们欢呼雀跃、热烈鼓掌。

50．法国　巴黎　香榭丽舍大街　秋　日

一辆小型卡车从凯旋门外驶来。

杨阳手扶一台海尔冰箱，站在小型卡车上。

51. 法国　巴黎　FM销售公司办公楼门口　秋　日

杨阳和汪明明将一台冰箱的包装箱打开，摆放在大门旁边。

FM公司上班的职员匆匆向大楼内走去，几乎没有人向他们看一眼。

一个中年职员走到杨阳他们跟前看了看，奇怪地问（法语）：“你们在干什么？”

汪明明（法语）：“推销我们的产品。”

中年职员（法语）：“你们是什么公司？”

杨阳（法语）：“中国海尔。”

杨阳说得很自信，可换来的是轻蔑的一笑，中年职员点着头走了。

杨阳转了个身，狠狠地踢了一脚冰箱旁边的包装箱。

汪明明忽然小声喊道：“来了！”

杨阳转过头去一看——

一辆豪华轿车驶过来，停在离门口最近的车位上，司机跑出来，为主人打开车门。

FM公司总裁让·列欧穆先生下车。

字幕：法国FM公司总裁让·列欧穆

杨阳镇静了一下，勇敢地迎上去。

杨阳走到列欧穆跟前，礼貌地说（英语）：“列欧穆先生！”

列欧穆一眼认出了杨阳（法语）：“啊，又是你，我不跟你谈，你太年轻……”他边说边走。

杨阳边倒退边对他说（英语）：“请您看看我们的产品。”

列欧穆向样品瞅了一眼，生气地说（英语）：“你闯了我的办公室，轰炸了我的电子信箱，今天又把产品摆在我的门口，难道你要强迫我买你们的产品吗？”

杨阳（英语）：“不，我没有。”

列欧穆（英语）：“小姑娘，你很勇敢，但是，你还不懂得怎样推销自己的产品。好了，让我来教你如何进入法国市场。”列欧穆耐着性子说，“首先，你得把自己的产品摆在法国的小商店去试销，然后逐渐进入中型商店和大型百货店。如果那几个地方都卖得不错，才可能进我的连锁店。我不会经销一个未经市场验证过的商品。”

列欧穆欲走，却被杨阳拦住。

杨阳（英语）：“列欧穆先生，我只是请你看看我们的产品。”

列欧穆（法语）：“把你的产品拉走，我不需要你的任何产品，永远不需要！”说完扬长而去。

杨阳被列欧穆激怒了，她大喊（英语）：“列欧穆先生！”

列欧穆站住，慢慢地转过身。

杨阳（英语）：“您让我非常失望。我不敢相信，我是在与法国著名连锁店的总裁谈话。我知道，在你们法国人眼里，中国货是劣质廉价品的代名词。可是，我要告诉您，中国海尔的产品质量，绝不比您现在经销的任何一种名牌产品差。我们之所以来找你，是因为FM有很好的商业信誉，代表欧洲先进的消费观念。本来，我认为以FM的营销眼光，一定会明白我们产品的价值。可是，我错了。您作为FM的总裁，竟连看一眼我们产品的兴趣都没有。这使我非常遗憾！”

列欧穆怔怔地听着。

杨阳欲走，又转回身（英语）：“列欧穆先生，您刚才说我们轰炸了您的电子信箱，不，我们不是轰炸，而是给你发去了介绍我们产品的文件。”

列欧穆（英语）：“介绍产品的文件？上千件吗？”

杨阳（英语）：“没有上千件，而是765件。介绍了我们765种产品，因为配有图片，可能占用空间多了点。”

列欧穆（英语）：“你是说，你们公司有765种产品？”

杨阳（英语）：“比这还要多。”

瞅着列欧穆那副惊奇的样子，杨阳觉得很可笑，但她却毫无表情地退了两步，转身走了。

列欧穆怔愣了一会儿，摇摇头，向大楼内走去。

杨阳和汪明明沮丧地将冰箱装进包装箱。

这时候，刚才出现的那个中年职员从大楼里走了出来（法语）：“嗨！”他身后跟着一个拉手推车的工人。

中年职员过来与杨阳和汪明明握手（法语）：“我叫瑞契特。我是FM采购部经理。列欧穆总裁让我把你们的样品留下，我们要测试一下。”

汪明明高兴地用中国话说：“太好了！”

52．法国　巴黎　FM公司总裁办公室　秋　日

列欧穆（英语）：“……说老实话，看了你们产品的检测结果，我很吃惊，我没有想到，中国大陆会有这么优良的产品。”他拿起几页文件说，“这六款新式冰箱，是我根据欧洲市场的需求，重新设计的。我曾经找过日本公司和德国公司。日本公司说他们不会为某一个地区生产产品，德国公司认为我这些想法太过时髦，他们说：‘我们要么不生产，要么就生产可以使用一百年的产品。’”

杨阳（英语）：“列欧穆先生，我昨天收到这六款冰箱的设计要求后，请示了我们的公司总部，我们可以接受您的这批订单，为您开发这六款新冰箱。请问，在时间方面，您有什么要求？”

列欧穆（英语）：“要快，越快越好！在欧洲，一般开发一个新产品需要两年。日本和韩国需要一年。我不知道你们需要多少时间？一年时间可以吗？应该不会比日本和韩国慢吧。”

杨阳（英语）：“不，我们只需要三个月。”

列欧穆吃惊地说（英语）：“三个月？我没有听错吧，九十天？”

杨阳肯定地说（英语）：“是的，九十天。列欧穆先生，今天可以签合同吗？”

列欧穆（英语）：“我们还等什么呢？”

53．海尔集团总部大楼　凌云翔办公室　秋　日

田益明坐在椅子上翻阅《委托产品设计合同》的一份打印的翻译

件和一份原件。

字幕：海尔集团模具开发公司总经理　田益明

杨阳坐在他旁边。

凌云翔："……欧洲客户一向比较挑剔，你能不能根据他们喜欢的不同风格，按欧洲最流行的款式，每一款都做四种样机，给他来个六大系列二十四款样机……不，二十四不好听，二十五款吧，把二十五款样机一下子推到他面前，叫他在里头挑……"

田益明皱了一下眉头："三个月，做这么多，有点像神话……我们现在还是手工制模……"

杨阳用胳膊肘顶了他一下："看看，你那儿写的什么——"

墙上贴着的蓝色标语："决不对市场说不！"

杨阳："你是写给别人看的？以最快的速度满足用户的个性化需要，是新经济时代市场的要求。你敢对市场说不？"

田益明无言以对。

凌云翔从公文包里拿出一份产品广告，递给田益明。

凌云翔："小田，你看，这是什么？"

田益明一看，两眼放光："激光制模机！我在一本科技杂志上见过。有了它，计算机设计的东西不管多复杂，都可以造出来。"

凌云翔："你想不想要？"

田益明被鼓动了，眼睛放着光芒，看着凌云翔："做梦都想！可是太贵了，现在咱们国家连一台都没有。"

凌云翔："我前些日子去美国的时候，给你买了一台，下月底到货。"

田益明激动地说："真的？！"

凌云翔："咱们要搞一个最先进的模具制作基地。"

田益明拿起桌上的《委托产品设计合同》说："这个，我干了！"

54．海尔模具公司门厅　秋　日

杨阳与列欧穆夫妇乘车来到海尔模具公司门口。

字幕：45 天以后。

列欧穆从车上下来（英语）：“哦，杨小姐，我和我的夫人是来中国度假，不是专门来检查产品进度的。离验收产品还有 45 天时间，我不想给他们造成压力。”

杨阳（英语）：“不会的，他们希望您来看看，有什么不满意，可以改进。”

田益明迎出来。

杨阳介绍：“田总，这位就是法国 FM 公司总裁列欧穆先生和他的夫人索菲女士。”

田益明（英语）：“欢迎！”

杨阳对列欧穆夫妇说（英语）：“这位是海尔模具公司的总经理田益明先生。”

列欧穆看看田益明，又看看杨阳（英语）：“为什么？”

杨阳和田益明一愣。

杨阳（英语）：“什么为什么？”

列欧穆指着杨阳和田益明（英语）：“为什么海尔的经理人都是这么年轻？”

列欧穆笑着拍了拍田益明的肩膀。

杨阳和田益明相视一笑，带领列欧穆夫妇走进车间。

55．海尔模具公司制模车间　秋　日

田益明领着列欧穆夫妇来到一大片冰箱模具跟前。

田益明（英语）：“列欧穆先生，这些冰箱都是为您设计的。”

列欧穆（英语）：“你说什么？”

杨阳（英语）：“这二十五款新型冰箱，基本是根据您要求的那六款变化而来的。”

列欧穆笑了，他不相信（英语）：“不，这些产品不可能都是我的，我只要了六款。”

田益明（英语）：“列欧穆先生，这的确是专门为您设计的，

您看……”

田益明指着墙上的“工作进程表”——上面中英文的标题写得很清楚《法国FM公司　冰箱模具设计》。

列欧穆惊奇地看着二十五款样机，走过去抚摸着。

列欧穆（英语）：“奇迹，我要六款样机，你们竟做出了二十五款。而且只用了四十五天！真是奇迹！”

田益明（英语）：“您可以在这二十五款样机里面，选出您喜欢的六款。”

列欧穆（英语）：“不，这些样机设计得都很好，这二十五款，我全部都要。”

田益明与在场的设计小组成员们高兴起来。

田益明（英语）：“请您仔细看看这些样品，有什么需要修改的地方，我们会满足您。”

列欧穆开始仔细地察看各台样机。

列欧穆（英语）：“这两台样品，把宽度再放大一点，另外再设计一台放酒的冰柜。怎么样？”

田益明（英语）：“没问题，我们一定尽快让您看到样机。”

列欧穆（英语）：“我明天一早就要回法国，这些小修改，不用再看样机了，我相信你们。”

56．海尔集团总部大楼内外　秋　晨（整场英语）

一辆奥迪豪华卧车开到大楼前停下。

车内。

列欧穆：“我们不是去机场吗？”

杨阳：“难道您不想再看看您的样品？田先生已经把修改过的样品陈列在大厅里了。”

列欧穆立刻下车，疾步向大厅走去，他要证实又一个惊喜。

列欧穆走进了大厅。

两台经过修改的冰箱和一台新型冰柜摆在大厅里。

杨阳扶着列欧穆夫人也跟了过来。

熬了通宵的田益明和三个年轻的模具精英，两眼血红地站在他们的作品面前，等待列欧穆的评判。

田益明："列欧穆先生，您提出修改的两台样机和一台冰柜，我们连夜做完了，请您在回国之前看一看，还有什么不满意的地方？"

列欧穆抚摸着几台样机，又看看站在面前的几个年轻人，感动得半天说不出话来。他激动地拥抱了田益明和他的三个助手。

杨阳看着他们，目光中流露着欣赏和感动。

列欧穆："海尔，太棒了，你们是我所见过的最优秀、最高效的人。你们让我想起了二十五年前的飞利浦。我为能经销你们的产品感到骄傲！"

杨阳偷偷往田益明衣袋里塞了件东西，带着列欧穆夫妇走了。

田益明从衣袋里掏出一个包装精美的盒子，打开一看——一个法国造的电动剃须刀。

几个伙伴围过来，田益明胡子拉碴的脸涨得通红，他向大厅门口望去——

杨阳回眸一笑。

田益明腼腆地低下头。

57. 法国　巴黎FM公司　总裁办公室　春　日

列欧穆坐在电脑前，给凌云翔写信。

列欧穆声音（英语）："尊敬的总裁先生，在我从事商品经销的四十年生涯中，这是第一次给一家供应商写感谢信。请接受我对您和您所管理的企业的诚挚的感谢和敬意……"

（列欧穆的声音渐渐变成田益明读信的声音……）

58. 德国　科隆　春　日

高耸的科隆大教堂。

字幕：1999年　春　德国　科隆

59．德国　科隆　“好汉之路”大桥桥头　春　日

中国国旗和海尔企业旗与通用、惠尔普、索尼、飞利浦、西门子等世界名牌的企业旗和他们所属国家的国旗在桥头旗杆上迎风招展。

凌云翔、向华、杨阳、田益明、汪明明等十几个海尔人阔步走在大桥上。

田益明手里拿着一张打印的信纸继续念列欧穆的信：“……我在与您年轻的部下的接触中，经常感受到他们给我的意外惊喜，这使我对您以及您的企业的信任和尊敬与日俱增。海尔人的精神令我钦佩，你们是不可战胜的。爱你们的让·列欧穆。”

杨阳激动得向桥头跑去。

凌云翔、向华和田益明等人笑望着。

60．德国　科隆　某五星级宾馆大会议厅　春　日

装潢现代的会议厅。红色丝绒铺就的主席台上挂着“中国海尔集团颁发产品专营证书新闻发布会”的横幅。

五六名德国乐手用铜管乐器演奏着一首中国乐曲。

几十名中外嘉宾分坐在六张摆好餐具的圆桌周围。

田益明、杨阳等十余名海尔工作人员站在台侧。

凌云翔和向华给八位欧洲营销商颁发产品专营证书。

专营商们高兴地举起专营证书向大家致意。

十几名中外记者在照相、录像。

凌云翔面对全场说（英语）：“女士们，先生们！今天到场的嘉宾中，有德国利勃公司总裁斯垂曼先生、副总裁海丝女士。海尔是从德国科隆起飞的，斯垂曼先生和海丝女士是我们的老师。在这里，我向他们表示真诚的感谢。”

斯垂曼和海丝深受感动。

斯垂曼从座位上站起来，在海丝陪同下，走到台前与凌云翔、向华握手表示祝贺。

斯垂曼（英语）：“说实话，我对海尔的发展估计不足。我原来以为，海尔赶上我们，至少得用五十年时间。

没想到，你们只用了十四年。我不得不承认，我们为欧洲和世界培养了一个可怕的竞争对手。”

全场热烈鼓掌。

田益明看见——

一个服务生把杨阳带到大厅门口，杨阳与一个站在那里等候的仪表堂堂的男人握了握手说着什么……

61．德国　科隆　莱茵河畔　春　黄昏

大教堂倒映在墨绿的莱茵河面上。

杨阳和田益明偎依在河畔栏杆上。

杨阳：“那是我一个同学的哥哥，在欧洲做生意发了财，入了法国籍。最近一直劝我留在欧洲，他说帮我办移民……”

田益明急切地说：“你同意了？”

杨阳看了看他：“我有病啊？我干吗离开海尔，到这儿来当二等公民？”

田益明紧紧地拥抱住她，两个人遥望夕阳涂金的科隆大教堂。

杨阳：“你看，多美呀！”

田益明：“世界上最高的教堂。从13世纪末到20世纪初，12代工匠用600多年时间建成的。‘二战’时期，整个科隆市都被盟军飞机炸毁了，只有这座教堂完好无损。”

杨阳回转身，俯瞰着墨绿的河水，深情地背诵起诗句：“……鱼说，你看不见我的泪，因为我在水里；水说，我能感觉到你的泪，因为，你在我心里……”

田益明：“你还是个诗人！！”

杨阳：“我要能写这么美的诗就好了。”

田益明：“谁写的？”

杨阳：“日本作家村上春树。我觉得，这几句诗特别能表达我的

感受——海尔是海，我们是海里的一条小鱼……”

62. 德国　科隆世界家电博览会外景　春　日

博览会会标：“1999年科隆世界家电博览会”（英文）

63. 德国　科隆世界家电博览会　海尔展区　春　日

两个德国姑娘扮演的机器人吸引了许多参观者。

美国AE公司副总裁科莱恩和高级助理摩尔一行四人在太空系列展台前参观展品。

64. 德国　科隆国际家电博览会　海尔展区洽谈室　春　日

凌云翔、向华、田益明、杨阳与美国AE公司副总裁科莱恩、高级助理摩尔等在一种貌似和谐的气氛中谈判。

摩尔用汉语说：“我们这次来，是想与你们商谈一种新的合作方式。”她看一眼科莱恩……

科莱恩说（英语）：“你告诉他们吧。”

摩尔：“AE公司希望经销海尔集团的电视机、冰箱、冰柜和洗衣机等家电产品，最好是买断你们四条生产线，AE公司将用它庞大的销售网络把这些产品在北美洲销售。”

摩尔从文件夹里抽出一张单子给向华。

向华看了看，递给凌云翔。

向华：“你们准备出什么价钱？”

摩尔又拿出几份合同递过去。

摩尔：“请看，这是几家中国公司与我们签订的电视机包销合同复印件，上面有价格。”

凌云翔和向华翻看合同书复印件——上面中国公司的名称都被覆盖了。

向华在一张字条上写下两个字：“假的！”

凌云翔看了一眼，不动声色。

向华对科莱恩说："科莱恩先生，我们的大部分产品，都达到了美国两年以后的能耗标准，这是一；第二，冰箱、冰柜的制冷性能比你们强。你们想用这么低的价格买我们的优质产品，你觉得公平吗？"

摩尔翻译给科莱恩。

科莱恩听完笑了笑。

凌云翔（英语）："这个价格很有诱惑力，如果可以的话，我想以同样的价格采购你们的产品，有多少，我买多少。怎么样？"

科莱恩笑了笑说（英语）："价格是低了点，但做生意么，总会有得有失。你们在美国没有销售网络，我可以帮你们大批地销售产品，而且支付的是美元。你们有了外汇，就可以更好地发展了，不是吗？"

凌云翔（英语）："请问，你们销售我们的产品，打谁的品牌？"

摩尔（英语）："当然是我们的品牌。你们的品牌美国人不知道，没有市场。"

凌云翔（英语）："那我们不就成了 AE 的廉价产品加工厂了？还谈什么发展！"

凌云翔又逼进一步（英语）："再请问，科莱恩先生，海尔产品低于成本价卖给你，你打着 AE 牌子在美国销售，将来有人反倾销，是告 AE 还是告海尔？"

科莱恩被问得十分尴尬，不知怎么回答。

65．德国　科隆国际家电博览会　海尔展区出口　春　日（整场英语）

杨阳把科莱恩和摩尔送到海尔展厅出口。

杨阳与科莱恩握手告别时，说："科莱恩先生，你用那么低的价格收购那几家中国公司的电视机，会把它们搞死的。你这么做，不觉得太残酷了吗？"

科莱恩笑着说："那有什么？我会去他们的墓碑上献上一束鲜花。"说完转身走了。

杨阳望着他的背影，憋出一句粗话："狗屎！"

66．德国　科隆国际家电博览会　海尔展区洽谈室　春　日

两个工作人员在清理会场。

向华："……黄鼠狼给鸡拜年，哼！"

凌云翔："我们已经有不少前车之鉴了。飞利浦对中国彩电进行反倾销，打了十二年官司，结果是中国彩电从欧洲市场彻底消失。两年前，欧洲一些公司用低价向中国十几家公司采购节能灯，在欧洲市场销售后，又向那些中国公司提出反倾销调查。科莱恩今天玩儿的，是同样的把戏，他想用这种手段阻止我们进入美国市场。看来，我们得加快在海外建厂的步伐了。"

田益明："在哪儿建？"

凌云翔："先去美国！"

67．美国　南卡州　平原地带　春　日

一架直升机在空中盘旋。

字幕：美国　南卡罗来纳州　1999 年　春

直升机上，凌云翔、向华和姜晓洁在南卡州州长陪同下察看土地。

州长把望远镜递给凌云翔，凌云翔通过望远镜眺望——

展现在他眼前的是一片广袤的、长满树木的平原。

68．美国　南卡州　哥伦比亚市　某西餐馆　春　黄昏

州长和十几位州议员请凌云翔一行吃饭，莫里斯在座。

州长端着一杯葡萄酒站起来（英语）："尊敬的中国海尔集团首席执行官凌云翔先生，副总裁向华女士：你们选择南卡州投资办工厂，是南卡州的荣幸……"

众官员鼓掌。

州长（英语）："我们的州议会有史以来，很少全票通过某项议案。而这次表决中国海尔建厂的议案时，是全票通过的。这说明，南

卡州需要你们，工业、税收、就业都需要你们。我保证，本州将对你们提供最优惠的投资条件，希望你们成为南卡州最大的企业！谢谢！”

姜晓洁将州长的讲话翻译给凌云翔和向华。

69．美国　南卡州　州政府会议室　春　日

海尔集团与南卡州政府关于建工业园的签字仪式正在进行。

凌云翔、向华和姜晓洁出席签字仪式。

中国驻美使馆商务参赞等列席。

凌云翔与南卡州州长分别在合同书上签字——

中英文打印的合同书。

合同书化为炮火硝烟……

70．资料镜头

炮火轰鸣、硝烟弥漫。

美国导弹轰炸南联盟首府。

字幕：1999 年 5 月

中国驻南联盟使馆被炸。

中国报纸头条：美国轰炸我驻南联盟使馆。

中国电视新闻：主持人宣读中国政府抗议。

中国学生群情激愤地抗议游行……

克林顿就中国使馆被炸事件在电视上发表讲话，表示道歉……

71．海尔集团总部大楼　小会议室内外　初夏　日

小会议室桌上架着一个新式录音笔。

三十多岁的男记者郑重其事地发问：“……在我们国家尊严受到严重伤害的时候，海尔在美国建厂的计划会不会有所调整？”

凌云翔：“我不认为这时候取消在美国建厂计划是爱国行为。因为我们在美国建厂，是为了占领它的市场，壮大民族工业，这是利国

利民的举措。而且，到国外建厂，也是中国企业走向国际化的必由之路。因此，我们在美国建厂的计划不会改变。”

记者：“好，那么请您回答第二个问题……”

凌云翔和向华交换了一个眼神，拭目以待。

记者：“这几年，许多企业界的风云人物纷纷落马，其中一个重要的原因，就是企业家自身素质太差，不少人以振兴民族工业为幌子，在境外办企业，把大量公款转入私人账户。我当然不愿意看到凌首席走这样的路。但是，我却听到了一些传言……”

凌云翔：“什么？”

记者迟疑了一下：“有人说，您在美国办厂，是为了拿绿卡……”

凌云翔不屑地笑了一下，没有说话。

向华拉着脸瞪着记者。

记者看了看向华的脸色：“对不起，这不代表我的看法……好，你们忙，告辞了！”说完起身退出会议室。

向华：“真不知道，持这种看法的人是一种什么阴暗心理！”

姜晓洁走了进来：“凌总、向总！咱们在南卡州买地的三百万美元订金，不能按时支付了。”

向华：“为什么？”

姜晓洁：“因为不少人利用进出口生意逃税，中央加强了外汇管理。超过三百万美元，就得报中央审批。最近，申请外汇的人在北京排长队，十天之内根本不可能批下来……”

凌云翔一听，有点着急。

72．青岛市经贸委　副主任办公室　初夏　日

孟启虞：“……我就是长了豹子胆，现在也不敢把三百万美元批给你！”

凌云翔：“那，什么时候批？”

孟启虞：“难说。看中美关系怎么发展了。”

凌云翔：“如果下星期内不付款，我们就会失去信誉，对今后开

拓国外市场很不利。所以，无论如何……”

孟启虞看着凌云翔发愁的样子，指着他的鼻子笑着说：“你现在急了……早听了我的意见，至于这样吗？你这个人哪，满身的优点，就有一样不好——太认死理儿！美国公司找你合资，你不干；跟你签包销合同，你也不干。中国市场这么大，那么多外国公司都进来抢地盘，你偏往外跑。放着国内大块的肉不吃，跑到外国去啃骨头……”他从抽屉里取出一张报纸，“看这篇文章了吗？”

报纸上醒目的标题：《给凌云翔提个醒》。

凌云翔：“看了。”

孟启虞念报：“……‘一个成熟的指挥员，决不打没把握的仗；一个成熟的企业家，决不做自己控制范围之外的事情’。你对美国了解多少？去人家后院里种庄稼，能收回来吗？”

凌云翔：“在美国建厂之前，我做了很多调查研究。对美国各州的法律、税收政策、地理环境、人文风俗都做了比较，还借鉴了日本和韩国的成功经验，最后才决定把厂址定在南卡州的。当年日本的本田公司花二百万美元咨询费，买了美国人一句话——‘你想在美国站住脚，就来美国建厂。’本田在美国建起了工厂以后不久，美国人抵制日本汽车，反倾销。本田一点没受影响。因为它已经成了美国的本田，美国政府保护它。而老牌的丰田公司因为没在美国建厂，损失惨重。既然日本人能搞一个美国的本田，我们为什么不能搞一个美国的海尔？”

孟启虞：“咱们在国内低成本生产的东西，拿到美国市场都竞争不过人家；你在美国办厂，成本那么高，美国工人的工资是中国工人的十几倍，地皮、原材料都比中国贵得多，你怎么赚钱？”

凌云翔：“美国的工厂能赚钱，我们怎么不能赚钱？优质优价，咱们总不能永远做外国人的廉价加工基地吧？美国是世界上高科技最集中的地方，我们之所以先在那里建厂，就是为了在当地融智，利用当地的科技人才和科技成果，搞出自己的高科技‘配方’来。可口可乐公司最值钱的东西是什么？配方！他们满世界建厂，可配方在美国总部。这种配方人家不会轻易给你，只有去美国建厂，打进它的主流社会，我们才能得到……”

孟启虞：“好了，好了！”他看看手表，“我马上要开会。不管你怎么说，我也不敢把三百万美元批给你！”

凌云翔站起来向外走去。

孟启虞：“你去哪儿？”

凌云翔：“找市领导去！”

孟启虞：“书记和市长都出国了！”

73．青岛　市政府后楼　初夏　日

凌云翔从楼里出来，坐进轿车想了一会儿，发动着汽车，猛地冲了出去。

74．青岛通往济南的高速公路　初夏　傍晚

凌云翔驾驶着奥迪轿车飞速行进。

时速盘指针指向 180 公里。

奥迪轿车迎着夕阳飞奔。

75．省政府家属院　赵迪之家客厅　初夏　夜

赵迪之边踱步边说：“……这件事，确实不太好办，尤其是现在……我虽然是主管经贸的副省长，但一时半刻也无法给你调出三百万美元来……”

凌云翔坐在餐桌旁吃完一碗面条，放下筷子，眼巴巴地看着老领导。这是他最后的希望所在。

赵迪之：“吃饱了？”

凌云翔：“吃饱了。”

赵迪之：“走，我领你去找个人。”

凌云翔：“谁？”

赵迪之：“省中行的吴行长。”

76. 省城　吴行长家门口　客厅　初夏　夜

吴行长皱起了眉头："赵省长，这事儿……"

赵迪之站起来拉着吴行长走出客厅："来来来……"

赵迪之和吴行长站在走廊里。

赵迪之说："你那儿不是有一笔美金存在纽约银行吗？借给他三百万,三个月归还。"

吴行长："那是……"

赵迪之："我知道。你想办法拖一拖么，先帮他解决燃眉之急。"

吴行长面有难色。

赵迪之："让海尔集团拿它的全部资产做抵押，两百多个亿呢，你还怕它跑了？"

吴行长："那，出了问题……"

赵迪之："找我！"

吴行长犹豫了一会儿，说："好吧。"

77. 省城　街道　初夏　夜

行驶的奥迪车上。

凌云翔："赵省长，这么做对你……"

赵迪之："我做这件事很坦然，这只是一个变通措施，又不是徇私舞弊行为。这些年海尔给国家和省里交了几十亿的税，现在，你们急着用钱，省政府也应该鼎力相助么！"

凌云翔激动地说："我是怕这事儿连累你……"

赵迪之拍拍他的肩膀："别担心，我马上就离休了。只要你们美国的工业园能建成，给中国人争口气，我个人怎么着无所谓……"

78. 美国　南卡州　海尔工业园　停车场　夏　日

一个彩色充气塑料拱门上贴着"海尔工业园"（英文）一行大字，停车场周围插满了蓝色的海尔企业旗，靠近工业园大门外，拉起一条中英文写的横幅："海尔工业园落成典礼"。横幅下面摆着一张演讲台和一个麦克风。

由二十余美国人组成的铜管乐队演奏中国国歌。

字幕：2000 年 5 月　美国　南卡罗来纳州。

台前，站着凌云翔、向华、姜晓洁和中国驻美大使、商务参赞等七八位官员以及海尔公司美方总经理戴维·莫里斯和南卡州州长等两三名美国官员。

中国国旗在高耸的旗杆上徐徐升起。

凌云翔、向华、姜晓洁和中国驻美大使及商务参赞等使馆人员向国旗行注目礼。

凌云翔深沉地凝望着。

向华眼里闪着泪花。

79．美国　南卡州　海尔工业园总经理办公室　夏　日（整场英语）

凌云翔在与莫里斯谈工作。

莫里斯（字幕：海尔公司美方总经理戴维·莫里斯）："严格实行海尔的管理制度，贯彻海尔文化，这些要求，我都会努力做到。但是，你要求这么高的产量，太难了。还有，今年年底进入美国五大超级市场，也是绝对不可能的！你的要求太苛刻！"

凌云翔："你要求的年薪数目，我没有讨价还价；对我的要求，你也不应该讨价还价。"

莫里斯已从凌云翔不容商量的口气中，知道没有任何退缩的余地，就咬了咬牙说："好吧，我试试。"

凌云翔："不是试试，而是必须做到。"

莫里斯站起来笑着说："从来没有人这样逼我，也许这就是我一直没能成功的原因吧。现在好了，我要成功了！"

80．美国　南卡州　海尔工业园车间　夏　日（整场英语）

黑人女工斯盖拉戴着耳机边干活边听音乐。

姜晓洁过来："斯盖拉，斯盖拉！"

斯盖拉没反应。

姜晓洁碰了碰她的肩膀。

斯盖拉回过头。

姜晓洁示意让她把耳机摘下来："斯盖拉，工作的时候，不能听音乐。"

斯盖拉："这是我的个人爱好。"

姜晓洁严肃地说："不，你违反工厂纪律，这是不允许的！"

斯盖拉看着她坚定的目光，只好说："好吧。"摘下耳机。

姜晓洁走了几步又回过头，笑着说："你可以把家人的照片挂在工位上。"

斯盖拉也笑了："谢谢。"

81. 美国　南卡州　海尔工业园门厅　夏　日

门厅。

"真诚到永远"五个中文大字赫然入目。

姜晓洁从车间出来。

接待室值班员安妮（英语）："姜经理，凌首席在哪里？这位先生说是他的朋友……"

常立夏回过头。

姜晓洁怔住。

常立夏万万没想到，在这里遇到他的初恋情人！这个他曾深爱过的姑娘，依然焕发着青春朝气，只是增添了几分成熟的风韵。

常立夏深情地叫了声："晓洁！"

姜晓洁也感到意外，但是她马上平静下来说："你来了。"她转对安妮说（英语），"请这位先生来吧。"

姜晓洁领着常立夏上楼。

常立夏："你是这儿的中方经理？"

姜晓洁笑着点点头。

常立夏感叹道："真不简单，你的英语也说得这么好！"

姜晓洁："还得感谢你这个老师呢。"

常立夏惭愧地摇摇头。

82. 美国　南卡州　海尔工业园会客室　夏　日

常立夏对凌云翔和向华说："……到深圳的第二年，我和公司的一个美国人结了婚。我现在在北卡州一家电脑公司工作。"

凌云翔："做什么？"

常立夏："部门经理。"

向华："怎么没带太太一起来？"

常立夏迟疑了片刻说："离婚了，我现在一个人。噢……"他从提包里掏出一沓照片，"你们看，这是我的房子……"

向华接过照片翻看——

一张张显示一套豪华别墅外观和内部陈设的照片。

常立夏指着一张照片："……游泳池后面是一大片树林，实际上也是我的……"

向华把看过的照片递给凌云翔，说："不错。"

常立夏："你们一定要去我家住几天，我好好招待你们……"

凌云翔把照片还给常立夏说："谢谢。"

常立夏收起照片，感慨地说："没想到，海尔在美国建起了工厂，真是给咱们中国人争了光了！"

向华说："当初，你要是不走多好。"

常立夏百感交集地说："是啊……"忽然，他换了一种语气说，"不过，我现在还可以，工作、生活都还可以。只是……现在所做的一切，只有一个目的，就是挣钱，挣钱，挣钱。所以，心里头再也没有在海尔工作时候的那种感觉了。"

向华："什么感觉？"

常立夏："做主人的感觉……"他苦笑了一下。

83. 美国　南卡州　海尔工业园附近的公路　夏　傍晚

姜晓洁开着一辆福特轿车从工业园出来。

常立夏推开自己凯迪拉克轿车的门，站在路旁等她。

姜晓洁看见他，将车停在路边。

常立夏走到姜晓洁车跟前，姜晓洁摇下挡风玻璃："有事吗？"

常立夏犹豫了一会儿："你，好吗？"

姜晓洁点点头，平静地说："挺好的。我结婚了。"

常立夏一愣："和谁？"

姜晓洁："你不认识。"

常立夏："噢……"

两个人尴尬地沉默了一会儿，姜晓洁说："我得走了，凌首席和向总今晚上回国，我去送他们。"

常立夏："好吧。"他向后倒了两步。

姜晓洁开着车飞奔而去。

常立夏望着——

远去的轿车消失在公路尽头。

常立夏满脸失落。

84. 海尔大学　凌云翔书房　秋　日

四壁书橱里面摆满了古代文史典籍、名人传记和中外企业管理方面的书籍。

字幕：半年以后

莫里斯环视了一下书房，走到一个书橱跟前仔细看了看——

书橱里码着《哈佛管理》《松下管理》等书籍。

莫里斯（英语）："我现在明白了，原来你的智慧都在这里！"

凌云翔笑了笑（英语）："请坐。"

凌云翔给莫里斯和姜晓洁倒茶。

莫里斯坐下说（英语）："我带了十五名员工来总部接受培训，同时还给你带来了好消息……”

凌云翔（英语）：“什么好消息？”

莫里斯（英语）：“美国政府采购冰箱，我们中标了！”

凌云翔高兴地说（英语）：“真的？”

莫里斯从文件夹里掏出一份文件放在桌上（英语）：“是的。美国政府要求，参加竞标的公司，必须是雇佣美国工人、在美国国内生产，并且向美国政府纳税的公司。通用、惠尔普、AE 等十几家美国公司都参加了竞标，我们中了头标！”

凌云翔看着莫里斯手舞足蹈的样子，高兴地笑了。

姜晓洁：“我们冰箱的技术指数已经达到美国 2003 年的标准。”

凌云翔（英语）：“戴维，你干得不错！”

莫里斯高兴地用汉语说了一句“谢谢！”接着又说（英语）：“第二个好消息：南卡州政府用海尔的名字命名了一条路，我参加了揭幕仪式。”他从提包里取出几张照片给凌云翔。

凌云翔看照片。

莫里斯又拿出一张草图（英语）：“第三，噢，这不属于好消息。我收到一个用户的电子邮件，他对躺式冷柜有意见，嫌太深，取放东西很不方便。你们看，我设计了一款冷柜，上半部是躺式的、下半部带抽屉，还有一款带抽屉的滚筒洗衣机。这两款产品，取放东西都很方便，在美国一定有市场。”

85. 海尔国际培训中心　客房　秋　日

莫里斯开门，热情地打招呼：“早晨好，田先生！”

田益明站在门口（英语）：“早晨好！莫里斯先生，您可以到大堂去一下吗？”

86. 海尔国际培训中心　大堂与咖啡厅　秋　日

莫里斯随田益明来到大堂。

向华和田益明的两个助手笑眯眯地望着他。

田益民揭开两块红布，造型美观、做工精良的新款冰柜和洗衣机出现在莫里斯眼前。冷柜和洗衣机的“海尔”字样下面分别用镀金凸字标示着莫里斯和他妻子艾米的名字。

莫里斯看了看手表惊异地说（英语）：“怎么可能？从昨天我来到这里，只有 17 个小时！”

莫里斯抚摸着两台样机（英语）：“哦，简直是精美的艺术品！真想不到，我和我妻子的名字成了著名品牌！我妻子知道了会高兴得发疯的！哦，天哪……”

向华：“凌首席说，你的构想很有创新精神，用你的名字命名，是对你的奖励！”

向华、田益明和莫里斯坐在咖啡厅里喝咖啡。

莫里斯看看放在身旁的两台样机，说：“为了使我的工作与海尔的高效率相匹配，我决定取消每年冬季去北方滑雪的度假活动，我想，我妻子也会赞成的。”

向华用英语说：“你成了真正的海尔人了！”

莫里斯用汉语说：“我，很高兴！”

87. 美国　南卡州　海尔工业园　秋　日

工业园外面的三根旗杆上飘扬着中、美两国国旗和海尔企业旗。

一架直升机出现在空中。

直升机在工业园上空盘旋了一圈，降落在停车场上。

几个人簇拥着 AE 副总裁科莱恩从直升机上下来。

莫里斯跟着警卫从工业园大楼里出来迎接。

88. 美国　南卡州　海尔工业园　秋　日（整场英语）

莫里斯陪着科莱恩和他的随员参观冰箱总装车间。

车间里到处可见展示海尔文化理念的英文标语和标牌，斯盖拉、凯文与工人们有条不紊地工作着。

科莱恩与莫里斯边走边谈。

科莱恩："我们谈一下条件吧。"

莫里斯："什么条件？"

科莱恩："离开海尔，到AE来发展你的事业。"

莫里斯惊诧地望了一眼科莱恩，一时不知道怎么回答。

科莱恩："你需要多少年薪？可以告诉我吗？"

莫里斯不语。

科莱恩："我知道你在这里的年薪是三十五万美元，我给你双倍，怎么样？"

莫里斯一笑："如果我不答应你的条件呢？"

科莱恩："那，我们将断绝你那个营销公司的货源。"

莫里斯："很遗憾，我的公司已经专营海尔产品了。"

科莱恩："真的？"

89. 美国　南卡州　海尔工业园　秋　日（整场英语）

科莱恩："戴维，你是美国公民，为什么不愿意为美国公司服务？"

莫里斯："科莱恩先生，你现在这样看重我，是因为海尔使我获得了这样的身价。不是每个人都能得到这样的机会的，所以，我十分珍惜它。在海尔，我找到了自己一生的事业。虽然它在实力上还无法与你的公司相比，但我相信它的未来。"

科莱恩笑着说："你别忘了，这里是美国，美国企业界对中国海尔的入侵，是不会听之任之的。"

莫里斯："跟你这样的大人物同台竞技，是我的荣幸！科莱恩先生，再见，祝你度过一个愉快的周末！"

直升机起飞。

莫里斯望着远去的直升机，脸上充满了自信。

90. 美国　沃顿商学院　花园　秋　夜

沃顿商学院为凌云翔举办的酒会。

商学院的领导、教授、学生和前来听凌云翔讲课的企业界人士三三两两分散在花园里捧着酒杯聊天。服务生端着点心和酒水来回走动。

AE 副总裁科莱恩走到凌云翔跟前（英语）：“凌先生，你的讲演非常精彩！以市场链为核心的业务流程再造，在西方只有 20%的企业在搞，并且还都在试验阶段。你已经走在世界企业管理的前沿了，祝贺你！”

凌云翔（英语）：“谢谢！”

科莱恩（英语）：“我非常佩服你的勇气和智慧，因此，一直为没有能跟你合作感到遗憾。”

凌云翔（英语）：“我也是。科莱恩先生，希望我们今后能在公平的环境中进行竞争。”

科莱恩笑着说（英语）：“你现在已经是美国的海尔了，美国法律会保护你。我知道，你买下了纽约百老汇大街 1356 号那座标志性大厦，你的产品已经打入了沃尔玛、塞尔斯、凯玛特连锁店，小型冰箱已经占到美国 30%的市场份额。目前，你正在加强资本运营，进军国际金融领域……但是，凌先生，你的企业毕竟太小，我不能保证，在今后的某个时候，我们不会吃掉你。哈……请不要担心，我是在开玩笑……”

科莱恩的笑声把许多人的注意力吸引过来。

凌云翔对科莱恩的傲慢感到愤怒，但他控制住情绪笑着说：“中国有句话说，‘出水才看两腿泥，咱们走着瞧吧。’”

科莱恩走了几步，又转身对凌云翔说（英语）：“请转告你的中国同行，十天以内，联邦法庭将宣布反倾销调查结果，他们可能会败诉，美国将向中国电视机征收 45%的反倾销税。”

凌云翔看着他的背影，似乎望见那艰难而又漫长的征程……

91．海尔集团总部大楼　停机坪　秋　日

海尔号直升机在总部大楼上空绕了半圈，降落在停机坪上。

凌云翔从直升机上下来，向华等集团领导迎接了他。

92．海尔集团总部大楼　凌云翔办公室　秋　日

透过玻璃窗俯瞰——

数十辆大轿车满载着员工，浩浩荡荡地开进工业园。

数千员工从车上下来，沿着几条大道向各自车间涌去。

凌云翔站在窗前沉思。

凌云翔的声音："……每当我站在窗口，望着海尔员工们潮水般涌进工业园的时候，就感到一种沉重的责任。虽然我叫不出他们每一个人的名字，但我觉得几万双眼睛都在盯着我，希望我能给他们创造更好的生存环境和奋斗空间……"

93．海尔国际培训中心　多功能厅　秋　日

"海尔创业十六周年暨2000年实现全球营业额四百零六亿元新闻发布会"。

向华、姜晓洁、田益明、杨阳、李大茂等海尔集团领导人坐在前排。

会场上坐着赵迪之、孟启虞等领导人及经济学专家、学者等嘉宾和数十名记者。

十几台摄像机对着正在讲话的凌云翔。

凌云翔继续说："……为了不辜负这份信任，我不敢有丝毫的懈怠。十六年来，我就是这样领着他们穿过一片又一片沙漠，走过一个又一个绿洲，从没有停过脚步，连回头欣赏一下自己脚印的时间都没有。"

一个记者提问："凌先生，中国加入WTO以后的严峻挑战，您认为中国的企业应该如何应对？"

凌云翔回答："我认为，对付外国公司挑战的最好办法，就是你必须成为国际化的大公司。也就是说，你必须成为狼。只有成为狼，你才有资格与狼共舞。如果你甘愿做羊，那就只有被吃掉的份儿！"

一位台湾女记者提问："凌先生，我是台湾经济新闻的记者。作为中国人，我为海尔的成就感到自豪。我想知道，身为中国家电企业中唯一可称为跨国公司的首席执行官，您最大的梦想是什么？"

凌云翔："强国梦。鸦片战争以来的一百多年间，无数志士仁人、革命先驱，为了圆这个梦，前赴后继，甚至献出了自己的生命。今天，世界名牌的多寡已成为强国的重要标志，一个没有自己品牌的国家，在未来的国际竞争中是不可能取胜的。中国必须要有自己的世界名牌。而且，不能光靠一两个企业，搞一两个品牌。甲午海战就一个邓世昌，所以北洋水师全军覆灭了。我们必须建立起一支强大的民族工业联合舰队，造就出一大批中国的世界名牌。到那时候，谁还敢对中国说不！"

94．凌云翔与父母的新家　客厅　秋　傍晚

凌云翔推门进屋，手里提着两个塑料袋。

坐在沙发上看电视的余岫站起身去厨房。

母亲站起来。

凌云翔把塑料袋递给母亲："妈，这是给您和爸买的丝绵背心，天凉了。"

母亲接过两塑料袋衣服："吃饭吧。"

父亲从沙发后面探头望了一下，继续看电视。

电视机里正在播放专题节目：

台湾女记者提问："您认为，您的强国梦什么时候能够实现？"

凌云翔："实现这个梦想，也许需要几代人的努力。但我相信，只要找到了路，就不怕路远！"

凌云翔坐在沙发上，余岫端来一碗蛤蛎汤面，拿了一条热毛巾让他擦手。

凌云翔端起饭碗看电视——

凌云翔的父母亲在聚精会神地看电视，欣赏着令他们引以为自豪的独生儿子的奕奕神采。他是他们完美的作品。

母亲看看电视上的儿子，又看看现实中的儿子——

凌云翔冲母亲腼腆地笑了笑。

母亲伸手指摸了摸儿子眼角的一束皱纹，心疼地说："你也见老了……"

凌云翔看看母亲，笑了笑，继续吃饭。

余岫深情地注视着他。

父亲和母亲穿上儿子给他们买的丝绵背心，母亲帮父亲系上纽扣，抻了抻前襟。两个人不约而同地望望儿子——

凌云翔端着碗，憨笑着……

这一段戏的背景是屏幕上正在播放的专题节目：

2000 年度海尔员工运动会群情激昂、万众一心的场面。

各事业部运动员代表迈着矫健的步伐进入运动场。

十余名海尔美国员工站在徐徐开来的彩车上，向观众招手。

一万多名海尔员工，按系统组成了八个方阵，坐在四周的看台上。每个方阵挥舞着不同颜色的旗帜、花束和彩球。

主席台对面观礼台的制冷方阵，不时地组拼出各种字形：

"海尔，明天的世界 500 强。"

"海尔，中国的世界名牌。"

还有英文标语："欢迎你，海尔美国员工""海尔越来越高"。

各方阵震耳欲聋的口号声此起彼伏：

"海尔空调，永创新高！"

"海尔空调，为您着想！"

"海尔彩电，风光无限！"

"海尔洗衣机，永远争第一！"

……

片尾字幕：

本片根据海尔集团首席执行官张瑞敏的真实故事改编摄制。

1999 年，张瑞敏被英国金融时报评为全球最受尊重的三十位企业家之一。

2001 年，张瑞敏被中共中央组织部评为全国最优秀的五十位共产党员之一。

2001 年 12 月，海尔集团已在全球，包括美国、菲律宾、马来西亚、印度尼西亚、伊朗、阿尔及利亚、意大利、孟加拉、乌克兰、巴基斯坦等国家建立了 8 个工业园、15 个设计中心、48 个工厂、56 个贸易中心、53000 个销售网点，产品销往 160 个国家和地区。

2002 年，海尔集团全球销售额突破 600 亿人民币。

一个国际化的海尔正在向世界企业 500 强挺进！

（剧终）

（原载《电影创作》2002 年第 5 期）

2002 年获全国精神文明建设“五个一工程”第九届优秀作品奖

2003 年获第九届中国电影华表奖二等奖

苏　醒

导演：林伟

编剧：周力军

主演：张建国、张宇彤、尹丽英、杨御等

出品方：世纪天歌影视公司

主要人物表

老石——男，43 岁左右，出租车司机，有一副善良、憨厚的热心肠，是个幽默俏皮的乐观分子。

秀娟——女，38 岁左右，老石之妻，超市员工，有点小市民意识。

小杰——女，17 岁，老石的女儿，清秀可爱，高三学生。

老纪——男，38 岁左右，建筑队工人，是一个知恩图报的坚强男人。

玉凤——女，35 岁左右，老纪之妻，某饭馆服务人员。

陶红——女，23 岁左右，漂亮时尚的售楼小姐。

老朱——男，40 岁左右，出租车司机。

四眼儿——男，26 岁左右，出租车司机。

胖姐儿——女，36 岁左右，出租车司机。

棒子——男，23 岁左右，陶红的男朋友，某歌舞厅保安，性格粗暴。

1. 空镜　黄昏　外

傍晚的阳光给这座城市镀上了一层金黄的颜色。

车流穿梭，人流熙攘。

透过车窗可以看到各种妙龄女在街头行走。

汽车音响中传来播报新闻的声音（拍摄时相近的国内新闻）。

（第一组主创人员字幕起。）

2. 皇后歌舞厅大门外　黄昏　外

一辆出租车停在歌舞厅大门外，显得很是孤单。

汽车音响换台，变成一则社会新闻。

收音机："……据说这个民工辛辛苦苦干了一年，却拿不到工资，无奈之下爬上了工地附近的一座广告塔……"

3. 皇后歌舞厅门前　出租车内　黄昏　内

从背影看过去，司机是一位中年男人，他就是本片的主人公老石。此刻，他显然被这则新闻吸引了，调大音量。

收音机：……令人遗憾的是，围观者不但不参与援救，反而有人起哄叫喊：跳啊，跳啊。这样的素质实在令人感到……老石叹息一声，将收音机关掉。

老石（OS）：唉！这人哪……

（第二组主创人员字幕起。）

4. 出租车内　黄昏　外

老石的眼睛慢慢合上，但很快他就打个激灵，强迫自己醒来。

他端起水杯，倒一些茶水在手上，拍在额头。

5. 皇后歌舞厅门前　黄昏　外

老石目不转睛地盯着歌舞厅大门。

但凡有穿着时髦的姑娘出入，老石都会留意观察。

这时有客人拉开车门。

老石：对不起啊，不拉活儿。

客人：机场，大活儿！

老石（心动地）：这么大个活儿呀？那就……那也不拉！

客人（不满地）：嘿，我告你拒载！

老石：我真有事儿！大事儿。对不起，对不起啊。

话未说完，他眼睛直了，开门下车，冲向一个从远处走来的两个漂亮姑娘。

老石：喂，小姐，小姐……

两个姑娘停下。

老石一把拉住其中一个姑娘的手。这个姑娘名叫陶红。

老石：我找你！找的就是你！

陶红（急地）：你放手，放手啊！

老石：不，我不放手，我不能让你走！

姑娘甲：陶红，你认识他？

陶红：不认识。

姑娘甲：你放手，放手！……陶红，赶快进去，叫棒子出来！

莉莉掰开老石的手，陶红跑进歌舞厅。

老石：小姐，回来！你得跟我走！

喊着，追了进去。

（第三组字幕起。）

6．同上　黄昏　外

随着一阵叫骂声，老石被人从歌舞厅里扔了出来，摔倒在地。

几个青年人气狠狠地出来，手里拎着木棍等武器。为首的名叫棒子。

棒子：……知道那姑娘是谁不？那是老子的女朋友！就你这老帮菜，也想吃嫩草？！

老石：不不，我不想吃草，我啥草也不吃，我只要那姑娘……

棒子：他妈的，我楔死你！

一边说，一边高举木棍，冲着老石兜着砸下。

定格，推出片名——

苏醒

7．皇后歌舞厅门前　黄昏　外

眼看棒子手里的木棍就要砸下，突然画外响起一声急刹车的声音，接着传来老朱的大吼。

老朱（OS）：住手！

棒子的手停下，抬头，只见另一辆出租车停在一旁，司机老朱跑过来。

老朱：石哥，这是怎么回事儿啊？

棒子：他胆子不小，敢泡我的妞儿！

老朱（吃惊地）：什么？石哥，你……（对棒子等）对不起，我给你们赔不是。……石哥，走，咱走。

说着，扶起老石塞进出租车。

老石：老朱，我要找那姑娘……

“嘭！”车门猛地关上。

棒子等人气恨恨地退去。

8．歌舞厅门前　出租车内　黄昏　内

老朱（上车）：石哥，咱跑个车养家糊口不容易，哪有闲钱玩这个啊？

老石：老朱你说什么呢？我是想找个小姐，但不是想找小姐，唉，我不找小姐，我找……咳！

老朱：魔怔了！怪不得人家说女人是祸水，我看你被缠上了，姓啥都忘了吧？好家伙，连小杰下晚自习都不去接了，还让人家胖姐儿去接，还骗我们说是包车，你说你……甭说对不起弟妹了，你对得起孩子吗？

说完，下车。

老石：哎，老朱，你别走啊！你别往歪处想……

老朱上了自己的车，开走。

老石不舍得就此离开，但看到棒子等人站在歌舞厅门前，手里的木棍一下一下击打着掌心，他改了主意，启动了汽车。

9．小区门口　日　外

老石开车驶来停下，无精打采地从车里出来，一抬头，老朱、四眼儿和胖姐儿站成一排，不怀好意地瞪着他。

老石：哎，你们怎么……老朱，你……你跟他们瞎说啥啦？

老朱：怎么，心虚啦？

老石：看你说的，我有啥心虚的！

胖姐儿：石哥，听说你在“那”地方找小姐，还……

老石：你甭听老朱胡说，我那是……

四眼儿（坏笑地）：石哥，想开了就对了，人活着不就那么点儿事吗，累死累活多半辈子了，趁着还有点儿体力乐呵乐呵，别等着老了光剩联想了。

老石：一边儿去，你石哥哪儿有那闲心啊，就是有那闲心也没那闲钱啊。我有正经事儿！

老朱：装！接着装！

胖姐儿：编！接着编！

四眼儿：石哥，那是办正经事儿的地儿吗？到那儿办正经事儿的那是警察。

老石（急）：我……我跟你们说不清！

老朱：你跟谁能说清？跟嫂子能说清？跟你闺女小杰能说清？！

老石：哎，老朱、四眼儿，还有你，胖姐儿，我的事可千万不能告诉我媳妇儿！

四眼儿：这用不着你交代，朱哥已经叮嘱我们……

老朱（急忙打断地）：你要是不把这爱好戒了，明儿个我就告诉嫂子！

老石：你……

老石气呼呼上车，离开。

（淡出）

10. 空镜　晨　外

苏醒的城市。

某小区。

晨光透过窗帘照在老石的脸上，他睁开眼，坐起。

厨房里传来锅勺相碰的声音。

11. 石家餐厅　晨　内

老石的妻子将早饭端到饭桌上，女儿小杰从厕所里出来。

小杰：唉！早晨6点起床，晚上10点回来，回来还得复习到12点，真不是人过的日子！

秀娟：好闺女，妈知道你苦你累，再坚持俩月，考上了大学妈让你使劲睡，谁不让你睡妈跟他急。

老石一边穿着衣服一边从卧室里走出来，坐在桌边。

秀娟坐到桌前，将一杯牛奶推到小杰面前。

秀娟：乖女儿，喝了。

小杰：人家最不爱喝牛奶了。老爸，给，你最辛苦，你喝。

老石：我不喝那玩意儿！你老爸这胃是给小米粥定制的！

秀娟：以后晚上拉活儿掐着点儿，别再误了接闺女。

老石：不就一回吗？总不能把客人扔半道上吧？

秀娟：跟你说甭干夜活儿了，你就听不进去。外头多乱哪，你们俩要是回来晚，我这心里七上八下的，没着落。

老石：好好，我记住了，接了小杰就收车，行了吧？

小杰：妈，我爸就一天晚上没接我，不是还让胖姐儿去了吗？

秀娟：人家接你不耽误挣钱啊！

小杰：妈，行了，不就这么点小事嘛，您就别唠叨了。

老石（起身，得意地）：俗话说得好，闺女是老爸的贴身小棉袄。

秀娟：是你的小棉袄，那……那是我这当妈的什么？

老石：是你上辈子的债主子！你就还吧！

秀娟：哎，昨儿个你回来得晚，我也没问。孩子的补习费取了吧？给小杰，让她交了。

老石：哎哟，我……一忙起来我把这事儿给忘了。

秀娟：嘿，你看你这人哎，家里啥事儿交给你就没痛快过……

小杰（背着书包出来）：老爸，明天最后一天了，要是不交，人家……

老石：交，交，今儿个可不敢忘了。

说完，扯过外衣，向门外走去。

秀娟：水！水！

说着，将一只沏满的茶杯递给老石。

小杰挎着老石的胳膊向外走去。

小杰：老妈，拜拜。

秀娟（故作嗔怪地）：你们爷俩儿就气我吧，今儿个就让你们没饭吃！

12. 加气站　日　外

四眼儿正等着加气，老石开车而至，停在四眼儿旁边儿。

老石：四眼儿。

四眼儿：哎，石哥，今儿没去歌舞厅啊？

老石：一会儿过去。

四眼儿（坏笑）：注意身体呀哥哥，那可是体力活儿，小心交不了公粮，嫂子跟你急。

老石：嘿，你个小毛孩子瞎琢磨啥呢？

四眼儿：我还就剩下瞎琢磨了，比不了你呀石哥，实干家！

老石：四眼儿，哥跟你说点儿正事儿，你不一直攒钱买房吗？跟哥说说攒多少了？

四眼儿：攒了是不老少，可这房价好像盯着我这俩钱似的，我攒得多，它涨得多，总是让我够不着，你说气人不？

老石：那你的钱暂时是用不着喽，最近石哥手头紧，要不先借石哥两万用用？转天就还你。

四眼儿：石哥，你是想给我介绍女朋友啊，还是想给自己弄个女朋友啊？

老石：嘿，小子，怎么跟石哥说话呢这是？

四眼儿：本来就是嘛，嫂子对你不错，虽然徐娘半老，倒也风韵犹存，你可别吃着碗里看着锅里不知足啊，我告诉你那可是无底洞，慢说我辛辛苦苦挣俩钱儿留着娶媳妇，就是我的钱闲着，也不能帮你填那无底洞，那是害你，也是害嫂子。

老石：小兔崽子你再胡说八道。我借钱是给你嫂子。

四眼儿：你牛！把钱填了无底洞，跟我这儿拆东墙补西墙去糊弄嫂子，石哥呀，挺好一个人怎么这样了？苦海无边，回头是岸啊石哥，赶紧收心吧！

老石：你给我滚蛋！

四眼儿：得得，哥俩别伤了和气，到此为止，有道是劝赌不劝……不劝啥来着？

老石：劝赌不劝嫖。嘿，小子绕搭你哥哥，小小年纪你一肚子花花儿肠子，今儿我非得教训教训你不可……

此时轮到四眼儿加气，他钻进了汽车。

13．小区门口　日　外

老石：妹子，石哥对你怎样？

胖姐儿：那还用说，一个字，好！

老石（欣慰地）：不错，好到啥程度？

胖姐儿：那是相当的好！我那口子都想带病坚持工作了。

老石：为啥呀？

胖姐儿：吃醋了呗，让我回家待着去，免得跟你出啥事儿。

老石：打住打住，我还是对你坏点儿吧。

胖姐儿：哈哈，逗你呢，瞧你吓的。

老石：不带这么逗的，你家那位非跟我玩儿命不可。

胖姐儿：石哥，反正咱俩关系不错，关键是你人不错。

老石（得意）：还行吧，既然不错……

胖姐儿：既然不错，石哥，妹子想……

老石（疑惑心虚）：妹子，你想……

胖姐儿（为难地）：石哥，你看他这病总也不好，前天又进医院了，家里的钱都花光了，我想来想去就石哥人最实诚，最热心，你看能不能借我点儿钱？

老石：我……妹子，但凡我能倒腾开，一准儿借给你，可是……

胖姐儿：都给了歌舞厅小姐了吧？

老石（语塞地）：你……

一边说，一边上车，开走。

14. 皇后歌舞厅大门外　黄昏　外

老石的出租车开来，还没停下，就看到老朱靠在自己的车门上，看样子正在等他。

老石犹豫着把车停下，不肯下车。

老朱（凑近，趴在车门上）：没想到我在这儿吧？怎么啦？不敢下车？

老石（尴尬地笑）：看你说的！哎，老朱，我……最近石哥手头紧，借哥点儿钱行不？

老朱（笑地）：哼，说来就来啊！

老石：怎么啦？瞧你这样儿，哥是借钱，不是诈骗！说实话，石哥看你这人厚道才找你张嘴。要是四眼儿那小子油头滑脑的，他就是主动给石哥钱，我也不敢要。

老朱：哥哥呀，我老朱是厚道人，是不？

老石：那还有假？有名的红脸汉子，侠肝义胆！

老朱：不瞒你说石哥，我媳妇也这么说。说我这人忒厚道，厚道得有点儿傻，所以，嘿嘿，石哥，你这钱还真借不走。

老石（笑容僵住）：为啥呀？

老朱：你想啊，我媳妇干啥的？会计！我都傻了，我媳妇能放心把钱给我使吗？不怕您笑话石哥，我是过路财神，挣的钱是日清月结，多年以来我们家都是财务一支笔，收支两条线。

老石：怎么个意思？

老朱：财务一支笔，就是家里花一分钱都得我媳妇亲自批，你看我这鞋没有？

说着，从脚上扒下一只鞋，举过车窗，送到老石鼻子底下。

老朱：上个月就磨漏了，踩离合踩的，打个前掌，报请我媳妇同意，前天刚批下来十块钱解决了。

老石扇着鼻子躲。

老石：呵！快穿上，穿上！

老朱：收支两条线，就是我挣的钱一分不少全部上交，再由我媳妇根据预算下拨经费，早点钱、烟钱……

老石：得得得，你们老朱家准是祖辈积德，修了多少代才轮到你摊上这么个媳妇儿，福气呀老朱。

老朱：石哥你过奖，咱们哥俩不错，今儿个石哥张回嘴，不就借钱吗？我背着媳妇自己也攒了俩钱儿，兄弟有难，老朱两肋插刀，借你先用着。

老石（惊喜地）：老朱，好兄弟！我就说嘛，再精明的猎人也斗不过好狐狸，攒了多少？

老朱（得意地小声）：二百五，都给你，不用急着还啊，明天早点钱我还跟她要。

老石（笑容僵住）：……兄弟……谢谢你的二百五，巨款啊！哥哥我消费不起，心领了！

老朱：石哥，你以为真借给你呀？明说了吧，二百五也没有！一分都没有！哼，想糟我的钱，没门儿！

说着，钻进汽车，驶离。

老石：你们……脑袋里怎么都这么脏啊！

说完，目光直盯着歌舞厅，犹豫良久，对着倒车镜打扮着，他甚至吐些唾沫，抹着头发。

15．皇后歌舞门厅　夜　内

背景音乐响起。

老石左顾右盼，胆怯地钻进了歌舞厅（加一些喜剧效果）。

领班：您好，先生，几位啊？

老石（支支吾吾）：哦……一……一位……

领班（上下打量老石）：包房680起，VIP包1080起，您看你需要哪个包？

老石（边嘟囔边寻找）：我……包……包……人呢？

领班：先生，我们这里是正规场所，不包人！

老石：哦，对不起，我不包人，找人，找一个叫……叫……对了，我听别人叫她什么红，什么陶，红……陶……

领班：什么红桃，还方片呢。

老石：不……不是红桃，是……陶虹，陶虹！

领班：哦，你找她呀？昨天跟她男朋友吵完架就走了。

老石：走了？去哪儿了？

领班：谁知道去哪儿了，电话号儿都换了，他男朋友都找不着她。

老石大为失望。

16. 石家餐厅　晨　内

老石父女吃饭，秀娟在厨房忙活。

小杰：爸，钱取了吧？

老石：哦，钱，钱，是吧……

秀娟把早餐端来。

秀娟：赶紧把钱给小杰，让她交了。今天最后一天了。

老石：行啊，这钱……

秀娟：怎么，又没取呀？算了，你是指望不上了。把卡给我，我去取！

说着，从老石的手包里取出了卡。

老石怔住了，嘴里的早餐是咽也不是吐也不是，呆呆地坐在那里。

17. 某银行大门外　日　外

秀娟一边打着手机一边从银行大门里出来，神色有些不安。

秀娟（打电话）：她爸，卡里咋少了两万块钱啊，咋回事儿呀？

18. 出租车　日　内

老石（接电话，尴尬地）：我……我借给二婶了。……是真的，她买房，交首付，钱不够，我就……我是想跟你说，这不还没来得及嘛！……行行，有客人，咱回去说。

说完，急忙挂断了电话。

19. 石家卧室　夜　内

门开，老石小心翼翼地进来。

他轻手轻脚走到卧室，灯突然开了，秀娟愤怒地坐在床头，怒视着老石。

老石（赔笑地）：哟，你吓我一跳……

一边说，一边挂衣服。

秀娟：说吧，把钱到底借给谁了？

老石：不是说了嘛，就是……那天，我正在趴活儿，二婶来了，她说想给儿子买套房，可首付不够，想……

秀娟：编吧，你接着编！

老石：你看你，我怎么是编呢？二婶……

秀娟：算你点儿背！今儿个二婶正好到我们超市买促销米，人家根本就没找你借过钱！

老石（强词夺理地）：这……哦，是……我说错了，是二姑。

秀娟：二姑？只怕是二奶吧！

老石：你……

秀娟：老石呀老石，你真把我当三岁小丫头了？二姑在超市门口看车子，我一天见她一百回！她根本不可能跟你借钱，你说，这么多钱哪儿去了？你说，是不是外头有相好的了？二奶还是三奶？

老石（生气地）：你说的这是啥话？

秀娟：啥话？实话！我告诉你老石，今儿个你要不说清楚，咱这日子就没法过啦！

老石（赶紧嘘了一声，指指隔壁）：你小声点，别把女儿吵醒了。

低头，摸出一支烟，正要点，被秀娟一把夺过去，揉碎扔掉。

秀娟：你快说，这钱到底是怎么回事？

老石（恼火地）：你这是怎么啦？那钱……那钱我没借给二婶，也没借给二姑，我……我是借给……老朱了，对，就是借给老朱了。

秀娟：老朱借钱干啥呀？你不知道小杰得交补习费吗？

老石：知道，怎么会不知道呢？不过……老朱出事儿了，出大事儿了！

秀娟：哟！啥事儿啊？

老石：小杰，你先去上学吧，跟老师说说明天咱再交，就说，就说你爸爸出差了，出差回来马上交钱。

小杰：谁不知道我爸爸开出租车的，出的哪门子差呀。

老石：你这孩子，死心眼儿，不会说个别的理由啊，比如……反正你先编个理由吧。

秀娟：你怎么教孩子说瞎话啊！小杰你先走吧，回头妈妈再想办法找钱。今天来不及了。

小杰不情愿地噘着嘴走了。

秀娟：说吧，怎么回事？

老石：唉，这个老朱啊，倒霉啊。多好的人啊，摊上这倒霉事儿！

秀娟：老朱怎么了？

老石：这老朱吧，前几天晚傍前拉活儿……

20．城市街道　出租车内　黄昏　内（闪回）

华灯初上，视野里灰蒙蒙一片。

老石：姑娘，去哪儿呀？

陶红：中山东路，皇后歌舞厅。

车速越来越慢，不耐烦的喇叭声渐响。

老石（自顾自地发牢骚）：中国这么多人，就不该整私家车！啥都跟人家学，人家才多少人哪！人家那地儿多大呀！

陶红瞟他一眼，嫌他话太多了。

21．中山东路路口　黄昏　外（闪回）

大概前方不远处发生了交通事故，汽车挤作一团，如同蜗牛一般排起了长龙，喇叭声响作一片。

路面上留下一道醒目的划痕，划痕的尽头躺着一辆破碎的自行车，车把上挂着一只破帆布袋，里面的瓦工工具散落一地。

沿着血迹继续看去，一个中年男人躺在地上，他的头部受了撞击。

22．城市街道　出租车内　黄昏　内（闪回）

车内弥漫着《包青天》片尾曲《好人有好报》的歌声："……看得透想得开别爱计较，宽宏大量开口笑，多朋友要比多仇人好，让人一步世界大多了……"

这时，有路人焦急地招手拦车，老石踩下刹车。

路人甲：师傅，有人被撞了，肇事的跑了，您帮帮忙，把受伤的人送医院吧！

老石（商量地）：行！……姑娘，你另外打个车吧。

陶红（不耐烦地）：你少管点闲事儿吧，我都要迟到了！

老石：你看，有人受了伤，这车钱我不要了，你再重打一辆车呗？

陶红：少废话，当心我投诉你！

老石尴尬片刻，很快就板下脸来。

老石（厉声地）：年轻轻儿的，有点同情心行不？什么事情比人命还要紧啊？下去！

陶红吓了一跳，侧头看到老石怒目圆睁，慌忙打开车门。

23．中心医院大门　夜　外（闪回）

夜色下，霓虹闪烁，使我们能够看清这是中心医院。

出租车快速驶来，停在楼前。

老石匆匆下车，试图将伤者拖出来，但他力不从心，于是急忙跑进大楼。

老石：来人哪——！快救人哪——！

24．中心医院走廊　夜　内（闪回）

病员床在走廊里飞快地滑过，无数双脚快速行进，其中当然就有老石那双脚。

一扇门被推开，病员床被推入，门关。

老石停在门外，十分担心。我们看到门楣上写着“手术室”的字样。

他大大松了一口气，擦去额头的汗，顺手摸出一支香烟。被一位路过的医生制止。

老石一惊，连忙点头致歉，向外走去。

这时，手术室的门开了，一位护士从中走出，手里拿着伤者的衣物。

护士：家属！伤者家属！

她走到老石面前，将衣物塞进他的怀里。

护士：跟我去填表！

25．中心医院　急诊办公室　夜　内（闪回）

护士坐到桌后，取出一份表格。

护士：姓名？

老石：这……我不知道。

护士（纳闷儿地）：不知道？

老石：是不知道。……哦，等等，我找找看。

老石翻找着伤者的衣服，将钥匙、零钱等物堆在桌上。最后，终于找出了伤者的身份证。

老石：哎，有了。

老石的眼有些花了，将身份证举得很远，认真看着。

老石（念）：老纪，生日是……

护士：给我吧。

说着，从老石手里接过身份证，开始登记。

护士：你跟伤者不认识啊？

老石：不认识。我是开出租的，管闲事儿，把他送来了。

护士：那押金谁交啊？

老石：这……

护士：没押金可不行啊，这是医院规定。

老石：那……要不……我先给他垫上？

26．石家餐厅　晨　内

秀娟（瞪大眼睛）：啥？老朱他……他真给垫上了？

老石：是呀，垫了两万。

秀娟：这就是咱家那两万。

老石：哎哟，你太聪明了。

秀娟：后来呢？得赶紧通知他家里人呀，要不那两万块钱谁还哪？

老石：要不说你聪明呢！老朱找出那人的手机……

27．手术室门口　夜　内（闪回）

老石坐在候诊椅上，翻查着伤者的手机。正此时，手机突然响了，吓了老石一跳，打来电话的是老纪的妻子玉凤。

玉凤（OS）：喂，老纪。

老石（连忙地）：喂，喂，

玉凤（OS）：老纪，这么晚了，咋还不回呀？

老石：我是老纪，唉，我不是老纪，我都急糊涂了，你是纪方宏的家属？

玉凤（OS）：是呀。你是谁呀？

老石：老纪出车祸了，你赶紧来吧。

对方迟疑片刻，突然恼火起来。

玉凤（OS）：……你才出车祸呢！你是谁呀？你咋有老纪的手机？我们家老纪呢？你让他接电话！

老石：老纪真的出事儿了，在中心医院抢救呢！我是开车路过的，你赶紧……

我跟你开这玩笑干啥？是真的！

玉凤（OS）：我们家老纪……不当紧吧？

老石：救他的时候还醒着，到了医院就昏过去了，这会儿在抢救，我也不知道……

对方一下子哭了。

老石：哎，你先别哭，赶紧过来，人家要家属签字哪！……中心医院一楼，我把押金垫上了，你来的时候带上钱……

不容他把最后一句话说出，对方已经挂断了电话，留下的是忙音。

老石看着手机，有些无奈。

28．中心医院大厅　夜　内（闪回）

“咣当！”一声，大门被推开，一位中年妇女神色慌张地进来，她就是伤员的妻子玉凤。

玉凤（焦急地）：老纪！老纪！

老石（急忙迎上）：你是老纪的家属？

玉凤：是，是，他在哪儿？

老石：手术还没完。刚才是我给你打的电话，我姓石。

玉凤：哦，谢谢你，石大哥，谢谢你。

老石：老纪是在中山路东头被撞的，肇事司机逃了，我正好开车经过，就把老纪送来了。

玉凤（感动地）：谢谢了，你让我说啥好啊……

老石回身从椅子上拿起老纪的衣物递给玉凤。

老石：这是老纪的衣裳。

玉凤接过衣服，仔细地看着，眼泪止不住地流淌。

老石：是。弟妹，先甭急，医生说老纪能活过来。

玉凤：老纪，你这是咋整的嘛，你让我们娘儿仨可咋活呀……

老石：弟妹，你来了就好了，我也该回家了，要不家里……

正说着，手术室的门开了，老纪被推了出来。

玉凤和老石连忙跑了过去。

29．中心医院　监护室外　夜　内（闪回）

玉凤和老石，背景是ICU的牌子。

玉凤（哭地）：老纪是我们家的顶梁柱，家里还有俩上学的孩子，全指着老纪给人家贴瓷砖挣钱养家呀！这往后……往后的日子可咋过呀！

老石：别哭，好歹把命保住了。我说弟妹，时候不早了，我也该回去了，你看那个……那个……

他一边说着，一边从衣袋里掏出交费单，但还不容他说出“押金”二字，玉凤突然扑通一声跪在地上。

玉凤：救命的恩人哪！我该咋谢你呀！

老石（急忙相拦）：别别，你这是干啥？快起来，有话起来说。

老石不知所措，拿着缴费单收起来不是，递出去也不是。

玉凤：大哥，老纪的押金是你给交的吧？

老石（惊喜地）：哦，是是是，交了两万。

说着，掏出押金条。

玉凤：啊！这么多呀？我……来的时候把家里的钱都敛巴了，总共不到五百块。你先拿着，等明儿个我再……

说着掏出几张钞票递过去。

老石（犹豫地）：这……要不先算了吧，你在医院也要花钱。过两天我再来吧。

玉凤：哟，那可太谢谢你了，好心人，我们全家一辈子不能忘了你呀……

一边说，一边千恩万谢送老石出门。

30．石家餐厅　晨　内

秀娟收拾碗筷。

秀娟：老朱可真傻，我看哪，这钱打水漂了！

老石：不可能，人家对老朱千恩万谢的。

秀娟：他们家那么穷，怎么还？就是有那个心，也没那个力呀！

老石（皱眉地）：你也是这么想的？

秀娟：还用想吗？他们家全指望着老纪给人贴瓷砖，家里还有两个上学的孩子，哪有闲钱呀？

老石：我担心的就是……哦，我替老朱担心的也是这个。过了两天，老朱再去医院的时候，那家人……那家人跑了。

秀娟（吃惊地）：什么？

秀娟本来端着碗要走，此刻又停下了。

31．中心医院　监护室外　日　内（闪回）

不时有医生、病员和家属来往。

老石来到重症监护室门外，隔着小窗向里面望去。

原本老纪的病床此刻换成了其他人。

老石（纳闷儿地）：哎？……（随即高兴地）转普通病房了，说明脱离危险了！

正想找个人问问，一眼便看见了那位相熟的护士。

老石：哎，医生！等等！

护士停下，认出了老石。

护士：哎，你可来了，正要给你打电话哪！

老石（兴奋地）：我知道，我知道，老纪转几号病房了？

护士（愤然地）：他们呀，跑啦！

老石（没有反应过来）：啥？跑……

护士：通知他们续费，没想到昨天晚上就跑了！

老石：不会吧？怎么能……

护士：这种事多了，一听说植物人了，治不起了就跑了，他们还欠着两千多块钱，你说这事怎么办？

老石：你……问我？

护士：他们跑了，交费单上写着你的名字和电话，不找你找谁呀？

老石（急地）：哎哎，我跟他们不认识，不沾亲不带故，你可不能找我！他们治病那两万块钱押金可都是我掏的，我闺女还等着交补习费呢。

护士：我也知道你是助人为乐，可……他们这一跑，责任全在我身上，要不回钱就得扣我的工资，全扣！你说……

老石（恼火地）：这天下还讲不讲道理了？我救人、垫钱，还被讹上了？！

一边说一边转身就走。

护士（上前）：哎哎，你不能走！这事儿还没说清楚，欠的钱……

老石：谁欠的谁还！不关我的事！哎，你们就没找老纪？

护士：要是找着他，还能找你吗？留的电话是你的，他们……

老石：不是有地址吗？去他们家找啊！

护士：地址也没写全乎，只写了小区，几楼几号都没写。

老石：我去找！

护士：那我不管，反正找着找不着都跑不了你。

32．平东小区　院内　日　外（闪回）

一个破旧的小居民小区，一望而知以前是单位的家属区。几个老人坐在楼前闲聊。

老石走来，向老人们打听着什么。老人一边回答一边指指楼上。

33．纪家门口　日　内（闪回）

门打开。

玉凤（吃惊地）：是……你？

老石满脸不悦地站在门前。

老石透过卧室的门看到老纪闭目躺在床上，人事不知。

玉凤的弟弟守在床前。

老石：特别不想看到我，是吧！

玉凤（泪流满面）：大哥……

老石：有你们这样儿的吗？我好心好意拉他上医院，我把闺女的补习费都给你们垫上当押金了，你们倒好，吭也不吭一声，说跑就跑，把我搁里边儿了，这么做事忒不地道了吧！我替你们垫的钱今天一分不少都得给我！

这时玉凤的弟弟突然从屋里冲出来，一把抓住老石。

玉凤弟：好啊！正要找你，你倒送上门来了！走，跟我到派出所去！

老石（不解地）：派出所？干……干啥去？

弟弟甲：你撞了我姐夫，成植物人了，你说吧，出多少钱！

老石：哎，我……你怎么倒打一耙呀！我是救人的，不是撞人的！

玉凤弟：说得好听！你是雷锋啊咋的？平白无故用自己的车把人送到医院，还给垫了两万多块钱，这种事儿打死我也不信。走！

玉凤：大中，你姐夫不是他……

玉凤弟：姐，你甭管！今儿个他要不拿出十万八万，饶不了他！走！

说着，推推搡搡押着老石下楼。

玉凤犹豫着，想追上去，但回头看到两个孩子倚着卧室门框，脸上挂着泪，她又犹豫了。愣了片刻，一屁股坐到椅子上，无助地哭了。

34．派出所　日　内（闪回）

干警：摁手印。

老石：不，不是我撞的！天地良心，他们是讹我，反咬一口！

弟弟甲：不是你撞的，你能垫上两万？你傻呀！

老石：你……我，我，我他妈是真傻！

干警：好了好了，都别吵了。老石，你摁个手印就可以回去了。

老石：我不摁！我没犯法，摁啥手印！不摁！

干警：没说你犯法，这是程序。我们会请交警部门配合调查处理。摁吧。

老石（犹豫地）：你……不抓我？

干警：事情没有调查清楚，抓你干什么？要是查清楚真是你撞的，那你也跑不了！

弟弟甲：就是他撞的！不能让他走！

干警：你们的说法也证据不足！都过来，摁手印！

老石又迟疑了一下，醮醮印油，将自己的手印摁在笔录上。

手印鲜红。

干警（OS）：你要尽快找到坐你车的那个姑娘给你作证。

35．石家客厅　晨　内

秀娟将碗筷端起，准备进厨房。

秀娟：得，这下老朱傻了吧？

老石：是啊，这事儿要是让他老婆知道了，还不得扒他皮呀！

秀娟：所以老朱就找你借钱，把他捅的窟窿给补上。

老石：没错！

秀娟：老朱是好心，只怕到最后钱要不回来，人也不清不白。

老石：是呀。哎，唉，老婆，要是我摊上这事儿，你说怎么办？

秀娟（端碗进厨房）：那我可得好好请请你。

老石：请我？

秀娟：请你卷铺盖卷儿，走人！

老石（笑容僵住）：……

秀娟又从厨房探出头来。

秀娟：老石，你得赶紧追着老朱把钱要回来，孩子补习是大事儿，将来上大学更需要钱。

老石：我……我尽力吧。

秀娟：不是尽力，是必须！

36．小区大门　出租车内　日　内

老朱坐在出租车内，拧开保温瓶准备喝水。突然，有人敲车窗。

老朱差点儿被呛着，急回头，原来是秀娟。

老朱（下车）：哟，嫂子呀！

37．小区大门　出租车内　日　内

老朱下车，秀娟满面笑容地望着老朱，却没有开口说话。

老朱（不解地）：嫂子，你……坐车？

秀娟：不，不坐车。

老朱：那……有事儿？

秀娟：也……也没啥事儿。

说着，突然从包里抽出一双鞋垫递给老朱。

秀娟：给，嫂子给你的。

老朱更摸不着头脑，下意识地退了两步。

老朱：嫂子，这……

秀娟：嫂子亲手做的，估摸着你的脚跟老石差不多，能穿。

老朱：这……嫂子，你有啥话直说，我……我……

秀娟：也没啥话。就是……嫂子就想问问，你石哥他……他跟你那件事儿……

老朱：嫂子，你……你都知道了？

秀娟：是呀，你石哥一五一十都跟我说了。

老朱：既是这样，那我也甭瞒着你了。嫂子，你可得好好劝劝石哥，女人这东西可招不得，那是祸水，沾上就得掉层皮……

秀娟（不解地）：老朱，你这是……

老朱：嫂子，这事儿压在我心里不痛快，你就让我把话说完吧！你们老夫老妻这么多年，多恩爱呀，可不能半道上分手。再说，小杰都那么大了，让孩子受了委屈，这心里能过得去吗！还有……

秀娟（严肃地）：老朱，打住！你说的是啥事儿呀？

老朱：就是石哥跟你说的那件事儿呗。我劝过石哥，歌舞厅的小姐能有真心？再说了，那小姐比小杰大不了多少，往后……

秀娟：你是说……老石找歌舞厅小姐？

老朱：是呀。四眼儿也劝石哥，说咱不是大款，挣俩钱不容易，把钱糟在那种地方，不值当！

秀娟：啥？他……他把钱都……都给了小姐？

老朱：可不是吗？这几天挨个儿找我们几个借钱。嫂子，你放心，甭说没钱，就是有也不能借给他去干这个呀！

秀娟：他……他骗我！他说把钱借给你了，原来他……他在外头干这个！呜……这日子没法过了，不过了……

一边说一边哭着跑走。

老朱（纳闷地）：哎，嫂子，石哥不是都跟你坦白了吗？

38. 城市街道　日　外

老石的出租车在车水马龙中穿梭，他仍在苦苦地寻觅。

电话铃响。

老石（接电话）：喂？老婆……

秀娟（OS）：老石，你给我马上回来！

老石：啥事儿呀？离收车还早着呢，我再……

秀娟（OS）：你要不回来我就上吊！

老石周身一振，慌忙掉头。

39．石家客厅　日　内

门开，老石胆怯地探头进来。

咣当！一只盘子在脚下迸溅。

老石（吃惊地）：秀娟，你这是干啥呀？

咣当！秀娟泪流满面，将另一只盘子摔在老石脚下。她面前的饭桌上摆着高高一摞盘碗，看样子准备一一摔碎。

老石：这是为啥呀？

秀娟：不为啥，就是不想过了！

咣当！又是一只盘子。

老石（急忙上前）：哎哎，秀娟，消消气，消消气。电话里头急扯白脸叫我回来，到底咋啦？

秀娟：你说，那两万块钱去哪儿了？

老石：不是都跟你说了？借给老朱了！

“哗啦啦！”数个盘子落地。

秀娟（哭地）：我连个实话都听不到，这日子还怎么过呀！

老石：秀娟，你听我说，那钱……

秀娟：那钱都给了歌舞厅的小姐，你还当我不知道！

老石：这是谁说的？简直是胡说八道！秀娟，你可甭听他们……

他上前握住秀娟的手，不想却被一下子甩开。

秀娟：别碰我，我嫌你脏！

老石：我……我怎么就脏了？我……

秀娟：石化枚，你还嘴硬啊！好，好，我成全你们，我带着小杰走，给你们腾地方！

说着，扯过一张离婚书拍在桌上。

秀娟：离婚书，签字吧！

老石：这……秀娟，你这是……

秀娟：老朱把你干的那些脏事儿都跟我说了！你就甭再骗我了！让我清清静静地离开你吧！

老石（颓然坐下）：老朱？他……他……秀娟，我……我对不起你，我是骗了你……

秀娟（瞪大眼睛）：什么？你……老朱说的都是……真的？

老石：是真的……哦不，不是真的。我没找小姐，那钱……那两万块钱我也没有借给老朱，而是——秀娟，我跟你说老朱救人那档子事儿，那是……那是我干的。

秀娟（意外地）：啥？你救了人，垫了钱，人家跑了，还反咬你一口？

老石：是。

秀娟一屁股坐下，捂着脸痛哭失声。

秀娟：这钱……好不容易攒的辛苦钱，算是打了水漂了。还不如借给老朱呢！

老石：不，警察说了，只要找到那个证人，就还我个清白。你放心，这钱我是非要回来不可！

（淡出）

40．空镜　晨　外

城市晨景。

41．小区门口　晨　外

老朱正在向四眼儿和胖姐说着什么，二人瞪大惊异的眼睛。

这时，老石的出租车驶来停下，老石下车，怀里抱着一沓子寻人启事。

老朱急忙上前。

老朱（内疚地）：石哥，你看这事儿闹的，我还以为你跟嫂子坦白了，我就……

老石：我又没干坏事儿，坦白个啥？

老朱：我不是以为你干了坏事儿吗？往后啊，你再干啥事儿，打死我也不说！你放心，嫂子甭想从我这儿套出半句真话！

老石瞪着老朱，老朱连忙打住。

老朱：我……我又说错话了。

四眼儿：石哥，朱哥把你的事儿都跟我们说了。

胖姐儿：石哥，你这事儿干得，确实不靠谱。

四眼儿：压根儿就不识谱！

老石：我就不爱听你说话，年纪轻轻，咋就那么……

四眼儿：甭跟我谈理想，我打一生下来就戒了！

老石：你看你，你……

胖姐儿：石哥，你这人心好，大伙儿都知道。可这事儿我瞅着也……悬！

四眼儿：是呀，人家捐钱的都是有钱花不了，家里盛不下，瞅着堵心！没见过石哥这么穷的慈善家！

老石：事情已经做了，你们说咋办？

老朱：咋办？那钱得要回来！

老石：钱我可以先放一边，可清白一定要找回来！拜托哥儿几个，帮我找找证人。

说着，将寻人启事分给众人。

老朱（看启事）：陶红？

老石：老朱，你见过那女孩，就是我在舞厅门口等的那个女孩！

老朱：有印象！再见着她，我能认出来！

42.（一组叠换画面）

伴随音乐响起一组寻找证人的叠化镜头——

一双大手将一张寻找目击者的告示贴到电杆上——这当然就是

老石。

贴罢，他回头向围观的路人询问着，路人纷纷摇头离开。

老石走向下一个电杆，他的怀里还抱着厚厚一叠告示。

四眼儿、老朱、胖姐儿纷纷开着车帮老石粘贴寻人告示。

43. 城市街道　出租车内　日　内

老石沮丧地开着车，电话响起。

老石：喂。

打电话者（OS）：请问是石化枚吗？

老石：我是，哪位？

打电话者（OS）：您要找的那个陶虹，在我们这里！

老石（激动不已）：是吗？太好了，我马上就到。

说着，加快车速。

44. 某办公室　日　内

一摞小广告拍在桌面上

打电话者（OS）：这就是你要找的陶虹！

老石呆若木鸡的脸。

一个身穿制服的城管怒视着老石。

城管：你下的功夫不小啊，这大街小巷都被你贴遍了，动用了我们一大班子人去清理你这些个广告！

老石：城管大哥，我是实在没办法了才这么做的，我……

城管：你难道不知道这城市街道是不许随便张贴小广告的吗？你这叫破坏城市精神面貌！

老石：对不起啊，真对不起啊，下回……哦，不，不会再有下回了。

城管：你别说了，先按照规定交罚款吧。

老石：交罚款啊？那……那得交多少啊？

城管：一千。

老石无奈地垂下了头。

外面响起了雷声。

45．城市街道　出租车内　日　内（雨）

老石开着车，但他的心思有些游移，眼中含着泪水。

有人在路边招手，但他视若无睹。

雷声再响，雨滴落在挡风玻璃上。

雨刷划动，前面的景物模模糊糊。

更多的行人招手叫车，但老石不予理睬。

46．小区大门　日　外（雨）

老朱他们的车都不在，避雨处躲了不少人。

老石的出租车开来，刚刚停下，几个人争先恐后抢了上去。

谁知老石却打开车门，从车上下来，神情愣怔。

客人：哎，师傅，走啊！

老石充耳不闻，他从衣袋里掏出香烟，但马上就被淋湿。他烦躁地将烟盒揉碎，扔在地上，用脚使劲踩着。

接着，他仰头望天，任凭雨水兜头浇下，分不清哪是泪水哪是雨水。

客人（下车，愤愤地）：有病啊！

老石回头，用愤怒的目光瞪着客人。客人感到不妙，慌忙跑开。

47．石家门厅　日　外（雨）

外面雨声哗哗。

门开，老石进来，他浑身湿透，如同一只落汤鸡。

小杰从自己的房间出来，看到老石，大吃一惊。

小杰：爸，你怎么回来了？

老石没有回答，而是扶着墙走到沙发前，一屁股坐了下去。

小杰：哎呀，爸，沙发弄湿了，快起来，把衣服……

老石（怒吼地）：少管我！我在外头不是人，回到家还要受气吗！

小杰（愣了）：爸，你这是……怎么啦？

老石起身，拖着水渍走进卫生间。

小杰：爸，你是不是病了？

48．石家卫生间　日　内（雨）

老石进来，打开水龙头，穿着衣服任热水从头顶浇下。

不一会儿，他颓然坐到地上。

热水不停地浇着。

49．石家门厅　黄昏　内

小杰耳朵贴在卫生间门外，表情焦虑。

小杰：爸，爸，你别这样啊。有啥事儿你出来说，啊？爸，开门吧。

卫生间里杳无动静，反倒是大门开了，秀娟从外面进来，手里拿着一把雨伞。

秀娟：丽杰，电话里说得那么急，是咋回事儿啊？

小杰：我爸把自个儿关在里头，差不多一个小时了。

秀娟：为啥？……（上前敲门）丽杰她爸，听见吗？把门打开。

老石依然没有回答。

秀娟：丽杰她爸，你倒是回个话呀！哼一声也行啊！……她爸，你可别吓唬我呀，我们娘儿俩……

说到最后，眼泪不由自主地淌下。

小杰：妈，我爸回来的时候情绪就不对，他会不会……

秀娟瞪大眼睛，感到恐惧。

秀娟：她爸，我求求你，说句话吧！……丽杰，快，把斧子拿来，劈门。

小杰慌忙答应着，跑进厨房。

秀娟：她爸呀，你可不能想不开呀！甭管出了啥事儿，咱都得撑着呀！

说话间，小杰跑回来，将手里的斧头递给秀娟。

小杰：妈，给！

秀娟接过，刚举过头顶，照着卫生间的门就要劈下去。

吱扭一声，门从里面开了，老石探头出现。

秀娟：她爸，你……

老石（没头没脑地）：钱我可以不要，但我得要个清白！

50. 平东小区院内　日　外

老石站在院中，仰头望着纪家的窗口。

片刻，他迈步走进楼门。

51. 纪家门外　日　内

老石敲门，但里面无人应声。

52. 纪家卧室　日　内

敲门声不断传来。

玉凤一边流泪一边为老纪擦洗。

53. 纪家门外　日　内

老石：开门！开门哪！躲是躲不过去的！……我不要钱，我要我的清白！

旁边的门吱呀一声开了，一位老大娘探头出来。

老大娘：你干啥？怎么敲起来没完没了啦？

老石：哦，大娘，我找他们家的人。

老大娘：人家不开门，那就是不在家！

老石：可我……

老大娘：我们家老头子病着，受不了你这响动！

老石无望地慢慢走下楼，不时地回头看看纪家紧闭的门。

54．石家餐厅　夜　内

老石坐在桌边，旁若无人地喝着酒。

秀娟试图将他的酒杯夺下。

秀娟：她爸，别喝了，不少了，今儿个……

老石（愤怒地）：你他妈少管我！

老石猛地一拍桌子，筷子等物跳了起来。他瞪着血红的眼睛盯着秀娟。

秀娟也猛地一拍桌子，起身。

秀娟：老石，给你脸不要脸！这么长时间了，看看你活得还有个人样儿吗？

老石（起身）：你他妈说什么哪！三天不打上房揭瓦！

一边说一边给了秀娟一个耳光。

秀娟：你……你打我？好啊，老石，你不是人！是畜生！这日子没法儿过了！

老石：没法儿过就不过！你滚！给我滚！

秀娟直盯盯地望着老石，突然转身回了卧室。

小杰从自己的房间里出来。

小杰（不悦地）：爸，就不能消停一天吗？每天喝酒，喝多了就拿我妈出气！

老石：看不惯你爸了是不是？觉得你爸没本事，是不是？

小杰：不是。爸，每天这么吵，我还怎么复习呀！

老石：复习个屁！考啥大学？不考了，不复习了！

小杰：这可是你说的！

老石：是我说的，咋啦？你也想管我，啊？跟你妈穿一条裤子！

小杰（含泪地）：爸，你……

老石：我咋啦？看不上你爸？是，你爸窝囊，你爸没能耐，你爸被人欺负。你跟你妈滚，去找个好爸去！

秀娟拎着一只箱子从卧室出来。

秀娟：丽杰，甭理他，他疯了！咱走，咱回姥姥家。

小杰：妈，还是别……

老石：滚，都他妈给我滚！滚得越远越好！一辈子甭让我再看见！滚！滚啊！

小杰望着声嘶力竭的老石，紧咬着嘴唇，返身回了自己的屋。

55．同上　晨　内

晨光透进来，屋里一片狼藉。

老石和衣睡在沙发上，眉头紧皱，涎水从嘴角流下。

老石（梦呓地）：我没……没撞人……

他手脚乱动，一下子从沙发上跌到地上，醒了。

他没有马上起身，而是掐掐自己的头，环视左右，似乎想起了昨天的事，急忙起身。

老石：秀娟？秀娟？……丽杰？

他推开卧室门，再推开丽杰的房间，终于大失所望。

56．小区大门　日　内

老朱、四眼儿和胖姐儿打着扑克，但三个人都有些心不在焉。

老朱：这叫啥事儿啊！

胖姐儿：石哥整整瘦了一圈儿！唉，多好的人，招谁惹谁了！

四眼儿：倒霉是一种永远也不会错过的运气，每个人都会碰上，也就是早来晚来的事儿！

老朱：好好一个人，让这事儿给搅傻了，好好一个家，让这事儿给搅乱了。

四眼儿：如今哪，有钱的是大爷，可欠钱不还的是大爷他大爷！

老朱（把牌一扔）：不打了，没劲！

正这时，一个女人抱着一条狗从小区中出来，走到出租车前。

抱狗女人：走不走啊？

老朱：胖姐儿，该你了。

胖姐儿走向自己的出租车。

胖姐儿：上这辆。

抱狗女人上了胖姐儿的出租车。

四眼儿（小声地）：什么世道啊，人活得像狗，狗活得像人！

正说着，老石开车到来。

四眼儿：哟，石哥出山了！

老石下车，走过来。

老朱：石哥？好些日子不见了。派出所有消息不？

老石：还没有。

四眼儿：石哥，我早就说了，这件事儿啊，要么忍，要么残忍。

老石：怎么残忍？

四眼儿：叫上一帮弟兄，找姓纪的家里去，理论清楚。不行就把他家砸了！

老石：那我还是忍吧。老朱，麻烦你一件事儿。

老朱：你说！

老石：我想请你……去把你嫂子劝回来。

老朱：咋地，嫂子走了？

老石：丽杰也走了。都怨我，我他妈混蛋……告诉你嫂子，就说……就说我不闹了，那件事算是翻过去了，以后还跟从前一样，跑活儿，打牌，过日子。

四眼儿：哎，这就对了，在哪里跌倒就在哪里躺下。石哥，要知道这世界上，并不是每一句对不起都能换来没关系。

老石：跟丽杰说，她得好好复习，考上好大学，甭像他爸这么窝囊。

老朱：行，我去，正好我得跟嫂子道个歉。

（淡出）

57．某小酒馆　日　内

老石颓废地喝着闷酒。

老朱匆匆进屋，拉起老石就走。

58．某售楼部　窗外　日　外

透过售楼部窗口看到一个姑娘在向客人介绍楼盘。

老朱指指，是那姑娘吗？

两人仔细辨认。

老石：是，是她，没错，就是她！

老朱拍拍老石的肩膀。

老朱：那我先拉活去了啊！你自己看着处理吧！

老石点点头，端详着里面的情况。

59．某售楼部　门外　日　外

陶虹送客人到门外，正要转身返回。

棒子（OS）：陶虹！

陶虹（转身）：你怎么找到这儿来了？

棒子：陶红，再给我一次机会好吗？我真的爱你，是莉莉那个骚货缠着我不放，我才跟她那啥的，我以后再也不敢了，你就再原谅我一次……

这时，老石喜出望外地走了过来。

老石：姑娘，你让我找得好苦啊。

陶红一愣，觉得奇怪。

陶红：你是……

棒子：又是你！妈的，那天在歌舞厅饶了你，你还不死心哪！

陶红（也认出了老石，不悦地）：你这人怎么回事儿啊？为啥老跟着我呀？

老石：姑娘你不记得我了？夏天的时候，你打我的车，半道儿上让我哄下去了，当时碰上一出车祸的，我要送他去医院……你还记得不？

陶红（思索着）：哦，哦，有这事儿，当时你凶巴巴的，你找我干啥？

老石：我想让你跟我去作个证。

陶红：去哪儿？

老石：派出所。

棒子（恼火地）：你他妈算哪根儿葱啊，还敢带她去派出所？赶快滚蛋！

老石：陶红姑娘，求求你了，这事儿没你不行，没你我就惨了！你就跟我去派出所一小会儿，把事儿说清楚就回来……

棒子：你还有完没完，没见我们在说事儿吗？再啰唆，看我不揍扁了你！

老石：你就是把我揍成相片，今儿个我也得让她和我去一趟！

棒子：嘿，你还横上了！

说着，挽袖子就要动手。陶红急忙相拦。

陶虹：你干什么呀，别在这儿撒野啊！

老石：小子，来真的呀。哥哥我多少年没有练过手儿了，今儿不拿你练练还真怕把一身武艺荒废喽。

棒子飞踹老石，二人扭打在一起，陶红哭叫着拉架。

（过程待设计）

棒子从地上摸到一块砖头，向老石头上拍去。老石慢慢倒地。

陶红：哎呀，出人命了！

棒子心虚，看到老石血流满面，撒腿就跑。

陶红：大哥，大哥你没事儿吧？你能起来吗？

老石满脸是血，慢慢睁开眼睛，视线渐渐清晰。

老石：姑娘，你可得帮我啊……

陶红：我帮你，帮你。我带你去医院。

老石：不去医院，咱去……派出所……

陶红：先上医院，有啥事儿以后再说。

老石：姑娘，你一定要替我作证啊。

陶红：好好，我给你作证。

老石（欣喜地）：真的？说话算数？

陶红扶老石起来。

陶红：算数，算数。先去医院，再去派出所！

60．派出所　日　内

干警递过一份老石的笔录，让陶虹摁手印——此时的老石，头上缠着白色的绷带。

干警：好了，没事了，你可以走了！

老石高兴地与陶虹对视了一下。

老石：真没事儿了？

干警：对，石化枚同志，你没事儿了，你是无辜的。

老石：呵呵。

突然又反应过来。

老石：那……那我给他们垫的钱怎么办啊？我答应过我老婆，一定要回来的，那可是我们家闺女上大学的钱啊。

干警：这事不归我们管。如果他们真要赖账，你可以到法院去起诉他！

61．派出所门外　日　外

老石和陶红从派出所出来。

陶红：真没想到，做好事还做出这么多麻烦。真是好人难当啊。

老石：甭管怎么说，我的清白回来了！

陶红：走，我陪你去找他们，当面说清楚！

老石（感动地）：你……你真的愿意跟我去？

陶红：你是好人，好人不能被冤枉！

老石：哎哟，姑娘，你才是好人。大大的好人！走！

说着，拉开车门，让陶红上车。

62．派出所门外　出租车内　日　内

老石（上车）：去了以后，你用不着多说，就把那天我怎么拉你，为了救他怎么把你撵下车告诉他们，看他们有啥脸！

陶红：大哥你放心，我知道怎么说。

老石对着镜子看看自己，动手扯着头上的绷带。

老石：这点儿伤至于包成这样吗？快成阿拉法特了。

陶红嫣然一笑。

陶红：大哥，都这样儿了你还有心思逗乐儿。

老石：老石抗揍，那小子要不是下黑手动砖头，就那小样儿的，还真到不了老石跟前儿。

63．纪家门外　日　内

陶红和老石沿楼梯来到纪家门外。

老石：就这儿。

说着，开始敲门。

里面一片寂静。

老石：我来过好几次，都不开门。……（提高音量地）老纪他媳妇，开门！我知道家里有人！躲是躲不过去的！……我告诉你，我不是来要钱的，派出所那边已经帮我证明清白了。

屋里依然鸦雀无声。

老石：老纪他媳妇儿，我把目击证人也带来了，你听听人家是怎么说的！

这时，对面的门开了，那位老大娘出来。

老石：哎，大娘，是我，他们家……

老大娘（认出了老石）：哦，又是你！你是真不能让人家消停啊！

老石：大娘，我真没撞他，这不，我把……

老大娘：上回你来闹腾，我就跟你说了，小纪两口子是好人，不会讹人的！人都撞成了那样，没找你多要钱，你还不依不饶。我说你做人还有点良心吗？

老石：大娘，你怎么就不听我说呢？我是救他，不是撞他。他……

老大娘：你还没完没了啦！人家惹不起你，躲得起你！这不，搬走了！

老石（一惊）：啥？他们搬走了？

老大娘：还不是为了躲你！小纪病成那样，也抬走啦！真是造孽呀！

老石：这……大娘，他们搬啥地儿去了，知道不？

老大娘：不知道！

说完，回屋，“咣当！”把防盗门重重关上。

老石怔怔地望着陶红，脚下一软，出溜到地。

陶红：大哥！大哥……

64．某超市门口　日　外

秀娟帮顾客往外送货。老朱不知从哪儿跑来。

老朱：嫂子！

秀娟（冷淡地）：你来干啥？

老朱：我来……哦，嫂子，我得跟你说声对不起。石哥他没找小姐，是我胡咧咧瞎说的，让你们吵了架，还闹腾着要离婚，我这张嘴可真是臭！

秀娟：你走吧，不怨你。

老朱：嫂子，你说不怨我，可我知道你还在生气。你们要是真离了，那……那我老朱还有脸活着吗？

秀娟：真的不怨你，嫂子也没生你的气。嫂子气的是我们家那口子没长脑子！

老朱：这事儿吧，石哥办得是不咋样，但现在证人找着了，冤枉也洗清了，您就别再跟他怄气了。

秀娟：他的冤枉是洗清了，可我那钱呢？你去告诉老石，这笔钱他要是找不回来啊，就甭想让我们娘俩回去！

说完转身进了超市，老朱无可奈何。

65．石家门厅　日　内

随着钥匙声，门开了，老石扶着门框进来。

他无力地打量着四周，屋里一片寂静。

片刻，他走到沙发前，轻轻坐下，用手揉着头部。

泪水不由自主从脸上滚落，老石以手捂脸，肩膀抽搐，发出男人压抑的哭声。

66．平东小区大门　黄昏　外

不断有人从小区出出进进。

马路对面停着老石的出租车，隐约可见他坐在车内，向外观察——此时的他头上还残留着一块纱布。

67．纪家门外　日　外

老石敲门，倾听——此时的他头上已经没有了纱布，但伤口赫然。

68．平东小区　院　黄昏　外

老石向人们打听，此时，他头上的伤口已经愈合。

69．某小卖部　日　外

老石买了几个包子，一边吃一边走向自己的出租车。

陶红（OS）：石大哥！

老石回头，看到陶红迎面走来。

老石：是陶红姑娘啊！

陶红：石大哥，还没找着他们家？

老石：没有。

陶红：要我说算了吧。就只当……

老石：那可不行，怎么能算呢？！我是铁了心了！到了阴曹地府我也要把他们找出来！要不窝囊啊！

陶红：大哥，唉……

老石：不说这个了。你这是要去哪儿？大哥送你。

陶红：不用了，不远……（改变主意地）好吧，就送我一趟吧。

老石：上车！

二人上车。

70. 某小区　出租车内　日　内

出租车停在某栋楼下，陶红掏出五十元钱扔下，开门下车。

老石：哎哎，把钱拿上！说送你就是送你，不要钱！

陶红一笑，快步走了。

老石：陶红姑娘……

他拿起钞票，望着陶红远去的背影，眼中蒙上一层泪水。

71. 平东小区大门外　日　外

老石的出租车照例停在路边。

一辆红色出租车开来，停在老石的车后面。陶红从车上下来，敲着老石的车门。老石从车里将门打开。

老石：哟，这么巧啊？

陶红：石大哥，送我一趟吧。

老石：好好，上来，上来。

陶红上车。

老石的出租车启动，掉头，向陶红刚来的方向驶去。

红色出租车司机纳闷的表情。

72. 城市街道　出租车内　日　内

老石开车，同时取出五十元钱递给陶红。

老石：陶红姑娘，你的钱。

陶红：石大哥，怎么是我的钱哪？这是上次的车费。

老石：说好了不要钱。再说，不到一公里，哪能要这么多呀！

陶红（不悦地）：石大哥，停车吧。

老石（不解）：啥？

陶红：你不收钱，我怎么好意思坐你的车呀！

老石：这……陶红姑娘，我知道你在帮大哥。

陶红（感动地）：石大哥，你真是好人。

老石（笑地）：呵呵，要是老纪他们能有这么一句话，大哥也就不跟他们较这个真儿了。

陶红：是呀，有时候天大的事儿地大的事儿，其实就是一句话的事儿。

老石：哎，姑娘，你这话太对了！可好些人活了大半辈子，怎么就不明白这个理儿啊！

二人会心地笑了。

73. 城市街道　日　外

陶红（OS）：石大哥，我想……我想包你的车。

老石（OS）：包车？……姑娘，我明白了，你想照顾我的生意。

陶红（OS）：那倒不是，主要是最近晚上总加班，坐别的车我不放心。

老石（OS）：呵呵，好，那每天晚上我来接你。

在画外音中，老石的出租车随着车流向前驶去。

74．售楼部大门　昏　外

霓虹闪烁。

陶红出来，棒子在后苦苦相留。

棒子：陶红，我爱你，为了你我可以去死……

陶红：用不着。咱俩已经不可能了。

棒子：为什么呀？我哪点儿对不起你呀？

陶红：你没有对不起我！

棒子：我知道，我没什么出息，但是我可以为了你去改变啊，我答应你，本本分分地找一份工作，还不行吗……

陶红（停下）：这话我早就听腻了，请你别再纠缠我了，咱俩不合适！

棒子（恼火地）：不合适？是你他妈爱上哪个王八蛋了吧！谁？我劈了他！

陶红：你看，这就是你，你说我能跟你过吗？

棒子（立马转变态度）：能，能，我改，我一定改，我……

说话间，陶红已经走到老石的出租车前，开门上车。

棒子：陶红，陶红，你下来，听我……（发现了老石）是你？！

棒子隔着车窗指着老石。

棒子：哎，陶红，你……你他妈不会爱上这个老东西了吧？

陶红：石大哥，甭理他，开车！

老石发动了汽车。

棒子：喂，老不死的，敢抢我的女朋友！我早就看你不是个好东西！你下来，这回我弄死你！

老石不予理睬，开动了汽车。

棒子：停下！陶红，呸！妈的，我让你们俩死一块儿！

出租车驶上街道，老石从后视镜中看了陶红一眼。

老石：陶虹姑娘，你跟他说啥了？

陶红：啥也没说。那是个二百五，甭理他！

老石不再多说。

75. 平东小区附近　烟酒店　日　内

一包便宜的香烟被放到柜台上，老石拿起，交钱，离开。

76. 平东小区大门外　日　外

老石从烟酒店里出来，抽出一支烟，点上，走到自己的出租车前。

拉开门，正要上车，他的眼睛直了，手里的烟掉在地上。

在他的视线方向，我们看到玉凤骑着自行车从小区出来，车后夹着一只包袱。

老石扬手想喊，但很快便改了主意，他急忙上车，尾随而去。

77. 郊区土路　日　外

玉凤骑着自行车，行在坑坑洼洼的土路上。

不远处，老石的出租车出现在拐弯处。

78. 郊区　出租车内　日　内

老石开着车悄悄尾随，只见玉凤来到一个农家院外，下车，推门而入。

老石左右看看周围的环境，下车。

79. 郊区　农家院　日　外

老石来到农家院外，探头向里面张望。

院中晾晒着被褥，老纪的两个孩子正在玩耍。

老石退回到出租车前，拉开车门。

80. 售楼部大厅　日　内

棒子向陶红苦苦哀求。几个同事在一旁窃笑。

棒子：陶红，你还想让我怎么样？我给你跪下，只求你再给我一次机会，我……

陶红：张连哲，你还有完没完？这是上班地方，你要什么无赖，不是跟你说了，咱俩没关系了。

棒子：有关系，有关系。我爱你呀，我……

陶红起身要走，棒子拉住她，突然跪在地上。

棒子：陶红，你就不能可怜可怜我？我给你……

陶红正不知所措，老石兴冲冲跑了进来。

老石：请问，陶红在吗？……哎，陶红姑娘，快走！

不由分说，拉上陶红向外跑去。

棒子：哎？这他妈是……怎么回事儿？……（起身）回来！老帮菜，你他妈回来！

81. 售楼部大门外　日　外

老石拉着陶红跑出，上车。

棒子追出来，眼睁睁看着出租车开走。他气恨交加，愤怒地盯着远去的出租车。

82. 城市街道　出租车内　日　内

老石开着车，表情兴奋。

老石：功夫不负有心人，可算让我给逮着了！

陶红：你看清了，真是她？

老石：错不了，这一家子，可真行，躲到郊区去了！

陶红：这么长时间了，石大哥，你可真不容易呀。

老石：值！只要还我清白，再不容易也值！

83. 郊区土路　日　外

出租车慢慢停在路边，老石和陶红分别下车，一前一后向马路对面的农家院走去。

老石：我倒要看看他们的表情！

话音未落，突然传来一阵刺耳的摩托车轰鸣声，老石回头，只见一辆摩托车发疯一般飞速驶来。

陶红（惊叫地）：石大哥，小心！

不容老石有所反应，摩托车已经到了眼前。

一个黑衣男子飞快地将手中的砖头拍在了老石的头顶。

嘭的一声巨响，然后重重地摔在了地上。

肇事摩托车稍一迟疑，加速开走。就在这一瞬间，我们看清了开车的正是棒子！

陶红：石大哥！

老石不省人事。

陶红：来人哪！快来人哪——！

围观者挺多，但没有人愿意出手相助。

陶红：我求求你们，帮帮我吧。我不讹你们，我保证，对，我给钱，给你们钱……

说着，掏出钱递给众人。

众人抢钱，然后拦下一辆出租车，把昏迷不醒的老石抬上车。

出租车开走，众人欣喜地看着刚刚到手的钞票。

人群还没有散尽，我们就看到玉凤拎着一只菜篮子从街角走来，推开了车祸现场对面的院门——显然，刚才发生的一切她并不知晓。

84. 农家院　卧室　日　内

这是一间简陋的房屋，几乎没有多余的家具。

老纪躺在床上，面容消瘦了许多。他的小女儿坐在炕沿上给他擦手。

蓦地，我们发现老纪的眼皮在轻轻抖动。

女孩儿：爸爸？

老纪的眼皮又动了一下。

女孩儿：爸爸，你醒醒啊，你都睡了一年多了……

正说着，玉凤推门进来，小女孩急忙迎上。

女孩儿：娘，爸爸醒了！

玉凤手里的菜篮子落地，她一下子扑到炕前，仔细观察。

玉凤：他爸？！

老纪毫无反应。

玉凤（叹气地）：唉，我知道你心里想的是啥。饿了吧，我给你做……

话未说完，她的眼睛一下子直了。

只见老纪的手轻轻动了一下，又是一下……

玉凤（惊喜地）：老纪？……他爸？

老纪的手指竟轻轻抬了一下。

玉凤（哭地）：老纪！你活过来啦！

她喊着，一下子扑到老纪的身上，用手捶打着他。

玉凤（号啕地）：你这个狠心的东西！你可把我给害苦啦！……你还醒过来干啥呀！干脆让我们娘儿仨跟你一块死了算啦！……老纪呀老纪，你知道我们的日子是咋过的吗！……

老纪的眼皮剧烈跳动，轻轻睁开。

（淡出）

85.（一组叠换画面）

——农家小院外景；

——晨，老纪靠在床头，玉凤一口一口喂他吃着鸡蛋羹。两个孩子坐在床上，一会儿看看老纪，一会儿看看鸡蛋羹，舔舔嘴唇；

——日，玉凤和两个孩子一起为老纪按摩腿部肌肉；

——夜，玉凤扶着老纪下床。两个孩子高兴地拍手笑着；

——日，玉凤扶着老纪走出屋门，老纪手搭凉篷，舒心地望着太阳。

86. 农家院　堂屋　日　内

一家人围坐在桌前，吃着简单的饭食。

玉凤：……要不是我弟弟大中接济着，我们娘仨的日子可真过不下去。

老纪：以后就好了，等我干活挣了钱，请他喝酒，好好谢谢他们一家。

玉凤：你还是好好歇着吧，哪能出去干活儿呀。

老纪：不干怎么行？……哎，玉凤，还有件事儿，我恍恍惚惚记得，被撞了以后，有个人好像把我抱到一辆车上，记得好像是辆出租车。玉凤，你在医院见过这个人没？

玉凤（支吾地）：我……没见过。

老纪：要是能找到这个人就好了，我真想当面谢谢他。

玉凤（掩饰地）：快吃吧。

老纪：后来的事儿我都不知道了。你给我说说，你是咋知道我被撞了？

玉凤：是……就是那个出租车司机打的电话，他……他从你的手机里找到的号码。等我赶到医院的时候，他……他已经走了。

老纪：可惜了。以后你再也没见过他？

玉凤：没……没有。你倒是吃呀。

老纪：咱们为啥搬到这儿来了？你是不是为了给我治病，把咱的房子卖了？

玉凤：没有，没卖。

老纪：那怎么能有这么多钱？

玉凤：啊，是……大中给垫的。

老纪：那咱得还，把房子卖了也得把钱还上。

玉凤：咳，那是我弟弟，不还也没啥。

老纪：那不行。我的脾气你知道，不愿欠别人的，心里不踏实。

玉凤：以后再说吧。快吃。

老纪：你还是没说，为啥搬到这儿来住了？

玉凤（迟疑地）：是为了……

不等玉凤说完，大孩子抢了先。

女孩儿：爸，是为了躲着那个伯伯！

老纪（不解地）：哪个伯伯？

玉凤（呵斥地）：小继，就你话多，吃饭！

孩子不敢再说，低头吃饭。

老纪（狐疑地）：玉凤，是不是……有男人找你的麻烦？

玉凤：不是，甭听孩子瞎说。

老纪：我明白了，有人看你孤儿寡母的，想占便宜，欺负你，是不是？

玉凤：不是，看你想哪儿去了？我……是因为……

话说了一半，她突然哭了起来。

老纪：玉凤，别哭，我……我不怪你，我是个半死的人，你要是找个相好，我……我也不能说啥，以后……

玉凤（恼火地）：你在说啥呀！人家……人家心里有多苦，你知道吗？刚醒过来就胡说，你……你还算个人吗！

老纪（愣了）：我……我说的是……

玉凤：你不就想知道为啥搬到这儿住吗？我告诉你吧，就是为了躲那个出租车司机！

老纪（大惊地）：出租车司机？他……他欺负你了？

玉凤：对，他欺负我！欺负我没钱，欺负我没本事！欺负我是个妇女，没主意！他……他……

老纪（生气地）：你不是说没见过他吗？他是谁？住哪儿？我去找他！就算他救了我，也不能蹬鼻子上脸！他要钱咱给他，不能欺负人！

一边说一边将筷子拍在桌上。

老纪：这叫什么世道啊！救个人还把咱讹上了！那还不如不救！

玉凤捂着脸泣不成声。

老纪：别哭，咱又没错。你说，他住哪儿？明儿个我就去找他！

玉凤：老纪，我……我对不住人家呀！

老纪（又是一怔）：你这是说什么呢？怎么对不住他了？

玉凤：我……我把事儿说出来，老纪，你……你可千万别生气呀。

老纪：我不生气，我……到底咋回事儿？你说，说呀。

玉凤：小继，带妹妹出去玩！

两个孩子懂事地离开。玉凤擦去泪水，开口讲述……

87. 农家院　日　外

两个孩子隔着门缝向里张望，可以看到玉凤正在讲述，老纪脸色难看。

突然，老纪站起来，“啪！”给了玉凤一个耳光。

两个孩子慌忙退后。

88. 农家院　堂屋　日　内

玉凤（捂着脸）：你打吧，打死我吧！我也知道，这件事我……我是缺了大德了，我……就算死了，阎王爷也饶不了我！可我……我一个妇女家，摊上这么大的事儿，我没了主意呀。大中说什么我就……就按他说的办，我……我实在是……

老纪：人家住哪儿，咱去赔礼！现在就去！

玉凤：我不知道，我只知道他姓石，我叫他石大哥，不知道他住啥地儿啊！

老纪：你说你……这么大个人，怎么就……就干出这种事儿来呢？你知道不，在老年间讲起来，干这种缺德事儿，那是要断子绝孙的呀！

玉凤：我知道，我知道，你就别再说了。我去找石大哥，我一定把他找到，我给他下跪，给他磕头……

老纪（恍然地）：哎，你说大中他们去过派出所，那儿肯定有地址！

89. 派出所　日　内

干警翻看着当时的笔录。

干警：在这儿！新华街 73 号 2 号楼 1 单元 403。

老纪和玉凤千恩万谢。

老纪：谢谢，谢谢了。

90. 石家小区　日　外

玉凤搀扶着老纪走进小区，他们手里拎着水果，东张西望。

来到 2 号楼 1 单元门前，二人抬头望着楼号。

91. 石家楼道　日　内

玉凤搀着老纪一步一步迈向台阶。

老纪吃力的表情。

老纪沉重的脚步。

92. 石家门外　日　内

“403”的红色号码横在门楣上，有些模糊。

老纪和玉凤扶着楼梯上来，看看门牌，有些犹豫。

老纪：是这儿。

玉凤紧紧握住老纪的手，很是紧张。

玉凤：老纪，我……

老纪：没啥，见了人家，真诚道歉，得让人家把心气儿顺过来。

玉凤：嗯。

老纪开始敲门。敲门声在楼道里回响。

但无人应声。

玉凤（有些庆幸地）：家里……没人。

老纪再敲，依然无人。

老纪看了玉凤一眼，转身走到对面邻居家，敲门。

邻居（OS，警惕的女声）：谁呀？

老纪：是……是我。

邻居（OS）：你是谁呀？

老纪：我是……我找对面老石，老石！请问他们家……

邻居（OS）：搬走了！房子卖了！

老纪（吃惊地）：什么？他们……

邻居（OS）：卖了房子治病去了！

老纪：治病，请问他们在哪个医院？

邻居（OS）：不知道！

老纪：那……你知道他们家里人住啥地方吗？

里面不再回答。

老纪（不甘心地）：请问，怎么才能找到他们家里人哪？

里面依然无声。

老纪还想再做努力，却被玉凤拉走。

93．纪家小区 日 外

玉凤扶着老纪从楼道里出来。

玉凤：现在这人哪，谁都不信谁，都把别人当贼。

老纪（抢白地）：还不都是你们这种人闹的！

玉凤愣了，停下脚步望着老纪。

老纪：看啥？说别的时候都挺生气，可轮到自己头上就不是那么回事儿了！你们呀，都是属镜子的，只照别人不照自己！

说罢，扔下玉凤径直向前走去。

玉凤愣愣地望着老纪，眼泪不由得滚落。

老纪（停下，回头）：怎么，我说错了？！

玉凤连忙擦泪，追上。

玉凤：老纪，咱也卖房子！

老纪（不解地）：什么？你说……

玉凤：我说，要是能找到石大哥，咱卖房子也要把人家的钱还上！

老纪望着玉凤，目光中露出一丝笑意，拉住她的手。

玉凤：老纪，你不知道，这件事压在我心里有多沉哪。比你的病还让我分神，有时候睡到半夜，一激灵就醒了，出一身汗，总觉得有人在后头盯着，那滋味儿可真是……

老纪：是呀，做善事，看着亏了，其实心里舒坦。做缺德事，看着好像赚了，其实睡不着觉。

94．街道　日　外

电线杆上残留着老石曾经贴过的告示，经过一年多的日晒雨淋，已经残破不堪，但还是隐约可以看出一些字迹。

玉凤扶着老纪站在电线杆前，表情沉重。

玉凤：这就是石大哥贴的，我当时就看见了，告诉了大中，他还出来撕过。

老纪用手摸着残破的告示，眼中蒙上泪水。

老纪：咱也得找，上天入地也得找到石大哥！

玉凤：你是说，咱也贴告示？

老纪（摇头）：不。

玉凤：那咋找啊？

老纪（思忖地）：石大哥不是开出租车吗？

他的眼睛里闪动着光芒，玉凤望着他，不明所以。

95．城市街道　出租车内　夜　内

计价器打印车票。

老朱伸手撕下车票，递给乘客。

老朱：发票您拿好。

乘客下车，老朱顺手打开了收音机，然后拧开水杯喝水。

女播音员（收音机，OS）：“……庆幸的是，老纪在妻子的精心照顾下终于醒了过来。他了解了情况后，执意要找到这位好心的的哥。今天，他专门来到我们的演播室，现在就请他对好心的石大哥说几句话。”

老朱开始专注。

老纪（收音机，OS）：石大哥，我是老纪，纪方宏，就是去年你救过的那个人……

96. 小区门口　夜　外

胖姐儿凑在车门前，听着汽车收音机里的声音。

老纪（OS，哽咽地）：……石大哥，我醒了，我在到处找你。听说你病了，我更得找到你，我得向你当面说声谢谢啊！……

胖姐儿伸手把音量拧大，抹一把潮湿的双眼。

胖姐儿：你要早点醒，石哥也不会这么惨哪！

97. 空镜　夜　外

城市的夜空格外绚丽。

车流涌动。

老纪的声音在城市夜空飘荡。

老纪（OS）：……好多人说世道变了，没人再做好事了，做好事的都是傻子。我不信啊石大哥，要是没有好人，我已经死啦……

98. 街市街道　出租车内　夜　内

四眼儿开着车，听着收音机。

四眼儿（嘟哝地）：还算你有良心。

老纪（OS）：……我活不到今天哪。石大哥，我家里人伤害了你，我得当面跟你说对不起啊。石大哥，你在哪儿啊？

老纪声音哽咽，说不下去，女播音员把话接了过去。

女播音员（OS）：各位听众，有位的哥把电话打了进来，他说他知道石大哥在什么地方。现在我们请导播把电话接进来。喂？

老朱（OS）：主持人，你好，我是石哥的好朋友。石哥为了讨回自己的清白，出了车祸，住在中心医院。他……他成了植物人……

老纪（OS，大惊地）：什么？石大哥，你怎么也……不不，石大哥，你得醒过来，你得醒过来呀，你得听我说句感谢的话呀！

四眼儿抹一把鼻子，就地掉头，按下双闪开关。

99. 城市街道　夜　外

女播音员（OS，哽咽地）：纪大哥，石大哥听不到你的话，你得去医院当面对他说。

老纪（OS）：对对，我去，我马上就去。石大哥，你等着我，等着我呀……

一辆出租车就地掉头，打着双闪前行。紧接着又一辆，再一辆……

出租车排成一字长龙，都打着双闪灯向中心医院方向驶去。

100. 中心医院　病房　夜　内

门开，秀娟拎着一只暖瓶进来。

秀娟：陶红，天不早了，快回去吧。

陶红：马上就剪好了。

我们看到陶红坐在病床前，正在给老石剪指甲。老石躺在病床上，双目紧闭，脸色苍白，看样子已经昏迷了很长时间。

秀娟：我说陶红，你工作那么忙，以后就别再来了，我一个人能行。

陶红：不要紧，我晚上没事儿。

秀娟（感动地）：唉，好人哪。

陶红：石大哥才是好人，是他让我知道了什么是好人。

秀娟：他是好人，就是好得犯傻了。

陶红还想说什么，门开了，老朱走了进来。

秀娟：老朱，这么晚了你来干什么？

老朱没有回答，而是将秀娟拉到窗前，推开窗户。

陶红也跟过来，向下望去，只见停车场上停满了出租汽车，全都亮着顶灯、大灯，打着双闪。

秀娟（不解地）：这……这是怎么啦？

老朱：的哥的姐们来看望石哥。

秀娟：什么？这……老朱，这是怎么回事儿？你又在搞什么怪呀？

老朱：不是我搞怪。

秀娟：那是谁？

101．中心医院　停车场　夜　外

又一辆出租车开来停下，老纪和玉凤从车上下来，面对眼前的景象，愣了。

只见所有的司机全都站在自己的车旁，面对住院大楼，行注目礼。

我们在人群中看到了四眼儿、胖姐儿等人。

老纪眼中闪着泪光，玉凤捂着嘴哭出声来。

102．中心医院　病房　夜　内

秀娟拉着老石的手，不停地抹泪。

秀娟：老石，你看看，你倒是睁开眼睛看看哪。认识的，不认识的，的哥的姐们都来了，他们都是来看你的呀！

老朱：石哥，到今儿个我才真的知道你是对的，我不该跟你说那些泄气的话。我明白了，这个世界上，人们还是认好人哪！

陶红：是呀，石大哥，你醒醒吧，别睡的时间太长了呀！

正说着，门再次开了，护士当先进来，其后是玉凤扶着老纪。

秀娟：李护士，对不起啊，给你们医院添麻烦了。外头那些车……

护士：秀娟姐，这就是石大哥去年救的那个人，老纪。

秀娟大吃一惊，定定地瞪着老纪和玉凤，好一会儿说不出话来。

老纪：大姐，我……

秀娟（沉下脸，厉声地）：你们出去！给我滚出去！

在场的人全都愣了，老纪与玉凤更是面面相觑。

护士：秀娟姐，他们……

秀娟：我不想见到他们！他们把我好端端一个家害成啥样子了！我房子卖了，工作也丢了，为什么？就是因为你们呀！你们把我们家害成啥样啊！

不等她把话说完，“扑通！”玉凤已经一下子跪倒在秀娟的面前，连连磕头。

玉凤：大姐，你打我吧，打我吧！我对不起你们，我是害人精，我该死，我该死呀！

这一来，秀娟反倒不知所措，只好把头扭向一侧。

秀娟：你……你起来！我受不起！想让我原谅你们，没门儿！

老纪：大姐，我知道你心里委屈，怎么骂我们怎么打我们都不为过。我们来，就是想看看救命恩人，跟他说句感谢的话，要不是……

秀娟：说啥呀？我们家老石植物人了，你说得再好听，他能听到吗？！

陶红：那天，石大哥拉着我去找你们，被我以前的男朋友撞了，好不容易留下条命，可是……

护士：和你一样，也成了植物人。

老纪愣怔片刻，突然一下子瘫坐在地上，捂着脸号啕大哭。

老纪：石大哥……

玉凤膝行来到病床边，拉着老石的手，痛哭失声。

玉凤：石大哥呀！我对不住你呀！你可不能死啊！要不……要不我也没脸活了呀！石大哥，你醒醒吧，醒醒吧，你可一定得挺过去呀石大哥……

哭声在屋里回响，在场的每一个人都眼中含泪。

护士：纪……老纪，你的病刚好，不能太伤心。大姐，请你节制一下，不要吵了其他病人。

老朱：嫂子，你知道外头那些出租车是怎么来的吗？是他到电台找石哥，是我告诉他石哥住在这儿。

秀娟（意外地）：这……是真的？

老纪：是真的。石大哥为了找我，费尽了心思。我醒了，也得找到石大哥呀。

玉凤：要是石大哥缓不过来，我可怎么有脸往下活呀！

陶红：能缓过来。纪大哥不是缓过来了吗？石大哥更能。

老纪（对秀娟）：大姐，你知道我为啥没死？为啥能活过来吗？是……是因为有件事儿在我心里，放不下呀，那就是要找到我的救命恩人，跟他说一句感谢的话。就这么个念想，支撑我挺着呀。要不是为了这件事儿，我……我可能早就死啦！

秀娟的脸色也有所缓和。

老纪：大姐，别的事儿我都记不住了，可这个念头我记得特别清，我对自己说，不能死，你还没跟你的救命恩人说声谢呢！大姐，就像做了一场梦，梦里头的事我只记得这一件呀。

秀娟：照你的说法，我们家老石要是……要是心里头也有个念想，他……他也能活过来？

她这话问的是老纪，但眼睛却望着护士。

护士（点头）：这是真的。病人如果有强烈的求生愿望，对恢复是有帮助的。

老纪扶着墙站起来，从怀里掏出一张存折，递给秀娟。

老纪：大姐，这里头有十几万块钱，是我们卖房子的钱，是还给石大哥垫的治疗费，你拿着吧。

秀娟（躲让地）：这……不行，我不要你们的钱！拿走拿走！

老纪：大姐，我们没指望你拿了这钱就算原谅我们了。不，我们欠的债一辈子也还不清，可……可你也得让我还哪！

秀娟还在犹豫，玉凤又给他磕了一个头。

玉凤：大姐，你就收下吧，我求求你，你就让我心里好受一点儿，给我一条生路吧，大姐……

秀娟下意识地想把玉凤拉起来，但又觉不妥，她看看护士，再看看陶红，犹豫着。

老纪：大姐，我也给你跪下。

说着，果真就要下跪。秀娟下意识地一把将他拦住。

秀娟：不不，兄弟，别这样，我……我心里受不了啊！

老纪：大姐，为了石大哥，收下吧。

秀娟迟疑片刻，接过存折。

（淡出）

103.（一组叠换画面）

——城市景。

——中心医院外景。

——日，老石静静躺着，秀娟、老朱、四眼儿和胖姐儿围在病床前。老纪拎着两只暖瓶进来，众人用不友好的目光盯着他。

——日，秀娟为老石擦洗着身子，玉凤进来，她手里拎着一只保温桶，打开，是可口的饭菜。秀娟推让着，有些不自然。

——夜，老纪拉着老石的手，不停地说着什么。秀娟进来，拉起老纪，催促他离开。从他们的表情看，已经尽释前嫌。

——日，秀娟和玉凤坐在病房里吃着饭，秀娟为玉凤夹菜。

——夜，老纪坐在椅子上睡着了，他身子一歪，醒来，为老石掖着被子。

104. 中心医院　某病房　日　内

老纪给老石擦脸，同时和他说着话。

老纪：最近哪，房价涨得厉害，你家的房子卖早了。要是放到现在，能多卖好几万呢。……哦，北郊有座20多层的楼倒了，幸亏还没住人，要不可就惨了。

擦毕，他将毛巾放好，拉着老石的手，为他按摩。

老纪：跟你说点高兴的吧。石大哥，火车站要搬家了，说是要搬到城南去，以后离你家可就近多了。……还有，陶红姑娘昨天拿了两万块钱来，说是伤害你的那小伙子他们家赔的。那小伙子判了六年，送到二监狱了，我是听陶红姑娘说的……

他自顾自地说着，并没有注意到老石的眼睛抖动片刻，轻轻地睁开了。

老纪从小桌上拿起一份报纸。

老纪：大哥，这是今天的新报纸，我给你念念："市委市政府专题研究医疗改革工作，要让老百姓看得起病吃得起药。"

老纪不知道，就在他念报的过程中，老石慢慢把头扭过来，仔细看着自己。

老纪（念）："据悉，为了彻底改变老百姓病不起，不敢病的实际情况，市委市政府近日召开会议……"

老石（喃喃地）：老……纪……

虽然老石的声音很轻，但老纪还是吓了一跳。他慌忙放下报纸，盯着老石，有些不敢相信。

老纪：石……石大哥，你……你……你醒过来啦？

老石：我……可找……找着你了……

老纪（激动地）：哎呀，石大哥，你真的醒了，真的醒了！……（大声地）快来人哪，医生！小李！快来呀，石大哥醒了……

老石：我……不能死……有件心事……我放不……下。不能死……我要还……还自己……一个……一个清白……

老纪拉着老石的手紧贴在自己的脸上，眼泪流了出来。

老纪：大哥，你是清白的，清白的……你是好人，你救了我的命！

老石：我没撞……人，我……救人……

老纪：对对，大哥，我的好大哥，你没撞人，我给你作证，你没撞人，你在救人，你救了我呀……

门开，几位医生护士快步进来，望着眼前的景象，他们先是一愣，继而会心地笑了。

音乐响起，老纪高兴地满楼道呼喊，石大哥醒了，醒了……

（淡出）

105. 小区大门　黄昏　外

“啪”，一张扑克牌摔到车盖上，那是一张梅花10。

老石（OS）：变压器！谁敢要？

镜头拉开，老石、老朱、四眼儿和胖儿姐围在一起打着拱猪，老石的面前已经有了不少红桃。

老朱：你这愣劲儿又上来了！

胖姐：石哥，你为啥老爱要这变压器呀？

老石：正分加倍，负分也加倍，图的是个痛快！人活着图个啥？不就是图个痛快吗！

老朱：石哥，包车的来了！

老石回头一看，陶红从身后笑着走了过来，脸上洋溢着青春的笑。

四眼儿（拉拉老石，小声地）：石哥，我跟你说的那件事儿，可别忘了。

老石：不管！我呀，这辈子再不管闲事儿了！

四眼儿：哎，石哥，你不能……

老石：这可是你教育我的！

说完，一瘸一拐地走向自己的出租车。

106. 城市街道　黄昏　外

老石的出租车随着车流缓缓行驶。

老石（OS）：今天成绩还行吧？

陶红（OS，兴奋地）：还行，我一个人就卖出去三套房！另外还有几个有那意思，我把他们的电话要来了。

107. 城市街道　出租车内　黄昏　内

老石（看陶红一眼，笑）：打一开始我就说，陶红姑娘干啥都行！

陶红：石大哥，看你说的！哦，我昨天又去监狱看了棒子，他让我代他问你好。

老石：好好，唉，可惜了一个好小伙子了。我要没成植物人，肯定不告他。

陶红：我把你的意思也说了，棒子哭了，说你是个好人。

老石：好人不敢当，就是个人！

陶红：小杰怎么样啊？

老石：没问题。晚考一年，说不定能上清华北大呢！

陶红：那可太好了！我现在才知道念书少了真不行，我想攒点钱回去念书。

老石侧头，饶有意味地望着陶红。

陶红（不解地）：石大哥，怎么了？我脸上是不是有什么？……

老石：陶红，你觉得四眼儿怎么样啊？

陶红先是一怔，继而明白了老石的意思，慌乱地笑笑，把头扭向窗外。

108. 城市街道　傍晚　外

老石（OS）：你要是觉得四眼儿这人还行，那以后你就包他的车吧。

华灯初上，车流滚滚。

从一座立交桥上望去，一串串车灯首尾相接，如同两条红白河流……

（淡出）

片尾字幕起。

剧终

《苏醒》荣获2011年第16届影视艺术奔马奖电影类一等奖，
2012年第10届河北省精神文明建设“五个一工程”奖。

血　脉

编剧：解数

城楼爆。

坦克前进炸，日军冲锋。

中国民众被成批屠杀，儿童奔跑、哭泣、中弹倒地。

尸横遍野，堆积如山。

蒋介石慷慨激昂地讲话，战争动员。

国军将士浴血奋战。

日军气势汹汹，列队入城。

日本海军舰炮轰击上海。

国军凭险固守，顽强抵抗。

画外音：

1937 年 7 月 7 日，卢沟桥事变爆发，抗日战争全面开始。灾难深重的中华民族，再次陷入血与火的漩涡之中。

1937 年 7 月 29 日，北平失陷。

1937 年 7 月 30 日，日军攻占天津。

1937 年 11 月 12 日，上海陷落。

1937 年 12 月 13 日，国民政府首都南京失守，日本法西斯进行了惨绝人寰的南京大屠杀。

1938 年 10 月 29 日，日军占领广州，中国沿海港口全部陷落，战争物资的海外进口渠道彻底断绝。

中华民族再次到了最危险的时候。

一

国民政府资源委员会办公室乱成一团，电话铃声不断，政府、军队、社会团体以及工厂企业，催要钢铁、煤炭、油料、橡胶、粮食等战略物资的函电，使办公厅如同集市。

国民政府资源委员会主任翁文灏（地质学家，英国皇家学会会员），面对物资短缺的严峻形势一筹莫展。

副主任委员钱昌照推门而入。

钱昌照：咏霓（翁文灏字咏霓）先生，别的事都还好说，燃油是一天也不能断啊，军队重装备没有燃料，就是一堆废铁呀。

翁文灏：我知道，我知道，请坐下说。

钱昌照：我坐不住，现在可是一滴油一滴血啊，人造油、酒精这些代用品热值低，毁坏装备不说，就这也是杯水车薪啊。

翁文灏：乙藜（钱昌照字乙藜），我正要找你，孙建初来电报了。

翁文灏把一页纸递给钱昌照。

翁文灏：玉门老君庙有重大发现，虽然没找到俄国人说的石油湖，但老君庙背斜构造有油是确定无疑的了，我们可以尽快开发。

钱昌照看电报的惊喜神情，逐渐变成了忧愁。

钱昌照：玉门在几千里之外的大西北，尽快开发谈何容易？

翁文灏：我已经报告了委员长，他批了五百万美元的开发经费。

翁文灏一边说，一边把另一张纸递给钱昌照。

钱昌照：钱固然重要，问题是现在海运完全断绝，我们国内只有五台钻机，两台在四川达县，虽然前景不明朗，已有油气显示，不好立即叫停吧，再说从四川到玉门路途遥远，大型钻机部件沉重，运输也是个大问题。

翁文灏微笑着，不断点头。

翁文灏：你说的都对，还有其他办法吗？

钱昌照：别的办法？您不是不知道，另三台钻机，在陕北延长，那可是共产党的地盘啊。

翁文灏：现在是国共二次合作，共产党的军队也是国军序列。

钱昌照：共产党物资奇缺，他们可是把延长油矿当宝贝看待啊！

翁文灏：现在是民族危难之时，党派之争和民族大义，孰轻孰重，我相信共产党是能够分清的。

钱昌照：话可以这么说，让蒋委员长去求毛泽东，您认为可能吗？

翁文灏从椅子上站起来，看着钱昌照。

翁文灏：我亲自到武汉去见周恩来。

二

武汉，八路军办事处。

周恩来听完翁文灏的情况介绍，当即表态：可以！

翁文灏：用不用和毛润之先生商量一下？

周恩来：不用，你小看我们共产党了，毛泽东主席肯定会同意的。

翁文灏：我们想尽快起运，除钻机外，所有配件和钻具都很宝贵。

周恩来：你可以派技术人员过去，我会让延长那边全力配合。

翁文灏站起来，紧紧握住周恩来的手。

翁文灏：非常感谢，我真不知道说什么好了，国难当头见大义啊！

周恩来：说得好，国共两党，都是中华民族的优秀儿女，国难当头，血脉相通啊。你咏霓先生，四个儿子，有三个都上了抗战前线，我听说还有一个做飞行员的儿子，为轰炸日本军营牺牲了。

翁文灏沉痛地说：是，本来已完成任务正在返航，偶然发现了一处日本军营，犬子不顾燃油将尽，用最后的弹药摧毁了敌人，自己也机毁人亡。

周恩来把左手搭在翁文灏的肩膀上安慰他。

周恩来：有这样勇敢的儿郎，中华民族断无败亡之理！

三

陕北解放区延长油矿。

一个古旧的拱形蓝砖门楼上，三个苍劲的楷体大字：石油厂，落款竟然是光绪三十三年夏。

陕北延长石油厂简陋的办公室里，厂长张永清和工程主任陈振夏正在激烈地争论。

张永清：老陈，我们这里就你最懂技术，现在一个月只有不到一万斤的原油产量，光油渣就要扔掉将近一半，这太可惜了。

陈振夏：我也知道可惜，我们仅有的这两套炼油锅，一套是严爽带来做实验用的，本来就不适合生产。另一套是清末遗留的老古董，都是铸铁的东西，你让我怎么改进？

张永清：东西是死的，人是活的，你要什么，只要陕北有，我挖门盗洞也给你弄来，但你必须要尽快提高汽油和擦枪油的产量，灯油倒在其次。现在敌人封锁得紧，洋油弄不来，电报发电机全指望我们这点汽油呢。

陈振夏：我知道了，尽量多出汽油。油渣我也正在想办法，冬天快到了，用冷冻的办法可以提取石蜡，就能代替灯油了。

张永清：这就对了，我就说嘛，石油浑身是宝，一滴都不能浪费啊。

四

土原下的窑洞前。

陈振夏指挥几个老工人，用洋铁皮做磨具，正在制造一架浇蜡机。张永清背着手在旁边看。

张永清：好，好，这样一次就能制作二十根蜡烛。我把第一封我们自己生产的蜡烛，争取送给毛主席用，为你们请功。

正说着，远处两匹快马飞奔而来。

在石油厂院里急勒缰绳，骏马前蹄腾空，惊起一片尘土。

打头的马上跳下来的是中央军工局副局长李强，后面紧跟着斜挎驳壳枪的警卫员。

张永清惊讶地看着李强。

张永清：李局长，您怎么亲自来了？

李强：紧急命令。

张永清下意识地站直了身体。陈振夏和干活的工人们，也都停下了手里工作，好奇地看着他俩。

李强：准备得怎么样了？

张永清：只勉强凑出来两台，正准备开钻呢。

李强：不用开钻了，你把两台设备和全部配件钻具准备好，国民政府的代表马上就到，全部移交给他们。

张永清惊诧地瞪大了眼睛。

张永清大声喊道：交给他们，他们是谁？他们是国民党，我们是共产党，势不两立啊！

李强：你喊什么，就你明白，我不知道吗！这是命令，滕代远局长的命令，周恩来副主席亲自交办的。

张永清压抑着声音：为什么？这是为什么啊？

李强：为什么不是我们需要知道的，你只管执行命令。

张永清使足了劲大喊一声：是！

李强：你听清楚了，移交的两台钻机，必须都能用，少一件东西我拿你是问。另外还要几个过硬的技术人员随行，帮助运输和安装。

张永清又是一声大喊：是！

李强交代完，拍拍张永清的肩膀，说：你小子别犯牛脾气，甘肃玉门发现了石油，现在是国共合作，打跑小鬼子才是第一大事，兄弟之间的账可以以后再算嘛，懂不懂啊？

张永清终于放低了声音，憨笑着说：懂了。

五

在延河宽阔的河滩上，军工局长滕代远，副局长李强，以及十几名随行人员在秋风中等待国民政府代表的到来。

远远的河滩上，有一队骑兵跟随一辆吉普车疾驰而来。

从吉普车里走下来一个戴礼帽穿西服的人，走到滕代远面前，毕恭毕敬地递上一封信函，并自我介绍说：鄙人是甘肃油矿筹备处代主任张心田。

滕代远不无讽刺地说：张主任很威风嘛，你接受钻机，不带卡车来，却带了一队骑兵。

张心田惶恐地说：长官误会了，卡车过不来，运输车辆还请贵党贵军帮助解决。骑兵连是保护和押运设备的，小的可不需要保卫。

滕代远不解地扭头看副局长李强。

李强小声说：国军有车也没有油，周副主席让我们尽全力配合，看来我们也只能送佛送到西天了。

六

张心田围着简陋的炼油设备啧啧称奇。

张心田佩服地对陈振夏说：这样的设备，你竟能炼出汽油、灯油、润滑油、擦枪油，还有石蜡？

陈振夏：设备就这样，因陋就简呗。

张心田：了不起，共产党确实了不起！

陈振夏：还请您多多指导。

张心田：这样的老古董，我可指导不了。

七

陈振夏带领工人在拆卸顿钻设备，还有一些工人和士兵在装车。

张心田和他的几个随行技术人员，也脱下了西装，只穿着西服马甲，在帮助拆卸和装车。他们爬上爬下，干净的西装衬衣上，也蹭上了许多油污。

站在旁边观看的滕代远局长，不无欣赏地对李强说：看不出张主任这个留洋生，还真是个搞工业的料。

李强说：我们油厂也需要这样的人才啊。

滕代远叹了口气：唉，我们庙小啊！

八

中共中央军工局长滕代远办公室。

骑兵连长韩昌盛前来报到。

韩昌盛向滕代远敬礼，滕代远还礼。

滕代远：哈哈，小韩子，我可是专门向彭总点名要的你啊。

韩昌盛：老首长，有什么战斗任务啊？

滕代远：有啊，是一个特殊的战斗任务。对方来了个骑兵连，兵强马壮，我们也要对等欢迎呀。

韩昌盛：对方？

滕代远：你的任务是，和国军骑兵连一起，押送钻机到甘肃玉门，任务完成后立即返回。

韩昌盛：押送，这算什么战斗任务啊？

滕代远：这个任务很艰巨啊，你要注意几点：一、和对方连长搞好关系，但是决不能让他们小瞧了。二、路途上不但有土匪出没，还要路过马家军的防区，马家军的拐子兵可不是吃素的，我们的西路红军就吃了他们的大亏，那里可能还有西路军的残部，你要多留意。三、把我们随行的几个技术人员保护好，还有对方的技术人员。他们可都是稀有人才啊。

韩昌盛：首长放心，保证完成任务。

滕代远：这个任务，需要的不仅仅是勇敢，重要的是会动脑子。

韩昌盛：是。

九

大路上，一排十三辆装满钻井设备的卡车整装待发。

国军骑兵连，连长江德彪，指挥骑兵一字排开，沿车队警戒。

两边土岗上站满了看热闹的群众。

中央军工局领导滕代远、李强等前来为车队送行。

张心田紧握着滕代远的手。

滕代远：张主任，我们边区穷啊，仅有的十三辆卡车全交给你了。

张心田：太感谢了，贵党贵军真正是高风亮节啊。

滕代远：抗战是民族大业，希望你尽快搞出油来，支援抗战。

张心田：一定，一定。

十

卡车旁边，石油厂厂长张永清带领一些工人，也来为陈振夏等几个随行的技术人员送行。

张永清抱着陈振夏的肩膀。

张永清：老陈，路上注意安全，我们这里离不了你，早点回来啊。

陈振夏，您放心，安装完井架，我们立即返回。

张永清为陈振夏拉开车门。

十一

车队正准备出发。

八路军骑兵连，在连长韩昌盛带领下，风一样赶到了。

韩昌盛腰挎短枪，身背长枪，手举马刀，骑马来到滕代远一行面前。

韩昌盛大声喊道：报告首长，骑兵连前来报到。

正准备上打头吉普车的张心田，国军骑兵连连长江德彪，见此都露出惊讶的神情。

滕代远：张主任，为了车队来回更加安全，我们决定，也派一个骑兵连参加护送。

张心田：你们想得太周到了，非常感谢！

十二

滕代远向不远处的国军骑兵连长江德彪招手。

江德彪拍马赶到面前。

江德彪整理一下军帽，也大声喊道：报告长官，江德彪听候命令。

滕代远表情严肃，大声说道：我命令，八路军骑兵连和国军骑兵连，共同护送车队，双方要精诚合作，不辱使命。

江德彪和韩昌盛同时大声喊道：是。

李强副局长：你们两个连长也认识一下。

江德彪和韩昌盛互敬军礼。

然后，江德彪在马上向韩昌盛伸出手来，握手时，彪悍的江德彪，用了十分的力气，韩昌盛忍着疼痛，皱了皱眉头，已知道对方来者不善，心里不服。路上必有一番比试和较量。

滕代远大声喊道：出发。

车队浩浩荡荡启动了。

两队骑兵紧随其后。

十三

车队在陕北黄土高原的沟沟峁峁间前进。

车队在山路上行进，两队骑兵紧紧跟随。

车队在河滩上宿营。

韩昌盛带着通信员，骑马来到江德彪连长的宿营处。

互相敬礼后，韩昌盛主动向江德彪伸出手来。

握手后江德彪抬手看了看被韩昌盛握红了的大手，揉了揉自己的手背，诧异地看了看并不魁梧的韩昌盛，倒吸了一口冷气，知道八路军这个骑兵连和连长也不是好惹的。

两人在帐篷内坐下。

韩昌盛：江连长，明天车队就要驶出八路军的防区，进入西北马家军的防区，两个防区中间还活跃着几支土匪队伍，我们需要加强警戒了。

江德彪轻蔑地说：小小土匪何足挂齿，马家军更是国军系列，有什么可担心的呢？

韩昌盛：话虽如此说，但我们任务特殊，既不能有闪失，也不能耽误时间，我们还是小心为上。

江德彪：怎么小心呢？

韩昌盛：我的意思，明天我们两个骑兵连，一个打头，一个殿后，把车队夹在中间，一旦有事方便处理。

江德彪：好吧，我们打头，你们殿后。

韩昌盛：也好。

十四

车队在两座土山间前进。

国军骑兵连在前面飞驰，八路军骑兵连在车队后面紧跟。

车队卷起的尘土，淹没了八路军骑兵连。

韩昌盛：放慢速度，保持距离。

通信员：放慢速度，保持距离。

放慢速度，保持距离；放慢速度，保持距离——八路军战士一个一个向后传话，骑兵速度放慢，远远跟着车队前进。

突然，前面传来了枪声。

韩昌盛：散开，注意警戒。

八路军骑兵四下散开，从背上摘下步枪，准备战斗。

前面又有两声枪响。

车队也停止了前进。

韩昌盛：跟我来。

通信员和三个战士跟着韩昌盛，骑马从旁边越过车队，向前面赶来。

十五

国军骑兵连两个战士躺在地上。

其他骑兵正在步行向两边山上搜索。江德彪和张心田，正躲在打头的吉普车后面，用望远镜往两边山上瞭望。

山上光秃秃的，什么也看不见。

韩昌盛下马问道：怎么回事？

江德彪：有人偷袭，可能是土匪。

韩昌盛从江德彪手里要过望远镜，向山上看。

韩昌盛头也没回，向身后的通信员伸出手，通信员把一支步枪放在他手上。

韩昌盛把望远镜交给江德彪，用步枪向山上瞄准。

一声枪响，黄土塬上掉下来一个人。

他拉了一下枪栓，又一声枪响，黄土塬上又掉下一个人来。

江德彪看得目瞪口呆。

韩昌盛：好像只有这两个人，不是大股土匪。

江德彪：那他们什么意思？两个人就想劫我们。

韩昌盛：像是三家集的土匪，他们在验枪，遇上我算他倒霉。

江德彪：你说什么？什么意思？

韩昌盛答非所问：我们可以继续前进了。

十六

队伍重新集结，车队继续前进。

江德彪和韩昌盛并马走在队伍前面。

江德彪崇拜地看着韩昌盛，把一支烟递过来，韩昌盛摆了摆手。

江德彪：韩连长，您的枪法太厉害了吧。八路军那里，哪有那么多子弹供你练枪啊？

韩昌盛：八路军的子弹当然金贵了，哪比得了你们啊。

江德彪：那您的枪法是怎么练的？

韩昌盛：我的枪是在武汉练的。

江德彪：武汉大城市，怎么练枪？

韩昌盛：我以前是汉阳兵工厂的校枪员，玩过各种枪，打过无数的子弹。

江德彪惊讶地张大了嘴巴。

江德彪：韩，韩连长，我们交，交个朋友好吗？

韩昌盛：我们已经是朋友了，难道我们还不是朋友吗？

江德彪：我的意思是，真正的好朋友，你教我两手儿。

韩昌盛：江连长很谦虚嘛，打枪可不是一朝一夕的工夫。

江德彪看到远处的大树枯枝上落着一只乌鸦，就掏出配枪，一边瞄准，一边谦虚地说：请您指教。

咣的一枪，乌鸦落地。

同时又惊飞了几只乌鸦，韩昌盛背上的长枪已闪电般地握在手里，两声枪响，两只惊飞的乌鸦应声落地。

好枪法，好枪法。国军骑兵一片欢呼声。

江德彪向韩昌盛拱手行礼：服了，真心服了。

江德彪顺势摘下脖子上的望远镜。

江德彪：把这个送给您，缴获小鬼子的，不成敬意啊。

韩昌盛拒绝道：君子不夺人所爱，只要我有机会和小鬼子交手，也会有的。

江德彪：韩连长，你一定要收下，我想交你这个朋友，算我求你了。

韩昌盛接过望远镜。

韩昌盛：好吧，恭敬不如从命，谢谢啦。

十七

车队进入了一大片树林。

韩昌盛和江德彪在林荫大道上并马飞驰，大声说笑。

江德彪伏在马背上，口中念念有词：先练眼，再练气，最后练出枪速度。

韩昌盛看着江德彪这一连串的动作，赞许道：老江，瞧你这认真劲儿，你肯定会成为神枪手的。

江德彪：在国军里，我已经算神枪手了。

韩昌盛：噢，也是。

江德彪：哎，你刚才说，土匪在验枪是怎么回事？

韩昌盛：三家集有枪市，还有地下工厂，土匪弄到好枪会杀人验枪，以杀男人和军人为上。

江德彪：这是什么毛病，这不是找死吗，我早晚剿了他们。

韩昌盛：这一带土匪的行规，借着所谓验枪，杀人练胆，交投名状。

江德彪：太可恶了，白白折了我两名骑兵。

韩昌盛：我们八路军已盯上这股土匪了，你放心，他们不会有好下场的。

十八

车队进入了草原。

远处有一片滚滚黄尘正在逼近。

韩昌盛警觉地说：大股骑兵。

江德彪：应该是马家军，我来应付。

韩昌盛：万一是土匪呢，准备战斗。

准备战斗，准备战斗，准备战斗。

两个骑兵连迅速反应，摆出了战斗队形，个个握枪在手，瞄准前方。

对面的骑兵迅速接近，大概有一个骑兵团的人马。他们一声呼啸，摆开队形，包围了骑兵连和车队。

骑兵连举枪对峙，毫无惧色。

一个当官模样的军人，驱马向前，大声说道：哈哈哈哈，哪一部分的，路过老子的地盘儿，也不打个招呼。

江德彪趋前说道：我们是国军骑兵连，押运钻井设备去甘肃玉门。

军官：哈哈哈哈，钻井设备，你骗鬼吧，我看是武器。

江德彪：你是马长官的队伍吧，我相信他已经接到了上峰的命令。

军官：那好吧，押他们回城，看看车上到底是什么货色。

十九

在马家军骑兵的包围下，车队和骑兵连进了一个古旧的城门楼。

队伍在一个土广场上停了下来。

广场中间，高高的木杆上飘着一面军旗。

马家军军官：等着，我去汇报。

江德彪：我跟你去。

马家军军官用枪指着江德彪说：不用，你也给我等着。

军官骑马跑向一个老院子，马家军骑兵又封闭了包围圈。

江德彪嘟囔一声：都是他妈国军，怎么这个德行。

韩昌盛：这就是你们国民党军队的门派之争啊。

江德彪：共产党里没有门派？

韩昌盛：绝对没有，也没人敢有。

二十

马家军军官跑进办公室，摇一部古老的磁石电话。

终于接通了。

军官：报，报告师长，我们抓获一队汽车和两个骑兵连。

军官：是，说详细点，十三辆卡车，上面都装满了铁家伙，像是武器，还有一辆小吉普。两个骑兵连，一个是国军的，还有一个是八路军的。

军官：是，客气点，必须搞清楚。

军官放下电话，自言自语：妈拉个巴子，老子发财了。

二十一

土广场上，骑兵连与马家军依然在对峙着。

军官跑回广场。

来到江德彪和韩昌盛面前。

军官：我已经报告师长，我可以对你们客气点。但是车队必须留下，你们把枪缴了。

江德彪向韩昌盛使了个眼色。笑着说：好说，好说。

江德彪一边说着一边靠近军官，突然出手，下了他的配枪，并用手枪顶住了他的脑袋。

江德彪冷笑道：哼哼，军人的枪是可以随便下的吗？

马家军一片拉动枪栓的声音。

江德彪：你的人敢动一动，我就打碎你的狗头。

军官：不动，不动，都是友军，有话好好说。

江德彪抬头看看广场上那面马家军的旗帜。

江德彪：都是国军系列，现在国难当头，还搞什么马家军。

韩昌盛会意，抬手一枪，那面高高飘扬的军旗应声落地。

军官和马家军士兵惊得瞠目结舌。

江德彪提紧了一下军官的脖领子。

江德彪：你听着，我们是国家资源委员会的车队，车和车上的物资都不许动，骑兵连和车队在一起，我们会向你证明身份的。

军官：知道，知道。

江德彪：否则，耽误了国家大事，你可要吃不了兜着走。

军官：明白，师长也让我对你们客气些。

江德彪：明白就好。

江德彪松开军官，把佩枪还给了他。

二十二

车队和骑兵连住在马家军腾出的一个院子里。

门口有骑兵连的哨兵警戒。

远处可以隐隐看到马家军的机枪阵地，车队和骑兵连还是被软禁了。

江德彪、韩昌盛、张心田、陈振夏在屋里商量对策。

江德彪对张心田说：张处长，你不是有资源委员会的介绍信吗？

张心田：哎，交给八路军长官了。

江德彪：马家军非常贪婪，他看到我们这么多汽车和物资，没有上峰的命令，他们是不会放我们的。

张心田：他们好像怀疑我们车上拉的是武器，我可以向他们好好解释。

韩昌盛：证明不是武器容易。但是马家军是土匪习气，我们的十几辆汽车和两个连的马匹枪支，更让他们眼红啊！

江德彪：我们必须和上面取得联系。

江德彪等几个人正一筹莫展。

门外有人喊：报告。

江德彪：进来。

国军传令兵：马家军来人，请几位长官去赴宴。

江德彪：告诉他们，不去。

韩昌盛：我们反正也走不了，不如去摸摸他们的底。

张心田：对，我可以向他们当面解释。

陈振夏：我就不去了。

江德彪：要去就一起去。

韩昌盛：老夏不去也好，家里总得有人照应。

二十三

宴会现场，气氛诡异。

江德彪和韩昌盛不卑不亢，冷静应对，始终保持着军人的威严气度。

张心田主任，在耐心地给马家军的人讲解钻井设备和石油的知识。

张心田：要说石油这个资源，还是我们中国人命名的呢，宋朝沈括的《梦溪笔谈》就有详细记载。可惜我们一直没有发现大的油田，广州沦陷后，海外的石油进不来，国军的坦克等重装备，就成了废铁。车上的顿钻是共产党八路军无偿支援的，所以才两支骑兵联合护送。

马家军的军官们听得越来越认真，完全安静了。

张心田：现在是国难当头，连国共都能真诚合作，每一个有良心的中国人，都应该以大局为重，共克时艰，这才是国家大义，民族大义啊。耽误一天油田的开发，前线的国军都要付出血的代价啊。

马家军骑兵团长：张先生，我们也是中国军队，我们也不是故意为难你们，你说车上装的是井架，不是武器，我也信了。但是，现在是战争时期，你们没有过境手续，我也没有得到上峰的命令，怎么放你们。

江德彪：你可以向上面报告，说明情况啊。

马家军团长：我已经报告了师长，他让我搞清情况，等他的命令。

韩昌盛：你应该直接报告马长官。

马家军团长：别开玩笑了，我一个小小骑兵团长。

二十四

车队和骑兵连驻地门口。

一边一个哨兵，虽然都穿着几乎同样的国军军装，八路军哨兵的军装上却没有青天白日的帽徽和领章。

这时，一个衣衫褴褛的中年妇女沿着墙根的暗影，走了过来。

国军哨兵：站住，干什么的？

妇女：我找八路军。

国军哨兵：你是干什么的，找八路军干吗？

八路军哨兵拦住国军哨兵：别喊，我来问。

八路军哨兵：我是八路军，你有什么事。

妇女：我想见八路军长官。

八路军哨兵：你是什么人？你先说什么事。

妇女：你们是以前的红军吗？

八路军哨兵，好像突然明白了什么，对国军哨兵说：你看着，我带她进去。

国军哨兵嘟囔道：没问清情况就进去了，敢情八路军也喜欢娘们儿啊。

二十五

陈振夏正在屋内坐卧不安地转圈子。

八路军哨兵喊：报告。

陈振夏打开房门看到哨兵和妇女。

妇女：您是红军吗？我要找红军的长官。

陈振夏警觉地看了一下两边，小声对哨兵说：你回哨位，不要声张。

然后，把妇女让进了屋里。

陈振夏：大嫂，我们以前是红军，现在叫八路军，你是什么人？你为什么要找红军？

妇女扯下头上的破布，露出了年轻英俊的脸庞。

妇女：别喊我大嫂，我原来是西路军的红军战士，我叫房青梅。西征失败，被马家军俘虏了。

陈振夏惊讶地瞪大了眼睛。

房青梅：我们还有两个女兵，都在马家军里做苦役。

陈振夏下意识地说：你们好吗？

房青梅：他们哪把我们当人，别说这些了，你要想法带我们离开这里。

陈振夏：哎，我们都被扣押了，还不知道什么时候能离开。

房青梅：你们来这里执行什么任务？

陈振夏：我们是护送石油钻井设备，马家军无知，还以为是武器。我们现在和外面联系不上。

房青梅：附近县城有红军的一个联络站，有电台，不知是否还在。

陈振夏警惕地说：你怎么知道的？

房青梅：我曾经是西路军的机要员，还没有暴露身份。

陈振夏：你知道怎么联系吗？

房青梅：只知道是县城十字路口一个叫和记的中药铺，联系暗号是买卖甘草。

陈振夏伸出手来和房青梅紧紧握手。

陈振夏：太好了，你可帮了我们大忙。

房青梅：我走了，免得被人发现。我们住在团部食堂后面。

陈振夏：好的，我们离开时一定把你们救走。

二十六

韩昌盛和陈振夏在房间里小声说话。

韩昌盛：这件事要秘密进行，不能让江德彪知道。

陈振夏：为什么？

韩昌盛：红军的秘密联络点，怎么能让国民党知道。

陈振夏：就是，就是，可是我们找什么理由去联系呢？

韩昌盛：你装病，我去给你买药。

陈振夏：这个主意好。

二十七

早晨，韩昌盛找到江德彪。

韩昌盛：我们的陈技师病了，我要到附近县城去买药。

江德彪：怎么会突然病了？什么病？

韩昌盛：肚子疼，老毛病了。

江德彪：马家军应该有军医吧？

韩昌盛：他们治不了，他有药方儿。

江德彪：那也用不着您亲自去啊。

韩昌盛：我和老夏不是一般关系，我必须亲自去。

江德彪：他们能让你出去吗？

韩昌盛：所以，你要去交涉。

江德彪：好吧，我去试试。

二十八

西北一个破旧的县城。

建筑虽然残破不堪，但是街上行人熙来攘往，络绎不绝。

韩昌盛和通信员骑马在街上走了两圈，基本就确定了那个唯一的十字路口。东南角上果然有个“和记药铺”。

韩昌盛下了马，把缰绳交给通信员，示意他在此等候。

韩昌盛一个人向药铺走去。

二十九

韩昌盛进入药铺，只有一个中年人在柜台里。

中年人：先生找什么药？

韩昌盛：你买卖甘草吗？

中年人：您倒是买啊还是卖啊？

韩昌盛：那要看行情了，便宜就买，贵就卖。

中年人打量着韩昌盛的军装，露出狐疑的神情。

韩昌盛小声说：我时间紧，你给个态度。

中年人：那，里边说吧。

进入里屋，韩昌盛说：我是八路军，就是当年的红军。

中年人：这我知道，有什么事啊？

韩昌盛：我们押送石油设备的车队被马家军扣押了，必须尽快报告八路军高层。

中年人：我是潜伏待命，这不是我的任务。

韩昌盛：事情重大、紧急，你必须尽快报告。

中年人：你怎么知道暗号的？

韩昌盛：西路军的机要员房青梅，被马家军俘虏了，但没有暴露身份。

中年人：我明白了，你拟电文吧，我今晚发出。

韩昌盛把一个纸条交给中年人。

三十

马家军团长，带着护兵来到骑兵连和车队驻扎的院落。

江德彪、韩昌盛和张心田迎了出来。

马家军团长：我接到了上峰的命令，你们可以走了。

江德彪：是国民政府的命令吗？

马家军团长：不知道，是马长官向我们师长亲自下的命令。你们确实有来头，对不起了啊，耽误你们的大事，你们现在就可以走了。

韩昌盛：我们准备一下，明天一早走，陈技师的病还需要观察一下。

马家军团长：也好，我明天早晨来给你们送行。

韩昌盛：不用，我们一大早就走。

江德彪和张心田不解地看了一眼韩昌盛，没有说话。

三十一

晚上，骑兵连和车队驻地，在忙乱地准备出发。

江德彪来找韩昌盛。

江德彪：韩连长，我们为什么不当天就走，万一夜长梦多。

韩昌盛：我正要找你，有个事，你得帮忙。

韩昌盛说话声音越来越小，直到无法听见。

江德彪惊诧地瞪大眼睛：这能行吗？

韩昌盛：她们是我们的人，必须要救。

江德彪：万一被发现，可就误了大事。

韩昌盛：你的骑兵连先冲出去，她们既不在车上，也不在殿后的队伍里，即使发现了，我有办法对付。

江德彪：老韩，这可太冒险了，值得吗？

韩昌盛：值得，我们不要争了，你尽快安排吧，算我求你。

江德彪：好吧，也就是你，否则——

韩昌盛：好了好了，我明白，选三匹好马，你的人扮成工人，坐车。

三十二

凌晨，队伍出发。

国军骑兵连在马家军军营大门被拦住。

江德彪大喊：开门。

带头的哨兵：怎么走得这么早？团长说要来送行的。

江德彪：路途远，早点出发。告诉团长不用送了。

哨兵：那也要等着，我们要报告团长。

江德彪嘟囔一声：真是麻烦，好吧，快点。

领头哨兵摇一部老电话。

领头哨兵：报告团长，他们现在就要出发。

领头哨兵：是，是，明白。

领头哨兵放下电话。

领头哨兵：放行，但车辆要严格检查。

路障被移开，大门打开。国军骑兵连呼啸而出。

汽车随后，但哨兵把车辆里的人、车上的货都认真地查验了一遍，并没发现什么疑点。八路军骑兵连殿后，慢慢离开了马家军军营。

身后的兵营门口两边，隐隐能看到堡垒和机枪。

三十三

队伍已远离了草原，进入了一片树林。

韩昌盛带着通信员骑马从后面赶上了江德彪。

韩昌盛：江连长，这里已是甘肃地界，我们休息一下吧。

江德彪：好，就地休息。

三个装扮成国军骑兵的红军女战士走过来，向韩昌盛和江德彪分别敬礼。

韩昌盛和她们一一握手。

韩昌盛：欢迎你们归队，完成押送任务，我们一起回延安。

韩昌盛专门对房青梅说：多亏了你的情报，否则我们现在还无法离开。

江德彪下意识地问：什么情报?

韩昌盛意味深长地看了江德彪一眼，没有说话。

江德彪似乎明白了，转过身向房青梅默默地敬了个军礼。

房青梅还礼。

三十四

队伍历经千难万险，终于到达了甘肃玉门老君庙。

先期到达的地质学家孙建初和张心田紧紧拥抱。

孙建初：可盼来你们了。

张心田：哎，一言难尽，一言难尽啊。

除了一个破旧的古庙和几株老树，这里竟然是一片光秃秃的戈壁滩。

三十五

队伍在这里扎下营来。张心田、陈振夏指挥工人和技术人员开始安装井架。

房青梅等三个女兵在帐篷里帮厨。

江德彪和韩昌盛各带几名骑兵打猎回来，马背上吊着许多猎物。

房青梅等女兵迎出来，露出惊喜的神情。

机器开始转动起来。

顿钻一上一下，轰鸣着开始向地层冲击。

三十六

江德彪的国军骑兵连，要留下来保卫玉门油田的开发。

八路军骑兵连和车队将要离开玉门。

孙建初、张心田和陈振夏紧紧握手。

江德彪和韩昌盛握手，拥抱，互敬军礼。

韩昌盛：后会有期，保重。

江德彪：肯定还会见面的，见不着我也找你去。

韩昌盛：但愿不是在战场上。

江德彪：真在战场上，你可要枪下留情啊。

韩昌盛：别说这些不吉利的话了，再见。

江德彪揉揉眼睛，挥手再见。

陈振夏等技工上车。

三个女兵上车。

车队启动，在戈壁滩上绝尘而去。

骑兵连紧紧跟随。

送行的人挥手，呼喊——

三十七

延长油矿。

陈振夏一身工装，走过门楣上镶着“石油厂”的古老的砖圈门洞，走进石油厂的院子。

有几个老工人在不紧不慢地干活。

陈振夏看了一眼，走进了办公室。

石油厂厂长张永清正在办公室里等着他。

张永清给陈振夏递烟，陈振夏摇摇手拒绝了。

张永清：自从你们走了这半个月，我们的产油量每天都下降。不知上面怎么想的，对国民党高风亮节，他们早晚都是我们的敌人啊。

陈振夏：增加产量最有效的办法是打新井，可两台好钻机送玉门了，剩下的那台老古董缺胳膊断腿，还没有配件。

张永清：别说这些没用的，现在的问题是，你能不能在炼制上再想想办法，多出成品油，少出油渣。

陈振夏：我们那两个炼锅，你又不是不知道。

张永清：我知道，都是老古董。可是，你知不知道，现在一个班的战士都分不到一小瓶擦枪油；你知不知道，因为缺油，战斗部队要求发电报尽量简短，能不发就不发，这不误大事吗；你知不知道，中央机关和军委机关都在用豆油灯，干部们熏得鼻孔都是黑的；还有，你知不知道，南洋爱国华侨领袖陈嘉庚先生给延安捐赠了两辆小汽车，毛主席给了朱总司令一辆，那一辆也让给了延安五老，因为缺油，这两辆车几乎很少用。

陈振夏：您别说了，我尽力想办法就是了。

三十八

玉门老君庙。

延安无偿支援玉门的两台顿钻在紧张地工作，基地有所扩大，增加了不少帐篷和人员。

张心田和孙建初在帐篷里研究砂样。

突然外面有人喊：出油了，出油了——

张心田和孙建初扔下砂样，冲出帐篷。

井口处有黑色的液体喷出。

出油了，出油了，出油了——

现场一片欢呼声。

孙建初：快，给重庆发电报。

画外音：

1939年8月11日，距老君庙15米处，第一口井钻至115米，自喷出油，日产10吨。

三十九

重庆。

国民政府资源委员会主任翁文灏办公室。

钱昌照兴奋地走进来。

钱昌照：委员长听说玉门出油了，要通令嘉奖我们。

翁文灏激动地站起来。

翁文灏：把四川巴县和达县的两部旋转钻机，立即调往玉门。同时在兰州定制炼油设备，就地炼制，直接把成品油供应军队。

钱昌照：好，我这就去安排。

钱昌照走后，翁文灏激动地仍然在办公室内踱步。他推开窗户，窗外是重庆烟雾朦胧的群山。

翁文灏兴奋地口占一诗：

近代文明破纲罗，

飞机坦克勇如何。

西邻物力强堪佩，

中亚封疆美可歌。

喜有天山镇朔漠，

庶看春气度黄河。

玉门未闭边陲界，

杨柳三千路正多。

随着吟诗的节奏，画面显示出玉门热火朝天的生产场面：

一桶桶成品油在装车外运。

卡车成队在炮火连天的战场上前进。

坦克在加满油后冲向敌人。

成群的大炮在怒吼着喷出火焰。

国军战士冲出战壕，杀声震天——

四十

陕北延安。

中共中央军工局长滕代远办公室。

副局长李强气呼呼地走了进来。

李强：这国民党可真是喝狼奶长大的，我们无偿支援他们钻机，现在玉门出油了，他们的困难刚得到了缓解。就又开始封锁我们了，我听说他们内部还搞了一个“溶共”“防共”“限共”“反共”的什么政策。

滕代远：这就是国民党，生气也没用，我们跟它打了几十年交道，他们什么时候光明磊落过。国民政府停发了八路军的军费，毛主席号召我们“自力更生，艰苦奋斗”。我们军工局可是首当其冲啊，谁都知道，我们陕北有两宝，一个是定边的盐，一个就是延长的油，这一黑一白可是一天也离不了啊。

李强：增加石油产量，唯一的办法是打新井，可我们两部能用的钻机都给玉门了，总不能用铁锹挖啊。

滕代远：不是还有一台井架吗？

李强：那台没有配件和工具，根本不能用。

滕代远：你可以寻找、收集，甚至自己制作工具和配件。

李强：这些东西都流失几十年了，再说制作谈何容易。

滕代远提高了声音：容易，容易我就不找你了，我们共产党闹革命，什么事情是容易的？

四十一

石油厂厂长张永清办公室。

陈振夏：什么？修复那台老井架，这怎么可能。

张永清：现在边区物资极其困难，连毛主席、周副主席都在纺线，朱总司令也在挑扁担劳动生产，我们还有什么可说的，打新井是唯一出路。

陈振夏：这我知道，可是——

张永清：可是什么，你带领技工负责制作，有困难可以找兵工厂帮忙。我负责收集和寻找，只要东西出不了陕北，我就能给你找回来。

陈振夏：那好吧，只能试试看了。

张永清：不是试试看，是必须搞成。

陈振夏：是，必须搞成。

四十二

张永清徒步走进一个古老的院子。

迎面碰上一个中年人，他就是延长县共产党县长谭生彬。

谭生彬：哈哈，你这油老板是怎么当的，我正想找你呢，点灯都没油了。

张永清：老战友，我是来求你帮忙的啊。

谭生彬：我们屋里谈。

到办公室坐下，张永清讲述打新井面临的困难。

谭生彬：你要劳力，我有的是。可是收集、寻找配件，可不是个简单的事。

张永清：简单，我就不来求你了。据我们了解，这些设备是1934年4月，由爱国实业家孙越崎从上海订购的美国货，他们用木船沿黄河运到延水关，雇用了二百多当地民夫，拆散之后，用大车和驮轿运到延长的。后来打井的地方也都有记载。你只需在这些地方广泛发动群众，把每样东西都给我找回来，我们给予送还者一定的报酬。

谭生彬：好吧，我们一定全力配合，马上发动群众开始寻找。

四十三

石油厂院子里。

院子中间，摆着许多锈迹斑驳的铁家伙。陈振夏带着老工人正在清理和打磨。

不断有老乡送来东西，张永清一边登记，一边要给老乡报酬，老乡们摇摇手拒绝了。

这时，有几个老乡用骡子驮来了一捆钢丝绳。

陈振夏和张永清连忙迎了上去。

陈振夏：太好了，别的都可以凑合，没有钢丝绳是绝对打不了井的。就这些吗？还有吗？

老乡：还有一截短的，也要吗？

陈振夏：要要，当然要，多短都可以接起来。

张永清拦住要走的老乡。

张永清：来来来，喝点水再走。

张永清：这点钱一定拿上。

老乡：这东西本来就是人家丢在我家的，怎么能要钱。

张永清强行把钱塞给老乡。

张永清：运费，这是运费。

这时，几个人跑进来，其中一个穿制服的干部模样的人说：在烟雾沟发现了一台破锅炉，有用吗？

张永清兴奋地说：有用，当然有用。

然后，张永清对着陈振夏喊道：太好了，老夏，走，我们现在就去看看。

四十四

烟雾沟。

一户人家逼仄的院落里。有一台锈迹斑驳的铁家伙，被这户人家当作了养猪的猪圈。

陈振夏惊喜地看着，说：好，好，修一下还能用。

陈振夏：只是运输，这大车可拉不动啊。

张永清兴奋地说：放心，会有办法的。

四十五

搬运锅炉的场面。

谭生彬动员了几十个壮汉，亲自指挥，一边平整路面，一边用滚杠一点一点地搬运，整整用了一个星期的时间，才把锅炉搬回延长。

场院里已经堆满了各种物资。

张永清和谭生彬都在。

张永清：怎么样？老陈，够了吗？

陈振夏：差不多了，没想到老乡们觉悟这么高。

谭生彬：这就是我党群众路线的威力。

陈振夏：最后一项，就是做井架基础的油梁，本来应该是钢筋水泥筑件，我们这里是不可能做到的，只能拿大型的木梁代替，最大的要十米长，剖面要六百毫米乘一千毫米，木质又要结实，这可不容易找啊。

谭生彬：我知道哪里有大树，没有问题，我来解决。

张永清高兴地给了谭生彬一拳。

张永清：你这个县太爷当得好啊！

四十六

石油厂厂长张永清办公室。

李强、谭生彬、张永清、陈振夏都在。

陈振夏：各位领导都在，我汇报一下。通过几个月的努力，因陋就简总算可以打井施工了。但有两个问题需要领导们拿主意。一是井位的选择，这是能否出油的关键。本来这是矿师的事，也就是懂地质的人。我只懂一些机械和炼制。二是我们只找到一百五十多米的钢丝绳，加上钻具，井深不能超过一百七十米。所以，要尽量打浅井。

李强：其实这是一个问题嘛，就是选择井位。你俩也说说。

谭生彬：这个我可不懂，我只能负责后勤保障。

张永清：我倒有个想法，1928 年负责石油厂的有个包监督，据老工人回忆，他请矿师选定过一个井位，后来因为包监督离开了，井没有打成，地点就在油厂北面的半山坡上。

李强：好，这个思路好，我们要尊重专业人员，尊重科学。

陈振夏：我同意。

谭生彬：那就干吧，位置又不远。

四十七

紧张的施工作业开始了。

顿钻上下游动，日夜铿锵作响。

有工人在清理矿渣。

有工人在修复和打磨钻头。

陈振夏日夜盯守在施工现场。

张永清不时来询问和查看。

一个工人跑来告诉陈振夏：泥浆里有油花。

陈振夏赶紧跑向井口。

四十八

在施工现场的工棚里。

张永清：折腾半年多，第一口井虽然出油了，但产量很不理想。一天才几百斤油，还是不能满足需要啊。

陈振夏：从晚清到民国，再到我们，三十年来，一共打了二十多口井，全都在老城关和烟雾沟两个区域。要么不出油，即便出油产量也都不多。加上我们钢丝绳的限制没法再深，老盯着这两个地方，我看希望不大。

张永清：你说得都对，但是，没点依据，去哪找新油区，还这么高的费用。

陈振夏：必须要有懂地质的矿师。

张永清：这不废话嘛！有，都在国民党那里呢，你去叫来。

陈振夏苦笑了一下，没有说话。

张永清：老陈，炼制的浪费还是太大，除了石蜡，油渣里还能出别的吗？

陈振夏想了一下，说：我看烟筒里有大量的炭黑，如果燃烧油渣，用麻袋片做成烟道，可以回收炭黑。把炭黑和基础油搅拌在一起，应该能制出油墨。

张永清：就是印刷报刊用的油墨吗？

陈振夏：是啊。

张永清拍了陈振夏一下。

张永清：哎呀，你这个老陈，你怎么不早说。中央的报刊正缺油墨呢，国民党封锁我们，有钱都买不来啊。

陈振夏：我也是最近才有这个想法，还不能确定。

张永清：赶紧试验，先弄出点，我送到中央印刷厂去。

说完，张永清拉着陈振夏出了工棚。

四十九

石油厂厂长张永清的办公室。

李强、谭生彬、张永清、陈振夏在座。

李强：首先，我代表中央军工局滕局长，对陈振夏同志提出表扬。你研制的油墨完全能代替洋货，为革命节约了大量资金。

大家鼓掌祝贺。

李强：其次，我宣布两个决定：一是张永清同志在石油厂工作成绩突出，调山西新解放区任兵工厂厂长。二是延长石油厂，由陈振夏同志负责，出任石油厂厂长。

五十

陈振夏背着一个帆布的工具袋，走在崎岖的山路上。

陈振夏涉水蹚过一条小河。

陈振夏和几个当地农民打扮的老汉在说话，几个老汉指着一个塬在争抢着说，陈振夏在不停地点头。

陈振夏一个人攀上杂草丛生的塬顶。他一不小心滚落下来，身上全是尘土，脸上划破了，有鲜血渗出。

陈振夏拄着个木棍，一瘸一拐地走在河滩上。

五十一

中央军工局副局长李强办公室。

陈振夏正向李强汇报工作。脸上还贴着一条白色的胶布。

陈振夏：沿延河西行有个七里村，据村里老乡报告，去年延河涨水，水面上有一串油花。我最近去了七里村，发现了矿苗。石油厂的根本出路，还是要增加产量，我想在七里村打井。

李强：好嘛，我全力支持，有什么困难还可以找谭县长。

五十二

新的打井施工又开始了。

陈振夏在查看砂样。

有工人来报告：陈厂长，有油花。

陈振夏跑向井口。

陈振夏对井队长说：停钻试油。

井队长：才八十米深，也许下面还有更多油。

陈振夏：如果下面是水层，连这个油层都会被破坏掉。现在中央太困难，捡到篮子里就是菜，我们不能冒险。只要有油，沿这个方向可以再开一口井。

五十三

七里村的第二口井又开钻了。

井队长：陈厂长，一百六十米深了，钢丝绳用完了，没有油层。

陈振夏：停钻，沿相反方向，搬到对岸的槐树坪再打。

井队长：这？

陈振夏：你听我的，我一定能找到这条油龙。

井队长：花这么多钱，不会又打个干窟窿吧？

陈振夏：地下的油是一片一片的，上一口井有显示，这一口井没有，最大的可能就在相反方向，你好好琢磨，是不是这个道理？

井队长：好吧，搬家。

五十四

第三口井正在施工中。

井队长急急忙忙地跑来。

井队长：陈厂长，出油了，出油了，都流到沟里了。

陈振夏跑到现场，一条黑色的油流从井口喷涌而出，不可遏制。

工人们围成一圈，有人喊：这么多油，这可怎么办。

陈振夏：赶紧挖坑，把油集中起来。

工人们四散跑开，去找工具。

陈振夏面对井口，感叹道：旺井啊，旺井，我终于找到你了。

五十五

石油厂终于打出了旺井，每个人都喜气洋洋。

谭生彬带着秧歌队，敲锣打鼓前来祝贺。

有民间艺人弹着三弦，唱起了陕北道情：

乡党们，不用愁，

咱延长地下出石油。

八路军，就是强，

毛主席派人来延长。

陈厂长，就是行，

石油多得没处盛。

咱边区政府领导得好，

石油生产就这么搞——

五十六

旺井出油，一天几十吨的产量，石油的盛放和运输确实成了问题。虽然这是成功的烦恼，陈振夏依然急得一头汗水。

各种土办法都用上了。

有工人来报告：陈厂长，两个大罐都满了，怎么办?

陈振夏吩咐工人：就地挖地窖，用石板砌一下，再用白石灰和红胶泥勾缝，虽然会渗漏一些，但可以短期保存。

又有人来报告：陈厂长，运输的油桶不够用，怎么办?

陈振夏：找酒篓子，既然能装酒，肯定就能装油，用人工背。

炼油部主任刘子林来汇报：老陈，两个炼锅日夜不停，装成品油的罐马上就满了，要不要停一下？

陈振夏：不能停，我这就去见李局长，通知各单位，放宽用油指标，可以提前领油，有储存条件的可以多领。

刘子林：好吧，灯油解决了，擦枪油都放在大瓦缸里，瓦缸也快没了。

陈振夏：子林，你傻啊，赶紧派人去买呀。

五十七

李强办公室。

李强握着陈振夏的手，异常高兴。

李强：好啊，你个陈厂长，我果然没有看错你。现在边区都知道我们打出了旺井，听说连毛主席都知道了，你等着戴大红花，领奖吧。

陈振夏：现在成品油没地方放，原油都存在地窖里，也不是长久之计。

李强：让各单位提前领油，多领油，虽然是个办法，但炼制跟不上才是最大的问题。你们从烟雾沟捡回的那台锅炉，能不能改成炼锅？

陈振夏：能是能，那成品油不就更没处盛放了吗？

李强：哈哈哈，你个老陈啊，我们用不了，可以卖到山西，卖给阎锡山，可以换来枪支弹药和其他紧缺物资啊。

陈振夏憨厚地笑着说：就是，就是，我咋没想到。

李强：你只管增产，不用想别的。

五十八

古老的印刷机，纸叉在不停地翻页。

《解放日报》在一张一张地被印刷机吐出来。

报纸上有陈振夏的大幅照片。

一匹快马，在春天的黄土高原上飞奔。

一匹马变成了两匹在奔跑。

两匹马进了石油厂的大门。

一匹马上跳下来的是军工局副局长李强。

另一匹马上是一个年轻英俊的八路军战士。

李强对迎出来的陈振夏说：快，老陈，毛主席要见你。

陈振夏一时激动地不知道说什么好。

五十九

李强办公室。

李强手里拿着一幅字，在认真地观看。

纸上是毛主席的题词，四个遒劲有力的大字：“埋头苦干”。

落款是：为陈振夏同志书　毛泽东

李强：毛主席的题字，这可是宝贝啊，比什么奖励都贵重啊。你可收好了，当传家宝吧。

陈振夏小心翼翼地接过字。

陈振夏：我知道，我知道。

李强：这不仅是给你的，也是给我们整个军工系统的。埋头苦干。鲁迅先生说，我们自古以来，就有埋头苦干的人，有拼命硬干的人，有为民请命的人，有舍身求法的人。我们都要埋头苦干啊。

六十

收音机里，正在播出日本天皇的投降诏书。

日本鬼子低着头排队缴枪。

国民党军队欢庆胜利。

八路军战士冲出战壕欢呼跳跃。

国统区人民走上街头欢庆胜利。

延安边区人民载歌载舞。

毛主席在机场挥舞帽子。

美军飞机在延安土机场腾空而起。

国共谈判场面。

周恩来据理力争的画面。

国民党军戴着钢盔行进。

画外音：

1945 年 8 月 15 日，日本帝国主义投降，中华民族经过长达十四年艰苦卓绝的浴血奋战，终于取得了抗日战争的伟大胜利。

1946 年 10 月，国民党军队在我延安解放区周边大规模集结。

1947 年 3 月，国共谈判破裂，胡宗南部进攻延安。

同年 3 月 19 日，毛主席撤出延安，转战陕北。

六十一

延长石油厂一片混乱。

工人们在收拾东西，拆掉机器。

有毛驴驮着油篓子来来往往，络绎不绝。

有军队赶着马车来装油。

工人：尽量装，能装多少是多少，不再限量了。

陈振夏进进出出，在指挥工人们。

几个石油厂骨干人员在办公室里等待分配任务。

陈振夏：郭淮同志带工程部的人，把钻井、采油、炼油和机修设备运到老庄河一带，掩埋起来，人手不够找谭县长。刘子林，你带领炼油部的人，把油井用细沙填掉，犁平井口，在附近做上记号。其余人跟我把库房里存放的 800 多桶汽油，500 多桶煤油，700 多箱蜡烛，全运到庄河后山埋藏起来。总之，国民党军队来了，让他见不到任何设备，也得不到一滴油。

大家齐声喊了一声：是。

散会，开始分头行动。

六十二

陈振夏正在办公室整理资料，准备把带不走的都烧掉。

李强带着一个人走了进来，因为逆光，陈振夏抬头也看不清楚。

李强：老陈，你看看谁来了？

陈振夏走近才看清。

陈振夏：哎呀，是韩连长啊，好几年不见了，你好吗？

韩昌盛敬了个礼，然后跟陈振夏握手。

李强：现在不是韩连长了，是韩支队长。我把你的老朋友给找回来了，你们继续合作。军工局决定，以油厂的年轻工人为骨干，成立石油工人支队，一方面要保护好油井、石油设备和坚壁的物资，另一方面要配合留守的地方政府和游击队骚扰敌人。

陈振夏：这样好，这样好，我本来就不想转移。

李强：韩昌盛同志负责军事，你老陈负责把老工人和家属组织好，不能让敌人给争取过去了，尤其要防止叛徒和泄密。

六十三

李强安排完工作要走了，陈振夏和韩昌盛随着来到院子里送行。

李强和警卫员骑马疾驰而去。

陈振夏看看院里，又看看韩昌盛。

陈振夏：韩支队长，你的兵马呢？

韩昌盛：现在就我一个人，很快就会有的。我要了十几支步枪和两把马刀，马上就会送来。我们要先动员二十个年轻工人参加支队。

陈振夏：噢，你光是升官了，兵马还得现招啊？

韩昌盛：我们共产党的队伍，不都是这样发展起来的吗？你放心，不出几个月，定会兵强马壮。

陈振夏：好，我相信，你有什么需要我配合的，只管吩咐。

六十四

塬下，二十几个新入伍的石油支队战士正在训练。

韩昌盛：对，三点一线，抓紧枪托，屏住呼吸。

韩昌盛讲话：你们只要听我的，好好训练，我保证你们都成为神枪手。

有队员嘀咕：连子弹都不舍得让放几颗，还神枪手呢。

韩昌盛：现在子弹太少，不能浪费，很快我们就会有大量的枪支弹药，到时候就怕你搬都搬不动。

虽没人敢反驳，却有几个人在撇嘴。韩昌盛假装看不见。

有个叫李二牛的战士说：我连枪都没有，为什么只给我一把马刀？

韩昌盛：革命者的武器，哪有现成的，都是夺取敌人的。有一把马刀已经不错了，贺龙师长闹革命时只有两把菜刀。

六十五

工人们在搬运东西，掩埋设备，填埋油井。

家属和孩子在带着大包小包转移。

石油支队队员背枪警戒，催促人们快点。

远处隐隐传来隆隆的炮声。

国民党军的坦克成队前进。

锃亮的钢盔一排一排越走越近。

天空乌云密布。

六十六

陈振夏和韩昌盛隐蔽在一个绿树掩映的土窑洞里。

工程部主任郭淮进来。

郭淮：炼制部的人完成任务都回来了，刘子林还没回来。

陈振夏：他怎么没回来？他干什么去了？

郭淮：听回来的人说，他要回家看看。

陈振夏：县城已经被敌人占了，回家能干什么啊？

韩昌盛：这件事不简单。这个人是什么来历？

陈振夏：是个老技工了，技术不错，他家属有点文化，一直住在城里。

韩昌盛：这个人有可能叛变，要有所准备。

陈振夏：那可有点麻烦，他知道的事情很多。

韩昌盛：我只是猜测，我们要做好最坏的打算。

六十七

晚上，韩昌盛和陈振夏带着几个石油支队的战士，悄悄潜回到石油厂附近，远远看到有些人正在挖掘一口油井里的沙土，马灯把现场照得很亮。

陈振夏小声说：果然让你说对了，没有内部人，敌人是不可能这么快找到油井的。

一会儿，有个人走进了光线里，正是刘子林，他在指挥民工挖掘。

陈振夏：那个人就是刘子林。

韩昌盛拿步枪瞄准，被陈振夏用手按住。

韩昌盛小声说：我一枪就能干掉他。

陈振夏：我知道，可是他们光找到油井是没有用的，设备全被我们藏到山里了，他们炼不了油就没有任何意义。

韩昌盛：他们肯定会进山找的。

陈振夏：刘子林不知道埋藏设备的位置，只知道个大概方向。

韩昌盛：他是叛徒，那也不能让他活。

陈振夏：他只是个挣钱养家的技工，一枪打死他是不是太过了，我的意思再等等看，他如果敢带领敌人进山，你再对他开枪行吗？

韩昌盛：好吧，就听你的。

陈振夏：我们保护的重点不是这些油井，因为油井他们拿不走，油井的位置也不是秘密。重点是后山的设备和成品。

韩昌盛：明白了，你说得有道理。

嘭，枪还是响了，被打灭的只是马灯。

六十八

后山土窑洞，韩昌盛和陈振夏站在门口向外面观望，远处隐约有石油支队的哨兵背枪警戒。

远处有沉闷的大炮声传来。

韩昌盛喊了一声：二分队长。

到！随着喊声跑进来一个年轻战士。

韩昌盛：你配合陈厂长保卫后山，那边有战斗，我带一分队过去看看。

二分队长：是。

陈振夏：你走了怎么行，敌人随时有可能进山。

韩昌盛：他们还在挖油井，估计这几天不会来，我很快就回来。

陈振夏：你十来个人能干什么啊？还是不要分开的好。

韩昌盛：哈哈，老陈，这你就不懂了。彭老总一直在陕北迂回伏击敌人，前两次没赶上，这次离我们近，那边都是我的老战友，我去帮忙能白帮吗？

六十九

韩昌盛走后，二分队长陪陈振夏在后山巡视。

报告，有个小战士从后面追上来。

二分队长：什么事？

小战士：李二牛不见了。

二分队长：不见了是什么意思？

小战士：他的东西也没了，马刀也没了，估计是跑了。

二分队长：是开小差儿，还是投敌了？

小战士：不知道，他私下说过，国民党厉害，共产党这次够呛。

陈振夏：李二牛知道我们埋东西的地点吗？

二分队长：具体不知道，但他知道重点警戒区域。

陈振夏：那不就是主要地点嘛！

二分队长有些惊慌：那怎么办？

陈振夏：三天了，韩支队长也该回来了吧。

七十

一条崎岖的山路上，韩昌盛带着十几个人往回走，每个人都背着好几支步枪，还有人抬着木箱和口袋。一个个累得东倒西歪，龇牙咧嘴。

韩昌盛从肩上放下一挺机枪，气喘吁吁地说：累死我们也走不回去了，就地休息，注意隐蔽和警戒。你俩放下东西，跑步回后山，叫人来帮忙。

是。

战士们已经训练有素，有人背枪警戒，有人把东西搬进了树丛，有两个战士向远处跑去。

七十一

半夜时分。大家终于回到了后山。

陈振夏带几个人打着灯笼迎了出来。

陈振夏：你们可回来了，这么多好东西啊！

韩昌盛高兴地大声说：怎么样老陈，一挺机枪，三十多支步枪，还有两箱子弹和两袋洋面。

陈振夏：哎呀，真是发大财了，你们是怎么得到这么多武器的？

韩昌盛：正赶上打蟠龙，拿下了敌人的战略供给点，老战友让我随便拿，我带人少了，否则弄来的东西会更多，实在是搬不动了。

陈振夏：太好了，我还担心敌人要来。

韩昌盛：马上再安排五十名工人参加支队，敌人来了也不怕。

陈振夏：李二牛跑了，投敌的可能性大。

韩昌盛：二分队长跟我说了。只要让我见到他，他必须死。

陈振夏正要说话，韩昌盛摆摆手说：他是士兵，不是工人。

陈振夏欲言又止。

七十二

韩昌盛，陈振夏，还有石油支队的战士们趴在战壕里。

有战士过来报告：敌人来了，是骑兵。

韩昌盛小声喊道：都隐蔽好，没有我的命令，不许开枪。

前面的开阔地上，一队国民党骑兵冲了过来。

李二牛也骑在一匹马上，混在国民党骑兵里面。

陈振夏首先发现了他。

陈振夏：李二牛，这个畜生。

韩昌盛拿过步枪瞄准李二牛。

这时，国民党骑兵里冲出一个人，大喊道：韩昌盛，我知道是你，你看看我是谁，我是江德彪啊。我在玉门说过的，我回来找你来了。

韩昌盛很意外，把枪收了起来，拿过一个铁皮喇叭筒喊道：不好意思，我们现在是敌人，你回来干什么？我可只有子弹接待你啊。

江德彪：我回来接管延长油矿，老张也回来了。共产党不行了，你交出设备，我们还是朋友，你的前途我负责。

韩昌盛：我手下出了叛徒，让你见笑了。你马上回去，我今天不杀你，但是不要第二次让我见到你。

江德彪：老韩，不要执迷不悟，我都是为你好啊。

韩昌盛再次拿过步枪瞄准。

李二牛骑在马上得意扬扬地正在东张西望，一颗子弹正中他的前额，他一声没吭就一头栽下马来。

国民党骑兵惊慌失措，江德彪依然镇定自若。

江德彪继续大喊：韩昌盛，我知道你的枪法厉害，但只靠枪法是扭转不了大局的，你好好想想，我今天不动你们，咱们后会有期。

说完，国民党骑兵掉头疾驰而去。地上只剩了李二牛的尸体。

七十三

土窑洞里。

韩昌盛：你记得江德彪说，老张也回来了，老张是谁？

陈振夏：应该是张心田吧，玉门那个临时代办。

韩昌盛：对对对，一定是他。他们怎么都回来了？

陈振夏：中国目前就玉门和延长这两个油矿，当然要行家来了。

韩昌盛：哈哈，看来他们来了，还不想走了。

陈振夏：老张可是个大专家，留洋回来的。

韩昌盛：哎，什么大专家，一颗子弹的事。

陈振夏：张心田可不能打死。他是国家的人才。

韩昌盛：谁的国啊？国民党的国。

陈振夏：他是中华民族的人才，我们革命胜利了，他有大用啊。

韩昌盛：现在他在帮国民党反对我们，才能越大危害越大。

陈振夏：他反感国民党的腐败，同情我们共产党。

韩昌盛：你怎么知道的？

陈振夏：在去玉门的路上我们有交流。他一直赞扬共产党的高风亮节，顾全大局。

韩昌盛：不能光听他说，得看他干什么。

七十四

晚上，老油厂黑咕隆咚，完全没有生产的迹象。

有几个黑影，又潜回了油厂附近。

几个人在往墙上刷糨糊，贴大字。

远处有背枪的人在警戒，保卫。

黑影消失后，借着月光隐约可以看见新贴的标语：

毛主席还在陕北！

我们的队伍快回来了！

帮助敌人，以叛徒论处。

七十五

晚上，土窑洞里。

有两个工人正在向陈振夏汇报事情。

工人：我们按你的指示，去老油厂周围贴标语，老油厂里没有人。我们回来时路过烟雾沟，发现有人在采油，还有国民党骑兵在周围巡逻。

陈振夏自言自语：他们没有炼油设备，采出原油干吗用啊。

坐在旁边的韩昌盛说：他们会不会自己制作炼油设备，或者运来新设备啊。

陈振夏：完全有可能，我们的设备太老，他们也许不稀罕了。

韩昌盛：就是稀罕，他们也不想拿那么多人命来换。

陈振夏跟工人说：你们每天晚上都潜到老油厂去看看。他们即使有新设备，也只能在老油厂炼制，重新搞炼厂是不现实的。

工人：好，明白了。

七十六

陈振夏和韩昌盛坐在窑洞里的灯下，昏黄的油灯有一股黑烟袅袅而上。

韩昌盛：这么多天没动静，我总觉得敌人有什么阴谋。

陈振夏：几口出油的井都让他们挖开了，只能是在等设备。

韩昌盛：去老油厂的人回来了吗？

陈振夏：应该快了，平时这时候就回来了。

韩昌盛：奇怪，江德彪也不进山了，我很想和他较量一下啊。

这时，门外有动静，去老油厂的工人回来了。他们两个气喘吁吁，显然是跑回来的。

陈振夏：喝口水，慢慢说。

工人：他们运来了新设备，正，正在安装。还有发电机，电灯，整个院子照得通亮。

陈振夏：果然是这样。

韩昌盛：我过去看看，决不能让他们顺利生产。

陈振夏：我跟你一起去。

韩昌盛：也好，一分队长，再带几个战士，跟我走。

门外有人喊：是。

七十七

后半夜的老油厂院子，果然灯火通明。

周围有骑兵在巡逻保卫，远处还有警戒的哨兵。

韩昌盛和陈振夏带着几个石油支队的战士从树林里出来，远远地看着前面灯火辉煌的一片。

韩昌盛小声说：怎么能接近看看？

陈振夏：你看到左面那个小山头了吗，那上面有个废弃的水窖，从后面可以绕过去。

韩昌盛：走，过去看看。

走到山包下，韩昌盛命令一分队长：你们在下面警戒，我俩上去。

几个战士警惕地散开了。

韩昌盛和陈振夏向山顶爬去。

陈振夏看韩昌盛背着步枪爬山有点碍事，就小声问：你有手枪，为什么老和战士一样，带支步枪？

韩昌盛：你不懂，手枪打不远，也没准头儿。

七十八

韩昌盛和陈振夏趴在水窖顶上，老油厂的院子尽收眼底。

临时搭建的工棚下，有十多个工人在紧张地安装设备。

韩昌盛拿出望远镜，看了一会儿，把望远镜交给陈振夏。

韩昌盛苦笑了一下，说：这还是江德彪送我的。

陈振夏没说话，接过望远镜往下面看。

韩昌盛：是我们的工人吗？有认识的吗？

陈振夏：工人都不认识。但是，我看到了张心田和刘子林。

韩昌盛：我现在就开枪打死他两个，没有技师，看他们怎么安装，怎么炼制。

说着，韩昌盛拿过步枪，就要瞄准。

陈振夏说：这也是个办法，但是不要打死张心田。

韩昌盛：为什么啊?

陈振夏：你打刘子林，张心田就会明白，他就不敢再拼命安装生产。他是专家，不是军人。他这样的专家，全中国也没有几个。

韩昌盛：好，让刘子林脑袋开花，看他们还敢帮敌人。

陈振夏把望远镜还给韩昌盛。

陈振夏：你看仔细了，穿西装手里拿着礼帽儿的是张心田，他身边那个穿白衬衫的就是刘子林。

韩昌盛接过望远镜，认真观察了一会儿。说：没问题，看清了。

韩昌盛屏住呼吸瞄准，陈振夏紧张地看着他，问：这么远，有把握吗?

韩昌盛：保证一枪爆头。

陈振夏拉了一下韩昌盛的袖子，说：能不能不打死刘子林?

韩昌盛：为什么?

陈振夏：打伤他，张心田同样能明白。刘子林这人就是自私，并没有多坏，跟李二牛不一样。

韩昌盛叹了一口气，说：哎，你这个老陈啊!

嘭，枪响了，刘子林膝盖开花，一下子跪在了地上。

石油厂院子里乱作一团，几个国民党骑兵一边开枪一边向这里跑来。

韩昌盛又开了两枪，两个骑兵人仰马翻，落马毙命。

快走吧。陈振夏拉起韩昌盛向山后撤退。

七十九

回来的路上。

陈振夏：我让你打伤他，你这一枪肯定把他打残了。

韩昌盛：没要他命，就便宜他了。老陈啊，你只能搞生产，绝对当不了军人。

韩昌盛接着对身后的一分队长说：你们听着，今后，每晚都派出一个狙击小组，骚扰他们，决不能让他们顺利安装生产。在保护好自己的前提下，把敌人的电灯打灭。地形和环境对我们有利时，也可以偷袭敌人的哨兵、骑兵。晚上他们不敢追击。

一分队长：明白。

韩昌盛：要回答是。

一分队长：是。

八十

后山土窑洞内。

韩昌盛和陈振夏正在商量事情。

门外有人喊：报告。

一分队长带着一个年轻的小伙子进来了。

小伙子：我是延长县游击队谭生彬政委派来的，这里有一封信。

韩昌盛问一分队长：你认识他吗？

一分队长：认识。

韩昌盛看完信，对陈振夏说：敌人在党家原一带抢粮，县大队要求我们去支援一下，红罗支队也参加了。

陈振夏：应该去，好钻机送给玉门后，我们恢复生产谭县长帮了大忙。

小伙子：谭政委说，你们石油支队的武器和战斗力是最强的，敌人有骑兵掩护，我们和红罗支队只能骚扰敌人，无法歼灭。

韩昌盛：哈哈，骑兵，是江德彪的骑兵吗？我正要找他呢。

韩昌盛转向一分队长：你带领一分队守卫后山，其余人都跟我去党家原。还骑兵，我可是专打骑兵的。

八十一

韩昌盛带领五十多人的队伍凯旋。

韩昌盛骑着一匹高头大马。

有许多战士都背着两支枪。

有战士说：我们的队伍又要扩大了。

另一个战士说：当然了，韩支队长说了，蒋介石是我们的运输大队长嘛。

队伍回到土窑洞前，发现土窑洞已被炸塌。

韩昌盛：怎么回事？老陈，老陈呢？

陈振夏和一分队长从草丛里钻出来，一头草叶，一脸沮丧。

韩昌盛：怎么回事？

一分队长：我们被袭击了，还死了三名战士。

陈振夏：他们还抓走了二十多名工人。

韩昌盛愤怒地说：谁？这是谁干的？

一分队长：江德彪，来的都是骑兵，他们还喊着名字找你。

韩昌盛咬牙切齿地说：好你个江德彪，对我背后捅刀，我岂能容你。

八十二

在一个草棚下，陈振夏和韩昌盛在小声说话，远处可以看到哨兵的身影。

陈振夏：我派人潜回城里了解情况，自从你一枪打断了刘子林的腿，刘子林和张心田都消失了。

现在是一个姓方的技师在指挥安装。

韩昌盛：那好办，把这个姓方的干掉。

陈振夏：白天无法接近，晚上姓方的很少到现场，他们也小心了。

韩昌盛：安装到什么程度了？在生产之前要想办法给它炸掉。

陈振夏：应该快完了，他们抓走我们的工人，就是为了生产。

韩昌盛：我今晚过去看看，研究好了，我们也给他来个突然袭击，彻底把他们的设备毁掉。

陈振夏：好，我跟你一起去。

韩昌盛：你不用去了，我带两个战士就行。

陈振夏：那你可小心点。

韩昌盛：哈哈，就凭他江德彪，我还能怕他。

八十三

韩昌盛斜挎着手枪，背着一支长枪，带领两个战士，远远地观察和研究了石油厂的哨位和警卫情况。

最后，韩昌盛犹豫了一下，又来到了那个小山包的后面。因为只有在这个小山包上看石油厂比较清楚。

韩昌盛吩咐两个随行的战士：你俩守住山脚，我一个人上去。这可是我唯一的退路，你俩机灵着点。

战士小声说：明白。

韩昌盛：回答是。

战士：是。

韩昌盛一个人带着枪向山顶爬去。

八十四

韩昌盛又来到小山顶上的那个水窖上面。

他趴在水窖顶上，拿出望远镜，观察施工现场。

望远镜里，灯火通明的工棚下，有许多工人在干活。望远镜慢慢地扫过每一个人和环节，他突然发现一个身穿短衫的人，在指导工人们安装。

他调准焦距，再次对准那个人，发现他在讲话，工人们在点头。

韩昌盛一边自言自语：太巧了，就是他。

一边拿过长枪开始瞄准。

嘭的一声枪响，刚才望远镜里的那个人应声倒地。

韩昌盛露出一丝笑容，他正想撤退。地堡里的机枪响了，封锁了他的退路。他只好紧紧趴在水窖顶上。

这时，有几个国民党士兵穿过院子，一边开枪一边向土山进攻。韩昌盛一枪一个，敌人再不敢露头。

八十五

有两队骑兵从后面向土山包抄过去。

韩昌盛杀得过瘾，并没有发现向他包抄的骑兵，他还在等着敌人露头就打。

这时，他身后山下传来两声枪响，他知道事情有变，他带的两名战士被他安排在山下警戒，就是为了保证他的后路。

他正要冲向后山撤退，四面突然亮起了火把。

他被彻底包围了。

他瞄准拿火把的骑兵一个一个射杀。

突然，他的枪不响了，他没子弹了。

江德彪骑马冲了出来。

他大笑道：哈哈哈哈，韩昌盛，你再大本事，今天也插翅难逃了。

韩昌盛索性坐下了。

韩昌盛：江德彪，没想到你还有这两下子，你不怕我一枪打爆你的脑袋吗？

江德彪：怕，谁让你是汉阳兵工厂的校枪员呢，可是，你没有子弹了。

韩昌盛：你怎么知道我没有子弹了？

江德彪：有子弹你开枪啊！

韩昌盛：我等着你先开呢，看在我俩的交情上，我让你一把。

江德彪指了指旁边一个士兵，那个士兵手里拿着一个带电线的开关。

江德彪：我不用开枪，我知道你喜欢那个水窖，我早就在里面放好了炸药，看见了吗？我只要一挥手，你就会飞上天。

韩昌盛：你真够客气的。

江德彪：那是，你韩昌盛是谁呀，我能不操心吗。但是有一点，你如果不想死，就举着手走下来，我以前的话还算数。我们一起效忠党国，共产党是不会成事的，我早就跟你说过。

韩昌盛：好吧，我抽支烟，考虑考虑。

韩昌盛一边说着，一边把手伸进了内衣口袋，他摸出一颗子弹。

韩昌盛自言自语说：这最后一颗本来是留给我自己的，既然你给我准备了炸药，那就送给你吧。

他用一只手把子弹直接塞进了手枪的枪膛里。

江德彪：考虑好了就下来吧，我这里不但有好烟，还有好酒呢。

韩昌盛大喊一声：好。

他站起来的同时，枪也响了。

子弹正中江德彪前胸，江德彪大睁双眼，向后倒去。

八十六

国民党士兵按动电门。

土山上的水窖爆炸了，只有漫天的火光，没有声音。

最后，漫天的火光变成了满天的朝霞。

画外音：

韩昌盛和江德彪，为了各自的信仰，倒在了这片肥沃而厚重的土地上。

一年后，延长油矿收复，潜藏的张心田回到了油矿。他和陈振夏都成为新中国石油事业的奠基性人物。

钱昌照因反感国民党打内战，于1949年6月，经香港辗转回到北京，受到了毛泽东和周恩来的接见。曾任全国政协副主席。

翁文灏，1949年春天，脱离国民党集团，经香港移居法国。1951年，在周恩来邀请和感召下，回到祖国，1971年病逝于北京，享年82岁。

中华民族，这块苦难深重的土地，虽然经历了外敌的入侵，经历了残酷的内战，但5000年文明古国优秀的精神血脉，依然源远流长，生生不息。

与画外音相配合的画面：

黑白资料画面：

收复延安，国民党军败退的场面。

石油支队冲进石油厂，国民党骑兵投降。

陈振夏和张心田握手。石油生产的场面。

人民解放军接管玉门油矿的场面，孙建初也在欢迎的队伍里。

毛主席在开国大典上宣布中华人民共和国成立的画面。

毛主席接见爱国人士的画面。

周恩来宴请爱国人士的画面。

钻塔林立，石油大会战的场面。

一辆油罐火车隆隆前进的画面。

五星红旗高高飘扬。

转换成彩色画面：

五星红旗高高飘扬——

（剧终）

2017年7月16日北京燕山

（原载《陕西文学》2020年第6期）

图书在版编目（CIP）数据

中国百年工业文学大系：影视文学卷·电影 / 刘福泉主编. -- 北京：中国工人出版社，2025. 5.
ISBN 978-7-5008-8565-8

Ⅰ. I211

中国国家版本馆CIP数据核字第2025FT3704号

中国百年工业文学大系：影视文学卷·电影

出 版 人 董　宽
责任编辑 李　骁
责任校对 张　彦
责任印制 黄　丽
出版发行 中国工人出版社
地　　址 北京市东城区鼓楼外大街45号　邮编：100120
网　　址 http：//www.wp-china.com
电　　话 （010）62005043（总编室）　62005039（印制管理中心）
（010）62379038（社科文艺分社）
发行热线 （010）82029051　62383056
经　　销 各地书店
印　　刷 北京印刷集团有限责任公司
开　　本 880毫米×1230毫米　1/32
印　　张 31.5
字　　数 500千字
版　　次 2025年6月第1版　2025年6月第1次印刷
定　　价 158.00元
